U0399025

《寒夜》研究资料选编

上册

巴金研究丛书

《寒夜》研究资料选编

上册

周立民　李秀芳　朱银宇　编

復旦大學出版社

目 录

巴 金 谈《寒夜》…… 1

《寒夜》后记 …… 1

谈《寒夜》…… 3

关于《寒夜》…… 12

知识分子

——随想录九〇 …… 22

与《寒夜》剧组主创人员的谈话 …… 25

《寒夜》杂谈 …… 40

康永年 《寒夜》…… 48

[法]明兴礼 动摇的“家”:《寒夜》…… 54

[日]吉川幸次郎 吾之阅读再读之书 …… 58

巴金作品《寒夜》合评 …… 60

在战争下 [日]木岛廉之 …… 60

树生 [日]穴山严子 …… 63

寒夜——关于树生的生活方式 [日]外河与志子 …… 66

巴金的悲剧 [日]前田苓子 …… 67

杂谈 [日]松崎治之 …… 70

文宣的生活方式 [日]小西升 …… 72

[日]常石茂　关于巴金和《寒夜》 …… 75
[日]立间祥介　《寒夜》日文译本解说:巴金 …… 79
[日]冈崎俊夫　《寒夜》《第四病室》日文译本后记 …… 87
[美]内森·K.茅　刘村彦　巴金和他的《寒夜》 …… 93
[法]艾坚尔伯　《寒夜》法译本序言 …… 113
[德]沃尔弗冈·库宾　《寒夜》德文译本后记 …… 117
[挪威]克里斯多夫·哈布斯麦尔　《寒夜》挪威文译本序 …… 124
司马长风　巴金的“人间三部曲” …… 127
田一文　忆巴金写《寒夜》 …… 131
长缨　谈巴金《寒夜》的法译本 …… 136
司马长风　巴金《寒夜》显才华 …… 140
[日]村冈圭子　《寒夜》解说 …… 142
陈则光　一曲感人肺腑的哀歌
——读巴金的中篇小说《寒夜》 …… 146
[日]岛田恭子　关于《寒夜》 …… 159
周芳芸　论《寒夜》家庭悲剧的根源 …… 165
王火　《寒夜》琐谈 …… 174
曾冬水　一个性格充满着矛盾的人物
——也论《寒夜》中的曾树生 …… 178
钱虹　金辉　《寒夜》悲剧新探 …… 183
张燚　《寒夜》中婉曲手法的运用 …… 194
刘晓林　《寒夜》与《外套》心理刻画的比较探索 …… 204
薛伟　也谈《寒夜》中曾树生的形象
——兼与陈则光、戴翊二先生商榷 …… 214
[捷]高利克　巴金的《寒夜》:与左拉和王尔德的文学间关系 …… 222
刘慧英　重重樊篱中的女性困境
——以女权批评解读巴金的《寒夜》 …… 248

刘艳　情感争夺背后的乱伦禁忌
——巴金《寒夜》新解 …… 257
辜也平　传统叙事母题的现代语义
——《寒夜》人物论 …… 264
张伟忠　《寒夜》:复调的回响 …… 273
张沂南　论女性的自我生命选择
——也谈《寒夜》 …… 280
蓝棣之　巴金:《寒夜》 …… 291
方尤瑜　契诃夫《苦恼》与巴金《寒夜》的比较 …… 299
[日]川田进　《寒夜》的梦的解析
——汪文宣的自我 …… 306
[韩]朴兰英　巴金《寒夜》的现实主义研究 …… 318
[韩]郑守国　巴金《寒夜》的空间意象分析
——以作家对中国抗战时期社会的现实意识为中心 …… 334
陈少华　二项冲突中的毁灭
——《寒夜》中汪文宣症状的解读 …… 351
[日]河村昌子　民国时期的女子教育状况与巴金的《寒夜》 …… 363
曹艳红　人到中年
——从《憩园》与《寒夜》看巴金40年代小说的特色 …… 373
邵宁宁　抗战生活与知识分子精神气质
——论《寒夜》并兼及《围城》 …… 383
金宏宇　彭林祥　《寒夜》版本谱系考释 …… 394
李雪华　不同性别视角下的婆媳关系
——巴金《寒夜》、铁凝《玫瑰门》比较解读 …… 405
王新玲　《寒夜》:性别期待的错位导致的悲剧 …… 411

陈国恩　启蒙神话、命运悖论与现代知识分子的遭遇
——关于《伤逝》与《寒夜》的笔谈 …………………… 416
胡群慧:互文与知识分子两性关系逆转的文化进程 ……… 417
张　赟:现实生活的情感投影 ………………………… 419
杨永明:女性解放的社会怪圈 ………………………… 422
俞春玲:理性追寻的错层与断裂 ……………………… 424
徐　茜:相同的悲剧主题,不同的生命感受 ………… 427
帅　彦:从《伤逝》到《寒夜》——启蒙神话的反思 ……… 429
刘　慧:从身体的反抗到灵魂的反抗 ………………… 431
胡朝雯:妇女解放的出路何在 ………………………… 434
李雪荣　生亦何欢,死又何哀
——《寒夜》与《一地鸡毛》中男主人公之比较 ……… 437
徐礼佳　傅宗洪　从《寒夜》和《花凋》的比较谈当代情境下
对现代小说的接受 ……………………………… 443
刘青　抗战时期知识分子写作的话语指向
——解读钱锺书《围城》与巴金《寒夜》 ……………… 449
肖照东　守与放
——巴金《寒夜》叙事结构的分析 …………………… 459
张继红　张学敏　从《家》到《寒夜》看巴金小说的文本裂痕
——兼论其家族伦理演变与叙事逻辑的关系
……………………………………………………… 465
[韩]朴宰范　巴金《寒夜》研究
——以与早期作品《家》的对比为中心
……………………………………………………… 474
[日]中村俊也　巴金的作品世界
——关于《寒夜》 ………………………………… 494
曹禧修　《寒夜》:消耗性结构的悲剧 ……………………… 522

[美]毕克伟　巴金的《寒夜》与抗战时期及战后的愤懑文化 …………………………………………………………… 535
周立民　《寒夜》的修改与中国现代文学文献学问题 ………………… 545
[德]顾彬　谈《家》《憩园》《寒夜》 ………………………………… 568
王立　《寒夜》中树生的离家出走
——巴金笔下知识分子理想主义的破灭 ……………… 579
陈思广　定位与拓进
——1979—2009 年的《寒夜》接受研究 ………………… 596
谢君兰　汪文宣的生活困境
——从经济因素的角度解读《寒夜》 ………………… 610
黎保荣　梁德欣　光背后的阴影
——《寒夜》和《金锁记》中的“光”意象比较 …… 622
张义奇　大后方文学的双城记
——《寒夜》与《天魔舞》异质同构的悲剧叙事 ……… 632
刘灵昕　《寒夜》篇名符号的修辞解读
——从语篇命名到语篇修辞建构 ………………… 639
李新宇　再论巴金长篇小说《寒夜》的艺术价值 ………………… 652
赵静　另类的都市漫游
——对《寒夜》的再次重读 ………………………… 659
廖海杰　“经济非正义”的有限批判与“救出我自己”的无根追求
——理解巴金《寒夜》的一种思路……………… 674
熊静文　“走”与“停”:论巴金小说中家庭观念的演变
——以《家》《憩园》《寒夜》为例…………………… 685
徐钰豪　杜大心与汪文宣:巴金笔下的肺结核患者 ……………… 705

编后记 ………………………………………………………………… 722

谈《寒夜》

巴金

《寒夜》后记

一九四四年冬天桂林沦陷的时候，我住在重庆民国路文化生活出版社楼下一间小得不可再小的屋子里，晚上常常要准备蜡烛来照亮书桌，午夜还得拿热水瓶向叫卖“炒米糖开水”的老人买开水解渴。我睡得迟，可是老鼠整夜不停地在三合土的地下打洞，妨碍着我的睡眠。白天整个屋子都是叫卖声，吵架声，谈话声，戏院里的锣鼓声。好像四面八方都有声音传来，甚至关在小屋子里我也得不到安静。那时候，我正在校对一部朋友翻译的高尔基的长篇小说。有时也为着几位从桂林逃难出来的朋友做一点小事情。有一天赵家璧兄突然来到文化生活出版社找我，他是空手来的。他在桂林创办的事业已经被敌人的炮火打光了。他抢救出来的一小部分图书也已在金城江的大火中化为灰烬。那损失使他痛苦，但是他并不灰心。他决心要在重庆建立一个新的据点，我答应帮忙。

于是在一个寒冷的冬夜里我开始写了长篇小说《寒夜》。我从来不是一个伟大的作家，我连做梦也不敢妄想写史诗。诚如一个“从生活的洞口……”的“批评家”所说，我“不敢面对鲜血淋漓的现实”，所以我只写了一些耳闻目睹的小事，我只写一个肺病患者的血痰，我只写了一个渺小的读书人的生与死。但是我并没有撒谎。我亲眼看见那些血痰，它们至今还深深印在我的脑际，它们逼着我拿起笔替那些吐尽了血痰死去的人和那些还没有吐尽血痰的人讲话。这小说我时写时辍，两年后才写完了它，可是家璧兄服务的那个书店已经停业了(晨光出版社公司还是最近成立的)。而且在这中间我还失去了一个好友和一个哥哥，他们都是吐尽血痰后寂寞地死去的；在这中间“胜利”给我们带来希望，又把希望逐渐给我们拿走。我没有在小说的最后照“批评家”的吩咐加一句“哎哟哟，黎明!”并不是害怕说了就会被人“捉来吊死”，唯一的原因是：那些被不合理的制度摧毁、被生活拖死的人断气时已经没有力气呼叫“黎明”了。

但有时我自己却也会呼叫一两声，譬如六年前我在桂林写的一篇散文《长夜》里，就说过“这是光明的呼声，它会把白昼给我们唤醒。漫漫的长夜逼近它的终点了”。那文章的确是在寒冷的深夜里写的，我真实地写下了我当时的感觉和感想。

上面的话是我在一年前写的。现在《寒夜》再版本要发印了，我不想为它另写后记，因为要说的话太多，假使全写出来，应该是另一部更长的《寒夜》。今天天气的确冷得可怕，我左手边摊开的一张《大公报》上就有着“全天在零度以下，两天来收路尸共一百多具”的标题。窗外冷风呼呼地吹着，没有关紧的门不时发出咿呀的声音，我那两只躲在皮鞋里的脚已经快冻僵了。一年前，两年前都不曾有过这样的“寒夜”。我还活着，我没有患肺病死去，也没有冻死，这是我的幸运。书销去五千册，并不是什么值得高兴的事。我知道许多写得更坏的书都有更畅的销场。

1948 年 1 月下旬在上海

（据《巴金全集》第 8 卷收入本书，人民文学出版社 1989 年 5 月版）

谈《寒夜》

我前不久看过苏联影片《外套》，那是根据果戈理的小说改编摄制的。影片的确不错，强烈地打动了观众的心。可是我看完电影，整个晚上不舒服，总觉得有什么东西压在心上，而且有透不过气的感觉。眼前有一个影子晃来晃去，不用说，就是那个小公务员阿加基·巴什马金。过了一天他的影子才渐渐淡去。但是另一个人的面颜又在我的脑子里出现了。我想起了我的主人公汪文宣，一个患肺病死掉的小公务员。

汪文宣并不是真实的人，然而我总觉得他是我极熟的朋友。在过去我天天看见他，处处看见他。他总是脸色苍白，眼睛无光，两颊少肉，埋着头，垂着手，小声咳嗽，轻轻走路，好像害怕惊动旁人一样。他心地善良，从来不想伤害别人，只希望自己能够无病无灾、简简单单地活下去。像这样的人我的确看得太多，也认识不少。他们在旧社会里到处遭受白眼，不声不响地忍受种种不合理的待遇，终日终年辛辛苦苦地工作，却无法让一家人得到温饱。他们一步一步地走向悲惨的死亡，只有在断气的时候才得到休息。可是妻儿的生活不曾得到安排和保障，他们到死还不能瞑目。

在旧社会里有多少人害肺病受尽痛苦死去，多少家庭在贫困中过着朝不保夕的非人生活！像汪文宣那样的人实在太多了。从前一般的忠厚老实人都有这样一个信仰："好人好报"。可是在旧社会里好人偏偏得不到好报，"坏人得志"倒是常见的现象。一九四四年初冬我在重庆民国路文化生活出版社一间楼梯下面小得不可再小的屋子里开始写《寒夜》，正是坏人得志的时候。我写了几页就搁下了，一九四五年初冬我又拿起笔接着一年前中断的地方写下去，那时在重庆，在国统区仍然是坏人得志的时候。我写这部小说正是想说明：好人得不到好报。我的目的无非要让人看见蒋介石国民党统治下的旧社会是个什么样子。我进行写作的时候，好像常常听见一个声音在我耳边说："我要替那些小人物伸冤。”不用说，这是我自己的声音，因为我有不少像汪文宣那样惨死的朋友和亲戚。我对他们有感情。我虽然不赞成他们安分守己、忍辱苟安，可是我也因为自己眼看他们走向死亡无法帮助而感到痛苦。我如果不能替他们伸冤，至少也得绘下他们的影像，留作纪念，让我永远记住他们，让旁人不要学他们的榜样。

《寒夜》中的几个人物都是虚构的。可是背景、事件等等却十分真实。我并不是说，我在这里用照相机整天摄影；我也不是说我写的是真人真事的通讯报导。我想说，整个故事就在我当时住处的四周进行，在我住房的楼上，在这座大楼的大门口，在民国路和附近的几条街。人们躲警报、喝酒、吵架、生病……这一类的事每天都在发生。物价飞涨、生活困难、战场失利、人心惶惶……我不论到哪里，甚至坐在小屋内，也听得见一般“小人物”的诉苦和呼吁。尽管不是有名有姓、家喻户晓的真人，尽管不是人人目睹可以载之史册的大事，然而我在那些时候的确常常见到、听到那样的人和那样的事，那些人在生活，那些事继续发生，一切都是那么自然，我好像活在我自己的小说中，又好像在旁观我周围那些人在扮演一本悲欢离合的苦戏。冷酒馆是我熟习的，咖啡店是我熟习的，“半官半商”的图书公司也是我熟习的。小说中的每个地点我都熟习。我住在那间与老鼠、臭虫和平共处的小屋里，不断地观察在我上下四方发生的一切，我选择了其中的一部分写进小说里面。我经常出入汪文宣夫妇每天进出若干次的大门，早晚都在小说里那几条街上散步；我是“炒米糖开水”的老主顾，整夜停电也引起我不少的牢骚，我受不了那种死气沉沉的阴暗环境。《寒夜》第一章里汪文宣躲警报的冷清清的场面正是我在执笔前一两小时中亲眼见到的。从这里开始，虽然过了一年我才继续写下去，而且写一段又停一个时期，后面三分之二的原稿还是回到上海以后在淮海坊写成的，脱稿的日期是一九四六年十二月三十一日深夜。虽然时写时辍，而且中间插进一次由重庆回上海的“大搬家”，可是我写得很顺利，好像在信笔直书，替一个熟朋友写传记一样；好像在写关于那一对夫妇的回忆录一样。我仿佛跟那一家人在一块儿生活，每天都要经过狭长的甬道走上三楼，到他们房里坐一会儿，安安静静地坐在一个角上听他们谈话、发牢骚、吵架、和解;我仿佛天天都有机会送汪文宣上班,和曾树生同路走到银行,陪老太太到菜场买菜……他们每个人都对我坦白地讲出自己的希望和痛苦。

我的确有这样的感觉:我写第一章的时候,汪文宣一家人虽然跟我同在一所大楼里住了几个月,可是我们最近才开始交谈。我写下去,便同他们渐渐地熟起来。我愈往下写,愈了解他们,我们中间的友谊也愈深。他们三个人都是我的朋友。我听够了他们的争吵。我看到每个人的缺点,我了解他们争吵的原因,我知道他们每个人都迈着大步朝一个不幸的结局走去,我也向他们每个人进过忠告。我批评过他们,但是我同情他们,同情他们每个人。我对他们发生了感情。我写到汪文宣断气,我心里非常难过,我真想大叫几声,吐尽我满腹的怨愤。我写到曾树生孤零零地走在阴暗的街上,我真想拉住她,劝她不要再往前走,免得她有一天会掉进深渊里去。但是我没法改变他们的结局,所以我为他们的不幸感到痛苦。

我知道有人会批评我浪费了感情,认为那三个人都有错,值不得惋惜。也有读者写信来问:那三个人中间究竟谁是谁非?哪一个是正面人物?哪一个是反面的?作者究竟同情什么人?我的回答是:三个人都不是正面人物,也都不是反面人物;每个人有是也有非;我全同情。我想说,不能责备他们三个人,罪在蒋介石和国民党反动政府,罪在当时的重庆和国统区的社会。他们都是无辜的受害者。我不是在这里替自己辩护。有作品在,作者自己的吹嘘和掩饰都毫无用处。我只是说明我执笔写那一家人的时候,我究竟是怎样的看法。

我已经说明《寒夜》的背景在重庆,汪文宣一家人住的地方就是我当时住的民国路那幢三层"大楼"。我住在楼下文化生活出版社里面,他们住在三楼。一九四二年七月我头一次到民国路,也曾在三楼住过。一九四五年年底我续写《寒夜》时,已经搬到了二楼临街的房间。这座"大楼"破破烂烂,是不久以前将被轰炸后的断壁颓垣改修的。不过在当时的重庆,像这样的"大楼"已经是不错的了,况且还装上了有弹簧的镂花的大门。楼下是商店和写字间。楼上有写字间,有职员宿舍,也有私人住家。有些屋子干净整齐,有些屋子摇摇晃晃,用木板隔成的房间常常听得见四面八方的声音。这种房间要是出租的话,租金绝不会少，而且也不易租到。但也有人在“大楼”改修的时候，出了一笔钱，便可以搬进来几年，不再付房租。汪文宣一家人住进来，不用说，还是靠曾树生的社会关系，钱也是由她付出的。他们搬到这里来住，当然不是喜欢这里的嘈杂和混乱，这一切只能增加他们的烦躁，却无法减少他们的寂寞；唯一的原因是他们夫妇工作的地点就在这附近。汪文宣在一个“半官半商的图书公司”里当校对，我不曾写出那个公司的招牌，我想告诉人图书公司就是国民党的正中书局。我对正中书局的内部情况并不了解。不过我不是在写它的丑史，真实情况只有比汪文宣看到的、身受到的一切更丑恶，而且丑恶若干倍。我写的是汪文宣，在国民党统治下比什么都不如的一个忠厚、善良的小知识分子，一个像巴什马金那样到处受侮辱的小公务员。他老老实实地辛苦工作，从不偷懒，可是薪水不高，地位很低，受人轻视。至于他的妻子曾树生，她在私立大川银行里当职员，大川银行也在民国路附近。她在银行里其实是所谓的“花瓶”，就是作摆设用的。每天上班，工作并不重要，只要打扮得漂漂亮亮，能说会笑，让经理、主任们高兴就算是尽职了。收入不会太少，还有机会找人帮忙做点投机生意。她靠这些收入养活了半个家（另一半费用由她的丈夫担任），供给了儿子上学，还可以使自己过着比较舒适的生活。还有汪文宣的母亲，她从前念过书，应当是云南昆明的才女，战前在上海过的也是安闲愉快的日子，抗战初期跟着儿子回到四川（儿子原籍四川），没有几年的功夫却变成了一个“二等老妈子”，像她的媳妇批评她的那样。她看不惯媳妇那种“花瓶”的生活，她不愿意靠媳妇的收入度日，却又不能不间接地花媳妇的钱。她爱她的儿子，她为他的处境感到不平。她越是爱儿子，就越是不满意媳妇，因为媳妇不能像她那样把整个心放在那一个人身上。

我在小说里写的就是这样的一个家庭。两个善良的小资产阶级知识分子，两个上海某某大学教育系毕业生，靠做校对和做“花瓶”勉强度日。不死不活的困苦生活增加了意见不合的婆媳间的纠纷，夹在中间受气的又是丈夫又是儿子的小公务员默默地吞着眼泪，让生命之血一滴一滴地流出去。这便是国民党统治下善良的知识分子的悲剧，悲剧的形式虽然不止这样一种，但都不能避免家破人亡的结局。汪文宣一家四口包括祖孙三代，可是十三岁的初中学生在学校寄宿，他身体弱，功课紧，回家来不常讲话，他在家也不会引起人注意；所以我在小说里只着重地写了三个人，就是上面讲过的那三个人。关于他们，我还想声明一次：生活是真实的，人物却是拼凑拢来的。当初我脑子里并没有一个真实的汪文宣。只有在小说脱稿以后我才看清了他的面颜。四年前吴楚帆先生到上海，请我去看他带来的香港粤语片《寒夜》，他为我担任翻译。我觉得我脑子里的汪文宣就是他扮演的那个人。汪文宣在我的眼前活起来了。我赞美他的出色的演技，他居然缩短了自己的身材！一般地说，身材高大的人常常使人望而生畏，至少别人不敢随意欺侮他。其实在金钱和地位占绝对优势的旧社会里，形象早已是无关重要的了。要是汪文宣忽然得到某某人的提拔升任正中书局经理、主任，或者当上银行经理、公司老板等等，他即使骨瘦如柴、弯腰驼背，也会到处受人尊敬，谁管他有没有渊博的学问，有没有崇高的理想，过去在大学里书念得好不好。汪文宣应当知道这个"真相"。可是他并不知道。他天真地相信着坏蛋们的谎言，他很有耐心地等待着好日子的到来。结果，他究竟得到了什么呢？

我在前面说过对于小说中那三个主要人物，我全同情。但是我也批评了他们每一个人。他们都有缺点，当然也有好处。他们彼此相爱（婆媳两人间是有隔阂的），却又互相损害。他们都在追求幸福，可是反而努力走向灭亡。对汪文宣的死，他的母亲和他的妻子都有责任。她们不愿意他病死，她们想尽办法挽救他，然而她们实际做到的却是逼着他、推着他早日接近死亡。汪文宣自己也是一样，他愿意活下去，甚至在受尽痛苦之后，他仍然热爱生活。可是他终于违背了自己的意志，不听母亲和妻子的劝告，有意无意地糟蹋自己的身体，大步奔向毁灭。这些都是为了什么呢？难道三个人都发了狂？

不，三个人都没有发狂。他们都是不由自主的。他们的一举一动都不是出于本心，快要崩溃的旧社会、旧制度、旧势力在后面指挥他们。他们不反抗，所以都做了牺牲者。旧势力要毁灭他们，他们不想保护自己。其实他们并不知道怎样才能保护自己。这些可怜人，他们的确像我的朋友彼得罗夫所说的那样，始终不曾"站起来为改造生活而斗争过"。他们中间有的完全忍受，像汪文宣和他的母亲；有的并不甘心屈服，还在另找出路，如曾树生。然而曾树生一直坐在"花瓶"的位子上，会有什么出路呢？她想摆脱毁灭的命运，可是人朝南走绝不会走到北方。

我又想起吴楚帆主演的影片了。影片里的女主角跟我想象中的曾树生差不多。只是她有一点跟我的人物不同。影片里的曾树生害怕她的婆母。她因为不曾举行婚礼便和汪文宣同居，一直受到婆母的轻视，自己也感到惭愧，只要婆母肯原谅她，她甘愿做个孝顺媳妇。可是婆母偏偏不肯原谅，把不行婚礼当作一件大罪，甚至因为它，宁愿毁掉儿子的家庭幸福。香港影片的编导这样处理，可能有他们的苦衷。我的小说人物却不是这样。在我的小说里造成汪文宣家庭悲剧的主犯是蒋介石国民党，是这个反动政权的统治。我写那几个人物的时候，我的小说情节逐渐发展的时候，我这样地了解他们，认识他们。

汪文宣的母亲的确爱儿子，也愿意跟着儿子吃苦。然而她的爱是自私的，正如她的媳妇曾树生所说，是一个"自私而又顽固、保守"的女人。她不喜欢媳妇，因为一则，媳妇不是像她年轻时候那样的女人，不是对婆母十分恭顺的孝顺媳妇；二则，她看不惯媳妇"整天打扮得妖形怪状"，上馆子，参加舞会，过那种"花瓶"的生活；三则，儿子爱媳妇胜过爱她。至于"你不过是我儿子的'姘头'，我是拿花轿接来的"，不过是在盛怒时候的一个作战的武器，一句伤害对方的咒骂而已。因为在一九四四年，已经没有人计较什么"结婚仪式"了。儿子连家都养不活，做母亲的哪里还会念念不忘那种奢侈的仪式？她希望恢复的，是过去婆母的权威和舒适的生活。虽然她自己也知道过去的日子不会再来，还是靠媳妇当"花瓶"，一家人才能够勉强地过日子，可是她仍然不自觉地常常向媳妇摆架子发脾气；而且正因为自己间接地花了媳妇的钱，更不高兴媳妇，常常借故在媳妇身上发泄自己的怨气。媳妇并不是逆来顺受的女人，只会给这位婆母碰钉子。生活苦，环境不好，每个人都有满肚皮的牢骚，一碰就发，发的次数愈多，愈不能控制自己。因此婆媳间的不合越来越深，谁也不肯让步。这个平日钟爱儿子的母亲到了怒火上升的时候，连儿子的话也听不进去了。结果儿子的家庭幸福也给破坏了。虽然她常常想而且愿意交出自己的一切来挽救儿子的生命，可是她的怒火却只能加重儿子的病，促使死亡早日到来。

汪文宣，这个忠厚老实的旧知识分子，在大学念教育系的时候，“满脑子都是理想”，有不少救人济世的宏愿。可是他在旧社会里工作了这么些年，地位越来越低，生活越来越苦，意气越来越消沉，他后来竟然变成了一个胆小怕事、见人低头、懦弱安分、甘受欺侮的小公务员。他为了那个吃不饱穿不暖的位置，为了那不死不活的生活，不惜牺牲了自己年轻时候所宝贵的一切，甚至自己的意志。然而苟安的局面也不能维持多久，他终于害肺病，失业，吐尽血，失掉声音痛苦地死去。他“要活”，他“要求公平”。可是旧社会不让他活，不给他公平。他念念不忘他的妻子，可是他始终没有能等到她回来再见一面。

曾树生和她的丈夫一样，从前也是有理想的。他们夫妇离开学校的时候，都有为教育事业献身的决心。可是到了《寒夜》里，她却把什么都抛弃了。她靠自己生得漂亮，会打扮，会应酬，得到一个薪金较高的位置，来“提高”自己的生活水平，来培养儿子读书，来补贴家用。她并不愿意做“花瓶”，她因此常常苦闷、发牢骚。可是为了解决生活上的困难，为了避免吃苦，她竟然甘心做“花瓶”。她口口声声嚷着追求自由，其实她所追求的“自由”也是很空虚的，用她自己的话来解释，就是：“我爱动，爱热闹，我需要过热情的生活。”换句话说，她追求的也只是个人的享乐。她写信给她丈夫说：“我……想活得痛快。我要自由。”其实，她除了那有限度的享乐以外，究竟有什么“痛快”呢？她又有过什么“自由”呢？她有时也知道自己的缺点，有时也会感到苦闷和空虚。她或许以为这是无名的惆怅，绝不会想到，也不肯承认，这是没有出路的苦闷和她无法解决的矛盾，因为她从来就不曾为着改变生活进行过斗争。她那些追求也不过是一种逃避。她离开汪文宣以后，也并不想离开“花瓶”的生活。她很可能答应陈经理的要求同他结婚，即使结了婚她仍然是一个“花瓶”。固然她并不十分愿意嫁给年纪比她小两岁的陈经理，但是除非她改变生活方式，她便难摆脱陈经理的纠缠。他们在经济上已经有密切联系了，她靠他帮忙，搭伙做了点囤积、投机的生意，赚了一点钱。她要跟他决裂，就得离开大川银行，另外安排生活。然而她缺乏这样的勇气和决心。她丈夫一死，她在感情上更“自由”了。她很可能在陈经理的爱情里寻找安慰和陶醉。但是他也不会带给她多大的幸福。对她来说，年老色衰的日子已经不太远了。陈经理不会长久守在她的身边。这样的事在当时也是常见的。她不能改变生活，生活就会改变她。她不站起来进行斗争，就只有永远处在被动的地位。她有一个十三岁的儿子。她不像一般母亲关心儿子那样地关心他，他对她也并不亲热。儿子像父亲，又喜欢祖母，当然不会得到她的欢心。她花一笔不算小的款子供给儿子到所谓"贵族学校"念书，好像只是在尽自己的责任。她在享受她所谓"自由"的时候，头脑里连儿子的影子也没有。最后在小说的《尾声》里，她从兰州回到重庆民国路的旧居，只看见一片阴暗和凄凉，丈夫死了，儿子跟着祖母不知走到哪里去了。影片中曾树生在汪文宣的墓前放上一个金戒指，表示跟墓中人永不分离，她在那里意外地见到了她的儿子和婆母。婆母对她温和地讲了一句话，她居然感激地答应跟着祖孙二人回到家乡去，只要婆母肯收留她，她做什么都可以。这绝不是我写的曾树生。曾树生不会向她的婆母低头认错，也不会放弃她的"追求"。她更不会亲手将"花瓶"打碎。而且在一九四五年的暮秋或初冬，她们婆媳带着孩子回到家乡，拿什么生活？在国民党反动派统治下，要养活一家三口并不是容易的事。曾树生要是能吃苦，她早就走别的路了。她不会历尽千辛万苦去寻找那两个活着的人。她可能找到丈夫的坟墓，至多也不过痛哭一场。然后她会飞回兰州，打扮得花枝招展，以银行经理夫人的身份，大宴宾客。她和汪文宣的母亲同是自私的女人。

我当然不会赞扬这两个女人。正相反，我用责备的文笔描写她们。但是我自己也承认我的文章里常常露出原谅和同情的调子。我当时是这样想的：我要通过这些小人物的受苦来谴责旧社会、旧制度。我有意把结局写得阴暗，绝望，没有出路，使小说成为我所谓的"沉痛的控诉"[①]。国民党反动派宣传抗战胜利后一切都有办法，而汪文宣偏偏死在街头锣鼓喧天、人们正在庆祝胜利的时候。

---

① 解放后我为《寒夜》新版写的"内容提要"里，有这样的一段话："长篇小说写的是一九四四、四五年国民党统治下的所谓'战时首都'重庆的生活。……男主人公断气时，街头锣鼓喧天，人们正在庆祝胜利，用花炮烧龙灯。这是对国民党反动统治的沉痛的控诉。"

我的憎恨是强烈的。但是我忘记了这样一个事实：鼓舞人们的战斗热情的是希望，而不是绝望。特别是在小说的最后，曾树生孤零零地消失在凄清的寒夜里，那种人去楼空的惆怅感觉，完全是小资产阶级的东西。所以我的“控诉”也是没有出路的，没有力量的，只是一骂为快而已。

我想起来了：在抗战胜利后那些日子里，尤其是在停电的夜晚，我自己常常在民国路一带散步，曾树生所见的也就是我目睹的。我自己想回上海，却走不了。我听够了陌生人的诉苦，我自己闷得发慌，我也体会到一些人的沮丧情绪。我当时发表过一篇小文章，写出我在寒风里地摊前的见闻。一年多以后，我写到《寒夜》的《尾声》时，也曾参考这篇短文。而且那个时候（一九四六年最后两天）我的情绪也很低落。无怪乎我会写出这样的结局来。

我还想谈谈锺老的事。并不需要很多话，我不谈他这个人，像他那样的好心人在旧社会里也并非罕见。但是在旧社会里锺老起不了作用，他至多只能替那些比他更苦、更不幸的人（如汪文宣）帮一点小忙。谁也想不到他会死在汪文宣的前头。我写他死于霍乱症，因为一九四五年夏天在重庆霍乱流行，而重庆市卫生局局长却偏偏大言不惭，公开否认。文化生活出版社烧饭老妈谭嫂的小儿子忽然得了霍乱。那个五十光景的女人是个天主教徒，她急得心慌意乱，却跑去向中国菩萨祷告，求来香灰给儿子治病。儿子当时不过十五六岁，躺在厨房附近一张床上，已经奄奄一息了。我们劝谭嫂把儿子送到小龙坎时疫医院。她找了一副“滑竿”把儿子抬去了。过两天儿子便死在医院里面。我听见文化生活出版社的工友讲起时疫医院里的情形，对那位局长我感到极大的憎恶。我在《寒夜》里介绍了这个“陪都”唯一的时疫医院。倘使没有那位局长的“德政”，锺老也很有可能活下去，他在小说里当然不是非死不可的人。我这些话只是说明作者并不常常凭空编造细节。要不是当时有那么多人害霍乱症死去，要不是有人对我讲过时疫医院的情形，我怎么会想起把锺老送到那里去呢？连锺老的墓地也不是出自我的想象。“斜坡上”的孤坟里埋着我的朋友缪崇群。那位有独特风格的散文作家很早就害肺病。我一九三二年一月第一次看见他，他脸色苍白，经常咳嗽，以后他的身体时好时坏，一九四五年一月他病死在北碚的江苏医院。他的性格有几分像汪文宣，他从来不肯麻烦别人，也害怕伤害别人，他到处都不受人重视。他没有家，孤零零的一个人，静悄悄地活着，又有点像锺老。据说他进医院前，病在床上，想喝一口水也喝不到。他不肯开口，也不愿让人知道他的病痛。他断气的时候，没有一个熟人在场。我得了消息连忙赶到北碚，只看见他的新坟，就像我在小说里描写的那样。连两个纸花圈也是原来的样子，我不过把"崇群"二字换成了"又安"。听说他是因别的病致死的。害肺病一直发展到喉结核丧失了声音痛苦死去的人我见过不多，但也不是太少。朋友范予（我为他写过一篇《忆范兄》）和鲁彦（一位优秀的小说家，我那篇《写给彦兄》便是纪念他的），还有我一个表弟……他们都是这样悲惨地结束了一生的。我为他们感到不平，感到愤怒，又因为自己不曾帮助他们减轻痛苦而感到愧悔。我根据我的耳闻和目睹，也根据范予病中的来信，写出汪文宣病势的逐渐发展，一直到最后的死亡。而且我还把我个人的感情也写在书上。汪文宣不应当早死，也不该受这么大的痛苦，但是他终于惨痛地死去了。我那些熟人也不应该受尽痛苦早早死去，可是他们的坟头早已长满青草了。我怀着多么悲痛的心情诅咒过旧社会，为那些人喊冤叫屈。现在我却万分愉快、心情舒畅地歌颂像初升太阳一样的新社会。那些负屈含冤的善良的"小人物"要是死而有知，他们一定会在九泉含笑的。不断进步的科学和无比优越的新的社会制度已经征服了肺病，它今天不再使人谈虎色变了。这两天我重读《寒夜》，好像做了一个噩梦。但是这样的噩梦已经永远、永远地消失了！

1961 年 11 月 20 日

（本篇最初发表于一九六二年六月《作品》新一卷第五、六期合刊，现据《巴金全集》第 20 卷收入本书，人民文学出版社 1993 年版）

关于《寒夜》

关于《寒夜》，我过去已经谈得不少。这次在谈《激流》的回忆里我写过这样的话:“我在自己身上也发现我大哥的毛病,我写觉新……也在鞭挞我自己。”那么在小职员汪文宣的身上,也有我自己的东西。我曾经对法国朋友讲过:我要不是在法国开始写了小说,我可能走上汪文宣的道路,会得到他那样的结局。这不是虚假的话,但是我有这种想法还是最近两三年的事。我借觉新鞭挞自己的说法,也是最近才搞清楚的。过去我一直背诵丹东的名言:“大胆,大胆,永远大胆!”丹东一七九四年勇敢地死在断头机上,后来给埋葬在巴黎先贤祠里面。我一九二七年春天瞻仰过先贤祠,但是那里的情况,我一点也记不起了。除了那句名言外,我只记得他在法庭上说过,他的姓名要长留在先贤祠里。我一九三四年在北平写过一个短篇《丹东的悲哀》,对他有些不满,但他那为国献身的精神永远值得我学习。我在三十年代就几次引用丹东的名句,我写觉慧时经常想到这句话。有人说觉慧是我,其实并不是。觉慧同我之间最大的差异便是他大胆,而我不大胆,甚至胆小。以前我不会承认这个事实,但是经过所谓“文化大革命”后,我看自己可以说比较清楚了。在那个时期我不是唯唯诺诺地忍受着一切吗?这究竟是为了什么?我曾经作过这样的解释:中了催眠术。看来并不恰当,我不单是中了魔术,也不止是别人强加于我,我自己身上本来就有毛病。我几次校阅《激流》和《寒夜》,我越来越感到不舒服,好像我自己埋着头立在台上受批判一样。在向着伟大神明低首弯腰叩头不止的时候,我不是“作揖哲学”和“无抵抗主义”的忠实信徒吗?

我写《寒夜》和写《激流》有点不同,不是为了鞭挞汪文宣或者别的人,是控诉那个不合理的社会制度,那个一天天腐烂下去的使善良人受苦的制度。一九四四年秋冬之际一个夜晚,在重庆警报解除后一两个小时,我开始写《寒夜》。当时我的脑子里只有汪文宣,而且面貌不清楚,不过是一个贫苦的患肺结核的知识分子。我写了躲警报时候的见闻,也写了他的妻子和家庭的纠纷。这一切都是围绕着汪文宣进行的。我并没有具体的计划,也不曾花费时间去想怎样往下写。但肺病患者悲惨死亡的结局却是很明确的。这样的结局我见得不少。我自己在一九二五年也患过肺病。的确是这样:我如果不是偶然碰到机会顺利地走上了文学道路,我也会成为汪文宣。汪文宣有过他的黄金时代,也有过崇高的理想。然而他和许多知识分子一样让那一大段时期的现实生活毁掉了。我写汪文宣，写《寒夜》，是替知识分子讲话，替知识分子叫屈诉苦。在当时的重庆和其他的“国统区”，知识分子的处境很困难，生活十分艰苦，社会上最活跃、最吃得开的是搞囤积居奇，做黄（金）白（米）生意的人，还有卡车司机。当然做官的知识分子是例外，但要做大官的才有权有势。做小官、没有掌握实权的只得吃平价米。

那一段时期的确是斯文扫地。我写《寒夜》，只有一个念头：这种情况不能再继续下去。我的脑子里常常出现三个人的面貌：第一位是我的老友范兄。我在早期的散文里几次谈到他，他患肺结核死在武夷山，临死前还写出歌颂“生之欢乐”的散文。但是在给我的告别信里他说“咽喉剧痛，声音全部哑失……。最近几个月来我已受够了病的痛苦。”第二位是另一个老友彦兄。在他需要帮助的时候，我没有认真地给他援助。我最后一次看见他，他的声音已经哑了，但他还拄着手杖一拐一拐地走路，最后听说他只能用铃子代替语言，却仍然没有失去求生的意志。他寂寞凄凉地死在乡下。第三位是我一个表弟。抗战初期他在北平做过地下工作，后来回到家乡，仍在邮局服务。我一九四二年回成都只知道他身体弱，不知道他有病。以后听说他结婚，又听说他患肺结核。最后有人告诉我表弟病重，痛苦不堪，几次要求家人让他死去，他的妻子终于满足了他的要求，因此她受到一些人的非难。我想摆脱这三张受苦人的脸，他们的故事不断地折磨我。我写了几页稿纸就让别的事情打岔，没有再写下去。是什么事情打岔？我记不清楚了。大概是“湘桂大撤退”以后，日军进入贵州威胁重庆的那件大事吧。

我在《寒夜》后记里说，朋友赵家璧从桂林撤到重庆，在金城江大火中丧失一切，想在重庆建立新的据点，向我约稿，我答应给他一部小说。我还记得，他来找我，我住在重庆民国路文化生活出版社楼梯下那间很小的屋子里。他毫不气馁地讲他重建出版公司的计划，忽然外面喊起“失火”来，大家乱跑，人声嘈杂，我到了外面，看见楼上冒烟，大吃一惊。萧珊当时在成都（她比我先到重庆，我这年七月从贵阳去看她，准备不久就回桂林，可是刚住下来，就听到各种谣言，接着开始了“湘桂大撤退”，我没有能再去桂林），我便提着一口小箱子跑到门外人行道上。这是我唯一的行李，里面有几件衣服，一部朋友的译稿，我自己的一些残稿，可能有《寒夜》的前两页。倘使火真的烧了起来，整座大楼一定会变成瓦砾堆，我的狼狈是可想而知的，《寒夜》在中断之后也不会再写下去了，因为汪文宣一家住在这座大楼里，就是起火的屋子，我讲的故事就围绕着这座楼、就在这几条街上进行，从一九四四年暮秋初冬一直到一九四五年冬天的寒夜。

幸而火并未成灾就给扑灭了，我的生活也不曾发生大的变化，萧珊从成都回来，我们在楼梯下的小屋里住了几个月。后来又搬到沙坪坝借住在朋友吴朗西的家中。家璧的图书公司办起来了。我没有失信，小说交卷了，是这年（一九四五）上半年在沙坪坝写成的，但它不是《寒夜》，我把《寒夜》的手稿放在一边，另外写了一本《第四病室》，写我前一年在贵阳中央医院第三病室里的经历。在重庆排印书稿比较困难，我的小说排竣打好纸型，不久，日本政府就宣布投降了。

八年抗战，胜利结束。在重庆起初是万众欢腾，然后是一片混乱。国民党政府似乎毫无准备，人民也没有准备。从外省来的人多数都想奔回家乡，却找不到交通工具，在各处寻找门路。土纸书没有人要了，文化生活出版社显得更冷清，家璧的图书公司当然也是这样。小说没有在重庆印出，家璧把纸型带到上海。我还留在重庆时，有熟人搭飞机去上海，动身的前夕，到民国路来看我，我顺便把包封好的《第四病室》的手稿托他带去。后来朋友李健吾和郑振铎在上海创办《文艺复兴》月刊，知道我写了这本小说，就拿去在刊物上连载。小说刚刚刊出了第一部分，赵家璧回到上海，准备出版全书。他和振铎、健吾两位都相熟，既然全书就要刊行，刊物不便继续连载，小说只发表了一次，为这事情我感到对不起《文艺复兴》的读者（事情的经过我后来才知道）。因此我决定把下一部小说交给这个刊物。

下一部长篇小说就是《寒夜》。我在一九四四年写了几张稿纸，一九四五年日本投降后我在那间楼梯下的屋子里接下去又写了二三十页。在重庆我并没有家。这中间萧珊去成都两次：第一次我们结婚后她到我老家去看看亲人，也就是在这段时间我开始写《寒夜》;第二次在日本政府投降的消息传出不久,一位中国旅行社的朋友帮忙买到一张飞机票让她匆匆地再去成都,为了在老家生孩子有人照料,但是后来因为别的事情(有人说可以弄到长江船上两个铺位,我梦想我们一起回上海,就把她叫回来了。我和她同到船上去看了铺位,那样小的地方我们躺下去都没有办法,只好将铺位让给别的朋友),她还是回到重庆。我的女儿就是在重庆宽仁医院出世的。我续写《寒夜》是在萧珊第二次去成都的时候,那些日子书印不出来、书没有人要,出版社里无事可做,有时我也为交通工具奔走,空下来便关在小房间里写文章,或者翻译王尔德的童话。

我写《寒夜》,可以说我在作品中生活,汪文宣仿佛就是与我们住在同样的大楼,走过同样的街道,听着同样的市声,接触同样的人物。银行、咖啡店、电影院、书店……我都熟悉。我每天总要在民国路一带来来去去走好几遍,边走边思索,我在回想八年中间的生活,然后又想起最近在我周围发生的事情。我感到了幻灭,我感到了寂寞。回到小屋里我像若干年前写《灭亡》那样借纸笔倾吐我的感情。汪文宣就这样在我的小说中活下去,他的妻子曾树生也出来了,他的母亲也出现了。我最初在曾树生的身上看见一位朋友太太的影子,后来我写下去就看到了更多的人,其中也有萧珊。所以我并不认为她不是好人,我去年写第四篇"回忆"时还说:"我同情她和同情她的丈夫一样。"

我写《寒夜》也和写《灭亡》一样,时写时辍。事情多了,我就把小说放在一边。朗西有一个亲戚在上海办了一份《环球》画报,已经出了两三期,朗西回到上海便替画报组稿,要我为它写连载小说,我把现成的那一叠原稿交了给他。小说在画报上刊出了两次,画报就停刊了,我也没有再写下去。直到这年六月我第二次回上海见到健吾,他提起我的小说,我把已写好的八章重读一遍,过几天给他送了去。《寒夜》这样就在八月份的《文艺复兴》二卷一期开始连载了。

《寒夜》在《文艺复兴》上一共刊出了六期,到一九四七年一月出版的二卷六期刊载完毕。我住在霞飞坊(淮海坊),刊物的助理编辑阿湛每个月到我家来取稿一次。最后的《尾声》是在一九四六年十二月三十一日写成。一月份的刊物说是一月一日出版,其实脱期是经常的事。我并没有同时写别的作品,但是我在翻译薇娜·妃格念尔的回忆录《狱中二十年》。我还在文化生活出版社担任义务总编辑兼校对，因此在“文化大革命”中我曾被当作资本家批斗过一次，就像我因为写过《家》给当作地主批斗过那样。我感到抱歉的是我的校对工作做得特别草率，在我看过校样的那些书中，人们发现不少的错字。

《寒夜》写一九四四年冬季到一九四五年年底一个重庆小职员的生活。那一段时期我在重庆，而且就生活在故事发生和发展的那个地区。后来我在上海续写小说，一拿起笔我也会进入《寒夜》里的世界，我生活在回忆里，仿佛在挖自己的心。我写小说是在战斗。我曾经想对我大哥和三哥有所帮助，可是大哥因破产后无法还债服毒自杀；三哥在上海患病无钱住院治疗，等到我四五年十一月赶回上海设法送他进医院，他已经垂危，分别五年后相处不到三个星期。他也患肺病，不过他大概死于身心衰竭，不像汪文宣死得那样痛苦。但是他在日军侵占“孤岛”后那几年集中营似的生活实在太苦了。没有能帮忙他离开上海，我感到内疚。我们在成都老家时他的性格比我的坚强、乐观，后来离开四川，他念书比我有成绩。但是生活亏待了他，把他的锐气和豪气磨得干干净净。他去世时只有四十岁，是一个中学英文教员，不曾结过婚，也没有女朋友，只有不少的学生，还留下几本译稿。我葬了他又赶回重庆去，因为萧珊在那里等着孩子出世。

回到重庆我又度过多少的寒夜。摇晃的电石灯，凄凉的人影，街头的小摊，人们的诉苦……这一切在我的脑子里多么鲜明。小说《尾声》的最后一部分就是根据我当时的一篇散文改写的。小说的主要部分，小说的六分之五都是在一九四六年下半年写成的。我的确有这样一种感觉：我钻进了小说里面生活下去，死去的亲人交替地来找我，我和他们混合在一起。汪文宣的思想，他看事物的眼光对我并不是陌生的，这里有我那几位亲友，也有我自己。汪文宣同他的妻子寂寞地打桥牌，就是在我同萧珊之间发生过的事情。写《寒夜》的时候我经常想：要不是我过去写了那一大堆小说，那么从桂林逃出来，到书店做个校对，万一原来患过的肺病复发，我一定会落到汪文宣的下场。我还有一个朋友散文作家缪崇群，他出版过几个集子，长期患着肺病，那时期在官方书店正中书局工作，住在北碚，一九四五年一月病死在医院里，据说他生病躺在宿舍里连一口水也喝不到，在医院断气时也无人在场。他也是一个汪文宣。我写汪文宣，绝不是揭发他的妻子，也不是揭发他的母亲，我对这三个主角全同情。要是换一个社会，换一个制度，他们会过得很好。使他们如此受苦的是那个不合理的旧社会制度。生活这样苦，环境这样坏，纠纷就多起来了。我写《寒夜》就是控诉旧社会，控诉旧制度。

这些年我常说，《寒夜》是一本悲观、绝望的小说。小说在《文艺复兴》上连载的时候，最后的一句是“夜的确太冷了”。后来出版单行本，我便在后面加上一句：“她需要温暖”。意义并未改变。其实说悲观绝望只是一个方面。我当时的想法自己并未忘记，也永远不会忘记。我虽然为我那种“忧郁感伤的调子”受够批评，自己也主动作过检讨，但是我发表《寒夜》明明是在宣判旧社会、旧制度的死刑。我指出蒋介石国民党的统治已经彻底溃烂，不能再继续下去。旧的灭亡，新的诞生；黑暗过去，黎明到来。奇怪的是只有在小说日文译本的书带上才有人指出这是一本充满希望的书。有一位西德女学生在研究我这本作品准备写论文，写信来问我：“从今天的立场来看你会不会把几个主角描写修改（比方汪文宣的性格不那么懦弱的，树生不那么严肃的，母亲不那么落后的）？”（原文）我想回答她：“我不打算修改。”过去我已经改了两次，就是在一九四七年排印《寒夜》单行本的时候和一九六〇年编印《文集》最后两卷的时候。我本来想把《寒夜》和《憩园》《第四病室》放在一起编成一集，但是在出版社担任编辑的朋友认为这样做，篇幅过多，不便装订，我才决定多编一册，将《寒夜》抽出，同正在写作中的《谈自己的创作》编在一起。因此第十四卷出版最迟，到一九六二年八月才印出来，印数不过几千册。那个时候文艺界的斗争很尖锐，又很复杂，我常常感觉到“拔白旗”的大棒一直在我背后高高举着，我不能说我不害怕，我有时也很小心，但是一旦动了感情健忘病又会发作，什么都不在乎了。一九六二年我在上海二次文代会上的发言就是这样“出笼”[①]的。我为这篇发言在十年浩劫中

① “出笼”：“四人帮”时期流行的用语。

吃够了苦头，自己也作过多次的检查。现在回想那篇发言的内容，不过是讲了一些寻常的话，不会比我在十四卷《文集》中所讲的超过多少。我在一九六〇年写的《文集》第十三卷的《后记》中谈到《憩园》和《第四病室》(也附带谈到《寒夜》)时，就用了自我批评的调子。我甚至说："有人批评我'同情主人公，怜悯他们，为他们愤怒，可是并没有给这些受生活压迫走进了可怕的绝路的人指一条出路。没有一个主人公站起来为改造生活而斗争过'。我没法反驳他。"

我太小心谨慎了。为什么不能反驳呢？多年来我一直在想，法庭审判一个罪人，有人证物证，有受害者、有死尸，说明被告罪大恶极，最后判处死刑，难道这样审判并不合法，必须受害者出来把被告乱打一顿、痛骂一通或者向"青天大老爷"三呼万岁才算正确？我控诉旧社会，宣判旧制度的死刑，作为作家我有这个权利，也有责任。写《寒夜》时我就是这样想，也就是这样做的。我恨那个制度，蔑视那个制度。我只有一个坚定的思想：它一定要灭亡。有什么理由责备那些小人物不站起来"斗争"？我国的知识分子从来就是十分善良，只要能活下去，他们就愿意工作。然而汪文宣在当时那种政治的和社会的条件下，要活下去也不能够。

关于《寒夜》我不想再说什么，其实也不需要多说了。我去年六月在北京开会，空闲时候重读了收在《文集》十四卷中的《寒夜》。我喜欢这本小说，我更喜欢收在《文集》里的这个修改本。我给憋得太难受了，我要讲一句真话：它不是悲观的书，它是一本希望的作品，黑暗消散不正是为了迎接黎明！"回忆"第四篇是在北京的招待所里写成的，文章中我曾提到"一九六〇年尾在成都学道街一座小楼上修改这小说的情景"，那时的生活我不但没有忘记，而且对我显得十分亲切。由于朋友李宗林的安排，我得到特殊的照顾，一个人安静地住在那座小楼上写文章。我在那间阳光照得到的楼房里写了好几个短篇和一本成为废品的中篇小说。在那三个月的安适生活中，我也先后校改了三本小说的校样，最后一本便是《寒夜》。

校改《寒夜》时我的心并不平静。那是在所谓"三年自然灾害"的时期，我作为一个客人住在小楼上，不会缺少什么。但周围的事情我也略知一二。例如挂在街上什么地方的"本日供应蔬菜"的牌子,我有时也看到,几次都是供应"凉粉"若干。有一天我刚刚走出大门,看见一个人拿着一个菜碗,里面盛了一块白凉粉,他对旁边一个熟人说:"就这样一点点。"

就在供应如此紧张的时候,我的表哥病倒了。这位表哥就是我一九三二年在《家庭的环境》中提到的"香表哥",也就是《家》的十版代序《给我的一个表哥》的收信人。我学英语,他是我的启蒙老师。在我一九二〇年秋季考进成都外国语专门学校补习班以前,他给过我不少的帮助。可是后来在他困难的时期我却不能给他任何的支持。一九五六年十二月我回成都,他在灌县都江堰工作,不曾见到他。一九六〇年我再去成都,看望姑母,他刚刚退职回家,我们同到公园喝过茶。过了些时候我再去姑母家,表哥在生病,桌上放了满满一杯药汁。他的声音本来有点哑,这时厉害了些,他说医生讲他"肝火旺",不要紧。后来我的侄儿告诉我,在医院遇见我表哥,怀疑表哥患肺结核,劝他住院治疗,他不愿意,而且住院也有困难。以后听说表哥住到城外他儿子的宿舍里去了,我让我一个侄女去看过他。病象越来越显著,又得不到营养品,他儿子设法买一点罐头,说是他想吃面,我叫侄女骑车送些挂面去。没有交通工具,我说要去看他,却又怕麻烦,一天推一天。听说他很痛苦,声音全哑了,和汪文宣病得一样,我没有想到他那么快就闭上了眼睛。有一天我一个堂兄弟来告诉我,表哥死了,已经火化了。没有葬仪,没有追悼会,那个时候人们只能够这样简单地告别死者。可是我永远失去了同表哥见面的机会。只有在知道他的遗体火化之后,我才感觉到有许多话要对他说!说什么呢?对大哥和香表哥,我有多少的感激和歉意啊!没有他们,我这个不懂事的孩子能够像今天这样地活下去吗?

堂兄弟还对我说,他去看过姑母。姑母很气愤,她感到不公平。她一生吃够了苦,过了八十岁,还看见儿子这样悲惨地死去,她想不通。堂兄弟还说,表哥的退职费只花去一小部分,火葬也花不了什么钱。表哥死后我没有敢去看姑母,我想不出安慰她的话。我不敢面对现实,只好逃避。不多久我因为别的任务赶回上海,动身前也没有去姑母家,不到半年我就得到她老人家逝世的噩耗。在成都没有同她母子告别,我总觉得欠了一笔偿不清的感情的债。我每次翻读

《寒夜》的最后一章，母亲陪伴儿子的凄凉情景像无数根手指甲用力地搔痛我的心。我仿佛听见了儿子断气前的无声哀叫："让我死吧，我受不了这种痛苦。"我说，不管想得通想不通，知识分子长时期的悲剧必须终止了。

我先把《寒夜》的校样寄回北京人民文学出版社，然后搭火车回上海，李宗林送我上车。这次回成都得到他的帮助不少，以后在北京出席全国人民代表大会，也经常同他见面。他曾在新疆盛世才监狱中受尽苦刑，身上还留着伤痕和后遗症。一九六四年尾在北京人大会堂最后一次看见他，他神情沮丧、步履艰难，我无法同他多谈。当时康生、江青之流十分活跃，好些人受到了批判，我估计他也会遇到麻烦，但绝对没有想到过不了几年他就在"文化大革命"初期受尽侮辱给迫害致死。两年前我得到通知在成都开追悼会为他平反雪冤。我打电话托人代我献了一个花圈，这就是我对一个敬爱的友人所能表示的一点心意了。我是一个无神论者。我绝不相信神和鬼。但是在结束这篇"回忆"时，我真希望有神，有鬼。祝愿宗林同志的灵魂得到安宁。也祝愿我姑母和表哥的灵魂得到安宁。

《创作回忆录》到这里结束。我写这十一篇"回忆"，并没有"扬名后世"的意思，发表它们也无非回答读者的问题，给研究我的作品或者准备批判它们的人提供一点材料。但我究竟是个活人，我有种种新的活动，要我停止活动整天回忆过去或者让别人来"抢救材料"，很难办到。别的人恐怕也是这样。但搜集资料却也是重要的事。我们过去太轻视这一类的工作，甚至经常毁弃资料。在"文化大革命"中不少有关我国现代文学的重要资料化成灰烬。我听说日本东京有一所"近代文学馆"，是作家们自己办起来的。我多么羡慕日本的作家。我建议中国作家协会负起责任来创办一所中国现代文学馆，让作家们尽自己的力量帮助它完成和发展。倘使我能够在北京看到这样一所资料馆，这将是我晚年的莫大幸福，我愿意尽最大的努力促成它的出现，这个工作比写五本、十本《创作回忆录》更有意义。

1980 年 12 月 27 日

（本篇最初发表于 1981 年 2 月 14 日香港《文汇报》，现据《巴金全集》第 20 卷收入本书）

知识分子

——随想录九〇

去年年底我为《寒夜》——挪威文译本写了如下的序言：

我知道我的小说《寒夜》已经被译成挪威文，友人叶君健问我是否愿意为这个新译本写序，我当然愿意。

《寒夜》脱稿于一九四六年的最后一天。一九六〇年冬天在成都校阅自己的《文集》时，我又把全书修改了一遍。一个多月前我新编自己的《选集》（十卷本），又一次读了全文，我仍然像三十五年前那样激动。我不能不想到自己过去常说的一句话："我写文章如同在生活。"我仿佛又回到一九四五年的重庆了。

我当时就住在主人公汪文宣居住的地方——民国路上一座破破烂烂的炸后修复的"大楼"。我四周的建筑物、街道、人同市声就和小说中的一样。那些年我经常兼做校对的工作，不过我靠稿费生活，比汪文宣的情况好一些。汪文宣的身上有我的影子，我写汪文宣的时候也放进了一些自己的东西。最近三四年来我几次对人说，要是我没有走上文学道路（我由于偶然的机会成了作家），我很可能得到汪文宣那样的结局。我的一个哥哥和几个朋友都死于肺结核病，我不少的熟人都过着相当悲惨的生活。在战时的重庆和其他所谓"大后方"，知识分子的生活都是十分艰苦的。小说里的描写并没有一点夸张。我要写真实，而且也只能写真实。我心中充满悲愤。我不想为自己增添荣誉，我要为受难人鸣冤叫屈。我说，我要控诉。的确，对不合理的社会制度我提出了控诉（J'accuse）。我不是在鞭挞这个忠厚老实、逆来顺受的读书人，我是在控诉那个一天天烂下去的使善良人受苦的制度，那个"斯文扫地"的社会。写完了《寒夜》，我有一种轻松的感觉，我把蒋介石国民党的统治彻底地否定了。

关于《寒夜》，过去有两种说法：一说是悲观绝望的书；一说是充满希望的书，我自己以前也拿不定主意，可以说是常常跟着评论家走。现在我头脑清醒多了。我要说它是一本充满希望的书，因为旧的灭亡，新的诞生；黑暗过去，黎明到来。究竟怎样，挪威的读者会作出自己的判断，……

我很高兴挪威的读者通过我的小说接触到我国旧知识分子正直善良的心灵，了解他们过去艰苦的生活和所走过的艰难曲折的道路。互相了解是增进人民友谊的最好手段，倘使我的小说能够在这方面起一些作用，那我就十分满意了。

一九八一年二月三十日

序言写到这里为止，想说的话本来很多，但在一篇序文里也没有说尽的必要，留点余地让读者自己想想也是好的。

那些年我不止一次地替知识分子讲话。在一九四三年写的《火》第三部里面，我就替大学教授打过抱不平。小说里有这样一段话："现在做个教授也实在太苦了，靠那点薪水养活一家人，连饭也吃不饱，哪里还有精神做学问？我们刚才碰见历史系的高君允提个篮子在买菜，脸黄肌瘦，加上一身破西装，真像上海的小瘪三。"昆明的大学生背后这样地议论他们的老师，这是当时的实际情况。学生看不起老师，因为他们会跑单帮，做生意，囤积居奇，赚大钱，老师都是些书呆子，不会做这种事。在那个社会知识无用，金钱万能，许多人做着发财的美梦，心地善良的人不容易得到温饱。钱可以赚来更多的钱，书却常常给人带来不幸。在《寒夜》中我写了四十年代前半期重庆的一些事情。当时即使是不大不小的文官，只要没有实权，靠正当收入过日子，也谈不到舒适。我有几个朋友在国民党的行政院当参事或者其他机关担任类似的职务或名义，几个人合租了一座危楼（前院炸掉了，剩下后院一座楼房）。我住在郊外，有时进城过夜，就住在他们那里，楼房的底层也受到炸弹的损害，他们全住在楼上。我在那里吃过一顿饭，吃的平价米还是靠他们的"特权"买来的，售价低，可是稗子、沙子不少，吃起来难下咽。这些贩卖知识、给别人用来装饰门面的官僚不能跟握枪杆子的官相比，更不能跟掌握实权的大官相比，他们也只是勉强活下去，不会受冻挨饿罢了。

那几年在抗战的大后方，我见到的、感受到的就是这样：知识分子受苦，知识受到轻视。人越善良,越是受欺负,生活也越苦。人有见识、有是非观念,不肯随波逐流,会处处受歧视。爱说真话常常被认为喜欢发牢骚,更容易受排挤,遭冷落。在那样的社会里我能够活下去,因为(一)我拼命写作,(二)我到四十岁才结婚,没有家庭的拖累。结婚时我们不曾请一桌客,买一件家具,婚后只好在朋友家借住,在出版社吃饭。没有人讥笑我们寒伧,反正社会瞧不起我们,让我们自生自灭,好像它不需要我们一样。幸而我并不看轻自己,我坚持奋斗。我也不看轻知识,我不断地积累知识。我用知识作武器在旧社会进行斗争。有一段长时期汪文宣那样的命运像一团黑影一直在我的头上盘旋。我没有屈服。我写《寒夜》,也是在进行斗争,我为着自己的生存在挣扎。我并没有把握取得胜利,但是我知道要是松一口气放弃了斗争,我就会落进黑暗的深渊。说句心里话,写了这本小说,我首先挽救了自己。轻视文化、轻视知识的旧社会终于结束了,我却活到现在,见到了光明。

在三十年代我也写过一些关于中国知识分子不幸遭遇的短篇,如《爱的十字架》《春雨》等。但是我还写过批判、鞭挞知识分子的小说如《知识阶级》《沉落》,就只这两篇,目标都是对准当时北平的准备做官的少数教授们。我写《沉落》,是在一九三四年十月,把稿子交给河清(即黄源,他帮助郑振铎和傅东华编辑《文学》月刊)后不久,我就到日本去了。我的一个好朋友读了我的小说很生气,从北平写长信来批评我。他严厉地责问我:写文章难道是为着泄气(发泄气愤)?! 我把他的劝告原封退还,在横滨写了一篇散文答复他,散文的标题也是《沉落》。在文章里我说,我"所攻击的是一种倾向,一种风气:这风气,这倾向正是把我们民族推到深渊里去的努力之一"。但是我不曾说明,小说中的那位教授是有所指的,指一位当时北平知识界的"领袖人物"。我并未揭发他的"隐私",小说中也没有什么"影射"的情节,我只是把他作为"一种倾向、一种风气"的代表人物来批判,进一番劝告。他本人当然听不进我这种劝告。我那位好友也不会被我说服。我记得我们还通过长信进行辩论,谁也不肯认输。不过这辩论并没有损害我们之间的友谊。后来我的小说给编进集子在读者中间继续流传,朋友对我也采取了宽大的态度。至于小说中的主人公,他继续"沉落"下去。

不过几年他做了汉奸。再过几年,他被判刑、坐牢。我曾经喜欢过他的散文,搜集了不少他的集子,其中一部分还保存在我的书橱里。但是对于我他只是黑暗深渊里的一个鬼魂。我常常想,人为什么要这样糟蹋自己?! 但"沉落"下去的毕竟是极少数的人。

这"沉落"的路当然不会是中国知识分子的道路! 经过了八年的抗战,我们可以说中国知识分子是经受得住这血和火的考验的。即使是可怜的小人物汪文宣吧,他受尽了那么难熬的痛苦,也不曾出卖灵魂。

关于中国知识分子,以后有机会我还想谈一谈,现在用不着多讲了。

中国人民永远忘记不了闻一多教授。

六月五日

(本篇最初发表于 1982 年 6 月 17、18 日香港《大公报·大公园》,后收入《真话集》,现据《巴金全集》第 16 卷收入本书,人民文学出版社 1991 年 3 月版)

与《寒夜》剧组主创人员的谈话

(1983 年 3 月 26 日,上海华东医院)

阙文:《寒夜》摄制组已经正式成立了,4 月 5 号开拍。我们摄影组的主要创作干部呢,除了我以外,还有这个摄影师,罗丹,拍《原野》的,《原野》你看过哦?

巴金:听讲过。

阙文:听过哦。这个美工师,晓滨同志,拍《早春二月》的美工师,《一盘棋》也是他的美工师。这是我们的录音师,专门声音合成各方面的,《原野》组他也参加了。副导演,任申同志。主要演员,我们现在主要有:汪文宣,选了许还山,他演过《樱》,最近演了《张衡》;曾树生,潘虹,最近得了金鸡奖;母亲呢,林默予,演过很多戏，她形象比较和善，有书香门第的气质，所以我们选了。选的这些演员，我们都给你过一下目。

他这个人呢，表面上是比较硬性的，但是我们感觉这个戏开始啊，特别是年轻的时候，他的气质比较有一种追求理想的精神状态，不要一开始在年轻的时候，人家就感到没有理想。有理想，最后整个人被社会吃掉了。我们是这么想，所以呢，不选一般的，我们摄制组叫做反色彩处理，我们想试试看。不要一来就是，人家说窝囊废啊什么，一来就是有精神有理想，最后，被社会，一步一步，到最后垮了。我们现在有许多问题，听说你有个录音带，我们想听一听。

巴金：我是讲，主要意思呢，就是拍电影是再创造，所以你们有权，你们有思考，全部按照我的意思也不一定很好，这个戏喜欢的人不一定很多。出版多年以后，(我)慢慢地认识才成这样，所以你们有权决定一切。我的认识，我曾经和小祝闲谈，讲到我的真实思想，我说的就是荒煤讲的那个时代问题。

我觉得《寒夜》时代是明显的，我选的人物就是，不写国民党的残暴统治，不写人民的反抗，不写这个，就是只写三个善良的人，在这时候，安分守己，规规矩矩，只想生活下去，结果都活不了，悲惨死亡，这说明这个统治到了最后要崩溃了。对这一点，我就像他一样，对这个悲惨统治的死心，我的思想是这样的。所以我觉得这个汪文宣，他不是窝囊废，我想说汪文宣有我的成分在里面，他最初是理想者，但是到了那个时候，在重庆又没有后台，没有关系，做个小事，就靠这个生活，他什么理想都给破光了，都没有了，所以他这样子逼到他走这个绝路。我就觉得，我自己也是，当时在重庆我也是在搞出版，如果不是我过去写了很多书，如果不是我在书店当个总编辑，我从桂林逃出来，我也毫无办法。那个社会知识分子也很悲惨，最有办法的是做投机生意的人。所以汪文宣他怎么样？在这三个人里面，我觉得汪文宣他最善良，我写这三个人都是很善良的人，他最善良，他不愿意伤害别人，任何人，不愿意做这样的，所以他走到末路。

他的母亲，是清末民初的一个新人物，当时是新人物，但是到了四十年代，已经就是落后了，所以思想也有个思想冲突，一个还有就是日常生活，她看不惯这种这样的，所以她对媳妇处理不好，婆媳之间以后有纠纷了，主要也就是人纠纷越多，因为生活越苦，越犯愁，越感到不公平，社会不公平，她觉得她儿子不应该这个样子，所以她这样跟媳妇，生活越不好嘛，冲突越厉害，就是这样子。算是最初的新人物，清末民初新人物，到那个时候变成落后了。

曾树生这个人最被人误解，我觉得她是，她也善良的，但是她跟那个汪文宣不同，她比汪文宣要强一点，她也自私一点，汪文宣不做的事她也肯去做，所以像曾树生就在银行做事情，那个时候叫法叫“花瓶”，汪文宣就不肯做的，但曾树生她不在乎，她做。但是她做花瓶，花瓶当时有几种花瓶，有些有本事的，有些没本事只靠漂亮装饰，曾树生她有本事能够应付，她在银行里面工作也可以。

还有一个陈主任，陈主任当时也是很普通的，弃文求商，他当时是大学生，不读书了，跑到缅甸去，或者什么（地方）买点东西做投机生意，或者在银行里看看有什么关系啊，有没有什么后台啊，有没有什么背景啊，他有背景，他在银行搞一个位子，他可以做投机生意，可以发财。所以这个人呢，相貌也不错，也有能力，也能够应对的。

曾树生呢，她有理想，和汪文宣一样有理想，但是那个时候她把社会看穿了，所以她觉得我应该保持我的青春、自由、幸福，她是这样子的。

她是这样，她觉得她有权利享受，所以她跳舞啊玩乐啊，她一方面是做着银行的工作，工资高，银行工作工资高，所以她能靠自家养活她一家。她有过去的理想，理想慢慢地被社会夺去了，但是她还是想，把儿子培养出来，所以小孩子读书，当时那个南开中学，是一个高级的（学校），学费很高的，她婆婆就说了，你不是说经济困难嘛，经济困难你为什么读学费这么高的学校？她就希望培养她的下一代。

她能够应付陈主任，她思想里面充满着各种各样矛盾。她岁数是三十四岁，和她爱人是同岁，比陈主任还大两岁。这个陈主任一方面是新人物，还比较正派，只能说是比较正派一点，他也没有玩女人。所以一方面呢，曾树生有一点本事，工作有一点能力，她能够应付他，她高兴这样子。但是将来怎么样，她有些担心的，心里头也是矛盾得很厉害，所以到兰州她给汪文宣写了封信，要求离婚了。

当时来说（曾树生和汪文宣）属于同居，不兴举行婚礼，她和婆母吵架的时候，那个母亲就是骂她，借着这个吵架的机会这样讲，并不承认这个。吴楚帆他们拍的这个电影，说他们争论哟，就因为他们没结婚，他母亲看不起她，所以后来找了个戒指放在桌子上，他们才和好了，其实倒不是这个样子。他母亲说曾树生，其实最主要的，就是不满意当时的生活，不满意当时的一切。这三个人都是这样的，曾树生她也在斗争，她也是这样生活，她也不愿意（做花瓶），但是不能不这样做，家里人靠这个生活。去兰州，她好像脱离这个家庭一样的，实际上呢，她不去兰州，她这个家怎么办？她小孩子念书，念高级学校，她的丈夫生肺病，所以（她）也很矛盾，所以最后，她回来也说，她什么都没有。

我的意思呢，三个人主要从这一点，整个问题是国民党当时的统治。三个人都是善良的人，当时有更好的（环境），就比较好一点。所以大家都是整个矛头针对当时社会，当时事情就是这样。这一点，你们可以，我当时写的就是把我自己放在里面，把我当时周围的事情也放在里面，所以我说我如果不写小说啊，我在法国我一直这样讲，我就成为汪文宣。所以我觉得他不是窝囊废，是社会整个把他毁掉，他也不愿意害人的，不愿意做一点亏心的事情，不愿意做一点伤人的事情，最后就走到末路。比如说，他同仁包饭，就有同仁写信到他家说，你生肺病了，大家都这个（担心传染），就不要他包饭，他就退出。就真有这个事情，有人告诉我这个事情，是李××的儿子×××，在抗战时期，就是这样的，（肺病）特别的厉害，今天的话就不成为不治之症了。

当时的情况是这样的，所以我就这个事情，三个小人物的事情，来写当时的社会特征。我就讲这一点吧。

我自己对一个作品的看法，也是慢慢地变化的。

阙文：这是我们的照片，拍了试妆的。这个汪文宣的形象。你补充一下，说一下汪文宣什么时候的。

许还山：这个他害病了以后。先把这个年轻的（照片）拿（过来）。这个是他年轻的时候。年轻的时候，正是年轻有为、充满理想的时候。

巴金：对对对对，大学毕业，想办学校。

许还山：对，想办学校。这是年轻的造型。那个，潘虹那个年轻的。这是他们正在初恋的期间。这是她造型，这是潘虹的。这个就后期了，就和他同居以后了。同居以后是这样子的情况。同居以后，年纪也比较大了。

跟她同居以后，汪文宣呢，病了，贫穷疾病，在这个时候。第一个阶段，一种病态的感觉。

阙文：这是快完蛋了，呵呵。

许还山：行将就木的时候了，得肺病到了后期，这个时候。

巴金：这主要是靠你们创作。

阙文：母亲啊，因为她在杭州有戏，这回回去呢，再照了照片给你寄来。

巴金：她演得很好。

阙文：她是演得很好，她演老太太是专家了。她表面上是善良的，她形象是善良的，所以我们呢，不要把一个受过教育的老太太表现成恶婆婆。

巴金：教育——

阙文：哎，受过教育的，

林默予：有文化的。

巴金：的确是。

阙文：我回去嘛，准备把她试了妆再给你寄来。现在看看我们演员有没有什么问题，跟你个别提一下，好不好，可以哦？

巴金：可以，可以。

潘虹：巴老，我想请教一下你，关于陈主任这个人物，在当时社会里，他属于什么阶层，具体的说是？

巴金：这个，那种人也很多的，很难说的，就是知识分子，他总是有一点办法，有一定关系，他能够沾点边啊，能够做点生意，他那时候叫做生意。陈主任呢，就是他有亲戚关系在银行里面，所以非常地重用。在银行里他有这个位置，就可以靠这个东西去赚钱。所以我讲曾树生啊，是他那里的一个会计，他一起做生意的时候，他也带她做一笔，所以关系比较深一些。陈主任就是当时一般知识分子，有点办法的，不很善良的，重庆当时很多人都是这样子。他这个人物啊，他相貌也很动人的，做人会讨好人，会交际。另外，这个人照我写的，他还比较规矩的，他对曾树生没有手段，没有别的，真正是爱这个人。将来可能真正结婚以后，他把她抛弃也难说，年纪差两岁啊。但是到当时为止，他还是规规矩矩的。

潘虹：那当时他和曾树生，在感情上来讲，到底有没有那种，嗯，暧昧的关系呢？

巴金：感情上，他是要去追她，他要和她结婚了。曾树生就主要是应付，曾树生我就说过，这个是我是六〇年改的，她到兰州去的时候，她丈夫下楼，她不要丈夫送她，留个条子，丈夫下楼来送她，她一回头看见了，就扑到他身上去吻他，她丈夫说你不要吻，我身上有肺病，要传染的，她说我倒愿意我传染着，这样子我就不离开你。所以她是很矛盾的，她唯一的缺点，如果我说的话，就是她喜欢玩，到处跳舞啊，家就不像个家，吵吵闹闹的，在家里没有时间的，到外面去，就这一点，所以她是不断地斗争。当时她去(兰州)，她不去啊，家里安家费就没有，生活也没办法，整个家也没办法，所以她最后还是(去了)，最后也可能跟陈主任结婚。她还回来看看，以为家里人还在啊，她想这个，结果最后发现死掉，什么都没有，她也许可能走别的路，但是人去楼空，她没有(家)，最后是那种感觉。她的缺点就是这个。当时很多的大学生在念书的时候，大学教授也很多(这样)的，都是自己买菜啊，生活得很苦。在课堂上学生说读书有什么用呢，我跑到缅甸去跑一趟，去做趟生意，赚钱就好，老是这样子生活艰苦。

任申：所以说，曾树生曾经有没有一点爱这个陈主任？

巴金：也难说的，只能说好感。

许还山：有没有动心？瞬间的这种动心还是有的吧。

巴金：她呢，她在困难的时候，痛苦的时候，不是有一幕讲到江边，看雾的时候，她也有一点的，但是这种时候不多。

许还山：那她的感情的主要方面，还是在汪文宣这边？

巴金：就是，就是。

许还山：尽管他很穷，而且有病。

巴金：就是啊，而且知道没希望了，那个时候，肺病这样子是没希望了，所以她一方面希望能够好好活下去，把小孩培养起来，但是她小孩又不同她接近，感情生疏，小孩对她反而不怎么样。

任申：曾树生和陈主任走，这里面有没有感情的成分？

巴金：这个倒没有，不一样。陈要她，陈是为了她，她本人不这样觉得，所以她斗争得很激烈，最后她是跟母亲吵架，家里生活（不愉快），所以最后决定是去兰州。

阙文：有个人提出来，她到兰州写了封信给汪文宣，说是我跟你离婚吧，不是有这么一封信吗？

巴金：是啊。

阙文：那么离婚的基础是因为感情的破裂呢，还是某一种原因呢，还是她真的爱上了这个陈主任呢？

巴金：不是，当时的环境她自己斗争得很厉害，她很痛苦，将来怕又出什么事情呢，所以她就告诉这个（汪文宣），把关系弄清楚嘛。她怕自己经历不住，受不住考验，感到痛苦。所以事实上呢，她离婚以后回到重庆，问她一下，她说我还没有什么，是不是啊？

阙文：嗯嗯，方太太问她，她说我还是那样，原来那样。

巴金：她对汪文宣讲，不过我没有做过对不起你的事。陈主任是拼命追她，那是很好的，对她是很有感情的，没有感情的话，他就玩弄她，就骗她了。陈主任是相信她是可以跟他结婚的，知道她丈夫会死掉的。

阙文：另外我们现在处理这个演员表演的问题上，有个很大的问题，我们害怕吃不透，什么问题呢？就是曾树生为什么从兰州要回来看她的丈夫汪文宣？这是第一个。第二个呢，她是被陈主任遗弃了，抛弃了，是男的不要了这个曾树生呢，还是女的，由于看到胜利了，原来的理想又在她脑子里升起了，所以她感觉到跟陈经理在事业上是空虚的。

巴金：抗战胜利了，那个对。

阙文：哎，因此回来了，那么这个问题呢，要求我们在语言表演的时候设计好这个问题,到底是陈主任把她离婚了,不要她了,把她抛弃了,因为反过来,(他)要到上海接收去了,他另外找一个爱人,或者找一个小老婆,不要她了。还是曾树生她感觉胜利了,她教育事业的理想,一切(的理想)都要出来了,又要恢复到她当年的办教育事业,所以她离开了陈主任。

巴金:她恐怕没去想这个事情,不过她是这样子想,抗战胜利了,她以为她丈夫身体会好一点,她以为他会恢复,或者生活有一点希望,就是这样子,所以回来看看。她不愿意和陈主任在一起,过那种生活。

任申、潘虹:她不愿意过那种生活。

林默予:跟陈主任在感情上不能得到满足是吗?

巴金:就是就是。

阙文:她感情上不能得到满足就是?

巴金:就是没有理想,过去那一点(理想),她还有一点,所以她回来看看到底怎么样,还想恢复这种关系。

许还山:巴老,我有一个问题请教一下。就是汪文宣这个人物,他自己作为一个男人,他的自尊,在您的作品里面,您觉得更多地应该强调哪一个方面?作为他男人的自尊。

巴金:我的想法是,汪文宣他喜欢一个女人,他就是真的爱她,为她幸福,他自己完全绝望了,到《寒夜》里面他已经绝望了,所以他一直就是为他的母亲,还有妻子,他处处都为他妻子想。所以他很多(时候)有小知识分子脾气,资产阶级脾气,习惯了,最后到咖啡店里去,叫两杯咖啡,放一杯在这里,所以他思想总的还是在过去的妻子身上。这个人,他也没有大用处,社会把他搞得这个样子,但他思想还是在这方面。所以我觉得他的理想也没有了,搞版校啊什么的,最后想的就是他这两个亲人。所以,社会这个制度,这个统治,把他弄得这个样子。

阙文:那老太太这个人呢,母亲啊,我们想有的人说好像是像个恶婆婆,我们想处理成,她并不是恶婆婆。

巴金:她不是,不是。

阙文:但是在社会的矛盾,各个方面的条件,经济上的,战争的,人在最困难的时候,她总有把矛盾最尖的部分爆发出来,说的话可能比较过头了,这个老年人经常有这种事情的,但是说过以后,她心里可能又有一点忏悔。所以我们想处理这个人呢,是这么个人,还在最后被观众所同情的。

巴金:她跟树生的矛盾,是两个人都喜欢儿子。

阙文:两个人都喜欢儿子。

巴金:所以呢,她对树生的这种生活方式——

阙文:看不惯。

巴金:不了解这个社会的情况。

林默予:她除了不满意她的这个生活方式,还有说气话啦,说她是姘头什么的,那更主要的,是不是因为母亲自己就是贤妻良母,她看不惯树生呢,她不像个贤妻良母,她不像我爱我的丈夫那样爱她的丈夫,爱她的孩子,是不是这是很主要的?

巴金:另外还生气啊,她还得靠她,他们一家都靠她。

林默予:伤自尊的,很伤自尊的。

巴金:对对对对,就是。

阙文:这个人矛盾。

林默予:我现在就是有一点担心啊,就是将来演出来,现在的青年人,一定不会同情这个母亲的。

巴金:就是这样子。

林默予:一定对这个母亲很反感。

巴金:相当严重,我女婿说他看,也恨婆婆。

林默予:现在的年轻人看起来,哎哟,这个婆婆怎么这样子,呵呵呵。

巴金:这个就要靠你创造。

阙文:我们想整个调子啊,把它摆在这是旧社会弱者的呐喊,这三个都是弱者。

巴金:对对,就是这样子。

阙文：他们的呐喊，他们的呼声，我们现在是这么处理的。有一种说法，就是一个作品一定要其中有一个人被人同情，如果三个人都不被人同情的话，你们这个影片就不能得到成功，我们感觉恐怕也不尽然这样一个问题，果戈理的那个《钦差大臣》，它里面没有一个人可以同情的，对不对啊？

巴金：对对对。

阙文：所以主要看我们怎么表现这三个人的，把他都表现成弱者，这个呐喊，它是可以的。

巴金：我的看法，三个人都值得同情。

阙文：都值得同情的。

巴金：三个人都想活下去，好好活下去，结果呢，悲惨死亡。

许还山：汪文宣这个人的心灵美，我把它着重表现为，他以爱作为他的一个牺牲可不可以？

巴金：哎，也可以。

许还山：还有一点，他的对曾树生的强烈的爱里面，当他看到她和陈主任在一起的时候，有没有嫉妒的东西？

巴金：这个很难说。

许还山：能不能表现出来？

巴金：他不是那么强烈，不一定强，有一点压着。

许还山：压抑。

巴金：压抑。他当时自己觉得，自己条件不够，比她差，他觉得曾树生想（陈主任），他感觉到这个。

许还山：不是他的对手？

巴金：就是这个，但是他也想啊。我是这种感觉，真的喜欢别人呢，要把对方的幸福放在第一。

阙文：把对方的幸福放在第一位，自我牺牲。

巴金：就是就是。我就觉得，当时这个作品呢，是曾树生强烈一点，所以我说，在以前心情是说，抗战一胜利一解决。什么问题都是抗战。就是汪文宣，听到敌人投降了也说，不会再死了，结果呢，庆祝抗战的日子，他死掉了。所以国民党讲这个话是欺骗的，整个作品讲的是这个。我觉得这个时代的气息就是这样的。

潘虹：巴老，再请教你一个问题，曾树生在兰州不是给文宣写了一封信吗？它里面谈到曾树生对文宣的感情上的一些东西，她基本上就已经比较明朗了，那是不是说，在兰州的这段生活里头，她的感情已经完全屈服于那个陈经理了？

巴金：不是屈服，当时想这样下去可能考验不住，和陈主任结婚啊什么，她自己害怕，她只有一个选择，她只有依附于陈主任，一方面她嫁给陈主任，她也害怕，她也不愿意，只有时对付陈主任，一方面她这样下去呢，她也害怕，害怕自己对付不了，所以她也不愿意。另一方面，她也不喜欢母亲，心里有气，憋在心里，要发泄一下。所以她为什么对汪文宣一家，她还是忘记不了，抗战胜利了还回来呀？就是这样子，她也是看看怎么样情形啊，是不是有可能恢复过去的这个（生活）。她最后决定，也可能再回去，也可能和陈主任结婚，有可能，也可能不这个（不这样做）。

阙文：我们重庆找了民国路，你写的那幢房子现在已经拆掉了，我们现在找了一个水巷子，这么一个地方，那个房子和你原来那个结构基本差不多，楼梯这么转上去，你那个三层楼，我这个四层楼。本来那个民国路的房子，对过是作家书屋对不对？在另外一本书里我看到，对不对？

巴金：对对对。

阙文：哎，作家书屋。所以环境我们现在搞得基本上是差不多的，我们现在准备把房子租下来，租两幢房子，一幢房子作爬楼梯，上上下下，另一个房子呢，把这个住的主人请到旅馆里去，我们拍几个月戏，你给我在旅馆里住几个月，然后我们拍完请你再进来。我们现在用实景，为什么呢？因为重庆这个山城特点很多，这个窗子看出去（变化多），如果画布景变化不多。摄影师和美工师准备把这个影片，时代背景环境白描，着重刻画人，摄影方面有一点像朦胧的，像林风眠那个画似的。布置啊，在细节各方面，美工师拍《早春二月》的，他都是采取一种说，不是自然主义的，色彩我们考虑基本调，不是各种色彩都有，我们现在是这样，所以拍实景。困难比较大的，现在最大的困难呢，先要拍冬景，现在天气越来越热了，我们要他们穿了棉袄，满头大汗揩一揩，就这么拍，也许屋子里放几块冰。把这个冬秋楼落下来以后，后面一部分春夏就好办一些。所以我们准备在南方，拍这个汪文宣和曾树生年轻办学的理想时代，理想时代的油菜花抢完以后，赶快到重庆去，把这个冬天的景拍下来。另外你写的那个国际俱乐部原来的照片，我们也都找到了。哎，那个咖啡厅——

巴金：美丽咖啡店。

阙文：美玲？

巴金：美丽。

阙文：啊，美丽啊，反正这个四十年代的照片我们也都找到了，我们尽可能地使它有时代感。

巴金：没关系，没关系。

阙文：我们现在片场，初步估计十二本，拍好以后修修剪剪，最后几本呢，咱们具体再说了。这个影片呢，宽银幕，彩色宽银幕，我们胶片搞了些感光度比较强的，有400度，可能250度，在屋子里可以拍的，我们初步是这样子决定的。我们现在就上马了。现在就是陈主任没有选，今天要来听听你看，因为有的人呢，哦，这个反面人物，那我们讲，哎哎哎，这个不是反面人物。今天最后听了你的意见，我们把陈主任确定下来，文人经商，弃文经商。

林默予：外貌很漂亮的，很能干的。

阙文：而且香港《文汇报》已经登了这个消息了，把我们见面的照片也发表了，我们呢，尽我们的努力，我们水平很低，可能拍了你很不满意，但是我们是尽我们最大的努力来完成这件事情。领导上也很重视，部里也很重视，陈荒煤同志都跟我谈了三次话，呃，四次，临走的时候他们演员都不带走，他又留了又说了一通，说了一通所以这回才来，所以都非常重视，一定要把它拍好。现在你对我们有什么要求？

巴金：希望你们成功。

阙文：来的目的呢，主要是希望你能提醒我们一下，什么地方你们必须注意的，什么地方应该怎么样的，如果你能提醒我们呢，我们当然 ——

巴金：剧本我还没看过，你们自己决定，有什么问题我们再（讨论），哎。剧本这关就靠你们了，你们大胆吧。

任申：我觉得人物的基调定一下吧，原来我们在这些问题上是定不下来，到底曾树生爱不爱陈主任，到底曾树生出走的时候，对陈经理是出于什么情况走的，另外她为什么回来，这么几个问题，主要是要解决这几个问题。因为曾树生，如果她能够跟陈经理在一起，我们想她总是感觉陈经理还有长处吧，能够有一个合得来的地方，所以才能够和他（在一起）。当然她也躲他，明知道他要追她了，但也躲他，因为她也喜欢汪文宣，所以这种矛盾的心理之上。

巴金：晚上跳舞啊，就是各种玩啊，觉得年轻人应该活动啊，他也有缺点，但是她喜欢年轻人也很漂亮，对她也很好，作为感情，也不能说没有这个。

任申：我们感觉这个戏，好像更多地应该写到这几个人的命运，反映了这一场社会的悲剧，所以就是在这个特定的历史时期，抗战胜利前后，这些人的思想，都不完全是正常的思想。

巴金：对对。

任申：他们有其他异化的东西。

巴金：都很复杂的，都很复杂的。所以没有一个人是好、坏，不单是靠一个表现出来。

任申：所以我们现在希望不太简单化地去表现这个。

巴金：对对对。

副导演：他们的思想好像都在矛盾之中。

巴金：都在矛盾之中。

副导演：本来这一家很困难了，你好好过就完了，可是就是因为种种因素过不了。抗战胜利了，他们钱也没了，什么也没了，各方面也不是很好，他们感情也破裂了，所以现在就是不一定要很明显地表现谁是好人，谁是坏人，谁对谁非。

阙文：我们想通过这个表现什么呢，就是人本来应该幸福的，应该是生活得美好的，但是社会有很多桎梏，使得原来是人，因为这些桎梏以后呢，他非人了，在一定程度上，应该这么说。要恢复到人的本来面目的话，就不应该有这些经济上的枷锁、压迫,有对他们各方面,理想、自由、爱情、事业,种种的压制。我们是想通过这样,看到人,应该真正活着的人。这是生活里面的弱者,真正活着的人应该是向往更好的东西。我们最后不着重表现谁是反面人物,谁是正面人物,或者应该怎么样,总的这些人都应该被同情,就像高尔基的《在底层》这样,所有的人都是。列宁说过,高尔基的《在底层》是黎明前的黑暗,通过一个家庭,看到这样的社会最后是要毁灭的,最后光明是要来的,对哦?

巴金:这些人后来都变成只为自己生活,只图自己过得好一点,结果一个都没得到……

阙文:他为自己的生活过得好一点,但是什么都没有得到。个人在那追求,他根本都没有——

许还山:比较起来,汪文宣是最不自私的。

巴金:确实确实。

林默予:他们是不是有一点变态心理呢?像母亲这样子的。

巴金:当然有一点,对生活都有一点,生活本身不正常嘛。

任申:主要这三个人,还都和善。

巴金:和善和善。汪文宣特别善良。

许还山:不自私,老为别人着想。

巴金:他什么坏事都不做,伤害别人的事都不做。

阙文:他最希望听到这一句话了。这回我们在四川,四川文化局各领导啊,市委啊,都希望有机会欢迎您去呢。

巴金:我四川人。

林默予:再度回到四川。

巴金:我今年不回去,明年也要回去……

林默予:盼望您今年回去,我们在那呢。

巴金:我也希望早点好。自己不当心啊,晚上上楼跌了一下,在医院里睡了四个月了。

潘虹:睡了四个月了。

罗丹:五六月份您回四川去?

巴金:五六月份不行哪。下半年,下半年再说。

林默予:您离开四川很多年了?

巴金:我最后一次是六一年。

罗丹:因为四川啊,重庆市委啊,对您表示特别的欢迎,希望您去看看去。

巴金:抗战期间我在重庆,这一本书都是写重庆的。

阙文:我们想通过这几个人物居住的地方,从家到正中书局,不想表现重庆的各个方面,印象反而不深,就这几个人经常(活动的地方),比如说咖啡店,比如说正中书局,比如说江边,这几个地方,他每天回家来啊,出去啊,重复,想通过这样的办法来表现。因为我们主要表现人,表现人的精神面貌、人的思想情况,所以不是说重庆什么地方我都去拍。我们不想这样,你看你有没有意见?

巴金:我赞同。这个办法好。

任申:我们想他是一个底层的小部分人的生活,就不想把面涉及得太大。他们虽然说也不是最苦的人,但是他们呢,已经很苦。他们的苦呢,也是由于大的人对他们的压迫。

巴金:从他这个(家庭),会反映出来整个社会。希望你们靠自己的意思。

任申:我们主要希望有这么一个心愿,能够比较忠实地反映原作的精神。

阙文:您的作品啊,我们看到一个"诚"字,真诚,通过您的作品——

巴金:我也是只想做点好事情,就是这样,能不能做到,也是一个问题,想是这样想的。放心吧,把我忘掉,你们看怎么办就怎么办,不要受这个拘束。

阙文:我们将来拍完了以后,我们这个样片,双片,或者说第一拷贝,拿来请你审查。

巴金:我看看,我年纪大,不大看电影了,你们这个片子啊,我看看。

阙文:那如果困难的话呢,我们搞个录像给你,转成录像,用录像机来请你看也可以。对吧?

巴金:这个可以看看的,这个(录像机)我有。

阙文:大家情绪很高,对拍你这个作品啊,大家不惜牺牲,从各路兵马都来了，就是水平低一点。

罗丹：我们是对巴老怀着敬意地拍了这个片子的。

巴金：我想你们这个样子，那实在是，都没有什么说的，我要感谢你们的好意，另一方面，我也相信，你们的这个戏一定会取得很大的成功。

（根据巴金故居馆藏录音整理，整理者：褚若千）

《寒夜》杂谈

一

《新生》发表以后，我几次想写它的续篇《黎明》，一直没有动笔。一九四七年《寒夜》出版了，我又想到预告了多年的《黎明》，我打算在那一年内完成它。可是我考虑了好久，仍然不敢写一个字。我自己的脑子里还没有一个比较明确、比较具体的未来社会的轮廓，我怎么能写那个时候人们的生活呢？我找了几本西方人讲乌托邦的书，翻看了一下，觉得不对头，我不想在二十世纪的四十年代写乌托邦的小说。因此我终于把《黎明》搁了下来。这是十四年前的事。我现在谈《新生》，又想到了那个未了的旧债，我的思想活动了，信心也有一些了。我觉得在新社会里试一试过去干不了的那个工作，也不见得毫无成功的可能，至少方向明确了，道路清楚了。今天拿起笔写未来社会、理想社会，绝不会像在写童话；正相反，我会觉得自己在写真实的生活，在写明天便要发生的事情，多么亲切，多么新鲜，多么令人兴奋！

我真想试一试，而且我相信一定会得到我写从《灭亡》到《寒夜》十四卷《文集》的当时所未曾有过的“写作的快乐”。

（节录自《谈〈新生〉及其他》，《巴金全集》第20卷）

二

最后可能有人要问：你这篇“回忆”里时而讲《海底梦》，时而谈《海的梦》，是不是你记错、写错了？对，我应该说明一下。《海底梦》并不是“海底下的梦”，它和《海的梦》是同样的意思，是同样的一本书。《海底梦》就是《海的梦》。

我开始写小说的时候，我的文字相当欧化，常常按照英文文法遣词造句。我当时还在翻译克鲁泡特金的一部哲学著作《伦理学》。这部书引用不少相当深奥的哲学名著，我并未读过，临时找来翻阅，似懂非懂，无法译得流畅，只好学习日文本译者内山贤次的办法硬译，就是说按照外国文法一个字一个字地硬搬，结果使我的文字越来越欧化。例如一个“的”字有三种用法，用作副词写成“地”，用作形容词，写成“的”，用作所有格紧接名词我就写成“底”。我用惯了，把凡是连接两个名词的“的”都写成“底”，甚至代名词所有格，我的，你的，都写成“我底”，“你底”。《灭亡》里是这样用法，《家》里是这样用法，《海的梦》里也是这样用法，明明是关于“海”的梦，或者海上的梦，却变成了海底下的梦了。当时还有人写文章把“底”当作形容词词尾使用，记得在这之前鲁迅先生翻译《艺术论》等著作也把“底”字用作形容词词尾。我看，再像我这样使用“底”字，只能给读者带来混乱，就索性不用它了，以前用过的也逐渐改掉。重排一次改一次。《家》《春》《秋》改得最晚。《灭亡》至今未改，留着“底”字说明我过去的文风和缺点。我在一九五七年到一九六二年编辑我的《文集》时，的确把我所有的作品修改了一遍。五十年中间我不断修改自己的作品，不知改了多少遍。我认为这是作家的权利，因为作品并不是试卷，写错了不能修改，也不许把它改得更好一点。不少西方文学名著中都有所谓“异文”(la variant)。要分析我不同时期思想的变化，当然要根据我当时的作品。反正旧版还在，研究者和批判者都可以利用。但倘使一定要把不成熟的初稿作为我每一部作品的定本，那么，今天恐怕不会有多少人“欣赏”我那种欧化的中文、冗长的表白、重复的叙述、没有节制的发泄感情了。说实话，我是在实践中不断地学习、进步的。

我说这些话，只是因为前不久我看到香港出版的英译本《寒夜》，译者在序言里好像说过，我在解放后编《文集》，为了迎合潮流修改自己的著作，他们认为还是解放前的版本比较可靠。我说“好像”，因为原话我记不清楚了，书又不在我手边，但大意不大会错，他们正是根据旧版《寒夜》翻译的。其实说这话的不仅是他们，有些美国和法国的汉学家也这样说。最近我读过一遍《寒夜》，我还记得一九六〇年年尾在成都学道街一座小楼上修改这小说的情景，我也没有忘记一九四四、四五两年我在重庆民国路生活的情景，我增加了一些细节，只是为了把几个人物写得更完整些。譬如树生离开重庆的凌晨和丈夫在楼梯口分别，她含着眼泪扑到他的身上去吻他。后来她回重庆探亲，听说丈夫已经死去，又记起了楼梯口分别的情景，她痛苦地想道：“我要你保重，为什么病到那样还不让我知道呢?”这更能说明我心目中的曾树生是个什么样的人。我同情她和我同情她的丈夫一样，甚至超过我同情她的婆母，但是我也同情那位老太太，这三个都是受了害的好人。我鞭挞的是当时的社会制度，我鞭挞的是蒋介石国民党的统治。不论作为作者，或者作为读者，我还是要说，我喜欢修改本，它才是我自己的作品。

（节录自《关于〈海的梦〉》，《巴金全集》第 20 卷）

三

那种日子的确不会再来了。我后来的一部长篇小说《寒夜》，我知道在日本有三种译本，这小说虽然是在战时的重庆开了头，却是在战后回到上海写成的。有人说这是一本悲观的小说，我自己也称它为“绝望的书”。我描写了一个善良的知识分子的死亡，来控诉旧社会，控诉国民党的腐败的统治。小说的结尾是重庆的寒冷的夜。一九七九年在法国尼斯有一位女读者拿了书来，要我在扉页上写一句话，我就写着：“希望这本小说不要给您带来痛苦。”过去有一个时期，我甚至害怕人在我面前提到这本书，但是后来我忽然在旧版日译本《寒夜》的书带上看到“希望的书”这样的话，这对我是多大的鼓励。说得好！黑暗到了尽头，黎明就出现了。

（节录自《文学生活五十年》，《巴金全集》第 20 卷）

四

我在四十年代中出版了几本小说，有长篇、中篇和短篇小说集，短篇集子的标题就叫《小人小事》。我在长篇小说《憩园》里借一位财主的口说："就是气魄太小！你为什么尽写些小人小事呢？"我其实是欣赏这些小人小事的。这一类看不见英雄的小人小事作品大概就是从《还魂草》开始，到《寒夜》才结束，那是一九四六年年底的事了。

（节录自《关于〈还魂草〉》，《巴金全集》第20卷）

五

在尼斯有一位法国太太拿了法译本的《寒夜》来找我，说是她喜欢这本书，要我为她签名，还要我在扉页上写一句话。我本来想写"希望这本小说不要给您带来太多的痛苦"。可是写了出来，"太多的"三个字没有了。作为作者，我不希望给读者带来痛苦。这种心愿是在几十年的创作实践中逐渐培养起来的。五十二年前我在巴黎开始拿笔的时候，我的想法并不是这样。但是作品一发表，就像一根带子把我同读者连接起来了。从此我就时时想到了读者。我总是希望作品对读者有所帮助，而自己又觉得它们对读者并无实际的益处。因此产生了矛盾，产生了痛苦。三十年代我常常叫嚷搁笔，说在白纸上写黑字是浪费生命，而同时我却拼命写作，好像有人在后面拿鞭子抽打我。我不是弄虚作假，装腔作势，在我的内心正在进行一次长期的斗争。两股力量在拉我，我这样经过了五十年，始终没有能离开艺术。今天快走到生命尽头的时候，我还下决心争取时间进行创作。我当时利用艺术发泄我的爱憎，以后一直摆脱不了艺术。现在我才知道艺术的力量。过去我不了解艺术，也不了解自己，难道我就了解读者吗？

我常说我的作品给人们带来痛苦，谈到《寒夜》，我称它为"悲观绝望的书"。在一九七七年发表的《一封信》和《第二次的解放》里，我还为最后那一句"夜的确太冷了"感到遗憾。女主人公孤零零地消失在凄清的寒夜里，那种人去楼空的惆怅感觉一直折磨着我，在那难忘的十年中间，我害怕人提起我的小说，特别害怕人提到《寒夜》。没有想到去年我无意间在旧版日译本《寒夜》的书带上，看到一句话："这是一本燃烧着希望的书。"原来读者也有各人的看法，并不能由作者一个人说了算。难道我真的就只给读者带来痛苦吗？现在连我自己也怀疑起来了。

在尼斯，法中友好协会分会为我们代表团举行了一次招待会，同时也欢迎从瑞士到尼斯来会晤我们的韩素音女士。招待会就在我住的那一家的客厅和饭厅里举行，不少的人参加了招待会，他们大都是本地法中友协的成员和积极分子，会上酒菜点心相当丰盛，客人们谈笑，亲切自然。两位年轻太太或者姑娘过来跟我谈《寒夜》和《憩园》里的两个女主人公。她们说，她们了解她们，一点也不陌生。我说，我写的是旧中国，旧中国的事情不容易理解。她们说："我们理解，心是一样的。她们是好人啊。"这时又有一位女读者参加进来。我就带笑说，女读者找我谈话，我不紧张，因为我在小说里很少把妇女写成坏人。后来在巴黎的确有人向我提过这个问题。我回答：在旧中国妇女在经济上不能独立，总是受压迫，受欺负，受剥削，受利用，因此我很同情她们。在这之前我还参加过一次同读者见面的会，我虽然高高地坐在台上，实际却有点像中学生接受考试，幸而读者们十分友好，没有出难题，一个半小时就顺利地过去了。我列举这几件事，为了说明一个问题：读者们不是一块铁板，他们有各人的看法，他们是"各取所需"。我已经谈过这个问题，以后有机会我还要谈到它。

（节录自《在尼斯》，《巴金全集》第 16 卷）

六

这几年来我常常想，要是我当初听从我家里人的吩咐，不动脑筋地走他们指引的道路，今天我会变成什么样子。我的结局我自己也想得到，我在《寒夜》里写过一个小知识分子（一个肺病患者）的死亡，这就是我可能有的结局，因为我单纯、坦白、不懂人情世故，不会讨好别人，耍不来花招，玩不来手法，走不了"光宗耀祖，青云直上"的大道。倘使唯唯诺诺地依顺别人，我祖父要我安于现状，我父亲(他死得早，我十二岁就失去了父亲)要我安于现状，我大哥也要我安于现状，我就只好装聋作哑地混日子，我祖父在我十五岁时神经失常地患病死去，我大哥在我二十七岁时破产自杀，那么我怎样活下去呢?

但是我从小就不安于现状，我总是在想改变我的现状，因为我不愿意白吃干饭混日子。今天我想多写些文章，多完成两三部作品，也仍然是想改变我的现状。想多做事情，想把事情做好，想多动脑筋思考，我过去是这样，现在也是这样。

(节录自《探索》，《巴金全集》第16卷)

七

靳以刚刚活了五十岁。最后十年他写得不多。他很谦虚，在五十年代他就否定了自己过去的作品。我还记得有一次，不是一九五五年就是五六年，我们在北京开会，同住一个房间，晚上我拿出《寒夜》横排本校样在灯下校改，他看见了就批评我:“你为什么还要重印这种书?”我当时还不够谦虚，因此也只是笑笑，仍旧埋头看校样。后来《寒夜》还是照常出版。但是，两三年、四五年以后我自己也感到后悔，终于彻底否定了它。

否定肯定，一反一复，作家的思想也在变化。靳以离开我们二十三年，我无法知道他现在对自己作品的看法，但是我可以说出我今天的意见。作家有权否定自己的作品，读者也有权肯定作家自己否定的作品，因为作品发表以后就不再属于作家个人。优秀的文学作品都是人民的精神财富。凡是忠实地反映了当时社会生活的作品，凡是鼓励人积极地对待生活的或者给人以高尚情操的，或者使人感觉到自己和同胞间的密切联系的作品，凡是使人热爱祖国和人民、热爱真理和正义的作品都会长久存在下去。

(节录自《〈靳以选集〉序》，《巴金全集》第16卷)

八

可以说我的写作生活就是从人道主义开始的。《灭亡》,我的第一本书,靠了它我才走上文学的道路,即使杜大心在杀人被杀中毁灭了自己,但鼓舞他的牺牲精神的不仍是对生活、对人的热爱吗?

《寒夜》,我最后一个中篇(或长篇),我含着眼泪写完了它。那个善良的知识分子不肯伤害任何人,却让自己走上如此寂寞痛苦的死亡的路。他不也是为了爱生活、爱人……吗?

还有,我最近的一部作品,花了八年的时间写成的《随想录》不也是为了同一个目标?

(节录自《〈巴金译文选集〉序》,《巴金全集》第 17 卷)

九

问:你的作品,或者应该说有法译本的三部作品里的一个重要主题,为什么是女性在旧中国社会里所受的苦难,以及她们寻求解放的斗争?《家》和《寒夜》里就可以看到二十世纪文学里几个最美好的受苦和斗争女性的形象。

答:在这方面有两个因素对我影响最大。第一是中国的传统小说,在这些巨著里,你可以看到女英雄们的非凡业绩。第二是俄国的小说,这里面女性常是积极和革命的人物。

问:《家》里被压迫的女性,不是因为缺乏照顾而死,就是自杀,而《寒夜》里的女主角却决意自立,反抗环境而放弃了一段不如意的婚姻,这是为什么?

答:《寒夜》里的男主角是个完全绝望了的人,他承认他的妻子找到了一种希望,虽然这也就表示她要离开他了。他并不是一个完全反面的人物。《寒夜》写的是蒋介石政权的压迫,而唯一的出路是抗日战争的胜利;男主角的忍耐也只可到此为止——就是在胜利的时刻他就死了。《寒夜》里的男性和女性处于同等的地位:两人都是时代和制度的牺牲品,但丈夫却从来没把妻子当成物品一样看待。

（节录自《答法国〈世界报〉记者问》，《巴金全集》第19卷）

十

问：创作《寒夜》时有没有明确的为政治服务的目的？您认为《家》和《寒夜》哪一部写得更好些？

答：《寒夜》写的事就发生在我的身边。那时候，我看到很多这样的家庭，很多汪文宣、曾树生和汪母，我只是和书中人物一起生活，一起哭笑。我不能归罪他们，责任在社会。我同情他们，却不能改变他们的命运，社会是个巨大的网，他们只能在无休止的争吵中消耗生命，直到这样的家庭毁灭。当时，虽然说抗战快胜利了，我还是看不到这样的家庭有什么希望，我感到汪文宣生活在那样的环境中一定没有出路，一定要改变那样的环境。日本一个学者说这是本充满希望的书。这个看法是很有说服力的。《家》和《寒夜》内容不同，但都写家庭，写青年人的命运，都有我自己的感情，自己的血泪，我都喜欢。

（节录自《巴金访问荟萃》，《巴金全集》第19卷）

（本文由本书编者辑录，题目为编者所拟，辑录的是作者散见在文章和谈话中的有关《寒夜》的文字）

《寒夜》

康永年

假如我们的良心并未泯灭，理智还有点清醒，就不会用一套空洞渺茫的什么光明春天之类的东西来自欺欺人。现实生活里交织着太多的痛苦和血泪，每一瞬间我们都可以听到绝望的哀号，会看见无数的人在生活的煎熬中倒下去。

难道这世界就没有欢笑么？有的，在高楼大厦里，在豪华的宴会上你可以找到欢笑——无耻的，荒唐的，淫荡的欢笑——可是，隐慝在欢笑的后面，在欢笑者的脚底下又尽是绝望的哀号和倒下去的人类。

悲剧吗？是的，我们这个国度就只有这些永远演不完的悲剧。

谁不曾有过希望？谁又不曾体验希望幻灭的痛苦？抗战八年，我们希望着胜利！胜利了，我们又得着了什么呢？我们只是在往下沉，往下沉。

今天，谁的心头上都像压了一块沉重的石头，对于将来，谁也觉得是一个猜不透的谜语。

恰好在这样的心情下，我读完了巴金先生的《寒夜》，从第一章到最末一个字，我喘着气读完了它，眼睛里始终濛着一层泪水！我想愤怒的吼叫，我想尽情的痛哭，我想向谁去控诉，为着书中的主角，为我自己，为生存在同时代受着苦难磨折的伙伴。

我们在《寒夜》里碰到的尽是一些平凡的人物：被生活的重担压碎了，连挣扎、希望的勇气也没有了的机关小职员；不甘寂寞、冷静和黑暗，充满了生命活力的少女；头脑虽然陈旧却疼爱自己的儿孙到忘我的境地的老母亲；因为物质条件太差，可怜而早熟的孩子；不学无术，倚势凌人的机关长官；逢迎吹拍的小丑……等等。《寒夜》里写的也是一些极平凡的故事：为了担心饭碗，不顾自己的身体埋头工作，终于死在肺病的痛苦里的善良的青年的生活；为了两代思想感情不融洽，母亲和妻子永远敌对的家庭纠纷；因为生活的艰辛，以致夫妻的感情日趋淡漠疏远，终于妻子决然出走悲惨的事实，……因为人物和事件平凡，所以特别能使人感动。在阅读它的几个钟头里，我在和那些人物共同生活，有时候竟怀疑那个人就是我自己。

两个大学毕业生，因为有共同的理想而恋爱，而结婚了，这不是很理想么？小家庭里有一个慈爱的母亲，不是更理想么？居然又锦上添花生了个孩子，这家庭还缺少什么呢？他们全是善良的人，他们中间无论谁都没有做过对不起人家的事。然而，这些条件似乎还不能把他们永远的联在一道，他们仍然扮演着悲剧。他们中间还缺少了一些别的却更重要的东西。

抗战结束前一年——本书故事开始的时期——内地的物质生活因战争的延长达到当时空前艰难的阶段。一个知识分子，假如不愿同流合污，就只有饥寒失业的一条路，那些幸而有一点小职务的人，也在极低的报酬下出卖自己的生命。现实生活露出了狰狞的面貌，用它魔鬼一样的压力使全部安分守己的人生活走出了轨道。这个七八年前还像个样子的汪文宣的家也就不能例外，过去十四年表面平静下潜伏着的一点一滴的不快，大大小小的矛盾，加速度的爆炸开来，每个人都“脾气大”。普遍的，人性受了摧残，他们在昏乱里看错了反攻的对象，应当加紧互爱互助的人竟互相伤害起来。

有些事简直就不可理解，生活的威胁使他们在职业的范围里忍受着欺负和奚落，不能反抗，不敢反抗，回到亲近的人的身旁，却尽量加以伤害。他们错了吗？错了！他们愿意吗？并不愿意啊！事情一过，良心上的责备比泄愤的痛快(其实何尝痛快呢?)要重千万倍。残酷的现实却告诉我们这只是极平凡的事。

他们缺少了互相的了解！但是这又是谁的错呢？

还是引两段巴金先生的文章吧！

> 他到了公司。楼下办公室似乎比平日冷静些。签到簿已经收起了。……二楼办公室里也有几个空位。周主任刚打完电话，不高兴的瞪了他一眼，淡淡的问一句："你病好了?"
>
> "好了，谢谢你，"他低声答道。
>
> "我看你身体太差，应该长期休养，"周主任冷冷说，他不知道周主任怀着什么心思，却听见旁边吴股长咳了一声嗽。
>
> 他含糊地答应了一个"是"，连忙到自己位上坐了。
>
> 他刚坐下，工友就送来一叠初校稿样到他面前。"吴股长说，这个校样很要紧，当天就要的，"工友不客气的说。
>
> ……他哼都不哼一声，只温和的点点头。
>
> "吴股长说，当天就要的，"工友站在旁边看着他，象在折磨他似的又说一遍。
>
> 他抬起头，但是他连愤怒的表情也没有，他温和的答了一声"好"。(页一七一七二)

这就是我们的主角汪文宣在那职业机关里的情形。"为了生活，我只有忍受。"(页九)他自己就这么说的。

再看一段：

> "你的身体比钱要紧。不能为了钱就连病也不医的。"妻劝道。"等你病好了，我们可以还出这笔钱。"
>
> "万一再花你许多钱，仍旧活不了，这笔钱岂不等于白花！实际上有什么好

处?"他固执的说。

"可是生命究竟比钱重要啊! 有的人家连狗啊、猫啊生病都要医治的,你是人啊!"妻痛苦的说。

"你应该看明白了,这个年头,人是最不值钱的,尤其是我们读书人,我自己是这里面最不中用的。有时想想,倒不如死了好,"他说着,又咳起嗽来,咳得不太厉害,但很痛苦。

"你不要再跟他讲话,你看他咳得这样,心里不难过吗?"母亲忽然抬起头,板起脸责备妻子道。

妻气红了脸,呆了半晌才答道:"我这是好意。我难过不难过,跟你不相干!"她把身子掉开,走到右边窗前去了。

"他咳得这样,还不让他休息。你这是什么居心?"母亲气愤的说,带着憎恶的目光瞪了妻一眼。她的声音不大,可是仍被妻听见了。

妻从窗前掉过头来冷笑道:"我好另外嫁人——这样你该高兴了!"

"我早就知道你熬不过的——你这种女人!"母亲高傲地说。……

"我这种女人也并不比你下贱,"妻仍旧冷笑道。

"哼! 你配比我! 你不过是我儿子的姘头。我是拿花轿接来的,"母亲得意地说,她觉得自己用那两个可怕的字伤了对方的心。

妻变了脸色,她差一点失掉了控制自己的力量。……

她们究竟为什么老是不停的争吵呢? 为什么这么简单的家庭,这么单纯的关系中间都不能有着和谐的合作呢? 为什么这两个他所爱而又爱他的女人必须像敌仇似的永远互相攻击呢? ……(页一九四——一九六)

他们就这样互相伤害着。

这就是善良的人缺少互相的了解,加上生活的煎熬所逼成无可救药的悲剧。

在《寒夜》里我们几乎看到了陀思妥益夫斯基的人物,那种病态的,反常的,残忍的,个别的讲却又是善良的灵魂。我说"几乎",是意味着两者中间还有许多不同的东西在。陀思妥益夫斯基的人物叫你绝望;"寒夜"的人物在被压迫、奚落、摧残的时候,内心充满了愤怒和不平,甚至见诸行动,例如曾树生(文宣的妻)毅然离开这个家庭就是。作者通过了他的小说告诉了我们:在寒夜——黑暗,寂寝,冷静——里挣扎反抗的人们,退却妥协的就会自己毁灭,勇敢坚定的可以生活到明天去。

汪文宣说:"横竖做不了事,就让它黑暗吧!"(页二五四)他的妻子赤裸裸的告诉他:"……近一两年来,……常常我发脾气,你对我让步,不用恶声回答,你只用哀求的眼光看我。……你为什么这样软弱……我只能怜悯你,我不能爱你。……"(页二九三)他太"老好"了,这世界不是为他这种人造的。你没有力量征服它,它就会吞噬你,如是汪文宣在黑暗里无声的死去! 他要活,但必需死去。

曾树生呢?"我爱动,爱热闹,我需要热情的生活。"(页二九七)"我只是想活,想活得痛快。我要自由。"(页二九九)她仍然灿烂的生活在人间。

在汪文宣身上我们体验了失望,曾树生却给人带来一丝温暖和活下去的勇气。为什么这样说,是不是过高的估计了树生?不会。我揣想作者的"尾声"无非是给我们这么点东西。树生追求的不是豪华的物质生活而在精神的幸福,自由;所以她并没有同上司陈经理结婚,到书的最末一个字,这事情也没有决定。无疑的,树生走到了岔路口,从她的个性来看,她会考虑出一条合理的前程来。是的,她仍然在寒夜中慢步的走,但,她不是要走着离开它吗?

这时,我突然起了个奇想:巴金先生的作品写作在一九四五年,而我们的男女主角刚好是三十四岁,是偶合呢?还是作者的意思呢?我们当然不必从这里去钻牛角尖。不过,无论如何作者会感到失望的,今天,生活压迫下许多的人踏上了汪文宣的故道,胜利并没有解救他们,这产生汪文宣的时代并没有随汪文宣的死亡而死亡。

这时代的继续,只是人生的厄运,人性恢复的那天,世界上才有真正的欢笑;那时巴金先生也该换一枝笔了。能讲述一些愉快的故事,让我们幸福的流泪。我们在等着,我相信巴金先生也在等着。

读完了《寒夜》,我得到的太多,有限的篇幅不容许我畅快的说出来,至于作者的写作技巧，早有定评，此地更用不着多浪费篇幅。最后我要向读者们说二句话：

你必需去读读《寒夜》，这本书太好了。

一九四八，三月六日夜完稿

（载《文艺工作》第 1 号“文艺批评”，1948 年 5 月 20 日）

动摇的「家」：《寒夜》

[法]明兴礼

金钱为罪恶之根，这是《憩园》和《激流》给我们的好教训，但是缺了金钱，也会引起家庭的不安，《寒夜》——巴金最后写的一部小说，要给我们证明这个事。

悲观的小说家，给我们写了许多忧郁的事情，在这许多悲痛的事情里，又隐藏着一种青春的希望。《憩园》的内容是很平淡的：城市、旅馆、人物、情感都没有什么令人注意的地方。姚先生是《憩园》的主角，性子顽固而大量，他的年纪轻的女人很忠实又很细心。杨家那个十二岁的小孩子，有一颗极纯洁的孝心，他的心就好似为他荒唐的父亲所采的茶花那般可爱！父亲是一个不务正业的人，但是在死前会表现出他的诚心的悔改。在《寒夜》里，我们再也找不到这样天真的纯洁的心灵和罪人的真诚的赎罪。一切都是紊乱，不安。

事情发生在中日战争的时候，一个男子为了母亲和妻子的原因，受了极厉害的折磨。

为躲避战争，汪文宣把他的老母亲接来，这位年老的太太脾气很不好，很容易发怒,她很自私地爱着她的儿子。文宣也不愿意送她家去。

老太太唯一的苦衷是:儿子没有结婚,只是很简单地同树生同居罢了。树生从大学毕业以后,就在银行里服务,但是她对于家中平常的事,一点也不会做。

贫穷开始袭击这个小家庭,文宣不再把多的钱给妻子花,她也不能再享受以前的舒适的生活。他们有一个十三岁的儿子,是树生自己出钱教育他。树生不给小孩子一点爱情,因为她没有时间去爱他;可怜的孩子,身体很软弱,很胆小,他决不是文宣和树生中间的爱情的联系。

病魔又来了,它渐渐把文宣领到坟墓里去。

树生在家庭里找不到从前所享的快乐,因为丈夫再也不能陪她到外边去逛,再也没有礼物以坚固他们夫妇之间的情感,在丈夫的身上,再也见不到从前的青年的健康和微笑,因为这一切,她的爱情转移了方向,她慢慢地让一个比文宣更有钱的更美丽的朋友拖去。她同时对丈夫还算忠实,一直到她潜逃的日子,她仍是很热心地爱护着害病的丈夫。

不久以后,这座城受到日本人的威胁,树生的朋友要迁移,她随他走了。数月后,她又回来找文宣,但她已不知他葬身何处了!

我看到这里,想起曹禺写的《原野》,无疑地,那是一个更有力量的悲剧。在那里面我们见到金子和仇虎的更坚强的性格,他俩的爱情毁灭了比文宣和树生更坚固的结合。假使因为一些小的冲突而使夫妇的爱情受到威胁甚至破裂,这样的结合能算是组织一个家庭吗?

这个家庭是不稳固的。“他没有什么权利来约束她。他们中间只有同居的关系,他们不曾正式结过婚。当初他反对举行结婚仪式,他直到现在还不知道他母亲就因为这个缘故,看不起他妻子,现在他却后悔她就那么轻易地丢开了他可以使用的唯一武器。她始终有着完全的自由。”(《寒夜》二十六页)

再说一次,他俩的结婚,是为了组织一个家庭呢,还是纯粹为了个人的享乐呢? 假使我们相信文宣的母亲的话,树生缺少中国社会上妇女应尽之道的传统观念,这也就是她同婆母不合的原因。

一个晚上，老母亲对儿子说：“我比不上小宣的妈，像鲜花一样，这也不能做，那也不能做。只顾自己打扮得漂亮，连儿子也不管。说是大学毕业生，受过高等教育，在银行机关里做体面事情，可是就没有看见她拿过几个钱回家用。”(《寒夜》四十五页)

盲目的妒忌！

树生自己出钱使儿子受到良好的教育，她的婆母对这一点也不明了。她俩都爱文宣；两个人的斗争也代表了两个时代的斗争，一个是乡间的老农妇，一个是摩登的女学生。

在《家》里面觉慧爱鸣凤，厌恶专权的长辈，在他自私的意识里，还带着社会革命的色彩，在《寒夜》里面，树生在温存的母爱后面，藏着一种可憎的享乐的恶情。

在文宣和树生之间，是否有真的爱情呢？或者说他俩纯粹为了享乐而结婚呢？这在树生是很清楚的，从下面几句话里，可以看清她的理想了。

“我没有别的理想，我活着的时候我只想活得痛快一点，过得舒服一点。”(《寒夜》一〇八页)

两年在中国西部的艰苦生活，使她失掉了勇气，同丈夫一齐吃苦那没有话说，因为自己已经献给了他。可是婆母的欺凌，实在叫她受不下去。

“——你是他的姘头，哪个不晓得！我问你：你哪天跟他结过婚？哪个做的媒人？

“——你管不着，那是我自己的事。

“——你是我的媳妇，我就有权管你。我偏要管你。”

“——我老实告诉你：现在是民国三十三年，不是光绪宣统时代了。”(《寒夜》一九七页)

又是不可避免的斗争，文宣的心被两个女人拖拉着，她们都爱他，同时她们的争吵使他的病痛加深了，他希望快快死去，他叹息，他流泪。

现在到了他决定的时候了，树生叫他明白：他有他的母亲，她也有她的朋友——银行里的经理。现在应该把账算清：他若把母亲送走，她便同他继续生活,否则她要走别的路了。

啊!这是爱情的交易!读到这里,我想到曹禺的《北京人》里的瑞贞和曾霆。他们的结婚是自由的,他们不是夫妻,只不过是朋友,因为他俩是不甘心结的婚。

爱情的交易,不会加给我们什么恩惠,人家要求享乐,并不是寻找自己的幸福,把爱情移植在不良的土壤里,早晚必要枯萎。

这样的结合是无限度的自由,每个人只不过为自己着想,谋个人的福利,不要管将来怎样,更不需要双方受婚约的拘束,青年男女好似春季,都喜欢自由地结合起来;夏季到了,他们的爱情也好似太阳一般热;到了严寒的冬天,病痛,年老,这就到离散的时候。这样结合的青年男女是不幸的,因为他们没有真正的神圣爱情,也决不会组成稳固的家庭。

寒夜,正是爱情结冰的时候!

(王继文　译)

(《巴金的生活和著作》,文风出版社,1950 年)

吾之阅读再读之书

[日]吉川幸次郎

最近，我一口气阅读了巴金的大部分是在抗战期间所写的作品。它们分别是《雪》《寒夜》《憩园》《第四病室》。其中，由于在此之前我看过半部冈崎俊夫所译的《寒夜》，而这次我则是把原文版的《寒夜》都读完了，因此，《寒夜》可以说是我的再读之书。重庆这个城市，似乎是倾斜坐落在面临扬子江的一个丘陵上的港口城镇。一到晚上就会起雾。还有日军的轰炸。在疏散在那里的或许是叫商务印书馆，总之就是一个大出版公司的校正部里，这个男人咳着血痰，以一步步临近死亡的躯体做着校正国民党要人的著书的工作。他的妻子是银行的高级女职员，对于这个又体弱又无能的丈夫，眼看就要失去感情了，但最终还是没有。还有与妻子矛盾非常激烈的丈夫的母亲。但是，不论是妻子，还是母亲，都是善良的人。作者努力向我们主张，在这个人类世界中，并没有绝对的恶意。就如作者在后记中所说，尽管“寒冷的夜晚”多得到处都是，但作者还是努力坚持着他的主张。对于日本读者，可能会觉得巴金的这种天真太幼稚。我自己也有过这样的感觉，并起过很强烈的反感。然而近来我却常在思索，对于幸福的生活来说，这样一种乐观的人生观——至少在根本处是乐观的，或许是挺有用的吧。

（沈佳炜　译）

（日本《群像》第8卷第6号，1953年6月）

巴金作品《寒夜》合评

在战争下

[日]木岛廉之

“我一生的幸福都给战争，给生活，给那些冠冕堂皇的门面话，还有街上到处贴的告示拿走了。”文宣的话象征性地暗示了《寒夜》的世界——“寒夜的悲剧”成立的基础。的确，汪一家的悲剧是战争产生的。但是文宣视为与“战争”同义的“不幸”不仅降临到了汪文宣一家，战争还把各种各样的不幸带给了所有中国人和家庭。战争导致的不幸把人类世界藏到普遍的阴惨的雾中，处于其中的各个家庭根据具体的、特殊的情况，“不幸”也就具体化、特殊化了。

但是，巴金所思考我们也认同的——《寒夜》中的主题——“战争的不幸”，粗略说来就是“像人一样生活的时间的丧失”。所以成立在普遍性之上的《寒夜》的世界就是“像人一样生活的时间的丧失”被深刻具体化的世界。

在文宣的叹息和嘟囔中，追忆他充满可能性的青春时代的上海生活时带着“悔恨和哀惜”的消极情感，能看出在人生的落寞时期体会到的失败者的态度。“在追忆青春的时代”本身大概就是在走投无路的人生的晚年中体会到的落魄的失败者的态度吧。而且他三十三岁，不该是追忆青春的年纪，更不该有这样的感慨。在上海的时候，他刚大学毕业，满脑子都是“在自己的家乡或者某个乡下经营一个乡村化、家庭化的学堂，创办规范的教育机构”。于是和现在的妻子树生恋爱、结合。随后侵华战争爆发。战争的重压极其简单地碾碎了个人渺小的希望、幸福，诞生了没有光明的黑暗的世界。受到战火侵袭，汪文宣举家逃往国民党的抗战首都重庆，在举目无亲的地方总算是作为半官半民的校正员，不得不在有伤自尊的出版社工作。与战争共起的黑暗的世界带给了他贫困和当时不治的结核，也让他失去了在家庭中的爱、妻子树生的爱。尽管血脉相连、在同一屋檐下生活，但构成家庭的文宣一家的每个人，在一个家庭中也已分崩离析，困在自己的世界中，卖弄隐性的自私。在毫无家庭温暖的阴惨的家庭中，文宣不得不挣扎在贫困和因贫困而导致的结核中。战争的重压极其简单地碾碎了个人渺小的希望、幸福，诞生了没有光明的黑暗的世界。文宣人生的晚年就生活在这样的黑暗世界中。贫困、病魔、孤独，这个残酷的世界无非是让文宣过着这样走投无路的人生晚年。即使这样，文宣也没有想过死。类似于老人度过余生的态度，文宣消极地残喘在既定的人生晚年。战争——青春丧失——不幸，文宣把不幸和战争等同视之。不幸伴随着战争降临。不幸应该会同战争一起离开。文宣茫然地寄希望于终战而活着。这希望绝不是出于深信。这不是出于想要积极开拓自己的人生而交织着确信的希望。缺失主体性，对自己寄浅薄希望于客观条件变化的人生的意愿——积极性——的丧失。自我判断的丧失。文宣已经三十三岁了，青春丧失，残喘在既定的人生晚年。因为对于消极地活下去的他来说，“客观条件的变化”就是“时间的经过”。文宣在听到窗外传来的发自“胜利”的群众的欢呼声后死去了。

译者冈崎俊夫说“至少《寒夜》给我的感受是”，“虽然‘苦闷’，但不‘脆弱’。

虽然主人公——文宣——除了叹息、嘟囔和呻吟，对于自己的敌人什么抵抗也没有，只是在忍辱中死去，但是他的这种忍辱正是中国人民大众所展示的顽强的抵抗的源泉。该小说虽然绝望的色彩浓厚，但实际上是闪耀着理想之灯的明朗的小说、希望之书——中略——只能感受到该小说的浅薄和老旧的人囿于文学，似乎忘记了人类和民族”。的确，如果注意一下他所在的残酷的世界，就可以于凄惨中发现或许可以称为执念的文宣的忍辱，也许在这个世界“残喘”本身就是积极地活着。但是“他的这种忍辱的精神”和“中国人民大众展示的顽强的抵抗精神”到底是不是同样性质的东西呢？如果历史地解读他的生活，就知道是经常逃避自我、丧失主体性、放弃自我判断的生活。如果这样想，那么甚至他青春时期的理想也散发着逃避的气息。他决心在“乡村”经营“家庭式学校”的思想基础是什么呢？这在小说中几乎没有说明，但是在资本主义社会中被都市的机械文明压抑的人的田园隐遁可供参考。然后是“家庭式的学校”！他想在那儿怎样育人呢？空壳的理想。感觉上的理想、站在主观可能性上的理想。

扎根于此的十三年，荒废人生的开拓、像植物般定居而生的三十三岁的人生晚年。是这样吧？可能和中国人民大众展示的顽强的抵抗精神一样吗？

文宣的悲剧因与妻子树生的生活方式的对立进一步加深。与文宣的植物般、消极的、人生晚年的活法相对，是动物般的、恣意的，明明与文宣同为三十三岁，却仍然保持着焕发青春的朝气。这具体体现在为打破“现实的不幸”而采取的态度。欲解决“现实的状况”中的“现实的不幸”的态度。那不是“时间”的迁移而是“空间”的转换。对她来说就是从他文宣身边离开。她和他生活了十三年。但是她身上没有作为经营一个家庭的主妇的、作为妻子的、作为母亲的、作为对婆婆媳妇儿的气息。确立了不受外物拘束的一个女性的地位。

她不是出于对他的爱而陪伴在病床边。是出于私欲。出于和婆婆较劲。出于长期形成的习惯。女性树生的成立有依据吗？这是笔者读了《寒夜》后留下的疑问。而且在最后登场的树生想到行踪不明的孩子突然觉醒了母爱，这更加深了疑问。

——啊，小宣去哪里了呢。迟了、迟了。她为了自己幸福加速了别人的破灭。——

——为什么回来了呢？现在又是怀着怎样的心情从那间屋子出来呢？她还有能力改变眼前的一切吗？——

——她终于对自己说，“时间会为我做决定的。”这之后该怎么办才好呢？等明天吧。死者将死，离者将离。——

这样，那个顽强的树生也步入了文宣的后尘。《寒夜》在这里终了。

（吴炜　译）

树生

[日]穴山严子

不是那么有趣的作品。平面化。没有让人感同身受的东西。没有节奏感。没有新意。对人的看法肤浅。没有思想。小说描绘的世界是落伍于现代的世界。刻意摘取将消亡的、必须克服的东西大写特写。只是一个劲地再现行将就木的世界。看不到指向现代和将来的东西。（也许对十年前的作品提这样的要求是错误的。）只知过去的人、不知己任的人、只知固执于狭隘的世界的人。而且作者隔着距离观察他人，只知哀叹、赞叹。不知道投身其中，全身心地感受“人”。为什么不描写活生生的人，笔者感到难言的焦躁。描写缜密，部分让人感到有趣、感到亲近，但整体观之，就莫名有在感觉上有偏差。为什么过着同样的生活却没有同感呢？为什么拥有肉体的人没法有机联结一个一个的心理活动、思考、行动，而只能无机排列呢？……

那么，我们来想一想树生。这部作品的主人公是文宣，树生虽重要，但被置于配角的地位。但越到后面，作者“为了描写文宣”就赋予了她更多的东西。虽然是没什么新奇、没什么特别、平凡的女性，但是稍显有趣。虽然因为描写不充分不如文宣保持着一贯性。在“终章”状况明显改变了。终章无论从整体来看、还是对树生自己来说有强烈的画蛇添足之感。冈崎氏说作品最后树生的身姿是“她迈着坚定的步伐在寒风中前进”，但这难道不是受她在信中的印象影响得来的评论吗？她绝不是迈着坚定的步伐前行。只不过是不知所措，委身于“时间所带来的”，缓慢地挪动着。迷失在散乱的乙炔灯光中。

我们按顺序看一看树生。最初的十多章完全没有内心描写。只描写了作者眼中的树生。只不过塑造了一个作为文宣的爱慕对象拥有美好肉体的三十四岁的女性形象。进入十二章才看见描写内心的语句。“我就怕黑暗……”“现在我再没有什么理想，我活着的时候我只想活得痛快一点，过得舒服一点。”只在这里表露了想要丈夫同等对待自己的心情。是文宣让她不再这样。从这里开始描写详细得仿佛能看透她感情的不安定。她和母亲的争执逐渐升级，文宣哀求“妈不懂，你忍忍吧”，她则骂道“不懂的是你”。这句话可以看作是对不理解自己的丈夫的不满的宣泄。文宣对树生孩子般的爱慕的心情并不是她想要的。她想要的是文宣完全没有的身为丈夫的爱。对于丈夫无药可救的老好人性格，她冷言冷语道“变成这样，是我当初眼瞎”。但是同时也感到“同情、爱怜、可怜”，展示了对他温柔、感动于他的真心的意味。但是不满渐深，不可遏止。“为什么我们应该过这样的日子？从前还有点希望、有点理想……”十四章自从说出调职去兰州的话，树生的描写就详细起来了。她和文宣和母亲的关系被微妙地加以描写。对丈夫的“不舍”和“想逃离痛苦的生活”的矛盾心情又纠缠着对母亲的憎恶，她的心直到最后都在摇摆不定。走还是不走，这个最后的决定几乎是被动地做出的。文宣的那种完全扼杀自己的爱情使她总是放弃了要走的决心。面对一心想劝她一起走的陈主任，虽说没有精神上的羁绊，但这件事却使得她的行动更加自由。在她的潜意识里总是想着什么时候都能走。她从丈夫熟睡的样子感到了死亡的气息，自此以后，她“自己的事情所”占据的比例越来越大，对文宣的情感也越来越淡。终于到了最后的日子，她对文宣的情感只剩下了“离别的感伤”。只剩下面对与自己渐行渐远的人的一丝柔情。她是无比自然地离开的。然后留下了第二十六章的那封信。心中正面吐露了她对文宣的情感，提出了离婚的要求。让人感觉像是对她自己过去生活的一次总决算。“你不了解我”，“我只能怜悯你，我不能再爱你”，“我不能在那种单调的吵架、寂寞的忍受中消磨我的生命”，“我不能在单调的吵架、寂寞的忍受中消磨我的生命。我爱动，爱热闹，我需要过热情的生活”，“我要自由”，“宣，不要难过，你让我走罢，你好好地放我走罢。忘记我，不要再想我。如果你不愿救我，那我会不得已同别人结婚让你断了念想”，同一封信中还说到“绝不是因为利己心才这样讲”。然而，从字面来看，她确实完全地断绝了和文宣的关系，只有来信和汇款还透露着些许的留恋。并且在尾章中，她一放假就立刻赶到文宣的身边。作者并没有说明此时她内心的情感，但明显同来信的字面相矛盾。这不是简单地凭借感情的起伏就能够解决的。虽然能够看到“她为了自己的幸福，却帮忙毁了别一个人的”这样的字眼，却不知这有什么深意。除了对丈夫的死感到悲痛以外，我们不知道她别的心情。

以上是对树生这个人物的仔细的考察，然而却难以断定作者是抱着怎样的意图刻画了她的形象。只能想象作者想要刻画这样的女性形象，即不愿被环境的重压压倒击垮、追求自由的女性形象。“来信”讲述了这一点。但尾章却有点偏离想象。即便不提丈夫对她的牵引力之类的，返回这件事还是让她成了一个平凡的女性，不能说她是一个自主的女性了。树生虽然知道“思考”，但却没有能力根据思考决定“自己应该前进的方向”。她和文宣一样，都是不能客观认识自己的人。“想变得自由。想要幸福的生活”，思想全部集中到这件事情上了。头脑中简单地这样的想。思想一直悬浮在半空中。这件事表明了作者自己的思想也是十分贫乏的，是没有渗透入生活的一种不加掩饰的观念。通过描写，树生很有可能成为一个有未来可能性的人。然而作者自身持有的一些思想却不允许这样的事情发生。树生成了一个按照自己秉性行动的女人，成了一个思考和行动没有多了不起关系的人。并且这才是大多数愚蠢的人类的形象。作者自己大概也不清楚她的去向吧。没办法指出她应该前进的方向吧。

我希望的是能够冲破“寒夜”之世界的东西，能够为树生指出前进的方向的东西。

（吴炜　刘若曦　译）

寒夜——关于树生的生活方式

[日]外河与志子

正如作者巴金自己所说,《寒夜》大概到底不过是描述了一个平凡的知识分子汪文宣的生与死。主人公在战争这样一个惨淡的时代,在腐败的经济机构的角落里,被结核病病魔侵蚀着,一边说着全是自己的错,一边小心谨慎地生活、并且走向死亡。我同树生一样,与其说是爱情,不如说抱着怜悯和同情看待主人公的。而且我在读这部作品的过程中,开始感到(自己)不断地远离文宣、被树生吸引过去。这可能是因为文宣一边拖着苍白的瘦弱胴体,一边走向死亡;与之相对,树生则用十分充裕的生命力吸引着我。然而,比起这个原因,更因为我发现了自己身上有一种接近树生的品质,这甚至让我对不断远离文宣这件事感到某种愧疚。而且树生是下面这样的女性,让我虽然感到愧疚但仍然会去追随。

她和同在上海的大学学习的汪文宣相识相恋。他们两人有着共同的理想,并且也拥有实现理想的勇气。但是结婚以后来到重庆,文宣进入一家小公司,树生则在银行工作,幸福的家庭生活也不过转瞬之间。随着抗日战争的爆发生活变得困苦,希望也逐渐破灭了。因为空袭造成的恐怖、停电的烦恼和生活的苦难中,树生和原本就关系不好的婆婆的关系更加恶化,而丈夫文宣也因单位工作的不如意等最终病倒了。这样问题重重的生活的悲剧、还有因三人间的徒劳的善意而产生的悲剧不断压向丈夫文宣、母亲和树生。他们或是泪流满面地放弃,或者仅仅因为至今为止都忍耐过来了就继续忍耐着,或者努力逃脱那压迫自己的东西。

原本树生并非不爱自己的丈夫。她想着只要抗战胜利,所有这一切都会变好,他们自己也都能变得幸福。但是丈夫的病日渐严重,战况也不断恶化,而她所在的银行如果疏散的话,即便是为了养家糊口,她也觉得是随着调职比较方便。但是一想到生病的丈夫、并不亲近自己的独子,她又想着留下无论如何要渡过难关。而解决树生这样两种复杂心情、让她下定决心飞到兰州去的是丈夫母亲的许多刺痛人心的话语。但是从后来她从兰州给丈夫寄出的信件却清楚地表明了并非是这样直接的动机,她的内心其实早就滋生了这样的想法。我从这封信的字面领会的意思也就是树生和丈夫不能相互理解对方,因此也不能爱对方。而且丈夫的母亲加给她的痛苦已经到达了极限,令她忍无可忍了。因此她希望丈夫能放开她让她自由。这件事对丈夫文宣来说无疑是一次绝对的打击。他毫无办法,只能原封不动地承认她的话。但是她却在清楚地断绝了关系以后继续寄钱给丈夫家里。单从她的信中我不能够充分理解她这种想要自由的心情。我认为,这中间即便不描写她和陈主任(后来成了支行经理)的关系,也应该描写陈主任对她生活的影响力等。否则就完全无法理解树生的生活方式。

作者好像原本也不把树生当作重点来描写,也没有想要刻画树生的这一方面。在我看来,她尽量努力避免回报陈主任对自己诚心诚意的照顾。但是,随着与她陈主任的生活的接近和与丈夫的生活的远离,内心的矛盾变得清晰,她逐渐变得痛苦。所以她无疑想着在与丈夫断绝关系的基础上,获得自由,再考虑自己的生活方式。然后虽然从丈夫那获得了自由,她却在连丈夫死讯都不知道的情况下,又在抗战胜利后回到丈夫的身边。她知道为了自己的幸福,却帮忙毁了别一个人的,并留下悔恨的泪水。我想到树生所追求的自由最终一端是被牵线连接了的自由,而且当想到这个牵线就是人际关系、连接的一端就是环境的时候,我终于可以理解树生的生活方式和树生生活的前进方向了。

(刘若曦　译)

巴金的悲剧

[日]前田苓子

这部小说中,由最巴金式的因子构成的人物不用说是文宣。他的苦闷、孤独等成了《寒夜》的基调。说各个出场人物都是为了这种苦闷、孤独感的展开而存在的也不过分，作者的目光不会离开文宣。树生这一女性也不例外，只不过因为她在出场人物当中担负了最大的情节展开的任务，所以自始至终不仅是文宣，树生也在作者和读者的意识当中占据着重大的位置。

那么关于树生会另作讨论，让我们回到《寒夜》的基调这一问题上来。

如果能将一般人类的不幸分成他们努力范围内的东西和由外在原因造成的不幸，那么毫无疑问对于后者来说任何的哲学都完全失去了其存在价值。就连巴金的爱之哲学也是如此。

在那个浪漫的革命年代，社会环境的变革也被认为大致在人类可能性的范畴内。因此，在“革命三部曲”、“爱情三部曲”当中是这样，甚至在“激流三部曲”中也是如此。面对由社会和个人的关系而产生的苦恼，巴金怀抱着“忠实地生活，正直地奋斗，爱那需要爱的，恨那摧残爱的”这样的信条，从正面解决问题。但是抗战开始，这其中国共两党的激烈争斗不断。在这样的社会形势下，“爱的理由只有在人文主义中才是全面的，解决人类问题的关键最终就在于此”这一信念等也只能是徒劳无用的。他的爱之哲学当然是把个人对个人的关系作为重点。于是他的创作态度转移到了在被概念化了的意识形态以前的、但凡人类无论是谁内心都会引起共鸣的东西的描写上面，即人与人之间复杂微妙心灵互通的描写面。在《还魂草》《憩园》之后写就的就是《寒夜》这部作品。

考虑到上面这些事情，试着分析文宣的苦闷孤独感时，就可以很容易理解这跟《灭亡》中的杜大心、《雨》中的吴仁民、甚至《家》中的觉新等的苦闷孤独感是不一样性质的。

换言之，文宣的情况，导致苦闷孤独感产生的原因有以下几点。

一、因长期化的战争而导致的不安定的社会形势。

二、肺部不断受侵蚀这一肉体的不利条件。

三、母亲和妻子争吵不断对立不断的黯淡的家庭情况。

但是最初的一个问题事实上对文宣来说完全是能力范围之外的，可以说几乎成了一种自然现象。（如果环境的压迫非常强，终究会麻痹了人类的不安情绪。)敌机的轰炸只给了他和台风经过一样的受害的感觉,而“抗战胜利”大概对他而言也只有“从自然的暴力当中的一时解放”的意义。

接下来关于他生病的问题,哪怕得的是肺结核三期,只要花钱花时间好好疗养,可能就能够一定程度缓解。但是为了休息哪怕请假一天,就会影响到薪水,以这样一个图书公司普通员工的身份他又能做些什么呢?这是一个无法考虑社会保障制度等的时代。他故意忽视病情,再三地工作。为了维持家人的生活,他无暇顾及自己的身体状况。这一点同杜大心受结核病之苦,把死视为最高的幸福这样虚无的情感是对照鲜明的。

但是这样的文宣在面对第三个问题时确实绝对脆弱的。挚爱的妻子和母亲口角不断,就不断远离自己……这对他来说是比被裁员、比咯血更难以忍受的痛苦。为了唤回妻子的爱,他竭尽全力。好像比起战势,妻子的脸色对他而言更值得关心。妻子的安慰的话语和笑容带给他的休息和安慰——虽然这绝不是能够持续得到的——也缓和了他肉体的痛苦。他一心寻求着这些。就连接到妻子从兰州的来信,受到打击感觉自己的全世界都崩塌了以后,他还是止不住地对妻子有所期待。至死,他都拒绝孤独,选择逃避。却没有意识到越是这样,自己的苦闷和孤独感越是不断激化。

悲剧是就连和平的家庭生活都在他的努力范围之外。

抗战末期在重庆的某条街道上,文宣一边等待着如海市蜃楼一般虚无缥缈的战争胜利的消息,一边努力坚持相信人们、艰难度日。这个身患肺病的男子的苦恼,同时不又和作者的苦恼一样吗。作者努力相信人与人之间至少有爱之哲学的可能性。

我认为在《寒夜》中作者最尽心描绘的人物是树生。

从《灭亡》的李静淑,到《憩园》的万昭华,巴金塑造了许许多多的女性角色。他们当中的许多人有了现代意识的觉醒,努力从旧社会的外壳脱身。这在当时是比较新型的人类。但是考虑到让她们更有效地为展现文宣这一平凡工薪阶层的苦闷孤独感这个目的而服务,她们都在精神上或者身体上稍显稚嫩,有所欠缺。不同于静淑、亚丽安娜、淑华、蕴玉、文淑等女性形象,《寒夜》需要一种新的女性，即能够窥见近代人复杂的内心、细腻的感受能力、又充满活力的女性。

树生就担负着巴金的这一构想登场了。她虽然是一个十四岁孩子的母亲，但仍然年轻美丽，拥有很强的经济实力。她经常对自己要求一些十分自然又诚实的事情，努力避免自己内心逐渐消失的热情被道德义务观念和某种盘算拖延这个过程。这是为了让自己的人生最好过得更加丰富痛快。

但是她的活力到底需要等待一种主体性，从这个意义上来说并不是像包法利夫人式的活力。如果将文宣的妻子设定成一个既拥有近代人的复杂性、又拥有包法利夫人式的活力的女性的话，比如像《沉默集·雷》中慧一样的女性，那么《寒夜》的基调将会变得怎样？哪种情况树生能够给读者留下更加生动鲜活的印象？这些都是非常有趣的问题，但由于纸幅限制，这里仅仅作为问题提出。

（刘若曦　译）

杂谈

［日］松崎治之

我是抱着兴奋和叹息读完这本名为《寒夜》的作品的，它自始至终全部充满着寂寞和痛苦。

故事主要围绕三个人物展开，即在出版社工作的肺病患者汪文宣、比他拿着更高薪水的妻子树生以及嫉妒儿媳夺走了儿子的爱的母亲。这个悲剧是因为战争导致的生活压力、加上文宣的病弱和婆媳不和导致的。

文宣无比善良又意志薄弱，他每天拖着疲倦的步伐来到公司，还要小心惹主任不高兴，担心被炒鱿鱼；回到家中又要受母亲和妻子两人爱的夹板气，十分痛苦。他唯一的期盼就是抗日战争胜利这个虚无缥缈的事情。一方面妻子很爱丈夫，但却对每日阴暗的生活感到不满，无法压抑自己追求光明生活的内心。而婆婆的冷嘲热骂也更加让她气愤。一天在跟婆婆吵过架后，她干脆跟公司的陈主任一起去了兰州。文宣因为生病被公司裁员，加上挚爱的妻子也离他而去给他巨大的打击，他在一片庆祝抗战胜利的欢呼声中与世长绝。

于是他（文宣）只是一边痛苦地承受着来自新思想的妻子和旧思想的母亲的夹板气，一边怀抱着未来抗战胜利这样的渺茫的希望。但是却完全没有看到他进一步打破现在家庭的争执建设新家庭的气魄和努力。这里看到的净是失败者的意识，正是这样的意志把他引上了破灭的道路。

关于妻子树生，与文宣这一人物相对照，“巴金”可能通过树生这一人物显示了积极的、理智的知识分子的生活方式，但是我却对树生这种知识分子的生活方式感到无端的厌恶。这是针对她自私自利的这一方面。存在自私的一面可能是人之本能，但我却感到树生太过自私了。具体来看她的行为，她跟婆婆一边争吵一边无法忍受这种烦恼在丈夫（文宣）那里寻找发泄口，总想着逃离痛苦。表面上对丈夫讲了许多良心话，然而另一方面想要自由快乐的生活的想法却不断变得强烈。这里也有对丈夫性格感到绝望的因素作用，而更加刺激这种想法的是陈主任的爱情。

另外她的独生子“小宣”对她不亲热，树生认为是婆婆倾注很多关爱想要独占小宣。在这里我们好像一点也没有看到她对自己缺乏母爱的反省，只是一味地批判婆婆想要独占小宣的关爱、肯定自己。而且从兰州寄给文宣的信中更加显露出她以自我为中心的观念。

文中写道：“她（婆婆）说的不错，我只是你的‘姘头’。我以后不再做你的‘姘头’了，我要离开你。我只是想活，想活得痛快……可怜我一辈子就没有痛快地活过。我为什么不该痛快地好好活一次呢？人一生就只能活一次，一旦错过了机会，什么都完了。所以为了我自己的前途，我必须离开你……”这只让人感到她在努力说服文宣相信自己的心境全是出于善意。这里一点儿没有对过去和文宣的爱情的回顾，在她理智的大脑中伦理观念消失得无影无踪。更具体地来看，她常常对丈夫说你是个忠厚老好人，你只会哭（她知道文宣的精神上的弱点）与之相对在那封信中却完全忽视文宣，这不是太过残酷的行为吗？她可能想通过吐露内心，来弥补自己心中的愧疚，并且与之相对，又说着“我生就这样的性格，所以也没有办法”想为自己开脱。这种地方说是人的性格就讲得过去吗？这一点我有点儿不能理解树生。总的来说，无论文宣还是树生，都过早地放弃了追求幸福家庭生活、夫妇生活的努力，这个悲剧不就是由此产生的吗？这一点让人们感到作者过早地奠定了悲剧的基础。这个故事中看不到追求光明幸福生活的努力，让人异常地感到孤寂和美中不足。

（刘若曦　译）

文宣的生活方式

[日]小西升

《寒夜》完全没有寒夜之感。主人公文宣也离寒夜这种感觉很遥远。文宣简而言之可以说是一个老好人。这个老好人又是一个平凡的、守旧的、懦弱的人。

树生充满怜悯地说他“你就是这样一个人：常常想到别人却忘了你自己”，文宣也是这样理解自己的。面对喝得烂醉的朋友，他忘记了自己的烦恼也要亲切地说“我送你回家吧”，他就是这样一个人。

但是他却不能完全成为一个老好人。他想着“荒唐！那就一辈子被人当做傻瓜，这样也好”，又像是反抗这个想法似的必须把剩下的酒都喝掉。他是个老好人，却不能够完全成为一个老好人。他就是这样一个矛盾的人。

但是所有人都有矛盾的一面吧。比如某人 H，他是一个现代人，却带着假面生活。并且 H 强烈地鄙视假面，批判一切伴随假面的事物。H 就生活在自己和假面的矛盾关系中。不过问题是这种矛盾关系的解决形式，即行为模式。H 首先追求孤独。他把自己同世俗社会分隔开来，并在其间构建深深的沟壑，以此来努力维护自己。虽然会因在这一孤独的境地和自己对话而受到精神创伤。

文宣却没有像这样解决矛盾关系。他也感到自己孤身一人，他的死也确实称得上孤独了吧，但他却没有追求孤独。不仅没有讨厌妻子和母亲、和她们之间建立沟壑，甚至抛弃自己说“都是我的错”，也要努力相信她们的善良和幸福。（但是他却无法被她们理解，总是被排挤到孤独的世界中，虽然他并没有寻求这样的孤独世界。可谓是被动孤独者）他虽然嘴上说着“你放心去好了。你既然决定了……”却又在之后立马听到内心“不要走，请不要离开我！”的声音。但是内心的声音却常常不能转化成现实的行动。

H 努力按照自己内心的声音生存，而他却抛弃了内心的声音。H 努力抛弃假面和所有构筑在假面之上的东西，而他却努力与这些东西共存。为了让妻子幸福，他使自己倒退到一个多余的人的位置上。在他的行动世界中，像 H 那样的所有东西都凝固，自己也逐渐消亡。

也就是说文宣没有按照他与自身的关系生存。他总是按照他和周围关系，即便忽视自己也要和周围环境相协调地生存。这就是他的行为模式。

这里有一点问题。面对妻子和母亲，他好像是一个绝对的好人。但是在面对图书公司的上司们时，虽然说不上恶意但他却感到排斥。而且他虽然感到上司把自己逼上死路，但却从来不敢说出自己的不满和抱怨，因为怕被同事说小气，还带病参加了周主任的生日宴会。默默的抱怨声常常在他的行为模式框架内结束。这样的协调也是老好人的性格使然吧。

重新考虑他对他周围环境所采取的行为模式，就会产生这样的疑问：这不像是一种太过卑躬屈膝、懦弱之人的行为模式吗？不像一种平凡守旧之人的行为模式吗？

他行动的基本性格就是被动。他不能有意识地主动地追求什么而行动。他的行动总是为外界条件左右。

但是回忆中年轻时的文宣却是一个积极主动的好人，为了建设田园牧歌式的学校而斗志昂扬。年轻时，妻子也愿意帮助他实现理想。他们一同为和平的社会环境所支持，这样的社会环境大概能实现他的理想。而逼迫他成为一个被动的人的则是这个支持的丧失。在战争、悲惨的生活、公司（失业）、肺病、还有最后他最大的支柱树生的离家出走，以及激荡的时代潮流面前，他迷失了自己的生存价值。妻子离他而去以后，他彻底地成为一个被动生活的人，“做好了准备将自己交给任何的抛弃自己、带走自己的人和事物”。

通过文中一些有趣的描写可以知道他的想法。文中有这样的描写:“他渐渐觉得中医也很有道理。‘几千年来我们中国人都是这样地看病吃药,怎么能说没有一点道理呢?’他安慰自己地想着,他又看见了一线希望,死的黑影也淡了些。”也就是说他自暴自弃的被动的行为模式是由于发现了“时代的潮流”的观念而产生的。战事正酣,在这里生存下来不是福还是祸。这样不可知的时代宽慰并保证了他这种被动的生活方式。他这样被动的行为模式也不能说是没有道理的。并且由此产生了一种特性,即对时间彻底的忍耐。

小说中时间却故意与他作对,开始缓慢进展。他“没有方法把母亲和妻拉在一起,也没有毅力在两个人中间选取一个”,“永远是敷衍和拖……”,直到时间来解决这一切。

并且不仅是文宣,就连树生也变成了这样。

(刘若曦　译)

(日本九州大学《中国文艺座谈会记录》第5号,1955年8月)

关于巴金和《寒夜》*

[日]常石茂

笔译原本是件必须耐着性子的事，可是与翻译《寒夜》相比，以往的耐性也就算不上什么了。译到书中那些具有奇特力量的地方，我总不免陷入深思，究竟是什么使我坐卧不宁、全身充满了焦躁不安、倦怠和固执的情绪？毫无疑问，这是一种技能，一种从迷蒙、凝滞着灰色雾气的作品里，散发着的沉闷氛围。一般的艺术作品纵然情绪低沉，也是作者出于对日常生活的不同理解而向我们发泄出来的。但是，《寒夜》的幽情苦绪却是渗透骨髓的。不消说，这里必有作品的独特奥秘。一般的艺术作品和日常生活是没有直接关系的，创作者把生活本身的一件件具体事情，通过自己的观念、意志、意愿、热情的"屏幕"，而加以主观化的表现。但从《寒夜》的低沉情绪对我们所产生的直接效力来看，巴金在写作的时候，也许并没有使用上述那个"屏幕"吧。换言之，构成《寒夜》的事情，没有

* 本文系日译本《寒夜》的后记，译自《中国的革命与文学·抗战时期文学Ⅱ》，日本平凡社 1972 年版。——译者

主观化的色彩，就好比路旁的石头一样真实，不过是个单纯的存在物——事实上，我之所以领会到了巴金的悲愤感情，也正由于意识到了这一点。

构成这部作品的一桩桩事实，并没有艺术概括的痕迹，而仅仅是生活的本来面目，这无非是作者放弃了作家的权力。那么巴金有什么必要写这篇文章呢？恐怕就是因为受“写作”欲望的驱使吧。他是要把“活着”的感受，把对社会的抵抗情绪，通过写作这个渠道发泄出去。这样，抵抗感愈强烈，就愈能达到所期待的目的。我在翻译时不得不一再耐着性子，也只有如此，才能领略巴金所要表现的“活着”的感受和那个抵抗情绪。所谓悲愤，正在于此。

如果在只读过巴金的《寒夜》（或和《寒夜》同属一个系列的作品《憩园》《第四病室》）的读者面前，把中国作家巴金的形象描绘成自由的战士、解放的勇士、爱情的浪漫主义者、青年的知己，那么读者们会完全相信吗？然而不论显得怎样古怪，事实却正是这样的。巴金成长于被封建礼教、大家族制度紧紧束缚着的官僚家庭，他的思想以个性主义为基调，他怀着自由的理想，反抗束缚自己发展的一切罗网，从而在踏入人生的第一步就成了一位作家。假若一个人的立场可以成为实现其意愿的动力，那么巴金以后的全部生活便是受这立场影响的。意愿往往在现实社会的可能性之前潜藏着。当然，对于巴金来说，我们可以深切、实在地感到，他全身心地、满怀热情地唱着浪漫的抒情诗。其处女作《灭亡》和续篇《新生》，还有同一时期的长篇“爱情的三部曲”（《雾》《雨》《电》），对“不合理”社会的各种势力，倾注了他个人的决绝、无目的的破坏热忱。常有人指责说，这一时期巴金思想的形成是由于他接触了巴枯宁、克鲁泡特金。但实际上，则是因为巴金业已成为无政府主义者，才和上述二人一拍即合。在接下来的“激流三部曲”（《家》《春》《秋》）中，作者把他所观察到的、实际上是他虚构的“社会”，改换成亲身体验的称作“家”的社会形象。当然，此形象出于憧憬、赞美自由的个性主义者巴金之手是很相称的。虽无法免除使人们做出相反的理解，但重要的不是“家”的形象个性化，而在于敢于反抗现实中的“家”。之所以如此，是因为巴金前期要征服的“社会”实际上不过是他自己虚构的，从中我们可以看到巴金内心所蒙受的创伤。可以认为，巴金的浪漫的翅膀受到一些挫伤，这对他的自由精神产生了某种制约——限制。不过这回,“虚构”的东西对他来讲并非谎言,而是客观存在的对立面。唱的歌尽管依然如旧,但反响就远远不一样了。“激流三部曲”被认为是他前期作品的代表作,也不是没有道理的。活跃在这些作品中的主人公们,都是为确立个人的绝对尊严而奋斗的英雄,所以巴金的作家形象便被描绘成自由的战士、解放的勇士、爱情的浪漫主义者、青年人的知己了。

在“激流三部曲”以后,巴金创作了三部曲《火》。这时期,他投入了怒潮般席卷中国的抗日救国运动,《火》就是抗日的作品。但是,单枪匹马地进行抗日救国,最终只能是徒劳无功的。巴金在作自由主义的个人奋斗的同时,也使作品中的人物走上了这条道路。自由主义的个人主义在大规模战争的诸多力量面前,不过等于零,这通过《火》的创作最终是得到证实了的。他于巴金来说,个人存在的虚无渺小,远比作品的失败更加震动他的灵魂。但最终将何去何从呢?我个人就是从肯定自我踏上人生道路的,所以能理解巴金当时的不平心情。

巴金不仅对日本怀着憎恶和愤恨的感情,对那些消极抗战、利用战争营私舞弊却还唱高调的不法之徒,更是怒不可遏,对自己在这现实面前的无可奈何也感到气恼。浪漫的翅膀被现实折断,虚无感伴同着“幻灭”意识,心中便萦绕着冷落寂寞了。“活着”就是“忍耐”。这与他写《灭亡》时的心境相比,变化该有多大啊。总之,巴金为了从死一般的虚无中证实自己的存在,是从“忍耐”开始做起的,因此产生了《憩园》《寒夜》《第四病室》。这便是这些作品对我们身心直接产生作用的原因。

这些作品充满了无法形容的冷漠,也就是虚无主义。作者在创作它们时并没有追求什么,仅只以写作本身为目的。从这个意义上可以说这些作品除了事实之外,是不具有任何价值的毛坯。但对现实社会而言它却是无与伦比的。自然,《憩园》《寒夜》《第四病室》都各有不同的主题、不同的意旨和情况,但我们认为这一切,如若和作品的事实本身相比,都是微不足道的、不甚鲜明的。

中国的新社会将如何改变巴金,目下尚处于未知阶段。

另外，本书在翻译、发行过程中，曾蒙畏友立间祥介先生多方协助，还参考了已故先辈冈崎俊夫先生、茑静子先生合译的《寒夜》（筑摩书房版、河出书房版），谨在此顺致深切的谢意。

（李嘉平　石非　译）

（日本《中国现代文学选集 8 抗战文学集》，1963 年 4 月）

《寒夜》日文译本解说：巴金*

[日]立间祥介

巴金原名李尧棠。其别名芾甘，取之《诗经·召南·甘棠》的“蔽芾甘棠”。据说巴金曾是无政府主义者，他的笔名取之巴枯宁的“巴”和克鲁泡特金的“金”。其实，战后据他自己说，他是把巴恩波的“巴”和克鲁泡特金的“金”结合而成的。巴恩波是他撰写《灭亡》时结识的友人，虽然交往时间短，但感情深，同住一屋，后来巴恩波自杀了。当时，巴金正在试译克鲁泡特金撰著的《伦理学的起源和发展》一书，为纪念此事他取了克鲁泡特金的“金”字。(《谈(灭亡)》，一九五八年十一月。收在《巴金文集》第十四卷)

巴金一九〇四年(清朝光绪三十年、日本明治三十七年)生于四川省成都市。从他曾祖父起，祖宗三代出任县知事。就当时来说这是典型的官僚地主阶

* 本文系日本集英社 1978 年出版的《世界文学全集 72》《寒夜》译本的解说。——译者

级。这个大家庭在成都市内修建了豪华的住宅，过着奢侈的生活。这种生活一直持续到辛亥革命以后。一九一七年，李家的嫡男巴金的父亲掌管了家权。一九一九年统管全家的一家之长祖父去世了，从此以后，家道逐渐走向崩溃。在不到十年的时间内住宅给了别人，最后不得不分家。在这期间，即一九一七年，小学毕业的巴金想进中学继续升学，但没能得到祖父的同意。他也不知其原因何在。按道理他不是交纳不起学费的家庭，为什么不让进中学呢？也许他的祖父是个思想旧的人，不承认西方新型的教育。在这前一年，巴金的大哥尧枚好不容易中学毕业了，想去德国留学，但没有得到同意；不但如此反而在毕业的同时，由父母包办，被迫结婚。为了维持媳妇的生活，他自己便外出工作赚钱了。二哥尧林也没上中学。巴金虽没进中学，但得到了学习英语的许可。其原因是当时被称作"邮政局"的邮局工作被认为非常安定，懂得英语对在邮政局工作大有益处。

这年正是一九一七年，对五四新文化革命起着很大作用的《新青年》杂志创刊了。第二年，在该杂志上刊登了胡适的《文学改良刍议》，在第二期上刊登了陈独秀的《文学革命论》，这些都是五四文化革命的信号。这时，巴金的祖父不允许孩子们进中学，巴金的兄弟们也不敢反对，唯命是从，这表明了他们家族里有严格的家长制。假如巴金等年轻一代，在这之前就阅读了李大钊开辟的理论阵地《新青年》的话，那么，在这种情况下是否还会俯首贴耳地听从祖父长辈们的呢？然而，他们要想接触《新青年》杂志代表的新思想，却必须等到五四运动以后。

由北京学生发起的这场运动，在一个多月的时间内就遍及全国，六月十六日成立了全国学生联合会。接着以北京、上海的学生为中心创刊了一系列杂志。如：《新潮》《每周评论》《星期评论》《少年中国》《少年世界》《北京大学生周刊》等，这些杂志也传到了巴金所居住的成都区。成都外国语专科学校的学生们也受其影响，创刊了《半月》《星期日》《学生潮》等。巴金的大哥因家庭所迫不得不中途退学，所以他对主张反衬封建主义的这些杂志深感同情，亲自定期购买、阅读并将它推荐给自己的兄弟、表弟们。

一打开这些杂志，就能发现其中介绍的都是西欧的新思潮，这些新思潮有马克思主义、无政府主义、托尔斯泰的博爱主义,其中最吸引巴金的就是无政府主义。当时年仅十五岁的巴金读了真民摘译的克鲁泡特金撰著的《告少年》的小册子后又惊又喜:

"我想不到世界上还有这样的书!这里面全是我想说而没法说得清楚的话。"(《我的幼年》)

尔后,他走上了无政府主义的道路,有关他在五四时期所受无政府主义的影响,有如下叙述:

> 在五四运动后,我开始接受新思想的时候,面对着一个崭新的世界,我有点张皇失措,但是我也敞开胸膛尽量吸收,只要是伸手抓得到的新的东西,我都一下子吞进肚里。只要是新的,进步的东西我都爱;旧的、落后的东西我都恨。我的脑筋并不复杂,我又缺乏判断力。以前谈的不是四书五经,就是古今中外的小说。后来我开始接受了无政府主义,但也只是从克鲁泡特金的小册子和刊物上一些文章里得来的。……思想的浅薄与混乱不问可知,不过那个时候我也懂得一件事情:地主是剥削阶级,工人和农民养活了我们,而他们自己却过着贫苦、悲惨的生活。我们的上辈犯了罪,我们自然不能说没有责任,我们都是靠剥削生活的。所以当时像我那样的年轻人都有这种想法:推翻现在的社会秩序,为上辈赎罪。……无政府主义使我满意的地方是它重视个人自由,而又没有一种正式的、严密的组织。一个人可以随时打出无政府主义的招牌,他并不担承任何的义务……这些都适合我那种小资产阶级的思想感情。(见《我的幼年》一书中的"注",收入《巴金文集》第十卷)

巴金开始专业作家生活以来,从未隐瞒过自己是无政府主义者。例如:一九三五年他在"爱情的三部曲"的总序中曾明确表明自己对无政府主义的倾倒:"我给自己建立了一个坚强的信仰。从十五岁起直到现在我就让那信仰指引着我。"正因为如此,共产主义者对他当然是冷眼相待。然而另一方面,也有为他辩护,给他温暖的支持者。"巴金是一个有热情的有进步思想的作家,在屈指可数的好作家之列的作家,他固然有'安那其主义者'之称,但他并没有反对我们的运动,还曾经列名于文艺工作者联名的战斗的宣言。"(鲁迅:《答徐懋庸并关于抗日统一战线问题》,一九三六年)新中国成立后,他不能公开自称是无政府主义者,前面所引用的《我的幼年》的"注"就是所谓的自我批评书。也可以说是他和无政府主义相遇的珍贵的证词。

接触这种新思潮的少年巴金同外语专科学校的旁听生二哥尧林,在外面一起加入了学生组织团体,反对军阀武力统治,散发反对封建主义的传单,从事杂志的编辑工作,另一方面,在家里他作为充满虚伪的、人吃人的家长制的异端者,为加速封建家庭的崩溃,从内部进行斗争,但由于封建家庭的墙壁长期垒筑,坚固厚实,他们的反抗不但没达到预期的效果,反而坑害了巴金的大哥尧枚。尧枚受到了顽固长辈们的责难,说他身为一家之主管教弟弟不严,同时,尧枚又遭到弟弟们的围攻,说他优柔寡断。尽管如此,他还是支持弟弟们的行动。他出于自己的责任感,不得不把自己埋没在守旧的家长制之中。他抛弃了自己曾经有过的梦幻,而把这种梦幻寄托在弟弟们的身上。一九二三年巴金和尧林二哥一起弃家出走,踏上了新生活的道路。这一切也都得到了大哥的帮助。这时,大哥继承了祖父的遗产二百亩、父亲的遗产四十亩,共计二百四十亩农田。大哥从收入中提取钱,寄给巴金等作为生活补贴。

巴金和尧林二哥先在上海读了半年书,尔后去南京进了东南大学附属中学,一九二五年毕业。二哥毕业后去了北京求学,在燕京大学毕业后当了中学教员。巴金在上海治疗肺结核病,痊愈后的一九二七年一月去法国留学。大哥希望他进工科大学当一名技术员,然而他想搞文学。就在这年的八月,美国的无政府主义者萨柯和樊塞蒂蒙受不白之冤被判处死刑。巴金到巴黎的二月初,正是全世界范围内大规模开展萨柯、樊塞蒂救援运动的时候。他通过波士顿的萨柯、樊塞蒂救援委员会转交给萨柯一封充满激情的鼓励信。同时,他参加了在巴黎的救援组织,并收到狱中樊塞蒂发出的二封信。他在参加实际活动的同时,还把对这种不合理的社会的愤怒写成文字。后来就成了他的处女作中篇小说《灭亡》中的篇章。在这期间,成都的大哥来了一封信,说他不得已把家交给了别人,并希望他尽快地掌握新技术,回来后为重建家园出力。

这封信和萨柯、樊塞蒂之死更加坚定了他走作家道路的决心。他把对统治者无视国际舆论、杀害萨柯等人的愤怒写入小说,并将完成的小说寄给大哥,把自己所选择的道路告诉了他。

一九二八年夏天完成的中篇小说《灭亡》,主要是描写一个孤独的青年革命家对"人吃人"社会的绝望,对这个世界燃起憎恶的火焰。他为与一个纯洁、可怜的资产阶级小姐恋爱而感到烦恼,并为了给被杀的同志报仇,走上了恐怖主义道路,最后牺牲了。"我不能爱。我只有憎。我憎恨一切的人","我既然不能为爱之故而活着,我却愿意为憎之故而死。到了死,我底憎恨才会消灭。"这部作品就是由这些生硬、过激的词句构成的,它如实地表达了作者当时焦急不安的心情。

巴金想以一种独立宣言书的形式来写这部小说告诫大哥,并打算把原稿原封不动地寄去。后来他改变了想法,把原稿寄给了上海开明书店的一位朋友,想自费出版后再赠送给大哥。然而,这年的年底,他回国了。当时的形势发生了巨大变化。他的朋友把那份原稿给了当时最大的文艺杂志《小说月报》的代理主编叶圣陶看,(当时,该刊主编作家郑振铎正在欧洲旅行),并决定从翌年一九二九年的第一期起,在该刊物上连续刊载(一直连载到第四期)。

巴金好像是由某种偶然而成为作家的。其实,他以后的旺盛的创作活动证明了他因《灭亡》一书而有幸登上文坛并非偶然。

一九三一年,他几乎同时完成了他初期的代表作《家》及《新生》《雾》三部长篇小说。《家》是以他的家庭为原型写成的。它揭露了封建家长制的危害,主要描写了丧失青春、为封建家庭而牺牲的他的尧枚大哥,并鼓励大哥从旧家庭的压迫中解放出来。但是,四月十八日,这部小说的第一回《激流》在上海报纸《时报》中发表的同时,他的大哥尧枚在成都死去了。他因事业上失败而服毒自杀,留下了五个孩子。这时巴金已经写到第六章,正遇到大哥死去,因此,他把对大哥要说的话全部倾注在作品中,全书四十章一气呵成。作品中的人物是通过回忆与他共度十九年生涯的人们而塑造出来的。小说中相当于大哥的人物觉新就如实地表现了大哥的生活状况,是为了纪念的。一九三三年《激流》改名为《家》出版,以后又与一九三七年完成的《春》、一九四〇年完成的《秋》合起来,再次改名为“激流三部曲”。巴金兄弟们在五四文化革命中接触了新思潮,开始同旧的家长制展开了斗争。这时是一九二〇年。这部巨制长篇就是描写从这时起直至家庭破落,典当住宅而分家的十年。

和《家》同时写的《新生》是处女作《灭亡》的续集。《雾》和后来的《雨》(一九三二年)、《电》(一九三二年)合起来被称作“爱情的三部曲”。他还有一部《火》三部曲。他喜欢写长篇小说的原因是受到在法国阅读的左拉小说《卢贡—马卡尔家族》的启发。但是后两个三部曲概念化,比较生硬,其份量正如《激流》。这是由于巴金后来的家庭重负所造成的。

他写完了“激流三部曲”。并非意味着同已分裂的家决别。在完成这三部曲不久,即一九四一年的一月和一九四二年的五月,他回到了成都,前后待了两个月。相隔二十年后回到老家,他发现家长几经更易家的门面也发生了变化。他的一个放荡不羁的叔叔,因家庭破落而被妻子抛弃。他多次偷窃被拘留所拘留,最后死在拘留所里。巴金的一个表姐曾是一个美丽活泼的姑娘,可是现在生了几个孩子,满口是金钱,成了一个极其庸俗的中年妇女。这是一九二三年他十九岁离家后所发生的事。他追寻着老家的踪迹,走访了亲戚,想继“激流三部曲”之后再写一部,并取名为《冬》。他当时是这样构思的,想以死在拘留所的叔叔一家为模特儿。一九四四年他花了半年时间所完成的《憩园》就是以此事写成的一部好作品。从内容上来看,它可以说是他最初设想的“激流三部曲”的终篇。然而,长篇小说“激流三部曲”里的主角始终是高家这整个家族。与此相反,《憩园》说的是另一个家庭的故事,设计了一个第一人称的旁观者“我”。从形式上看,它和前者大概不同,是另一部独立的作品。

巴金在抗日战争时期因躲避战火辗转各地。这时,他和深居社会底层的人们共同生活,真实地描写了他们的生活状况,这些作品都收集在从一九四二年至一九四五年他所写的短篇小说集《小人小事》中。此书战后才出版。巴金在这本书的“后记”中这样说道:“所谓‘小人小事’,并没有特别的意义,不过是一些渺小的人做过的一些渺小的事情而已。”“这类小文章我不想再写下去了。”尽管他说这是一部不怎么成熟的作品,但实际上却完全相反,对作者来说这是一部他非常喜爱的作品集。这里既没有反封建的呐喊，也没有抗日的口号。不过它是一部好短篇作品集，从它的字里行间能感受到作者的温情眼光都注视着这些模特儿的言行。在“激流”、“爱情”、“火”等三部作品中所流露出的急躁、肤浅的描写文笔，在这部作品集中已经完全消失，使人感到作家已趋于成熟。实际上，《憩园》和《小人小事》是有关联的。果真如此，则《憩园》理所当然不是以“激流三部曲”的终篇形式写成的，它是从作家“我”相隔十五年后回到故乡开始写起。“我”在作品中被人们称作“阿黎”。巴金于一九三四年的年底去日本，在那里待了半年多。当时他用的假名是黎德瑞。作品中的“我”确实是作者自己。这部小说是以“我”在作品中穿插叙述的形式构成的。它说的是“我”在路上遇到旧友便暂住旧友公寓“憩园”，在那里听说了一些有关朋友一家的事情，以及这公寓过去的主人一家的事情。据说他朋友一家的事完全是编造的，有关公寓旧主人一家的事，正像前面所述的那样，几乎写的都是巴金三叔一家的遭遇。听说“憩园”也是他三叔公寓的名字。“我”所旅居的《憩园》如实地描写了过去的李公馆（巴金的老家）分裂后的状况。这就是说它是“激流三部曲”的续篇，只是形式上不同而已。从作家的愿望来看，巴金的目的是要揭露封建家长制的罪恶，写一部自己的家史。然而，他写了一部破落后的《家》的后话，以此向家人告别，之后，便把主题转移到了新时期的家庭生活，这就是《寒夜》。

巴金在抗日战争中为了躲避战火，辗转各地，终于在一九四四年六月定居重庆。这年五月他暂住在贵州省的贵阳市写《憩园》。几乎同时，他和搞外国文学的陈蕴珍结了婚。月底进了贵阳中央医院，疗养了数十天后迁居重庆。他当时住院的病室是被叫作“第三病室”的三等病房。《第四病室》（一九四五年）就是以他入院后的体会为原材料而写成的中篇小说。一九四四年，五、六月巴金集中在一个多月的时间内完成了结婚、住院、迁居三大事，尔后又写完了在贵阳有待完成的《憩园》。七月写了“后记”，这几乎是一口气写成的。《寒夜》是相隔了一段时间后，也就是在初冬开始执笔的，但写了几页后就暂且搁笔，写起了《第四病室》，该书是在战争结束的前夕七月份完成的。尔后十一月份巴金迁居上海。当时战争刚结束，各种杂事繁多。《寒夜》是在将近中断一年后的这年冬天又重新开始写的。一九四六年的年底完成。这部小说是在一九四五年的冬天再次执笔时重新构思的故事。这里面加进了日本投降的事件。

战后(一九四六年一月)上海创刊了《文艺复兴》杂志。《寒夜》这部作品从一九四六年至一九四七年连载在《文艺复兴》杂志上。同年三月又由晨光出版公司发行。后来被收集在人民文学出版社出版的《巴金文集》第十四卷,并做了某些修改和订正。

后来他这样写道:"在旧社会里有多少人害肺病受尽痛苦死去,多少家庭在贫困中过着朝不保夕的非人生活!像汪文宣那样的人实在太多了。从前一般的忠厚老实人都有这样一个信仰:'好人好报',可是在旧社会是好人偏偏得不到好报,'坏人得志'倒是常见的现象。……我写这部小说正是想说明:好人得不到好报,我的目的无非要让人看见蒋介石国民党统治下的旧社会是个什么样子。我进行写作的时候,好像常常听见一个声音在我耳边说:'我要替那些小人物伸冤。'"(谈《寒夜》,一九六一年十一月)他在国民党的特务政治的统治下写了这本书,也可以说是竭尽全力的反抗。有关汪文宣、母亲、树生三个人物,他是这样说的:"三个人都不是正面人物,也都不是反面人物;每个人有是也有非;我全同情。我想说,不能责备他们三个人,罪在蒋介石和国民党反动派,罪在当时的重庆和国统区的社会。他们都是无辜的受害者。"(同上)这些都像他所说的那样确实如此。

《家》被认为是巴金初期的顶峰之作,假如把这些初期作品看作是他高唱反抗社会的青春文学,那么,《小人小事》《憩园》《第四病室》等互为关联的后期作品就是以娴熟的笔触,从无声的底层写起,讴歌反抗不合理社会的作品。他是写了《家》以后才开始走上了作家的道路,在整个作家生涯中,他不断地追溯他的家。至于《寒夜》,那应该说达到了他创作的最高峰。

(张加贝　译)

(《世界文学全集33》,日本集英社,1974年;《世界文学全集72》,日本集英社,1978年)

《寒夜》《第四病室》日文译本*后记

[日]冈崎俊夫

巴金(Ba-Chin),他那以人类之爱为基调的浪漫主义风格,过去在中国青年男女中博得了绝对的声望,即便今天,在城市的青年知识分子中间也拥有相当的爱好者。

他本名李芾甘,一九〇四年出生于四川成都一个旧官僚的大家庭,兄弟三人中他是末弟。在成都的中学时代,受到五四运动的洗礼。一九二三年十八岁时,他逃出了封建家庭前往上海,三年后出国远渡法兰西,在巴黎的陋巷中他一面刻苦学习,一面写作,完成了题为《灭亡》的中篇并在他归国前后,刊载于当时中国最有影响力的文艺杂志《小说月报》上,它成了巴金的成名作。这是一个充满了悲伤的故事,一位纯洁而孤独的青年革命家,生活在"人吃人"的悲惨现实中,他对人们怀有强烈的不信任和憎恶,抱着"为了我至爱的被压迫的同胞,我甘愿灭亡"的信念,断绝了对朋友的妹妹的爱情,挺身去为死于非命的同志复

---

* 日本河出书房1954年版。——译者

仇,最后失败身亡。这里所提示的爱与恨的命题,并不是自巴金始,新文学出现以来,已经有几位作家提出来了,但是巴金在这部小说中解答说:只有用憎恨之火去烧尽那必然灭亡的落后的黑暗世界,才是超越憎恶的高级的爱。

小说中讴歌了个人英雄主义,肯定了无政府状况的恐怖政治。这固然由于他从少年时代起就受到了无政府主义的影响,但也不仅如此,也反映了那个时代的知识分子对革命的一般性的认识。可是,那种浪漫的革命时代业已过去,北伐大革命的波涛消退了,南京成立的蒋介石反动政府逐渐强大起来。革命为什么失败了呢?仅仅是因为敌人更强大吗?不,不是的。因为在同伙中,在自己的队伍中有敌人,因为在革命的身边有封建主义和帝国主义。这是鲁迅笔下的阿Q好容易才开始明白的。

继《灭亡》之后,巴金不断地创作爱情和革命的故事,他渐渐地成长了,作品的深度和厚度逐渐增加。现实对他来说,已不单纯是"一边是光明温暖,一边是黑暗寒冷"(《灭亡》中主人公的话——本文作者),他开始明白光明之中也有黑暗、黑暗之中也有光明。一九三三年的《家》是巴金前期的代表作,这部小说深深打动读者之处,是认识到所谓家,这一封建性的压力,不单是外部的,也有来自家庭成员内部的奇怪的魔力。家,既是憎恨的对象,同时也是眷恋的对象。据说巴金的爱的观念乃是幼时从母亲那里得到的,可是他为什么能把和这种爱密切相关的家,仅只作为憎恨的对象呢?从这家中他是发现了以往所追求的东西,即产生爱与恨这对矛盾的最有代表性的东西。

关于家的魔力,鲁迅也早有指摘,在一九二五年的《忽然想到·十一》中他曾说道:"从近时的言论上看来,旧家庭仿佛是一个可怕的吞噬青年的新生命的妖怪,不过在事实上,却似乎还不失为到底可爱的东西,比无论什么都富于摄引力。"连早已失去了家的鲁迅都不得不与依家而生的封建幽灵作斗争。何况许多作家尽管来到了城市,但在家乡,家依旧俨然存在,保持着强大的吸引力,与此同时,给隐藏在他们中间的封建病菌提供着营养呢。巴金,他以自己的家庭为模特儿,彻底地暴露了这一病根并获得了成功。

从那之后,又有几位作家提到了这一题目,仅就能回忆起的有曹禺,他那以巴金的《家》为脚本的话剧《北京人》[①]，沉闷地摹绘出古老家庭的幽灵。还有李广田的《引力》，描写了战时沦陷区的女知识分子的抵抗斗争，提出尤其是女性，容易安于居守家中。这里所说的引力，不单在光明的一方，黑暗的一边也是有的。

家这个问题，也是近代日本作家的重要主题，把它和中国作家相对比，则是个有兴味的题目。简而言之，日本作家和中国作家都曾饱尝旧家庭幽灵的苦头，在描写自己与家庭的斗争上没有什么差别。但从日本作家的作品中，都可典型地看到那种与其和家庭的幽灵正面斗争、针锋相对，不若回避它以保全自己的意图，比如夏目漱石的《道草》，志贺直哉的《暗夜行路》等。相较之下，中国的作家几乎都是从正面发生冲突，巴金亦复如此。至少《家》是这样。如今丁玲批评巴金当时的作品既不要领导也不要群众，所以毫无出路，但在指出其缺点的同时，又承认它的功绩，即它对革命发挥了一定的作用(见《在前进的道路上》)。正像她所看到的那样，当时的确有不少青年读了巴金的小说，从封建的枷锁——家逃脱出来，走上了革命的道路。而日本的夏目漱石、志贺直哉的小说就产生不出革命家来，这是颇明显的对照。

但是这位巴金到了后来，和日本作家在不同的意义上，也陷入了自己特有的主观之中。《憩园》便是其主观上的绝境。在这部结构完美的后期杰作里，他描写了可怕的家之幽灵，指明这种以家为核心的幸福是不能依靠的，永远可靠的只有一个，那就是爱，是善意。尽管巴金在战争时期搞创作，但几乎没有触及战争，可以说他是把远离前线的内地作为活动舞台，这确实很意外。难道巴金把一场事关一个民族兴亡的巨大战争给忘却了吗？恐怕不是。确切地说，它表现出了战争创伤之大。当时京都已经远迁重庆，战争变得持久化了。国民政府内部腐败的程度有增无减，已失去了积极抵御外敌的力量，作家们抗战初期的高昂精神已在减弱，抗战的前途暗淡。那时映入他们眼帘的，是痛苦状况下呈现出的种种人间丑恶。中国的作家并不认为这些丑恶是人类或中国人固有的，

---

① 原文如此。——译者

而是认为这都是长期的帝国主义统治和封建主义灌输给中国人的，随着环境的改变，这些丑恶也将消失。可是重庆地区不比延安地区，缺乏改变环境的主体条件，因而这些丑恶给读者的印象违背了作家的真意，似乎是人类或中国人所固有的了，即或并非如此，也是难以去掉的。茅盾等人的小说就是这样的例子。大概巴金不堪把如此黑暗的现实直接写进作品之中，他似乎认为正因为黑暗，故而作家更应在人们心中点燃起哪怕是隐约微弱的希望。《憩园》中的"我"就是这样为女主人公"给人间添一点温暖，揩干每只流泪的眼睛，让每个人欢笑"的话所感动的。

但现实无情地打破了这种爱和善意，由于在太平洋战场上的失败，日本帝国主义愈益疯狂，开始发疯般地侵犯大陆，这些在巴金的作品里面也必然有所反映。《第四病室》（一九四六年），尽管通过姓杨的女医生仍旧在强调人间的善意，但和《憩园》不同，已经出现了战争的影子，这篇小说和曹禺的戏剧《蜕变》有相似之处。在曹禺的笔下，描写了职员们受到一位刚毅女医生爱国至上的精神之感化，逐渐地抛弃了从旧中国沾染的恶劣品质，脱胎换骨成为新人的过程，在巴金的小说里面，就没有这般的明快。我想这是两位作家的差异，另外在很大程度上也是抗战的时期上的差异吧。

随后的《寒夜》（一九四六年发表），战争的阴影更加浓厚。书中，作者以压抑的心情描写了那摧残人间善意的、令人诅咒的现实。在一九四七年的晨光文学丛书本的"后记"里；作者这样写道："一九四四年冬天桂林沦陷的时候，我住在重庆民国路文化生活社楼下一间小得不可再小的屋子里，晚上常常得预备蜡烛来照亮书桌，午夜还得拿热水瓶向叫卖炒米糖开水的老人买一点白开水解渴。我睡得迟，可是老鼠整夜不停地在那三合土的地下打洞，妨碍着我的睡眠。白天整个屋子都是叫卖声，吵架声，谈话声，戏院里的锣鼓声。好像四面八方都有声音传来，甚至关在小屋子里我也得不着安静。那时候，我正在校对一部朋友翻译的高尔基的长篇小说，有时也为着几位从桂林逃难出来的朋友做一点小事情。有一天赵家璧兄突然来到文化生活社找我，他是空手来的。他在桂林创办的事业已经被敌人的炮火打光了。他抢救出来的一小部分东西也已在金城江的大火中化为灰烬。那损失使他痛苦，但他并不灰心。他决意要在重庆建立一个新的据点，我答应给他帮忙。我了解他，因为我在桂林也有着同样的损失。

“于是在一个寒冷的冬夜里我开始写了长篇小说《寒夜》。我从来不是一个伟大的作家，我连做梦也不敢妄想写史诗。诚如一个‘从生活的洞口……’的批评家所说，我‘不敢面对鲜血淋漓的现实’，所以我只写了一些耳闻目睹的小事，我只写了一个肺病患者的血痰，我只写了一个渺小的读书人的生与死，但是我并没有撒谎。我亲眼看见那些血痰，它们至今还深印在我的脑际，它们逼着我拿起笔替那些吐尽了血痰死去的人和那些还没有吐尽血痰的人讲话。这小说我时写时辍，两年后才能够把它写完，可是家璧兄服务的那个书店已经搁浅了(晨光出版公司是最近才成立的)。并且在这中间我还失去了一个好友和一个哥哥，他们都是吐尽血痰后寂寞地死去的；在这中间‘胜利’给我们带来希望，又把希望逐渐给我们拿走。我没有在小说的最后照‘批评家’的吩附加一句‘哎哟哟，黎明！’并不是害怕说了就会被人‘捉来吊死’，唯一的原因是那些被不合理的制度摧毁，被生活拖死的人断气时已经没有力量呼叫‘黎明’了。”

尽管作品是那样的，但读了后记，感到巴金像是全然沉入了绝望的深渊。但对他来说，正如他自己在其他场合屡屡所说的那样，只有绝望，才是令他拿起笔来的根源。这部小说的最后，女主人公耽心那些摇颤的电石灯光会被寒风吹灭，可是作品并没有让灯熄灭，而是写女主人公迈着坚定的脚步，在寒风中向前走去。

把巴金定为描写知识分子苦闷的小资产阶级作家，这是容易的。和丁玲的不断鞭策自己、到人民大众中去寻求自己的生活和创作场所对比，巴金则是站在脱离人民生活的地方描绘着知识分子的无力呻吟。他的作品，已经不像往年的作品那样劝导读者去行动。巴金笔下那些主人公们的抑郁、苦恼，尤其是汪文宣这个《寒夜》的主人公，他那种临死仍旧渴望着生存的执拗、无止境的善意以及对不合理的社会的激愤，这一切和人民的文学里所表现出的农民们顽强的抗争，都是没有关系的。从巴金的小说中了解到了小资产阶级之软弱和艺术手法之过时，不也正是领会到了中国文学的本质了吗？

《寒夜》出版后，从解放战争到新中国成立，巴金长期保持着沉默，这是很自然的。像他这样的作家，假若一日之间就转到了价值全然不同的人民文学上去那才奇怪呢。最后他总算又拿起了笔，国内的巨大变革，特别是从前年到去年随军到了朝鲜战场，对他的再生起了很大的推动作用。去年夏天，他在《人民文学》上发表了《黄文元同志》这篇现场报导体裁的作品，描写了一位为祖国为同志不怕流血牺牲的年轻战士，不过它还停留在一个受感动的旁观者的位置上，仅仅表现了真正改造的第一步，今后如何发展下去令人瞩目。

《寒夜》的翻译，是我和岛静子先生共同完成，并在两年前由筑摩书房出版的。前半部由岛先生承担，后半部由我来承担，后来为了语气一致，又按我的风格进行了修改，这次我又单独做了些加工修改。千田九一君译的《第四病室》是最初的日译本。另外，关于巴金，最近发行的《现代中国的作家们》（和光社）中有立间祥介君的评论可供参考。

一九五四.九.十五

（李嘉平　译）

（张立慧、李今编《巴金研究在国外》，湖南文艺出版社，1986 年）

巴金和他的《寒夜》*

[美]内森・K.茅
刘村彦①

在巴金降生的那个晚上，他的母亲梦见了送子娘娘。她告诉巴金的母亲，她生的这个娃娃本来是给她弟媳的，因为怕这个人不好好待他，所以送给了她②。第二天，也就是一九〇四年十一月二十五日，巴金（原名李芾甘）就在中国西部四川省成都地区的一个古老的上等阶层的大家庭里诞生了。巴金的祖父和曾祖父都曾做过官，在他出世几年后，巴金的父亲也当上了地方官。这个大家庭包括巴金的双亲、叔父、婶母、兄弟姐妹、表兄表妹、侄子侄女和大量的仆人，全家人都必须服从巴金的祖父。当然，对于幼小的巴金来说，他还不大懂得这一切。

一九〇七年的下半年，因为巴金的父亲调到四川北部广元县做官，于是他

* 本文系《寒夜》英译本（香港中文大学出版社，1978年）序（一）。——译者

① 内森・K.茅即茅国权，美籍华人学者，英文名为Nathan K. Mao。刘村彦应为柳存仁（1917—2009），译者根据柳存仁的英文名Liu Ts'un-yan回译，故误为刘村彦。——编者

② 《巴金文集》（14卷本）第10卷《忆》第10页，香港南国出版社，1970年版。因为这是最为通行的一个版本，本文所引用的资料，除其他方面外，均出于此。以下简称《文集》。

们这一房人也搬到那里：巴金和父母，两个姐姐，两个哥哥一起深居在县衙门的后院。这时的生活是幸福的。每天性格温和的私塾先生在书房里给他们兄弟姐妹发蒙，一个老仆人在旁边侍候着这些小学生。下午放了学，巴金就在院子里和哥哥还有一个十三岁的小丫头玩耍。周围长满了高高的青草和桑树，还有大大小小的鸡群在中间跑来跑去。孩子们一起拾桑葚，给小鸡起名字，做做游戏。

在李家小天地之外，世界正发生着急剧的变化。一九一一年四月，满清政府的铁道国有政策受到湖南、广东、湖北各省商团的强烈反对，学生罢课，商人罢市暴乱，四川的保路风潮尤为激烈。在一次示威运动中，政府逮捕了十多名请愿群众，这激起了更多人的反抗，于是军队开火了，枪杀了四十人有余。政府的这一举动，使抗议的呼声更加高涨，从而加速了孙中山领导的革命运动的步伐。一九一一年十月十日，辛亥革命在武昌爆发，其他省份纷纷宣告独立。随着满清皇帝的退位，中华民国于一九一二年二月十二日成立①。预示着即将到来的社会政治的大动荡。早在辛亥革命前，巴金的父亲就辞去了广元的官职，举家搬回了成都。

度过了广元的无忧无虑的生活以后，巴金在消息闭塞的成都，在他祖父的管束下过了七年的富裕生活。他和表兄弟姐妹们一起玩耍，跟着私塾先生念书，而相当多的时间是和家里的仆人们一起度过的，有时还帮助他们做事。可以说，巴金是在和下人的密切而亲热的接触中长大的，这使他能够摆脱前人所因袭下来的森严的等级观念，看到穷人身上特有的美德，这些被欺侮、被蹂躏的人们那宽宏大量的心胸给童年的巴金留下了极深刻的印象，使他最终成为他们的最热情的代言人。

一九一四年夏天，巴金的母亲在病倒三个星期后去世了。她的死至关重大，在送葬的当时是不会被充分意识到的。它给巴金的心灵上留下了永远无法愈合的创伤，在一本接一本的著作中，巴金笔下的人物仿佛都摆脱不了对于母

① 译文原文如此。——编者

亲的怀念，这大概是巴金从心理上对于母亲的依恋情绪的投影吧？直到一九二九年他甚至还在一篇充满了感伤调子的散文《我的心》中，写下了这样一些话：

> “在这样大的血泪的海中，一个人一颗心算得什么？能做什么？妈妈，请你诅咒我罢，请你收回这颗心罢。我不要它了”。可是我的母亲已经死了多年了。[1]

一九一七年巴金的父亲又去世了。在短短三年里就相继失去了双亲，这实在是个沉重的打击。在《忆》里，他写道：“给了那第一下打击的，就是母亲的死，接着又是父亲的逝世。那个时候我太年轻了，还只是一个应该躲在父母的庇护下生活的孩子。创伤之上又加创伤，仿佛一来就不可收拾。”[2]从此，巴金结束了天真的童年，他睁开了眼睛，在大家庭的和平友爱的表面下，看见了仇恨的倾轧和斗争。

后来，巴金的祖父因为相信学了英语可以在邮局谋得一个薪水高的职位，就让他进入基督教青年会办的英文补习学校。但入学一个月巴金就生了三次病，这样，他的祖父只好请人教他学习英文。在巴金的父亲死后，祖父对巴金和善起来了，这使他逐渐地对祖父体现陈规旧律的身份淡漠了，更多地接触到了他本人。

一九一五年陈独秀（一八七九——一九四二）创办了《青年》杂志，后改名为《新青年》。他提出否定和废除旧的伦理道德，尊重和吸收新思想。一九一六年陈独秀任国立北京大学文科学长，当时受校长蔡元培的领导。一九一七年和一九一八年，《新青年》和其他一些进步杂志雨后春笋般地发展起来，他们共同主张昭示和批判旧中国的脓疮，接受西方思想。知识分子的这些行动在一九一九年五月四日所发生的政治事件，即后来被称做的“五四运动”中达到高潮。“五四”事件使知识分子确信，要建设一个新中国，必须接受新思想，发起文学运动，教育人民，反对帝国主义。仅在六个月的时间里，大约就有四百种用白

---

① 《文集》第 10 卷《生的忏悔》第 29 页。

② 《文集》第 10 卷《忆》第 5 页。

话文写的新期刊出版发行[①]。

当时，巴金和哥哥也在成都贪婪地阅读来自上海、北京的报刊。同时，巴金还迷上了克鲁泡特金的《告少年》（一八八〇年），这是一本富于雄辩的宣传政治活动的作品。

巴金在一定程度上受了克鲁泡特金的影响，开始不满足于闭门读书，而渴望去做一些实际的事情。

然而没有人来指导他，巴金曾给《新青年》编者陈独秀写了一封信，也没有回音，后来他得到了廖·抗夫的《夜未央》的中译本，让他看到了另一国度的青年为了人民的解放和幸福而进行的英勇斗争和牺牲[②]。巴金还阅读了无政府主义者爱玛·高德曼的一些著作，这些文章是如此地征服了他，以致使巴金把她称为自己"精神上的母亲"，并和她建立了通信联系。

通过阅读活动，巴金被无政府主义所主张的对权威性制度、观念及理论作彻底批判的精神，和对人的理念、良知、道德完善的信赖精神吸引住了。

他行动的机会终于来了。巴金在读到本地《半月》杂志上刊载的一篇文章后，便写信给这个杂志的编辑，申请加入一个无政府主义的组织"适社"，很快就被接纳。不久，他又和新朋友们建立了一个新的组织——均社。他自称是一个无政府主义者，写文章，出版书籍，与团体成员通信，吸收新伙伴，还在大街上散发宣传品。

在家里，巴金开始认识到这个共拥有二十多个男女仆人的庞大公馆的奢侈的生活方式，主要靠从租种土地的佃农身上搜刮来的地租支撑着。他也看到为这个家累死累活、当牛做马的奴仆们只能得到一点可怜的赏赐和报酬，过的是极其低劣的生活。他为社会的不公正所造成的这个家庭豪华糜烂的生活感到忿恨，厌恶时时发生在他的亲属间的勾心斗角和他们那种不劳而获的生活。他意识到祖父是操纵这个家的权威性人物，他把自己的家称为以旧风俗、旧习惯

---

① 詹姆士·E·谢里登：《分裂的中国》第121页，纽约自由出版社，1975年。需要明确的是，"五四"一指1919年在北京地区发生的学生示威运动，另从广义上指1917—1927年这十年左右的时期。

② 《文集》第10卷《短简》第8页。

束缚个性发展，助长虚伪和欺骗之风的“专制的大王国”，[①]他还看清了他的大哥正是这个旧家族制度的首当其冲的牺牲品。他的大哥，一个聪慧的年轻人因为与其父为他选择的一个女人结了婚，以致中断了学业，在父亲死后，又不得不担起了家庭生活的担子。出于对这个制度的愤怒和对自己的懊恼，巴金的大哥经常在深夜砸碎轿子上的玻璃窗来发泄自己的苦闷。每当巴金看到大哥受挫后所做出的这种错乱举动，他都同情得痛苦万分，心疼如绞。

一九一九年春节的夜晚，巴金祖父死了。在这之后，巴金的三叔成了家庭统治者。巴金感到这个家庭已经是日末穷途，不过，对于他来说，却由此获得了更多的自由。

一九二〇年的夏天，巴金和他的三哥一起进入成都外国语学校，共学习了两年半，由于他们没有中学毕业证书，按规定在这所学校里也就不能获得文凭，这使巴金的继母下决心送他们哥俩到上海去学习。

一九二三年春末，巴金和三哥抵达上海，六个月以后又迁转南京，考进东南大学附中。一九二五年毕业后，巴金本准备投考国立北京大学，但终因患病和五卅运动未能如愿。

一九二七年一月十五日，巴金从上海动身去马赛，又从马赛到了巴黎，在那儿，他在一家古旧的旅馆租了五层楼上的一间狭小而通风不良的屋子，过着单调的生活。书本和寂寞蚕食着他的年轻的生命。为了安慰这颗孤独的心，巴金开始了小说《灭亡》的写作，还有克鲁泡特金的《伦理学》的翻译。一九二八年十一月巴金返回中国，以笔名“巴金”发表了他的第一篇小说《灭亡》，仅从这笔名即可看出巴枯宁和克鲁泡特金对他写作生涯的影响[②]。巴金在法国的两年期间，未获得任何文凭和证书，后来他写道：“我什么也没有学，连法文也不曾念好，只是毫无系统地读了一大堆书，写了一本《灭亡》。”[③]实际上，他已成了一位作家，吸取了文学最基本的广博知识。

---

① 《文集》第10卷《忆》第66页。

② 奥尔格·朗《巴金和他的著作》第7页：“‘巴’取自巴枯宁的首音，‘金’取自克鲁泡特金的尾音。”

③ 《文集》第14卷。

一九二八年与一九二六年末的中国一样混乱，蒋介石的北伐没有达到预定目的，军阀比南京政府控制了更多的地域。同时，工人的暴动连续不断，仅在一九二八年上海就发生了一百四十起罢工事件。在乡村，农民仍然受着地主统治和变幻无常的极恶劣的自然灾害袭击。

在这种环境下，鲁迅（一八八一——一九三六）作为中国最著名、最受人敬重的作家、批评家，团结青年男女以笔为武器致力于社会变革。在《小说月报》从一九二九年一月至四月连载了《灭亡》以后，巴金响应了鲁迅的号召，他以笔来表达个人的观点，宣传无政府主义的理想。

一九三〇年巴金创作了《死去的太阳》和《复仇》短篇小说集。内心的热情驱使他不停地写着。为了发泄个人的极度痛苦（巴金大哥于一九三一年自杀），他完成了《激流》三部曲的第一部《家》的创作，还有《新生》《雾》和短篇小说集《光明》。一九三一年冬天，他到一个煤矿生活了一周，这个经历后来成为他的中篇小说《萌芽》（一九三四年出版时改为《雪》）的素材[①]。一九三二年他写了一个富于浪漫色彩的故事——《春天里的秋天》和反映无产阶级生活的中篇小说《砂丁》[②]。

尽管巴金强制自己不分昼夜地进行创作，但还是对他的作品能否起到变革社会的武器作用发出了疑问[③]。一九三三年他称自己的创作对群众未产生什么影响，只能浪费精力和生命[④]。他在短篇小说《光明》里描写了一个作家，也许就是巴金本人的疑惑不定的剖白："文章，书籍，这有什么用呢？它们给人们带来苦恼罢了。"[⑤]巴金经常以一种自怜的心境说他的著作从他身上吸去了太多的血和肉[⑥]。但在平静下来时，他又承认从写作上得到了一种满足，并认为他的著作

① 奥尔格·朗在《巴金和他的著作》（第 249 页）中把《雪》比作左拉的《萌芽》，并认为二者都有引人之处。

② 《文集》第 2 卷《砂丁》第 3—4 页。

③ 《文集》第 7 卷《写作生活的回顾》第 8 页。

④ 《文集》第 10 卷《忆》第 104 页。

⑤ 《文集》第 7 卷《光明》第 10 页。

⑥ 《文集》第 10 卷《忆》第 104 页。

能够抚慰自己的身心[①]。

巴金作为一个作家，他对广为传播的个人名望看得很轻，他的许多作品因政府检查官认为具有着破坏力而屡遭查禁。出于对中国令人窒息的政治气候的厌烦，为了在生活中寻到更大的自由和更美好的前途，巴金来到日本，从一九三四年十一月逗留到一九三五年七月。日本之行对巴金来说是失望的。一九三五年一月他写了一篇题为《繁星》的散文，文章中的“我”、大概也是巴金本人在扪心自问：“我为什么要来到这个地方(日本——作者所加)？我所要求的自由这里不是也没有吗？离开了崎岖的道路到一个陌生的地方来求暂时的安静，在一些无用的书本里消磨光阴：我这样的生活不就是放逐的生活吗？”[②]像作品中描写的人物一样，巴金在日本经历了甚至比在中国更为严重的政治迫害。其时满洲国的皇帝溥仪将要访问东京，因此巴金被日本警察逮捕，在拘留所关禁了一天。后来这段经历成为他短篇小说《人》的素材。总之在创作的多产期，巴金深深地被内心的矛盾和为探寻真实的自我而困扰，尽管他没有参加什么活动，但却摆脱不了他所号召的行动及其他一些事情同他所逐渐意识到的自己无力改变世界的矛盾。

一九三五年七月，巴金以一种怅惘的心境回到中国，在上海文化生活出版社任编辑工作。他编辑出版了大量的中外名著，还有中国青年作家的作品，并翻译了屠格涅夫的很多作品，写了《家》的续篇《春》和《秋》，及散文集《控诉》《忆》《点滴》《短简》。

一九三七年抗日战争爆发后，巴金写了有感于这场战争的诗、散文，以及谴责日本人狂轰滥炸，鼓舞中国人英勇奋战的文字[③]。当中国军队经过顽强的卫城战，从上海撤离时，巴金搬到法国租界地，他沉痛地听到南京陷落(一九三七年十一月十三日)，日本人在那儿犯下的滔天罪行和中国其他一些大城市包括青岛、杭州陷落的消息。

---

① 《文集》第10卷《生的忏悔》第37页，《点滴》第23页。

② 《文集》第10卷《点滴》第26页。

③ 《文集》第10卷《控诉》第22—23页。

一九三七年和一九三八年巴金除了在文化生活出版社工作，还担任了《烽火》和《呐喊》杂志的编辑工作，并继续《春》的写作。一九三八年四月，他看过《春》的长条校样以后，离开上海前往广州，在那儿开始创作"抗战三部曲"之一《火》。

战争治愈了巴金的抑郁症，使他充满了爱国主义热情，他曾向一个朋友这样描述战时的广州情况："这里也许和你们那里不同。在这里没有勇敢，也没有怯懦。这里的居民不爱死，但也不怕死；他们把'死'看得很平常。它来拜访，就让它进来。它走了，左邻右舍也不因此惊扰。一个人死了，别的人仍旧照常工作。一幢屋毁了，别的房屋里还是有人居住。骑楼下的赤血刚刚洗净，那个地方立刻又印上熙攘的行人的脚迹。一个人倒下，一个人流血，在这里成了自然的事。甚至断头折臂也不是悲惨的命运。倒下去的被人埋葬，活着的更加努力从事工作。"①

战争期间巴金颠沛流离，辗转中国，曾经到过长沙、武汉、温州和其他一些城市，并在广州、桂林、上海工作和生活。一九四四年五月八日，巴金和陈蕴珍女士在贵阳结婚。这年的五、六月间战争局势恶化，日本大举进攻，迫使中国军队放弃了湖南、广西诸省，六月十八日长沙被日本人占领。

于是巴金和他的妻子搬到重庆，在这个城市一直住到一九四五年战争结束。生活的贫困使他们不得不挤在一间小屋里，并眼看着许多朋友痛苦地死于肺结核。为此，巴金写了一系列的追忆文章，一并收入题为《怀念》的散文集。在这本书的前记里，他把这些死去的朋友称为"平凡的人"，他们不害人，不欺世；谦虚、和善，而有毅力坚守岗位；物质贫乏而心灵丰富；爱朋友，爱工作，对人诚恳……②此外，巴金还写了三部重要作品：《第四病室》《憩园》《寒夜》。

一九四五年八月日本宣布投降。但这个胜利并没有给巴金带来多少欢乐。他对这个胜利的感受生动地写于一九四六年的小说《寒夜》和富于戏剧性的散

---

① 《文集》第11卷《旅途通讯》第13页。

② 《文集》第10卷《怀念》第3页。

文《无题》里。就像《寒夜》和《无题》中的人物一样，巴金急切地盼望离开重庆，两个月后他回到了上海。他的三哥不幸身染重病，于一九四五年十一月去世。哥哥的死，除了使他痛心而外，也使他不再对战后政府抱很大幻想。一九四六年，巴金只写了几篇怀念死去的朋友的纪念文章，继续任上海文化生活出版社的编辑工作，并着手翻译克鲁泡特金的《一个反抗者的话》。这时，巴金仍支持中国无政府主义的活动，和无政府主义者保持着广泛的联系；他还对基督教表现出极大的兴趣，经常和一个比利时耶稣会的蒙斯特利特教士会面，此人当时正在写一部关于巴金的著作。一九四七年巴金发表了《寒夜》和几个短篇小说。

一九四九年共产党取得胜利以后，许多作家被吸引到北京或上海，巴金一直在上海定居。他被选为中华全国文学艺术界联合会的副主席和中国作家协会副主席，当选四川省和全国人民代表大会代表，参加了一些国际性组织和政治会议。一九五二年三月，他率领全国文联赴朝创作组前往朝鲜，历时七个月。一九五三年八月停战以后，巴金只身再访朝鲜。一九六一年他参加了亚非作家会议常设委员东京紧急会议，一九六二年又去日木出席了第八届禁止核武器大会。一九六三年他去北越访问。此处，他还到中国各地去旅游，竭力宣传一个为保护公共财产严重烧伤的炼钢工人邱财康[①]。

共产党以一九五二年的群众性整党运动为开端对文学界进行了严格控制，一九五四至一九五五年愈演愈烈，这使建国前的作家大部分失去了创作能力。曹禺、夏衍、叶圣陶、谢冰心和茅盾都丧失了他们在三十年代和四十年代初期的革命热情。巴金是小心谨慎地进行写作。朝鲜的访问使他写出了《英雄的故事》，反映了战斗在朝鲜的中国人的精神面貌，这本书由北京外文出版社以《生活在英雄们中间》为题公开出版。

在一九五四和一九五五年的整风或称之为整顿工作作风的运动中，许多老作家被推出批判。然后是一九五六年提出“百花齐放”，至少从理论上，政府邀请作家来对各方面的情况发表意见。开始时的局面是缄默的，很快头脑简单的

---

① 陈丹晨：《小说家巴金》，载《中国文学》1963年第6期。

作家们就表示对共产党的官僚主义和其他一些弊病大失所望。一年以后，政府完全改变了政策，并惩罚了那些不满政府分子。

经过所有这些运动，巴金变得精明了。例如，在一九五八年“大跃进”期间，他曾保证以一年的时间写出“一部长篇小说、三部短篇小说和几部译作”。[①] 但一九五八年四月，他在为《文艺报》写的一篇例行公事的文章里，对美国作家霍华德·法斯特叛党事件，表示了比遗憾更深一层的恻隐之心。巴金经常受到批判，尤其是对他在一九四九年以前发表的那些无政府主义的作品。尽管巴金已公开承认他对法斯特事件言语失检，围攻巴金，对他进行彻底清算的运动却一直进行到一九五八年十月，直到广大读者起来为他辩护这个运动才得以平息[②]。

在这种环境下，对于巴金为什么在一九五八年的文章里，总要完全否定他的第一部小说里浪漫的无政府主义革命家形象，就可以理解了[③]。一九六一年他检讨了自己脱离群众，关在屋子里和几个朋友只会空想的生活。承认他一直没有找到一条正确的路[④]，愚蠢地相信笔能够改造社会[⑤]。巴金还说他的文风不好，语言太不规范，翻译工作使他熏染上了欧化的遣词造句的方法。他更强调的是中国其他一些作家，诸如鲁迅、叶圣陶、夏丏尊、朱自清的作品使他获益非浅，成都的旧式私塾先生也使他得到极大的好处。后来他还后悔过去没有更多地学习中国古典文学，和适量地学点书法[⑥]。

当巴金准备出版文集时，他修改了几部小说的结尾，以消除无政府主义的影响；他否认自己的笔名分别取自巴枯宁和克鲁泡特金的首末音节，并为他所以接受了无政府主义做出合理的解释：

---

① 默尔·戈德曼：《共产党中国的文学异端》(*Literary Dissent in Communist China*)(哈佛大学出版社，1967年)第244页，第34—36、37页。

② 夏志清：《中国现代小说史》(耶鲁大学出版社，1961年)，第640页。

③ 《文集》14卷《谈〈灭亡〉》第18页。

④ 《文集》14卷《谈〈灭亡〉》第34页。

⑤ 《文集》14卷《谈〈灭亡〉》第36—37页。

⑥ 《文集》第173页。

> 在五四运动后，我开始接受新思想的时候，面对着一个崭新的世界，我有点张皇失措，但是我也敞开胸膛尽量吸收，只要是伸手抓得到的新的东西，我都一下子吞进肚里。只要是新的、进步的东西我都爱；旧的、落后的东西我都恨。我的脑筋并不复杂，我又缺乏判断力。以前读的不是四书五经，就是古今中外的小说。后来我开始接受了无政府主义，但也只是从克鲁泡特金的小册子和刊物上一些文章里得来的。……我却一直不肯抛掉无政府主义的思想，也可能是下意识地想用这种思想来掩饰自己的软弱、犹豫和彷徨，来保护自己继续过那种自由而矛盾的、闲适而痛苦的生活。……说实话，我当初开始接受新思想的时候，我倒希望找到一个领导人，让他给我带路。可是我后来却渐渐地安于这种所谓无政府主义式的生活了。[①]

在“文化大革命”期间(一九六六——一九六八)正常的出版业被中断，旧书籍遭到没收或焚烧。巴金的著作也从书店和图书馆里消失了。甚至被销毁。像与他同时的其他作家一样，巴金也被揪斗，批判他的小资产阶级经历、创作中没有明确地表现革命路线(指明共产主义的方向)，以及与无政府主义的长期联系，甚至还说他攻击毛泽东思想。这个批判在上海《文汇报》一九六八年二月二十六日刊载的一篇文章里达到了登峰造极的地步。此文称巴金为“大文霸”，还罗织了一些罪名。几个月后，于一九六八年六月二十日，红卫兵抄了巴金的家，捣毁了他的艺术珍藏品和藏书室，其中包括他所收集的有关无政府主义的文献。巴金对他们的这种行动稍表不满，立刻被红卫兵拖到人民广场，让他跪在碎玻璃片上，强迫他认罪。在对巴金进行种种侮辱时，一个目击者说，当时巴金气愤地喊道：“你们有你们的思想，我有我的，这是事实，即使杀了我，也无法改变它。”不久，巴金就进了牛棚[②]。对于巴金“文化大革命”以来的情况了解不多，听说一九七五年他在上海工作，最近，一九七七年七月，他还为上海《文汇报》写了一篇控诉“四人帮”的文章。

---

① 《文集》第10卷《短简(一)》第12—13页。

② 奥尔格·朗译：《家》，纽约双锚图书公司，1972年，第25页。

巴金的个人经历反映了二十世纪中国的变化历程。在清王朝崩溃，中华民国成立的转折时期所出现的青年学生闹事、新文化的传播运动，日益严重的外国侵略及国民党与共产党的内战等等，无不对巴金产生着影响。他很难地度过了长时期的抗日战争，迎来了一九四九年共产党的胜利。

在巴金一九四九年以前创作的著作中，至少可以看出他对艺术的信念是始终如一的。他被一种热衷于传道的使命感所鼓舞，要竭尽全力地去建设一个公正的社会和强大的中国。他说自己是为了要申诉才来写小说的，一再声称他不是一个艺术家，他所追求的是比艺术更长久的东西，如果必要的话，他将毫无顾惜地舍弃艺术。他写作的目的只有一个——激起读者对黑暗的憎恨，对光明和真理的爱惜。

与这个信念相一致，在巴金早期小说中，他抨击亲眼所见的社会罪恶：资本主义制度，外国人对中国劳力的剥削，等等。三十年代是巴金最多产的时期，作品主题集中于一点：旧家族制度的衰落和罪恶。《春天里的秋天》是他所取的杰出的成就——《激流三部曲》的序曲，它令人信服地阐述了旧的家族制度仍在现代中国制造着悲剧这一事实。《家》作为《激流三部曲》的第一部，受到了普遍的称誉和欢迎，人们经常就其主题及人物形象范围广阔而把它比作中国古典名著《红楼梦》。在四十年代，巴金所爱好的取材范围又重新回到了家族制度上，这在《憩园》和《寒夜》里可以得到证实。

在抗战时期，与其他许多作家一样，巴金在他的短篇小说和《火》三部曲中都描写了爱国主义的行动。从《小人小事》中可以看出，战争题材对巴金失去了诱惑力，他转而按照生活的本来面目写那些“小人物”，他对中国所抱的悲观态度随着战争的延续而增长，这充分反映在《第四病室》，尤其是《寒夜》里。

通过巴金的生平我们可以看到，他在编辑工作方面，从未动摇对于祖国和人民的关注。在创作上，从二十年代、三十年代的乐观主义，到四十年代的绝望，反映了他的情感的旅程①。毫无疑问，巴金的主要成就在于他为二十多年来

① 参看内森·茅：《巴金情感的旅程：从希望到失望》，载《中国语言学报》，1976 年 5 月第 11 卷第 2 期。

的中国描写了一幅有着丰富的蕴涵量的图画。这是一个艺术家的个人经历的记录，又真实地反映了那个骚乱的年代。

因为强调内容和社会功利而忽略艺术形式，巴金的一些小说尽管很受欢迎，但艺术性却是不很高的。苍白的革命者、呆板的人物，经常采用的一种笨拙而单调的文体，这也许是因为没有自觉地追求现实主义的创作方式所致。但一个显著的例外是《寒夜》，它可列为巴金的杰作之一。它证明了巴金在艺术上前所未有的成熟。此外，这部小说着重描写了长期的战争所带来的令人恐怖的局面。通过黑暗、寂寞的夜晚和变换季节的形象化描写，渲染了面临毁灭时所特有的气氛；通过景象的描绘，给读者以一种身临其境的感受；通过对话，展现了主要人物之间的冲突；通过角色的独白，揭示了主要人物的心灵世界。所有这些手法的使用都有助于抑制小说过于激烈，而使读者加深对于处在战争最黑暗时期的现代中国家庭成员状况的认识。

读过《寒夜》的人，大多会被小说自始至终所贯穿的死亡的氛围所感染，这是巴金成功地创造了一个主要的意象“夜”，而取得的艺术效果。小说共分三十章，另加一个尾声，描写白天景象的只有六章（3、4、5、9、17 和 25 章），白天与黑夜相交叉的也只有八章（11、12、13、14、20、26、17、29 章），其余十七章（全是主要章节）都被安排在夜晚。

为了有效地传达出这种死亡的氛围，巴金着重渲染了忧郁、沉闷和阴暗。描写白天甚至也从没有太阳，天永远是阴，多云，好像随时都会下雨似的。他所写的夜晚，一般都是又黑又冷，闪着昏黄的灯光。小说以灰黑的街道场景开头，很快又转入主人公汪文宣的公寓前，这个门口被描写得象窑洞一样，圆圆的门灯发射着暗红光，照出汪文宣紧紧关闭着的两间住宅。一有情况发生，汪和他的母亲不得不用蜡烛取亮，房外的街道也是漆黑一片，顶多在黑黝黝的夜幕下孤伶伶地闪着几点光亮。

如果说一切背景都是黑的或接近黑的，那么小说的一些人物和许多身份未明的角色也是幽暗。在第一章里，他们是蜷缩在黑夜中的影子，在寒风中匆匆而过的行人。还有睡在汪文宣房外的孩子，尾声里的难民，及举着蜡烛上楼梯的张太太。

在黑夜里还充斥着各种噪音，老鼠一边啃楼板一边吱吱叫的声音，唐柏青的妻子呼喊他的惨叫，一个妇女凄切地唤她生病的孩子回来的悲号，还有每天晚上都萦绕于耳的小贩那炒米糖开水的叫卖声。

夜晚又是恶梦缠身的时刻。汪文宣有着一系列的梦，小说第二章就是以大段描写他所做的梦，开头的他梦见妻子树生和母亲吵嘴后离开了他，这个恶梦本身就预示了小说的结局。随着情节的发展，汪文宣的身体明显恶化，而思想却更敏感了。在他卧倒在床的时候，又做了许多梦，而每次都不是他的妻子和一个人跑了，就是他或者他的母亲死了，在一天晚上，或者说是天还未亮的时候，树生真的离开了他到兰州去了。她的走带去了汪文宣的一切，从此，汪文宣开始了他死亡前的最后挣扎。唐柏青的妻子的死于难产，他本人被卡车压死，钟老和汪文宣分别死在医院和家里，这一切也都发生在夜里。

黑暗沉闷的环境并不仅仅是作为加强死亡氛围的装饰性背景，而且还是使这部小说获得整体感和协调性的重要的结构手段。例如，在第一章里，汪文宣听到从黑暗角落传来的不满的牢骚，在尾声里，孤独的打着冷噤的树生也无意中听到过路行人评论日本投降后，生活未得到丁点儿改进的抱怨，这种描写取得了首尾呼应的效果，这非常清楚地意味着苦难仍未熬到头。黑暗和阴沉笼罩着全篇，象征着小说中的人物，尤其是汪文宣的灰色的生活。

除了把黑夜做为小说的一个主要意象之外，巴金还利用季节的变换来反映主人公的内心世界。小说在秋季开头，在秋季结束，整整历时一年。秋天是一个容易使人联想起行将灭亡的事物的季节，它时常通过汪文宣对于寒冷的感觉暗示出来。在巴金阴冷的世界里，冬天的时节最长，在这长得似乎没有尽头的冬季，汪文宣和他的母亲、妻子遭受着连绵不绝的痛苦。是在冬天，汪文宣发现自己已病入膏肓，失了业，丢了妻子；也是在冬天，汪的母亲对媳妇愈加不满，为生重病的儿子的前途担忧；仍是在冬天，树生为是否去兰州伤透脑筋。春天是个打破人们的梦想的季节，在这个时候，汪文宣的身体未有一点好转的迹象，这证明他母亲想往春天到来，儿子的身体就会好起来的希望落空了。树生在出走后，也徒然地追求着她所得不到的幸福。夏天毁掉了汪文宣，也使汪的母亲陷于绝望的境地，她失去的不仅仅是儿子，也是她的唯一的靠山。又是一年的秋季，树生回来了，但她所得到的仅仅是丈夫病故的消息，她开始朦朦胧胧地意识到自己被浪漫的幻想欺骗了。冬天又要来了，那又是一个痛苦的难以预想的，就像以前她和丈夫、婆婆、儿子在那两间房子里度过的那个漫长的冬天一样的季节。

除了借夜的意象和季节的变换来表现毁灭的景象和人物的内心世界之外，巴金使用了扼要的、场面特写式的叙述方法。基本上是该简单的地方就一带而过，该强烈的场面就重金浓彩。比如，树生启程去兰州（第 23 章）和汪文宣的母亲在儿子病床前的守夜（第 30 章），这两个场面都是极其感人的。首先要提的是从曾树生即将离开的那个晚上，汪文宣焦急地盼望她赴宴归来，到曾树生回来整理行装，最后他们诀别的那段，对人物一举一动和每一闪念的细致描写，可以说是中国现代文学史上最难忘，最哀婉动人的篇章之一。其次还有对一个母亲在关心儿子时表现出的带着占有欲的爱和对她在加深彻底绝望程度上所起作用的描绘也是生动的。

这种场面描写给读者以强烈的感染力，而且巴金使用的对话形式不仅取得了直诉于读者的效果，还展现了人物与人物之间的冲突。比较突出的例子是，汪的母亲和她儿媳之间的相互辱骂（第 18 章），这一章很明显地揭示了传统观念和中国现代妇女的尖锐矛盾。另一个例子是汪文宣为劝说赌气出走的妻子和他一起回家，在奢华的国际咖啡店里的一次谈话（第 5 章）。这个谈话泄露了汪文宣对他妻子的依赖程度之深和他妻子对一切事情包括对自己的职业和家庭的不满。

巴金在《寒夜》中采用的另一极其精彩的手段是内心独白或称之为“意识流”。巴金式的独白不同于詹姆士・乔伊斯、亨利・詹姆士和弗吉尼亚・沃尔夫。它是按照思维意向的逻辑顺序组织起来的，最意识流的最后产物而不是杂乱无章的意识流动的本身。要证明这一点，可以第一章为例。汪文宣从防空洞里出来，浮现在他脑子里的概括起来说就是他的家庭生活。巴金还擅长以书信形式揭示人物的思想面貌，使读者能触摸到人物的思想感情。例如，树生在写给丈夫的信里，淋漓尽致地揭示了自己的心灵，分析了她与丈夫断绝关系的心理。巴金的又一写作技巧是细致入微地描写揭示人物的无意识的梦幻。例如，汪文宣对夫妻关系的危机感，对树生的依赖和爱，对母亲的孝，对前途的恐惧，在上面谈到的(第 2 章)连续不断的梦里彻底地表现出来。

《寒夜》的伟大成就之一在于巴金生动地塑造了母亲、妻子和汪文宣的形象。汪的母亲是个寡妇，动辄毫无益处地抬举或教训自己的儿子，旧传统观念根深蒂固，她认为已婚妇女必须服从丈夫，孝敬婆婆，操持家务。她看出儿媳有着和她完全相反的生活方式和不相容的价值观念，为了树生和她儿子结婚时未举行适当的仪式而厌恶她；而且对树生在银行里工作，还能为她孙子付学费耿耿于怀，非难树生打扮得像个“花瓶”，不做家务活。

汪文宣母亲对树生现代女性的优越条件的不满，几乎赤裸裸地暴露了她未明说的要永远占有儿子的愿望。她喋喋不休地在儿子面前唠叨说，树生不会总跟着她，不过是他的情妇而已，试图在儿子与媳妇之间造成裂痕。而在汪文宣看来，她将永远是他的好母亲，总是在给孙子补大衣，在寒冷的天气里洗衣服，做着各种家务活，为儿子的身体健康担忧。当汪文宣肺结核病情恶化时，他母亲干着中国四十年代的仆人都很少赶得上的家务劳动，擦地板、打扫卫生、做饭、熬药、护理，一直期待着儿子最终痊愈。但无意识地并且几乎是与此同时并存的是，她也认识到汪的死会使她获得某种优势，因为到那时，她的儿子就永远属于她的了。她的希望之一就是让汪文宣在她的心目中永远保留着年轻、未被玷污的孩子的印象，汪的死会使她的这个愿望得以实现，并让她在与树生的整个对抗中获得胜利。

在这个家庭里，明白这种争斗不过是为了一个成年男子而发生的人是树生。巴金把她描写成一个健全的但意志薄弱的妇女。三十四岁，富有魅力，她喜欢和她的上司去咖啡店，跳舞，这些活动占用了她太多的精力，竟使她抽不出时间来陪陪生病的、时常哀诉的丈夫。每当她下班回家，一看到阴暗的房子、对她怀有敌意的婆婆、病怏怏的丈夫和沉默寡言的儿子(在小说中他是个次要人物),就简直无法忍受。作为一个从过去的束缚中解放出来的新女性,她要不失时机地去寻求生活所能提供的一切幸福。为了实现自己的抱负,结束这个象征她的沉闷生活的漫无止境的冬天,树生既被文雅、富裕的上司陈经理所吸引,又抗拒着他对自己的诱惑。陈经理对树生的执拗追求,为她展现了一个自由而新鲜的天地。树生希望生活得好一些的梦想,只能通过与陈经理的关系,通过摆脱重庆这个家到兰州去的这条途径得到满足,这告诉我们,她的抱负受到了多么大的限制。这也是她敌不过婆婆的原因所在。树生在内心的需求和外来的诱惑间徘徊,最后她终于意识到,她不能接受陈经理的爱,她真正爱的是汪文宣。但这时已经太迟了,她丈夫早在一个多月前就病故了。她的生活只能被视为失败的记录。她和丈夫的破裂,究其原因,在于她本人的短处,因为她对丈夫三心二意,缺乏与婆婆较量的能力和韧性,或是说她不能分担丈夫极度的精神痛苦。

汪文宣是两个女人争夺的焦点。由于汪很小就失去了父亲,因此他的恋母倾向越来越严重,以致扭曲了他的整个生活方式。尽管他爱自己的妻子,但当他和妈妈生活在一起的时候,他就不能完全属于她,因为只要他妈妈活着,汪就不能真正地去爱别的女人。母亲与妻子的对立折磨着他,他又没有内在的力量,也许是没有在两个女人之间选择一个的欲望,只能尽力地敷衍和拖。尽管他明知妻子将和另一个男人去兰州,但他不愿妨碍妻子去追求幸福,心甘情愿地允许,甚至可以说是故意地促成了这件事。他的色情受虐狂(一种以受异性虐待为快的病态色情狂——译者)使他打算为自己这个不称职的儿子让母亲遭受了不必要的痛苦而赎罪。他的潜意识在为那些绝大部分都是自己虚构出来的罪行而求一死来回报母亲的养育之恩。因为只有这样,他才能从与另一个女人的关系中解脱出来,再一次成为完全属于母亲的纯洁而单纯的儿子。

《寒夜》是一件成熟的艺术珍品,在这里,巴金成功地运用了渲染气氛、突出动人的场面、冲突和人物的内心世界等艺术技巧。在这部小说中,没有某一个人是坏的,没有反面人物——只有通向最后悲剧结局的命运不幸的复杂人物。除了对于战时重庆严酷现实的真实描绘外,巴金的主要成功之处似乎还在于他对人的动机和行为的探测。所有这些都使《寒夜》成为巴金的杰作之一①。

（李今　译）

（选自《巴金研究在国外》）

[附录]　《寒夜》英译本序(二)

近来，西方对中国小说，一直怀有着与日俱增的兴趣，出版了大量的长短篇小说英译本。其中有 W. J. F. 詹纳编辑的《中国现代小说》(伦敦，牛津大学出版社一九七〇年版)；夏志清和约瑟夫·S. M. 劳的《二十世纪中国小说》(纽约，哥伦比亚大学出版社，一九七一年版)；Jr. 威廉·A. 莱尔翻译的老舍《猫城记》(哥伦布，俄亥俄州大学出版社，一九七二年版)；西里尔·伯奇的《中国文学选集》第二部：《从十四世纪到当代》(纽约，格罗夫出版社，一九七二年版)；戴维·霍克斯翻译的曹雪芹《石头记》的前两卷(巴尔的摩，企鹅古典文学出版社，一九七四年，一九七七年版)；内森·茅翻译李渔的《十二楼》(香港，香港中文大学出版社，一九七五年版)；约瑟夫·劳与蒂莫西·罗斯的《一九六〇——一九七〇，中国台湾小说》(纽约，哥伦比亚大学出版社，一九七六年版)；安东尼·于的一卷本《到西方去旅行》(芝加哥，芝加哥大学出版社，一九七七年版)，另外还有一些北京外文出版社出版的书籍。虽然这些情况都是重要的和鼓舞人心的，但毫无疑问，中国大量的优秀作品还未被译成英文，尤其是反映二十世纪的中国及其苦难人民所连续遭受的战争、自然灾祸和政治动乱痛苦的作品，还没有被翻译介绍过来。

中国二十世纪最受欢迎的作家之一是巴金，他在三十年代至四十年代，不但得到学生们也为一般群众所特别喜爱。据一九三七年对中国的大中院校学

① 鉴于西方读者可能会认为这部小说带有一种很矫揉造作的感伤情调，因而需要着重指出，感伤调子一直是中国小说、诗歌的一大特征，并且这部小说所以获得成功，是因为真实地表达了作者的感伤情绪，而不是作者在小说中造成的哀婉氛围。

生们所作的一次调查，巴金是仅仅次于鲁迅的最受爱戴的作家[①]。从一九七二年中国大陆的报道中可以看出，那时他再一次成为这个国家的人民所特殊喜爱的作家，并有许多读者把他的作品并列《水浒》《三国演义》这些中国的古典名著之中[②]。在西方，也有一些关于巴金作品的评论文章，如：O. 布利耶尔在一九四二年，J. 蒙斯特利特于四十年代和五十年代[③]发表的一些文章，还有奥尔格·朗一九七六年发表的巨著《巴金和他的著作》。一九七五年，巴金和茅盾同被提名为诺贝尔文学奖候选人。提名者和英法作家们认为，在一九四九年共产党取得胜利之前，巴金和茅盾是把中国的社会和政治生活表现得最为出色的两个作家[④]。

巴金的许多著作都已译成外文，如：约瑟夫·凯尔黔的《憩园》德文译本(慕尼黑，汉塞出版社，一九五四年版)；短篇小说集《生活在英雄们的中间》的英文译本(北京，外文出版社，1954 年版)；西德尼·夏皮罗译：《家》(北京，外文出版社，一九五八年版，多布尔戴·安克尔图书出版社一九七二年再版)还有《寒夜》的日、俄文译本(东京，刊屋四限书房一九五二年版，莫斯科，国家文学艺术出版社，一九五九年版)。也有意大利文和波兰文的一些译本[⑤]。

在巴金的未被译成英文的著作中，《寒夜》(一九四七年)是他在民主革命时期最有代表性的作品，它表现了长期的抗日战争所引起的令人厌烦的局面，集中了战争的最后一年巴金在重庆时的个人经历，在这部作品里，巴金着重详细地描写了重庆无法控制的通货膨胀，大量的失业，时疫，饥饿，政府对人民生活的漠不关心和人们精神的崩溃。这是一部交织着苦难和仇恨，向着中国社会和当时政府发出严厉抗议的作品，它说明了一个普通人怎么会牺牲在人们、也包括他自己的手下，在技巧上，作者通过季节的变化和阴暗、寂寞的黑夜的形象化

---

① 参看奥尔格·朗：《巴金和他的著作》，哈佛大学出版社，1967 年，第 3、275、285、363 页。

② 参看台北《“中央”日报》1972 年 8 月 2 日。

③ 参看唐纳德·A. 吉布斯、李蕴珍：《1918—1942 中国现代文学研究和翻译目录》，哈佛大学出版社，1975 年，第 150—151 页。

④ 参看《明报月刊》10 卷 11 期，1975 年 11 月，第 10—11 页。

⑤ 奥尔格·朗：《巴金和他的著作》，第 353—355 页。

描写，渲染了毁灭的气氛；景色和其他一些文学手法的使用给读者以一种身临其境的感受；使读者能够进入人物情绪中去，体验人物的思想和感情。《寒夜》作为一部心理小说，为巴金的散文小说艺术增加了一个重要方面，这就是《寒夜》的成就所在。

这是《寒夜》的一个完整的译本，它根据容易找到但没有注明年月日的香港文化书店的版本，而不是依照一九四九年后收入《巴金文集》（十四卷，香港南国出版社，一九七〇年版）的版本译出，尽管这两个版本只有一些不很重要的风格上和政治上的变化，但我们认为一九四九年前的版本更忠实于巴金的本意，后来经他修订的版本，反映了巴金企图适应五十年代到六十年代中国政治的倾向。

因为中文和英文间的差异，我们力求用英文流畅地全面地表达出中文的意思。在原文显得过分冗长的情况下，我们冒昧地删除了多余文字并意译了某些用语和词句，另外，为了使这译本更投合西方读者的趣味，我们还重新调整了段落顺序，使用的是韦德—贾尔斯的翻译方法。

谨此，我们向哥伦比亚大学夏志清教授所给以的鼓励和提供的意见，向亚利桑那大学的威廉·舒尔兹教授、澳大利亚国立大学的路德米勒·帕斯卡娅小姐和希彭斯伯格州立学院的马克·A. 吉维勃教授在全部阅读了原稿后所提出的宝贵建议，向我们的妻子的支持和理解致以谢意。

我们还要向弗朗西斯·K. 潘博士，T. C. 赖先生，约翰·迪内神父，斯蒂芬·C. 苏恩先生和中文大学出版社的其他人员在编辑方面所给以的协助和建议表达我们至深的谢意。

（李今　译）

（选自《巴金研究在国外》）

《寒夜》法译本*序言

[法]艾坚尔伯

一九五七年六月十四日，星期五，我有幸在上海会见了巴金。我在《西游新记》一书的第 201—204 页，曲尽详情地叙述了我们那次长达两个小时的谈话(那本书实际是对百花齐放政策危机的笔录，我当然只能说些查有实据的东西，故尔未能博得某些人的欢心)。这里不妨引述其中的一段：房间宽大、舒适，房前有一小院，客厅后边则是一块草坪……客厅的沙发和软椅上都蒙着布罩，巴金夫人也来到客厅里，当时在场的三位女士全都穿着旧式的旗袍。黑白相间的格子花呢，浓黑的头发中缀着一点红，并且发着幽光(那也许是一只别针?)。这一切更突出了巴金夫人严整、优雅、贤惠的韵致。这里没有，丝毫没有'蓝蚂蚁'的印象！作家本人则身着'干部服'，不过那套干部服的剪裁之精致却是在中国国少有的。他表情开朗，睿智，一开始就吸引了我。

我们首先谈起了他那套脍炙人口的"三部曲"之一的《家》以及据此改编的

* 法国伽利玛出版社 1978 年出版，译文略有删节。——译者

影片。那套书是对儒家学派封建家族的充满批判精神的图画。不过,他并不喜欢那部影片,因为一些人物的性格被歪曲了,影片中一些弄虚作假的手法也使他大失所望。我问他小说的第四部是否可以尽早问世,回答是:“自从解放以来,我几乎没有一点写作的时间。我只翻译了王尔德的童话,还有赫尔岑、托尔斯泰等人的一些著作。除此之外,我的时间都被没完没了的各种会议吞没了。小说的第四部早就构思好了,只是刚刚开了个头,如果各方面进展顺利的话,我打算明年就把它写出来。”可以想象,各方面的进展并不顺利,因为,据我们所知,那次谈话已经成了二十年前的往事,而小说的第四部却仍是踪影皆无。

事实是,在这段期间,那里发生了一系列危机:先是大跃进和大跃退,紧接着又是“文化大革命”,(换个说法,就是取消全部中国文化),等待着作家们的,除了自杀(如老舍、傅雷等人)便是进“五七”干校了。而这种“五七”干校,照一班阿谀奉迎者的说法,便是人人向往的“再教育”集中营,大家都争先恐后地到里边去受训。巴金也到了那里。不过我有理由认为,以他这样一位自由之人,进入“五七”干校多半是被粗暴蛮横地赶去的。他的过错,一方面是在于他始终是个左派作家,故尔富于批评精神;另一方面在于他拒绝参加反对胡风的卑劣运动;还有一个突出的原因则是他那个笔名,这个名字无疑是一种无政府主义的挑战,自然免不了大受攻击。这位现年七十三岁的作家,原名李芾甘,生于四川,从一九二一年起开始发表作品。他受过巴枯宁与克鲁泡特金的影响,故尔自己取名“巴(枯宁)(克鲁泡特)金”。时至今日,我们总算对巴枯宁的思想有了新的、更高的评价,所以,在我们看来,一个人敢于在一片资本主义的腐化堕落和穷兵黩武的乌烟瘴气中自愿顶起巴枯宁与克鲁泡特金的双重头衔,这不仅是一种善行义举,而且实在值得钦佩。

然而,在那位滥施权术的毛夫人(指江青——编者)的淫威下,什么人有才气,什么人善于思考,什么人就是异端,就罪该万死,或者至少也要罚你到“五七”干校去干一番苦役。好在随着这位缺德少才的女冒险家的失势,不少被害者得到了解放,诸如茅盾和巴金。只是这以后关于他的情况,我就一无所知了。

尽管如此,他的“三部曲”仍然不失为对孔孟之道的最强烈的控诉状!是为一个孕育着革命，孕育着真正社会主义的国度，描绘了一幅无比广阔丰富的画卷！当日本已在试图征服中国，建立其“大东亚共荣圈”之际，仍然矢忠于其笔名的巴金，以一个无党派人士，在全国文艺家抗敌联合会中积极活动，勇敢战斗。他离开上海，漂流到大西南，居留在陪都重庆，创办了一系列的爱国报刊。

可是，就是这样一个人，那些操纵着所谓“文化革命”的流氓恶棍，却把他当作是牛鬼蛇神。作为本世纪最大的四五位作家之一，瑞典学院本来可能授予他诺贝尔文学奖，就此或许会使他在新制度下为自己的祖国继续争得荣光，可惜他被打入了冷宫，原因就是他以前不是，将来他永远不是唯唯诺诺的应声虫。诸位即将读到的这本书《寒夜》，是早在一九四六年创作的。

当年，在分手之前，我曾问巴金，除了《家》以外，他最希望自己的哪些小说被译成法文，他毫不犹豫地回答：《憩园》和《寒夜》。现在，终于由拉利特夫人为这本优美的小说提供了一个优美的译本。事隔二十年，我总算部分地满足了巴金的心愿。要是按照毛遗孀夫人的低能见解，这部小说肯定又是“太消沉”了，是呀，像这样一部描述中日战争时代，讲述一个小职员，连同他的妻子、儿子和老母在重庆如何避难的小说，倒真的应该快乐些，开朗些。除了战争的艰难困苦，还要加上两代人的磨擦。一方是思想陈旧的婆母，想要奴役儿媳；一方是受过高等教育的青年妇女树生，她被迫到一家银行去供职，拒绝向“老家庭”的习俗妥协。生活的艰难和家庭的悲剧损坏了汪文宣的健康，与此同时他的妻子却跟着经理飞往了兰州。就在抗战“胜利”的同一天，汪文宣被肺病夺去了生命。

谁能否认这部小说是毫无粉饰地描绘了国民党集团加在知识分子的头上的悲惨命运？谁能否认这是为妇女解放而作的辩护辞？谁能不对这位大作家的高尚品质和冷静透澈的态度表示激赏？

在《寒夜》一书中，巴金能够看出一种对黎明的绝望的呼唤，诸如“哎哟哟，黎明！”之类，这难道不是对这部小说最好的判断吗？不过，我觉得当他苦笑着说出下面这句话时，也未免太悲观了：“书销去五千册，并不是什么值得高兴的事。我知道许多写得更坏的书都有更畅的销场。”（一九四八年的后记）这本写得很精彩的小说在这里的销量肯定要远远超过五千册，至少不会亚于阿兰·佩雷菲特随笔的销量吧，我想！

（李清安　译）

（选自《巴金研究在国外》）

《寒夜》德文译本后记*

[德]沃尔弗冈·库宾

中国现代文学的发展，并不是十分顺利的，这有内外两方面的原因。就其外因而言，文学在近百年间却未能摆脱政治的阴影，仍处在它的限制与监视之下。这其中包括传统上的、帝国主义的、法西斯主义的和社会主义的各种势力。虽然一九一九年五月四日的学生运动，以其反对腐朽传统、儒家思想和外国资本的口号，给文学指出了政治方向，但其后几十年间的事变——国民党对思想活跃的知识分子的迫害，国家主义者和共产党人之间的国内战争、日本侵占东北（一九三一年）并最终导致了战争（一九三七——一九四五）——很快就改变了文学与政治的关系：文学不再是政治的先声，更多的倒是时事给文学划定了框框。到了一九四二年，终于使文艺界面临着这样一种抉择：或者是消沉退却，或者是甘冒风险去抨击检查制度。事实上，一九四二年（毛泽东作了《在延安文艺座谈会上的讲话》）以后，大多数知识分子都站在了共产党人一边。中国共产党

* 法兰克福（莱茵河畔），苏尔卡姆普出版社，1981年出版。——译者。作者名字现译作顾彬——编者

把毛泽东思想中最初也含有的解放、平等精神，越来越多地给与了文学，然后在一九四九年之后，就使文学成为他们统治的一个工具，以至在中华人民共和国成立后，随着每次的政治运动，也出现了文学上的动荡。

再有，从内部发展的诸因素来考察它的形式同样十分重要。反对传统势力的斗争使没落文学的语言、形式和内容都陷入绝境，以至必须有一种新的表达形式，而首要的是找到一种新的语言，它应该从知识分子阶层的书面语中解脱出来，它要比迄今为止的任何文学语言有更广泛的基础。鲁迅（一八八一——一九三六）对此作出了贡献。他的《狂人日记》创立了最初的、出色的大众语言的文字表达形式。同时新的语言要求新的样式与“角度”。在这里，鲁迅用的是第一人称自我剖白的日记体裁。虽然由于西方的影响，在两个世纪之交已经出现了第一人称的小说，但是“我”作为内心世界和被破坏了的外部世界的对立物，只是在郁达夫、特别是丁玲的《莎菲女士的日记》中被表现出来。另外就是现代小说的出现，这是以茅盾（一八九六——一九八一）的《子夜》（一九三二）为标志的。对小说艺术传统上的蔑视、经过十八世纪《红楼梦》的冲击，在这个世纪之初终于被打破了。这样，现代小说在中国就比西方晚了一百年。同样的，反映现代社会的戏剧，例如：精神苦闷的英雄，被奴役的妇女，面临瓦解的家庭等等，也大致是这种情况。

尽管鲁迅、丁玲、茅盾属于世界性的作家，但一种完美的文学仍未出现，这有两方面的原因。一方面人们要不带偏见地去认识新的和不习惯的事物，例如对感伤主义的态度。同时也要看到，近百年来中国文学还一直处在自身探索阶段，只是在个别情况下，有不多的有新内容新形式的作品值得一提。在这许多方面也适用于巴金的作品。巴金一九〇四年出生于成都（四川省）的一个官僚家庭中。原名李芾甘。尽管他是中国现代文学的最重要的作家和开拓者之一，但其现有的十四卷著作中只有几部可算得是完美的。这位作家的地位和声誉首先得之于一本出类拔萃的书，即一九三三年出版的《家》。它不但描述了一个传统的中国官僚家庭的没落，更写了受五四运动影响的青年人弃家出走。它的巨大成功，在今天看来，其根本原因在于它联系着在中国实行变革这一重要主题。例如：从束缚个性发展和自我完善、由封建礼教统治的家庭中解放出来，以及争取妇女的平等地位、恋爱自由、受教育的权利等等。作者在琴、特别是在觉慧身上，寄予了对出走的青年的同情，而小说也即以此结束。充满激情的创作风格和以亲身经历作为素材，使这部作品有很强的传记性，同时也产生了广泛的影响，在三四十年代的青年人中引起了共鸣。

长期以来，较之于《家》的盛誉，巴金的所有其它重要作品未有出其右者。如中国第一部描写无产阶级的小说《砂丁》（一九三二）、艺术小说《憩园》（一九四四）、社会批判小说《第四病室》（一九四五）和后来通常被看作是真正成功之作的《寒夜》，它已被译为英文和德文。

《寒夜》是一九四四年动笔，一九四七年出版的。它取材于作者在一九四四到一九四五年中日战争期间的个人经历，其时他正生活在国民党中国的后方——陪都重庆。与《家》不同，《寒夜》描写的是一个中国现代的家庭。它属于那些少数的较富裕的阶层，它有四个成员：三十出头的汪文宣、曾树生夫妇，十二岁的孩子小宣和五十多岁的老婆婆。

传统大家庭的解体和妇女自身的解放，在中国同在其它地方一样，随之带来了一个思想寻求的根本问题。这些妇女的背后没有传统的意识作依恃，而五四运动以来，展示在她们面前的有限天地都是男人们的世界，通往未来的道路是如此地艰难。鲁迅在他著名的杂文《娜拉走后怎样》（一九二三）中已经指出，如果缺乏经济基础，出走就只能是一种作出的姿态，而不是一条现实的道路，况且往往还走不到这一步，因为传统的势力太强大了，它不允许这种行为的发生。在这个意义上才可能理解那个婆婆对树生的反对态度。因为她在经济上依赖于自己的儿子，所以她除了尽其婆婆、母亲和祖母的传统职责以外，别无选择。因此她也希望树生是封建礼教所要求的服从于自己的儿子并对自己怀有敬畏之情的人。可是树生不是这种人。她在一家商业银行工作，不但经济独立，而且当她本来挣钱不多的丈夫因病失去了一家出版公司的校对职务以后，她成了家庭的主要支柱。经济上的自主使树生摆脱了婆婆的束缚，她同男人自由地处在一起，而不顾由来已久的“规矩”，因为用花轿将新娘抬回家已是过去的事了。

这种独立的另一面就是使树生内心感到极大的不满足，这主要是由与婆婆还有汪文宣的冲突所致。

在母亲和妻子面前，汪文宣正好处在传统与现代，义务与感情的夹缝中间，在《家》的主人公觉新身上，巴金就以另一种方式揭示了这种矛盾。觉新一方面被迫站在以男人为中心的传统一边，同时又深受其害，它不但妨碍他的愿望的实现，而且在不幸中给他带来新的不幸。在当时，着重描写人物内心矛盾的，不只有巴金，《寒夜》之后，这类作品不断出现。如也是在一九四七年上映的，并最近在德国电视上播映的电影《一江春水向东流》，就以战争为背景，描写了一个男人（张忠良）在其家庭（爱人、孩子、母亲）与情人之间踌躇不决的事。而他的情人懂得如何以自己的方式最终独占上风。这些表明，对于现代的中国文学与艺术，这种总是发生在男人身上的冲突，是很独特的。因为与妇女不同，他们选择了“出走”这条社会指给的、没有把握的路。而这种对已经确立的社会秩序的背离，本身就孕育着某种危险。

这种矛盾在中国文学中是早就有了的。在明代（一三六八—一六四四）写男女恋人的短篇小说中，它已被人格化了。这些作品中的妇女已经大胆地准备实行她们自己的要求，并敢于承担这一行动的后果，而男人们总是退缩到传统的角色中去，为此断送了他们曾有过、并也得到满足的愿望。这些作品中的妇女，是一种自由自在的生活的代表，而这种生活正是对封建礼教的反抗。巴金塑造的妇女形象，不具有那种为爱人所渴慕的，不现实的性格，而是有自身痛苦的、实实在在的人。她们争夺男人，正像母亲与树生所作的那样。当母亲还把汪文宣当作未成年的孩子来爱护来管教，并以此来加强他们的联系时，树生则不断地刺激他，挑拨他们母子的关系，以使他从迷惘和不决中摆脱出来。母亲和树生追求的是不同的利益，一个要使一切保持老样子，另一个则要求一种新的生活，她们的共同点就是要让男人与对方不和，因为他是相互关联的各种愿望得以实现的保证，所以妥协是不可能的。可是冲突的牺牲者汪文宣，不希望看到双方的决裂，但他调解的努力却有利于他的母亲，因而树生越来越不满。在她的告别信中，她说出了自己的失望，表示了对另一种生活的向往：“当我发火的时候，你总是听之任之，从不反驳，可同时却用乞怜的眼光看着我，我讨厌这种目光……我与你和你的母亲是不一样的：她已经老了，而你却是虚弱多病。可我还年轻，还有精力。我做不到跟你们一起打发那单调的日子，我不能让生活的勇气被寂寞的忍耐和愚蠢的争执消磨掉。我喜欢谈天，热闹，我需要生活中的温暖和愉快。我不想在这修道院似的家里哀丧下去……我已经三十三岁了，再没有时间混下去了。对于我们女人岁月流逝得很快。我并非自私自利，除了生活我没有别的奢望，但这样的生活，它戏弄我，我就要摆脱它。"①

树生对丈夫的期望，就是使他能明白他的处境，那种折磨着他的对母亲的依附。这种依附在梦中还魇压着他，并使他与妻子疏远。

对母亲的顺从并不是某种意义上的自我追求，而更多的是对传统关系表面上的可靠性的依附，这就使个人的决断成为多余。对和睦的渴望也决定了汪文宣对争执的立场，这同时又使他深感内疚，从而种下了死亡的病根。"死"，似乎是他对给母亲造成的痛苦的赎罪，因此也是其母对树生的胜利，而疾病就是这一胜利的起点。

着重写人物之间的内部矛盾，规定了时代是无关紧要的，时事似乎同他们没有多大关系，连中日战争的胜利也是如此。从归来的树生身上我们可以看出，胜利是属于那些阔老、商人和官僚的。这种情形也是由重庆的特殊形势决定的。虽然日本人曾接近这个城市，但没能攻占它，所以这里的人所经历的最危险的战争状态也不过是防空警报，而很少有战争的切身体会。另外，在国民党政府统治下的重庆知识分子同那些政府支持者，战争投机者，那些乘机发大财的人不同，他们只能在一个特定的范围内，过自食其力又耗费很大的生活，因

---

① 本段引文是依此文直译，因与巴金原文略有出入。现将原文抄录于下，以备参考。"常常我发脾气，你对我让步，不用恶声回答，你只用哀求的眼光看我。我就怕看你这种眼光。我就讨厌你这种眼光……我跟你和你的母亲却不同。你母亲年纪大了，你又体弱多病，我还年轻，我的生命力还很旺盛。我不能跟着你们过刻板似的单调日子，我不能在那种单调的吵架寂寞的忍受中消磨我的生命。我爱动、爱热闹，我需要过热情的生活。我不能在你们那古庙似的家中枯死。……不过今年三十五岁了，我不能再让岁月蹉跎。我们女人的时间短得很。我并非自私，我只是想活，想活得痛快。我要自由。"——译者

此胜利对他们说来是别人的胜利，是反动派和资本的胜利。

这种胜利对一些人也意味着自身的失败。树生在兰州——她和情人逃避战争的地方，开始新生活的愿望并没能实现。她的归来是另一种意义上的娜拉。正如鲁迅所指出的那样，走了以后，只有两条路，或堕落、或回来。《家》以出走作为结束，在这里，树生又回来了，而为国民党政客所鼓吹的美好生活，却仍不过是一个幻影。

巴金把三个人的矛盾冲突放在单一的战争背景之下。（一九四四年秋到一九四五年秋）虽然当时的社会动乱——通货膨胀、失业、疾病、饥饿、政府的腐败、美国的军事援助都被写进了书里，但其中感情色彩的描写多于客观的分析。同样从《家》里我们也能看出，巴金对人物的心理状态、精神世界比对外部事变更加关心。但与《家》相反的是，《寒夜》里的人们不是与现实的社会秩序进行斗争，而只是它的牺牲者。他们的痛苦，他们的绝望是它的唯一主题。为此，作者用了大量的内在独白和梦境。其中有以前的经历，也有未来的征兆，这种痛苦在黑夜的图景中得到象征性的表现。而黑夜也正是这部小说的主要背景，即使在少数几章里写到了白天，但那里也没有阳光普照。黑夜，随着不断熄灭的灯光越来越暗，充斥着老鼠的喧嚣，小贩的叫卖和恶梦中母亲的呼喊。这是死神和梦魇的时空，生活至多是死亡的黑暗中一点飘忽的火苗。“隔壁传来一阵沙沙的语声。从街中又传来几声单调的汽车喇叭声。老鼠一会儿吱吱地叫，一会儿又在啃楼板。它们的活动似乎一直没有停过。这更搅乱了她的心。她觉得夜的寒气透过木板从四面八方袭来，她打了一个冷噤。她无目的地望着电灯泡。灯泡的颜色惨淡的红丝暖不了她的心。这就是我们的生活，永远亮不起来，永远死不下去，就是这样拖……’”巴金赋予染上肺病的汪文宣要延续这种生活的愿望，这在很大程度上降低了他的描写的美学价值。或许很难使一个西方读者相信，巴金认识到了汪文宣的死没有美学意义，他的死对于他并不是一个诗样的节日。相反，他还应该在这个没有被净化的现实中活下去。他的死是如此可怕，并且庸俗，仿佛生活本身只是生与死的统一。

汪文宣死在日本刚刚投降之后，在庆祝胜利的时刻。还有幻想破灭了的树生又回到了她离开的那所房子，这在一九四九年后的中国，招致了批评。在延安文艺座谈会以后，要求作品表现作为历史主人的人，表现建立在真实基础之上的对生活的希望。这不但是对解放区，而且也是对当时那些非解放区作家的要求。但他们忽视了这一点。重庆的知识分子看不到另一种生活，延安对他们说来是十分遥远的。与其它作品不同，巴金保留了《寒夜》的本来面目，而没有进行改动，因为他觉得这样做，就会失去这部书的原意。

一直用这个标准去衡量他的作家和属于另一个时代的作品，这是人民中国的悲剧篇章。尽管四九年以后，巴金努力使自己适应时代精神，并且改变了他早年的无政府主义立场。（他的笔名就是由巴枯宁的第一个音节和克鲁泡特金的最后一个音节组成的。）但这并未使他在“文化大革命”期间免受批判与迫害。他把他作为中国作家协会副主席而复出于文学舞台，归功于这样一个政府，这个政府为自己制定了实现中国现代化的计划，从而需要知识与文化。它不仅要吸取三十年来的经验教训，而且还要以知识克服自己的保守。藉此，巴金又开始了与他的西方同行们的交往。

（刘润芳　译）

（选自《巴金研究在国外》）

《寒夜》挪威文译本*序

[挪威]克里斯多夫·哈布斯麦尔

《寒夜》出版于一九四六年，是巴金最后一部长篇小说，依我看，也是他最优秀的著作之一。书中洋溢着的温柔的人情故事和奔放的表达方式都使他在读者中，特别是在青少年中倍受欢迎。

虽然巴金今天是北京的权威性的中国作家协会的主席，但他思想领域的背景不是共产主义，而是无政府主义。"巴金"是他的笔名："巴"取自无政府主义者巴枯宁，"金"取自于无政府主义者克鲁泡特金。这些人都是巴金青年时期崇拜的偶像。爱玛·高德曼无政府主义小品给他留下极深的印象，以至于他把她叫做自己的精神母亲。(《巴金文集》一九六一年第十集，第八页)

巴金出生在一个官宦世家。他的童年是无忧无虑的和愉快的。但在他九岁到十二岁时，父母相继去世。两个同龄的表弟也死在他的童年之家。在他一生的决定时期，巴金遭受了疾病和痛苦的折磨。

---

* 该书由德累尔股份公司于1982年出版。——译者

作为法官之子，巴金目睹了许多案件的审理过程，并由此窥见了中国社会的一斑。在家里，他参加了佣人们反抗家长专制的斗争。他很早就产生了对下层社会和佣人的同情。他抛弃了旧的价值观赋予他的特权地位。在反对迷信和宗教的斗争中，他选择了无政府主义作为自己的生活哲学。他大量阅读了狄更斯、左拉、罗曼·罗兰的作品。

一九二七年，二十三岁的巴金到了法国。当朋友们在船上抓紧时间欣赏《红楼梦》时，巴金正忙于阅读克鲁泡特金和类似作家的著作。留法期间，巴金与他在中国的朋友隔断了联系，并腾出时间来写了自己第一部较大的文学著作《灭亡》(世界语)。《灭亡》是一部描写年轻知识分子为了人类、自由(无政府主义的)前途而奋斗的书，具有明显的自传性质。这本书在一九二九年出乎意料的成功，吸引着巴金转入文学事业。

于是，巴金就真正地成为了一个多产作家，我计算了一下，有二十一部长篇小说，二十五部短篇小说集，三十二部杂文集，更不要说其它的短篇文章了。这以后，就出现了一个广泛的翻译活动。在法国，巴金翻译了皮特·克鲁泡特金的《伦理学》以及《一个革命者的回忆》。他还翻译了巴特罗米欧·樊塞蒂，里欧帕·肯普，塞奥多，斯托姆，伊万·屠格涅夫，阿列克塞·托尔斯泰以及马克西姆·高尔基的作品。特别是在“文化大革命”后期，他也曾翻译过阿列克塞·赫尔岑的著作。他的书籍在中国内部都很畅销。(我数了数，仅在我书架上就有四十部他的著作，这些书都是我在近几年中偶然买的。)

他在文学上的真正突破是一九三一年他的主要著作《家》，这是一部描写青年们怎样从家族传统的禁锢中解放出来的长篇小说，自传性很强。本书在西方读者看来，具有感伤主义和情节剧的特点。但在三十年代的中国，这本书的重大意义恰恰体现在它的炽烈感情中。长篇小说《家》在无数中国青年反对家从专制的斗争中独树一帜。像《寒夜》一样，《家》也拍成了电影。四十年代一个以《家》为基础的剧目仅在成都和重庆就上演了四百多次。(《战争中的中国》，重庆，一九四四年，第十二卷，第五号，第一百一十五页)

数不胜数的读者来信是巴金在心理学方面对三十年代青年影响的活生生

的见证。巴金的主题是青年和青年的特点。主要描写从家庭体制的束缚下解放出来的女孩子们反对轻视妇女传统的斗争。巴金首先把注意力放在知识分子在中国革命和现代化方面所做的贡献上。在三十年代,他是年轻一代反抗社会现实的诗人:他的作品是那样易读和吸引人,他总是深深地置身于他所描写的人和事当中,他的小说是社会和政治解放斗争中的武器。其意义在于唤醒一种强烈的反抗精神。面对旧的家庭制度,旧的教育理想和传统的政治统治制度,巴金揭竿而起,的确不愧为反潮流的作家。

巴金的兴趣首先是政治和社会方面的。他不是一个美学作家,也不能被认为是一个伟大的文体批评家。长期以来,他一直对于写作是最有效的政治活动形式持怀疑态度。他认为他也许应该干点别的。巴金的早期著作是他不愿顾及文学特点的政治小册子。他没有预料到他的文学成就居然使他成了一名作家。

《寒夜》不是写给西方读者看的。但恰恰是因为挪威读者对中国文学的兴趣使得此书具有特殊的意义。更有趣的是巴金给即将出版的挪文版写了后记并介绍了《寒夜》的写作背景。我在这里表示感谢。

(谢念非　译)

(选自《巴金研究在国外》)

巴金的「人间三部曲」

司马长风

巴金可以说是三部曲的专家，他写过“爱情三部曲”、“激流三部曲”、“革命三部曲”；而那部巨作“火”，因书分三册，又被称为“抗战三部曲”。现在笔者忍不住杜撰，将他的“憩园”、“第四病室”、“寒夜”合称为“人间三部曲”。我这样做是为了突出三书的类同性和重要性。

本书在第十九章说过，巴金对文学的轻蔑和不逊，他一直将文学当作发泄愁苦、宣扬理念的工具，缺乏创作的虔诚，锤炼的耐心；因此局限了他的文学成就。可是从“憩园”开始，他终于肃穆的踏进了彩耀千秋的艺术之宫，用刘西渭评沈从文的话来说：“他不止是小说家，且进而为艺术家了。”

继“憩园”之后，他写了“第四病室”和“寒夜”。这三部小说都不理会当时文坛的气流，独抒怀抱；写的都是大时代的小人物，而能从小人物以见大时代，从人间的悲欢，映现族国的苦难。抛弃了五四以来一般作家那种浅俗的使命感，功利论，把文艺花草，安植于人间的泥土；同时艺术技巧也超拔群伦，呈现徐徐燃烧的纯青之火。以往我尝悲嗟,像抗战那样的大时代,竟没有留下一部史诗,现在有了巴金的“人间三部曲”,空虚之感已经减少了。要明了“人间三部曲”的鹤立鸡群,须先说战时战后文坛的气流。大概说来,自一九三七到一九四一,在国共维持合作的阶段,官方要求和两党作家的主张,都不外“文章入伍”、“题材必须与抗战有关”那套抗日八股。一九四一以后,国共磨擦日烈,中共号召各党派和知识分子,孤立打击国民党,左派作家把持的文坛则掀起“民主文艺”的浪潮,战后则又有呼应中共武装夺取政权、高喊反迫害、反内战的革命文艺。正如茅盾在回顾“文协”工作时所说:

“……无论抗战初期的抗日宣传工作,后来对国民党反动派的民主斗争,以及国民党反动派发动反人民的内战以后的反内战、反迫害、反伪宪法运动,文协都做了许多工作,一直坚持到最后,这个团体都还是为进步文艺工作者所领导的。”①

人间三部曲诞生于一九四四年到一九四七年,正是“民主斗争”和“革命斗争”的高潮,巴金敢于视而不见,听而不闻,埋头写人间小人物的平凡小事,遂遭受了左派作家的痛烈攻击,对此巴金在《寒夜》的后记中,断然加以反击,有些话烛照史册,值得咀嚼深思。

“……我从来不是一个伟大的作家,我连做梦也不敢妄想写史诗。诚如一个‘从生活的洞口’的批评家所说,我‘不敢面对鲜血淋漓的现实’,所以我只写了一些耳闻目睹的小事,我只写了一个肺病患者的血痰,我只写了一个渺小的读书人的生与死,但是我并没有撒谎。……我没有在小说的最后照“批评家”的吩咐加一句‘哎哟哟,黎明!’并不是害怕说了就会被人‘捉来吊死’,唯一的原因是那些被不合理的制度摧毁,被生活拖死的人断气时已经没有力量呼叫黎明了!”②

这些话表明,巴金对写作有了反省和澈悟,对艺术有了崭新的认识,他不再

---

① 《在反动派压迫下斗争和发展的革命文艺》(十年来国统区革命文艺运动报告提纲),载李白林编著《中国新文学史研究》,新建设杂志社,1951年。

② 《寒夜》再版《后记》,上海晨光书店,1948年。

写那些浮光掠影的思想和政治，而是抓住具体的生命，深入生活和人性，像深入地下的矿工，辛勤的发掘可燃烧、发光、生热的矿藏。

《憩园》写战时回到故乡——成都一作家，寓居友人的新置馆邸——“憩园”写作。在那里他发现“憩园”主人夫妇有内忧，新婚的女主人，受前妻留下独生子小虎的困扰，前妻娘家是巨富，他们有意无意利用小虎折磨续弦的后母。随后他又发现憩园旧主人的悲剧，他因一桩婚外爱情，被长子和爱妻逐离家庭流落破庙中，可是爱他的小儿子则与他保持神秘的往来，并且常到憩园折花安慰他父亲。

作家所写小说的情节（盲琴师与卖唱女子之恋），憩园主人的内忧，旧主人的悲剧，以及作家对女主人的关怀，这四条趣味线，交织进展，而各得到动人的归结。全书仅十二万字，竟处理得停停当当，天衣无缝。

文学批评家李广田读了《憩园》之后说：“巴金的憩园是一本好书，在我所读过的巴金作品中，我以为这是最好的一本。”其实，不但是巴金作品中最好的一部，而且是中国现代小说的典范之作。论谨严可与鲁迅争衡，论优美则可与沈从文竞耀，论生动不让老舍，论缱绻不下郁达夫，但是论艺术的节制和纯粹，情节与角色，趣旨和技巧的均衡和谐，以及整个作品的晶莹浑圆，从各个角度看都恰到好处，则远超过诸人，可以说，卓然独立，出类拔萃。

《第四病室》比《憩园》篇幅略长，约十五万字。题材很别致。萧红的《呼兰河传》，写一座小城；老舍的《四世同堂》写一条胡同；巴金这部小说则写战时一间医院；以一个病人的十八天日记，映现了战时大后方的众生相。谈到黑暗惨苦，俗云：“十八层地狱”，而《第四病室》所写的可说是第十九层地狱。住院病人要自己买特效药、胶布、手纸；许多病人买不起特效药，在床上哀号着死去；有些病人付不出小费，工友不清理便器，以致被大小便憋得呼天抢地……可是在漆黑苦难之中，竟有温情和爱的萤火闪闪流光；那浓发大眼、柔情似海的杨木华医生，那为病人义务清理便器的饭馆伙计老许，遂成为枯冬里的春讯，地狱里的天使了。

《寒夜》在三部曲中是压轴之作，篇幅最长约近二十万字。巴金在《寒夜》

里，卓绝的刻画了人性。女主人公惑于独身上司的追求，抛弃妒恨她的婆婆，懦弱贫病的丈夫，和酷似丈夫的儿子，离开了家；丈夫哀哀的恳求她，被她拒绝了。寒风吹净枝头的败叶，冬天的风雪就要降临了。可是，当她夜晚在街头上无意中撞到酩酊大醉，狂呕大吐的丈夫，立刻抢上前去，不避秽臭，把丈夫送回家，她敌不住丈夫哀怜的眼睛，又自动回到那阴暗局促、穷风炉火的窝里去了。在这里，阴寒的冬雪突然飞散，崭露了阳春的灿烂喜悦。可是，当那吐血痰的日子拖下去，婆婆的冷蔑和刻妒直透心窝，她终于又离开那个家，随着追求她的上司调到兰州去了。

当男主人公吐尽最后一口血痰死去的一天，巷里传来胜利的“号外”声。寡母笑得流下眼泪，喊道：“宣，你不会死！你不会死！胜利了，就不应该再有人死了！”这是何等的大手笔！

脱除了一切俗套和公式，以清新的目光，写具体的生命，写善恶的萌孽、爱恨交织、哀欢流转的人性。巴金在《寒夜》中表现了卓绝的才能，和庄严的艺术精神。

若讲抗战时代的史诗，应不限为国流血的英雄，不限于炮火漫天的前线，还有大后方，无数饥饿贫病的生命，无数忍受绝望的心灵，从这一意义来说，人间三部曲，实也是大时代的史诗。这里没有伟大的英雄人物，也没有出众的佳人，但是却有五亿平民的眼泪和呼声，这不是英雄的史诗，而是平民的史诗，是真正的史诗。有了人间三部曲，中国的文坛，中国的青史河山，才不再那么寂寞了！

（《中国新文学史》下卷，昭明出版有限公司，1978 年）

忆巴金写《寒夜》

田一文

这是一个初夏的夜晚。夜很静，我在静夜里回忆巴金写《寒夜》的一些事情。

那是一九四四年初冬，巴金开始在重庆民国路文化生活出版社写《寒夜》，只写了开头的几页就中断了。以后又在一九四五年初冬，也是在文化生活出版社续写了几十页。在这两年内他时写时辍。后来抗战胜利，他回到上海，于一九四六年十二月底，在上海霞飞坊那座三层楼房里完成了这部小说。

小说的背景是抗战时期的重庆。地点就是文化生活出版社的那座三层楼房。这是巴金熟悉的地方，我则在文化生活出版社工作。我对小说感觉分外亲切。

出现在《寒夜》里的那座楼房，实际上就是文化生活出版社在楼下办公的那座大楼。那两扇弹簧门，那装有圆圆的白色灯罩的门灯，那狭长的三楼和二楼的甬道，那用薄板隔成的不大的房间，这些都是真实的。小说的主人公汪文宣的一家就是住在这座楼的二层的一间小屋里。

巴金写了这样的一家：主人公汪文宣是一个半官半商的图书公司的校对，他的妻子曾树生则是私营大川银行的“花瓶”。夫妻二人都是某某大学教育系的毕业生，都是善良的知识分子，也都曾有过美好的理想，但是理想与现实却那么矛盾。汪文宣的母亲是一位念过书的老太太，她跟着儿子回川（儿子是四川人）后只几年就变成了媳妇说过的那样的“二等老妈子”。她看不惯媳妇过的那种“花瓶”生活，虽然那是她的职业！她爱儿子，不满意媳妇。婆媳意见不合，经常吵骂。夹在中间受气的是汪文宣。他挣的那点薪水加上妻子当“花瓶”的收入，只能勉强度日。生活已经够苦恼烦心的了，但是她们却常常吵吵闹闹，叫汪文宣受不了。他只有默默地吞下眼泪，吞下生活的苦水，直至吐完生命的血痰，死于肺病。

出现在《寒夜》里的大楼附近的几条街也是真实的。从那两扇弹簧门内走出来，走不多远就是繁华的市中心。你看：这条街有冷酒馆，那条街有咖啡店；这里是金城银行（也许这就是曾树生每天上班的“大川银行”吧？）那里是冠生园。所有这些地方，都曾经印下了汪文宣的足迹。自然还有通向图书公司的那条街。这些地方我也是很熟悉的。尤其是咖啡店，是我们常去休息的地方。

小说不止一次写到大楼附近的一条街，我仿佛看到了那条街上点着电石灯的熟食摊，仿佛听到了那在冬夜叫卖“炒米糖开水——油茶”，那种苍老、衰弱而又凄凉的声音（多么熟悉，多么令人怀旧的叫卖声呵）！还有那叫汪文宣难以成寐的长夜，由附近街上传到楼上小屋里的梆声；这些环境和细节的描写都是真实的，动人的。

《寒夜》写了一个小职员、小知识分子的悲剧，写了主人公汪文宣的生与死。汪文宣是一个善良、忠厚的“老好人”，一个读书人，他和他的妻子曾树生都是大学毕业。他不会吹牛拍马，不会做黄（金子）白（大米）黑（鸦片）生意。他老实自卑，胆小怕事，安分懦弱，甘受欺侮。他是一个半官半商的图书公司的校对，拿的薪水很少，受的气却很多。他到处被人轻视，遭受一些人的白眼。这太不公平了！但是那个社会就是一个不合理的社会，不公平是社会制度决定的，根本没有什么公平可言。像他那样老实善良的读书人的结局，只能是被无情的生活逼上死路，走向悲惨的死亡；穷人害“富贵病”——肺结核。在病重期间，他痛苦的咳着，抓着喉咙，吐着血痰；最后他声音丧失，嘶哑得讲不出一句话。但他该有多少话要讲出来，有多少思想感情需要倾吐，却一个字也讲不出来！这是怎样的一种痛苦，他眼睁睁地一天天走向死亡，走向生命的毁灭。谁也不能使他避免那个不幸的结局。这是一个命运的、生命的，也是一个时代的悲剧。

一九四七年春天，我在汉口胜利街的一间屋子里读过《寒夜》的初版，那时我没有像现在这样激动。现在，我读着《巴金选集》第六卷中的《寒夜》，我感觉心在燃烧，我感觉我的心很紧缩。而且愈往下读，愈觉心在颤抖。当我谈到汪文宣摇着铃子，用铃子代替他的丧失的声音的时候（可怜的人），他痛苦地抓着喉咙的样子，他吐出的腥红的血痰，都使我呼吸急促，都抓紧了我的心。我也想叫喊，也要诅咒那个社会，——那个不合理的社会制度。我要大声疾呼，呼出我的感情共鸣。

巴金的《寒夜》，强烈地控诉着国民党蒋介石的统治，控诉了那个社会制度。透过汪文宣和一些有关人物与事件的描写，可以看到希望。正如日译本所说，这是一本希望的书。这本书的调子也并非绝望的调子，只不过苍凉一点，但那时正是凄凉的时刻。如果把汪文宣写得很革命，写得如何反抗，如何斗争，虽也可以指明出路，却未免有些滑稽可笑了。

巴金没有那样写。他写的是生活的真实。真实的背景，真实的人物，真实的环境，真实可信的细节。真实地反映生活，这是一个作家神圣的使命。我还要说，故事和人物的展开也很真实。在那个城市，那个战时的“陪都”，像汪文宣那样的知识分子不知有多少。而汪文宣，正是这样一些不幸的知识分子的代表。汪文宣的妻子曾树生那样的“花瓶”也多得很。巴金写的不止是一个汪文宣，是那个时代许许多多的汪文宣。他写了许许多多的小人物的不幸遭遇。因此，小说是那样动人，那样叫人激动不已。

在汪文宣身上，我看到了一些朋友的影子。我看到了王鲁彦、缪崇群和陈范予这几个害肺病的友人。这些朋友早已离开了世界。他们都是像汪文宣那样不幸的知识分子：陈范予是一个献身教育事业的人，他把自己的宝贵生命献给了闽南古城的一所中学。但他在生命垂危的时候，也跟汪文宣病重的情形相似：也像汪文宣那样痛苦地抓着喉咙，那样挣扎地说不出话来，那样痰涌喉间，嗓音哑失。我感觉巴金写汪文宣，实际就是在写陈范予，在写这个我十分敬爱，相当熟悉的朋友。我们没有见过面，但是我常听巴金谈起他。王鲁彦病重的情形也是一样，也是那么痛苦，那么悲惨。当他的声音丧失的时候，也像汪文宣那样摇着铃子，用铃子来代替自己的声音。当我读到汪文宣摇着铃子喊人的那段描写，我马上想到了鲁彦。我想：这不是在写鲁彦么？我难过地涌起了对鲁彦的怀念。虽然鲁彦是著名的小说家，可是他那时却在桂林为一个私人出版商编一个文艺刊物，拿很少一点编辑费，勉强维持一家人的生活。生活把他压倒了，然而至死也没有倒向国民党。这岂不又是一个知识分子的悲剧？而且他还是一个高级知识分子，却只有如此不幸的结局。缪崇群是优秀的散文家，他临死的情形也很凄凉。他死在重庆北碚江苏医院。一九四五年一月，他孤零零地死在那里。在进医院以前，他一个人躺在病床上，连想喝一口水也喝不到。他总是处处为别人着想，从不想到自己。他的性格颇有些像汪文宣：从不肯麻烦别人，而且害怕伤害别人，却到处得不到重视。他们都太善良了，太好了，社会给他们的待遇却太不公平了！因此，"我要控诉！"巴金大声吼道。

巴金究竟是拿什么人做模特儿描写汪文宣，我没有听他说过。但是关于汪文宣的性格描写，却是从缪崇群那里借来的。我看似乎可以这样说：人物（虚构的）是否现实，要看他是否可以代表他所描写的那一代人，有代表性也就有了现实性。汪文宣有代表性，他是他那一代小知识分子的典型。

汪文宣死了，那个不合理的制度也早已崩溃了。历史一般是不会重演的。像汪文宣那样的知识分子的悲剧，我想永远只能是一个历史的悲剧。在我们的社会，我们将永远看不到那个"脸色苍白，两眼无光，两颊少肉，埋着头，垂着手，小声咳嗽，轻轻走路，好像害怕惊动旁人的"叫人痛苦的心悸的汪文宣的形象。即使现在我们难免偶而要想到他，他也会有一股力量激发我们为新的社会制度格外努力，格外严肃地工作。

汪文宣的故事随着巴金的笔，在重庆民国路那座三层楼房，那座楼房附近的几条街，那个冷酒馆、咖啡店，那个半官半商的图书公司，那个大川银行……在那样一些地方进行着。巴金在文化生活出版社那间屋子里写着《寒夜》。在停电的夜晚，他在屋子里有时点着一盏电石灯，有时点着一支蜡烛，在摇曳的灯光下写作，往往写到夜深。他申冤似的写着汪文宣的生与死，为汪文宣发出正义的呼声。他有时写到半夜，水喝完了，听到"炒米糖开水"的叫卖声，还要提着热水瓶，从大楼那两扇弹簧门内走出去，走到街上，叫住那个卖炒米糖开水的老头买一瓶开水。他就是这样地在写《寒夜》。在这样的深夜写作，陪伴他的只有几只老鼠，它们放肆地在屋子里跑来跑去。但又有什么办法呢？只有这样的写作环境！环境再坏，也不能不写汪文宣这样冤屈的小人物！巴金心里有一团火，他要控诉那个国民党统治的黑暗社会。后来，他在抗战胜利后回到上海，在上海霞飞坊的三层楼房里续写直到完成《寒夜》，写作条件要稍好一些。

这又是一个初夏的夜晚，又是一个温暖的静夜。我穿过了漫长的"寒夜"，我走完了多么坎坷、多么崎岖、多么遥远的道路。我历尽了艰辛，终于走完了那么可怕、那么黑暗的不平路程。我终于踏上平坦光明的大道了。在这个温暖的初夏之夜，我写完了这篇回忆文字的最后一页。我长长地吁了一口气，感到无比的轻松。我听说《寒夜》即将开拍，就要搬上银幕。这部影片，我想会激励我们的知识分子，更加奋发地为四个现代化工作，也许还是颇有教育意义的吧。

一九八三年五月，汉口西郊

（《芳草》1983年第8期）

谈巴金《寒夜》的法译本

长缨

正当巴金根据屠格涅夫俄文原著重译的《处女地》在北京出版的时候，一个法国人根据巴金中文原著翻译的《寒夜》也同时在巴黎出版了。这也许是巧合，但巧合得教人连声喝彩，为巴金第二次的解放，为中法两国文化的交流。

《寒夜》法译本的译者是玛丽·乔瑟·拉丽德，一个研究中国文学的女文学工作者。译本也是三十二开的，全书连封面、封底和附页，共三百三十二页，与中文原著相若。定价四十九法郎，合港币四十七元。根据书中附页所示，巴金保留了全部版权，而这一法文译本的版权则属卡利玛特出版社所有。

执法国出版业牛耳的卡利玛特出版社把《寒夜》归入"世界文学丛书"，因而《寒夜》法译本的封面也保持了该社世界文学丛书版面的雅淡风格——白底黑字素裹着分外鲜明的红色书名。封底则刊载了作者与内容简介。咭纸封面外还包了一个彩色封套。封套的图案设计简单而颇具匠心。

封套上没有画上旧中国山城里一个被环境折腾得人亡家散的知识分子家

庭的悲惨影子，也许，对不太掌握旧中国“寒夜”特征的外国封面设计家来说，硬要这样做是会吃力不讨好的，尽管巴金已经在这本1946年写的小说里毫不含糊地交待了《寒夜》的来龙去脉，有血有肉地塑造了文宣、树生和宣妈等几个主要人物的具体形象，写尽了“那些被不合理的制度摧残、被生活拖死的人”，“那些吐尽了血痰死去的人和那些还没有吐尽血痰的人”的痛苦和呼号。

封套上是一抹冰冷冷的蓝，冰冷得冒着寒气，寒气仿佛还不断从书的内页透出来。蓝底上横排了白色的“巴金”，湖水蓝色的“寒夜”，苔石绿色的“中国当代伟大小说家”，湖水蓝色的“小说”和白色的“卡利玛德”等几行法文字。这白，这湖水蓝，这苔石绿，也同样使人感到冷。“巴金”两个音译字最大，最突出，“中国当代伟大小说家”次之，但因字数多，排了两行。显然，出版者的设想是先通过大片冷色去渲染作品里的凛凛寒意，再以斗大的字体告诉读者，把旧中国漫长寒夜的侵人寒气凝聚在书里的就是广大文艺作品爱好者所关心的中国当代小说家巴金。

《寒夜》的法文译名 *Nuit Glacée* 译得十分贴切传神。Nuit（夜）是一个阴性单数名词，巴金的“寒夜”不是具体可数的一夜，两夜的夜，也不是这一夜或那一夜的夜，应是百年魔鬼舞翩跹的难明长夜，因而不必用 Nuits——“夜”的复数，也不必在 Nuit 之前加个冠词 Une 或 La，Glacée 是“寒”，一个阴性单数的形容词。法语中用作形容词的“寒”还有好几个，例如 Froide，Frissonnante，Gelée 和 Glaciale，都是。但是如果要较恰当地译出那曾使数以万万计的中国人民彻夜难眠，甚至“黎明”来了也感觉不到半点温暖的“寒”，似乎非 Glacée 莫属了。一说最早把《寒夜》书名译作 *Nuit Glacée* 的是已故的马尔罗。马尔罗是法国当代大文学家，访问过我国，见过毛主席。如果他在论述、介绍中国文学时提过巴金的《寒夜》，那是有可能的。不过，大家不约而同地把“寒夜”译作 Nui Glacée 也不奇怪，拉丽德译笔优美流畅，她不会想不到这个译法。

法译本比原著多了一篇序。序不是巴金写的，写序的是埃蒂安布尔。

埃蒂安布尔该是勒内・埃蒂安布尔吧，虽然法译本上没有写上他的全名，但不难知道就是他。埃先生是法国一个颇有名气的作家，在近三十年来出版的著述不下三十部。

埃先生与巴金有过一面之缘。他在1957年6月14日在上海造访了巴金,与巴金交谈了两个钟头,问过巴金在解放后的写作生活。埃先生说,他告别时曾请求巴金告诉他,除了《家》之外,还希望见到自己那几本小说译成法文,巴金说了两本,是《憩园》和《寒夜》。

埃先生在《序》里说,“我竟需要二十年的时间才能部分地满足了他(巴金),通过拉丽德夫人得到这个好译本……”埃先生诚有心人也,竟把巴金当时的答话铭记了二十年。

《序》毫无保留地赞扬了巴金,为巴金没有新的创作大感惋惜,为巴金受迫害大鸣不平。但被谴责的似乎不限于“四人帮”,获赏识的似乎又不是今天的李芾甘①。

仅仅读一读《序》的法译本读者,很可能会误解了《寒夜》作者受迫害的真正原因以及他在中国解放后的头十七年里作品写得不多的主要因素,更谈不上了解这个73岁高龄的老作家今天的思想感情和抱负。而这一切,巴金都已经全面地谈到了,在他获得“第二次解放”后所写的《一封信》和《第二次的解放》的文章里,在他为重印的《家》所写的“后记”里。

这些不无遗憾的遗漏和出入,也许可以用写《序》的日期来作点解释。

《序》是在1977年2月写的,《序》也说对作者的近况一无所知,而巴金的《一封信》和《第二次的解放》的发表是去年六月后的事。希望这个解释接近事实。

不知道为什么巴金不亲自给《寒夜》的法译本写个序,大概是译者,或出版者,或埃先生与他联系不上吧!巴金另一本掏尽读者眼泪的小说《家》也快要有法译本了,由米歇尔·卢瓦执译,由另一个出版社出版。巴金为它写了序。

上个月,巴金接受中新社记者访问时说:“我是在法国开始写小说的。我的第一部小说《灭亡》在巴黎开了头,1928年在玛伦河畔的小城沙多—吉里写成。

---

① 李芾甘是巴金的原名。——编者

我为近年来中法两国人民友谊的发展感到高兴。倘使我的这两部小说的法译本出版，有助于法国读者了解我们怎样从黑暗的旧中国改变为光明的社会主义新中国，有助于我们两国人民友谊的增进，那么我是十分满意的了。”

没有历史发展观点，不可能正确地认识中国这个正在发展中的社会主义国家；不认识中国的昨天，就不可能正确地评价中国的今天，衡量中国的明天。《寒夜》的法译本正好给法国读者，以及法语区读者提供了一些认识黑暗的旧中国的素材。

曾任北约和联合国新闻行政官，现在法国外交部任职的波尔·康坦—拉德莱，两个月前发表了他的新著《中国，明天》，他告诉读者，社会主义中国的经济是“从零开始”的。《寒夜》会以具体形象帮助读者领会这个“零”。

难保读过《寒夜》后的读者不向《中国，明天》的作者提意见，说他把中国在1949年的经济基础夸大了，不是从零开始，是从零下开始，因为笼罩着旧中国的是一个冰冷冰冷的寒夜。

（香港《文汇报》1978年5月22日，有删节）

巴金《寒夜》显才华

司马长风

中学读书时期读过巴金的爱情三部曲:《雾》、《雨》、《电》,很久不想再读他的小说。及至后来读了他的激流三郡曲:《家》、《春》、《秋》,对他的小说才又恢复了兴趣,《家》中时代的鼓荡,青春的哀欢,使人难忘。不过对他的笔力和技巧,仍大感怀疑。他在写《家》的时候,对文学仍存有鄙夷不屑的态度。后来看过《火》又深感失望。最近读了抗战末期写的《寒夜》,这才对他另眼相看。

巴金和萧红一样,早年成名太快,作品粗劣,经过日月风霜,铁杵磨成了针,才大放异彩。《呼兰河传》是萧红的代表作,《寒夜》可以说是巴金的代表作。

《家》,写大家族、大场面,情节丰富,有红楼梦、大观园的热闹,容易讨好,容易掩饰技巧之劣;可是《寒夜》只写一家四口人的灰色故事。如绘画的静物写生,每一分美,都要真功夫。

抗战时期的重庆,书局的校对汪文宣,不安于室的娇妻,憎恨儿媳的寡母,和文静懦弱酷似他自己的儿子。

婆媳不和，不耐贫困，娇妻终远走高飞；文宣害了肺病，儿子外宿，避免传染，母子围着孤灯挨受那艰难的岁月；文宣终于在抗战胜利的狂欢声里，吐尽血痰死去。那高飞的娇妻，鸟倦而归，文宣已入土，祖孙二人不知所终，抗战胜利了，她却面对无边的失败，可是春风吹绿江南岸，大江依旧，滔滔东去不停留。……

人物和故事，就是这么简单，不能再简单了，可是那么系人心魂，这是"化腐朽为神奇"，这才是地道的艺术。

当娇妻第一次离家出走，文宣内心挣扎了好几天，由倨傲，而软化，而去找她、告饶、道歉，她都婉言拒绝了；事情发展到了崖边，他酗酒、几乎倒在街边，恰被娇妻撞见，她动了心，旧情复燃，扶她回了家，就这么多，破镜重圆了。角色有立体感，故事有生命和呼吸，平凡得不能再平凡，可是又美得不能再美。

当男主人听到日本投降，巷里传来报贩的叫声。文宣挣扎着在纸上写道："我可以瞑目的死去了。"

母亲看见那行字，又哭又笑地叫起来！"宣，你不会死！你不会死！胜利了，就不应该再有人死了！"震撼大地的欢乐与面对死神的悲戚，刹那间挤满了胸腔。长听说：笑中有泪，泪中有笑；大概就是这般情景了。

（《新文学史话》，南山书屋，1980年）

《寒夜》解说

[日]村冈圭子

作者巴金于一九〇五年出生于四川成都，是现代中国文学领域的代表性作家。本名李芾甘，由于崇拜巴枯宁和克鲁泡特金，为自己取笔名为“巴金”。现年七十七岁。

著有代表作《灭亡》(一九二九年)、《家》(一九三一年)、《憩园》(一九四四年)、《寒夜》(一九四六年)等。除此之外，还有《新生》《雪》《第四病室》《还魂草》《长生塔》等优秀作品。

巴金成长于成都的官僚地主大家庭，从小就将下层民众的悲惨生活以及位高权重者的锦衣玉食和独断专行看在眼里。很早就意识到中国社会矛盾的巴金，在五四运动后毅然地抛下了家庭，来到上海参加社会运动。一九二七年，结束两年的留学生活从法国归来的巴金，在小说月报上发表了《灭亡》，表现了作为一个革命家的果敢的斗争意识。自此以后，巴金开始了备受关注的作家生涯。

《家》可以说是巴金的自传,以封建地主家庭的颓废没落为背景,在书写觉新觉民觉慧三兄弟的青春哀歌的同时,以动人而自然的笔触展现了站在男人背后的女性的悲剧,并通过对被摧残者的爱来控诉这个不合理的旧社会。《憩园》写于连钢笔水都缺乏的战争年代,是巴金一点点地蘸取墨水完成的作品。这部作品以充满诗情画意的笔触描写了一所公馆兴亡的故事。

《寒夜》是一部长篇小说。巴金在太平洋战争末期、一九四四年冬、桂林沦陷的时候在重庆开始动笔,直到战后一九四六年末才在上海完成了此书。故事背景设定在重庆,通过一个手无缚鸡之力的知识分子的死来管窥整个旧社会。当时,日本军队的侵略给中国人民的生活造成了威胁。但巴金自己是这样说的,"我不想写充满血腥味的东西,我只想将小市民的生活展现给读者,写一写他的生和死。"

对生不逢时、生活黑暗的主人公由生走向死的整个过程的细腻描写,以及与之形成对比的主人公的妻子树生的生活方式,使同样经历了那个年代的我觉得心头仿佛有千斤重。夫妇之间的琐碎的爱、婆媳之间剪不断理还乱的纠缠、疾病和贫穷,这些都是我们日常生活中最常见的话题,不管到了哪个时代也不会改变。巴金以特殊环境下的中国为背景,将这些故事和情感娓娓道来,让读者重新审视人存在的尊严,带来逼迫人心的感动。

作为新女性代表人物登场的树生,她凌驾于过去那些不断向命运抗争的衰落的"家"当中的女性的尸体之上。虽然她深深地爱着自己的丈夫,但是由于不堪忍受婆婆的虐待,和别人相恋。那个人是树生所工作的银行的一个年纪比她小的上司。最终两个人一起去了兰州支行。作者笔触细腻、故事走向流畅,使读者自然而然地接受了这一情节安排。然而,树生最终也没能成为真正自由的女性。战争结束后,她从兰州回到重庆看望家人。而此时,她的丈夫已经不在这个世界上了,婆婆和儿子也不知道去了哪里。树生只能自己一个人游荡在寒夜漫无边际的黑暗里。从被残酷的现实打倒的树生的形象中,我仿佛读出了作者尖锐而有温度的女性观。

巴金在《家》中着力描写了女性的悲剧,而这种悲剧在《寒夜》中得到了进一步的升华。在《寒夜》中,喜悦与悲伤交织在一起,就像是一支美妙的交响曲。能读到这本书,可以说是我人生中一个难得的收获。

在这里,我还想说一下我和巴金的作品的渊源。学生时代,我的专业是日本文学。结婚生子后,我还是在坚持创作。而十年前,我在学习中文的同时开始关注中日友好运动。结束了中文初级和中级的课程后,我先是翻译了毛泽东的老三篇,然后花了三年时间完成了巴金《家》的翻译。这次翻译带给我的感动,到了《寒夜》的时候更是进一步加强。

后来中国掀起了"文化大革命"的浪潮,在四人帮的逼迫下,巴金暂停了文学创作,甚至一度失去了他的消息。终于,在一九七七年的时候,看报道说巴金恢复了创作活动。一九八〇年春,巴金作为中国作家代表团的团长来到日本,在朝日讲堂进行了题为"我的文学生涯五十年"的演讲。讲话内容还登上了四月九日的《朝日新闻》。在演讲中,巴金回顾了作为自己生活的一部分的五十年文学创作生涯,同时表达了自己在告别"文化大革命"的炼狱般的痛苦后,迎接新生活的强烈决心。巴金表示,要充分利用剩下的时间,为社会和人民作贡献。这次巴金在日本的旅程范围主要是东京以西,因此并没有来到北海道和东北地区,之后便回国了。

这之后,我用中文给巴金写了很长的一封信,寄去了上海。

说是信,其实是我翻译《家》和《寒夜》的感想文。在信中,我向巴金请求让我出版这两本书的日文译本。并且表示,五月份的时候,北国的花也要开了,希望那时候能收到他的回信。

我很荣幸能聆听巴金在演讲中传达的真谛和温暖的鼓励的话语。而我自己也发表了一篇文章——《我的十年中文生涯》,并且被选为《朝日新闻》女性小说的佳作。那段日子,我的心中充满着双重的喜悦。

我经常会想,翻译到底是什么呢。如果只是查查字典,然后翻译成日语的话,这只不过是一个机械工作的过程。因此我希望在翻译的时候,能用心体会作者流露在字里行间的热忱之心,然后用自己的语言将之表现出来。我正是全身心地融入到了这一长篇小说中,抱着把我体会到的感动传递给更多的人的心情，决定出版《寒夜》的日文译本。

我希望以此来回报作者对我的信赖，同时我也相信，这是在以我自己的方式，向读者呈现我一直以来都在思考的中日友好的问题。

最后，我要感谢一直理解我、支持我的札幌北书房的入江好之先生。

一九八二年一月

（林潇奕　译）

（《寒夜》，日本北书房，1982年版）

一曲感人肺腑的哀歌

——读巴金的中篇小说《寒夜》

陈则光

据说不少海外的文艺作家和评论家对巴金的中篇小说《寒夜》评价很高，甚至有人说这才是巴金真正的代表作。最近又据报刊报导:法国从一九七八年开始，曾掀起一股“巴金热”，这首先是因为他的小说《寒夜》法译本出版引起了很大的反响。巴金——《寒夜》，《寒夜》——巴金，一时巴黎所有书店都贴满了大张大张的广告招贴，读者争先抢购。一九七九年初，巴金的小说《家》《憩园》的法译本又相继问世。在短短一年内，一个中国作家，居然在司汤达、巴尔扎克、雨果、大仲马、福楼拜、左拉、莫泊桑、罗曼·罗兰等艺术大师的故乡，一连出版了三部作品，这在欧洲说来，不能不是一个奇迹。

可是在我们国内对巴金作品的评论，大都集中在《家》——这是我们所一致认为的巴金的代表作。其次涉及的也只是《春》《秋》《灭亡》《新生》《雾》《雨》

《电》《火》等。至于《火》以后的《憩园》《第四病室》《寒夜》，既不曾占有中国现代文学史的篇幅，也不见之于各报刊的专论。为什么像《寒夜》这样蜚声异域的作品，在国内却没受到重视，而长期默默无闻呢？这应该引起我们的现代文学史家和文艺评论家应有的注意。

巴金创作《寒夜》，开始于一九四四年冬，因为时写时辍，一九四六年才完成。五十年代中期，香港文艺界曾把它改编为粤语的电影。《寒夜》写的是一个小家庭的悲剧，悲剧的故事发生在抗日战争时期的陪都重庆，时间是在抗战胜利前后的一年间。这个家庭只有四口人，一夫一妻，一个母亲，一个孩子。丈夫汪文宣和妻子曾树生都是上海某大学教育系的毕业生，两人有着为中学教育事业、为创办“乡村化、家庭化的学堂”而献身的共同理想，因而相爱，没有举行正式的结婚仪式就同居了。那时他们满怀希望，憧憬着美好的未来。抗日战争爆发后，他们一家人从上海来到重庆，汪文宣在一家半官半商的图书文具公司总管理处当一个搞校对的小职员，曾树生在一个商业银行任职，名为行员，实则是“花瓶”。母亲在家料理家务，儿子小宣在一所“贵族学校”读书。因为物价飞涨，法币贬值，以文宣微薄的收入，不足以养活四口之家，还得靠树生补助家用和负担儿子的学费。又因为树生与母亲不和，婆媳之间，争吵不休，使得文宣不论在工作、生活和精神方面所受到的压力越来越沉重，以致得了可怕的肺结核病，一度被公司辞退。而树生对这个家也越来越感到灰心、失望。他们的理想，被冷酷现实无情地碾压，变成了不堪回首的泡影。由于战局紧张，树生终于离开了这个家，跟随升迁为银行经理的陈主任调职去兰州。此后他俩虽然还有书信往还，然而感情上的创伤却无法平复了。文宣为了使母亲儿子活下去，仍然带病去上班，挣扎在死亡线上。当街头锣鼓喧天，庆祝抗战胜利的那个晚上，文宣痛苦地停止了呼吸。他母亲跑了两个整天，才弄到一点钱，买了棺材把他埋葬。两个月后，树生从兰州来到重庆，她那所熟悉的旧居却换了新的主人，这时她才知道文宣已经不在人间了，母亲和小宣不知所往。她痛苦的感到明天她所能找到的只是一座坟墓，今后她该怎样办呢？故事就此结束。整个作品，没有惊心动魄、离奇曲折的情节，所发生的事情是那样的平常；然而它使读者的心弦久久不能平静，它启迪人们想到许多问题，为死者的不幸慨叹悲愤不已，为生者所面临的命运而耿耿于怀。这真是一曲感人肺腑的哀歌啊！

男主人翁汪文宣是一个心地善良、忠厚老实，而懦弱无能的知识分子。也就是他母亲和妻子常说的，一个“没出息”、“不中用”，什么气都能忍耐，什么苦都能忍受的“老好人”。过去他并不是这样，湘北战争爆发，长沙沦陷，衡阳苦战，全州失守，都不曾给他添一点苦恼。可是这几年生活的重担，压得他没畅快地吐过一口气，为了挣一碗饭吃，他变了，变得胆小怕事了。在公司里，他规规矩矩，不敢片刻偷懒，不敢说一句话，成天干那单调沉闷的校对工作，机械地移动眼光、移动手、移动笔。同事们瞧不起他，刻薄成性的主任、科长不时地打量他，使他毛骨悚然，似乎在鞭策他走向着死亡。他拚命卖力地拿几个钱，受尽欺负，心里是感到不平的：“他们连文章都做不通，我还要怕他们。”“完了，我一生的幸福，都给战争，给生活，给那些冠冕堂皇的门面话，还有街上到处贴的告示拿走了。”当他看到一本歌功颂德的校样，作者大言不惭地说中国近年来怎样在进步，在改革，怎样从半殖民地的地位进到成为四强之一的现代国家；人民的生活又怎样在改善，人民的权利又怎样在提高；国民政府又如何顾念到民间的疾苦；人民又如何感激而踊跃地服役、纳税、完粮……，他不禁从内心里发出：“谎话！谎话！”这只是无声的抗议。科长要他写一篇吹捧一位候补中委和政界忙人的“名著”的广告辞，他又不能不服从命令。写完后不禁责骂自己：“谎话，完全说谎！”为什么“我也会撒谎”呢？因为“吃了他们的饭就没有自由了”。他有改造生活的迫切愿望，却不曾为改造生活而斗争过。

在家庭问题上，他爱母亲，也爱妻子。他希望以自己的劳力来维持一家人的温饱，以免母亲和妻子吃苦。因此病了也不愿请假休息，甚至咯血发烧，还坚持上班，病情更加恶化。他希望一家人和睦相处，愉快地过日子。可是母亲和妻子的成见是那样的深，一见面就争吵，谁都不肯让步，他夹在中间，左右为难，既没有方法把母亲和妻子拉在一起，也没有毅力在两人中间选取一个。他只有两边说好话，结果两边都不讨好。虽然她们都是爱他的，怜惜他的。而他却无法调和她们的矛盾。他不理解“女人为什么不能原谅女人”。于是他把责任归之于自己,“我对不起每一个人,我应该受罚!”这“罚”对他心灵的磨折是极其痛楚的。

他与树生结婚十四年了,现在两人才三十四岁,尽管家庭境遇每况愈下,两人的感情并未破裂,只是彼此的脾气不像从前,有时也会吵架,但经过文宣表示歉疚,很快又和好如初了。树生在银行里凭她的姿色,不像他在公司里那样受气,她看戏、跳舞、打牌、赴宴、交男朋友,他心里有说不出的难受,但想到妻子这几年也够苦的了,应该娱乐,遂采取谅解的态度。他对妻的爱情是诚挚的,从未发生动摇。但是他怕看到树生的丰富的生命力,还未失去的青春和那美丽焕发的脸庞,他跟她中间仿佛隔着一个世界。他几次看到树生和一个穿漂亮大衣、身材魁伟、意态轩昂的年轻男子有说有笑地走在一起,何尝不妒忌,何尝不想伸出手去抓住她,但看了自己单弱的身子和一颠一簸的走路姿势,还有那疲乏的精神,他觉得他俩不像是同一个时代的人。她和那个人倒似乎更接近,距离更短,她站在那个人旁边,倒使看见的人起一种和谐的感觉。他无法抗拒为主任做寿所摊派的份子钱,而却不能为妻子庆祝生日买一块像样的蛋糕,多寒伧啊!他深深感到苦恼,感到自卑。他想:“她是天使啊!我不配她。”事实上树生并没有鄙视他,她对他的爱怜和体贴,表明了“她是一个好心的女人”,对他并没有变心。他需要她,不能离开她。可是当树生将调职去兰州,树生还在犹豫不决,而他却认为她应该飞,必须飞,趁着还有翅膀的时候,她应该为她自己找一个新天地,这样才能使她得救。所以树生说他“常常想到别人却忘记了自己”。树生不在身边,他这垂死病人的心似乎飘浮在虚空里。他还一心想树生同母亲和解,要树生写信向母亲道歉,因而激怒了树生,来信提出要与他离婚。这信像鞭子抽打着他,以为他俩的恩情从此断了。他不能眼看母亲儿子挨饿,不顾病情的严重,复职上班。但是当他想到树生为什么还按期写信汇款呢?一种渴望被这种思想引起来了,他控制不住地叫了出来:“我要活!我要活!”直到病危,他怕树生难过,不让她知道。死时,不能说话了,迟疑的写了“我愿她幸福”五个字,表明他死后也不会对她忘怀。这种无限真挚的情义,是令人十分感动的。

即使在难以忍受的贫病交加的境况中,汪文宣仍然没有放弃他的理想,他希望时局好转，日本打退，就有办法了。将来还是回到教育界去，不再看病吃药，不靠树生过日子。可是冷酷的现实逼着他一天天陷入绝境，可怕的病魔迫使他一天天走向死亡。树生走了，带走了爱，也带走了他的一切，大学时代的好梦，婚后的甜蜜生活，战前一直想办一个理想中学的教育事业的计划，那花园般的背景，年轻的面孔，自负的语言……全在他脑子里重现。他眼前仿佛出现一群活泼、勇敢、带着希望的青年，对着他感激地笑。这美好的一切，只是像电光般地闪了一下，转瞬间就熄灭了。死时时刻刻在威胁着他，人死了是不是还有灵魂存在，是不是还认识生前的亲人？这个祥林嫂提出过的疑问，他知道是永远得不到肯定的回答的。弥留之际，他还强烈地感觉到对生命的依恋。他想叫想喊："我做过什么错事呢？我一个安分的老好人，为什么我该受这惩罚……？"他要求"公平"，又到哪里去找"公平"呢？母亲安慰他：胜利了就不致有人死了。而他却是死在人们欢欣鼓舞、庆祝胜利的时刻。

女主人翁曾树生是一个爱动、爱热闹、爱过热情生活，追求幸福与自由的新派女性。她三十四岁了，仍然保持十年前那样旺盛的活力和美好的容颜。她知道女人的时间短得很，她怕黑暗、怕冷静、怕寂寞，感到时间像溪水一样在她身边流，她的血似乎也跟着在流，等到抗战胜利，恐怕她已经老了。前两三年，她还有点理想，还可以拖下去，现在再没有什么理想了，只希望活着的时候，活得痛快一点，过得舒服一点，不再过这单调的日子，不再让岁月蹉跎。她认识到造成他们一家的不幸的是"环境"，而不是"命"。她要冲出这环境，使自己得救，她不像中国旧式妇女那样严守妇道，也不像一班资产阶级妇女过分地放浪形骸。她的内心深处并未丧失好心女人的道德感和责任感；在各种诱惑之下，尚能管住自己。

使树生的心情产生极端矛盾的就是这个不堪设想的家。她到外面常常想到家里，可是回到家里来就觉得冷，觉得寂寞，觉得心里空虚，在精神上、物质上得不到一点满足。这生活就像她家中的灯光，永远亮不起来，她不能在这古庙似的家中枯死。尤其是她与婆母的关系，已发展到"有我没她，有她没我"的地步。她的一切言行，婆母都看不惯，常常用恶毒的语言来咒骂她，刺激她，使她不得安身。但她不像丈夫那样，总是逆来顺受。她受不了这样的气，吵起架来，她作为媳妇，也并不让步。婆母讽刺她："你不过是我儿子的姘头，我是拿花轿接来的。"她说："现在是民国三十三年，不是光绪、宣统的时代了，我没有缠过脚，我可以自己找丈夫，用不着媒人。"这里表现了她与婆母的冲突，包含有新旧思想不可调和的因素。有时她看到婆母衰老憔悴，也曾暗暗责备自己："我为什么不能牺牲自己呢?"五十三岁的老人了，整天当老妈子，备尝贫苦滋味，未免可怜。可是文宣越是对她好，婆母越是恨她，不惜破坏他们夫妇之间的爱情生活和家庭幸福。这是她无论如何不能谅解的，所以积怨在心。

她在大川银行，也不是甘愿充当"花瓶"，她一再向文宣诉说她的苦衷："说实话，我真不想在大川做下去，可是不做又怎么生活呢？我一个学教育的人到银行里做个小职员，让人家欺负，也够可怜了！""你以为我高兴在银行里做那种事吗？现在也是没有办法。"她之所以打扮得那样摩登，与比她年轻两岁的陈主任出入于咖啡店、跳舞厅、豪华的酒馆，甚至搭伙做囤积投机生意，想法子挣钱。一半是为了使自己活得痛快一点，过得舒服一点；一半也是为了家庭，分担文宣的养家费用，不使儿子失学。树生的这种人生态度和挣钱方法，说明了资产阶级思想正在腐蚀着她。但是当陈主任向她求爱，对她表现轻薄行为的时候，她仿佛看见丈夫带哭的病脸，他母亲带憎恶的怒容，还有小宣带着严肃表情的苍白的脸，摇头痛苦地说："不！不！不！"心烦意乱地拒绝了。陈主任要她不要为家庭牺牲，跟他去兰州，她不知是祸是福，毫无把握，左思右想，总是把不定主意。后来她想到这个没有温暖的家，善良而懦弱的患病的丈夫，极端自私而又顽固保守的婆母，争吵和仇视，寂寞和贫穷，在战争中消失了青春……这种局面横顺不能维持长久。她有权利追求幸福，她应该反抗，决定走吧！可是她眼前仍然只有白茫茫的一片雾，看不到任何远景，她是这样满怀疑虑和隐痛，不得已而去兰州的。并不是那银行、那升为经理的陈主任有如磁石一般地吸引着她。

她不满文宣的软弱，太老好，只会哀求，只会叹气，只会哭，没有一点丈夫气。她说过"只怪我当初瞎了眼睛"使文宣伤心的话，这话说过之后，就心软了，请他原谅。她对文宣的依恋也有过动摇：为了免受婆母的气，不如二人分开。

“一个垂死的人为什么要守着他？为什么要跟那个女人抢夺他？”“我应该牺牲自己的幸福来陪伴他吗？”这念头一闪之后，就不存在了，被柔情所淹没了。她对文宣始终是一往情深。她曾向他表白：“我没有做过对不起你的事情”。这可以从她对文宣的种种情义得到证实。文宣因想念赌气在外的树生，独自到冷酒馆喝了酒，出来在街上呕吐不已，恰巧被树生遇见，她怕文宣闹出病来，忙上前去挽着他的手送他回家，回家后，她没有离开家了。文宣患病，她断绝了同事的交际，照料他吃药吃饭，要他去医院治疗，好好休息，钱不要管。她看到文宣在公司受气，毅然劝他辞职，说“你不做事我也可以养活的”。文宣被公司辞退，她为文宣给那公司做了两年牛马，病倒了就一脚踢开而感到愤愤不平。她安慰文宣：“我可以托人设法，我不相信这样的事也找不到”。树生去兰州，临行时，紧紧捏住他的手，热烈地吻他。文宣说他有肺病，会传染人。她眼泪满脸地说：“我真愿传染到你那个病，那么我就不会离开你了。”对不幸的丈夫的挚爱和依依难舍的深情，于此可见。到兰州后，她还为文宣寄来了去医院看病的介绍信。由于文宣要她向母亲道歉引发了她的积怨，给文宣写了那封表示决裂的长信。这不过是一时愤激之词，其实她并没有同别人结婚，照样写信汇款回家，照样关心文宣的病体。两个月没接到文宣的信，她便匆忙地赶回家来，那未意料到的变故，留给她的是无限的悔恨和永远的哀愁。

文宣的母亲是一个自命为有德行、有教养、有学问的老一辈的知识妇女。她为了支撑这个穷困的家，终日烧饭、洗衣、扫地、缝缝补补，以致衰老憔悴，头发由灰变白，而无怨言。她爱儿子，也爱孙儿，却不喜欢媳妇。她看不惯树生在外面充当“花瓶”，像鲜花一样，这也不能做，那也不能做，丈夫病了，也不来看一下，不懂做太太的规矩，甚至连自己的儿子也不管，只图自己舒服，一上班就打扮得妖形怪状，忙于交际应酬。她对文宣说：“我十八岁嫁到你汪家来，三十几年了，我当初做媳妇，哪里是这个样子？我就没有见过像她这样的女人。”因为树生与文宣没有办理正式结婚手续，她把树生看成是儿子的姘头。怀疑树生有“外遇”，想“私奔”，是不能长期跟文宣吃苦的，恨不得树生早日离开。她劝文宣不要被树生“迷住”，让她走，将来再娶。在文宣看来，妈的脾气不好，是因为年纪大了,生活又苦。她心窄,老脑筋,有点噜嗦,心还是好的。在树生看来,她极端顽固,保守、自私,思想陈腐。她把媳妇看作是奴使她的主人,所以使她恨入骨髓。树生则不愿当一个任婆母辱骂的奴隶媳妇,来换取甜蜜的家庭生活。而她呢?觉得做人决不可苟且,即使当老妈子,总比做“花瓶”好。她相信命,认为小宣命苦,才投生到他们家来。为文宣治病,她相信中医,而树生是相信西医的,把树生寄来的要文宣去医院看病的介绍信也撕毁了。她面对残酷的现实,也提出过抗议:“我们没有偷人、抢人、杀人、害人,为什么我们不该活?”到底怎样才能活呢?她是无能为力的,靠文宣也无济于事,只有靠树生。可是她卖掉了最后一件宝贝——金戒指,宁愿挨饿,宁愿忍受一切痛苦,却不愿树生来养活她,宁肯死,宁肯大家死,也不要树生再见她。文宣病危,不给树生知道,她说文宣太傻,何不让树生受点良心责备呢?文宣死后,她不把这噩耗告诉树生,卖尽一切,带着孙儿离开了这个毁灭了的家。

年仅十三岁的小宣,很像他父亲。在那阔人子弟的学校,处处比不过人家,常常叫苦。他读书用功,有点书呆子气。因营养不良,皮包骨头,声音嘶哑,带着成人的表情,完全丧失了童年的天真。小小年纪,就显得衰老了。回到家里,很少说话,更听不见他的笑声。他虽然与祖母合得来,但没有得到过母爱。文宣惭愧没有对他尽到父亲的责任,想到他将来跟自己一样没有出息,而为母亲究竟有什么依靠感到耽心。作者写小宣的笔墨不多,也给了读者以难忘的印象。

这些人物都是很平凡的。虽然他们的思想性格各有各的弱点和缺点,但是他们都不是坏人。他们生活在抗战时期国统区的大城市里,以自己的劳力,只求勉勉强强的活下去而不可得。他们是一家人,却不能相安无事。到头来生离死别,酿成悲剧。作品真实而生动地描写了这个悲剧的发展过程,成功地塑造了汪文宣、曾树生这两个典型人物。

从汪文宣的形象,会使我们想起果戈理《外套》中的巴什马奇金和契诃夫《一个官员的死》中的切尔维亚科夫。巴什马奇金是沙俄时代一个终日埋头抄写公文的九品文官,只因想找到被抢去的一件心爱的外套,而受到大人物的呵斥，终于一病不起。切尔维亚科夫是沙俄时代一个胆小怕事的庶务员，只因在戏院看戏，打了个喷嚏，把唾沫星子溅到了前排一位将军身上，以致在栗栗畏惧中死去。从汪文宣的形象，更会使我们想起曹禺的剧本《日出》中的黄省三，这是一个每月靠十块二毛五薪金来养活一家子的银行录事，他不顾肺病的煎熬，拚命抄写。被解雇之后，妻子跟人跑了，留下三个孩子等着要吃。眼看生路断绝，竟亲手毒死孩子，自己发了疯。汪文宣的命运，与这些被蹂躏的可怜虫的命运，不无近似之处。但是文宣所承受的沉重的精神负担是来自多方面的。经济的压力，家庭的矛盾，疾病的威胁，集于一身，他的内心世界复杂得多了。他过去并不是这样软弱，有过理想，有过抱负，可是随战火而来的不可抗拒的黑暗的袭来，使他不得不在苦海中沉沦。他说："这个年头，人是最不值钱的，尤其是我们这些良心没有丧尽的读书人。"在当时中国社会的下层知识分子群中，像文宣那样良心没有丧尽的人，他们的悲惨遭遇，是带有普遍性的。文宣的典型形象，所包含的社会历史内容，比起前人所写的那些小人物来，更丰富，更有代表性。

从曾树生的形象，会使我们想起托尔斯泰笔下的安娜·卡列尼娜，福楼拜笔下的包法利夫人和易卜生剧本《玩偶之家》中的娜拉。树生与安娜·卡列尼娜都有充沛的精力和热情，都为自身的幸福而尽力去追寻。但是树生却不像安娜·卡列尼娜当得不到渴望的爱情，感到"一切全完了"，便投身在火车下面。树生与包法利夫人都不能忍受枯燥平淡的家庭生活，沾染了贪图舒适享乐的气习。她们的丈夫都是庸碌无能的人。但是树生却不像包法利夫人那样纵情无度，饱受颠连，以致走投无路，忿而服毒。树生最后给文宣的长信，娜拉最后对海尔茂的谈话，可以说是妇女追求个性解放的宣言，她们都出走了。但是娜拉的出走，是不愿做丈夫的"小鸟儿"、"泥娃娃"，出走之后没有再回来了。而树生的出走是因为不愿受婆母的气，最后还是回来了。不过回来之后，已经物是人非。曾树生这个人物充满了爱与恨的矛盾，她向往幸福和自由，却始终眷顾着那个毫无温暖的家，以期有所救助；怜爱病入膏肓的丈夫，希望他能够康复。曾树生是一个要求个性解放的资产阶级女性，在她的心灵深处，东方妇女的道德观念并没有泯灭。这样一个有特色的妇女形象，在"五四"以来的文学画廊里，可说是仅见的。因此它具有特殊的典型意义。

作者是以极大的同情来谱写汪文宣和曾树生的悲剧命运的,同时也暴露了造成他们悲剧命运的本身的弱点和缺点。至于文宣的母亲,则像是小仲马《茶花女》中那个扼杀儿子阿芒和妓女玛格丽特的爱情,迫使热爱阿芒的玛格丽特不得不拒绝阿芒的婚事的父亲,她不顾儿媳的感情,那样地忌恨树生,文宣为了使心爱的妻子得救不得不让妻子远走高飞。这当然不是一个通情达理的母亲。但是她在极端贫困的境况下,含辛茹苦,勤俭持家,卖尽当绝,而不愿苟且做人,也有值得称道的地方。过去中国的旧家庭由于婆母歧视媳妇而产生可悲的后果,是常见的事。叙说焦仲卿与刘兰芝为不幸婚姻而殉情的长诗《孔雀东南飞》,演述南宋诗人陆游与唐婉相恋而不能成为眷属的《钗头凤》,都是由于母亲的反对导致悲剧的。巴金的《寒夜》选取了与此相类似的故事情节,这仅仅是构成他所写悲剧的一个方面,最主要的方面则是社会的原因和时代的背景。所以这个小家庭的悲剧,实际上是社会的悲剧,时代的悲剧。一切的不幸、贫穷、疾病、失业,婆媳的争吵,夫妇的分离,都是由于不公平的社会和万恶的战争所造成的。

作者通过这个小家庭毁灭的描写,揭露了消极抗战,使战火绵延,给下层人民带来了日益深重的苦难;控诉了那个为金钱和势利所控制的极不公平的社会,使辗转呻吟在生活线上的人们遭受多么悲惨的命运。作品除写了汪文宣的死而外,还写了唐柏青之死和钟又安之死作为陪衬。唐柏青是文宣的同学,是一个有志于著作的文学硕士。他结婚时,文宣和树生还参加过他们的婚礼。曾几何时,他那年轻可爱的女人因难产惨死在乡下,而他因为跟机关的科长合不来,不准他的假,连女人死时也未能赶去见上一面。从此他便成了冷酒馆的常客,以酒为伴侣,最后被碾死在卡车的轮盘之下。钟又安是文宣在公司里唯一的朋友,他同情文宣,关怀文宣的工作。因时疫流行,染上霍乱,送往时疫医院,也得不到及时的治疗,不到两天的时间,就变成一堆黄土,陪伴他的是两个纸扎的花圈。还有那个不管天气怎样冷,常常用凄凉的声音叫卖一整夜“炒米糖开水”的老年人,不久也换为年轻女性的尖叫声了。这真是一个悲剧的社会,悲剧的时代。作者以其生花的妙笔,作了极其深刻的反映。

古今中外的许多悲剧作品所表达的主题无非是但丁所说的:"我们唯一的悲哀是生活于愿望之中而没有希望。"[①]和鲁迅所说的:"人生最苦痛的是梦醒了无路可以走。"[②]《寒夜》所要表达的也正是这样的主题。《寒夜》中的人物,处在前线不断失利的极端艰苦的战争年代和米珠薪桂、弱肉强食的国统区,越是奉公守法,循规蹈矩,越没有生存的余地。那班有钱的却有吃有穿,做官做大生意还是照样神气,哪管小职员们的死活。正如汪文宣所意识到的:"这个世界没有我们生活的地方"。曾树生也有所察觉地认为"这过错应该由环境负责"。日寇投降了,那"胜利"不过是达官贵人,发国难财的豪商富贾的"胜利",对于盼望早日复员的那些在倒楣挨饿的小人物说来,却是一场幻梦。汪文宣吐尽血痰死去了。曾树生还活着,她所追求的幸福和自由,更加渺茫了。今后她只能像作者指出的,飞回兰州,去做银行经理夫人,仍然坐在"花瓶"的位子上[③]。那个不知去向的年迈的母亲,必然在颠沛流离中很快地结束可悲的一生。小宣呢?他不会比文宣送走树生后所看到的那两个穿着油黑的破棉袄,互相抱着缩成一团睡在大门口的小孩的遭遇更好些。他们都是"生活于愿望之中而没有希望",都是"梦醒了无路可以走",而小宣还来不及做梦就成了家庭、社会和时代的牺牲品。这些人物的悲哀和苦痛,给予读者的感受是极其强烈的。也许有人要问,作者为什么不给汪文宣、曾树生指出希望和出路呢?在四十年代的重庆,不愿做可怜虫和"花瓶"而投身到革命行列的知识分子当然是有的。为什么巴金不写这类知识分子,可能是因为不太熟悉吧!不过作家写什么,怎样写,是有他选择的自由的。如果一定要求他只能照这样或那样写,那就违背了作者的创作意图,而不成其为悲剧作品了。

艺术的生命在于真实,"只有真的声音,才能感动中国的人和世界的人"。[④]

① 但丁:《神曲·地狱篇》。

② 鲁迅:《坟·我们现在怎样做父亲》。

③ 巴金:《谈〈寒夜〉》。

④ 鲁迅:《三闲集·无声的中国》。

《寒夜》之所以感人肺腑,使人读后心弦久久不能平静,首先在于它真实,是真的声音,真切地反映了旧中国战争年代下层知识分子及其家庭的哀愁。《寒夜》所写的人和事,都是作者耳闻目见非常熟悉的。那故事就在作者当时住处的四周进行,那些人物几乎与作者天天见面,甚至彼此打过交道,做过朋友[①]。所以对他们的关系,写得多么真切自然;对他们的心理性格,刻画得多么细腻精微;那带有个性的语言,使读者如见其人,如闻其声,产生不可磨灭的印象。

《寒夜》在艺术构思上,也有独到之处。整个作品紧扣"寒夜"的命题,开始是文宣在寒夜中寻找树生,结尾是树生在寒夜中回到旧居。其中人物的活动,情节的展开,也大都在寒夜。首尾贯串,意境悲凉。以点染烘托的手法,使平淡的故事波澜起伏,引人入胜,富有魅力。将汪文宣的死,安排在庆祝胜利的时刻,这与林黛玉死在贾宝玉和薛宝钗成亲之夜,祥林嫂死在鲁镇人们的祝福声中,同样具有深长的寓意。对故事结局的处理,更是匠心独运。树生从兰州回来,死的死了,走的走了,她应该怎样办呢?作者没有解答这个问题,而是让读者自己去思考。这个结局,加深了读者的悬念,强化了作品的悲剧气氛,从而取得了更大的艺术效果。香港影片的编导把这个结局改变为曾树生找到了汪文宣的坟墓,将一个金戒指放在他的墓前。这时她意外地在这里见到了婆母和儿子小宣,答应跟着他们祖孙二人回到家乡去。这就有点像卓别林编导的影片《巴黎一妇人》中的玛丽终于同反对她和米利特结婚而使米利特自杀的那个母亲到乡下去一起生活那样的结局了。这不但曲解了巴金笔下的曾树生的形象,而且消除了读者的悬念,冲淡了悲剧气氛,削减了艺术效果,作者不赞同这样处理,是有道理的。[②]

巴金是一个曾经受过无政府主义思想影响的作家,他早期的作品如《灭亡》《新生》《雾》《雨》《电》等,或多或少的存在着这种影响,《憩园》《第四病室》,特别是《寒夜》就根本不存在这种影响了。这部作品所取得的成就,确实应该获得高

---

① 参阅巴金:《寒夜·后记》和《谈〈寒夜〉》。

② 参阅巴金:《谈〈寒夜〉》。

度的评价而不容低估的。它不仅标志着巴金在创作《家》以后的另一个高峰，同时也是现代中国文学和现代世界文学不可多得的现实主义杰作。

1980 年 6 月 10 日

（《文学评论》1981 年第 1 期）

关于《寒夜》

[日]岛田恭子

我很喜欢看巴金的作品，他的全部作品都给了我很大的启发，鼓励我要对人生认真思考。

我特别喜欢的就是《发的故事》和《寒夜》。我作为一个读者，要谈巴金和他的作品就有很多话从心里涌上来。可是，今天我只是想就《寒夜》谈一下自己的感受。

我第一次看《寒夜》是在1977年，那是我二十九岁的时候。我二十二岁结婚，那时家里有丈夫，四个女儿和婆婆。我丈夫是再婚，所以当时已有了两个女儿，我们后来又有了两个女儿。我一直没工作只在家里忙着做家务。1978年在我给巴金的第一封信里这样说："原先我对他们的生活不太习惯，心里也有过难过的事。我以为如果我自己能成为心胸大而好心肠的人，那有多么好，所以我要努力成为那样的人。孩子们都温和而可爱，对我很好。母亲很壮健，常常帮忙做家务。我爱人仍然有点儿任性，可是我爱他。我过得很幸福，我冷静地想一下，要是我没有对他的爱，那么一天也不能快活地生活吧。我的这么小小的经验同《寒夜》的那样残酷而不幸的时代情况下的主人公当然不能比的。越看我心里越闷，不过对于母亲、宣和妻子，我都能同情而了解他们每个人的心情。《寒夜》成了我最喜欢的书之一。”

从那时起已过了十一年。这次再看《寒夜》，印象却不一样。那时我只觉得三个人都很可怜，心里充满着同情，没有看出什么希望和光明来，所以越看越闷。我只想要使我家里人都过得幸福，关键就在于我爱不爱丈夫或者我的性格好坏，只是我个人的努力。这样的了解哪能解决我那时在生活上感到的空虚呢？我总觉得说不出来的焦躁。尽管这样，为什么我那时也喜欢《寒夜》呢？我以为我模糊地感觉到里面含有的什么东西。我也在我的精神生活方面渴望着什么东西。

我喜欢看的小说就是这样；里面没有假的，作者是有意识或无意识，这个没有关系，因为在作品里会自然表露出来。并且即使有一点儿也可以，里面有什么积极的，进步的东西。因为这些东西都给我带来温暖和勇气。要是《寒夜》里有假的话，比方说，看宣的面子树生和婆婆和解，突然出现了有钱人给宣住院治病，这样引到大团圆，或者他们突然有了政治觉悟成了活动家，这样荒唐的话，我那时也不想看，因为历史绝不是由个人的善意恶意来写的。

这次我从《寒夜》看出来的就是社会在变化的，毕竟还是从旧到新，从固陋到进步在继续前进的。作者指出宣和树生比宣的母亲精神生活更丰富，树生比宣更有希望，因为她始终不死心渴望更好的生活而挣扎着。这三个人的命运并不是生性带来的，而是社会带来的。我能在三个人的命运上看到小资产阶级知识分子的典型。巴金通过他们的意识和生活给我们读者暗示着我们应该走的路。就是说，巴金满怀着社会一定向进步和光明前进的坚强的信仰写这篇小说，所以《寒夜》给我带来比温暖更积极的东西，就是希望和勇气。

宣的母亲是十九世纪末出生的。她读书的时候，正要迎接民国成立，她也呼吸过新的空气吧。可惜她不能打破时代的限制、所受的新的东西在她的心里刚落下就枯死没有机会开花。我以为她十八岁嫁到汪家，作为媳妇侍奉婆家长辈们受过很多不合理的对待，一定流过很多眼泪，也有时想过大声叫喊控诉。她一定渴望着要过更好的精神生活。可是,她的这种渴望被封建道德压倒了。作为媳妇牺牲自己要发展的渴望而老实地受到不合理的封建东西,这样却受到世人的称赞。这样的女人就会很容易变成驯服于封建道德压迫新的一代。在日本,我也容易找到这样的女人,在我祖母、姑母和母亲那里。对她们来说,年轻时受过的教育已不再是使人进步的基础,而只不过是给人夸耀的一个装饰罢了。

宣的母亲在那样的社会情况限制之下,不得不走向没有希望的路,走到了"我只后悔当初不该读书,更不该让你也读书,我害了你一辈子,也害了我自己。老实说,我连做老妈子的资格也没有!"的地步。可是我从她那里也能发现比她的同时代女人更进步更有希望的东西。我相信她并不想说这种话,这是她对社会的控诉!她不是完全否定所谓学问,要是真的完全否定的话,她的自尊心就不存在了。有了自尊心,她才能支持她这样的辛苦生活。

她年轻时学到的学问对她的显达是不中用的,因为她是女的,不管她有多大的才能也没有机会发挥它而成名发迹。这里我所说的"发挥才能"就是说在那个封建社会里只有男人才有机会显达的。我以为这对她来说并不一定是不幸的事。人到老年尝到贫苦滋味了以后,她才能看穿社会在变化,把她养大的封建的旧制度已经开始崩塌再也不能恢复原状。当然她的了解是模糊的,不能摆脱她脑袋里装满的封建框框。对小宣的教育,她这样说:"我们穷家子弟何必读贵族学堂?进国立中学可以省许多钱。"她很爱她孙儿,要是她以为在"贵族学堂"学习对小宣真的有用的话,哪会这样说呢?钱由她不喜欢的媳妇那里来贴,这对她也不在乎,因为小宣是树生的儿子。那她为什么不让小宣进贵族学堂呢?我以为她看穿了那种学校教的学问并不会给孙儿带来什么。她看穿了像她们那样的小资产阶级知识分子即使得到了贵族学校的文凭,现在已经没有了发迹的机会。对她来说,学问只不过是发迹或者被人尊敬的一个手段,没想到它会给小宣带来希望和精神发展。所以从她的了解来看,随着社会变化,学问就成了不中用的东西。

宣死了以后,她只有一个人整理后事带着孙儿走了。她从前靠丈夫过着安定的生活。她要侍奉长辈,同时支配家里年轻的一代和佣人,过着太太的生活。

可是她不是懦弱的太太。我以为为了养育小宣，她敢做老妈。可是，要是真的为了小宣着想的话，她还是应该把小宣交给树生，给他的精神发展创造更好的条件。她在封建社会里成长，她自然有封建的东西，可是跟同时代的女人比较起来，她还是有力气跟社会挣扎。我只是在这一点上很佩服她。

树生可以说是五四的一个产儿。她跟婆婆说："现在是民国三十三年，不是光绪、宣统的时代了，我没有缠过脚——我可以自己找丈夫，用不着媒人。"社会进步了，她和宣的恋爱和结婚完全是在平等关系上成立的。她们的结婚是自由的精神结合。在那个时代，这种人可以说是幸福的年轻人吧。她婆婆跟她同时代的女人比较起来，也可以说是更幸福的。社会在进步，树生比婆婆可以享受更大的自由，精神上也能有更多的发展的机会。不管她在银行作像花瓶那样的工作，跟她希望的工作完全不一样，但是至少她能够赚钱养活自己，拿自己的钱能够打扮自己又贴补家用。她要生活得快乐幸福，就是说她要在精神上得到更大的充实和满足。这种渴望对她来说是很自然的，充满了她的整个身心。在任何生活情况下都不死心，要继续寻找光明。

树生不能妥协婆婆，毫无妥协的余地。因为她们的对立是有关如何生活的根本性问题。从这种对立来看，婆婆完全站在封建的立场上说话。树生受过新的教育，呼吸过足够的新空气。新的东西落在她心里已经扎下了根。对她来说，什么也不怕，结婚也不带给她什么封建的东西。和婆婆一起生活，她又怎么能向婆婆让步，接受旧道德呢？

我以为人应该生活得幸福。人生下来就会爬了，会站了，会走了——这是很自然的事。不爬，不站，不走，只是躺着过日子，这不是很舒服吗？不是！人生下来就对周围的一切都感兴趣，生来爱动不爱静，爱光明怕黑暗，爱热闹怕寂寞，生来就追求自由和幸福，追求精神的发展和充实。树生喜欢打扮得漂亮，喜欢跳舞、要过热情的生活，这样有什么不好呢！爱热闹的人有热闹的自由，爱沉静的人也有沉静的自由，当然爱穿花俏的人有穿花俏的自由，爱穿素净的人也有穿素净的自由。我们理想的社会就是每个人都能作自己想作的事，在精神和物质两个方面过满足的生活。问题在于社会进步的程度如何。人生在哪个历史阶段、哪个国家、哪个阶级，这完全都是人不能自择的事。生下来就不能不被他所属的社会情况限制，这是不可避免的。我以为要是宣母亲和树生互相交换她们所属的时代，情节也是完全没有两样的。

小说末了作者这样写着："她需要温暖。"我相信她所求的就是精神上的温暖，并不是物质上的。她所求的温暖决不能从陈经理那里得到。要是能得到的话，她早就跟陈经理结婚而解决她的寂寞。为什么她一直踌躇呢？因为她心里还存在着新的东西，就是女人不是男人的所属物，女人也有和男人同等的权利，也有精神的自由。要是陈经理也能给她一点精神安慰，我相信她可能不再踌躇就跟他结婚了，为了精神的满足和他一起作出努力。她知道陈经理不是这样的人。我以为只要她追求温暖，她就有希望。因为追求温暖这种精神行为就会给她勇气和自尊。

宣和树生一样接受了五四新思想，满怀着信仰跟树生谈恋爱而结婚。那时他很自由也有勇气，他母亲的反对也不介意，意气扬扬地跟她一起走进新生活。可是，他那想办一个理想中学的希望也被社会的现实给夺走了。生活的担子重重地压着他，压得他对社会动情再也不感兴趣。为什么他会变成这样没出息的人呢？除了他性格上的问题以外，我以为还是男人的负担很大的缘故。他了解男女平等，女人也能自由踏进社会作工作，也有权利得到每个人应有的精神发展。可是另一方面，他在那个社会里长大的，还是有封建的意识。他不好意思拿妻子的钱来家用，不好意思让母亲做家务劳动。他说，"我是个男人，总不能袖手吃闲饭啊!"他受不住现实，结果他抛弃了理想，没有了反对社会的心理，终于走向精神和肉体都枯死的路。可是宣的心底里积累的新的东西并没有都被拿走。他知道树生应该拯救自己，不必做在旧社会值得称赞的这种牺牲。他知道结婚是基于男女平等的爱情之上的，要是一方没有了爱情的话，另一方没有权束缚他(她)。对他们来说，结婚不是终点而是出发点，应该尊重对方精神自由。他一直到死都愿意她幸福、不愿意束缚她，不愿意她跟他一起走向灭亡的路，这样他把希望寄托于树生身上。

我看完了巴金文集以后就参加中国文艺研究会，开始进一步研究巴金。巴金是世界语者，所以我也开始学习世界语，作过两年的用日文写的宣传世界语小月刊“世界语的世界”编辑活动。通过巴金的作品和这种活动，我的精神比十年以前能得到更深的发展，已经没有了空虚和焦躁的感觉。我心里还有很多矛盾，可是至少我明白了我应该怎么样生活好。

巴金说：“人说生命是短促的，艺术是长久的，我却以为还有一个比艺术更长久的东西。他所说的“比艺术更长久的，比艺术更有力的东西”我也找到了。所谓文化艺术，它本身不是目的，都是手段。赚钱的劳动也是一个手段，不是目的。我以为吃饭喝水也是一个手段。这些都是为了每个人的精神得到应有的发展而存在的手段。

对我来说，学习世界语和看巴金的作品都是手段。它们帮助我的知识发展、巩固我的社会进步的信仰。我愿意为了这种目的做出努力，这并不是想为别人好，还是为我自己。

我们的最终理想是不管男女老少，让每个人的个性都能得到进一步地发展而在社会上开花结果。一个人的个性发展并不是跟别人对立的。一个人有着自己的精神满足，哪儿还会有心思去干涉别人损害别人呢？相反却会更尊重别人的自由和利益。没有了贫富差别，没有了民族差异，没有了男女差别，成人男女都有了工作，家里都电器化，已经不要依靠妻子或佣人做家务劳动。这是理想的社会。现实社会离这理想还差得太远。

我以为现在的日本并不是差得远不远的问题，体制上跟理想完全相反的方向跑着。为了向这理想接近一步，我们还是要进行斗争。历史总是进步的。可是进步不是施恩来的。要是没有为了人本来应该享受的权利跟社会作斗争，社会总不见有进步。在哪个国家或者在历史的哪个阶段的社会都存在着向光明和希望勇敢前进的潮流，不绝地流到现在。我作为一个日本人想要投入日本社会也存在着的这种潮流，即使是很小的贡献，我也要尽自己的力量。这种信仰就是从《寒夜》和巴金的其他作品那里得到的。

（《巴金文学研究资料》1990 年第 2 期，黎明大学巴金文学研究所编）

论《寒夜》家庭悲剧的根源

周芳芸

《寒夜》是一部脍炙人口的现实主义佳作，巴金通过汪文宣一家复杂的感情纠葛及悲剧命运，成功地塑造了汪文宣、曾树生、汪母等艺术典型，并强调三人都是"主角"[①]。

近年海内外掀起"《寒夜》热"，汪文宣、曾树生的悲剧命运引起了人们极大关注和同情，而主角之一的汪母却被遗忘。倘有涉及，或作为旧思想旧观念代表横加指责。把婆媳纠纷归结为"新旧思想、新旧道德观念的矛盾"[②]。把汪文宣性格蜕变及其家庭悲剧归罪于她[③]，笔者认为以上看法失之偏颇。汪母不是

① 巴金：《谈〈寒夜〉》。

② 《旧制度崩溃途中的牺牲品——谈巴金〈寒夜〉中的汪文宣形象》。

③ 《寡妇道德与传统文化——兼论〈寒夜〉的爱情悲剧根源》。

封建旧思想旧观念的代表,而是旧制度“无辜受害者”。[①] 本文拟对之作些探索。

一

《寒夜》描写的是“一九四四年暮秋到一九四五年冬天的寒夜”,在国统区“陪都”一个小公务员的家庭悲剧:汪文宣积劳成疾、重病缠身、惨遭失业;婆媳互不相容,产生无休止的矛盾纠纷。为此,有人谴责汪母“把媳妇视为比战争,逃难、疾病更为可恨的头号敌人”,在国统区小公务员的家庭中,婆媳间纷争时起、互不相容,彼此间伤害过对方的感情,也增加了汪文宣的痛苦,但这并不意味着婆母视媳妇为“头号敌人”,其感情纠葛是复杂的,既有憎恶之情,也有爱的情愫。

首先:婆媳二人都明确表示对另一方“不恨”。其次:婆媳都有和解的愿望。这在汪母身上表现得最突出。母子对话,提示了她心中的隐密。汪母问:“你以为她会给我写信吗?”是试探,也是希冀。儿子确信地回答:“我想她会的。”此时,汪母想说:“你在做梦!”“可是她刚刚说了一个‘你’字,立即闭上了嘴,她不忍打破他的梦。同时她也盼望他的这个梦会实现。”树生也不愿刺激婆母:刚出走兰州,心上创伤的平复是需要时间的。此时,要给婆母通信,提笔难,写长信更难。她用极委婉的方式回拒:“没有功夫给母亲写长信”,也表现出对婆母的理解。对树生的回信,汪母表现了极大的关切。从儿子表情中得知媳妇没有给她写长信时,痛苦万分,默默地把信和汇款“接了过来。她皱了皱眉,一句话也不说。”心理学家认为:“沉默”是人的内心情绪的特殊表达方式,是人们受到外界刺激后,所引起的内在心理和情感变化的强烈反映,蕴含着极其丰富复杂的情感活动。汪母的沉默正是基于希望的落空。即使在婆媳矛盾激化之后,她们相互谅解、怀念之情也是真挚的。这种感情的产生绝非偶然,是有一定的思想

---

① 巴金:《谈〈谈寒夜〉》。

基础。她们也曾经和睦相处，这个不幸的家庭也曾经充满欢乐和幸福：儿子、媳妇都是上海某大学教育系的学生、有崇高的理想和宏伟抱负。汪母也留有她的“黄金时代”，昔日的昆明才女吟诗作画，潇洒风流。对这一段生活大家都是留恋的、珍惜的。汪文宣感叹：“以前，我和树生，和我母亲，和小宣，我们不是这样地过活的。”曾树生也深有同感：“从前，我们都不是这样过日子的。这两年大家都变了。”

二

有评论者认为，婆媳间“新旧思想、新旧道德观念”冲突是家庭悲剧主要根源。在香港改编的粤语片《寒夜》中，曾树生“只要婆母原谅她，她甘愿做个孝顺的媳妇。可是婆母偏偏不肯原谅，把不行婚礼当作一件大罪，甚至因为它，宁愿毁掉儿子的家庭幸福。”巴金对此持否定态度，怎样认识婆媳间复杂的感情纠葛及日益激化的矛盾冲突呢？

人的内心是一个充满奥秘，有待开发的广阔宇宙，即“内宇宙”。如果我们对汪母的“内宇宙”进行“心态透视”，探寻人的内心错综复杂的矛盾冲突、情感思维、意识和下意识心理变化轨迹，则可探寻到历史与现实，传统与时代，主体与客体映射在人的内心世界的交叉。

受传统社会心理的制约和影响，汪母感情的失落感是引起婆媳矛盾的因素之一。

失落感的普遍性，自从社会发展有家庭以来，婆媳关系是任何时代任何社会人际关系中较难协调的。德国心理学家勒温提出了“需求说”和“趋向——回避冲突”论。即个体（婆母）面临既具有吸引力、又具有排斥力的同一目标（媳妇）[①]，既想“求取”，又想“回避”。当不可能同时既趋向又回避此目标时，会产生

① 巴金：《谈〈谈寒夜〉》。

一种所谓“趋向——回避”的动机冲突，这种内部刺激使任何一个母亲潜意识中倾向于“维持现状”，求得心理平衡。一旦平衡状态受到破坏，个体就会引起紧张，产生不安全感和失落感。因此，母亲在儿子婚娶或女儿出嫁时，都会产生既欢喜而又有失落感的复杂心理。故有的地方至今仍有哭嫁的风俗。汪母也不可能摆脱这种感情。

其次，失落感的特殊性。寡居多年，汪母内心是孤寂、痛苦的。正如卡尔·罗杰斯强调“爱的饥饿是一种缺乏症，就像缺少盐或缺少维生素一样”，爱的需要受到挫折是心理失调的主要原因。特殊的身世使汪母在承受特殊的社会压力和心理压力中，把潜意识中被压抑的性爱意识转移到儿子身上。儿子是她的精神支柱和全部生命，永远用“充满慈爱的怜悯的眼光”看儿子。这爱是炽热的、强烈的、无私的，为儿子她甘愿吃苦受累、忍饥挨饿；这爱也是狭隘的、自私的，有强烈的占有欲，要占有儿子的情感和爱。汪母固执地留守在这个她所熟悉的王国里，希望能享受到一种最靠不住的统治权，希望在孩子身上得到最充分的体现。通过孩子，她才掌握了她自己，感觉到自己的被需要，从而才能把握到自己存在的意义。在这种情形中，汪母的母性往往含有自我陶醉、自欺欺人、献身精神和愤世嫉俗等因素，在潜意识中已成为心理定势。媳妇的出现则打破汪母心理“平衡状态”，引起汪母的“紧张”，其表现在：

第一，爱的重新分配使汪母心理天平倾斜，怕儿子“移情”，让媳妇替换了母亲。事实上，汪母的担心并非多余。面对收入甚丰、充满青春活力的妻子，汪文宣为自己社会地位的低下、贫穷和衰弱自惭形秽，产生了“不配她”的自卑心理。“儿子爱媳妇胜过爱她”这一残酷事实，使汪母感情危机加剧。为恢复平衡和解除紧张，汪母把行为目标指向媳妇，产生敌视甚至“排斥”态度。

第二，爱的尊重和需要失调。寡居的汪母，感情上是寂寞的，特别是在人生的艰难困顿中，“多么需要安慰啊，想起死去的丈夫”。她更需要爱的补偿：儿子和媳妇对她的尊重，尊老敬老，在任何时代都应是一种美德。然而，树生不是“十分恭顺的孝顺媳妇”，时时给这位婆母碰钉子，婆媳间矛盾加剧。

值得强调的是：在这里，婆媳矛盾的激化，有着深刻的社会内蕴。一般情况下，婆媳间尽管有矛盾，但在较为安定的环境里可得到某种精神补偿，特别是对事业有所追求、精神上有所寄托的知识妇女来说，更是如此。然而，汪母一家却处战争年代最黑暗的国统区。“人们躲警报、喝酒、吵架、生病……这一类的事每天都在发生。物价飞涨、人心惶惶……”汪母一家更如一叶扁舟在风雨中飘摇。作家把汪母及其家庭悲剧置于国统区广阔的社会背景中考察，敏锐地触及到国统区人民最切身的问题：即人的社会生存，人的价值，尊严问题。

美国人本心理学家亚伯拉罕，马斯洛提出人的生活需要、安全需要、社交归属需要、尊重需要、自我实现需要等人的生存的基本条件，被誉为“人类了解自身过程中又一块里程碑”。① 从某种意义讲，也是帮助人们通过认识人的价值而衡量社会文明、社会发展的尺度。在国民党反动统治下，“人不其人”。人的尊严被践踏，人的心灵被扭曲，环境的险恶是婆媳矛盾激化的催化剂。

首先，战争、贫困、疾病使“大家都变了”。汪文宣、曾树生有过真挚、热烈的爱情。他们有振兴教育的远大志向，有对幸福生活的渴求和具有健康的体魄。然而，战争轰毁了他们的理想，失业、贫困、疾病象恶魔一样扼住了他们的咽喉。在现实的重压下，文宣成了一个唯唯诺诺，逆来顺受、敢怒不敢言的小公务员，丧失自我意识、自暴自弃，自暴自残；媳妇被迫当“花瓶”，虽然，在国破家衰的绝境中仍未泯灭求生的欲望，没有失掉“人”的个性，也不乏对美的生活真诚地追求。然而，在残酷现实的打击下，树生的生活态度则趋于现实化。她“爱动”、“爱热闹”，“需要过热情的生活”，在对自由快活的追求中包含着自私和虚荣心，她无法忍受贫困的痛苦和寂寞，面对有权有势、年轻风流的上司的追求感到惶惑而无法抵抗。汪母看不惯媳妇每天打扮得妖形怪状的样子，不同的生活态度使婆媳思想裂痕加大，这是构成婆媳冲突的内在动因之一。

其次，黑暗社会践踏人的尊严，扼杀人的精神追求，导致人的心理变异。

心理学家强调，在人们精神生活中有一种相当强烈的“被尊敬、受重视”的

---

① 参看[美]弗兰克·戈布尔：《第三思潮——马斯洛心理学》，上海译文出版社，1987年。

高层需要,“并相信人强烈地而且是本能地需要得到精神上的满足”。[①] 正如“音乐家必须演奏音乐、画家必须绘画、诗人必须写诗,这样才会使他们感到最大的满足,是什么角色,就应该干什么事情,我们把这种需要叫自我实现。”[②]曾经名噪一时的昆明才女沦为二等老妈子,昔日的风流与显赫皆化为泡影。强烈的反差使汪母难以承受超负荷的思想重负,日常生活中极细小的事情都给她巨大的精神刺激,在看一场电影,她也联想到:“我究竟是读书人,再穷也该有娱乐啊。”然而,社会早已遗弃了这“读书人”,在万般无奈中,汪母只“自夸学问如何、德行如何”,聊以自慰,弥补精神的失落。心理学家认为:一个人如果总是把自己的心灵禁闭在回忆中,以依依温情反复抚摸,回味自己过去的成功,这不仅标志着一个人精神世界的未老先衰,无疑也等于患上了最严重的自我精神淫恋症,从而只能更加深加重自己无力面对严峻现实的心理失落。她痛楚地对儿子说:“我只后悔当初不该读书,更不该让你读书,我害了你一辈子,也害了我自己。”在这愤激之语中,饱含着多少酸辛、多少苦衷?这正是人的欲望受到阻碍或挫折的结果。消极情绪的深度压抑,导致人的心理变异。

汪母心理变态主要表现在以下两方面。

一、自卑心理。主要来自钱的折磨。几千年的封建伦理道德规范:“在家从父母,出嫁从夫,夫没从子也”。[③] 作为汪母的精神支柱和依靠,汪文宣理应支撑起这风雨飘摇中的家。现实却是:文宣已无力承担家庭重担,战争又使汪母失去全部财产,母子二人不得不依靠树生,而何况媳妇的钱来路不明,她不愿接受却不得不接受,内心是痛苦的。儿子劝母亲花钱,汪母回答:“我不是已经在用她的钱吗?”强忍了几多屈辱,钱的折磨使汪母感到自己处于下风,把和媳妇的关系降成主仆关系,产生自卑感。

二、自卫和侵犯心理。人类心理活动的一个特点:往往用反动作来掩饰自身的虚弱,阻挡对方进攻。在与媳妇较量中,汪母不甘下风,却无力改变现实,

---

① [美]卡尔·荣格语,转引自《第三思潮——马斯洛心理学》。

② 参看[美]弗兰克·戈布尔:《第三思潮——马斯洛心理学》,上海译文出版社,1987年。

③ 《白虎通义·嫁娶》。

只好用精神胜利法这落后的自卫武器取胜:“你不过是我儿子的姘头,我是拿花轿接来的”,用“花轿迎娶”去刺激媳妇。这只是汪母的心理自卫,想从精神上战胜对方,作为自卑的补偿。

人在严重的精神创伤下容易产生一般自发的、盲目的、疯狂的反抗情绪。即弗洛伊德所说的,无论是什么情境,我们总有一个“必须说出来心里才痛快”的侵犯性的固定量①,即“宣泄”。这种宣泄能够减轻人心理负担,调整心理平衡。精神上遭伤害的汪母“她要哭、她要叫,她要发泄”。作为旧式知识妇女,汪母不可能象觉慧一样向旧制度喊出“我控诉”,只有把媳妇作为发泄对象。

在每个人身上,都有个人欲望与社会要求之间的冲突。这种个人内心的冲突会导致人与人之间的冲突。从某种意义上讲,汪母和树生无休止的矛盾纠葛正是汪母内心尖锐的矛盾冲突的外化。正如心理学家霍巴特·勒所说的:“心理病态不是来自表面的性欲和仇恨,而是来自一种愤怒意识和人的体面以及责任受到侵犯的感觉”②。

综上所述:汪母是四十年代国统区受压抑而产生某些变态心理的旧式知识妇女形象。作为婆母,她既不同于《孔雀东南飞》中逼儿休妻断恩的焦母,《原野》中封建专制暴君焦母,巴金笔下懦弱而善良的周氏(觉新的继母——笔者注),也不同于奥斯特罗夫斯基《大雷雨》中冷酷伪善的卡巴诺娃。汪母与树生的感情纠葛有其复杂的心理因素和特定时代的社会内蕴。

三

汪文宣怎样由“五四”勇士成为落伍者、懦弱者的?这是探讨《寒夜》家庭悲剧根源无法回避的问题。有人认为“在这种家庭制温室里的汪文宣自然成了懦

---

① 转引自[美]弗里德罗·西尔斯:卡尔史密斯:《社会心理学》。

② 参看[美]弗兰克·戈布尔:《第三思潮——马斯洛心理学》,上海译文出版社,1987年。

弱、缺乏个性、缺乏创造力、缺乏生命活力和生命意识的空壳。""也正是汪母变态母爱导致的家庭专制和自私人格铸造了汪文宣那颗永远不熟的心灵，从而失去了曾树生对他的爱"[①]。

毋庸讳言，汪母对儿子强烈的占有欲和变态的母爱使汪文宣在家中处境难堪，也增加了他的思想痛苦和三人间的矛盾纠葛。但是，把汪文宣的懦弱、缺乏生命活力和生命意识的责任推诿给家庭和年迈的母亲，这是不公平的。

马克思主义强调：在阶级社会里，"人们的观念、观点和概念，一句话，他们的意识，是随着他们的生活状况，他们的社会关系，他们的生活存在的改变而改变的"[②]。正如车尔尼雪夫斯基所说：一个人所能享受和痛苦的，都只能是社会给予他的东西。

汪文宣也曾有过辉煌的历程：在"五四"个性解放旗帜下，跨进了上海某大学教育系，倾心于事业。正如汪文宣说的："那个时候我们脑子里满是理想，我们的教育事业，我们乡村化、家庭化的学堂。"他们也曾享受"五四"阳光下自由恋爱的幸福，且没有举行婚礼就同居，勇敢地向封建礼教挑战，惊世骇俗，成为反封建礼教的勇士。时势造英雄，汪文宣在他人生履历上写下了光辉的一页。在"五四"新旧思想激战的年代，汪文宣的壮举也未给家庭带来骚乱与不安。汪母"在上海过的也是安闲愉快的日子。"我们虽很难猜测汪母对儿子的壮举的态度，但有一点是可以肯定的：家庭关系曾是和谐的，汪母不是阻止儿子个性发展的绊脚石。

是谁阻止了汪文宣前进的脚步，使他蜕变成缺乏个性、缺乏生命活力和生命意识的空壳？

是时代、是黑暗的社会环境。日本侵略者的炮火、腐败的社会制度、传统文化的影响，轰毁了他的理想，扭曲了他的人格。作为小公务员，汪文宣不仅要承受精神压抑之苦，也要忍受生活拮据之难。疾病、贫穷像毒蛇一样死死的缠绕

---

① 《寡妇道德与传统文化——兼论〈寒夜〉的爱情悲剧根源》。

② 《马克思恩格斯全集》第 2 卷，第 128 页。

着他，救人济世的宏愿已化作生存的最低要求。最具有悲剧意蕴的是中国小资产阶级知识分子内心深处的灵与肉的冲突。人格与生存，在国统区法西斯专制主义黑暗环境里往往是熊掌与鱼不可兼得。欲维护正义理想、人格尊严，必付出失业、甚至生命为代价；而欲苟全肉体，只有逆来顺受，忍辱苟安。汪文宣面临的如此残酷的现实抉择。他也曾企图在灵魂与肉体，正义与生存之间保持一种适度的张力，寻得某种微妙的平衡，奉行新的处世哲学。但既不能人格独立，又不甘堕落为依附权势，汪文宣只能在自我冲突的漩涡中挣扎着、哀怨着、沉沦着，在乱世中避灾防祸、明哲保身，这是一种消极的心理防卫机制。

其次，是传统文化的内在黑暗。中国传统文化的内在精义是“中庸之道”，最高理想境界是“天人合一”，即使“五四”新青年也难以挣脱几千年传统文化的阴影。他们追求的个性解放，在较为深层、内在的隐层次上，都与传统文化观念相联系。西方思想家认为：个性解放首先同一种强烈的健全个性人格的建设意识相联系，同一种广博的事业目标相联系。受传统文化的影响，追求个性解放的新青年难以自觉建构自由独立的人格和为实现自我价值的广阔胸襟。在新旧文化激战漩涡中的汪文宣，从勇士到懦夫的转型中，面临着人生的大困惑。在灵魂与肉体、理智与情欲的尖锐冲突中，不由自主地寻求某种归宿，寻求自我的平衡。古老传统就带着不可抗拒的魅力向心灵深处走来。吞噬反叛的灵魂，使之成为缺乏个性、缺乏生命活力和生命意识的空壳。

（《巴金研究》1994 年第 1 期）

《寒夜》琐谈

王火

如果说巴金三十年代《家》的创作，使他蜚声文坛成为有影响的著名作家，那么四十年代《寒夜》的发表，是他的创作达到炉火纯青的标志。《寒夜》像《家》那样，在巴金六十多年的创作历程中，也是非常重要的里程碑式的作品。

《寒夜》毕竟不像《家》，它所涉及的那个家，并不是拥有几十个人的封建家族，而是充其量也不过只有祖孙三代四口，是个普通的小资产阶级家庭。婆母是有浓厚封建意识的"多年媳妇熬成婆"的老太太，她处处找岔子和受过高等教育而充满文明意识的媳妇曾树生作对，而可怜的又是儿子又是丈夫的汪文宣却夹在她们中间左右为难。"不死不活的困苦生活增加了意见不合的婆媳间的纠纷，夹在中间受气的又是丈夫又是儿子的小公务员默默地吞着眼泪，让生命之血一滴一滴地流出去"，就是这个家庭悲剧的生动写照。作品通过主人公被迫害，被摧残，绝望，痛苦，没有光明，没有出路的描绘，对半封建半殖民地的旧中国进行了"沉痛的控诉"。

果戈里的《外套》给巴金的印象非常深刻，竟至使他在六十年代看了苏联改编的电影，还感到“整个晚上不舒服”，仿佛“眼前有一个影子晃来晃去，不用说，就是那个小公务员阿加基·巴什马金”，于是他又想起了他的《寒夜》里的汪文宣。是的，汪文宣的命运是与阿加基·巴什马金有相似的地方。可是，就他的性格来说，他却更像《家》里的高觉新，甚至比高觉新更能忍耐，更能逆来顺受，他连咳嗽走路也怕惊动别人，是道地的“常常想到别人却忘了自己”的老好人。在善良与罪恶颠倒了的坏人得志的旧社会，好人总是得不到好报的结果。他因为家境贫寒，尽管终年辛勤地工作，对上司同僚笑脸相迎，唯唯诺诺地百依百顺，仍然免不了到处遭受白眼，不得不忍受着种种不合理的待遇。他在图书公司当公务员，老是忍受着“那字迹不清文句不通的校样”的折磨，尤其是看那“周主任的厌恶的表情、吴科长的敌视的眼光和同事们的没有表情的面孔”受到的苦恼，而回到家里又夹在婆媳矛盾中间，只能这边说“妈，你不要难过”，“妈，你不要伤心”，那边又说“树生，你稍微忍耐一下”，“树生，你就让妈多说几句”，结果她们谁也不理睬他，而且都拿他来出气，叫他永远夹在这两种“爱”的中间受苦，直到他断气之前，他还寄信给曾树生说：“我还好，我的身体可以支持下去”，并且对母亲说：“妈，我死了，你不要哭啊。”“想到你哭，我就死不下去，我心里更苦”。他就是这样到死还真心实意地希望能让婆媳两人都得到幸福，要求她们不要为他的不幸伤心痛苦。像汪文宣这样心地善良而得不到好报结果的人，就是在现今社会生活里不是也仍然还很多吗？难怪许多读者都从他的不幸得到共鸣而掉下同情的眼泪。

假如说《家》的锋芒主要是对准吃人的礼教，那么《寒夜》的矛头却更多的指向铜臭的金钱，造成汪文宣一家悲剧的就是这个“魔鬼。”两个上海某某大学教育系的毕业生，不论汪文宣违背自己的意愿去干他十分厌恶的校对工作，还是曾树生丢开原来的理想去当她并非心甘情愿的“花瓶”，都是因为要吃人家的饭，要获得养家糊口和过得稍为舒适生活的“钱。”那个社会里人与人之间，没有其他什么可言，纯粹是赤裸裸的金钱关系。谁有钱谁就有主宰别人的权利，谁有钱谁就能够得到别人的尊敬。同汪文宣的命运相似的别一个知识分子唐柏青说得最为透彻，他说:“势利,势利,没有一个人不势利!”“我把人看透了。我那些老朋友,一年前我结婚,他们还来吃过喜酒的,现在街上碰见,都不理我了。哼,钱,钱!”“没有人不爱钱,不崇拜钱!我这个穷光蛋,你死罢,最好早点死,我活着有什么意思!”多么凄惨愤怒的控诉啊!金钱就是这么可恶而又富有魔力,难道这个问题今天都彻底解决了吗?巴金纠正了他的《家》已经完成了它的“历史任务”的错误说法,我们是否也可以跟着说《寒夜》并没有过时。不断进步的科学在五十年代征服了肺病(那是汪文宣致命之病),六十年代战胜了肝炎,九十年代癌症也不是太可怕的东西了,不过要彻底消灭私有制,绞死金钱这个吃人不见血的“魔鬼”,实现共产主义社会的伟大理想,却还要任重道远地去努力奋斗。

作为金钱这个“魔鬼”的帮凶的是旧社会的传统观念。那婆媳两个女人都受过教育,有时代带给她们新的因素,可是旧的东西远比它还要多得多,尤其是婆母的封建意识还很严重。她瞧不起媳妇没有和儿子举行结婚仪式就同居,认为她不过是儿子的“姘头”,不能和拿花轿接过来的她相提并论。“我做媳妇的时候哪里敢像她这样!”她处处以自己做媳妇的经验,也就是“多年媳妇熬成婆”的那套来束缚现在的媳妇,对她的一切言行都看不惯,觉得都不像自己过去那个样子。用曾树生的话说,她不过是一个“自私而又顽固、保守”的女人,她希望恢复的是过去婆母的权威和舒适的生活。媳妇当然也对婆母这样的专制统治极端不满,她口口声声喊着追求自由,说什么“我爱动,爱热闹,我需要过热情的生活”,但她回到家里却恰恰相反,她感到的是冰冷寂寞苦恼空虚,要她在家里多呆一刻也觉得不可能。不过,她离开汪文宣以后,也并不想离开“花瓶”的生活,因为她很可能答应陈经理的要求同他结婚,但她又并不十分愿意嫁给年纪比她小两岁的陈经理。她表示了和汪文宣离婚,却又仍然按月给他寄去生活费用,直到挨到最后抗战胜利,她还克服各种困难回到重庆来找他。谁知出于她的意料,在那里迎接她的是使她增添悲伤的“人去楼空”的惆怅感觉,使她一人孤零零地消失在凄清的寒夜里。这两个矛盾的人物,就是在现今许多家庭生活里不是也仍然可以到处看见她们在排演悲剧吗?旧的传统观念的改变,有赖于长期的社会教育,就是要在搞好物质文明建设的同时,加倍努力地去搞好精神文明建设。

巴金有许多好朋友和亲属死于肺病，他亲眼看过他们如何悲惨地结束年青的生命，甚至——到过他们的坟头，连坟上的墓碑和花圈是怎样，都在他的脑海里留下了深刻的印象。

因此，他对汪文宣患病的前前后后描绘得那样逼真，连他最后发展到喉结核丧失声音，用笔写个“痛”字都不能，而一口气却留着死不下去，“眼睛半睁着，眼珠往上翻，口张开，好像尚在向谁要求“公平”的无限痛苦的细节，都刻画得十分具体感人。可是，曾树生对孩子的感情却违反人之常情，不仅平日生活里很少提到这个儿子，就是她跟着陈经理飞往兰州，以及到了兰州一段时间写信表示与汪文宣离婚那些重要时刻，都未曾看见她想起亲生的儿子，恐怕现实生活里是很难找到这样的母亲，看来小宣这个十三岁的孩子是可有可无的人物，他就是回到家里也不引起家人注意。巴金安排这个人物可能是为了打发曾树生的薪金开支，因为这样才能加重汪文宣家庭贫困的境况，使落得只能靠自己的太太当“花瓶”赚钱来维持全家贫困生活的悲剧更值得同情。像钟老的死是要揭露国民党战时“陪都”的卫生局长和时疫医院的腐败那样，小宣的出现对“贵族学校”的“时髦”和这家人打肿脸充胖子的心理也是有力的抨击，就这个角度来看，他又并非可有可无的人物了。

《寒夜》已经拍成电影放映，它基本保持了小说原著的精神，但是不知什么原因对“金钱”罪恶的揭露有所删削，连唐柏青发牢骚说的那些话也被整段砍去，这不能不说是令人遗憾的瑕疵。尽管如此，电影给我们提供温故知新的机会，使我们在进行两个文明建设的同时，能够更加形象地重温四十年代旧社会的家庭悲剧历史，警惕金钱社会弊端和封建意识残余的沉渣泛起，也作出了它应有的贡献而将得到社会肯定。

总之，读《寒夜》看它改编的电影，好像吃橄榄越嚼越有味道，要说的话琐碎地说了许多仍觉言犹未尽，可能名著的魅力就在这里，叫你读后看后回味无穷。

（《巴金研究》1994 年第 1 期）

一个性格充满着矛盾的人物

——也论《寒夜》中的曾树生

曾冬水

对于曾树生这一人物形象的评论，是存在着意见分歧的，据我所知，主要有如下几种：(一)“在汪文宣身上我们体验了失望，曾树生却给人带来一丝温暖和活下去的勇气。”[①](二)认为曾树生是“害了别人的受害者。”[②](三)“作品抓住了她性格中鲜明的一面和隐秘的一面加以描写，完成了她作为一个自私、动摇的小资产阶级女性的典型性格加以塑造。”[③](四)“曾树生是一个善良温柔的女性”“和汪文宣一样都是为这个黑暗社会迫害以至沉沦在悲惨境地的小知识分子”。[④]

---

① 见康永年：《寒夜》。

② 见汪应果：《巴金论》。

③ 见张慧珠：《巴金创作论》。

④ 见陈丹晨：《巴金评传》。

我认为,作为《寒夜》中的主要人物之一的曾树生,是巴金中长篇小说中形象最为丰满的一个女性知识分子的典型,具有一定的深度和高度。对于这一人物形象的塑造,作者巴金,根据曾树生所处的时代,在家庭中所处的地位、周围环境的影响、与丈夫婚恋的历史以及她对人生的特有的追求等诸方面,而没有作简单化的处理。他不仅真实地描写了她的语言和行动,而且深刻地剖析了她的内心世界的隐秘。她的言论、行动和她的内心世界,有时是那样的和谐统一,有时候却又是那样的充满着矛盾和斗争;她的所作所为,有时候会博得人们的同情,有时候又会令人难以理解……她是一个性格充满着矛盾的人物。

首先,是忠于爱情与追求自由的矛盾。她一方面遵循着东方女性固有的、传统的对于丈夫的忠贞不二,另一方面,她又热烈地追求着"痛快的生活"和大胆地与男性交往。如她在兰州写信对汪文宣说:"我承认我也有对不起你的地方(不过我没有背着你做什么见不得人的丑事),有时,我也受到良心责备。""但我并不是坏女人,我的错误只有一个:我追求自由与幸福。"我认为,她的这些话,还是她后来与汪文宣之所以发生婚变的真实写照。小说通过回叙的手法,表现曾、汪之间有着较为深厚的感情基础。他们曾是上海某大学教育系的同班同学,建立"乡村化、家庭化"学堂的共同理想,使他们结合起来;同居之后,互相理解,互敬互爱,有过婚后的浪漫时期,由于汪文宣感情真挚,为人厚道,他无论在什么情况下都没有伤害过她,所以,她也是深爱着他的。但是,汪母的顽固守旧,尖酸刻薄和汪对母亲的屈从、忍让,又使她伤心难忍;汪的有病之躯,使她无法"活得痛快";总之,她生活在这样的家庭中,使她在"灵""肉"方面都得不到满足。所以,"寒夜"期间的曾汪之间已经有着无法填平的感情上的鸿沟。于是,在要"活得痛快"、"要自由"的欲望的驱使下,她不得不从其他的男子身上去获得填补精神空虚的东西。如与大川银行的陈奉光过往密切,进咖啡厅,上跳舞厅,甚至于在江边散步时,陈搂抱她,她也不予以拒绝。这也许可以说是资产阶级的"个人解放"思想影响的结果。但是,从总的方面来说,在她还没有正式向汪文宣提出脱离夫妻关系之前,她在与其他男子交往的过程中,还是很注意分寸的。如:小说的第四章,写汪文宣发现曾、陈走在一起的情景:"男的故意把膀子靠近女人身体,女的有意无意地在躲闪";第十五章,写曾在与汪母发生争吵之后和陈奉光在夜幕笼罩下的江边散步。那时,由于陈的百般挑逗,引起了曾的浪漫感情,但即使在这种情况下,她仍然想到汪文宣,"她有点胆怯,她仿佛听见一个熟悉的声音轻轻说着:'我只会累你们',她打了一个寒噤。"后来,陈紧紧搂抱她,以至偷吻她,她更感到惶恐,小说是这样描写的:

"不!!她吃惊地小声说,连连挣脱他的手,向后退了两步,脸涨得通红。""她忽然摇摇手说:'我的心乱得很,你送我回去罢',她又害羞,又兴奋,可是又痛苦;而且还有一种惶惑的感觉:她仿佛站在十字路口,打不定主意往什么地方去。"

我们认为,她之所以在浪漫情感之中还如此地犹豫,不是因为别的原因,而是因为汪文宣在她的心灵深处依然占据着重要的位置,她要坚守为人之妻的信义。

还有,小说的第二十六章,写她因为汪文宣在来信中希望她向母亲道歉,在精神上受到很大的刺激,使她终于下定了决心要离开他。按理说,他们原来的结合本没有履行过什么手续,又身在异地,她要离开他是可以不作什么交待的,但她依然写信给他,说明她要离开他的原因,她对他说:"不过我希望你们不要误会,我并不是为了同别人结婚才离开你,虽然有人向我求婚,我至今还没有答应,而且也不想答应。但是你也要了解我的处境,一个女人也不免有软弱的时候。……"事实上,在她要求与汪脱离关系和汪表示还她"自由"之后,她依然常给他来信和及时地寄家用钱。直到抗战胜利后两个月,她到重庆找汪的一家的时候,她并没有跟着另一个男子走。只是知道了汪已死去后,她才打算去答应陈奉光的要求,这说明了她对汪的爱还是很深的。

第二,利己又利他,这是她在为人处世中的一组矛盾。她在给汪的信中说:"我今年三十五岁了,我不能再让岁月蹉跎,我们女人的时间短得很,我并非自私,我只是想活,想活得痛快。我要自由,可怜我一辈子就没有痛快地活过。我为什么不该痛快地好好活一次呢?人一生只能活一次,一旦错过了机会,什么都完了。"这就是曾树生的人生哲学,这无疑是一种及时行乐的思想,因为她用了这种人生哲学为指导,她才忍痛去大川银行充当“花瓶”的角色,才背着丈夫去和陈奉光进咖啡厅,上舞厅,到江边去散步,柔情细语,亲热相处,作为一个大学教育系毕业生的她来说,竟觉得这是获得了“自由”,过到了“痛快”的生活,实在是很可怜的。我们姑且把这称作“利己”吧,这是问题的一个方面。但是,在另一个方面,她又在任何情况下都没有放弃对于这个家庭的责任。如,由于她的坚持才将小宣送进学费昂贵的贵族学堂就读,她一直包下了小宣的一切费用;汪文宣失业之后,她又负担起全家的生活费用。她离开家庭到兰州去,其中一个重要的原因,如她自己所说的,是“为了大家的生活”,事实证明了她所说的并非欺人之谈。临走时,她借支了一笔钱,先留下五万元做家用;到兰州后,她又按月寄家用钱;当她写长信给汪表示结束夫妻关系时,汪在回信中希望她“以后停寄家用款”,而“她仍旧按月汇款。”此后,汪文宣的治病,汪文宣失业后的一家的生活费用,全靠她的寄款维持,这种种一切,均能说明,她并不是一个只顾个人“活得痛快”的个人主义者。这种“利己”又“利他”,在当时确是一种很时髦的思想。

第三,对待家庭成员的复杂感情,是曾树生性格中的又一矛盾。

对汪文宣,有嫌厌、有怜悯、更看情爱。她与他是因为相爱而自由结合的,因此,有着浓厚的感情基础,这是当她受到诱惑,又下不了决心离他而去的重要原因。但她又嫌厌他的软弱,在她与他的母亲之间充当老好人;他还是个有病之躯。为了个人追求之计,她又不得不离开他。但离开之后,她又始终没有放弃对这个家庭的责任。

对于小宣,有伤心,有同情,更有母爱。她觉得他比他父亲有更多的暮气,他们之间,特别是小宣,缺乏应有的母子之情。她深有感触地想:“她好像不是我的儿子”。她试过多次要做“为人之母”,但小宣则冷若冰霜,这对于只有这么一个孩子的母亲来说,其伤感情绪是可想而知的了。但是,母爱克服了这种伤心。她始终负担他的一切生活费用,说明了她是主动地挑着做母亲的重担的。

对于婆母,有怨恨,有怜悯,也有理解。汪母,作为她的婆母,对于一个和儿子如此相爱的儿媳妇,她是那样的看得不顺眼,她骂她类似于泼妇骂街式,什么“花瓶”,什么“姘头”,她都骂得出口。多次争吵都是她挑起的,她甚至想尽办法要把她赶走，等等，这对于一个尚有着青春，有着热情，有着美感的年轻女子来说，是不能没有怨恨的。但是，她又怜悯她，她在信中对汪文宣说："你越是对我好(你并没有对不起我的地方)，你母亲越是恨我，她似乎把我恨入骨髓。其实我只有可怜她，人到老年，反而尝到贫苦的滋味，""我并不恨她。"这些，都说明了她对婆母的充分了解和理解。她去兰州之后，按月寄家用钱，就包括了对婆母的供养。

综上所述，曾树生是一个性格充满着矛盾的人物。她在对理想，对人生，对婚恋，对家庭的态度上都是充满着矛盾的。她没有忘记自己过去有过的理想，也为不能实现这理想而痛苦过，但为求生，她又不得不丢开自己的理想，去做自己并不心甘情愿做的事；对人生，她希望自己能"活得痛快"，按理说不应有所非议，但她为了"痛快"，不得不去适应那污浊的环境，这又把她引诱到了一条自戕之路。她自己本已知道这样做不对，却又不能不这样朝着错误的方向走去，她与家庭成员之间，有着种种的恩恩怨怨，有着复杂的感情，后来她不得不远离他们。但是，她离开之后，依然为这个家主动地尽到责任。她是一个善良的人。正如巴金在《关于〈寒夜〉》中所说的"我并不认为她不是好人"，"我同情她和同情她的丈夫一样"。

因此，说曾树生是"害了别人的受害者"，这种说法是不确切的，因为，她生活着，并没有造成他人不幸，她在汪文宣重病时离他而去，刺痛了他，但是她不离开重庆，不去兰州，汪家会更糟糕，因为经济没有来源，一家人只能坐等饿死。曾树生在性格中有"利己"、有"动摇"的一面，但因此说她是一个"自私"者，也是不全面的，因为，她在追求"痛快"之时，未能放弃对这个家庭的责任，这对于一个女性知识分子，又在困难之中，是多么难以办到的。说从曾树生身上"带来一丝温暖"，这话是对的，因为，没有曾树生，汪文宣一家人早就完了；但说带来"活下去的勇气"，又是失之偏颇的了，因为，真正的"活"下去，不应该像曾树生那样"活"。尽管，她当时是走投无路的，但新的路，光明之路，在当时还是存在的。

1993 年 5 月于江西师大

(《巴金研究》1994 年第 1 期)

《寒夜》悲剧新探

钱虹　金辉

在法国，中国作家巴金的名字是同《寒夜》连在一起的：巴金——寒夜，寒夜——巴金！在日本，先后出版了《寒夜》的三个不同的译本，盛况空前。《寒夜》的影响，早已越出国界，它的艺术成就，获得了公认的国际声誉。

《寒夜》所描写的，是抗战后期的"大后方"——国民党统治的陪都重庆的一户普通、本分的人家日常生活的场景：一幢破烂不堪的临街大楼，三层楼上用板壁隔开的昏暗、寒冷的陋室，居住着痛苦不堪的三代人——汪文宣的一家。他们各有各的性格，各有各的苦楚。其中既无轰轰烈烈的重大事件，也无惊心动魄的故事情节，却构成了一部深刻反映国统区知识分子不幸命运的悲剧。

关于这出悲剧的创作意图，作者说，"我写这部小说，正是想说明：好人不得好报，我的目的无非要让人看见蒋介石国民党统治下的社会是个什么样子。"谁是造成这个安分守己的家庭的不幸的罪魁祸首？作者也明明白白地指出，"罪在蒋介石和国民党反动政府，罪在当时重庆的和国统区的社会。”[1]

这无疑是正确的。然而，仅根据作者的创作动机来归纳《寒夜》是一部悲剧杰作，无疑又远远不够。因为，这并不能解释发生在《寒夜》中的悲剧的全部原因。

一

亚里斯多德说过，“在最完美的悲剧里，情节不应该是简单直截的，而应该是复杂曲折的”(《诗学》)《寒夜》是一出最完美的悲剧，作者着意描写了人与人、人与社会、人与命运等一系列外化的与内在的矛盾冲突，构成了一出“悲欢离合的苦戏。”

这出悲剧中的三个主人公，都是善良无辜的知识分子，他们“从没有抢过人、偷过人、害过人”，可是黑暗的社会和不公平的命运给予他们的只是压迫、欺侮、刺激以及疾病、痛苦和纠纷。他们一心盼望着抗战胜利，能给他们带来好日子。可是，庆祝日寇投降的花炮，却成了他们家破人亡的丧钟。文学作品总是通过个别来反映一般的，汪文宣一家的悲剧，正是当时黑暗社会中千万个不幸家庭的缩影。“借一斑以窥全豹”，透过它，我们看到了苦苦挣扎于战时陪都的知识分子的悲惨命运。从这个意义上来说，《寒夜》是一出社会悲剧。

不过，《寒夜》又决不是一般意义的社会悲剧。因为，每个人都在一定的社会中生活，与社会总有千丝万缕的联系，所以，人的不幸也好，痛苦也罢，都不难从社会中找出这样或那样的原因。从这个意义上来说，悲剧本身就带有一定的社会性。然而，悲剧性又决不等同于社会性。比如，婆媳争吵，夫妻离婚，家庭破裂，这样的家庭悲剧，在我们今天也并不少见，能把这样的不幸全部归结于社会原因吗？显然不能。“幸福的家庭都是相似的，不幸的家庭各有各的不幸”。

---

① 巴金：《谈〈寒夜〉》，人民文学出版社，1983年。

其中不可否义的是，人与人之间各各相异甚至彼此冲突的性格及其缺点，在酿成悲剧过程中所应承担的具体责任。在《谈〈寒夜〉》中，作者说过这样一段话：“对于小说中那三个主要人物，我全同情。但是我也批评了他们每一个人。他们都有缺点，当然也有好处。他们彼此相爱(婆媳两人间是有隔阂的)。却又互相损害。他们都在追求幸福可是反而努力走向灭亡。”(着重号为笔者所加，下同)由此可见，造成汪文宣一家的悲剧，除了战乱、经济等社会因素外，三个主要人物自身性格的缺点使他们难以共处，并在一定程度上互相折磨着对方，推动他们走向毁灭。因此，这一悲剧从某种意义上来说，是人物的性格悲剧。描写人物的性格悲剧，在许多优秀的文学作品中并不鲜见，例如，优柔寡断的气质，造成了哈姆莱特的不幸；妒忌而刚愎的脾性，致使奥赛罗听信小人谗言酿就悲剧。汪文宣一家的生离死别，正是三个主人公的性格缺点所导致的结果。在这里，我们丝毫也不是为那个万恶的黑暗社会开脱罪责，而是为了进一步找出，除社会原因之外，造成这一悲剧的人物自身性格方面的某些因素，或者说，社会的重压，如何使人的性格产生变形的悲剧。

性格，即一个人在态度和行为方面所表现出来的心理素质和个性特征。它主要是社会环境作用于人的结果，因而也必然受到社会环境的制约，随着社会环境的改变而发生变化，甚至被社会环境所扭曲。汪文宣，从前那个一心想办理想中学，实现自己教育救国夙愿的朝气蓬勃的有志青年，到了抗战后期，竟成了一个唯唯诺诺、忍气吞声的老好人，“就为了几个钱”而屈身于半官半商的书局里，整天趴在桌上校对那些纠缠不清的译文、歌功颂德的谎言。他感到屈辱、羞愧，内心充满不平之声，却不敢流露半句。这种内心的不满、反抗和外表的柔驯、谦卑，在他的身上发生着冲突。他的人格就在这种冲突中发生分离。他嘴上说的，并不是心里想要说的；他的行动所表示的，并不是心里真正愿意那样做的。比如当书局的周主任暗示要辞退他时，他的内心燃烧着反抗的怒火，“回去就回去，不吃你这碗饭，难道就会饿死！”但口里却用温和的调子说：“那么我就请半天假吧”。汪文宣内心的不平与忍耐在冲突！不平引他诅咒黑暗，而忍耐却使他不敢反抗。在别人看来，汪文宣最能“忍受一切”，他自己也说过：“不忍受又有什么办法!”,然而正是这“忍受一切”的人生信条,导致了他人格的分裂和性格的变形,引起了他的妻子曾树生对他的不满(显然,曾树生并不喜欢丈夫这种“什么都能忍受的懦弱、老好的性格),也铸成了他那卑琐、可怜的性格悲剧。顶头上司吴科长咳嗽一声,他却以为是对他不满的表示,竟把已咳到嘴边的痰咽回肚里。吐痰犯什么法?汪文宣却带着沉重的负罪心理“忍耐着把剩下的十多页校样看完”才去吐痰!写社会对人的压迫,宰割人的灵魂,还有比这从精神上扭曲人的性格,导致人的心理变态更为深刻的吗?看到这位有着浓厚悲剧色彩的人物,使人不由得想起卡夫卡笔下那位在社会的重压下而精神异化的格里高尔·萨姆沙(《变形记》)。

如果说,汪文宣的性格表象与性格本质相分离是由于社会环境的压迫的话,那么,曾树生与汪母的性格悲剧,也同样是社会环境恶化的结果。使人心惊肉跳的空袭警报和各种战场失利的坏消息,令人不寒而怵的物价飞涨和各种可怕的传染病,这一切,也同样刺激着健康人的神经,迫使人们考虑“必须先救出自己”。曾树生,从前那个充满理想、热爱教育事业的知识女性,如今变成了看破红尘、巧于交际的摩登女郎;而汪母,当年温文尔雅、知书识理的昆明“才女”,如今变成了牢骚满腹、动辄相骂的“二等老妈子”。她们爱自己的丈夫、儿子,然而彼此之间却互不相容,反目争吵。结果,她们喋喋不休的吵闹,不仅恶化了婆媳关系,而且加深了汪文宣——既是丈夫又是儿子的内心痛苦。终于,在妻子出走兰州,写信来要求“离婚”之后,他带着人世的不平、爱情的缺憾以及家庭的纷扰,痛苦地离开了世界。三个本来是应该得到幸福的人物,却由于社会环境的压迫,人与人之间的矛盾,各自性格上的缺点,而变成了互相损害的悲剧人物。从而使人在同情这些善良无辜的悲剧人物的同时,对那个“好人不得好报”的黑暗社会发出悲愤而强烈的控诉。《寒夜》震撼人心的批判力量也正在于此。

二

《寒夜》中贯穿始终而又使人难以释怀的是——汪文宣与曾树生之间的爱

情悲剧。这一悲剧是什么原因造成的呢？汪文宣和曾树生是大学时代的同学，他们都受过五四新思想的熏陶，又是在彼此相爱的感情基础上自愿结合的，并且有了爱情的结晶——儿子小宣。假如不是由于日寇入侵而避难于重庆的话，他们夫妻恩爱，感情笃弥，志趣相同（办一所理想中学），家庭美满，也就不会发生爱情的悲剧。可是到了重庆之后，迫于生计，不得已一个去书局搞校对，另一个去银行当“花瓶”。当生活变得毫无幸福可言的时候，爱情之树就不可能长绿不衰。因为，“人须生活着，爱才有所附丽”。鲁迅先生的话，可谓至理名言。

尽管生活发生了剧变，汪文宣对妻子始终有着深深的恋情，这恋情是他在战乱、贫穷中保持心灵平衡的精神支柱。为了妻子的幸福，他忍受一切痛苦，不惜“牺牲自己”。汪母认为儿媳跟人“私奔”，他却认真地为妻子辩解：“她并不是私奔，她不过是到朋友家里去几天，她会回来的。”甚至妻子从兰州写信来声明“从今天起我不再是你的妻子”，他仍在母亲面前替她辩护，唯恐母亲用恶语伤害她。为了妻子的幸福，他默默地忍受内心的妒忌与孤寂的折磨，原谅妻子在外面的一切应酬：陪人打牌、跳舞、喝咖啡、吃饭，乃至与一个年轻的男子（陈主任）一起飞往兰州。谁知，此一去便导致了他和曾树生之间的夫妻关系的终止。

曾树生对丈夫也有着多年共同生活而产生的爱情（这爱情保护她不轻易失身于另一男子甚至在得到丈夫同意离婚的答复后，依然孑然一身地回来寻访丈夫的下落）。尽管她跟婆婆格格不入，争吵不休；尽管她甚至不喜欢自己的独生儿子——少年早衰的小宣；尽管她确实够不上一个贤妻良母，但她和汪文宣之间毕竟有着“彼此相当了解”的感情纽带。她尽力帮助丈夫维持家庭的生活，是家庭经济的台柱之一。尤其在丈夫患病之后，她更是尽心尽意地负担起沉重的家庭开支（医药费、营养费、全家的生活费和小宣的学费等等）。这一切，假如她不爱自己丈夫的话，是很难想象的。可是，她到兰州后写的那封“说的是真话”的长信，却给重病在身的丈夫以致命一击，客观上加速了丈夫死亡的进程。

也许有人会说，要不是社会黑暗、经济拮据、疾病以及汪母制造家庭纠纷等原因，汪文宣与曾树生之间本来是不会发生爱情悲剧的。这话不无道理，但我们认为，这仅注意到了他们之间爱情破裂的外部因素，而未看到内在矛盾的胚芽——双方性格中越来越明显的差异和隔膜。四十年代的汪文宣与曾树生，当年同居时那种充满幻想和激情的浪漫早已不复存在，青春已逝，一切都变了。同样是三十四岁，汪文宣被生活的重担压成了一个未老先衰、沉默寡言的半老头；而曾树生，则风韵犹存，美貌仍在。她要充分利用自己的姣容，痛痛快快地寻找生活的乐趣。在家里，丈夫的愁眉苦脸与妻子的容光焕发成了很不和谐的映衬。在爱情生活中，丈夫自以为对妻子"相当了解"，其实他恰恰不了解妻子此时需要新的感情寄托。树生说："回到家里来，我总觉得冷，觉得寂寞。觉得心里空虚"。由于丈夫无法满足妻子的感情需求——虚荣和娱乐（丈夫为此自责不已！），于是陈主任——风度翩翩的"第三个人"便乘虚而入，他陪树生吃喝玩乐，向她表明自己的心迹。这样便不可避免地致使夫妻之间感情纽带出现罅隙。首先，能够"忍受一切"的汪文宣，也难以忍受妻子与另一个年轻男子之间的亲密举止，"妒忌使他心里难过"。他甚至公开质询妻子："请你告诉我，是不是还有第三个人，我不是说我母亲。"直到妻子第二天凌晨要登机飞往兰州的当夜，他还在独自承受妒火的煎熬，"想到陈主任，他仿佛挨了一闷棍，他愣了几分钟。什么东西在他心里燃烧，他觉得脸上、额上烫得厉害。他什么都比我强，他妒忌地想到。"一端是对妻子深厚的挚爱，另一端是对陈主任的本能的妒忌，两军对垒的内心交战，给汪文宣带来难以言喻的精神折磨；为了前者，他宽宏大量，不愿往坏处多想；由于后者，他又自惭形秽，以自己无力使妻子幸福而自怨自责。正是在这里，汪文宣的善良、忠厚、老好的性格得到了深刻的揭示。

其次，曾树生对丈夫的懦弱、卑怯的性格以及苍白的病容越来越不满。曾树生的性格与汪文宣有着明显的差异，她爱虚荣，会交际，识时务，在她的爱情天平上，不可能像丈夫那样"牺牲自己"始终不渝地爱别人，何况眼下的丈夫变成了一个忍气吞声、逆来顺受的可怜虫，一个身患重疾、脸色苍白的痨病人。《寒夜》时代的曾树生，已变得非常世俗，讲究实惠，她不愿担贤妻良母的空名而让红颜白白流逝，"她要先救出自己"。因此，她对丈夫的爱变得十分复杂：有时是感激之情，有时是怜悯之心，有时是责任之义，有时甚至是后悔之言——当丈夫抱歉地自责"没有出息"时，她抢白他："怪你有什么用？只怪我当初瞎了眼睛”，流露出早知今日，何必当初的懊丧。她的内心世界是矛盾的：一方面不愿再过那种“永远亮不起来，永远死不下去”的家庭生活；另一方面又希冀“她（指母亲——笔者）不天天跟我吵”，“他（指汪文宣——笔者）不那么懦弱”，那么她也就可以不跟陈主任到兰州去。她对陈主任那种若即若离的态度，也表明她内心交织着矛盾：一方面，陈主任年轻、健壮以及身份和财产对她不无诱惑，这是目前她的丈夫无法与之相比的；另一方面，丈夫的病容和对她的依恋，又时时浮现在她的脑海，使她不忍心撒手不管，任病魔夺走他的生命。由于前者，她跟陈主任走了；为了后者，她又每月寄钱回家，希望丈夫早日病愈。但这已经丝毫也不能填补她和丈夫之间的感情裂缝，因为金钱并不能减轻丈夫的孤寂——丈夫更需要的，是她的爱和含笑的脸。

汪文宣和曾树生的性格上的差异在于：一个屈从现实，懦弱胆小，谦卑忠顺，处处为别人着想；而另一个则以姿为本，追求快乐，贪图享受，一心“先救出自己”。一个是为妻子幸福而“牺牲自己”；一个却是跟丈夫离婚而“为了自己”。显然，曾树生性格中自私的一面，是引起她和汪文宣之间感情纽带断裂的导火索，这根导火索一经婆婆——汪母的煽风点火，终于酿成了她出走兰州，与丈夫离婚的爱情悲剧。

三

同汪文宣、曾树生之间的爱情悲剧交错发展的是他们的家庭悲剧。这一悲剧的起因在于战乱，汪文宣、曾树生不得不带着儿子离开上海而入川，这就使得汪母加入了他们的家庭，从而使这个家庭弥漫着唇枪舌剑的呛人的火药味。如果说，三个主人公的不幸命运是贯穿全书的主题音乐的话，那么他们的爱情悲剧和家庭悲剧则分别是这一主题音乐的呈示部和展开部。在展开部里，我们看到，由于人与人的关系紧张、对立而发生冲突，促使家庭矛盾激化，从而逐渐将整个悲剧推向高潮。

汪文宣与曾树生、汪母与媳妇为什么会发生争吵？作者指出："生活苦，环境不好，每个人都有满肚皮的牢骚，一碰就发，发的次数愈多，愈不能控制自己。"[①]的确，战场失利，人心惶惶，物价飞涨，生活困难，这样的环境刺激人的神经，容易勾起无名怒火，加剧人与人之间的紧张关系。汪文宣与曾树生之间的争吵大都属于这类情况——外部因素刺激所致致。然而汪母与媳妇之间的争吵，则是彼此性格对立冲突的外化表现。一个令人深思的问题是，假如不在那样一个战乱环境中，她们婆媳之间会不会产生矛盾？会不会造成家庭悲剧？回答应该是肯定的。因为婆媳两人的经历、见识、观念和人生态度截然不同，她们的性格不仅对立、冲突，而且各自为争夺丈夫和儿子的爱而使出浑身解数。这一点，曾树生很清楚，她对汪文宣说："我们三个人住在一起，一辈子也不会幸福，她根本就不愿意你对妻子好。"世上的爱大约总是自私和排他的，不管是妻子对丈夫的爱，还是母亲对儿子的爱，都不例外。

家庭悲剧的产生正是由于这两种互不相容的伦理力量——夫妻之爱与母子之情的冲突。朱光潜先生说得不无道理："这两种互相冲突的伦理力量就其本身而言，每一种都是有道理的。但由于它的每一种都是片面而排他的，每一种都想否定对方同样合理的要求，……宇宙的存在本身必须要各种精神力量一致合作。它们中的每一种就都包含着自己毁灭的种子。最后的结果它们或者同归于尽，或者放弃自己排他的片面要求。一般所谓'悲剧结局'就取这二者中之一种"[②]。《寒夜》的艺术深度不仅在于通过一个家庭的悲剧控诉社会的黑暗，而且透过战乱、经济等等外界因素的氛围，进入到人的内心的深层结构，写出了两种互相冲突的伦理力量本身就包含着自己毁灭的悲剧因素。

在婆媳势不两立的矛盾冲突中，汪母扮演了蛮不讲理、咄咄逼人的挑衅者的角色。她的话很尖刻，也显得十分粗鲁，每每使儿媳气得脸色发白，激起反唇相讥 。"缠过脚"，既是儿媳揭她痛处的法宝，也是她作为旧时代封建女子的标

① 巴金：《谈〈寒夜〉》，人民文学出版牡，1983年。

② 朱光潜：《悲剧心理学》，人民文学出版社，1983年。

记。这位活了大半辈子的旧式才女，如今老来却落到不得不依靠儿子和她所憎恨的儿媳养活的“二等老妈子”的地步，实在也是够可怜可悲的。由于有着过去大家闺秀的家教，有着从前书香门第的学识，有着今非昔比的委屈和愤懑，眼前这种一落千丈的生活地位，使她怨气填膺，“她要哭，她要叫，她要发泄！”然而生活天地的狭小（她常常独守陋室），妇人之见的狭隘（因为儿子不能把爱都给她），使她把对一切的不满全部发泄在儿媳身上。她的感情世界只剩下一个支点：母亲对儿子的疼爱（为了儿子她愿付出自己的一切！）和婆婆对媳妇的憎恨（她甚至不惜破坏儿子的幸福来达到目的）。她是一个特殊的悲剧人物，一个爱与恨相交织的矛盾统一体，是最无私的同时也是最自私的母爱体现者。对儿子，她用“充满慈爱和怜悯的眼光看着他”，为他可以卖掉丈夫留给自己的唯一遗物；可对儿媳，却用充满憎恨和仇视的目光盯住她，连儿子也感到愤愤不平：“这太过份了！”

爱和恨，这两根不可相交的感情的弦，在汪母心上弹拨着不和谐的音响：儿子跟媳妇感情好，她妒嫉得无法容忍，生怕儿媳夺走儿子爱母亲的心；媳妇和儿子拌嘴、出走，她幸灾乐祸，巴不得媳妇不回来；可是儿媳经常在外面应酬，有意躲避和她照面，她又火冒三丈，指责她“哪天不该早回来”；她希望儿子休妻再娶，“她走了另外给你接一个更好的来”，可是媳妇一旦真的要走，她又指着她骂：“你想抛下我们一个人走，你的心我不知道！”这些看来性格逻辑颇为混乱的言语和行为，恰恰从各个心理角度写出了人的爱与恨、感情与理智、善良与自私之间的矛盾的复杂性。

其实，汪母与曾树生不可调和的矛盾冲突，主要倒并不在于经济原因（她们毕竟还未到乞食露宿的地步），而在于汪母眼里的媳妇是个“新派女人”，“不守妇道”，“做太太的规矩也不懂”。由于伦理观念的偏见和人生态度的不合，注定了她们之间必然会产生冲突。曾树生是受过五四新思想洗礼，受过高等教育，敢于堂堂正正地跟自己所爱的男人同居的女子，有着大胆的反抗性格。她不屑于做三从四德的封建纲常所要求的贤妻良母，要按照她自己的生活方式痛快、幸福地生活，她有她自己的世界。而这一点，恰恰是从小受到封建礼教浸染的婆婆无法容忍的。尽管时过境迁，汪母已由大家闺秀降到“二等老妈子”的地步，可是由于几千年封建传统意识在她头脑里的积淀，她需要媳妇低眉顺眼、唯命是从作为自己实际地位下降的一种心灵上的补偿。设若，曾树生也像《家》中的瑞珏那样柔驯温顺、听任摆布的话，那么，她即使当了“花瓶”，汪母也不会奚落她，讽刺她，更不会对她破口大骂。正因为曾树生有自己的生活天地，不愿当俯首贴耳、忍气吞声的孝顺媳，她要捍卫自己在这个家庭中的人格尊严，所以才引起婆媳之间不可调和的矛盾冲突。

一方是封建家长制的残余在头脑里的积淀，另一方是争取自由、幸福的思想在心理上的反抗。婆婆的逻辑是，“她不是坏人，那么我就是坏人！”儿媳的要求是，“有我就没有她，有她就没有我！”二者必居其一，要身为儿子和丈夫的汪文宣作出抉择。可他恰恰“没有办法把妻子和母亲拉在一起，也没有毅力在两个人中间选取一个”，忠孝不能两全，从而使他夹在犬牙交错的隙缝中受尽痛苦。汪母的悲剧在于，她爱儿子，却不理解儿子的心，正如儿子所说：“我跟妈常谈不拢”；她恨媳妇，却又无法取代这位“不守妇道”的“新派女人”在儿子心目中的地位。因而，她把媳妇视为比战争、逃难、贫困、疾病更为可恨的头号敌人：“我什么都受得了，就是受不了她的气！我宁肯死，宁肯大家死，我也不要再看见她！”为此，她不断发出挑衅，制造家庭纠纷，终于促成了曾树生的出走。她胜利了，她的目的达到了，而她的儿子也完了，因为“树生带走了爱，也带走了他的一切；大学时代的好梦，婚后的甜蜜生活，战前教育事业的计划……全光了，全完了！”

四

然而，《寒夜》的创作意图并不仅仅在于揭示这个家庭为什么解体的悲剧，它的真正目的在于鞭挞那个扭曲人的心灵、改变人的性格的黑暗社会！在《寒夜》中，人人都有一个痛苦不堪的内心世界，这世界恰恰是现实世界在他们内心的反映。黑暗的社会，像漆黑的罗网包围着人们，刺耳的空袭警报，每况愈下的坏消息，逃难、失业、酗酒、吵架、生病、死亡……把人们心目中最后的一点希望碾得粉碎。人们因为绝望而酗酒度日，自暴自弃，如唐柏青；人们也因为染疾而朝不保夕，痛苦死去，如钟老。这一切，构成了笼罩于汪文宣一家头顶的悲剧氛围，衬托着他们无法摆脱的悲惨命运。归根结底，是社会环境，是现实因素，把汪文宣一家逼到那幢破烂不堪的临街大楼里，逼到那间昏暗寒冷、老鼠出没的屋子里，逼得他们吵闹不休，逼得他们生离死别。是那个黑暗的社会和不合理的制度，一手导演了千万个汪文宣、曾树生和汪母的悲剧。因此，从根本上说《寒夜》是一部揭露、抨击黑暗社会、反映国统区知识分子不幸命运的悲剧。

（《兰州大学学报》社会科学版 1987 年第 1 期）

《寒夜》中婉曲手法的运用

张 燚

巴金的中篇小说《寒夜》,描写的是一个小家庭的悲剧,故事发生在抗日战争后期的陪都重庆。小说是在充满了民族矛盾、社会矛盾和家庭内部矛盾的背景上展开的。特殊的环境,复杂的人事关系,使作者比较集中地运用到了“婉曲”的表现手法,描绘了一个“有话不能直说”的时代。纵观全篇,“婉曲”的表现形式可分为五种:

一、换个角度,从侧面谈

有些话,由于某种表达上的需要,不易从正面直说,需要换个角度,从侧面谈,使本来平直的话,变得婉转一些。

例如,在文宣生病期间的一个晚上,妻子树生出外应酬还未回来,平时就与媳妇很合不来的婆婆，很想让儿子借此机会教训一下媳妇，给自己出口气，但终于碍着小两口的感情不错，没有对儿子直说：

(1)“……我要是你啊，她今晚上回来，我一定好好教训她一顿。”(60 页)

直言应为：她今晚上回来，你一定要好好教训她一顿。

又一次，媳妇树生因家庭闹矛盾，出走几天还没回家，婆婆更是无法容忍。她想让儿子就此跟媳妇离婚，但又自知这个意见儿子接受的可能性极小，为了不给儿子感情上带来刺激，又顾及自己被拒绝后的面子，她只好婉转地暗示儿子：

(2)“我如果是你，我就登报跟她离婚……”(35 页)

直言为：你去登报跟她离婚！

由于物价飞涨，法币贬值，文宣微薄的收入难以养家糊口，所以还要靠树生补助家用和负担儿子的学费。作婆婆的以此为耻辱。她想让儿子文宣拒绝使用媳妇的钱，又怕因此给儿子带来苦恼，只好婉转其辞：

(3)“要是我，我宁肯让小宣停学。”(77 页)

直言为：让小宣停学，(也不要用她的钱。)

试以从小说中引出的(1)(2)(3)例同它们各自的直言说法一一比较，可以看出，同一句话换一个角度讲(一般换成讲话人的角度)，口气显然要委婉得多。尤其是那些有刺激性的、容易引起对方反感的，以及拿不准对方态度的话，换个角度后，就消除了使令的口吻，而带上了商量的语气。即照顾了对方的自尊心，又显示出了自己的教养。

二、用模糊词语代替不易或不愿说出的内容

共同的社会生活，使人们在习惯上、心理上，以及对问题的理解等方面都有许多相通之处，一些不易或不愿说出的内容，即使不用明确的词语表达出来，人们也会“心有灵犀一点通”。

例如，不治之症和死亡是一般人所忌讳的。为了回避和掩饰，人们常常代之以模糊的词语。如文宣因患肺结核（当时的不治之症）被公司周主任辞退后，同事钟老安慰文宣道：

(4)“你不要生气，他不是赶走你……他说……你身体不好……一定有T. B. ……”(164页)

树生调职兰州临行前告别丈夫时说：

(5)“我真愿意传染到你那个病，那么我就不会离开你了。”(204页)

文宣自己也说过：

(6)“我怎么能不想呢？才三十四岁就害了这种病……”(160页)

在(4)(5)(6)三例中，钟老、树生、文宣分别用英文“T. B.”和“这种病”、“那种病”来代替“肺结核”。

像忌讳肺结核一样，人们更忌讳死亡。例如，在酒店里，文宣碰到了老同学唐柏青，无意中谈到了唐的妻子：

(7)“她过去了”(唐低声答道——引者注)

……

“她不在了?什么病?”(文宣吃惊地问——引者注)

“今天是她的头七”(唐痛苦地说——引者注)(40—41页)

又如,树生从兰州回到故居,向方太太询问家人的情况:

(8)“汪先生(指文宣)不在了”方太太低声说。

“他不在了?什么时候?”(271页)

在(7)(8)两例中,人们用“不在了”、“过去了”等模糊字眼代替了大忌中的死亡,用“头七”代替了死亡后的天数。

古今中外,人们对死亡都有不同程度的忌讳,代之死亡的说法也很多,下面再看看小说中的两个例子:

文宣安慰母亲:等到抗战胜利日子就好过了。母亲却感慨地说:

(9)“我怕我等不到那一天了……”(213页)

直言为:我可能在抗战胜利前就死了;

文宣劝母亲不能因为生活困难就把故父留给她的金戒指卖掉。母亲却凄然地答道:

(10)“横竖我跟你爹见面的日子近了,有没有它都是一样。”(155页)

直言为:我很快就会死了。

对于一些只能意会不能言传的事,人们也常常以模糊的词语取而代之。例如,大川银行里的陈主任为树生的姿色所倾倒,身为职员的树生,为了能在银行里站住脚,不得不应付他对她的百般纠缠。但树生是爱丈夫文宣的,她并没有背着丈夫“做过什么见不得人的丑事情”。然而她的“婆婆”却对此深表怀疑。但因为没有确凿的证据，更主要的是对这种事的忌讳心理，使婆婆在提醒儿子注意时，不愿直接道出：

(11)“不是我故意向你泼冷水，我先把话说在这里搁起，她跟那位陈主任有点不明不白——”〔196页〕

(12)“你看着罢，总有一天他们会闹出花样来的”(208页)

文宣虽然自知“不配”树生，但他对妻子的爱是诚挚的，他也十分担心会失去妻子的爱情。

一天，他终于向她吐露了这个整天在他头脑里打转的疑问：

(13)“请你坦白告诉我，是不是还有第三个人……”(31页)

在(11)(12)(13)例中，“婆婆”和文宣都用模糊的词语代替了他们不愿说出的内容。但在这些特定的语境中，“模糊”词语并不显得模糊，谈话双方都明白它的实指是什么。如第(13)例中，文宣回避了问话中的“情夫”，代之以“第三个人”，树生一听便懂，她也用同样的方法来回答他：“第三个人可以说有，也可以说没有。”(31页)可见，这些特定环境中的模糊词语，并没有造成理解上的困难，却使语言因此委婉了许多。这样，一方面可以解决讲话人难以启齿的问题，另一方面也使听话人不感到刺耳、便于接受，无形中巧妙地排除了语言交际中的“绊脚石”。

三、用表面上似乎不相干的“题外话”暗示本义

有些话，不便直截了当地说，讲话人故意闪烁其辞，说得弯曲折绕，让听话

人从中联想、意会到讲话人的本意。

例如，树生决定与丈夫“离婚”了，但在给他的信中，树生却难以直言：

(14)“……我知道我这种脾气也许会毁掉我自己，会给对我好的人带来痛苦，我也知道在这两三年中间我给你添了不少的烦恼，我也承认这两三年我在你家里没有做到一个好妻子。是的，我承认我也有对不起你的地方(不过我并没有背着你做过什么见不得人的丑事情)，有时我也受到良心的责备。但是……我不知道怎样说才好，我不知道怎样才能够使你明白我的意思……特别是近一两年，我总觉得，我们在一起不会幸福，我们中间缺少什么联系的东西……”(222页)

树生一下子说了这许多话，却无一句点出事情的核心。然而，正是这些表面上看来似乎不相干的“题外话”，婉转地把已经发生了的事暗示给了文宣，“他禁不住要想，‘她为什么要说这些话呢?’他已经有一种预感了。”(222页)

又如：文宣的病重和家庭的困境，使文宣和母亲都想到了“死”字，文宣自知已无希望，便想把母亲往后的生活寄托在儿子小宣的身上。然而母亲却叹道：

(15)“小宣跟你小时候一模一样，这孩子太像你了。”(188页)

“小宣太像他(指文宣)，也就是说，小宣跟他(文宣)一样地没出息”(188页)但这个事实太使年老的“母亲”痛苦了，简直成了她个人的忌讳，她甚至没有勇气将它明言告诉儿子，然而文宣却明白了母亲这句话的“本义”。这使他“更深更透地看了她的寂寞的一生”。

(14)、(15)两例，都是“话中有话”，讲话人虽然没有挑明本义，但听话人却从“字里行间”“词里句里”悟出了“真谛”。这种曲折婉转的表达方法，对削弱语言中带有的刺激性，减少事情的突然性，都有显而易见的效果。

四、利用表示语气、程度、转折意义的词，使语言留有余地

有些话，不宜口气太硬、不便说得太死，可以通过一些表示语气、程度的副词和带有转折意味的连词来把握分寸，以便把话说得活一点，留有伸缩的余地。

例如，性格软弱的文宣，夹在关系矛盾的“婆媳”之间，真是左右为难。每当“婆”、“媳”吵架，他只有两边说好话，谨慎地选词用字，生怕得罪了哪一方：

(16)“妈，不要说了，树生的意思其实跟你的没有不同”(87页)

“婆”“媳”之间的成见太深，已经到了一触即发的地步，所以，在无意争吵时，讲话就格外要小心。一次，树生回来发现病重的丈夫又去上班了，心里对婆婆没有留住他很生气，很想说几句责备的话，但终于克制住了自己，仅仅自语的吐出这样一句话：

(17)“其实不应该让他去，他的病随时都会加重的。”(129页)

战争的延续，给文宣一家带来了更多的忧虑。一天，传说日本人已经过了独山就要到都匀了，文宣和母亲都着了慌。树生心里也没准儿，但她却故作镇静、尽量安慰家人：

(18)“我想也许不会。不过打来了，我们也只有逃难……”(105页)

在小说中这样的地方还很多，如：

(19)“……其实吃不吃药都没关系，……也许这种药很有用处，”(104页)

(20)“……恐怕公司不会要我们这班小职员去罢,”(79页)

(21)“……不大妥当,恭维的话太少”(254页)

(22)“既然调你去,不去恐怕不行罢”(159页)

(23)“半天恐怕不行罢……也好,你先回家再说”。(138页)

加上这些带点的词后,句子显然委婉了许多,若去掉这些词,情况就不同了。如上(16)例,文宣在劝解母亲不要与妻子吵架时说的:“妈,不要说了,树生的意思其实跟你的没有不同”,去掉“其实”后,就成了“妈,不要说了,树生的意思跟你的没有不同”,口气显然要生硬得多。又如(18)例,本来树生对战事的情况也不甚清楚,如果不加上“也许”“不过”“也”,这些表示不肯定语气和让步语气的虚词,就会显得太武断,话也说得太死。而加上这些虚词后,语气就委婉多了,话的含义也显得很灵活。

五、特定环境中的语言省略形式,可以婉转地表情达意

一般省略某个句子成分的省略句,跟我们这里讲的省略形式稍有不同:前者是在具体语言环境中,为了语言表达上的简洁经济而进行的省略;后者虽然也是需要一个特定的语言环境,但这种省略则是为了“婉转”的表情达意。

例如,当文宣惊悉老同学唐柏青的爱妻突然“无病”而死后,忍不住追问起她的死因:

(24)“那么她——”(40页)

他想问:“她是惨死,还是自杀?”但终于没有说出口,他不忍心让这些带有强烈刺激性的话,再引起对方更多的伤感。

又如,当树生开始怀疑文宣可能患了肺病时,她不愿把这个可怕的猜疑直

接告诉文宣：

(25)“我耽心——”(170 页)

她咽下了后面的话。

再如，有一次文宣担心地问树生是否要离开家人，树生答道：

(26)“我本来就没有离开你的意思，”“不过你母亲——”(137 页)

她突然住了嘴，不再往下说。

还有，在树生调职兰州前的最后一个晚上，她依依不舍地对文宣说：

(27)“我们要分别了，我也愿意同你多聚一刻，说真话，我就是怕——”(200 页)

说到这里，她转过脸朝婆婆的小屋看了一眼，不再往下说。

在这四例中，虽然讲话人话到一半就戛然而止，但恰恰是这个省略形式把讲活人没有说出的内容婉转地“告诉”了对方：唐柏青“听懂了”文宣的话，向他讲述起妻子惨死的经过；文宣“听懂了”树生的话，“帮”她讲出了她不忍心说出的话(他害了肺病)；而树生省略去的有关婆婆方面的言语，对于深知她们婆媳矛盾的文宣来说，恰如树生用最婉转的方式向他讲述了她所要讲的一切。用省略的方式表情达意，必须以听、讲话人对事物的共同了解为基础。没有这个基础，在言语信息“不完整”的情况下，就无法正常地交流思想疏通感情。

从《寒夜》中婉转手法的运用，我们可以看到，婉转是一种表达上的艺术，它跟一个人的文化修养、对人情世故的了解程度，以及人的性格气质、风俗习惯都有密切的关系。恰当地运用“婉转”手法，可以有效地排除言语交际中的许多“障碍”，减少由于言语表达上的太直、太露带给人们的不快，使语言能更好地为人类服务。巴金在《寒夜》中巧妙地运用了多种“婉曲”的修辞技巧，不能不说这些手法的使用对于整个作品的成功是起了不可忽视的作用的。

（《新疆教育学院学报》汉文版 1987 年第 1 期）

《寒夜》与《外套》心理刻画的比较探索

刘晓林

世界上没有两片绝对相同的树叶，但都会因根深叶茂而显示出绿色的生机。提起巴金，人们一定都知道屠格涅夫、卢梭、左拉等外国文学大师对他的艺术滋养，而不会想到果戈里。复杂的文学世界里经常会出现一些偶然的相似，这在比较文学研究中称作文学的并行现象[①]。果戈里的《外套》和巴金的《寒夜》，从外在的特征看，颇为相近，如题材、人物及悲剧性的结局，这足以引起我们对此进行一番探索的兴趣。本文拟从作品的心理刻画这一角度，对两部小说作一个粗略的比较。

① 浜田正秀：《文艺学概论》，中国戏剧出版社，1985年。

一

亚卡基:“让我安静一下吧,你们干吗欺负我?”(《外套》)

汪文宣:“为什么要这样欺负我!”(《寒夜》)

这是生活在不同国度、不同时代、不同社会制度的却有着相似命运的两个小公务员,发自内心的对自身命运的一声微弱的叹息。巴金曾说到在看过由原著改编的影片《外套》之后,很自然地在他的脑子里出现了另一个人的面颜,“我想起了我的主人公汪文宣,一个患肺病死掉的小公务员”①。的确,这是很自然的。这两部作品主人公的身份相同,维系生命的方式也大致相同,有趣的是,亚卡基生活在沙俄国都彼得堡,汪文宣则很“幸运”地在国民党抗战时的陪都重庆完成了自己的悲剧。然而这都是外在和表象的,还不足以说明两部作品在批判精神上的相近。明确的人道意识决定了两位文学大师的道德取向,他们对侮辱人损害人的丑恶社会的揭露和否定,都是通过各自笔下主人公的内心世界对现实生活的折射来完成的,这就为作品的心理描写规定了特殊的意义。当我们反复玩味那两声发自内心的咏叹时,就会发现两部作品在人物心理刻画上的一致性。两位作家着重的是人物心灵悲剧性的描述,亚卡基是由于腐败的沙俄官僚制度和人格得不到尊重而造成的心理变异,汪文宣是由于国破家亡与腐朽统治而变得不够正常的人的生活所造成了的心理扭曲。一般来说,一部作品心理刻画的成功与否,很大程度上就决定了形象塑造的成败,人物心理活动的复杂性和深刻性,决定着人物形象刻画的复杂性和深刻性。《外套》和《寒夜》的心理描写是复杂而深刻的。亚卡基因为精神世界的低微,病态的心理结构,始终没能意识到自己的屈辱地位,最后倒在“大人物”的一声喝斥之下;汪文宣则时刻在屈辱与反屈辱的逆反心理中进行着拼死地挣扎,但最终依然为罪恶的现实所压

① 巴金:《谈自己的创作·谈〈寒夜〉》,载《巴金选集(下)》,人民文学出版社,1980年。

垮。在作家多侧面地进行心理刻画的同时，主体鲜明而又层次丰富的、具有较高审美价值的人物形象便逐渐凸现。这一点，为两部作品提供了比较的基础。

文学上并行现象的出现，是有其发生的共同逻辑的。对所表现的生活的切实体验，使作家自身的心理因素同作品人物的内心世界达到真正的契合，这是两部作品心理描写真切感人的又一原因。果戈里将一个官吏和猎枪的故事升华为文学典型①，有两方面的条件，一是他处理的是同自己的生活经验相似的素材，他曾一度作过小公务员，每天也是单调乏味地抄写，并常受到上司的斥责，他没钱买外套，曾给母亲的信中写道："我有点习惯于寒冷了——我只穿一件夹外套熬过了整整一冬"②，对生活的充分感知，萌发成一种自觉的知觉活动，构成了产生作品的心理基础；二是同俄罗斯文学中有着描写小人物的丰富创作实践分不开，如普希金透过朴素而又朴素的贵族子弟对平民女子始乱终弃的故事，发现了生活的本质，对那些倍受等级制度蹂躏的人们寄予了深切的同情，《外套》则直接继承了《驿站长》的批判精神，为俄国文学中描写小人物题材的作品制定了最基本的含义和风格。巴金从小生活在几十个由主子和下人构成的封建大家庭里，时常去听下人们摆龙门阵，听他们讲自己痛苦的遭遇，因此，他从小就生成了对受苦受难人们的怜悯和同情，自始至终在创作中，为那些被封建专制所残害的生命而哭，为那些被毁灭了的青春而哭。在《春天里的秋天·序》中，他写道："我要拿起我的笔做武器……向着这垂死的社会发出我坚决的呼声'我控诉'."苏联文艺理论家赫拉普钦科说："艺术作品中的生活真实，不会超越每一个真正艺术家所固有的个人对世界的看法，超越他的形象思维、他的创作方法的特点而存在。"③可见，两位作家选择像亚卡基、汪文宣这样的小人物为自己小说的主人公，包含了自己对摧残人性的现实世界的认识和评价。

根据心理学原理，个人的心理内容常常打上了所处时代和阶级的烙印，因此，个体心理往往有着所处时代和阶级的共同特征。两部作品所展演的心灵悲

① 多宾：《〈外套〉情节的典型化和提炼》，载陈月琴、刘长林编《文学概论参考资料》。

② 季莫菲耶夫编：《俄罗斯古典作家论·果戈里》，人民文学出版社，1958年。

③ 赫拉普钦科：《作家的创作个性和文学的发展》，上海人民出版社，1977年。

剧的社会内涵极其丰富，人物心理内容的涵盖面也就相对广阔了。《外套》产生于1841年，正是沙俄农奴制最腐朽的年月，野蛮的封建专制制度残害着人的天性，普通民众的精神世界是低下而庸俗的。列宁曾在分析1861年“改革”时说：“若干世纪的农奴制度把农民群众压得这样厉害，使他们这样愚昧无知，以致他们在改革的时候，什么都不能做。”[①]亚卡基就生活在这样一个粗鄙、荒唐的环境里，透过作家的描写，我们可以深入了解社会生活的某些本质面貌，可以了解普通俄国人的典型心态。难怪《外套》一问世，就强烈震撼了每一个有良知的俄罗斯人。陀斯妥耶夫斯基就曾说：“我们全部来自《外套》。”同样，《寒夜》中的重庆也是阴冷的，像这个多雾的城市，由于雾气的笼罩，一切都扭曲了。人的天性被扼杀，正常的生活得不到保障，汪文宣这个曾有过美好理想的人，成了仰人鼻息的可怜虫，内心世界和外部世界反复不停地冲突，造成了其人格的变异，这个悲惨的故事，实际上反映了特定历史环境下普通中国人命运的整体面貌，具有相当深刻的真实性。

两声发自内心的悲叹，展示了黑暗社会和个人自身弱点所演变而成的畸零人的内心状貌，以其沉重的哭诉的调子，唱出了两首心灵的悲歌。

二

正如前文所述，人实际上是在两个世界里生存着，一个是由人与人之间的关系构成的现实世界，一个则是由人的心理构成的内心世界。这两个世界不是简单的对等关系，而是既有紧密联系，又充满了矛盾和冲突。《寒夜》和《外套》就表现了如人的欲望和这种欲望实际上难以实现的矛盾、现实与理想的冲突等等。当外部世界以其不合理的行为方式冲击人的内心世界，势必会造成人的内心世界的断裂和混乱。我们从《外套》和《寒夜》中看到的是两个变异的世界，社

① 列宁：《“农民改革”和无产阶级农民革命》。

会现实的黑暗和卑污，促成了亚卡基和汪文宣的精神更异，人格病态，反过来，通过他们内心世界对外部世界的透视，就会看到社会环境也是扭曲的，它的合理性正是它的不合理性。两个变异世界在相互争斗着，包含了相当广泛的悲剧性，其意义远远超出了对个人悲惨命运的展示，而在更高层次上挖掘了带有普遍性的社会悲剧的根源，这正是两部作品共同特点的所在。

朱光潜曾阐述过佛罗依德心理学的本能说，认为人的自我本能要求对个体进行保护，却在“自我理想”的实现中受到现实世界的制约，因而受压抑，产生人格变异①。果戈里和巴金两位作家都是将主人公的心理活动放在人的本能同现实的碰撞中加以描写的。他们都写到了现实世界对主人公本能欲望的抑制。一个正常的现实世界应当提供给人适合的土壤，以适应人的发展，而我们在《外套》和《寒夜》中看到的土壤是贫瘠的，低沉阴晦的天空，给人的是沉重的压迫，他们的欲求在广阔的现实背景的参照下，显得既可怜又可笑，他们不过是想得到一件新外套，不过是想过一种平静而安宁的生活，而仅仅是这种“自然本能”也难以实现。亚卡基想得到一件新外套，是他生活中非常巨大的一桩事，他就是在这卑琐中咂着生活的温馨，“他在心中怀着将来的外套这个永久念头，也就有了精神的营养了。从这时起，他个人的生活也好像丰满些了……他仿佛变得活泼些，连性格也坚定些，好象一个已经确定了生活目标的人。”在他生活灰色的底幕上涂了这么一层油彩，显得异常刺眼，不合理的社会关系已迫使亚卡基丧失了一切产生自我欲望的可能，做一件新外套，不过是想取得自身生存最基本的条件，是一种近乎于动物的本能。果戈里突出了这种本能的心理需求，从而进入了主人公贫乏单调的内心世界的深层结构，使亚卡基心理的变异性得以准确再现。

同样，汪文宣的生活也是平凡而单调的，不同于亚卡基的是，他曾有过充满青春活力的过去，曾有过从事高尚教育事业的梦想，他的精神品质是优秀于他周围所有人的，因而，他有着较高的民主意识和对自身是一个人的明确认识，他

① 《朱光潜美学文集(一)·变态心理学》，上海文艺出版社，1982年。

的悲哀比起亚卡基对痛苦的无动于衷,要深刻得多。在那样的时代,作为一个中国知识分子,他所能做的,只能是任理想在污泥浊水中被肆意践踏嘲弄,只能像亚卡基一样使生命一点一滴地衰退下去,在恶势力强大的现实世界的冲击下,躲进心灵的避风港,在内心寻求痛苦的平衡,只求忍耐,不求宣泄。巴金剖白主人公的内心,使其心理活动在各种角度得以展示,突出描绘了日常的庸俗生活同他对旧日生活的忆恋所形成的尖锐矛盾,"……我以前并不是这样的。以前,我和树生,和我母亲、和小宣,我们不是这样地过活的。完了,我的一生的幸福都给战争,给生活,给那些冠冕堂皇的门面话,还有街上到处贴的告示拿走了。"这悲哀是刻骨铭心的。他的尚未泯灭的理想在潜在意识中时时流露,是他时常内心自省的原因,而他的每一次自省都变成了对接踵而来的苦难的认可,对这一悲剧性心理的披露,特别显示出了对人物进行心理刻画的艺术打击力量。

现实世界和内心世界的矛盾斗争,一般是有一段相对稳定期的,这个稳定期会使这两个世界达成一种自然吻合。《外套》和《寒夜》所反映的现实世界,用正常人的眼光来看,的确是一个人妖颠倒、鬼魅横行的混沌世界,而通过亚卡基、汪文宣的内心透视并未对此作出准确的评价,可见他们已丧失了一个正常人的判断能力,成了社会的畸零者。这种来自本能的错觉,使他们的内心同外部世界达成了一种非合理性的平衡。当自然吻合的两个变异世界的其中一方突然在矛盾的相持之中受挫,悲剧于是产生了。这是两位文学大师对人物心理描写的深刻性的体现。

两部作品心理描写的又一特点,是注意到了对主人公性格中自然素质的描写,即由以往的生活经验积淀而成的病态人格。亚卡基和汪文宣的共同特征是性格的麻木性,自主意识的严重衰竭,缺乏生命力活泼泼的跃动,以及情感活动的偏离正常。

我们知道,十九世纪四十年代的俄国,农奴制盛行,封建官僚制度钳制了人们的思想,普通民众的心理是趋向闭塞的,精神世界是不健全的。果戈里曾这样描写他眼中的彼得堡:"整个社会陷入了清闲而猥琐的工作中,人们就在这些工作里面白白消耗着自己的生命”①。亚卡基就存身于这种环境，他的灵魂是苍白的，他对一切是那样容易满足，他安于屈辱，丝毫没有反抗的意识，只有别人作弄得他无法工作，才会产生一种动人的悯怜的意味：“我是你的兄弟”，他深信自己生来不过只是一个抄抄写写的公务员。新外套似乎象征了他整个一生的欢乐，外套一丢失，他也便开始走向了末路。正如韦素园所说：“他的一生思想几乎出不了暖外套。”②小说中对亚卡基同“要人”之间的心理较量的描写，更显出了他性格中的变异特征。“要人”一身集中了沙俄官场上的所有丑恶，而对亚卡基来说，这个人是神圣的。“要人”以沙俄官僚特有的风尚，让前来求助的亚卡基在门外等了许久，然后，斥责他“你这是跟谁说话，明白不明白谁站在你面前，你明白么？明白么？我问问你。”接着一跺脚，官僚良好的自我感觉同亚卡基诚惶诚恐的心理形成鲜明对比。于是，他失去了知觉，失去了全部生活的能力，为了寻回外套而努力鼓起的勇气全然消逝，并且倒了下去。亚卡基对生活的要求本来就是那么可怜，却正是这一点点可怜的欲望，在他心中激起了无比美好的感情，而在这斥责声中，这美好的感情被无情地击碎。我们不难从中揣摩到他惊恐不安的心理状态。亚卡基对要人是敬畏的，甚至是盲目尊崇的，这是由来已久的对封建官僚制度贴耳服从所构成的心理品质。在“要人”的一声断喝之后，亚卡基觉着理应如此，丝毫没有受辱的感觉，懵懵懂懂地走向了死亡。

《寒夜》中汪文宣的精神世界则要比亚卡基丰富得多，他对自身的屈辱地位有着清醒的认识，而亚卡基从未想过自己那尺方世界之外更为广阔的天地。汪文宣是在内心无以复加的痛苦与压迫中，走向彻底妥协的。过去美好的理想已经失去了光彩，他变成了一个卑微的、安分守己的、毫无反抗意识的懦夫。他经常在内心进行着自我否定，但他没有能力和勇气把握自己的命运，他的勇气只是在内心发出“横顺我不吃你这碗饭”的呼叫，实际上，他的的确确是在靠这一

① 转引自宇宙、伯衡：《俄苏文学名家・果戈里》，黑龙江人民出版社，1984年。

② 韦素园：《外套・译本序》，湖南人民出版社，1981年。

碗饭生活着,并时时惧怕这饭碗被砸掉。他同亚卡基一样,对上司表示着敬畏,所不同的是,他内心深处很蔑视那些“连文章也做不通”的人,然而他却受着这些人的支配、控制,忍受着这些人的白眼、歧视,久而久之,他对自己,一个肺病患者的生存价值发生了怀疑,在自己的行为上已经肯定了那些上司是生活真正的主人,因而对母亲人人都要活的讲法只能苦笑一下,一种浓郁的自卑感包裹着他,他只能在权势的压迫和生活窘境的打击下苟延残喘。他时常臆想背后有一双盯着自己的眼睛,不得不猜测别人随意一眼的意味。在庆祝上司的生日宴会上,他看不惯同事们曲意迎奉的样子,但他又“多少带点惶恐”地去迎接上司。没有人理睬他,“他们并不需要他,他也不需要他们。也没有人强迫他到这里来。可是他却把参加这个宴会看作自己的义务。他自动地来了,而来了以后他却没有一秒钟不后悔。他想走开,但是他连动也不曾动一下。”他这种人格上的矛盾,多少已成为精神上积重难返的品质,渗透在他各种行为方式上,一举一动,都不自觉地暴露出痕迹来。

亚卡基的病态人格无疑是沙俄的专制统治和官僚制度的产物;而汪文宣,一方面是因为黑暗现实对其人性的压抑,另一方面是因为中国知识分子向来对苦难包容力极强的忍耐所造成的。这集中了两位作家对生活中平凡人物悲惨命运以及造成他们悲剧的社会根源的发现,多侧面、多角度地展开了人物内心,描绘了这一微观世界纷繁复杂的精神倾向,塑造了两个丰满的、富于立体感的人物形象。

三

两部作品心理描写的技巧各有千秋。

两位作家都很注意人物心理刻画和环境氛围的情调统一。二者的笔法都是冷峻的,但冷峻之中,又有不同。果戈里刻画亚卡基的心理带着幽默,而巴金笔下的主人公心理则常是苦涩,前者通过客观、冷静地对主人公外部动作的描写,展示了人物内心处处存在的酸辛的滑稽,后者则用精细的笔墨表现人物内心痛苦的悲思。果戈里将人物放到特定的环境中,用准确的细节将人物心理定型化,给人一种浮雕似的醒目感。如写到亚卡基节衣缩食,买到新外套之后,回到住所,“他精神舒畅地……将外套脱下,小心地把它挂在墙上,再细心看一看呢子和衣里……连自己也笑起来”没有什么繁琐的描写,却将亚卡基那种不可思议而又喜不胜喜的心境表达得淋漓尽致。巴金则惯用内心独白的方式,将主人公的心理活动全部显现出来,作品虽使用了第三人称的叙述方法,实际上,作者的“我”和作品主人公的“他”基本上是浑然一体的,画出了人物心理的细微波动和潜意识的流动。汪文宣渴望和睦的家庭生活,可是妻子因不能摆脱“花瓶”的地位,难以推卸自己是妻子又是母亲的双重责任,感到苦闷。母亲不能容忍儿媳同自己一起分享儿子的爱,便常常伤害儿媳的感情,家庭的矛盾一刻不停地冲突着,“……她们的声音吵闹地在脑子里响着;不,她们的尖声在敲击他的头。……那些关切和爱的话语到什么地方去了呢?现在两对仇恨的眼光对望着,他的存在被忘记了……”他想说:“我都要死了,你们还在吵!”可是他不敢也不能说出来。汪文宣就是在这样的冲突之间倍受煎熬。通过上述分析,我们可以看出,亚卡基心理刻画的特点是同作者“含泪的笑”的创作笔法分不开的,而巴金重视的却是对心理的“生活流”的描述,平实而又朴素。

果戈里在对人物心理刻画中不直接表达自己的爱憎,他只是冷静地、略带幽默地讲述着记录了亚卡基心理历程的一件外套的故事。巴金因为将叙述者和主人公的距离拉得很近,所以,心理描写的倾向性也很鲜明。他特别注意了人物心理活动同人物外部行为的统一协调,情感的统一协调。他描述人物心理活动时常用“感到……”“觉得……”这样的句式,往往感情色彩十分强烈,反衬出了作家博大的同情心。这一点在巴金作品中是有延续性的,《家》的心理描写的感情特征更为突出,只是因为对人物内心浪漫性的描写比重过大,显得一泄无余,缺少节制,反而破坏了作品心理刻画的准确性。《寒夜》已经克服了那些缺陷,较完整地把握了人物细微的心理波动和人物心理发展的全过程,从而使作品具备了更为丰富的艺术容量。

对比也是两位作家心理刻画的一种手段。不同的是，果戈里常造出一种奇幻的情景同真实的世界作比，《外套》结尾出现了亚卡基的鬼魂，剥去了“要人”的外套这一段情节，这是对亚卡基扭曲心灵的一种变形表现，像果戈里的另一部名作《狂人日记》一样，那个小公务员在现实世界中所不能实现的欲求，却在他疯了之后的混乱意识中得以实现。巴金则常用冷热对比，上司的生日宴会上，别人的兴高采烈和汪文宣内心的痛苦的对比；抗战胜利的消息传开后，屋外人们的欢腾跳跃和屋内正走向死亡世界的汪文宣凄清心理的对比等等。利用对比手法，突出、衬托人物心理的规定性，给人深刻的印象。

在心理刻画的语言描写上，果戈里是简洁的、粗线条的，巴金则是细腻的、深入的。前者总是凸现人物的某一点特征来映衬人物的心理，亚卡基常常对别人的戏弄无动于衷，人们用问他什么时候结婚，又向他头上撒碎纸说是下雪等恶作剧奚落他，他却一句话也不回答，好像就没有人在他面前一样，突出表现了他的麻木心理。巴金则将汪文宣日常生活的种种琐事都收容笔下，时常变换角度，渲染人物的心理。他还特别注意对自然景物的“心理化”，汪文宣躲过空袭后回家，“远远地闪起一道手电的白光，像一个熟朋友眼睛的一瞬，他忽然感到一点暖意。但是亮光马上就灭了。在他的周围仍然是那并不十分浓的黑暗”，这一段描写，十分清晰地揭示了主人公寂寞、孤独的心境。

两位作家心理描写的方法虽然不同，然而都成功地刻画出了生活在特定时代、民族中的普通人的典型心态，为后人制成了可供认识的标本。

以上从文学的并行现象，从作品的心理刻画和表现技巧等几个方面对这两部文学史上已有定评的名著进行了比较分析，以期获得较新的审美感受。《寒夜》和《外套》所描写的时代已远离我们而去，然而，假如人类社会还有不平等和不尊重人性的现象存在，那么，这两部作品也就不会失去它们的现实意义。

（《青海师范大学学报》1987 年第 3 期）

也谈《寒夜》中曾树生的形象

——兼与陈则光、戴翊二先生商榷

薛　伟

《文学评论》一九八一年第一期刊登了陈则光先生的《一曲感人肺腑的哀歌——读巴金的中篇小说〈寒夜〉》一文，文章对《寒夜》中女主人公曾树生的形象作了评价。一年后，即《文学评论》一九八二年第二期又发表了戴翊先生的《应该怎样评价〈寒夜〉的女主人公—与陈则光先生商榷》一文，文章对曾树生的形象作了再评价。读了这两篇文章，受益很深，对研究如何确切地评价作家作品及作品中的人物，是有启发意义的。但我有一些不同想法，特提出来就教于二位先生。

陈则光先生认为，曾树生是一个"爱动、爱热闹、爱过热情生活，追求幸福与自由的新派女性"。

戴翊先生却认为，曾树生是一个受到资产阶级思想腐蚀，在旧社会的压迫下，失掉了正确的人生态度，并且在不自觉地走向毁灭深渊的小资产阶级女性。

这是评价同一人物两种分歧显见的观点。两位先生的具体分歧概括表现在以下三个方面。

第一，曾树生对自由与幸福的追求方面。

陈先生认为，曾树生知道女人的时间短得很，她怕黑暗、怕冷静、怕寂寞……有权利追求幸福。还认为，曾树生爱动、爱热闹、爱过热情生活，是追求自由与幸福的新派女性。

戴先生却认为，曾树生“口口声声说自己是在追求自由与幸福”，可是她所谓“自由”、“幸福”，不过是“活得痛快一点，过得舒服一点”。具体说来，就是每天打扮得花枝招展地看戏、跳舞、打牌、赴宴，上咖啡馆，逛马路而已。

第二，曾树生对待汪文宣的爱情方面。

陈先生认为曾树生对汪文宣是“一往情深”的。

戴先生却认为曾树生和汪文宣“他们虽是大学时代因志同道合而恋爱结婚的，可是她早就不爱文宣了”。

第三，曾树生和汪母的关系及出走原因方面。

陈先生把汪母比做《孔雀东南飞》中的焦母，认为婆媳之间的冲突“已包含有新旧思想不可调和的因素”，还认为树生去兰州本来“把不定主意”，“后来想到这个没有温暖的家，善良而懦弱的丈夫，极端自私而又顽固的婆婆……她应该走，决定走吧”，把曾树生出走的原因归之于汪母。

戴先生却认为，汪母之所以对曾树生成见那么深，甚至厌恶她，原因难道不正是“树生什么事都不管，只晓得打扮得花枝招展做花瓶，并且在外边交关系暧昧的男朋友，传书递信，吃喝玩乐吗?”戴先生还认为，树生的出走是“把个人享乐放在第一位，在危难中离开丈夫和家庭”。

以上二位先生对曾树生的形象的评价，我觉得各执一端，似乎都有些偏颇。陈先生的评价偏高，戴先生的评价偏低，他们都忽略了曾树生“这一个”性格上矛盾复杂的方面。

另外，曾树生的家庭没有资产阶级那样富裕，也不像一般贫民那样苦，看来,她是个小资产阶级女性。所以,我认为曾树生的形象应该是一个在黑暗现实的磨折下,性格复杂矛盾的小资产阶级女性典型。下面就两位先生的具体意见分歧谈谈自己的看法。

首先,曾树生对待自由和幸福的问题。

曾树生在这一方面是矛盾的。曾树生和汪文宣都是教育系毕业的大学生,他们原来都有崇高的理想,都愿为办一个"乡村化、家庭化的学堂"而奋斗。但黑暗的现实,不仅把他们的理想碾碎,而且连生活都难以维持。所以,他们都变了。正像树生说的:"以前大家都不是这样过日子的,这两年大家都变了,变得不能再像以前那样过日子了。"可见,是冷酷的现实,是艰难的生活使曾树生变了,变成了一个花瓶。在大川银行她打扮得十分漂亮,和陈主任进出咖啡厅、跳舞厅、豪华的酒馆,甚至于还和陈主任搭伙做投机生意。这的确像戴先生说的那样,曾树生这样做的目的,是为了让经理、主任们高兴,以保住自己的"职位"。一句话,是为了赚钱,为了负担家庭生活,为了让儿子在贵族学校读书,《寒夜》第十七章写到她拿三百元钱给家里,并对文宣说:"你要钱用,我可以拿给你,用不着你去办公。"第十六章,汪文宣担心治病没有钱,她两只眼睛忽然一亮,她想起陈主任对她说的那句话:"我们搭伙的那笔生意已经赚了不少。"她有办法了,她含笑地对文宣说:"你只管放心养病,钱包不成问题。"

诚然,曾树生这种挣钱方法和人生态度,不能不说是受了"资产阶级思想腐蚀的"。正像汪母说的:"我宁肯饿死,觉得做人还是不要苟且……"树生冷笑了两声,自语地说:"我看做人倒不必认真,何必自讨苦吃!"但是我们还应该看到另一方面,曾树生是不甘心沉于这种状态的,她在大川银行是不甘心当花瓶的,她曾向汪文宣说过:"说实话,我真不想在大川做下去,可是不做又怎么活呢?"她还说:"你以为我高兴在银行里做那种事吗?现在也是没有办法。"她甚至还想等到抗战胜利后,仍回到教育界去,帮助汪文宣实现自己的理想。

从这里可以看到,曾树生性格上的复杂矛盾。她既想当花瓶,又不想当花瓶,也并不想死心塌地当花瓶。曾树生性格上所以存在这种复杂矛盾是由于寒夜时期的黑暗现实造成的,是由于艰难辗转的生活造成的。

由是观之，曾树生打扮得花枝招展，在大川银行做花瓶，其真正动机是为了挣钱、养家、给丈夫治病，让儿子读书。是企图在寒夜里找一条摆脱困难生活之路。而不是“怕黑暗、怕冷静、怕寂寞，”也不是性格上的爱动、爱热闹、爱过热情生活，追求自由和幸福。更不是为了让自己过得“痛快一点”，“舒服一点”。曾树生的人生观是在黑暗现实畸形的磨折、扭曲之下的产物。这是一种复杂矛盾性格在特定生活环境中的具体表现。

其次，曾树生对待汪文宣的爱情问题。

对待汪文宣的爱情，曾树生内心深处也是有复杂矛盾的，有过动摇的，心情是痛苦的。不是像陈先生说的“一往情深”，也不像戴先生说的“早就不爱他了”，“两人感情并未破裂，而是因丈夫的懦弱忠厚使树生怜悯和不忍。”

不可否认，树生是爱文宣的，她和汪文宣一开始是因志同道合自由恋爱而同居的。同居以后，她仍然是爱文宣的。她每次和婆婆吵了架赌气出走，每次都回来，第七章，树生赌气离开家后，忽然在街上看见文宣喝醉了酒，就赶上前去，把他搀扶回家，回家后又遭到了婆婆的辱骂，然而树生并没有因此而离家出走，在家里陪伴着他。文宣病了，她有时也能断绝交际，在家服侍他，安慰他。另外，树生在去兰州的问题上，心情一直是矛盾的。陈主任一再叫她去兰州，叫她明天一定要回答他。可是第二天她的回答是三个字“我不走”。汪文宣也要她走，她说：“我不能这样做，我不走，要走大家一齐走。”可见她是舍不得她的丈夫汪文宣的。陈主任叫她走，她就想起汪文宣，她说：“他在生病”。她一再地劝文宣养病，她对文宣说：“有钱的人家连狗啊猫啊生病都要医治，何况你是人啊！”当陈主任向她求爱，表示轻薄行为的时候，曾树生吃惊地小声说：“不！不！”连忙挣脱陈主任的手，向后退了两步，脸涨得通红。当陈主任还要进一步表白自己的爱情时，她摇摇手，叫陈主任不要说了。由此可见，树生是爱丈夫的。

但是，树生对丈夫的爱也不是坚定不移的。有时也发生动摇。第十八章写到，一天晚上，树生和汪母吵过架后，她回头向床上看了一眼，她看见汪文宣的脸带着不干净的淡黄色，两颊陷入很深，呼吸声重而急促，在他的身上，她看不到任何力量和生命的痕迹。"一个垂死的人!"她恐怖地想到。她连忙掉回眼睛看窗外。"为什么要守着他？为什么还要跟那个女人抢夺他？'滚'好！让你拿去,我才不要他!"于是她决定去找陈主任,决定走。可是,当文宣醒过来时,她看见文宣哀求的眼睛,她的心又冷了,刚才的那个决定,很快就瓦解了。但后来树生还是走了。可是到了兰州后,仍然寄钱来,也很关心文宣的病,寄来介绍信,叫文宣找人看病。可见,她动摇以后又像以前那样爱文宣了,但这种爱是不牢固的,当汪文宣写信叫树生和母亲和解,要树生向母亲表示歉意,表示好感时。这又激怒了树生,树生来了一封长信要和文宣离婚。

从以上分析来看,曾树生是爱汪文宣的,但这种爱并不是陈先生所说的"一往情深",也不像戴先生说的那样"早就不爱他了",树生和文宣的感情"并未破裂",是因为树生"怜悯和不忍"。就在树生决定去兰州的时候,心情仍然是矛盾的。她曾对文宣说:"明天这时候,我不晓得是怎样的情形,其实我也不一定想走,我心里毫无把握,你们要是把我拉住,我也许就不走了。"树生这时的心情是矛盾的、痛苦的。特别是"楼梯吻别"一情节,可以看出曾树生对丈夫的爱。在黑暗中,汪文宣提着箱子,在楼梯上送树生的时候,树生轻轻扑到文宣身上,热烈地吻了文宣一下,文宣很怕自己有病会传染,吃惊地说:"不要挨我,我有肺病会传染人。"树生眼泪满脸地说:"我真愿传染到你那个病,那么我就不会离开你了。"可见,就在树生决定离家去兰州的时候,还是爱着文宣的,是舍不得离开文宣的,这时她的心情仍是矛盾的、痛苦的。

再次,曾树生和汪母的关系及出走原因问题。

汪母认为曾树生不是媒人介绍的、花轿抬来的,因此只承认树生是儿子的姘头。对儿媳妇打扮得花枝招展,在银行里做花瓶很不满意,她要文宣不要树生回家,让她走,将来再娶。由此看来,汪母是有封建思想的,她想用封建思想来束缚住儿媳妇,她在精神上有着沉重的因袭负重。但这并不是汪母的主要性格。汪母的主要性格是勤劳、有母爱,对黑暗的现实有较清醒的认识。认为生活对儿子太残酷了,她曾对文宣说过这样的话:"这种生活,我过得了。我是个不中用的老太婆了。对你,实在太残酷,你不该过这种日子。"她和《孔雀东南飞》中的焦母完全不一样，焦母是作者否定的人物，是作为封建恶势力的代表来批判、鞭挞的。而对汪母，作者是站在同情的立场来批评她的缺点的。巴金曾说过：“我写汪文宣绝不是揭发他的妻子，也不是揭发他的母亲，我对这三个主角全同情。”[①]这段话，在我们研究《寒夜》的人物时，应引起足够的重视。汪母和曾树生之间的矛盾并不是什么“新旧思想的矛盾”，也不是因为树生“对家里的事什么都不管”，只顾自己“吃喝玩乐”。实际上，树生也不是不管家里的事，她在银行里赚了钱，拿回家来给丈夫看病，给儿子上学，帮助文宣解决家庭的生活费用。树生和婆母的矛盾归根结底是由于残酷的现实造成的，是由于那个不合理的社会制度造成的。如果生活、工作条件好，文宣不一定会生那种富贵病，如果经济宽裕，汪母也不一定对儿媳妇的火气那么大，曾树生也不一定和陈主任发生暧昧关系，也不一定在银行里充当“花瓶”的角色。所以，汪母和曾树生的矛盾，不是谁是谁非的问题，而是当时黑暗社会的罪过，是旧制度的罪过。这正如巴金所说的：“要是换一个社会，换一个社会制度，他们会过得很好，使他们如此受苦的是那个不合理的社会制度，生活这样苦，环境这样坏，纠纷就多起来了。”[②]

曾树生出走的原因是复杂的、多方面的。主要责任并不在汪母，也不是戴先生说的树生“把个人享乐放在第一位，在危难中离开丈夫和家庭”。

曾树生主要是被寒夜的现实逼走的。因为当时汪文宣一家人和重庆所有的人民一样，都处在惶惶不可终日的状况下，因为当时寒夜的现实，不仅寒冷、黑暗，而且很紧张。《寒夜》这部小说一开始就是一片紧张的空气，空袭警报发出快半个小时了，汪文宣正在躲飞机，听说日本人很快要打进来了。同时曾树生听陈主任说：“敌人已经打进了都匀”，还有谣言说：“贵阳已经靠不住了。”树生一开始并不想走，她原打算日本人如果打进来，就逃到乡下去。但陈主任说：“日本人会追到乡下去的。”局势如此紧张，在当时那种特定环境气氛下，曾树生

---

① 巴金：《关于〈寒夜〉》。

② 同上。

不出走是没有其他路可走的。

第二，经济上要她走。大川银行调她走，她若不走，就要辞职，一辞职，全家人的生活就更成问题了，而且她去了兰州可以升一级工资，也可以多寄些钱回来给文宣治病，给儿子读书。在当时的特定境况下不失为一条暂时苟安求生之路。

第三，汪文宣要她走。

汪文宣老是要她走，当树生还在犹豫不决时，汪文宣就对树生说："那么你一个人先走吧。"又说："时局坏到这样，你也应该救自己啊！既然你有机会，为什么要放弃，我也有办法走，我们很快地可以见面，你听我的话，先走一步，我们会慢慢跟上来。"树生说："跟上来，万一你们走不了呢？"汪文宣说："至少你是救出来了。"汪文宣是怀着救曾树生的目的敦促她走的。

第四，曾树生的出走和汪母有关系。

有一次汪母对曾树生毫不客气地说："你是他的姘头，哪个不晓得！我问你！你哪天跟他结的婚？哪个做你的媒人？"并且还叫树生"滚"，汪母说："我看不惯你这种女人，你给我滚！"曾树生的出走，和汪母的矛盾有一定关系，但不是主要原因。

第五，陈主任要她走。

陈主任一再要她走，她说："……我有许多未了的事啊！"陈主任说："这个时候你还管那些事情！你不必多讲了。你准备大后天走吧。"还说："树生你要多想想，你不能牺牲自己啊！你还是跟我一块走吧。"

而且曾树生对于走一直是矛盾的。她曾对文宣说："其实我自己也不晓得这次去兰州是祸还是福，我连一个商量的人也没有，你一直又在生病，妈巴不得我早一天离开你。"曾树生去兰州的前途如何，连自己都不知道。怎么能说是"追求个人的享乐"呢？

因此，我认为从《寒夜》的全部艺术描写可以看出，社会原因是迫使曾树生出走的主要原因，根本原因。汪母赶她走，以及汪文宣和陈主任的催促，都只不过是她出走的次要原因。

总而言之，曾树生的形象，应该是一个在黑暗现实的磨折下，性格复杂矛盾的小资产阶级女性典型。曾树生、汪文宣和汪母一样都是旧制度的受害者。汪文宣一家的悲剧，不是曾树生的罪过，也不是汪母的罪过，而是当时反动统治的罪过。这正如巴金说的："在我的小说里造成汪文宣家庭悲剧的主犯是蒋介石国民党，是这个反动政权的统治。"[①]汪文宣、曾树生、汪母等都是受苦的小人物，巴金所以塑造这些受苦的小人物，是为了谴责"旧社会、旧制度"，使小说"成为所谓的沉痛的控诉"。所以，我们评价曾树生的形象不能脱离当时具体的社会环境，她的性格正是在当时典型环境中形成的，由典型环境所决定的。我认为只有从这个角度出发来分析、评价曾树生的形象，才能得出较为恰当的结论。也唯有从这个角度去评价，才能透过曾树生这一艺术形象窥见小说《寒夜》的社会意义。如果孤立地从家庭纠葛上，或仅从人物个人性格上评价人物，就不容易准确地揭示曾树生这一特定形象的深刻的社会意义。

（《广东教育学院学报》1988 年第 1 期）

① 巴金：《谈〈寒夜〉》。

巴金的《寒夜》：与左拉和王尔德的文学间关系

[捷]高利克

《寒夜》是巴金的佳作之一。现存的英译本和德译本都把书名《寒夜》译作复数形式，即 *Cold Nights* 或 *Kalte Nächte*，但在笔者看来，单数形式与原著更为相符，如俄译本的 *Kholodnaya noch* 和法译本的 *Nuit glacée*。这部小说的日文本和俄文本分别出现于50年代早期和晚期，而其英、法、德译本则直到70年代末80年代初才问世①。

① 《寒夜》的日文译本于1952和1963年两次出版，俄译本1959年出版，法文和英文译本1978年出版，德译本1981年出版，斯洛伐克语译本1985年底出版。

一

巴金于1944年冬着手《寒夜》的写作,1946年12月31日完成。1947年3月《寒夜》正式出版。标题《寒夜》显然不是偶然拟定的。尽管奥尔伽·朗格(Olga Lang)在许多方面都是巴金著作的一流专家,并在巴金作品的比较研究上(虽然不是这部特定小说)对我们极有教益,但似乎很难赞同她关于《寒夜》书名由来的观点。她认为这一标题源于作者"在上海的经历。他在家中因寒冷而缩瑟着,从报纸上读到由于前两天气温降至零下,清晨于街头敛起冻尸百余具的消息"[①]。而巴金从《大公报》上读到这些词句时已时值1948年1月底,因而不可能据此选择小说的标题[②]。如果我们相信巴金本人所言,那么它应是源于巴金在他的友人、著名的中国文学活动家赵家璧(1908—)建议下开始写作的那个"寒冷的冬夜"[③]。

无需对汉学家和通晓中文者说明,"寒夜"既可是一个寒夜,又可是许多寒夜。然而,当小说中接下来又写到了1945年温暖的夜时,就难以根据这个词本身的固有意义来讨论究竟是一个寒夜还是很多寒夜了。很可能巴金心目中的"寒夜"完全是另一回事,他是在象征意义上理解"寒夜"的。研究《寒夜》的专著很少,甚至很少有人在他们的著作中提到《寒夜》。据我们所知,对这本小说的反思主要来自海外作者,如夏志清(C. T. Hsia)、尼克斯卡娅(Z. A. Nikolskaya)、N. K. 毛(N. K. Mao)以及库宾(W. Kubin)等[④]。只是当《寒夜》的

---

① 见奥·朗格:《巴金及其创作·两次革命之间的中国青年》,哈佛大学出版社,1967年,第216页。

② 见巴金第三版《寒夜·后记》,上海,1948年,第369页。

③ 同上书,第368页。

④ 见夏志清:《中国现代小说史 1917—1957》,耶鲁大学出版社,1961年,第381—386页。L. A. 尼克斯卡娅:《巴金》,莫斯科,1976年,第88—93页。N. K. 毛:《巴金》,波士顿泰纳出版公司,1978年,第128—142、158—159页。W. 库宾:《寒夜·按语》,法兰克福梅茵Suhrkamp出版社,1981年,第291—300页。

法译本获得成功并于1978年在巴黎掀起了所谓"巴金热"之后，中国国内才注意到《寒夜》的存在。陈则光的文章可以说是对这部小说的一种客观分析，在此之前，《寒夜》实际上已被国内所遗忘①。此外值得注意的还有雨果·迪特伯纳尔（Hugo Dittberner）的评论文章，题为《树生继续活着》（Shusheng lebt weiter）②。如果想探讨这部小说的文学间过程，我们就必须看到，N. K. 毛和库宾的研究忽略了这一任务，倒是夏志清指出了《寒夜》的主人公汪文宣与陀斯妥耶夫斯基《白痴》中的梅思金公爵之间的相似之处，并推论说中国主人公"不具备梅思金公爵那样完美的正直和预见力，因为他所患的疾病不是癫痫而是肺结核，而后者不足以使人的意识充满神秘色彩"。③ 他认为汪文宣那种温顺人的无私的坚忍秉性与"《白痴》主人公的悲剧天性"④有几分一致。然而，夏志清在他这本知名著作中既不想分析这部小说，又不想分析中国作品与外国文学的关系，因此他的论述与其说是一种严肃的比较研究，不如说是一种教学设计。至于雨·迪特伯纳尔，当他指出在福楼拜的《包法利夫人》、托尔斯泰的《安娜·卡列尼娜》及冯塔纳⑤的《艾菲·布里斯特》之间存在某种模糊的相似性时，他的目的不过是指导读者的阅读。他显然旨在说明，汪家所发生的一切将使人"对公众及其各种要求产生怀疑"，而这谈不上是比较研究。"公众及其要求"构成了法国、俄国、德国文学中三部著名小说所由产生和所描述的背景，但这些小说的情节却是围绕不贞的妻子与名誉受辱的丈夫之间明确化了的关系而展开的。巴金小说的基本主题并不包涵上述两个方面，主人公汪文宣没有可信的理由去怀疑妻子曾树生不贞。

陈则光把汪文宣的形象与果戈理《外套》中的巴什马奇金⑥及契诃夫《一个官员的死》中的切尔维亚科夫作了比较。这两则比较无疑关涉到人物类型研究

① 见陈则光：《一曲感人肺腑的哀歌》，载《文学评论》1981年第1期。

② 见 Frankfurter Rundschau，1981年9月1日。

③ 见夏志清：《中国现代小说史》，第382页。

④ 同上。

⑤ 冯塔纳：即 Fontane，T.，1819—1898，德国小说家。——校注

⑥ 见尼克斯卡娅：《巴金》，第92—93页。

问题。出于同一方法,这位中国文学史家还认为曾树生的形象使人“想起托尔斯泰笔下的安娜·卡列尼娜、福楼拜笔下的包法利夫人和易卜生剧本《玩偶之家》中的娜拉”①。与前面提到的几位作者不同,陈则光的分析要详细得多。据他看来,文宣的形象比两位俄国作家笔下的人物更复杂:“经济的压力,家庭的矛盾,疾病的威胁,集于一身,他的内心世界复杂得多了。他过去并不是这样软弱,有过理想,有过抱负,可是随战火而来的不可抗拒的黑暗的袭来,使他不得不在苦海中沉沦。”②在对树生形象的分析中,陈教授采用了一种略有不同的方式,即对各个主人公作一一对比,如树生与易卜生的娜拉。他的分析其实在这里才最引人注目:“树生最后给文宣的长信,娜拉最后对海尔茂的谈话,可以说是妇女追求个性解放的宣言,她们都出走了。但娜拉的出走,是不愿做丈夫的‘小鸟儿’、‘泥娃娃’,出走之后没有再回来了。而树生的出走是因为不愿受婆母的气,最后还是回来了。曾树生这个人物充满了爱与恨的矛盾,她向往幸福和自由,却始终眷顾着那个毫无温暖的家,以期有所救助;怜爱病入膏肓的丈夫,希望他能够康复。曾树生是一个要求个性解放的资产阶级女性,在她的心灵深处,东方妇女的道德观念并没有泯灭。这样一个有特色的妇女形象,在‘五四’以来的文学画廊里,可说是仅见的。因此它具有独特的典型意义。”③陈则光还力图从外国文学中找到相当于汪母的人物,并十分奇怪地将她与小仲马的小说《茶花女》中阿芒的父亲相提并论。阿芒是妓女玛格丽特的情人。

但在上述关于人物类型相似关系的论述中却不曾提及推动巴金创作的一个最重要的外来源泉:左拉及其小说。巴金也很熟悉契诃夫和托尔斯泰的作品,并曾经写到过契诃夫。他声明,在1949年以前他就读过契诃夫的作品,但同时又承认直到1949年以后他才“开始理解契诃夫”④。据巴金所言,甚至伽内

① 陈则光:《一曲感人肺腑的哀歌》,载《文学评论》1981年第1期,第107页。

② 同上。

③ 同上。

④ 奥·朗格:《巴金及其创作》,第236页,转引自《外国文学》1960年第1期。

侍(Garnett)英译的契诃夫作品也没能使他"懂得契诃夫,更不要说喜爱他了"[1]。在1934年出版的短篇小说《沉落》中,巴金让一个反面人物、一个精通中、英两国文学的无名教授说了这样一席话:"这几天我专门在读柴霍甫的小说。从前读过几篇,觉得没有意思。现在我却很喜欢它。这的确是有价值的作品,你也可以找来读读。"[2]这番话是对一个代表正面人物的叙事人说的,这个正面人物基本上与巴金当时的理想和观念正相吻合。教授上述一番话使叙事人非常震惊:"我也曾读过柴霍甫的小说,那只引起了我的恐怖。我受不住那种调子!里面都是些听凭命运摆布的人!"[3]

如果我们不曾忘记巴金当时是一位政治和文学上的无政府主义信奉者,而且这种信念一直保持到1949年[4],我们也许就会正确理解上述后一段话。短篇小说《沉落》是直接反对托尔斯泰"勿抗恶"观点的,因此像上面提到的《一个官员的死》这一类小说,描写一个被社会压瘪的、微不足道的俄国人由于坐在剧院时无意把唾沫溅到前排一位权贵将军的秃头上,最终死于恐惧的故事,显然无法使像巴金这样一位正直而热血沸腾的青年作家感到满意。在契诃夫的作品那里,巴金所谴责的是托尔斯泰"勿抗恶"思想的影响[5]。然而,他同时又在一些文章和小说作品中赞美托尔斯泰,无政府主义者视托尔斯泰为"他们的"作家(这在很大程度上是个误解)。就我们对巴金作品的了解来看,似乎他的创作更接近托尔斯泰的《战争与和平》,而不是《安娜・卡列尼娜》[6]。巴金曾就海伦与彼埃尔关系的描写做过笔记,这些描写一如后来吸引茅盾那样吸引着巴金[7],在

① 见巴金:《谈契诃夫》,北京,1952年,第46页。转引自Shneider, M. E著《俄国名著在中国》(*Russkaya Klassika v Kitae*)莫斯科,1977年,第121页。

② 见《巴金选集》,北京,1952年,第132页。

③ 同上。

④ 见奥・朗格:《巴金及其创作》,第43—47、49—50、63—65、97—101、136—138、225—227页。

⑤ 引自V.叶米洛夫(V. Yermilov):*A. P. Chekhov*(《选集・契诃夫》)(*Izbrannye raboty*)第1卷,莫斯科,1955年,第114页。

⑥ 转引自奥・朗格:《巴金及其创作・两次革命之间的中国青年》,哈佛大学出版社,1967年,第232—233、239页。

⑦ 见《中西文学关系的里程碑》第四章。

小说《雾》中就曾经间接提到这些描写[①]。而《家》中那位风靡了30年代和40年代中国青年的英雄、主人公之一高觉慧则“把自己与丫环鸣凤的关系与聂赫留朵夫与卡秋莎的关系相提并论”[②]。

如果说在诸多俄国文豪中与巴金最为相近的作家要数屠格涅夫[③],那么在法国作家中占有相应位置的则是左拉。1927年1月巴金抵达法国后,便开始大量阅读左拉的作品。当他1928年底回国时,正值马赛海员大罢工,延误了归期,于是他用这段时间阅读了全部《卢贡-马加尔家族》的20册巨作[④]。巴金原名为《萌芽》的小说《雪》与左拉的《萌芽》十分相近[⑤]。倘若没有左拉的《萌芽》,巴金的这部作品很可能就不会写成,正如倘若没有左拉的《金钱》[⑥],茅盾的《子夜》也便不会问世。左拉的小说《瑟蕾丝・拉奎因》不属于《卢贡-马加尔家族》系列,但在这位法国作家的所有著作以及巴金所喜爱的所有作家的作品——不论是法国的还是其他——中,这部小说与《寒夜》最为相近。

二

《寒夜》代表着巴金创作的第二个高峰。第一个高峰是1931年写作的小说《家》。这部作品犹如一巨幅画卷,以与1919年五四运动有关的重大事件为背景,描绘了一个三代同堂的旧家族逐渐分崩离析并注定走向毁灭的过程。巴金通过这部作品喊出了他对垂死的家族制度的“我控诉”[⑦],这当然是绝非偶然的。不说提供了青年一代背叛旧秩序的成功肖像,指出了妇女解放以及对生活和爱

① 奥・朗格:《巴金及其创作・两次革命之间的中国青年》,第243页。

② 同上。

③ 同上书,第234页。

④ 同上书,第248页。

⑤ 同第268页④,第244、248—250页。

⑥ 见《中西文学关系的里程碑》第四章。

⑦ 巴金:《关于〈家〉》,《巴金文集》第4卷,北京,1958年,第,466页。

情自由选择的迫切性。

《家》中的主要角色是出生在世纪转折点上的青年，他们唤起了中国读者的同感。觉民不顾高老太爷、祖父及一家之长的命令，坚决站在年轻姑娘琴一边，拒绝与她断绝往来；而叛逆精神最强的觉慧则离家出走。这意味着在一部具有重要价值的作品中，中国的家庭伦理原则，尤其是其基础"孝"第一次遭受怀疑。孝的观念一直是专制主义、家长统治和阻碍个性发展的根源。

与小说《家》中富有的高氏大家族恰成映照，《寒夜》所描写的是由祖母、她儿子、儿媳、孙子组成的小家庭生活。这两部小说的情节都发生在巴金的故乡四川省，前者写的是1919年至1923年左右的成都，后者则写1944至1945年的重庆。

在《寒夜》两位主人公文宣和他妻子的履历上有一个非常重要的因素：他们都出生于1911年，亦即清王朝覆没、中华民国成立的那一年。无疑，这是中国历史发展中的关键年代。末代王朝的崩溃宣告了长逾2000年帝王专制政体的结束。社会—政治进程中的主要障碍、国家停滞落后的重大根源被清除了。

因此，1911年是充满各种非同一般的希望的年代。然而，这些希望很快便黯淡了，因为人们紧接着就发现，推翻封建王朝并代之以共和民主制度是绝对不够的，中国必须改变自身的社会、经济及政治结构，对帝国主义世界的依赖必须结束，旧有意识形态结构必须代之以新的、更适合现代世界的生存环境的、更富于活力的观念结构。然而尽管如此，1911年依然是中国新纪元的象征，而且大陆直到1949年、台湾直到今天都把1912年看作一个新编年史的开端。

汪文宣是一个在抗战时期的中国随处可见的"小人物"。1944年他33岁，曾经在上海读过书并打算作一名中学教员，他有着和成千上万的中国人一样的痛苦经历：被迫加入流亡难民的撤退行列，不是为了逃往希望之乡，而为了在节节逼进的日军面前救出一点财产，甚至经常仅仅是为了维护公民名誉和免于一死。汪文宣最后落脚于重庆——中国战时的首都。他的妻子曾树生与他同龄、同学，有过同样的抱负，也有同样的经历。只不过她的运气略好一点。

倘若没有汪母这个人物，巴金这篇小说也许就难以想象了。汪母在读者眼中犹如中国过去的见证人和继承者,同时又是现在的偏颇不公的裁判者。她总是以一种否定的姿态介于儿子与儿媳之间。小说中夫妇的小儿子、祖母的孙子小宣以及其他一些小人物只是为三个主要人物的相互关系添上几笔勾勒,或为小说染上一层幽暗的气氛。

小说以警报的尖叫、敌机的轰鸣、灯火管制开篇。如果不计"尾声",则小说又以抗战胜利之夜的锣鼓、焰火鞭炮和彩灯结束。开篇和结尾的母题(motip)造成了一个两项对立式的连续:警报声与锣鼓声、敌机马达的轰鸣与鞭炮和焰火、灯火管制与五色彩灯两两对应。小说最后的结束句则回应着小说的标题,并点出了全书的基本主题:"夜的确太冷了。"

这部小说中的"夜",尤其是"寒夜"有一种象征意义,无疑也具有神话色彩。这里有"两个夜晚",一个夜晚以空袭警报、恐怖、动荡不安、惧怕,甚至还有死亡为标志;另一个则是打败数十年来威胁中国的强大敌人的胜利夜晚,但对大多数中国人民而言,它不啻是新的困苦的开端。作者恰恰在这两个夜晚之间插入了主要人物逐渐死亡至少是逐渐幻灭的两年。正如"傍晚"暗示着"夜"的临近,或"夜"本身,一场人为的"日食"也预示着一个与自然界的日夜更迭截然不同的"夜"正在来临。在巴金看来,长期的战争及其后果对中国人民恰如一个漫长的寒夜。他感受最深的战争既不是国与国之间的武装冲突,也不是正义与非正义的内战式解放之战。他关注的战争只是一幅绘有苦难、悲惨、传染病、恐怖、生存的焦虑、社会动荡以及无边的寒意的幽暗画卷。

巴金在《寒夜》中所描写的战争并不是战神阿瑞斯或玛斯、智慧女神帕拉斯、雅典娜或密涅瓦所统驭的那类战争。除去小说开头的飞机和空袭警报外,再没有出现爆炸着的炸弹和呼啸的子弹。一言以蔽,战争的喧嚣没有直接影响重庆的居民。《寒夜》描述的是压抑窒息的时代氛围。小说中的"夜"就像那位代表这种苦难和社会现实的女神的名字一样,有某种转喻性质。巴金很可能是无意识地揭示了这一现实的神话结构。赫希俄德(Hesiod,公元前7世纪)在他的《神谱》中描述这一结构道:

> 夜女神生育了郁闷(Moros)、黑色的色列斯(谷物女神)和死神(坦塔图斯)。她生育了睡神(许普诺斯)和梦这一族。阴郁的夜女神未经与任何他者的爱情结合便生养了他们。后来她又生育了嘲讽和痛苦的忧伤……生育了复仇女神、欺骗和激情、灾难的老年和心怀愤怒的不和女神(厄里斯)。丑恶的厄里斯生育了忧郁的不幸、忘怀、饥馑、泪如泉涌的悲痛、战争、格斗、谋杀和暗杀等等。[①]

1941年12月的太平洋战争爆发不久,著名翻译家叶君健就在重庆出版了中译埃斯库罗斯的悲剧《阿伽门农》——《俄瑞斯忒斯三部曲》中的第一部[②]。其中"夜"这个神话素是按赫希俄德的理解来分析的。巴金很可能读过这部译作。阿伽门农是坦塔罗斯家族的成员、特洛伊及其征服者属下的希腊联合军队的领袖。他正在返回阿耳戈的宫殿。当时是夜晚,希腊山头的篝火宣告着他的凯旋。他的妻子克吕泰涅斯特拉为他准备了隆重的欢迎。阿伽门农走进宫殿。然而紧接着她把他谋杀在浴池里,继而与他的堂兄弟兼对手、她私通的情人埃登斯托斯结了婚。三部曲第一部中的"夜"创造了整部作品的总体氛围,如在第653行中,"夜"便以暴风雨的形式预示着特洛伊人即将陷入的恶运。"夜"像一个强有力的施动者,通过自己的"孩子"左右着人们的命运。在第二部《奠酒人》和第三部《报仇神》中,"夜"则成为一个具体的拟人化形象。恰恰是这后两部证明,"夜"绝不仅仅是天文学意义上的夜,也不仅仅包含睡眠与死亡,它还主宰着清醒与生存,主宰着那些观者与盲者,一句话,它具有命运三女神那样的权力,可以超越时空统驭人与神。

名为"夜"的女神(希腊神话中的尼克斯、罗马神话中的诺克斯)在巴金小说中的控制权远比北欧神话中司毁灭性暴风雨的色瑞姆(Thrym)在茅盾《子夜》中的权限来得广大。在《子夜》中,"夜"的神话素在小说将近结尾时起着重大作用。但正如我们在第4章所看到的,子夜(夜之子)作为北欧女神诺特(Not)和

---

① 引自《赫希俄德的作品》(*Hesiod's Werke*),尤伯尔塞兹·冯·亨利希·吉布哈德(Übersetzt von Heinrich Gebhard)著。斯图伽特,J. B. Metzler,1861年,第24—25页。

② 见《中国文学家辞典·现代第二分册》,北京,1979年,第128页。

她的儿子代刻(Dag)的引喻，清晰地暗示着正面的希望。然而，在巴金的作品里却没有这后一重寓意。

“寒夜”是小说的时代环境、其顺时展开的各个瞬间、人物的行为描写和心理状态、小说的情节、主题及整个构思结构的不可分割的组成部分。

希腊旅行家和作家保萨尼阿斯(Pausanias，公元2世纪)描述他在塞浦西洛斯(Cypselus)的壁橱上看到的景象说：夜化为女人的形体拥抱着两个倚在她脚下的男人，一个是她白色的儿子、睡神许普诺斯，一个是她黑色的儿子、死神塔那托斯[①]。根据希腊神话，睡神许普诺斯有三个儿子，即梦之神摩耳甫斯(Morpheus)、伊克洛斯(Ikelos 或 Fobetor)和凡塔索斯(Fantasos)。他们以不同的化身，甚至以近乎鬼怪的形象出现在人类面前[②]。神话素“夜”的这一特点在巴金小说中体现在汪文宣身上，他因患有进行性肺结核和喉头结核而常为可怕和焦虑的梦魔所缠绕。他属于那类纯粹抑郁型的人，从摇篮直到坟墓的整个历程都处于母亲过分担心和爱护的影响之下。她爱他爱得过火。他不仅在婴儿和孩提阶段、甚至在成人之后也依然受到她那种女人式的保护，他不仅应该远离坏的环境，而且也应远离他自己的妻子。他的为人是如此软弱，以至于当母亲公开破坏家庭的和睦、败坏气氛和挑拨婚约时，他竟从未做过成功的反抗。对母亲的惧怕、对他真心所爱的妻子的惧怕、对失业的惧怕以及随之而来的对自己严重传染病的惧怕构成了一个无从挣脱的恶性循环。狂乱可怖的梦魔和阴郁的白日幻觉便是他敏感的心灵对这一切作出的反应。小说描绘的整个时期化作了一个“寒夜”，而这“寒夜”正是恐惧、长期的压抑情境，以及精神和生理磨难的根源。除“寒夜”之外，汪文宣形象中，也是整个小说中蕴含着一个至关重要的副主题，即死亡。自第14章以后直至结尾，死的主题以各种变幻的方式一再

---

① 见 K. P. 莫里兹(K. P. Moritz)：*Götterlehre oder mythologische Dichtungen der Atten*，来比锡，Insel-Verlag，1972年，第36页。又见 C. 兰姆诺克(C. Ramnoux)：*La Nuit et les Enfants de la Nuit dansla Tradition grecque*，巴黎，Flammarion，1959年，第55页。

② 见《古代文化辞典》(*Slovnik antické kultury*)，布拉格，Svoboda，1974年，第210、222、393页。

重现，在多数情况下一次比一次更紧迫：可以是某些可怕的事件[①]，可以是某种沉重的但只能顺受的东西[②]，可以是悲愁和痛苦[③]，可以是汪母的一场虚构的经历[④]，可以是自行的死亡判决[⑤]，可以是死亡逼近的意象[⑥]，可以是自己离散的躯体被虫子吃掉的意象[⑦]，汪文宣可以平静地接受的死亡[⑧]，最后，可以是对抗战胜利的欢庆中一场痛苦的真实死亡的描写[⑨]。它发生于1945年9月3日晚间8点[⑩]。在这一瞬间，尼克斯与胜利女神尼斯对面相遇。尼斯赐予当代广大世界的恩典与汪家发生的悲剧融为一体。死神以熄灭的火炬勾走了他的牺牲品。汪文宣仅仅以自己冷却的躯体迎来了瞩望多年的胜利。

厄里斯——夜母的一个主要女儿、不和女神，不仅仅迷惑过古代的文人和艺术家。据传说她曾在一次庆典上把一颗金苹果抛在赫拉（朱诺）、雅典娜和阿芙洛迪特（维纳斯）当中，其上铭曰："给最美者"。由于她们都很美丽而且每位都认为自己是最美的，于是自然便发生了纠纷，甚至奥林匹斯最高的神也不敢妄加裁决。"夜"的这一特点在巴金小说中通过汪母的形象体现了出来。在她与儿子、儿媳的关系中便植有不和的胚芽。她从树生身上看到了自己的敌手，害怕会因此失去儿子的爱。她意识到她自儿子出世便体验到、在丈夫死后更加强烈的那种"母鸡带小鸡"式的母子关系受到了威胁。与此同时，她利用了各种挑起疑妒的只言片语、毁谤、不隐讳的谎言和辱骂，并想方设法使儿子相信离弃他的妻子是件好事。汪母认定树生不是汪文宣的妻子而是他的"姘头"[⑪]，她有

---

① 见巴金：《寒夜》第三版，上海，1948，第124页。

② 同上书，第183页。

③ 同上书，第190页。

④ 同上书，第229页。

⑤ 同上书，第253页。

⑥ 同上书，第315—317页。

⑦ 同上书，第283页。

⑧ 同上书，第347页。

⑨ 同上书，第353—354页。

⑩ 同上书，第354页。

⑪ 同上书，第176页。

情人并与之同居，她是一个“女厨子”和“管家婆”等等。汪母几乎把树生逐出家门，最后终于成功地迫使她离家出走，树生与她的雇主动身去了兰州。

“夜”的某些方面还通过次要人物进一步表现出来。小宣与他父亲简直别无二致。汪文宣与友人唐柏青和同一编辑部的同事老钟十分要好，而这两个人物甚至比汪文宣死得更早。接下来，死的命运可能还会降临到那两个在浓雾之夜无家可归蜷缩在汪家门廊里的孩子头上[①]。文宣恰恰在树生为了幸福与他分手的那一瞬间亲眼目睹了这令人心碎的一幕。

三

上述对“夜”的阐释没有左右到树生的性格。“夜”确乎介入了她的命运，影响了她的精神生活，参与构成了她的日常经历，但是树生本人却不是夜母无性生殖的产物。

树生在城里一家大商业银行任职。由于没有受过经济学教育，银行管理部门仅仅雇她做公共关系的女招待员。她漂亮、可爱而富于魅力，经济情况比丈夫好得多。她的上司陈先生是科主任，后来又升任兰州分行董事长。他对她很有好感，但她对他的倾慕却似乎不置可否。一次，当他向她直截了当地作出表白时，树生眼前出现的却是“丈夫的带哭的病脸，他母亲的带着憎恶的怒容，还有小宣的带着严肃表情（和他的小孩脸庞不相称）的苍白的脸”，并连续三次拒绝了他的提议[②]。虽然她自己都不知道这三个“不”字里含着什么意思，但她很清楚自己并没有把陈先生的爱放在心上。在婆婆的影响下，她已不再爱自己的丈夫，小宣也和她疏远起来。她发现在汪家除了冷酷、孤独和空虚之外一无所有[③]，她在黑暗、寂寞和孤独面前表现出倨傲不屑的个性。然而，她还是常常回

① 见巴金：《寒夜》，第269—270页。

② 同上书，第155页。

③ 同上书，第105—106页。

到家里人身边，给予他们相当大的经济救援。这后一点暗含着一种思想，即生活在贫穷、疾病和社会苦难中人们的休戚相关。

在写作《寒夜》的过程中，巴金阅读并翻译了奥斯卡·王尔德的童话故事集《快乐王子集》[①]。他似乎深为其中燕子的形象所感动。燕子帮助快乐王子为全城无数的居民谋求幸福：这里有冻得濒死的男孩、穷苦的女裁缝的儿子，有因为太冷而不能写作的年轻剧作家，还有卖火柴的小女孩，她的火柴掉到路边的泥沟，全都毁掉了，她很冷，因为没有鞋袜，小脑袋也裸露着。燕子还看到，在拱桥下面有两个小男孩紧抱在一起互相用身体取暖[②]，这悲惨的一幕不禁使人想起上面提到的文宣在树生诀别飞往兰州时亲眼看到的情景。

树生决定离开家庭是因为，她需要运动、活力和快乐，需要追求自由和幸福[③]。燕子并不曾下定决心飞往埃及，飞往金字塔、石庙、尼罗河的瀑布，飞向狮子和河马。他留在快乐王子身边，尽管当分给穷苦人的金银珠宝被尽数夺走时，王子看上去“非常不快而阴沉”[④]，他至终依然喜爱这位王子。他常常睡在王子脚边，在最后一个寒冷的夜晚，他不再遇到许普诺斯，而是遇到了塔那托斯。在巴金小说中，树生至少在某种程度上代表着与燕子相对立的原则。这是一种生命原则，是赫希俄德在《神谱》中称之为厄洛斯(Eros)的生命本能。换句话说，这是一种“增强世界的发展和统一的建设性力量”[⑤]。树生是巴金在艰难无望的战争年代所持有的无政府主义理想的代言人。

“寒夜”像统驭巴金的小说一样有力地主宰着王尔德的童话。小燕子就是在一个寒夜里死去的，没有燕子，更多的人就会死在这座城里。在这部优美作

---

① 见巴金：《关于〈寒夜〉》，载《创作回忆录》，北京，1982年，第109页。根据余思牧著《作家巴金》所言(第107页)，《快乐王子及其他》出版于1948年。

② 王尔德：《快乐王子及其他》，莱比锡，Tauchnitz，1909年，第31—32页。

③ 见《寒夜》原版，第297、301页。

④ 王尔德：《快乐王子集》，第32页。故事中的燕子属男性。

⑤ 见鲍得彼尔斯基(H. Podbielski)：《赫希俄德〈神谱〉中的宇宙神话》(*Mit kosmogoniczny v Teogonii Hezjoda*)，卢布林，1978年，第127页。

品的作者看来,“世上没有比悲惨更不可思议的东西”[①]。树生在一个寒夜回到了重庆,她已不复能一见自己的丈夫(他已死去),也不复能一见自己的儿子(他被婆母带往他乡,无踪可寻)。然而她却找到了比以往更为深重的悲惨和苦难,因为战后“什么事情都没有变好,有的反而更坏”[②]。树生热爱生活,但她既看不到自由,又看不到幸福。长夜漫漫,没有尽头。迪特伯纳尔的同情的呼唤只是当生活一片荒芜时,才意味深长。巴金对树生未来的命运保持着缄默,宁愿让读者自己去思索小说的续篇。无论何时何地,“自由与幸福”总是无法超越一个巨大问号的阴影线。“尾声”特别暗示我们,树生不再像决定去兰州时那样对这里“留恋不舍”了。对于经历过并仍在经历着那一切的她来说,是返回她不爱的上司身边还是去寻找孩子,是获得幸福还是追求自由,(小说没有交代她愿意和应该寻找的是什么)似乎都没有什么意义了。如果说她感到那些摇颤的电石灯光随时可被寒风吹灭,那么这显然是因为这意象对她来说具有一种象征意义[③]。树生心底曾经潜藏着一份对自由与幸福的微末希望,它是“生命原则”的支柱,而小说却以她在这份希望成为现实时所感到的恐惧宣告结束。重庆和整个中国的夜“的确太冷了”。

四

巴金小说中的“夜”这个神话素与王尔德童话中的十分相似。燕子存在于希腊—埃及的神话世界和欧洲中世纪观念之中。“寒夜”却仅仅指谓欧洲的现实,指谓这位快乐王子的同伴所无法挣脱的现实。他徒然试图飞赴的埃及则是一片完全不同的国度,与寒夜恰相对映:那里“阳光温暖着碧绿的仙人掌,鳄鱼

① 见王尔德:《快乐王子集》,第31页。

② 见《寒夜》原版,第363页。

③ 同上书,第366页。

躺在泥塘里"[1],那里小矮人"乘着一张张平平的大树叶横渡大湖,不停地追逐着蝴蝶"[2]。

初看之下可能会令人感到奇怪,巴金小说中这一神话素的两种主要表现竟与左拉的《瑟蕾丝·拉奎因》更为接近。与巴金小说和王尔德童话相比,《瑟蕾丝·拉奎因》中的"夜"含有远为丰富的寓意,但同样具有神话的特质。丽莲·福斯特(Lilian Furst)的观点很令人信服:"左拉的伟大之处在于,本质上作为一个神话诗人,他能够巧妙地缀集复杂的象征网络,从而把现实变成诗。"[3]左拉小说中的"夜"是"肮脏而可憎"的[4]。在拉奎因夫人开店的那条蓬特一纽甫通道上满布着坑洼,那是"夜在白天时的匿身之处"[5]。瑟蕾丝晚上不得不与曾是她表亲的丈夫伽米尔同床时便厌烦之至,因为他的病体发着令人不快的气味。一个夜晚,瑟蕾丝与她的情人劳伦特在一间窄小的房间里——这里落地窗大开着,"放进夜的新鲜气息,笼罩着激情的床笫"[6]——作出了谋杀伽米尔的决定。这样《瑟蕾斯·拉奎因》便成为一部关于通奸和谋杀的小说。从此时此刻起,左拉小说的神话素"夜"就开始与"死亡"联成一体,因为"在急迫炽烈的亲吻中同时出现了死的意念"[7]。就在谋杀成为事实(用暴力溺死于塞纳河中)前不久,死神似乎已然"随着第一阵寒风而临"[8],似乎"在它的阴影上掷下了丧葬的尸衣"[9]。甚至当那一可怖的行为结束之后,"死亡"也依然与"夜"厮守在一起。瑟蕾丝曾有一度感到夜的幸福,那是当她一人独卧,不再看到伽米尔那张瘦脸、不再感到他孱弱的身体近在旁侧的时候。但她把劳伦特作为新的丈夫的那一夜,她开始

① 见王尔德:《快乐王子集》,第38页。

② 同上书,第30—31页。

③ L.R.福斯特:《左拉的〈瑟蕾丝·拉奎因〉:一场革命》,载 *Mosaic* 1972年第5期。

④ 左拉:《瑟蕾丝·拉奎因》,巴黎,Fasquelle, La livre de poche,第15页。

⑤ 同上书,第16页。

⑥ 同上书,第66页。

⑦ 同上书,第69页。

⑧ 同上书,第84页。

⑨ 同上。

信服了夜的无际寒意。这一对老情人、新夫妇“毫无欲望地”互相对视着,“在窘迫与羞愧中承受到缄默和冷漠的折磨。他们热烈的梦想在奇怪的现实面前宣告结束:除掉伽米尔并且结婚已经足够了,劳伦特的嘴触到瑟蕾丝的肩膀已经足够了,他们寻欢作乐的欲望已经餍饱到了厌恶和恐怖的程度”。①

《寒夜》中没有这些通奸、谋杀、邪恶的因素,相反,“夜”是通过怯懦的儿子与母亲之间的某种压抑关系来表现的。汪文宣与伽米尔·拉奎因十分相近,他的死虽然可怕,但却不是被谋杀致死,而是自然死亡。巴金的小说里既没有瑟蕾丝,也没有劳伦特(陈先生只是个附属性人物,他主要是作为潜在的经济来源才穿插在情节里的),但是却有以汪母形象出场的拉奎因夫人——伽米尔的母亲、瑟蕾丝的婆婆。《寒夜》以树生代替了瑟蕾丝,因为若是巴金小说中有瑟蕾丝的同类,那么作者就不能以作品表现“夜”的寒冷则又不失其人情味。左拉小说的主要人物是瑟蕾丝,她充分印证着心理和生理上的异化力量,而巴金小说的主要人物是汪文宣,由于中国现实所固有的反个性、反异化规律,作者想以他表现“寒夜”的消极后果,因而作者对周围的人物没有太大的热情,当然,除了汪母。树生对性失去了兴趣,而瑟蕾丝却遭到了性的毁灭。一种非性所驱的爱——对丈夫和儿子的责任感是推动树生去生活去行动的动力,而瑟蕾丝作为法国海员和美丽的非洲母亲之女,其最深刻的冲动源于“遗传而来”的充满激情的天性。瑟蕾丝痛恨拉奎因商店里那虽生犹死的一切,试图逃离肮脏可憎的“夜”的桎梏而走进梦的世界;同样,树生也盼望能飞出汪家的“寒夜”,但她的目标却不是肉体之爱的完成。

虽然我们没有正面论据来证明巴金读过《瑟蕾丝·拉奎因》,但仍可以确认文宣和伽米尔是十分相近的。不过在文宣那里,“夜”的人格化程度远远超过伽米尔,他特别体现着希腊神话中由许普诺斯和塔那托斯所代表的那种“夜”的特点。恶梦也是左拉小说的典型母题,但恶梦的承担者却是谋杀了伽米尔之后、而又尚未自杀之前的瑟蕾丝和劳伦特。实际上汪文宣与这一对情人所做的恶

① 左拉:《瑟蕾丝·拉奎因》,巴黎,Fasguelle, La livre de poche,第148页。

梦是不同的，前者的恶梦主要表明由社会—政治动荡和致命疾患形成的重负，而后者的恶梦主要产生于特定的生理原因，如血液、神经和肌肉①。这也许是由于当时的左拉受到克劳德·伯纳德(Claude Bernard)和普罗斯珀·卢卡斯著作的强烈影响②，而当时的巴金却面对着抗日战争的严峻现实，这现实足以使他无须另外去寻求什么科学假说的解释。“死亡”不曾给伽米尔找任何麻烦，因为它来得完全出乎他意料之外，但正如前面所言，对于瑟蕾丝和劳伦特，“死亡”却永远是一道紧盯在他们身上的阴沉的视线。

汪母和拉奎因夫人比两部小说中的其他人物更为相象。她们都属于那类吹毛求疵的母亲，都过分溺爱儿子，毫无必要地替他们担心受怕，都使得她们的儿子更抑郁、更依赖他人，甚至比他们天性注定的更不可救药。两人的区别在于，汪母是厄里斯即不和女神的化身，而拉奎因夫人骨子里却具有尼克斯(夜母)另一个女儿涅墨西斯的秉赋，即复仇。她一言不发、一动不动(在结尾她已完全瘫痪)，用电光般的仇恨目光盯着那一对通奸者和谋杀犯，以此为儿子被玷污的名誉和不白之死报仇雪耻③。

尽管“夜”这一神话素在左拉小说中复杂多变，但瑟蕾丝和劳伦特成婚之后的夜晚却无疑是寒冷的。譬如就在婚礼举行当天的夜里，“温暖的房间仿佛涌进了一股带冰屑的洪水”④，在此时刻瑟蕾丝“口唇冰凉”⑤。又如几天之后，劳伦特每当夜幕降临便“遍身冷汗”⑥。另有一次，他们的“嘴是如此冰冷，仿佛死

① 见左拉:《再版序言》,《瑟蕾丝·拉奎因》,巴黎,Fasguelle, La livre de poche,第 8 页。

② We have in mind Bernard's *Introduction à l'étude de la médecine expérimentale*, 和拉康 Lucas' *Traité philosophique et physiologique de l'hérédité naturelle dans les états de santé et de maladie du systéme nerveux, avec l'application méthodique des lois de la procréation an traitement général des affections dont elle est le principe*.

③ 引自《瑟蕾丝·拉奎因》最后一个场面。左拉:《瑟蕾丝·拉奎因》,巴黎,Fasguelle, La livre de poche,第 246 页。

④ 左拉:《瑟蕾丝·拉奎因》,巴黎,Fasguelle, La livre de poche,第 152 页。

⑤ 同上书,第 153 页。

⑥ 同上书,第 160 页。

神就栖于他俩的唇间"[①]。这里艺术地表现了死神塔那托斯之吻,它和王尔德笔下濒死的燕子与快乐王子的亲吻含义完全不同。瑟蕾丝和劳伦特要么在某些夜晚陷入"痛苦和恐怖"[②]的囹圄,要么便共历着充满窒息、殴打、令人毛发耸然的尖叫和厌憎的暴行的那些可怕残忍之夜[③]。瑟蕾丝和劳伦特的生命就是在一个寒夜里结束的。当他们走向"死神之家"(王尔德语)时,没有彼此间的亲吻,没有映照天宇的胜利焰火,更没有枪炮声和战鼓声,所有的只是昏暗的灯影以及拉奎因夫人凝固、沉默、牢牢攫住她复仇牺牲品的注视。

五

巴金是否通过比较、体验、无意识刺激,或通过对上述作品的学习而接近了"寒夜"的概念,或接近了"夜"这个神话素,这对于中国文学史及文学间研究而言却并不那么重要。事实倒是,巴金在左拉和王尔德的著名作品之后,又贡献了一部同类型的独创性小说,一部在中国文学中前所未见的、具有值得瞩目的文学价值的小说。

倘若我们假定巴金读过《瑟蕾丝·拉奎因》,那么可以说左拉年轻时代的这部作品影响了《寒夜》主要人物的选择。相比之下,《快乐王子》对巴金的冲击成为次要的,而《俄瑞斯忒斯三部曲》的第一部《阿伽门农》对《寒夜》的任何偶然影响都从本质上被东方化了。

从构思方面看,巴金的小说也更接近左拉而不是王尔德的作品。证据首先在于,它具有小说这种文学体裁所特有的、不同于童话体裁的标记。巴金的作品与左拉小说的一个共同特征是构筑单一的、枝桠很少的情节线。巴金小说共有 31 章(如果将"尾声"计算在内),左拉的小说共有 32 章。在《瑟蕾丝·拉奎

---

① 左拉:《瑟蕾丝·拉奎因》,巴黎,Fasguelle, La livre de poche,第 164 页。

② 同上书,第 162 页。

③ 同上书,第 206 页。

因》中，情节发展的第一个重大关口出现在第11章，即对谋杀伽米尔的描写。《寒夜》中，对后来的情节发展具有重要影响的转折也同样出现于第11章——对文宣咳血的描写。左拉在小说第22章详细描绘了瑟蕾丝和劳伦特新婚之夜的恶梦（伽米尔被溺的尸体似乎躺在床上的一对新婚夫妇之间），而巴金小说第23章里，树生终于离开文宣去了兰州，文宣把她的告别信放在枕边，夜半被可怕的“梦魔”惊醒。第26章，拉奎因夫人（几乎完全瘫痪）得知儿子死于她那两个“孩子”之手（她通常这样称呼瑟蕾丝和劳伦特）；在《寒夜》的同一章节，文宣读到树生决定离开他去过自由生活的信，她宣布既不愿再作他的妻子，又不愿再当他的“姘头”。

在情节展开的方式上，左拉和巴金遵循的是同一种构思观念，并几乎完全接过了古典戏剧作品的情节建构模式，（甚至本文的长度也成比例）。两部小说的前11章表现为呈示部分并提出冲突，接下来，左拉小说后继的10章、巴金小说后继的12章是对即将到来的高潮的铺垫和准备。可以说，不论是左拉的小说还是巴金的小说都没有出现任何突变，除非我们把（对拉奎因夫人来说）出乎意料的伽米尔之死和树生关于她最后决定的信（这对文宣是个真正的打击）也算做某种突变。左拉的小说终止于最后的毁灭：在最后一章里，瑟蕾丝和劳伦特双双自杀。巴金的小说则表现了两种毁灭：第30章以简洁、朴素的笔致描写了文宣痛苦的死亡；“尾声”中树生获知丈夫的噩耗，家庭崩散，她失落了唯一的儿子。

以上论述说明，两部小说的前11章都关涉到呈示和冲突；左拉小说后继10章、巴金小说后继12章关涉到高潮的准备和铺衬；左拉的最后11章、巴金的最后8章则导向毁灭。如果说左拉在小说从高潮至毁灭的那一部分上投注了更多的精力，那么这很可能说明他更注重强化小说的戏剧性效果。

《瑟蕾丝·拉奎因》确实比《寒夜》更富于戏剧性。左拉这部小说曾于1870年被改编为话剧，后来又于1954年成为马歇尔·卡尔内（Marcel Carné）最成功的电影之一。《瑟蕾丝·拉奎因》的戏剧冲突直接来自生理因素所决定的对立天性的碰撞，来自发生在亲友关系的封闭世界中的通奸、谋杀等诸如此类的情感冲突和处境。《寒夜》中那柄达摩克利斯剑——不治之症,憎恨、不和以及在社会政治动乱及生存危机的背景上产生的朦胧嫉妒感,本可以在《寒夜》中创造出尖锐的戏剧情境,但是中国文学独有的某些潜在的、可能是潜意识中积存下来的感伤主义传统却阻碍了《寒夜》去创造明确的戏剧冲突[①]。

我们在两部小说中观察到的奇特相似提出了一个问题:巴金在写《寒夜》时是否注意了左拉的作品?

这里有几点明确的证据可供读者参考。两部小说都以对首都的描写开篇:一是巴黎,一是重庆。巴黎的蓬特—纽甫和邻旁的街道与重庆每隔不到半小时遭一次空袭的黑暗街道同样阴沉奇冷。两部小说的主要人物都于第1章出场。虽然两部作品情节各异,但在特定的关键环节上却不排除血缘式的相类之处,因此,文宣的咳血在类型和象征内蕴上都近似伽米尔生命的行将就暮;瑟蕾丝和劳伦特的新婚之夜则在类型和象征意蕴上类近树生与文宣的分手。与此相近,通奸与谋杀的暴露以及树生那封出人意料、令人不快、多少表明了她的不忠的诀别信,这两个环节在两部小说中具有同样的功能。这些相似性同样适用于两部小说毁灭式的结局。这些毁灭完全是同一个塔那托斯所决定的,只不过其表现形式各异而已。上述这些相似之点很可能并非偶然的巧合[②]。

六

奥尔伽·朗格很早以前就指出在左拉小说和巴金的创作活动之间存在遗传性关系。左拉最优秀的小说之一《萌芽》影响了巴金对自己的《萌芽》(《雪》)中的生活素材的艺术发挥,后者在小刘、小朱和他妻子之间建立的三角恋爱关

---

① 《寒夜》至少两次改编为电影。后一次于1983年。

② 巴金从未提及过外国文学作品对《寒夜》的影响。尽管如此,据他在《Le Monde》发表的大多言论来看,他可能是现代中国文人中受西方文学影响最深的一个。参见陈思和、李辉:《巴金与西欧文学》,载《文学评论》1983年第4期。

系令人马上联想起前者中朗泰尔、凯瑟淋和她丈夫的关系。与此相近，赵工程师和苏瓦林也同是一对无政府主义崇拜者①。在写作《寒夜》时，巴金恰恰把上述方面坚持了下来。《寒夜》的整体氛围和生活素材是以对夜的发挥为基础的，而情节线则随着一个小家庭的成员关系而展开。在这两点上，我们已无须再重述《瑟蕾丝·拉奎因》和《寒夜》的相似之处了。然而，《瑟蕾丝·拉奎因》里却不存在无政府主义者的形象。这样，《寒夜》便从《快乐王子》中"借取"了一个无政府主义者。这一点可能会使人感到意外。我们必须指出，王尔德在19世纪90年代至少有一次曾公开宣布自己是无政府主义者②。他崇拜禅宗，他的无政府主义思想主要与政府、国家及伦理问题有关③，也曾深受克鲁泡特金吸引，他还与后者会过面④。"快乐王子"这个意象既表达了王尔德对封建主义的谴责，又表现了他对资本主义罪恶的谴责，同时，燕子衔着不再象征财富和权势的珍珠飞来，并把它分给穷人的举动，不过是把他们用自己的双手和技能创造出来的交换价值物归原主。巴金读过蒲鲁东(Proundhon)的著作，而依蒲鲁东之见，财富即是偷窃⑤。因此不论是快乐王子的"沉重的心"还是燕子的行为都不应看成是博爱、怜悯和利他冲动的产物，它们是社会主义的实施。巴金无疑是从这个角度理解王尔德作品的。

对左拉、巴金的小说和王尔德的童话故事中文学事实的逐步对照比较，已经清楚揭示了三部作品在总体氛围、情节构筑和人物选择方面的异同。

巴金笔下的"夜"更接近《快乐王子》中的"夜"，而不是《瑟蕾丝·拉奎因》。然而，这三部作品的"夜"都与赫希俄德的《神谱》，特别是其中第211—232行相象。王尔德和赫希俄德的作品存在一种无可置疑的遗传关系。这不仅由于王尔德熟知世界上的各种神话，还由于燕子所说的话："我将造访死神之家。死神

---

① 见奥·朗格：《巴金及其创作·两次革命之间的中国青年》，1967年，第248页。

② 见G.伍德柯克：(G. Woodcak)著《无政府主义》，企鹅丛书，1962年，第423页。

③ 见G.伍德柯克：《王尔德的二难推论》(*The Paradox of Oscar Wilde*)，伦敦—纽约鲍尔德曼联合出版公司，1949年，第146—148页。

④ 伍德柯克：《无政府主义》，第423页。

⑤ 同上书，第104—105页。又见奥·朗格：《巴金及其创作·两次革命之间的中国青年》，第124、224页。

是睡神的兄弟,不是吗?”[①]这句话显然指涉《神谱》第756行,这一行明确陈述了死神和睡神的关系。同时,这句话还指涉《神谱》后来描写塔耳塔洛斯(地狱)和哈得斯(冥王)的诗段。地狱和冥王代表阴间世界的两部分,其中后者是死者灵魂的居栖地。而左拉小说中“夜”的意蕴则超过了上述特指范围,并且也没有提供《寒夜》中那个代表“冷”的“偏执”人物。

“夜”,或者不如说“夜”的宇宙为两部遥遥相应、互为映照的小说所展现的两条情节线提供了同一背景。这两条由拉奎因家和汪家家庭成员构成的情节线在构思、发展和最终结局上都十分相似(虽然也有不同)。左拉,文学自然主义的信奉者(虽然他并不能把自己的作品塞进自己的理论条框),热衷于对人物神经系统的功能及其弱点进行生理角度的分析,并用这种艺术手段引出冲突的情境和重大的关键事件,诸如通奸和谋杀等等。巴金显然不认为人类的行为纯粹是出于生理驱使。在他看来,社会—经济的分崩离析、经济压力、生存威胁、疾病和随之而来的恐惧是无所不在的人类境遇的一部分。它们是如此强大有力并俨然决定着一切,自然会造成各种冲突情境。当然,咳血不像犯谋杀罪那样生动有力,连续地甚至经常用独白去描写一个抑郁、瘠弱、患不治之症的丈夫和他渴望生活然而又耐心助人的妻子的平凡生活,显然也不如描写一个妻子与丈夫最忠实的朋友之间暧昧关系的产生和发展那样富于魅力。左拉小说一开始就以淫荡为人物行为的主要动因,虽然他并不总是赤裸裸地描写淫荡。而在巴金小说中丝毫没有这种描写,从《寒夜》中很难找到亲吻和拥抱的场面。瑟蕾丝的性生活使人想起娜娜,不同仅在于她不曾为了钱和礼物而出卖肉体[②]。然而,不论对瑟蕾丝还是对娜娜来说,性行为与其说是寻欢作乐,不如说是毁灭或自我毁灭的工具。树生则属于中国现代文学史上数量可观的一批“性倒错者”之一(Venerae Obversae)。他们努力使自己的“性欲对象从人升华或转换成一个无性的、本质上具有社会价值的新对象”[③]。举郁茹(1921—)中篇小说《遥远

---

① 见王尔德:《快乐王子集》,第34页。

② 请注意左拉小说与此同名。

③ 见A. A. 布里尔(A. A. Brill):《弗洛依德重要著作·绪论》,纽约兰勃有限公司,1938年,第18—19页。

的爱》所描写的罗维娜为例，她把对一个男人的爱转移为对中国遥远的未来之爱，因为这个未来扫除了剥削制度、拥有自由和社会正义[①]。巴金主张的是与异性自由恋爱结合，但并不主张放荡和轻薄[②]。

在中国现代文学中，通过比较相关作品的文学间研究找到这样一部富于内在能量和张力的、有价值的文学作品还是不多见的。巴金在小说发展道路上的每一个重要关口、在最适当地解决人物之间三边关系的变化上、在对他们接人待物及否定和选择的动机处理上、在他们与作品本身的水乳交融上，进一步讲，在对文化的时代环境的描写上，似乎都与《瑟蕾丝·拉奎因》作了不懈的斗争。他一反《瑟蕾丝·拉奎因》的创作手法而建立了自己的方法；一反左拉的风格而独树自己的风格；一反左拉的人物而创造了自己的人物。至少，他运用这些因素服务于自己特殊的文学信条。由这两部作品的对照所表现出来的文学间活动过程显然不是一个流畅的文学演化连续体，可以把文学设计及其各种变体协调不紊地相传下去。相反，这种文学间活动更象是一片充满成功与失败、胜利与伤亡的战场。《瑟蕾丝·拉奎因》是否如文学史常说的那样属于自然主义小说[③]，抑或它更近于哥特式小说，特别是它的后半部分尤其如此……这些问题不妨留给法国文学专家们去确定。巴金的小说却既不属于前一类，又不属于后一类。它是一部“战胜”了这两类小说各自的片面性的作品，是根据忠于生活的宗旨对素材进行再创造的另一种严肃探索。

这一论述并不旨在暗示《瑟蕾丝·拉奎因》作为一件艺术品就比《寒夜》要“逊色”，相反，这一论述毋宁说明了两个文学天才的不相上下。左拉和巴金的神话诗人气质不尽相同，左拉是积极浪漫主义的嗣子，但也是古欧洲和近东世界更富于戏剧性的“雄性”神话系统的承袭人。如果说，当他准备把各色人物作为神话里三重世界的某一原则的代表纳入自己的宇宙时，他本人也接受了类似回荡于《神谱》之中的那种阴郁基调，那么，在另一方面，他却努力从神话中命运

① 第五版，上海，1947年。

② 见奥·朗格：《巴金及其创作·两次革命之间的中国青年》，第206页。

③ 见L. R. 福斯特：《左拉的〈瑟蕾丝·拉奎因〉：一场革命》，载*Mosaic* 1972年第5期。

撞击的戏剧性本质中汲取了大量财富，并以充满骚动、激情和强烈情感的人物填充了“夜”。新的坦塔罗斯家族要求现代奥林匹斯神交出拒不给他的东西：由厄洛斯（爱神）和赫米拉（日之女神）所代表的一方现实。瑟蕾丝（广义而言还有劳伦特）恰恰表现了这种倾向。劳伦特是她的助手，是她获取自己实际上从未实现过的目标的工具。

赫希俄德悲观厌世的诗句与巴金的诗意灵魂是共鸣的。虽然巴金采用的“戏剧”式手段与左拉基本相同，虽然巴金小说中的冲突与左拉小说属于同一类型，但巴金却并没有描写那种可以改变至少企图改变一个“寒夜”的激情，也没有繁衍出激烈的冲突。但两部小说蕴含的激情和情绪不也同样相近么？巴金小说里没有出现坦塔罗斯的新家族，不过中国古典文学中根本就不存在什么坦塔罗斯，即便是最严酷的现实矛盾、最严肃的戏剧性和悲剧性主题，在中国古典文学中也会升华为抒情和感伤的文字。人们可以从巴金笔下的“寒夜”中感受到古中国的“阴”之原则，即道家宇宙观中主宰并生成诸如月、星、行星、水、黑暗、寒冷、潮气、静谧等等事物的原则，“阴”代表自然现象中所谓“女性”的一面[①]。《寒夜》中从未出现过明朗的阳光，太阳总是被云层、灰尘和浓雾所遮蔽，“夜”之翼笼罩着整个现实的时空。摇颤的灯光、老鼠的吱叫、汪母的咒骂、霍乱的死亡呼啸、流亡的痛苦、日军侵略的永久威胁和日本兵的无耻行径、文宣致命的疾病、传染的可能性、泪水的倾流……所有这一切都使“夜”成为死神的广阔家宇。

提到“死神之家”，不禁使人想起《快乐王子》中的高潮。我们不妨指出，在《寒夜》与西方文学的接受—创造轴向上，《寒夜》与《快乐王子》的关系远不如它与《瑟蕾丝·拉奎因》那样富于张力，王尔德童话中“寒夜”的氛围完全适用于巴金的意图，他只需再根据自己艺术设计的要求对燕子的意象作一些调整就行了。在《寒夜》与西方文学作品之间创造的否定轴向上，《寒夜》既表现了对西方

---

① 见《淮南子》，台北，1966年，第1—3页，以及冯友兰：《中国哲学简史》第1卷（英文版），普林斯顿大学，1952年，第32、159、396—398页。

文学作品的"战胜"同时又保留了后者的积极因素,并在一个新的文学语境或文学结构中对它们作了成功的修改。比较而言,《快乐王子》所提出的不过是一个相对轻松的课题。

《快乐王子》是一部杰出的艺术品。《瑟蕾丝·拉奎因》和《寒夜》则各有其优点和弱点。左拉小说无节制地堆积想象素材并不必要地恐吓读者,于是产生了一种粗暴的效果。巴金力图以不同于左拉的风格进行创作,有时甚至不惜采用完全对立的手法,但难免因此而有些单调冗长。此外,巴金在小说中装载了过多的眼泪和孱弱的感伤,因而像左拉一样对作品造成了损害,不过后者与巴金正相反,是在作品中装载了过剩的、据艺术家的眼光看来未必可信的激情。

*

《寒夜》因法国学者拉里特(M. -J. Lalitte)和艾金伯勒(Étiemble)的发现才知名于文学界,这也许并不值得大惊小怪。笔者并不了解促使他们做出这一功绩的全部动机,但其中之一可能是,这部作品与直接或间接描写第二次世界大战的法国文学不无相似之处。

1947年,《寒夜》发表的同一年,加缪的著名小说《鼠疫》出版了。它所描写的事件背景不清,但实际是写纳粹占领下的法国。《鼠疫》像《寒夜》一样,是一个象征,只是这个象征更哲学化,更抽象。《鼠疫》被认为是"积极人道主义原则的最佳表达"[①]。《寒夜》中的汪文宣在某一点上很象《鼠疫》中的里厄医生:汪文宣也徒劳地试图坚持自己的工作。他们都意识到,面对死神(无论体现为"寒夜"还是"鼠疫")他们是无能为力的,但他们要不惜一切代价阻止死神的可怕行动。从文宣力图对抗死亡这一点来看,他本质上并不是一个压抑型人格。应该注意到的是,在《寒夜》中,汪母更被视为"寒夜"的化身。

---

① Fischer, J. O. 编:《19—20世纪法国文学史》第3卷,布拉格,1979年,第263页。

巴金从来也不是一个存在主义者。他缺少对于世界的“荒诞感”,他并不觉得人是异化的现实中的“陌生人”,也不认为人是徒劳追求不可企及的目标的孤立存在者。巴金不会用超历史的方法描写现实。然而,他在某些地方还是很接近于加缪,至少是加缪的《鼠疫》。在《寒夜》中他描写了孤独的人心中的恐惧,这是由他们的气质和环境形成的,他们的生活环境在某种程度上类似于《鼠疫》中的生活环境。这些文学方面的相似不是偶然的。它们的类似是类型的类似,而这是由社会意识的类似和作者的主体的类似所决定的。

(伍晓明、张文定等译《中西文学关系的里程碑 1898—1979》,
北京大学出版社,1990 年)

重重樊篱中的女性困境

——以女权批评解读巴金的《寒夜》

刘慧英

首先，我想说明一下，巴金作为中国现代文学的一位大师既非女作家，更非女权主义者，何以用女权批评来解读他的作品？

女权批评这个名词对我国文学界至今大概仍是比较生疏的，然而作为一个文学批评的派别在西方却盛行已久了，它由本世纪几次气势浩大的女权运动和民主运动汇集而成，从发掘被埋没的前代女作家作品起步，走向对整个文化价值体系的审视和重估。早在女权批评尚未正式形成批评流派的四十多年前，著名的女权主义者德波娃在《第二性——女人》中就曾以她的女权观念对托尔斯泰、劳伦斯等著名男作家的创作进行批评，而在七八十年代日趋成熟、热闹的女权批评固然将大部分力量放在对女作家特性、女作家传统的发掘和研讨方面，但同时她们发出了“那些被排斥在外的男性作家的书是否就不可以有女权主义的诠释呢?”这样的诘问,而实际上她们对男性作家笔下的妇女观念和妇女形象作了颇多的解读和评估。现在,女权批评被越来越多的人认为“不仅是一种坚定亢奋的性别之声,更是一种反思、怀疑、动摇和诘难”,今天我们重读巴金的作品正是以女权批评作为一个借鉴的可能,从一个特定的角度发掘《寒夜》的另一层意义。

更况且,妇女问题作为人类生存的一部分是一种普遍存在,不同国度、不同时代以及不同阶层都在不同程度上体现出或表现出这一存在,因而不同阶层和不同性别的作家都有着相同或不同的感受和表述。正如女人并非全然都是女权主义者,女作家的创作不尽然都能划入女权批评的视野一样,男人也可能是男权观念的背叛者或颠覆者。巴金作为一个男人,也许没有多少女性的切身感受,但是作为一个社会成员,他又同样能感受到种种的压迫和不合理,其中包括男女之间的不平等、争执和矛盾,这理应受到女权批评的关注。巴金从一开始就将对陈旧的制度及传统的抨击、弘扬民主和个性解放放在首位,直到他的最后一部长篇小说《寒夜》仍然如此——他将婆媳间的敌对和仇视、被生活重负压迫得沉闷而乏味的家庭生活都看作是一种不祥的征兆,与这种不祥相对立的曾树生最终出走,是一种背叛的新生——她代表着希望,虽然这种希望微弱而渺茫。在此,妇女问题既是女性本身的存在,同时也是人类的普遍存在和共同感受。

大凡熟悉中国历代文学的人都知道,在一些涉及男女两性的文学故事中,男人往往是强胜的,而女人则软弱。尤其是反映抗战八年生活的作品,往往是男人外出谋生或躲避,女人留守家乡。在《寒夜》里这种固定的角色特点被颠覆了:汪文宣已不再是那种强胜的男人,他懦弱、多病、瞻前顾后;曾树生也不再是传统的依附于男人的女性角色了,她对生活无所畏惧,我行我素,她那富有活力、勇气和自信的性格与汪文宣病病快快以及怯懦和畏缩的生活状态形成了鲜明而突出的对比。

汪文宣是一个没有形成独立成熟人格的“大孩子”,不论是在同事还是母亲面前,甚至在与妻子的相处中,他都不能表现出一种独立的个性和为人,他似乎总是在窥探别人的眼色或颜容，时时担心由于自己的不慎而伤害别人或给自己招来横祸。这种不成熟的人格最明显地表现在他严重的恋母倾向上。正如国外一些学者所指出，汪文宣因为从小失去父亲，恋母倾向非但没有由年龄的增加而减弱，而且日益严重，以致扭曲了他的整个生活方式和个性。汪文宣未必愿意妻子与另一个男人去异地，他也未必是爱母胜于爱妻，在许多时候他在思想上与感情上与其母没甚共鸣，倒是极其依恋妻子，但是他却又不能不允许甚至促成妻子的出走，这既出自他内心的道德准则：不愿妨碍任何人的幸福和自由；又是出于一种下意识：他的恋母倾向最终战胜了爱情，可以说，他原本就是心灵成长得不够成熟的半大孩子，而最终则又完全回到了“婴儿期”——对母亲完全的依偎状态。

同样是生活在黑暗而窒闷的年代里和贫困的战乱境遇中，曾树生却并未完全让生活压弯了腰，她没有那么多的忧伤和惧怕——虽然家庭生活如此枯燥乏味和不睦，虽然她的外界生活也不尽如意——围着她转的陈经理充其量是一个不无殷勤体贴却无可把握未来的男人，但是她最终还是勇敢地离开了沉闷而窒息的家庭，去寻找一种未必光明然而却是全新的生活。

汪文宣实际上不仅是一个不成熟的“孩子”，也是效忠于传统的一个象征，他固然受不合理社会和制度的压迫，同时他又以他的懦弱，以他对生活怀抱的灰暗而点缀着这个行将灭亡的社会以及腐朽的传统，确切地说，他是那个社会和制度的陪葬品。汪文宣这个形象的语义巴金在觉新身上早已表述过了，觉新一方面深受封建家长的迫害，另一方面又助长和协同封建专制对更无辜更弱小的人们滥施淫威，他对弟妹们的限制、与梅在情感上的生离死别以及对瑞珏的负疚，都体现了他对封建传统的屈从，由于这种屈从而严重损害了他人的身心自由和幸福。巴金对汪文宣倾注了更多的同情，汪文宣的权力远不如觉新那般强大，他似乎既不敢忤逆母亲，也不忍委屈妻子，然而他却衷心希望母亲与妻子相安无事，以此来维持以他为中心的家庭生活——似乎只有这样他的生活乃至整个家庭才是真正的幸福和愉悦。尤其是他对曾树生的苛求与情感上的依恋和强留体现了汪文宣乃至巴金本人的男权观念的犹豫。巴金没能十分清醒地意识到垂死的汪文宣与活脱的曾树生之间毫无生趣和活力的生活是多么勉强以及不道德,那种已经失却爱情鲜艳和激励的关系是多么地痛苦和不幸!巴金只是将同情的笔墨过多地洒向那位病怏怏的汪文宣,让这位垂死者大吐心声,而独独忘却或疏忽了充满着生命活力的树生心中奔涌的激流!这其中最重要的理由可能是,汪文宣是一个重病在身的弱者。我认为这不能不说是一大遗憾。

巴金将汪文宣塑造成一个比觉新还要软弱的弱者,似乎还有另一更为深层的语义——唤起读者对汪文宣更多更大的同情心。汪文宣在精神上同时承受了两个女人的压力,尤其是树生对他的压力,以致完全丧失了生命力。巴金在很大程度上将曾树生对幸福和自由的追求看作是一种自私,更是对汪文宣的极大伤害,可以说汪文宣的体力是由于战乱和贫困压榨尽的,而他内心的致命创伤却是由于树生的出走以及树生对他的"抛弃"——这个词也许十分不恰当——而造成的。文宣虽然"恋母情结"严重,但内心深处却更依恋妻子,他视妻子为天使,将他与树生间的一切看作是最珍贵的、最崇高的,每每他与母亲枯坐时便会在心里念叨妻子,如果没有意外,与树生白头偕老理所当然是他的最后归宿。树生最终对他的"抛弃",无疑是将他推向生命尽头的一击:"树生带走了爱,也带走了他的一切;大学时代的好梦,婚后的甜蜜生活,战前的教育事业的计划,……全光了,全完了!"我们不能不说巴金对汪文宣寄寓了过多的同情和谅解,我认为这是巴金人道主义同情心的超限度和浅层次的体现之一,也是巴金民主主义思想中不自觉地掺杂着传统男权意识的一种流露。汪文宣固然有病痛,有对辛劳而衰弱的母亲的挚爱,有因为生活所迫的种种苦衷,但他无法从公正的立场、从新的价值观念上理解和爱护自己的妻子。无法也无意同情和帮助树生摆脱男权观念的压迫和压抑,是造成他的爱情悲剧的主要原因。另外,他自身不能豁达而勇敢地对待生活,性格的懦弱和生命力的衰竭促成了他的走投无路。这是问题的关键。试想,即使树生苦守到汪文宣病重去世,汪文宣心理上也许会轻松一点,但是从本质上来说他们的爱情悲剧仍无可挽回,也就是说汪、曾之间心灵距离仍将悬殊而无法走近。曾树生本人则将以自身的活力陪伴着一个日益衰竭的躯体走完一段灰暗的历程，从而耗掉她的热血和青春——这是一种无谓的牺牲，也是残酷的消耗。

曾有评论文章认为，树生是爱汪文宣的，只是因为婆母的逼迫才离开了他。我想提示一点，树生和文宣之间爱的基础何在？当初他们从教育系毕业时，抱着美丽而宏大的理想走到了一起——他们没有婚姻形式，完全是自愿结合。然而随着岁月的磨难，生活的颠簸，理想越来越渺茫，几近虚幻；日子越过越沉重——文宣的生命力几乎丧失殆尽，树生则日益厌恶于这个家庭，《寒夜》从开篇叙述的则是这种沉重的沉重。最为具体的分歧是在汪文宣对待曾树生与母亲的冲突的态度上，当母亲以传统的礼法和陈旧的价值观念苛求和指责树生时，汪文宣既不能义正辞严地站在新的道德观念一边，也不能给树生以积极的生活信念的鼓励，充其量则是对双方一味地哄劝、安抚，总之是回避矛盾、平息争吵。由于树生与文宣之间在体力和精神上相距的悬殊，树生自然希望依靠自己的健康和美丽获得更多的承认——爱和被爱，摆脱婆母的冷眼和辱骂，工作和生活环境的改善等等。树生的愿望实际上是一个女人或普通人的最起码的欲求，然而在那个满目疮痍的社会里许多人的许多起码要求都被扼杀着，树生自然也得不到满足——她既不爱文宣，而又怜悯他的软弱，同时她也无法从内心升起对陈经理的爱慕之情，其中大概有她对自己压抑的缘故——她毕竟时时想着病重在家的丈夫以及那个贫穷而破碎的家，但最根本的原因是陈经理也并不是她所向往爱的男人。曾树生是一个无所爱的、在精神上流浪着的女人，这才是这个人物的核心，也是她与汪文宣之间的本质意义。从这方面来说，《寒夜》是继《伤逝》以后又一曲知识分子精神上的悲歌！不过它的意象被颠倒了——女人不再是落后的了，女人超过了男人，抛下男人另觅新的生活。

从汪文宣与曾树生的根本性裂痕中我们再来剖析一下曾树生与婆母之间的矛盾。婆母嫉恨树生首先是因为树生从根本上夺走了儿子的爱，并且树生又不能像她那样地爱文宣，爱文宣的延伸——小宣，也就是说，树生不是一个传统的知礼守法的女性，不能专心致志地尽妻尽母的天职，她的主要心思不在家庭生活中，尤其是反感于婆母对她的种种干涉，这为婆媳间的传统不和之上又笼罩了一层现代的对立——婆母由于生活信念的不同而仇视和排斥着树生，致使她们之间的争执不仅仅是背叛和维护男权文化的争执，更不仅仅是婆媳间的家长里短，而是一种新与旧的争执，激进与保守的争执，无疑树生象征着新生和激进，老太太则代表着愚昧、陈腐与非人性。这种冲突令我想起曹禺的《原野》，虽然相比较《寒夜》里的冲突要平和得多，它不曾有电闪雷鸣和鲜血淋漓的惊心动魄，也不曾有任何拳打脚踢或针扎指掐的人身虐待和污辱，但是《寒夜》里陈腐、落后的传统伦理对人的摧残和压抑却无处不在，其中婆媳间的冲突也更本质，与传统有着更为直接的联系。汪母开口闭口地辱骂树生不要脸，"我儿子的姘头"，"比娼妓还不如"，这既显露不出任何慈祥的母爱，又极其伤害树生的人格；她不失时机地反复炫耀自己"是拿花轿接来的"，既歌颂了那种无任何爱的价值和意义的婚姻形式，又表示了她对树生的新的生活观念和方式的极大鄙弃。

这里牵涉到女权主义一个本质性的问题：婆媳都是女人，她们同样受男权主义的压迫和压抑，然而由于封建的长幼观念，媳妇不仅是自己丈夫的奴隶，更是公婆膝下的仆从，年轻女人受到的虐待和压迫首先或直接来自婆母的刁难。虽然许多当婆母的人也曾经历过同样的虐待和压迫，但她们不仅从未从本质上意识到这是一种不合理，而且自觉地与这种传统价值认同，一旦当她们到达了婆母的位置，便理所当然甚至变本加厉地行使起婆婆的特权。正如鲁迅所说，当过奴隶的一旦摇身一变为主子，那就比主子更凶狠，汪母和焦母都是从封建传统这棵大树上蔓延出来的枝藤，她们深深地了解女人的特长和弱点，因而相比男人她们无孔不入地侵害她们同类的权益则是她们的一技之长。虽然她们身为女人，但实质上却是男权主义的一个符号。

不论社会形态从本质上来说仍是男权主义的，不论世间还有多少焦母与金子或是汪母与树生的敌对，而社会观念毕竟已经进化，树生这一代知识妇女已注定不会像她们的婆母那样去生活，历史确已出现了一种转机的迹象——女人不再是家庭生活中的机器：服侍公婆、操持家务、扶持丈夫及生儿育女。曾树生在《寒夜》里喊出了"追求自由与幸福"的声音，虽然"自由"与"幸福"在当时是那么渺茫，至今也未必清晰而确定，但是它毕竟是女性向往确立本位价值的一种自觉追求。自从娜拉的形象出现后中国的知识妇女就一直在追寻这种本位价值。在人丧失自我的过程中,女性自我的迷失和损害是最为长期而深刻的一种异化现象,千百年来传统观念将女性束缚于单一的家庭生活中,因而女性自身的解放势必要从家庭革命开始,从走出旧式家庭开始,树生经过痛苦的犹豫和徘徊离开了丈夫及家庭,虽然其中有许多实际利害相胁——婆母的逼迫、丈夫失业而生计无着、自己也面临失业的可能、借支了行里的薪金等等,但最根本的缘由是她希望摆脱毫无生气的沉闷,寻求一种独立自由的生活。巴金用灰黄的灯光、停电的漆黑、单调的闲谈、带病的面容等等来概括这种沉闷和疲倦,那么,充满着生命活力的曾树生要离开它们是理所当然的。

许多人追究树生出走后的结局如何——她最后重返故里并非衣锦还乡,而是带着许多流落他乡的辛酸和风尘,带着一点依然如故的贫穷和艰难。而留在家中的一切则比她本人以及她所想象的更凄惨。也有人因此而认定树生没有找到光明的前途,并进而认定她所作的一切努力纯属妄为,包括巴金在解放后谈论自己的作品时也同样认为,曾树生追求的“只是个人的享乐”,她的追求“不过是一种逃避”,这种逃避就是因为不愿吃苦而勤勤恳恳地与丈夫以及全家共患难。正如汪文宣病怏怏的心绪为后来“革命气概”高涨的人们所不齿一样,曾树生的出走也同样被看作是不很体面的事情。按当时流行的观点来看,曾树生最理想的出路应该是参加革命或投奔抗日力量,最低限度也应是在家守着病重的丈夫和艰辛的婆母,而她恰恰跟了一个与她关系暧昧的男人到兰州那个远离战争的地方谋生去了!可以想见这是多么令五六十年代的中国读者感到失望而无力,同时也令那时的巴金沮丧——致使他产生了想修改结尾的念头。

我们谈论汪文宣的软弱和汪母的愚昧落后并非是为曾树生洗刷缺陷或增添光辉,曾树生远非完美的女人,更不是一个她自己所向往的独立而自由的女人,她甚至不是一个坚强的女人,她自身存在着显著的弱点。她喜爱交际应酬以及穿着打扮——我们倒大可不必与汪母一般见识,然而却不能不看到,在这种表面热闹的你来我往之中,甚至在与陈经理的婚外恋中她都未能得到一种自由和幸福。她的家庭生活固然不幸,而她的社交生活也满含空虚;在婆母眼中她不过是汪家传宗接代的工具、汪文宣的姘头，而在外界或同事眼中她也不过是个摆设——在她尚为年轻、尚有几份姿色的时候还能在商业银行里当个“花瓶”，而一旦年老色衰，“花瓶”及一切应酬交际都将成为旧梦。曾树生凭着对灰暗的家庭生活的深切感受而与汪母及汪文宣展开了种种冲突，最后以出走作为对象征着陈旧的传统的灰暗生活的诀别，无疑这是一种进步。然而她没有进一步去寻找自己的出路，或者说她未能找到一种更为深远的前景——我并没有苛求她完全女权化的意思，更没有苛求她与以后“妇女解放”的标准认同的意思，而只是认为她的出走实际上连起码的独立和自由都未能得到。她离开了汪家，马上又倒入了陈经理的怀抱——虽然最后她也未尝真正“做任何对不起汪文宣的事情”，但她去兰州直接或完全是依靠了陈经理的力量，直至小说结尾也看不出她想完全摆脱这种物质上的依靠和情感上的纠缠。根据巴金《谈〈寒夜〉》来看，她以后还将到陈经理的爱情里寻找安慰和陶醉，也许就如巴金所说“她不会亲手将‘花瓶’打碎”，而“花瓶”生活也许将终其一生，但我们也完全应该看到，曾树生自始至终是不满意这种“花瓶”生活的，虽然这种“花瓶”生活比她婆母旧式家庭妇女的生活要自由或进步一些，但她希望有更多的自由和进步，虽然这不十分明晰，但对现存生活的否定则是肯定的。那么，我认为只要有对现存生活的怀疑和否定，曾树生自觉丢弃“花瓶”也并非完全不可能。另一方面，曾树生回到重庆为期很近的日子里，新的社会制度建立了，任何女人都不再可能做这种名副其实的“花瓶”了，当然曾树生要在经济和人格方面得到真正的独立和自由仍需付出极其巨大的努力。

我认为，巴金笔下的曾树生多少提供了对中国妇女出路问题的思考。巴金的独到之处不仅在于他对树生的出走——作为对封建传统的否定而深表同情和赞赏，而且指出了冲出第一层篱樊后的无路可走以及无数层的其他篱樊蜂涌而至——它既不像《伤逝》那样凄惨：女人受男人的庇护又为男人所抛下；它也不像《原野》这般悲凉：生与死的力量将金子逼上了绝路。曾树生出走以后面对的是如此繁复多变的人生，她的个人境遇既热闹又孤寂，她在人格上既独立又依附于他人，她在精神上既有千丝万缕的牵挂又孤立无援。巴金写出了女人在

"独自"面对生活时的双重困境——她既要像一个普通人一样选择一切，又不能丢弃女人的种种特性。我想，曾树生这个形象以及《寒夜》这部小说比较深刻地为我们提供了现实生活的一个本质方面，蕴藏着许多可以进一步发掘的意义。

1991.2.26 改毕

（《中国现代文学研究丛刊》1992 年第 3 期）

情感争夺背后的乱伦禁忌

——巴金《寒夜》新解

刘　艳

对巴金的小说《寒夜》，评论界一直有个公认的说法，认为它真实而又深刻地展示了抗战后期国统区人民深重的灾难，主人公汪文宣的不幸命运实际上是对民不聊生的黑暗制度的控诉。巴金自己在《谈〈寒夜〉》中也说，他写《寒夜》，"无非要人看见蒋介石国民党统治下的旧社会是个什么样子"。由此许多研究者得出结论：巴金的创作风格到了《寒夜》，已由他过去所钟爱的安那其的浪漫主义走上了感伤的现实主义道路。倒是赵园有些例外，她在《艰难的选择》一著中，不容置疑地指出，《寒夜》等小说写人物在经济压力下的"失常状态"，心理学的兴趣，显然压倒了道德热情。此语虽是一笔带过，著者的意图也并非要重新省检上述看法，但它却启示我们对巴金的这篇小说不妨转换一个研究视角，尝试一种新的分析方法。或许，惯常的思路被切断后，我们面临的可能是一个更为真切的“寒夜”世界。

应该承认，无论是对国统区黑暗环境的渲染，还是就对生活其间的痛苦呼号的小人物的刻画，小说都已充分具备了某种现实主义的框架，也正是这一框架的赫然存在，客观地提示了研究者以如此视角来切近它。但随之就带来一个无法绕开的困惑，按照常规，作家该是理性地铺以写实的笔法，然而，《寒夜》既没有提炼尖锐的外在社会冲突，也没有竭力写“穷”带给汪家的不幸。我们从作品中不难看出，主人公汪文宣始终是一个孱弱的自我压抑的受难者，而不存在强悍的性格与外在环境的冲突。可以说，小资产阶级知识分子在大变动时代的矛盾、迷惘、动摇等精神现象在汪身上体现得十分淡薄。至于“穷”的落魄，小说里揭示得也并不令人瞠目。如果和生活在更底层的百姓相比，汪家的日子算得上是好过的。起码汪文宣还能在一个半商半官的图书公司作校对，尽管薪水很低；起码他的妻子还能在银行就职，尽管充当“花瓶”的角色；起码汪家的孩子上得起贵族学校，缴得起昂贵的学费。那么，巴金力笔所展开的到底是什么画面呢？当我们的关注越过作者本人的创作自述和评论界的既定结论而投向小说自身的时候，我们发现了另一重要能贴近文本的意旨。

这意旨其实在小说的开头就有所显现，凄冷的寒夜，独自行走的主人公汪文宣正苦闷之极，他没想到妻子和他争吵几句竟离家出走。为此他感到十分难过，本希望能获得母亲的安慰，可母亲“爱儿子，爱孙子，却不喜欢媳妇”。想到这些，他忍不住怨愤地叫道，“我这是一个怎样的家呵！没有人真正关心我！各人只顾自己。谁都不肯让步！”作品接下去的描写依旧没有偏移汪的苦闷，并进一步把汪母与汪妻的矛盾加以正面铺叙，而每当她们吵嘴之际，汪文宣都痛苦得不能自拔，以至于疯狂地用自己的两个拳头打前额，口里接连嚷着：“我死了好了！”他两次去酒馆酗酒，可以说无不与这种痛苦相关，甚至他曾经欣慰地想过“只希望她们从此和好起来，那么我这次吐血也值得”。如果说现实的黑暗，人情的炎凉使软弱的汪文宣尚能缩回家的小巢，那么，家的不和却只能让他思考如何去死。这该是怎样一种悲哀和绝望！在现实的寒夜里，人是多么需要家的温暖来支撑生存的勇气和希望，不然，为什么汪文宣接到树生宣布不再是他妻的信后，颓然地倒在椅子上，感到一切都完了，连钟老告诉他公司让他复职的消息都丝毫不能引起半点激动。看来，环境的黑暗，生活的拮据，并不是把汪文宣最终推向死亡的直接原因，他的彻底病倒其实更多源于家庭内部的纷争和妻子的出走所引起的精神折磨以及由此而生的自虐（饮酒和有病不医）。

至此，我们不难推出，巴金结构这部小说的全部重心，并不在于如何全景式地暴露抗战后期国统区的现实，在书中，令人窒息的社会实际上只被推为远景。真正处于前景位置的，还是汪文宣家庭内部的矛盾纠葛和纷争。这不禁令人想到那个写《寒夜》旨在“控诉不合理的社会制度”的巴金，何以放开外在社会冲突的描写，反而苦心经营一场婆媳间无休止的争斗以及儿子处于这种争斗夹缝中无以摆脱的困境和心力交瘁。在我们读完这部小说，似乎才明白《寒夜》这种结构的全部用意所在，那就是即便汪文宣避开了现实黑暗对他的正面毁灭，他也无法逃脱纷争的家庭内部所带来的苦闷和打击。巴金所要写出的是处于寒夜里的小人物汪文宣躲也躲不开的悲剧命运，唯其如此，《寒夜》才成为一篇令人颤栗而又引人辛酸的故事。

当然，并不是凡属家庭题材的作品就一定要被框范于现实主义之外。问题在于，对家的关注，本身就会趋于两种走向：一方面，普通的日常生活琐事，人的生老病死，很容易铺就一种写实的格调；另一方面，家又天然地与人的欲望相连，其间展开的矛盾纠葛也总是和潜意识相关，这自然又极易导致一种心理笔法。作家对两者的不同取舍和侧重，便会给作品刷上两种不同的色泽。因此，随着我们更深入地探寻汪母与汪妻这两个女人和汪文宣构成的家庭纠纷历程，就会发现《寒夜》关于这一方面的重笔描写，并非是导入现实，而是指向心理，是更深层次的人性人欲的冲突。

表面上观，汪母与汪妻的争吵好像是被置于两种文化观念，尤其是两种伦理道德的冲突层面；汪母“从前念过书”，所受的是传统文化教育，恪守旧式的妇道观，而汪妻曾树生则是毕业于上海某大学教育系的新女性，先前也有为教育事业献身的理想和决心。对独立人格的追求和所受个性解放思想的熏陶，使她敢于逆传统的旧习，毅然与她所爱恋的汪文宣同居。然而，正是这一反叛传统的举止,恰恰为汪母所不齿。在汪母看来,儿媳曾树生是不配跟自己比的,她不过是儿子的姘头,自己则是拿花轿接来的,甚至当着儿子的面,汪母也拿这话来刺伤树生:"你是他的姘头,哪个不晓得!我问你:你哪天跟他结的婚?哪个做的媒人?"媳妇的回击自然也击中了汪母的痛处:"我没有缠过脚,——我可以自己找丈夫,用不着媒人。"从上述争吵的内容看,汪母的不满确有守旧之嫌,树生的追求也诚然带有新派女性之味。可是,如果我们的探讨仅限于新与旧的矛盾层面,得出的结论恐怕仍不能贴近作品本身的所指。细细琢磨,汪母对树生的这段指责还大有继续剖析的必要。首先,我们要弄清促成汪母总骂树生"姘头"的缘起是什么,或者说究竟是什么原因使汪母憎恨树生达到如此敌视的程度。缘起其实并不在树生,而是在儿子汪文宣。是因为儿子处处心系树生,爱树生胜过爱自己才导致汪母的愤怒和刻薄。我们不禁要问,汪母何以产生这样的心态?从作品中我们了解到,汪母很早守寡,旧式的伦理观又使她不会走再婚的路,即使体内燃烧着青春的活力和人性的欲求,她也只能把它们压抑至意识的深层。好在还有儿子汪文宣作为安慰。孤独寂寞的她于是便把母亲和女人双重身份的爱全部倾注到儿子身上。我们可以想见,在汪文宣认识树生之前,他的全部感情也同样维系在母亲身上。然而,树生的到来,完全打破了汪母与儿子封闭式的双向感情交流。尽管汪文宣仍旧十分孝顺母亲,但在母爱和妻爱之间,他的潜意识还是向妻爱倾斜。这对一直占有儿子全部感情的汪母,自然会引起内心情感的失衡。小说用了大量笔墨来刻画汪母这种细微的心理波纹。比如在第六章里,当汪文宣离开和树生相约的咖啡店,无精打采地回到家中,"母亲关心地望着他,她希望他对她多讲几句话。但是他连看也不看她一眼","她感到失望,等了他这一天,他回来却这样冷淡地对待她:她明白了,一定是那个女人在他的心上作怪"。果然,当她知道儿子刚和树生一块喝过咖啡后,"她的怒火立刻冒上来了。又是那个妇人!她在家里烧好饭菜等他回来同吃,他却同那个女人去喝咖啡。他们倒会享福。她这个没出息的儿子。他居然跑去找那个女人,向那个不要脸的女人低头,这太过分了,不是她所能忍受的"。汪母的这种心态显然已超出了母爱的范畴,她的下意识里对树生升起的已不单单是

“恨”，更多地混杂着一个女人的爱被夺走之后所滋生出来的“妒”。对儿子汪文宣，汪母内心也不仅仅再是“爱”，其间还交织着连她自己也无以言说的“怨”。正因为此，她把一切都迁怒于占据她儿子爱的树生，看不惯树生的任何举止言行，哪怕树生作为妻子对丈夫应尽的关心，也会激起汪母憎厌的目光。为了挤走树生在儿子心目中的位置，汪母甚至无视儿子的痛苦，哭诉着乞求他不要再让树生回来，“只要你肯答应我，只要我不再看见那个女人，我什么苦都可以吃，什么日子我都过得了！”“家里少了那个女人，什么事都简单多了”。作为母亲，汪母难道不清楚失去树生对儿子来说意味着什么，但作为一个女人，成年的儿子不过是早年丈夫的影子，是她压抑的性爱欲求得以释放的理念象征，从某种意义上讲，在她母爱的深处，实际上不自觉地充当了一个妻性的角色，这点在她和树生同时照料生病的汪文宣时显得尤为醒目。例如第十八章中写汪文宣爆发了一阵咳嗽之后，妻连忙走到床前，汪母也立刻从小屋里跑出来。当妻子问汪文宣是否想喝茶，“母亲却抢着去端了一杯来”。此类细节，作品中俯拾即是。有意味的是，这些看似普通的描写，却让我们感受到站在病人床前的这两个女人似乎不像是婆媳关系，倒更像是旧式家庭里的一妻一妾。

通过对汪家婆媳之间关于“姘头”和“缠脚”之争的缘起的考察，充分表明其间蕴含的并非简单的两种文化伦理道德的冲撞，它实际已跃过这一层面，伸向一个不太引人注目的无意识领域。我们不妨重新回味一下汪母的言辞，“哼，你配跟我比？你不过是我儿子的姘头。我是拿花轿接来的”。“你是他的姘头，哪个不晓得！”这里，颇令人寻味的是，“我是拿花轿接来的”和“你是他的姘头”这两句话似乎表明，与两个女人发生对应性爱关系的是同一个男人，后句中的“他”，在汪母的潜意识里，已完全和汪文宣的父亲幻为一体，“他”既是指树生的男人，也是拿花轿接她的丈夫。换句话说，沉淀于汪母思想底层的汪文宣与现实中的汪文宣是两个不同的形象，前者是一个幻化了的情爱对象，后者才是那个怯弱压抑，身患肺病的儿子，当汪母斤斤计较树生不过是儿子姘头的时候，她把自己置于一个既非母亲也非婆婆而是与树生无别的女人位置。由此，她的不屑的语气和得意的神情才让我们产生一种真切的错觉，错觉中的汪母与其说是一个刁钻的婆婆，不如讲是一个向妾争地位的正室。

尽管我们不能完全肯定《寒夜》的写作借鉴了弗洛伊德的精神分析理论，但巴金笔下的汪母身上确实带有一种“恋子情结”，这一情结正是弗氏“恋母情结”的变体，是倒置了的“恋母情结”，即母亲对儿子的强烈依恋和占有。小说开始时，出现在读者面前的汪母就已是一个守寡多年的老妇，但是，从“她的眼前现出一个人影，先是模糊，后来面颜十分清楚了”的一段描写中，我们能够想象，这个当年云南昆明的才女，也曾有过怎样幸福的爱情，美满的婚姻，不幸的是丈夫很早死去，受着现实原则的支配，恪守妇道的她只有一种选择，那就是终生守寡。事实证明，“没有任何东西比这种戒律更与人的原初本性背道而驰了”[①]。而本能的偏离和压抑，唤起的将是更浓烈的本能欲望。对汪母来说，儿子汪文宣正好可以成为意念中的宣泄对象。这很好理解，因为汪文宣尽管是她的儿子，却分明也是一个异性，尤其是成年的汪文宣，不可能不让汪母联想到年轻时的丈夫。这种联想日积月累，就会使汪母产生一种心理，似乎成年的汪文宣就是年轻时的丈夫，年轻时的丈夫便是成年的汪文宣，所以，汪母有形的性欲行为虽然随着丈夫的死而中断了，但无形的性欲意识却在儿子身上得以复活。而且，由于丈夫的早逝她失去了生活中的第一爱恋对象和欲望泻泄对象，儿子就成为她唯一的精神寄托、爱恋对象和性对象，因此，她对儿子的依恋也就较一般的母亲更为强烈，更具排他性，更带性欲色彩。她不能接纳爱她儿子的第二个女性，更不能容忍儿子把爱转移。这种本能的占有欲，决定了汪母与曾树生即便没有新旧间的矛盾，其冲突仍然不可避免。作为家庭矛盾的挑起者，汪母的全部动机便是要从这个家里挤走树生，“她要站在儿子与儿媳之间，破坏汪文宣与曾树生的爱情生活与家庭幸福。这就必然形成汪家一个男人爱两个女人，两个女人爱一个男人，而她们之间又不能互爱的微妙而复杂的感情关系”[②]。也许这始终是一道困惑着汪文宣的难题：“她们究竟为着什么老是不停地争吵呢？

---

① 弗洛伊德：《女性性欲》，《弗洛伊德论文选》，伦敦版，1957年，第5卷，第256页。

② 王建平：《重读〈寒夜〉》，《中国现代文学研究丛刊》1990年第1期。

为什么这么简单的家庭，这么单纯的关系中间都不能有着和谐的合作呢？为什么这两个他所爱而又爱他的女人必须像仇敌似的永远互相攻击呢?”倒是曾树生十分清醒地告诉汪文宣，“你母亲更需要你”，“她看不惯我这样的媳妇，她又不高兴别人分去她儿子的爱”。很明显，汪文宣想要消解这两个女人间的矛盾，是永远不可能的，因为汪母的攻击欲本身完全出于一种本能，是她显意识无法把握和控制的，总之，《寒夜》贯穿始终的婆媳争斗的背后，实乃暗伏着一种乱伦禁忌。

巴金是一位很能体察生命底蕴的作家，他认为生命的存在无处不充满痛苦，甚至在托尔斯泰的《复活》扉页上写道:“生活本身就是悲剧”，对生命现象的这一把握，助成执意探寻现实出路的他，既写出了勇于与旧制度抗争的强者和斗士，又真实地刻画了含辛茹苦的实在人生衍出的人性之悲。同时还表明，巴金理解的悲剧不仅有社会性的一面，也有人性自身的一面。在我们看来，小说《寒夜》正是揭示了社会悲剧(国统区黑暗环境对小人物汪文宣的窒息和摧残)之中包裹的人性悲剧(汪母对儿子本能的占有欲所引发的家庭灾难)。如果说前者已使汪文宣勉力支撑起来的家摇摇欲坠，那么，后者从内部的一击则无异于釜底抽薪。巴金说，“我有意把结局写得阴暗、绝望、没有出路”。这“有意”二字实际上把作家构建这两重悲剧的意图昭示得十分明白，因为无论是社会悲剧还是人性悲剧，它们的前因都预示着结果的必然，不以人的意志为转移。这就把小人物汪文宣的被毁展现得格外深切，小说所托出的艺术容量也更为深厚，让人读来，不但引起灵魂的震颤，也将陷入长久的思考。

从以上对汪家内部矛盾纠葛的细微分析中，可以得知，《寒夜》这部小说并非完全意义上的现实主义作品，其间有着更多的精神分析色彩，只不过因为它时常与作品所呈示的社会背景浑然相嵌，往往被人忽略罢了。

(《东方论坛》1995 年第 2 期)

传统叙事母题的现代语义

——《寒夜》人物论

辜也平

文学史上，由婆媳矛盾而酿成家庭悲剧是中国传统的叙事母题之一。以婆媳矛盾使儿子处于两难境地，最后导致夫妻分离与家庭破灭为基本语义的故事，已成为中国传统叙事作品的一种范畴型情节。从古代的《孔雀东南飞》到现代剧作家曹禺的《原野》，历代文学家借此敷演出许多令人惊心动魄的故事。巴金的《寒夜》也堪称这一范畴型情节的优秀作品，小说通过对汪文宣一家悲剧的描绘，愤怒地抨击了不公平的金钱社会、罪恶的侵略战争以及国民党当局的腐败统治，显示了作者自觉的社会批判指向。但是，如果穿越作家自觉的创作意图这个层面对作品人物心理进行进一步的探讨则不难发觉，巴金在《寒夜》中为这一古老的叙事母题注入了特定时代的新语义。

一

在汪家，婆媳的争端常常是由汪老太太先挑起的，她经常莫名其妙地辱骂曾树生，也一直在挑拨儿子与媳妇的关系。但是作为长辈，她确实深深地爱着自己的儿孙，自己的家。为了这一切，她愿意受各种各样的苦，也心甘情愿地承担来自生活的种种压力。况且，汪老太太十八岁嫁到汪家，生下儿子不久丈夫便去世，她还是把儿子培养到大学毕业。她曾是一位知书达理的女性，又是一位成功的母亲，为何唯独对儿媳妇那样怨恨呢？

在二三十年孤儿寡母相依为命的生活中，汪老太太已对儿子形成一种难以改变的母性占有的自私心理，她决不允许另外的女人与其分享儿子的爱。第六章中，当知道儿子曾请媳妇回家，并还在等媳妇回心转意时，汪老太太更是妒火中烧。“她气得没有办法，知道儿子不会听她的话，又知道他仍然忘不了那个女人，甚至，在这个时候她还是压不倒那个女人，树生这个名字在他的口里念着还十分亲热”（重点号为引者所加，下同）。只有到后来汪文宣仿佛“还是从前那个孩子，在外面受了委屈，回家来向母亲哭诉似的”时，汪老太太的妒恨才逐渐地消失，她也才“和蔼地”安慰自己的儿子。不难看出，只有在伟大的母性回到汪老太太身上时，她才能理解、同情、怜悯自己的儿子，而当这种崇高的母性减弱或畸变时，她的内心则充满了一个女性对另一个女性的“妒忌和憎恨”。因此，她常常尖刻地侮辱、伤害曾树生，以至于最后知道儿媳提出与贫病交加的儿子分手时，“她气愤，但是她觉得痛快、得意。她起初还把这看作好消息。她并没有想到她应该同情她的儿子”。

汪老太太这种畸变的心理因素，与她孤儿寡母的独特人生经历，与中国传统的文化习俗有很大的关系。在旧时代里，女人天生为男人的附属品，她们在家从父，嫁后从夫，夫死则从子（即所谓的“三从”）。作为一个旧式的女性，在失去父亲和丈夫之后，一旦再失去儿子，那么也就意味着失去了自己人生的一切。

在中国，无论是文学作品里还是现实生活中，那许多剪不断、理还乱的婆媳矛盾，有不少就是对儿子（丈夫）的争夺与反争夺、占有与反占有的较量。汪老太太对曾树生的妒恨，从这种意义上看恰恰是典型地反映了旧式妇女常有的婆母心态。

汪老太太的作为，她对曾树生的态度，同时也体现着不少老年人普遍存在的情感特征和心理特征。老年人在经历漫长的人世沧桑之后，在许多问题上都较容易形成较为稳固的思维定势，并转化为固执己见的性格特征。在体力、精力逐渐衰退之后，他们容易产生自卑心态与力不从心感，这一切在外显为心理性格特征时则表现为很强的自尊心。随着自我控制能力的减退，老人们有时反而变得很敏感，易喜易怒，特别是对自己看不惯的事物或觉得被别人瞧不起时则更容易愤怒或感伤。所以，老人的心境很大程度上取决于所处的环境和个人的修养。汪老太太"她虽然自夸学问如何，德行如何，可是到了五十高龄，却还来做一个二等老妈，做饭、洗衣服、打扫房屋"（曾树生致汪文宣信），这晚年的变迁不能不使她感伤与自卑。于是，在内心深处，她时时有意无意地把自己与曾树生作比较。她显得那样的衰老，而儿媳妇却"像鲜花一样"，那样地充满青春活力。她和儿孙们一起过着苦日子，而儿媳妇却"过得快活"，"上办公还要打扮得那样摩登，像去吃喜酒一样"。

力不从心感使得汪老太太时时感到深深的自卑，而越是自卑就越想通过与对手的较量来显示自己的优越。但是生命的规律与生存的法则却早已规定了汪老太太的这种比较的失败。于是，失败之余就只有牢骚与愤怒了。儿子对媳妇的容忍和曾树生在她面前的冷傲使她感到极大的不满，战时动荡不安的环境以及家中日渐贫困的生活又给她带来无形的心理压力。在自制力减退的情形之下，汪老太太很容易把由此而产生的烦躁与不平直接倾泄到经常与其接触的人身上。对儿子与孙子，汪老太太有一种出于本能的偏爱，那么，曾树生就成了她唯一出气的对象，成了一个无辜的替罪羊。

另外，与"女子无才便是德"的传统观念束缚下的女性相比，读过书的汪老太太可能还算比较幸运，但实际上她仍无法摆脱许多旧的传统观念的影响。她时时自觉或不自觉地以自己当媳妇时的规矩和观念衡量、要求曾树生，因此也就经常产生了类似于“此妇无礼节，举动自专由”(《孔雀东南飞》)的愤慨。她曾涨红脸生气地对儿子抱怨说：“我十八岁嫁到你们汪家来，三十几年了，我当初做媳妇，哪里是这个样子？我就没见过像她这样的女人！”她总觉得曾树生“鲜花一样，这也不能做，那也不能做。只顾自己打扮得漂亮，连儿子也不管”，并且还出去看戏、打牌、跳舞、交男朋友，是“不守妇道”。甚至还认为曾树生未跟自己的儿子举行过婚礼，并不是儿子的妻子而只不过是个“姘头”，“比娼妓还不如”。对汪老太太来说，最伤她自尊心的还有儿子的软弱无能和儿媳妇的能干，这种阴盛阳衰的境况对她来说简直是一种无法容忍的耻辱。所以，当最后儿子失业、病重，老太太谈到自己不得不动用曾树生从兰州寄来的钱的时候，她“声音尖，又变了脸色，眼眶里装满了泪水”。

不难看出，汪老太太对曾树生的种种不平与愤怒，固然因其母性占有的潜意识，因其不平衡的心理背景，但也有其充满传统保守观念的思想根源。从这意义上看，汪家的婆媳矛盾实际上反映了新与旧、现代与传统在婚姻家庭观念上的冲突。

二

对于曾树生这一人物形象，人们一直有着明显的争议。有人认为“曾树生是一个要求个性解放的资产阶级女性，在她的心灵深处，东方妇女的道德观念并未泯灭”[①]。有的人则认为曾树生“是一个受到资产阶级思想腐蚀，在旧社会的压迫下，失掉了正确的人生态度，并且正在不自觉地走向毁灭深渊的小资产阶级女性”[②]，“是一个努力适应这个黑暗社会的潮流的人”[③]。实际上，对于这

① 陈则光：《一曲感人肺腑的哀歌》，《文学评论》1981年第1期。

② 戴翊：《应该怎样评价〈寒夜〉的女主人公》，《文学评论》1982年第2期。

③ 汪应果：《巴金论》，上海文艺出版社，1985年，第28页。

一具有复杂思想性格的人物形象，评论者大可不必急于做出简单的道德评判，而应着重探讨其思想性格的形成根源与构成因素，并进而寻找出由此而显示的认识意义。

曾树生早年就读于上海某大学的教育系，创办“乡村化、家庭化的学堂”的共同理想把她与汪文宣联系到了一起。他们由同学而相恋，由相爱而同居。但婚后十几年来，他们的远大理想在生活的重压下破灭了，他们那爱的情焰在现实的黑暗里熄灭了。现实生活给曾树生留下的只是一个贫穷的家庭，一个体弱多病的丈夫，还有一个需要抚育的孩子。为了这一切，她只好到银行从事被婆婆称为“花瓶”的工作，用她的收入来维持家中的生活。

但是，社会环境、家庭环境和工作环境的急变使她的思想性格发生了巨大的变化。她抛弃了自己的理想，认为“人一生就只能活一次，一旦错过机会，什么都完了”。曾树生虽然对自己的“花瓶”身份有所不满，但也还是心甘情愿地做下去，直至抛下丈夫与孩子而爬上飞往兰州的飞机。现实生活的重压使曾树生变成了一个耐不住清贫与寂寞、向往与追求及时行乐的女人，使一个有抱负的青年向着消沉的方向走去。

但是，曾树生又还不是一个冷酷无情、道德败坏的女人。她并不像汪老太太所说的是整天想“私奔”的女人，她只不过是消沉而不是最后堕落。为了丈夫的健康，她压抑着遭受尖酸刻薄辱骂的不平，做出与婆婆和好的姿态，并且千方百计地为丈夫治病筹款请医生。她一直担负着儿子学费的全部开支，并且尽力协助丈夫维持好一家人的生活。直至与丈夫离婚之后，曾树生仍然按月给汪文宣寄钱，仍然关心着他的病情。她的离家也只不过是“出走”而非私奔，因为她始终没和有地位、有权势的热心追求者陈奉光结婚。

曾树生最为一些读者与批评家所不能宽容的，是她抛下贫病交加的丈夫而随陈奉光飞往兰州，以及最后又在汪文宣病重之际写来那加速丈夫丧命的长信。关于兰州之行，曾树生也曾犹豫再三，最后是在老太太一再中伤与汪文宣多次劝告之下才下决心走的。至于最后那封表示决裂的长信则更有具体的原因。她到兰州后，丈夫一直对她隐瞒自己的病情，“常常编造一些谎话，他不愿意让她知道他的实际生活情况”；而汪文宣要她向婆婆道歉的信则直接引发了她的积怨，成了她写决裂信的直接诱因。从小说开始曾树生与丈夫、婆婆吵架而离家出走，到最后她从兰州飞回重庆寻找汪文宣，寻找那个令她痛苦而又使她难以忘怀的家，恰恰说明她无法从根本上抛弃自己的丈夫与儿子，无法完全割断自己与家庭的精神联系。

在已有的许多评论中，人们大多关注着作为妻子的曾树生而忽略了作为母亲的曾树生。相对于与丈夫的感情来说，曾树生对儿子的感情似乎更为淡漠。她似乎觉得挣点钱把儿子送进贵族学校就已完成了做母亲的责任。如果说曾树生对家庭还有所牵挂的话，那么主要的也还是汪文宣而决不是汪小宣。实际上像汪小宣这样的孩子，更需要的还是曾树生作为母亲的那份爱。但曾树生却一直“没有对他充分地表示过母爱，她忽略了他”，她远远没有付出作为母亲所应该和所可能给儿子的一切。

总之，曾树生也是一个具有二重人格的人。在她身上，既有现代女性追求个性独立的强烈要求，又有传统女性恪守东方道德的矜持；既有“年轻而富于生命力”的普通女性的生理渴求，又有受过高等教育的知识女性的冷静与理智。从表面上看，曾树生是整篇小说之中唯一可以操纵命运的人，在与汪文宣、陈奉光甚至与汪老太大、汪小宣的关系上，她始终掌握着主动权。但是，虽然她与丈夫年轻时那种爱的情焰已经熄灭，理性和道德的力量却令她难以彻底摆脱汪家的阴影；虽然她有意无意地维持并操纵着自己与陈奉光的暧昧关系，实际上又未敢越雷池一步。

因此，从根本上看曾树生仍然属于一个悲剧性的人物形象，她不仅像汪文宣那样，经历了精神崩溃，理想破灭，以及由此而带来的婚姻家庭的危机，而且还时时刻刻经受着出走或归家，维持旧家庭秩序还是追求新生活目标，抛弃贫病交加的丈夫或接受享乐人生的诱惑等种种苦恼的折磨。在那大多数人惶惶不可终日的社会中，她虽然已有了漂亮的服饰，有着丰润的肌体，还有那及时行乐、逢场作戏的欢歌与笑语，但在这一切之下掩盖着的，却是她一个无法安定的灵魂，一颗饱受煎熬的痛苦的心。

三

汪文宣是一个善良本分的知识分子，尽管他生活极为穷困潦倒，却从不去阿谀奉承、依附权贵。汪文宣对母亲和妻子关怀备至，常常会设身处地地为她们着想；对唐柏青、钟又安这些普通朋友，他一直表现出诚挚与热情；甚至两个素不相识儿童的遭遇，也会引发他无尽的同情，而忘却自己的不幸。汪文宣还具有强烈的爱国热情，虽然抗战胜利没能给他带来任何好处，但他却觉得自己“可以瞑目死去”。

但是，在生活的重压之下，汪文宣又渐渐地形成了自卑怯懦、胆小怕事的性格弱点。在公司里他提心吊胆，生怕因一时的不慎而被辞退；主任、科长们望他一眼，咳嗽一声也会令他胆战心惊。而在自己的家中，他离不开母亲又抛不下妻子，他不敢违抗母亲又不想得罪妻子，只能痛苦地沉溺于母爱与情爱的冲突中而无法自拔。

汪文宣与曾树生年轻时曾有过共同的理想，他们因此相爱而同居。但人到中年，随着社会环境和生活条件的变化，他们彼此思想上的距离与性格上的差异却正悄然地加大，他们之间相互爱慕的热情也由此而消退。

在思想观念上，汪文宣仍然保持着年轻时的正直与正气，因此他不想也无法适应自己所处的社会；而曾树生却正努力地改变自己，以使自己能在战时的环境中自在地生活。对于汪文宣来说，他需要解决的难题是生存本身；而曾树生追求的则已是生存的质量。汪文宣有时还会惦念起年轻时的高尚理想和宏伟抱负，虽然这只不过是一种无能为力的慰藉；但是在曾树生的记忆中，这种理想与抱负则已是遥远的“一场梦”。可以说生活中汪文宣虽完全是一个弱者，但决不是一个市侩；而曾树生虽然表面上如鱼得水，实际上却不能摆脱精神失落的空虚。

在内心深处，由于经济收入的低微和健康状况的恶化，汪文宣在妻子面前已形成自卑负疚的心理定势。他不仅不敢对曾树生有任何指责，任何祈求，就是看见她与另一个男人一起亲密地走大街，他也“不敢迎着他们走去”。当经过自己再三请求，妻子答应和他谈一会儿时，汪文宣竟流露出“差不多要流泪地感激”之情。

这夫妻两人一个软弱卑琐，一个自信鲜活，他们最终的分道扬镳是不言而喻的。作为受过高等教育的现代知识分子，汪文宣当然也不难认识到这一切，却仍然觉得自己离不开妻子。他曾因曾树生的出走而神不守舍、借酒浇愁；他也曾残忍地自我虐待，以期获取妻子的同情与理解。但是，汪文宣离不开自己的妻子已不完全是情爱上的需求，他与妻子的精神联结正在逐渐转化为一种近似于对母性的依恋。因为怕惹曾树生生气，在与她讲话时，他“红着脸，像一个挨了骂以后的小孩似地”。当妻子看到他醉酒，说要送他回家时，他“胆怯地”看着她，并且很快就“孩子似地”表示，以后自己再也不喝酒了。回到家以后，“妻子便扶着丈夫走到床前，她默默地给他脱去鞋袜和外衣。他好些年没有享过这样的福了。他像孩子似地顺从她。最后他上了床，她给他盖好被”。在妻子面前，汪文宣心理个性的不成熟彻底地显露出来了。他期望从妻子处获得的是慈母般的关怀，而不再是情人般的欢爱。

在感情上，夫妻的爱或情人的爱是平等的、双向的，但在汪文宣与曾树生夫妻之间，丈夫对于妻子已只有渴求（或乞求），而妻子对于丈夫也只剩下了怜悯（或施舍）。当然，形成这样尴尬的态势有复杂的生活和社会原因，但汪文宣在生理上和心理上无法付出却已是一种定局。与其说汪文宣爱母亲更甚于爱妻子，不如说他需要母亲更甚于需要妻子，因为对于他来说，只有母亲那无私而博大的胸怀，才可能是随时可以停泊的港湾。所以，汪文宣虽然坚信妻子“决不是一个坏女人”，但在心理天平上，他却更倾向于同情母亲，在潜意识里，他更牵挂的也是母亲。他不止一次地私下从内心发出“究竟是自己的母亲好”的由衷赞叹，他还真诚地安慰自己的母亲说：“妈，你不要伤心。我不会偏袒她，我是你的儿子——”汪文宣这种心理定势的形成，也源于其心理个性的不成熟。他从小失去父亲，长期的孤儿寡母的生活使他形成了严重的恋母情结。他似乎一直没走出儿童期。汪文宣潜意识中对母亲的这种依恋倾向在小说刚开始的第二章的梦境中非常自然地显露出来了:当“敌人打来了”的惊惶之时,他第一个反应便是“我找妈去!”他甚至不顾曾树生的厉声责怪,想抛下妻子与孩子去寻找自己的母亲。这一梦境把汪文宣潜意识中的价值天平无遗地袒露出来了。汪文宣最后支持、奉劝自己的妻子与另一男人飞往兰州,固然有其关心妻子、为妻子着想的善良动机,但也不排除他恋母别妻、息事宁人的深层心理因素。当然,处于两难境地的汪文宣是痛苦的,而最后不得不做出非此即彼的选择对他来说又是残酷的。因为在做出选择的同时,也就意味着必须为自己的选择承担可以预想得到的后果。曾树生的兰州之行终于加速了汪文宣的毁灭。

总之,穿越作者思想政治层面的创作意图,《寒夜》人物的遭际为读者提出了一系列复杂的婚姻家庭、社会人生的问题:在物质条件和精神需求均无法尽如人意的实际生活中,每一位曾经有过理想有过抱负的知识分子应该为自己选择怎样的道路,应该如何度过自己的人生?是注重生存还是追求发展?是适应现实还是继续执着于理想?在现代的家庭中,人与人之间应如何克服观念的冲突与性格的差异而和睦相处?是相互理解与谅解,还是相互苛求与指责?是恪守传统秩序还是尊重个性,营造一种自由开放的家庭模式?而在每个人的一生中,应如何寻找与发现自我的心理个性弱点?又应如何去培养与完善自我的人格?《寒夜》的人物形象借传统的叙事母题显示了一系列复杂的现代语义,为人们留下了无尽的思考。

(《中国现代文学研究丛刊》1998 年第 1 期)

《寒夜》：复调的回响

张伟忠

《寒夜》是一部独特的小说。它的独特性在于打开了一个众声喧哗的复调世界。这个世界由各具价值的独立意识构成，充满了各种形式的对话。

“复调”一词，是俄国著名文艺理论家巴赫金在分析陀思妥耶夫斯基的小说创作时提出来的。复调是音乐术语，又称多声部，源于希腊文，指的是由几个各自独立的音调或声部组成的音乐。复调小说不是一般所说的多结构、复式结构小说，它是与独白小说相对的“多声部”小说或“全面对话”小说。主人公自我意识的独立性、对话性，主人公之间，主人公与作者、世界的平等对话关系，是理解复调小说的关键。

《寒夜》是一部复调小说。在巴金笔下，小说主人公是一些与作者相平等的感性个体存在。作者与主人公之间是一种同时共存、互相对话的互为主体的关系。作者采用对话方式接近他们。这种对话不仅是作者与主人公之间的，也是主人公与自我、他人和世界的对话。《寒夜》侧重描绘的，正是小人物的独立意识及其表现出来的对话。

汪文宣就是一个具有十分敏锐的自觉意识和自省意识的小人物。用他自己的话说就是一个“良知没有丧尽的读书人”。他怯懦但不麻木,对时局有着清醒的认识,对自己的性格弱点也了如指掌,对自己的一切特征甚至个性、经历、社会地位、与他人关系以及外貌表情、一言一行,不断地进行自我反思。同时,又不断地同自我,他周围的人和现实世界相辩论、争吵、质询。他的意识中常有两个声音在打架,一个说“你有胆量么?你这个老好人!”另一个声音立刻反驳说“为什么没有胆量呢?难道我就永远是个老好人吗?”一个声音在鄙视自己,另一个声音又对自己充满了希望。小说开篇的这种描写,就为全篇定下了复调的基音。主人公一上场,耳鼓中就无休止地混响着两种相交锋的声音,分裂着他的人格。老是有另一个汪文宣在观察、评价着现实中的汪文宣的一言一行,讽刺挖苦他或抚慰鼓励他,与他争辩,反抗他或同情他。两个声音都代表了汪文宣的思想意识,但语调却不同,它们组合交错,给人一种心理紧张感。两个声音谁也战胜不了谁,汪文宣处于其中,终日不得安宁。他经常在思想中自问自答,自己跟自己争论,却很难得出一个结论,永远“在想。在想”。总是显得那样疲惫、那样痛苦、那样激动。思想就是他的行动。他在思想中解决现实问题,消淡在生活中所受的侮辱与伤害,并在思想中加以反抗。

汪文宣对自己的性格特征和本身在社会圈子中的位置,似乎比我们了解得更多。他总在左顾右盼,时时处处注意别人的眼色,经常神经质地以为自己嚷出了什么。他对外部世界和他人谈话中与自己有关的声音特别敏感,知道他人对自己可能做出的种种评语,并且固执地、痛苦地在内心深处反复咀嚼这些评语。他想得最多的是别人怎么看他,他们可能怎么看他,因而竭力想赶在他人意识之前否定它们。他觉得别人看他的眼光都带有怜悯色彩,同事的语调里总带着讽刺。汪文宣之所以这样在乎别人的表情和对他的评语,并不停地进行否认,是因为他早已失去了自信力,除了自己的良知他没有什么值得骄傲的东西。作为一个小人物,汪文宣对周围世界感到无能为力,他也无法激起这个黑暗世界的任何反应,唯有在自己的思想意识中,借助于对话,才能在自己的声音里体验到一点自我的存在;并以此参与对这个世界的抗争,喊出自己的不平与愤慨。

如果用一句话来概括汪文宣,可以说他是一个痛苦的思想形象。时代越黑暗,社会越动荡,主人公越懦弱,这种思想形象就越生动。在现实生活中,汪文宣失去了生命的自主性。只有在那个漫无边涯的思想意识领域,汪文宣才能自由徘徊。在这里他有多种选择的可能性,他游移于其中,体味着这些选择带给他的混乱与痛苦,但就是无力朝着现实迈出一步,走进行动的领域。汪文宣的思想永无宁时,根本原因在于他是在自己的思想中生活,但如果一个人只是用自己的思想而不同时用行动来参与生活,参加生存的斗争,那么他就享受不到实践与生活带给他的快乐,争取不到生存的权利,而只有生活遗留给他的痛苦。这种痛苦在作品中表现为主人公讲述自己和自己世界的话语,这是作者赋予主人公的最大权利。作者让主人公说出属于主人公自己的声音,因为他已经失去了完整的自己,只剩下了声音。因此,确切地说,我们不是看见主人公,而是从他有声或无声的哀号里听见他。

《寒夜》里的复调世界是一个由多种形式的对话组成的现在时的多元世界,呈现出一种共时性。《寒夜》以写汪文宣寻妻开始,以曾树生寻夫结束,中间是一个个单调的生活的横断面——像钟摆在痛苦与苦闷间往返的死水般的日子。读者看到的是一股宁静的生活流,好像是静止,却时刻在流动;表面上死水一潭,暗底下却有众多意识的漩涡与暗流,呈现为纷繁多样的言语类型。其中不同指向的双声语,尤其是形成内心对话关系的折射出来的他人语言,即暗辩体、带辩论色彩的自白体、隐蔽的对话体占据明显优势。以前的论者多从一般语言学角度出发,将《寒夜》语言特色归结为质朴、含蓄、自然之类。这只是针对作者的叙述语言而言,忽视了作品中大量存在的多样的言语类型,而后者才是我们的主要研究对象。试举一例。当汪害病,曾在家照看,这时陈主任送信邀见曾,曾疑虑不决之际,汪母进来,婆媳二人之间发生了一场对话:

"啊,你还没有走?"母亲故意对她发出这句问话。

"走,走哪里去?"她惊讶地问道。

"不是有人送信来约你出去吗?"母亲冷笑道。

"还早",她含糊地答道。她略略埋下头看了看那只捏着纸团的手,忽然露出了报复的微笑。现在她决定了。

"今天又有人请吃饭?"母亲逼着再问一句。

"行里的同事",她简单地回答道。

"是给你们两个饯行罢?"

母亲的这句话刺伤了她,她脸一红、眉毛一竖。但是她立刻把怒气压住了。她故意露出满不在乎的微笑,点着头说:"是"。

她换了一件衣服,再化妆一下……然后装出得意的神气走出了房门。她还听见母亲在她后面叽咕,便急急地走下楼去了。

"你越说,我越要做给你看,本来我倒不一定要去。"她噘起嘴气恼地自语道。

汪母和曾树生两人的对话实际上是一场暗地里的辩论。它建立在两人的对话关系与自我意识的双重性基础上,体现了人物的深层心理结构。汪母不愿儿媳出外赴约,但却用故作惊讶的相反的语言说出,话里带刺。曾一开始在想心事,所以初听汪母的话,倒有些摸不着头脑。但汪母的话中锋芒渐露,刺伤了曾,曾便开始反击,用的却是冷静、平淡的口气,更加激怒汪母。汪母句句紧逼,曾则以守为攻。两人的对话,在意识中都是既面向自己又面向对方的,每个人的意识都进入了对方的言语中,并被反映出来,左右着语言的语调与含义,从而形成了一种独具特色的双声语。它既表达说话者自身意识,同时又紧张应对对方语言。最后,双声语的这两种指向都发展到了极其强烈的程度,但作者没有将它们统一起来,而是留下了一场未完成的对话。生活就汇合在这未完成的对话中。在主人公的每一个声音里,我们都能听到两个相互争论的声音;在每一个表情里,我们都能看到相反的表情;在每一个决定的意念里,我们都能感觉出十足的信心和疑虑不决。这正是《寒夜》复调艺术的魅力所在。

《寒夜》除了表现出以上共时艺术的对话特征以外,还突出地表现了复调小说空间并存性的视觉特征,这主要体现在作品的叙述语言中。以环境描写为例。在汪文宣眼中,"天永远带着愁容。空气永远是那样闷。马路是片黯淡的灰色。人们埋着头走过来,缩着颈走过去”。曾与陈主任散步到江边,她看到的是“江面昏黑,灯火高低明灭,像无数只眼睛在闪动,像许多星星在私语”。在这里呈现的外部环境,几乎没有静态的客观的描写,而是随着主人公情绪的流动与目光的投射,上下左右、前后远近做跳跃式扫描。读者在作品中看到的是作者通过主人公的眼睛所看到的世界。它随着主人公复杂内心感受和多向思维轨迹的展开而跃动,极朦胧又极清晰,极真实又极虚幻。这些动态的描叙反过来加强了人物的主体性特征。汪的靡弱、卑琐,曾的矛盾、犹疑,都融在这灰色的天空和高低明灭的灯火中。埋头缩颈,在愁闷的天空下,在灰色的马路上,走过来又走过去的,不正是汪文宣们的写照?徘徊于江畔,受无数只希望的眼睛的蛊惑又受许多私语的星星指责的,不正是进退维谷的曾树生的真实形象?在这里,我们又一次看到了主人公主体意识的强化,过去由作者一手包办叙述描写的客观对象,现在转入了主人公的视野,作为主人公身上不可缺少的一部分而提醒读者注意他们真正的自由与独立。这可以说是复调小说所带给我们的艺术视觉上的革命。

通过以上对《寒夜》的分析,不难看出,《寒夜》在现当代文学史上是一部迥异于其他独白小说,也有别于巴金其他小说的独具特色的复调小说。其中,主人公主体意识的增强、形式纷繁的对话和生活横断面式的艺术描写是小说主要特征。对话贯穿于小说始终,构成了小说全部的内容与形式,展示了某种生活本质的东西。在这一点上说,巴金从生活的本质出发接近了对生活本质的理解。当然,不能把对复调小说特征的理解绝对化。复调艺术是用艺术思维把握世界的一种审美方式,要想真正理解它,还必须把它同产生它的社会时代和作者本人联系起来考察。抗战胜利前后国统区的黑暗现实,种种复杂矛盾现象和小人物内心的呼号——无力的申诉、无望的慨叹、无涯的苦痛,是产生《寒夜》复调艺术的社会土壤。从个人原因上说,巴金从1944年到1946年飘泊转徙的生活经历,亲见亲闻的小人物特别是像汪文宣之类的平民知识分子的生活惨象与呼号,面对惨象却无能为力的痛苦的内心体验,作为一个作家的良心,这是巴金能创作出复调小说的生活根源。巴金在某种程度上与汪文宣有着一定的同构性。他曾说:“在小职员汪文宣的身上,也有我自己的东西。”“汪文宣的思想,他看事物的眼光对我并不是陌生的,这里有我那几位朋友,也有我自己。”[①]性格的软弱与面对黑暗现实无能为力的感觉,也曾深深触痛过巴金。要替那些小人物伸冤,他所能做的就是“绘下他们的影像,留作纪念,让我永远记住他们,让旁人不要学他们的榜样”[②]。巴金并不把文学单纯看作是对生活的认识,而是把文学创作视为参与生活的实践,他以写作参与这个世界的对话,用自己的声音去消解、反抗国统区国民党意识形态的声音。

复调艺术的产生还有一点不可忽视的,就是俄国文学尤其陀斯妥耶夫斯基对巴金的影响。巴金早年曾熟读过陀氏作品,其小说创作无疑受陀氏潜移默化影响。他在1929年发表的一篇题为《〈黑暗之势力〉之考察》的文章中曾娴熟地引用过《罪与罚》《卡拉马佐夫兄弟》中的有关人物与情节。1936年,当谈到那些帮助一个人成为“真正的人”的作家时,巴金只提到了三个俄国作家,其中一个就是陀氏。美国学者奥尔格·朗认为:巴金对陀的高度评价,似乎主要是由于对这位作家的声望的仰慕,而不是一种真正的感情上的表达[③]。这种意见,本文不敢苟同,《寒夜》的写作表明,陀对巴金的影响之深,可以说渗透到了创作血液中。正因为深受陀氏艺术思维的影响,巴金才在《寒夜》中自觉不自觉地触响了复调之弦,开拓和发现了人及其生活的一些新领域,那就是“人的思考着的意识,和人们生活中的对话领域”[④]。而这确实是巴金之前和之后的中国作家所较少有意识涉及的领域,这不能不说是巴金对现代文学的一大贡献。

重读《寒夜》,重点不在强调它的思想内容与人物形象在有关现实方面告诉了我们一些什么,或者它的历史意义,而是关注复调小说本身产生的根源和所具有的现实价值。毫无疑问,《寒夜》里的主人公,以及其中的事件,它们作为作

---

① 巴金:《关于〈寒夜〉》,《创作回忆录》,人民文学出版社,1982年,第105、111页。

② 巴金:《谈〈寒夜〉》,《中国当代文学研究资料·巴金专集1》,江苏人民出版社,1981年,第536页。

③ [美]奥尔格·朗:《论俄国文学对巴金的影响》,《中国当代文学研究资料·巴金专集2》,江苏人民出版社,1982年,第318页。

④ 巴赫金:《陀思妥耶夫斯基诗学问题》,三联书店,1992年,第363页。

品复调结构的组成部分,比起把它们视为社会现实的投影,所告诉给人们的东西要丰富得多。读者在阅读作品时,也要相应改变自己的惯用视角和期待视野,参与到小说的对话中去,体悟生存的本质。从这个意义上说,《寒夜》是一部未完成的开放式小说,永远在等待着与不同读者的对话。

(《山东师范大学学报(社会科学版)》1988 年第 2 期)

论女性的自我生命选择

——也谈《寒夜》

张沂南

《寒夜》是巴金描写家庭社会问题的最杰出的长篇小说。多年来,巴金从未间断过对于中国女性命运的关注与思考,正如某些学者指出的,巴金的创作从一开始就将对陈旧制度和传统的抨击,弘扬民主和个性解放放在首位,并始终将被生活重负压迫得沉重而乏味的家庭生活看作是一种不祥的征兆。的确,在他的小说中,几乎总有一个叛逆者,一个精神上或行动上的旧家庭的叛徒。《寒夜》的女主人公曾树生就是这样一个叛逆型女性。在今天,就文本的发掘而言,其内涵之丰富已远远超出了五十多年前作者创造这个人物时的意图,而西方女性主义文学批评又从另一特定的支点和角度,为我们提供了重新解读的可能性和思维空间。

一

应该说,《寒夜》作为巴金真正的代表作是当之无愧的。除了作品所显示的作者深厚的创作功力外,还因为其中人为化、功用化、理想化的倾向为最少。虽然巴金本人称这部小说的写作"鞭挞的是当时的社会制度","目的无非要让人看见蒋介石国民党统治下的社会是个什么样子",但在进行创作时,严谨的写实姿态和成熟的人生思考却使之逐渐偏离了愤世疾俗、"一骂为快"的社会主题,使文本具有了后来的这种更为人性的面孔和心理推进的力量。作为文学典型,《寒夜》完全能够以自身说话。作者在《谈〈寒夜〉》中曾言:"有作品在,作者自己的吹嘘和掩饰都毫无用处。"虽然作者这样说,无非为了表明"执笔写那一家人的时候",自己"究竟是怎样的看法",表明他的确是为了"控诉"蒋介石国民党才写的这本书,但我们不妨取其意而反之,因为这句话正能说明文学文本自身存在的价值。

就文学批评实践而言,真实的评价往往首先是建立在对文本阅读的基础之上的,文学性的标准并不总是以作家的自我宣称以及希冀达到的社会功用为其固定意义。女权主义批评者认为,如果阅读是寻找妇女经验的表达法,就说明我们已经把意义置于小说之外,仅从作家的生活去寻找意义,而不是在文本和读者之间寻找历史的交流沟通。主体的经验是散播式产生的,需要不断地重新界定。文学作品通向构成性别和妇女生活话语,这话语又为当时的文学话语的框架所构成,于是今天的阅读过程自然就掺进了现代人所关切的许多问题。当然,文本的意义同文本产生的历史语境有关,但又必须通过我们对历史、性别和意义的建构来理解,因此有必要更为仔细地阅读与发掘文学作品的张力、假设和潜力。我们看到,在相当长的一段时日内流行的美学标准几乎已经等同于道德的、思想的乃至政治的标准,其又总是或多或少地隐含了男权中心的标准。文学作品中的性别意义常常受到压抑和忽视,作家与批评家对于作品的诠释又总是在有意无意地重申父权制针对妇女的某种界定，将其中的女性形象的发掘简单化甚至化之为零。

《寒夜》是一部出自男作家之手，并且主要地是写男人命运的书。关于这点，我们从作家的创作初衷以及文本自身可以看出。作者回忆当初写书时情况说："我开始写《寒夜》，当时我的脑子里只有汪文宣"，虽然后来"也写了他的妻子和家庭的纠纷，这一切都是围绕着汪文宣进行的"。从作品篇幅看，全书共三十一个章节，正面写男主人公汪文宣的达二十一节，占五分之四强，其中直接以"他"（指汪文宣）字开头的就占了十四节；书中正面写女主人公曾树生的篇幅仅有三节半，而以"她"（指曾树生）字开头的也只占三节（其中内容亦多是写汪文宣的）。可见，作者在讲述男女主人公故事时，其用笔用心并非是一视同仁、平分秋色的。无疑地并且不由自主地，他将最深的同情给予了那位在他看来最为不幸的男主人公。但也许正是如此，女主人公曾树生留给我们的阅读期待、空白假设也就更多了一些。读过《寒夜》的人几乎无不对这位美丽而凄婉的女性投之以极大的关注，并产生出一种探究的兴趣和冲动。

在对中国男性知识分子命运进行展示的同时，巴金对中国妇女问题亦作过长时间深入的思考，这种思考有时是自觉的，有时是非自觉的，有时是自觉中包含着非自觉的。《寒夜》属于后一类。

在巴金所塑造的女性形象中，有"顺民"，有"叛徒"，有"他救者"，有"自救者"，有听天由命的也有不肯认命的，有自暴自弃的更有自强自新的。其中曾树生似乎什么都不是又似乎什么都是，她是这些因素清晰又朦胧的集合体。时代的变迁、历史的冲撞、人性的困惑，以及作为"一个女人"时时处处事事所面临的两难境遇，都在那个特定的时刻、特定的场景降临到了她的身上。生活要求她作出抉择，而这抉择首先便定位在她"做什么"以及"怎样去做"上面。

研究巴金的人都知道，类似于汪文宣和汪母的形象，在巴金小说系列中是多有重复的。曾树生却不同。这一形象非但与巴金所塑造的女性群体中的人物个个不同，亦与同时代其他作家塑造的女性形象相区别而独树一帜。她比梅勇敢，比瑞珏有识，比蕙果决；她倔强但不会如鸣凤似的在绝望中残杀自己的生命;她像淑英一样走出“旧家庭”读书识字,寻求作为一个“人”的出路,也像巴金笔下的许多女性一样,自由恋爱,成立了“新家庭”,但她又不像姚太太万昭华和芸那样,心甘情愿地在一个新组合的旧式家庭中回复起地道的贤妻良母角色;当然,她没有如李佩珠、冯文淑那样投身于“鲜血淋漓的现实”,而依然处于“有时间来决定”的彷徨之中。就像寒夜中那盏“摇颤的电石灯光”,在阴暗的背景中极力挣扎,随时“会被寒风吹灭”。“她走得慢,然而脚步相当稳。”这样的女性、这样的结局难免会让那些期望每一本书都能“鼓舞人们的战斗热情”的人大感失望,但毕竟又是极为真实的。作者和读者眼中的曾树生是个不含一丝人为雕饰的、普通又不普通的中国小资产阶级知识妇女形象。正是这份真实,使《寒夜》成为了一部“可以超越时空的传世佳作”,也使曾树生成为了中国文学女性形象中一个不可多得的范例。

感谢作者,将谜一样的曾树生留给了我们!这一女性形象隐含着的许多捉摸不定的东西,绝非仅仅能以一般的“社会意义”、“道德评判”便可简单地加以审定。如果我们对这个形象的阐释,仍然只是停留在形而上的“政治思想”的逻辑推理表层,那么这一具有现代意识的女性形象将有可能在被动、否定和缄默中,被永远地封闭在男权中心的视觉盲区。

二

《寒夜》写尽了巴金矛盾的心情。理想现实、勇敢懦弱、健康疾病、金钱贫困、挣扎沉沦、生与死,种种冲突纠缠在一起,难解难分,最终导致了无可避免的家破人亡。深究下去,在这所有矛盾的交叉点上,又几乎无不与社会家庭中的男权观念、女性意识的对抗性质有关。对于主人公汪文宣,作者并不忍心让他死去,又不得不让他死去。他也怨愤这个“老好人”,责备他不曾“站起来为改造生活而斗争过”,但同时他又认为,汪文宣的死,除了社会的原因外,“他的母亲和他的妻子都有责任”。那么,仅就家庭内部而言,在妻、母与他本人之间,究竟谁更应该负有责任呢？汪文宣一直没弄明白，家中的“两个女人”其实代表着新旧两代人，代表着相互对立的两种道德观念和文化价值取向。他的母亲执行的是极端传统的父系社会法则，“她希望恢复的，是过去婆母的威权和舒适的生活”。她总想摆出婆婆的架子凌驾于媳妇之上：“无论如何我总是宣的母亲，我总是你的长辈”，“我管得着，你是我的媳妇，我管得着！我偏要管！”在强行履行婆母权力（父权）的同时，她要求儿子也拿出做丈夫的权威（夫权）来：“我看她越来越不像话。你也得管管她。”她希望媳妇能像媳妇，不打扮不交际不张狂，老老实实在家里孝敬婆母、相夫教子。她极力想要维持的那一套以传统的男权文化等级性为内涵的行为规范，无疑具有显而易见的性别专制意味。

至于曾树生，的确可以视作文本中一个独具含义的性代码。对这一形象来说，“寒夜”二字不光可喻为当时的社会环境，亦可喻为她的家庭环境。我们知道，父系社会对于女性的所有规定无不起源于家庭秩序的建立和维护。家庭是社会心理的代言人，是专为女性设立的特殊强制系统，亦是压抑个人生命冲动的主要实施者。曾树生与婆母争执，自然不是一般意义上的婆媳不合，而是一种“不会向她婆母低头认错”的抗争姿态。她虽从不主动出击，但在为人根本的立足点上，却始终不曾后退半步：“你管不着，那是我们自己的事！”“我老实告诉你：现在是民国二十二年，不是光绪、宣统的时代！”她坚信生命是自己的，她有权选择人生的道路，有爱与不爱的自由。即使在那么恶劣的环境中，她的身上仍残留着“五四”新文化延续下来的可贵的新女性人格精神，保持着对于封建男权文化的清醒认识和不肯屈从就范的斗争精神。

汪文宣的悲剧根源在很大程度上置于他本身的思想性格。不过几年时间，他就让自己从一个敢于为爱情和理想向世俗挑战的青年，变成了自觉地与这种传统认同的苟且之人。在家庭的两阵对垒之中，他明知妻子并没有什么大错，错在母亲，可他却无原则地安慰母亲说：“妈，你不要难过，我不让她回来就是了。”这就从客观上纵容了母亲所代表的父权势力，不知不觉中将妻子一步步地从自己身边推了开去。他的痛苦与毁灭是无可避免的。试想，如果他能勇敢一点，对满脑子封建观念的母亲做出“反叛”的姿态，或采取一种更为可行的两代人既协调又不失原则的策略，或许他的病能够好起来，爱情和理想也不至于被如此葬送。

汪文宣之死，固然不能排除那个黑暗社会负有的责任，但与其本人最终对旧势力所作的妥协亦有着极大的关系。在“新”与“旧”的文化冲撞之间，他选择并归靠的是“旧”的一方，正如在“生”与“死”的人生关头，他轻易地就放弃了“生”的可能一样。他认为“树生带走了爱，也带走了他的一切：大学时代的好梦，婚后的甜蜜生活，战前的教育事业的计划”。这显然是头足倒置的逻辑，它只能进一步证明了汪文宣将所有的希望维系在一个女人身上的无可救药的懦弱。实际情况是，正因为他早已放弃了那些“好梦”和“计划”，放弃了除妻子之外所有的人生追求，在精神和肉体上完完全全变成了一个依附者，才最终失去了妻子“大步奔向毁灭”的。怎么能说是母亲和妻子“逼着他，推着他早日接近死亡”的呢？曾树生从兰州发来的那封长信说得明白：“你从前并不是这种软弱的人！”这才是问题的实质。

三

在既定的历史视野中，出于对男权文化统治下女性存在的反思，注定我们只能从批判和否定旧的意识和秩序起步。只有摧毁了男权文化陈旧的批评框架，才有可能较为公正、较为客观地建立起对于女性生存的真正理解。

以传统的男权意识审视曾树生，她的所作所为、所从事的职业无疑触犯了男性社会的某些禁忌，比如“她竟然甘心做花瓶”，竟然“离开汪文宣以后，也并不想离开‘花瓶’的生活”，“更不会亲手将‘花瓶’打碎”。如此“自甘堕落”、不懂自爱的女人，显然令许多人感到不安，因为这些行为无疑有悖于社会对于性别角色的明确规定。

在职业问题上，“花瓶”之说是最能代表传统意识的男性话语的，它是男性语系中专门为女性设计的一个名词，具有明显的性别针对性。这个词从它诞生的那一刻起就从来不属于男性。男人们无论从事什么职业，均是名正言顺，与性别无关。比如那个与曾树生同事的“陈主任”，即便同样白拿钱不干活，同样每天“打扮得漂漂亮亮，能说会笑”，也没有人会认为他是“花瓶”。“花瓶”者，必是生得漂亮，“会打扮，会应酬”、怕“吃苦”之女子也。从男权中心的文化心理出发，女人们应该“宁肯饿死”，或者去“做一个老妈子，总比做一个‘花瓶’好”。出卖苦力的永远比不出卖苦力的女人要“正派”得多，“光彩”得多，“理直气壮”得多。在男权社会中，“花瓶”这两个字就这样被赋予了一种特殊的文化道德意义。

当然，一个女人在任何境况中都不可能仅仅凭借着自身的意愿和利益存在，妇女的生存状态始终是与整个历史、社会、时代密切联系着的。但其每一生命个体又的确具备了独自感受、体验以及决断生活的能力和权力。事实上谁都知道，曾树生做“花瓶”首先是“为了解决生活上的困难”，是因为“活着的时候，总得想办法”的一种谋生手段。虽然她并不认为做这份差事就是“脸皮厚”，就比当“老妈子”的更低人一等（她曾为此昂然力争：“现在骂人做花瓶，已经过时了”）。只是与当初“办教育”的理想相比，她心里很清楚这份“工作”并不值什么：“我觉得活着真的没有意思。说实话，我真不想在大川做下去。可是不做又怎么生活呢？我一个学教育的人到银行里去做个小职员，让人家欺负，也够可怜了！”可见她并不“甘心做‘花瓶’”，也并不是“不想离开‘花瓶’的生活”。当然，“她要是能吃苦，她早就走别的路了”，但这“别的路”究竟在哪里呢？或许指“当老妈子”，或许指投奔革命。且说前一条路在当时与当“花瓶”并无什么本质的区分，同样是以出卖女性的人格尊严为前提的；后一条路虽然可能，但对于这样一个小资产阶级知识女性来说，则未免有些苛求。对曾树生这个在当时还只能是处在职业的被动选择地位的女性而言，即便仅仅是以她的“漂亮”和“能干”养活了这个已完全失去劳动力的四口之家，难道就该备受指责么？如果我们不能因此原谅曾树生，那么对于像小说《月牙儿》中所描写的，在山穷水尽中只得操持“皮肉生意”的那对母女以及更多的下层不幸女性又该当何论呢？

人们是不忍亦不会责怪汪文宣“为了那个吃不饱穿不暖的位置”，去“整天校对那些似通非通的文章”的，因为他们知道男人们为生活所迫大多只能如此。让人不以为然的，不是那份无意义的工作，只是他的性格。但是同样的情况到了曾树生那里就完全不一样了。无论是她的那份职业，还是她的那种个性，都是无法令人满意的。人们不光在乎她“做什么”，更在乎她“怎么做”。在以男性为中心的社会里，女性不过是一个被规定的客体对象，美貌、可爱应该和她的“贞洁”并行，完全归属于家中的男人。如果一旦流失于社会，便有不贞不洁的可能。而曾树生不光当了“花瓶”，出卖了本该只属于丈夫的美丽，偏偏这份“工作”又吻合了她“爱动、爱热闹”的天性，因此就更不可饶恕了。这种针对女性的性别压抑，几乎已经成了一种内在化的社会权威法则无所不在。众所周知，男性在一切已知的社会文化中总是受到格外的重视，并获得较高的评价。社会通行的文化价值标准，无论是道德的、审美的、人格的或其他，也总是趋向于男性的趣益。“花瓶”说亦由此而来，其仍然是“饿死事小，失节事大”的男权世俗观念的沿袭。但是，当人们指责曾树生时，似乎很少想到，在那样恶劣的境况之中，她至少为自己赢得了对于女性十分重要的基本生存权、经济权和自主权。她毕竟没有被困境困死，并且用这份令人难堪的“工作”养活了自己和那个垂亡的家庭。虽然生活使她暂时地丢弃了“理想”，但作为妻子，曾树生却从来没有想过要依赖自己的丈夫。在丈夫日渐消沉畏缩之时，她依然能够在孤立无援中依靠自身独自挑起生活的担子。虽然这力量十分的单薄，但她毕竟在积极主动地参与、在做在设法，而不是躲在被窝中唉声叹气，怨天尤人。当然在外谋生她不得不靠着“陈主任”的“关照”，还无力完全摆脱男权统治的阴影，但以当时的情境，说曾树生已经具备了起码的独立人格意识恐怕并不过分。因为无论在经济生活还是精神世界方面，她都基本摆脱了对于家庭的依附。这行为本身就为她进一步的人生选择提供了广阔的可能性，而这正是曾树生作为一个女性强过所有的梅、芸、姚太太和子君们的地方。

笔者以为，以往包括作者在内的针对曾树生“竟然甘心做‘花瓶’”的严厉批评，显示的正是传统男性角色对于女性刻板印象所持的偏见。其体现的是一种双重的、不对等的文化价值尺度，应该说是有失公允的。

四

对《寒夜》争议最多的，莫过于曾树生竟“抛弃”了家庭，跟着“另一个男人”走了。出走的结果，又是丈夫死了，婆母和儿子不知去向。以传统的男性立场看问题，无论出于何种动机，也无论她与那个男人是否“关系暧昧”，其行为都是不可饶恕的。

这里，笔者想从女性视角谈谈自己的看法。虽然作者在《寒夜》中对于曾树生着笔并不太多，但从仅有的几场“重头戏”看，以曾树生的本意，她是极不情愿离开汪文宣的。在去留问题上她曾犹豫再三，思想斗争十分激烈。她最“丢不下”的就是重病在身的丈夫，从决心留下到最终离去，她并不是因为“怕吃苦”，贪图荣华富贵，或是感情发生了转移。与那个说不上好也说不上不好的“陈主任”相比，从心里她显然更依恋自己的丈夫。因为汪文宣不仅是个极为难得的善良无私的好人，而且是这个世界上唯一真正关心疼爱、信任理解她的人。虽然笔者并不认为曾树生对丈夫还保留着原先意义上的爱(正如鲁迅所说，爱是须有所附丽的)，但汪文宣在她感情生活中的比重仍然远远超出了其他任何人，甚至于自己的亲生骨肉。在那如冰的寒夜，他成了她最难以割舍的心事。逼她离开的，并不是什么“苦”、“穷”和“病”。面对危难，她曾坦然地劝慰丈夫：“环境只有一天天坏下去。跟着你吃苦，我并不怕，是我自己要跟你结婚的”；在离别的痛苦中，她甚至表示：“我真愿意传染到你那个病，那么我就不会离开你了。”这一切并非都是虚情假意。纵观全书，我们不难了解到，逼她离开的真正原因，正是婆母对她的极端仇恨和排斥，是那份“没有和解，也没有决裂”，“永远得不到结果”的绝望，以及摆脱这种痛苦的强烈愿望。曾树生的出走是一种无奈、一种逃避，也是一种调整、一种寻求，但绝不是什么“不忠”和“背弃”。“背弃”的反义是忠贞相守，而无条件的忠贞相守恰好是男权社会对于女性生命归属唯一可行的要求，它是以漠视女性本体生命召唤和生存意志为代价的。

曾树生的最光彩之处莫过于她的那种永远不让自己陷于绝望的乐天性格。即使面临困境，她的身上仍然洋溢着顽强的生命活力。与枯木似的丈夫相比，曾树生是一池活水，她总能为自己和他人带来快乐，总能绝处逢生，重新开始。但是她或许能“救出自己”，却救不了汪文宣和这个家。

公正地说，曾树生并不是一个“自私的女人”。她善良、真诚、通情达理，富于同情心和责任心，却又相当地自尊自强。于是注定只能永远在良知与理性之间苦苦地来回挣扎。为了丈夫，她明白必须留下也决心留下，她的确想要在这种灾难性的生活中救出他人也救出自己。问题恰恰在于这个家容不下她。现实使她终于明白，无论进行怎样悲壮的努力，这个家庭已再生无望，“她和他们中间再没有共同点了”，“总之是在走向死亡”。唯一可行的，是她还可以“救出她自己”。

曾树生还是决定走了，离开那些“疲乏的、悲叹的声音”、那些“仇恨的冷嘲、热骂”和永无休止的吵闹纠缠。失望和希望让她选择了一条虽算不上“光明”，却能够既不过于违背道德义务，又不失对个体生命负责的道路。她最终还是听命于内心深处的呼唤，去拥抱“生”的可能。人所面临的，是一个没有“上帝”的世界。人永远是自身的始基，只能自行选择今天和未来。现代人总是在为他人目标存在的同时，受趋于自身的权益，曾树生亦不例外。这位现代女性并不是一个理想主义者，面对无可更改的生存困境，她相当地现实，理智地保存住了自我相对的自由和独立，即“选择了它自己”。当然，这是需要付出代价的。因为“选择”总是“包含着割舍、毁弃、罪责”。自由之为自由，必是“在本质上和罪责在一起”，“选择之为选择，在于它在说‘是’的同时说出了‘不’”。须知在许多情况下，良知与自由并不可能两全。

是的，为什么她不应该走呢？为什么她就应该在那个“使生命憔悴的监牢”中，陪着病态的、无一丝疗救希望的囚徒们一起死去？难道唯有同归于尽才是唯一可以接受的、符合人性道德的思想行为方式？就连汪文宣心里也非常明白，留下妻子无异于“拉住她同下深渊”。而人们之所以不能容忍曾树生离家出走又不去细究其根本，仅在于她是一个妻子、母亲和儿媳妇，在于她是一个女人。对于一个被逼无奈外出谋生的男人，人们是不会以“抛家弃口”去谴责他的。将女性生存状态建立在性别意义上，正是迎合了男权观念和利益的非文学的批评投视。如果我们承认女性亦具有极为个人化的体验方式和生存逻辑，承认女性有权调整、选择和移动自身的生命走向，而不只是男性的附庸和从属，或只是听命于“众人”意志的规范模式，那么，对于曾树生的“出走”，我们就有可能得出与以往完全不同的结论。

文学并不为人提供救治之方。《寒夜》的成功正在于作品从广泛的误解和冷漠中拾回了关于女性生命本体的命题。内中层层推进的心理描述，又使我们得以探究到女性生命最深处的血脉律动。虽然曾树生只是一追求个性解放的艺术范例，但这个形象显示出来的现代女性独具的智慧风貌，以及女性进行自我护卫、自我拯救等判断抉择的能力，却不能不引起女性主义文学研究者们的关注。

（《中国现代文学研究丛刊》1998 年第 2 期）

巴金：《寒夜》

蓝棣之

《寒夜》是巴金一部重要作品。他曾经说，在他的作品中，他早年最喜欢的是爱情三部曲《雾》《雨》《电》，而晚年则喜爱《家》《憩园》和《寒夜》。

《家》是时代的激流，《憩园》有挽歌的调子，而《寒夜》是悲愤的哭诉。

巴金在抗日战争后期创作的三部长篇小说:《憩园》《第四病室》《寒夜》，作者说，都不是惊天动地的壮剧，不是英雄烈士的伟迹，不是史诗，没有面对当时鲜血淋漓的现实，而是一些耳闻目睹的小人小事，悲剧，气魄小。巴金的意思也许是想说并不是只有壮剧、伟迹、史诗、鲜血才跳荡着时代的脉搏。他相信他的作品自有价值。的确，这些作品，别有深邃的内涵，平淡但是悲痛，气氛低沉，但并未失去对生活的信心和希望，对黑暗势力的揭露相当有力。

从“激流三部曲”到《寒夜》，仍然有强烈的控诉意味，但不再直接倾诉感情，少有主观热情的宣泄，转而对社会生活作细致的刻画，激情渗透在客观描写之中，写得含蓄深沉。《家》《春》《秋》的创作方法和艺术风格，在《寒夜》里延续并得到了发展。

从激流三部曲到抗战后的三部曲，从一个角度看其变化，可以认为是从英雄到平凡人，从贵族之家到平凡百姓。然而，这只是分析问题的一个起点，从这里可以讨论一些很有意思的问题，但是，这不是巴金的初衷。中国大地上的经济制度和上层建筑急剧深刻地变化了，社会生活已然是另一种形态，贵族子弟变成了平民。巴金在创作中所要探讨的问题，自始至终，都是人与现实的关系，探索人世间合理的生活，以自己的方式和体验提出人生里一些根本的问题。激流三部曲只是从贵族家庭的描写提出时代的课题，同时，《憩园》也是贵族家庭的故事，甚至《寒夜》中的人物，也都是从贵族之家走到社会里来的。

1955年版《寒夜》"内容提要"是这样的：长篇小说写的是抗战胜利前国统区陪都重庆的生活，写了一个小职员的家庭，母亲妻子中间的隔阂和经济的压迫，造成一个贫穷家庭的悲剧。妻子走了，丈夫害肺病死了。等到妻子回到重庆，婆婆已经带着孙儿搬走了，不知搬到什么地方去了。男主人公断气时，街头锣鼓喧天，人们正在庆祝胜利，用花炮烧灯笼。这是对国民党反动派统治的一篇沉痛的控诉。

这个贫穷家庭的悲剧故事，的确是一篇沉痛的控诉，正如作品人物汪文宣所说："完了，我一生的幸福都给战争，给生活，给那些冠冕堂皇的门面话，还有街上到处贴的告示拿走了。""生活这样苦，环境这样坏，纠纷就多起来了。"

母亲和妻子的隔阂，的确是这部作品下功夫叙述的，与曹禺的《原野》一样，丈夫夹在两种爱的中间受苦，这可以认为是作品展示的基本框架。

巴金在1980年写《创作回忆录》的时候，由于那时候"尊重知识、尊重人才"的问题，被严重地提到了政治议事的日程，因此他说："我写汪文宣，写《寒夜》，是替知识分子讲话，替知识分子叫屈诉苦。""汪文宣有过他的黄金时代，也有过崇高的理想，然而他和许多知识分子一样，让那一大段时期的现实生活毁掉了。"

巴金在《创作回忆录》中，还追忆了《寒夜》创作时的体验和人物原型的一些情况。巴金说他写《寒夜》，可以说他在作品中生活，汪文宣仿佛就与他和萧珊住在同样的大楼,走过同样的街道,听着同样的市声,接触同样的人物。银行、咖啡店、电影院、书店……他都熟悉。他每天总要在民国路一带来来去去走好几遍、边走边思索,他在回想八年中间的生活,然后又想起最近在他周围发生的事情。他感到了幻灭,感到寂寞。回到小屋里他像若干年前写《灭亡》那样借纸笔倾吐感情。汪文宣就这样在他的小说中活下去,他的妻子曾树生也出现了,他的母亲也出现了。他最初在曾树生的身上看见一位朋友太太的影子,后来写下去就看到了更多的人,其中也有萧珊。巴金说《寒夜》的六分之五都是在1946年下半年写成的,而在此之前一年,即1945年11月,巴金从重庆赶去上海设法救助重病无钱住院治疗的三哥。他三哥也患肺病,不过死于心力衰竭,去世时只有四十岁,是一个中学英文教员,不曾结过婚,也没有女朋友,只有不少的学生,还留下几本译稿。巴金说他三哥在日本侵占"孤岛"后那几年集中营式的生活实在太苦了,没有能帮助他离开上海,他深感内疚。巴金埋葬了他三哥又赶回重庆,因为萧珊在那里等着孩子出世。回到重庆,巴金说他又度过多少寒夜。巴金说他创作时的感觉是:钻进小说里面生活下去,死去的亲人交替地来找他,他和他们混合在一起。巴金说汪文宣的思想,他看事物的眼光,对他并不是陌生的。这里有他那几位亲友,也有他自己。汪文宣同他的妻子寂寞地打桥牌,就是在巴金同萧珊之间发生过的事情。

巴金的创作自述和再版时追写的"内容提要",都为我们分析小说的文本提供了宝贵的思考线索和第一手的背景资料,但一定不可以简单地移过来当作研究的结论,尤其不可以把研究的视野停止在这些材料的表层含义上,必须对《寒夜》的文本作深入的分析,要往文本的深处分析,寻找文本深处的含义和潜藏在文本深处的价值。

巴金的创作为我们留下了深入分析的余地,或者说巴金的创作所提供的文本,往往包含着广阔的分析的空间。巴金的创作不是那种清晰型的创作。在创作的开始阶段,巴金甚至连未来作品的人物面貌和故事都不是太清楚的。在创作的整个过程中,他又是一边体验,一边创作。用这种创作方式创作出来的文本,其内涵一定是作者本人很难把握住的,巴金把分析这些很难把握的含义的工作留给了批评家。更耐人寻味的是，在一个文本诞生的前后，比起别的作家来，巴金所写的序跋、前言、后记、附录等等，是很不少的，还有再版时的后记，创作回忆录等等，可谓说得很多了。尽管如此，巴金所创作的文本，仍然是最可分析的。只有清醒地看到巴金创作的这个特征，才有可能把他所创作的文本下面深藏的含义分析出来。

从《寒夜》的文本看，它到底写了一个什么故事呢？“内容提要”说是“母亲妻子中间的隔阂和经济的压迫，造成了一个贫穷家庭的悲剧”。这是一望而知的故事内容，然而如果再往深处看，如果问一下造成母亲妻子隔阂的原因，就会看到在文本深处还有一个故事。在这里，隐藏在隔阂和家庭纷争下面的，不只是经济的压迫，而且是面对思想落后的母亲的怨恨，和懦弱的丈夫的无能，无可奈何成为“花瓶”的新女性，面临此困境时的挣扎和牵挂，而最终“出走”。她走了，是因为面临困境，感情却还留在这里，她舍不下这份感情。最后她回来，也是要寻找这份割舍不了的感情，而不是恢复从前的生活。

小说从第一章起，就写为一封信争吵，妻子“出走”：“汪文宣在思想里用了‘出走’两字”。然后，从第四章起，写他去找她，她正与三十岁的男子去咖啡馆。他又去找，找到了，她说：“你还没有过够这种生活吗?”没同意回。母亲认为这是没出息的儿子居然向那不要脸的女人低头。汪文宣与同学喝酒，醉后在街上乱吐，正好被妻子碰见，她扶他回去。汪文宣去公司上班回来，碰见妻子与那男人在国际饭店门前买蛋糕。妻子的生日，可是汪文宣买不起蛋糕，他寒伧。妻子派人送信，说晚上要去跳舞。汪文宣心想，她没变心，她没有错，她应该有娱乐，这几年她跟我过得太苦了。曾树生说：“我在外面，常常想到家里，可是回到家里，我总觉得冷，觉得寂寞，觉得心里空虚。”“等到抗战胜利恐怕我已经老了，死了。现在我再没有什么理想，只想活着痛快一点，过得舒服一点。”母亲诉苦、憔悴，妻子夸耀丰富的生命力，容光焕发，他跟她们中间仿佛隔着一个世界。“血，血，你吐血了!”两个女人齐声惊呼。第 14 章，曾树生的男友陈主任升任经理，活动调兰州。下一步，陈劝曾一起去兰州，而曾摇摆不决。第 18、19 章，比较集中地叙述了曾树生从这个家庭“出走”的想法。她在他身上看不到一点生命和力量的痕迹,她想:一个垂死的人!为什么还要守住他?为什么还要跟那个女人抢夺他?小宣不能够阻止我走自己的路,连宣也不能够!我救不了他们,没有用,我必须救出自己!她把她的青春牺牲在这间阴暗、寒冷的屋子里,却换来仇视和敷衍。这里是使生命憔悴的监牢。“我不能陪着他们牺牲,我必须救出自己!”丈夫夹在这种关系中间受苦,而她有机会走开。第23章结尾时妻随陈经理走了。第25章:春天来了,抗战胜利在望。第26章,曾树生的长信:我还年青,我的生命力还很旺盛。我不能跟着你们过刻板的单调的日子,我不能在那种单调的吵架,寂寞的忍受中消磨我的生命。我的确想过,试着做一个好妻子,做一个贤妻良母,但是我没有能够做到,我做不到。我曾经发愿终身不离开你,体贴你,安慰你,跟你一起度过这些贫苦的日子。但我试一次,失败一次。我们在一起生活,只是互相折磨,互相损害。我们必须分开,分开后我们或许还可以做朋友,在一起我们终有一天会变做仇人。我不是一个好女人,可是我生来就是这种脾气,我自己也没有办法。我的错处只有一个:我追求自由与幸福。第30章:9月3日,抗战胜利日,街头锣鼓鞭炮,汪文宣死在此时。尾声:9月3日后两个月,距曾树生出走不到一年,她回到原住处来寻找,但母亲与小宣已经离开,不知去向。树生答应了陈经理的求婚,然而,前途如何呢?

正如作者在作品里通过汪文宣所提出的问题:“她们究竟为着什么老是不停地争吵呢?为什么这么简单的家庭,这么单纯的关系中间都不能有着和谐的合作呢?为什么这两个他所爱而又爱他的人必须像仇敌似的永远相互攻击呢?”如果说仅仅是或者主要是经济上的原因,恐怕是不对的,因为,比如在《憩园》里,万昭华家里就很有钱,可是她与她丈夫的岳母家的关系何其恶劣!不能不看到,曾树生与她婆婆之间的隔阂,是思想意识深处的隔阂,巴金写出了这种隔阂的性质和深度,从而深入地探讨了人的生活,这正是《寒夜》更深刻的价值所在。

最初,巴金或许是受曹禺《原野》的触发,要写一个母亲妻子起隔阂的悲剧故事,可是在创作的过程中,因与萧珊结婚而获得体验,以及他对于新婚妻子未来幸福的思考,如自由、个性解放等等,都使他“偏向”于树生而不是母亲。所以，作者的本意是要写寒夜里的生活，写寒夜里悲愤的控诉，可是小说的意义却在于，或者说当作者挖掘深了，就触及到了传统道德文化的深层，这样，他就回到“五四”文化革命的精神和“五四”文学的主题上来。“花瓶”只是曾树生这个人物形象的外表和当时的社会角色，她的本质是新的一代女性。曾树生喊出了“五四”时代觉醒的一代女性在四十年代的社会困境里的呼声。

正因为曾树生这个形象，在作者的心目中最终是觉醒的一代女性，所以，作者把她写得那样严肃，她不是混世，赶时髦，而是向往自由幸福的人生理想，有感情追求的一代新女性。因此，她才那样的有勇气，敢于藐视世俗。作者曾经说一位西德女学生在研究他的作品准备写论文时写信问他：从今天的立场来看，是不是树生太严肃，母亲太落后，汪文宣性格太懦弱？看来这位德国女学生并不理解曾树生这形象的社会本质，而真的把她当成生活无聊寻找婚外快乐的花瓶了。

作者在四十年代那样的旧道德文化回潮的时期，而要坚持“五四”精神，是很不容易的，同时，曾树生在故事里也历经严峻考验和思想斗争。巴金在《寒夜》里写的决不是一个不痛不痒的故事，而是一个可以说是冒天下之大不韪的故事。试想，一个女人竟敢抛下自己当初因爱情而结合的丈夫，而此时，他身患重病，生命垂危，而且还是一个好人。这个女人还有一个正需要她教育的孩子，而且还有一个年纪已老的婆婆需要同情。更严重的是，她不是出去挣钱养家，而是为了个人的自由和幸福，跟一位年轻的上司远走高飞了。如果我们意识到《寒夜》故事的尖锐性和严重性，一定会想巴金这样的作家怎么会写出这样惊世骇俗的故事来呢？

可以想象，如果作者在开始写《寒夜》时头脑里就隐隐约约有这样一个故事的话，那作者的本意只是想说生活太苦、环境太坏了，妻子的行为可以理解。正如作者在《创作回忆录》里所叙述，他有一个朋友缪崇群，是散文作家，1945 年 1 月病死在医院里时，妻子、母亲都不在场，生病躺在宿舍里连一口水也喝不到。本来，巴金的这部作品不仅题目叫“寒夜”，主题也是“寒夜”。然而当巴金这位文学大师的笔深入挖掘下去之后，他就写出来了一代觉醒的女性在寒夜里对于旧的道德文化的反叛(正如《家》里觉慧的反叛),就写出来了寒夜里的曙光。试想,如果没有曾树生,寒夜该是多么沉闷压抑和绝望啊!不妨可以认为,对于巴金来说,“五四”新文化道德,彻底反封建精神,法国大革命的理想,对于人的自由幸福的关注,对于理想生活的探索,是与生俱来的,是深入骨髓的。这些东西会自然而然地在他的笔下流淌。正因为这样,在九十年代,多集电视连续剧《渴望》风靡神州,红得发紫之时,巴金却评价说:刘慧芳这样的人物正是我们在“五四”时期所批评的。

的确,《渴望》里的刘慧芳与《寒夜》里的曾树生,是个鲜明的对照,而这种对照的含义,决不是世俗的眼光所能够看出来的。但有一个未必是大家都知道的事实,却很能说明问题:饰演刘慧芳的演员,收到二千多封观众的求助信,可她一个困难、一个问题也解决不了。她发誓不再演这样的角色了。

曾树生的“出走”是一个勇敢的行为,是对于四十年代社会里封建意识的坚定反抗,是一种现代的人生选择。在巴金小说里,不仅曾树生“出走”了,《家》里的觉慧也“出走”了,《憩园》里的万昭华也必将“出走”,可以说“出走”是巴金小说的一个“原型”。“出走”是决裂、背叛、选择,是个体对整体的道德行为,是个性的解放,避免了“窝里斗”,目的是为寻求更广阔的世界,寻求新的生存和创造空间,是人生道路和拯救社会之路的另辟蹊径,因而是积极的。放开来看,郭沫若的《女神之再生》、车尔尼雪夫斯基的《怎么办》、易卜生的《玩偶之家》,要点都在“出走”。毛泽东在战争年代论述人民战争的战略战术说:打得赢就打,打不赢就走。“走”可以保存力量,以后再决战。孙子兵法讲三十六计,走为上,是对的。谈到《女神之再生》的作者郭沫若,在“五四”前后面临祖国长期的军阀战乱,他“出走”日本,在那里创造新的太阳,酝酿成立创造社。1927年南昌起义失败之后,郭沫若又“出走”日本,为时十年。对于这一个“海外十年”,周恩来曾指出:郭沫若在革命退潮时“保持活力,埋头研究,补充自己,也就是为革命作了新的贡献,准备了新的力量”。

曾树生不是革命家,也非思想家,也不是军事家、战略家,她未必能深刻理解“出走”的含义,然而,她体验了,她做了,在她的无意识里,积淀着所有这一切智慧。在“五四”精神的照耀下,民族的智慧闪烁出时代的灿烂光芒!

创造曾树生这一形象的作者巴金,差不多也是这样。

(《现代文学经典:症候式分析》,清华大学出版社,1998 年)

契诃夫《苦恼》与巴金《寒夜》的比较

方尤瑜

我国现代文学著名作家巴金说过:“在所有中国作家当中,我可能是最受西方文学影响的一个。”[①]的确,从四十年代开始,巴金的创作风格发生了显著变化,他一改过去熟悉的封建大家庭生活题材,把笔触投向社会底层的“小人物”,描写他们的生活“小事”,《寒夜》的发表标志着巴金的创作又一次达到高峰。这一转变,有种种因素,但不可忽视契诃夫的影响,从契诃夫短篇小说代表作之一的《苦恼》与《寒夜》的比较中,可明显地观照出这一点。

① 《答法国〈世界报〉记者问》。

一

十九世纪八十年代的俄国社会异常黑暗，在沙皇的高压统治下，窒息的政治空气使许多人变得麻木、冷漠，契诃夫敏锐地把笔触对准这种社会现实，写出了许多具有强烈现实批判意义的作品，《苦恼》就是代表作之一。

一篇不很长的《苦恼》，既没有惊险曲折的情节场面，也没有尖锐复杂的矛盾冲突，更没有叱咤风云的英雄人物，它讲述的只是一件发生在人们身边、平凡得不能再平凡的"小事"。在俄国大都市彼得堡赶车的老车夫姚纳，妻子早逝，新近又死了儿子。深沉的哀痛，巨大的苦恼压迫着他，使他几乎喘不过气来，他急欲找人倾吐心中的痛苦以舒缓一下悲伤至极的抑郁，可是在偌大的彼得堡，他这个低得不能再低的要求竟成了无法实现的"奢望"！上至军官、纨绔们，下至看门人和他的同类，竟没有人为他付出丝毫的同情，万般无奈，他只好向与他相依为命的小母马诉说苦怨。契诃夫就是这样，通过姚纳的生活片断，揭示出了沙皇统治下的俄国社会可怕的现实，把批判的矛头直指那个毁灭人性的反动社会制度。所以托尔斯泰称《苦恼》是契诃夫"第一流"的作品。

对巴金来说，契诃夫对他的吸引力的一个因素正是这种化平淡为深奥的才艺。果戈理曾说："事物越平常，诗人就越要站得高，才能从平常的东西中抽出不平常的东西，才能使这样不平常的东西成为完美的真理。"[①]契诃夫也认为"写苏格拉底比写小姐或厨娘容易"[②]。巴金深谙其中的内蕴，所以《寒夜》同《苦恼》一样，既没有惊心动魄的情节，也没有惊天动地的人物，而是"只写了一些耳闻目睹的小事"[③]，"写了一个渺小的读书人的生与死"[④]。抗战后期，国民党政府

① 摘引自曾小逸主编：《走向世界文学·中国现代作家与外国文学》。

② 《契诃夫论文学》。

③ 巴金：《寒夜·后记》。

④ 同上。

继续坚持消极抗战，对内加紧法西斯统治，横征暴敛，下层人民呻吟在深重的灾难中。《寒夜》的故事就发生在这样一个年代。小公务员汪文宣原是一个有才能、有理想、有抱负的知识分子，他心地善良，忠厚老实，只希望通过自己的劳动维持一家的生计。可是，他“在旧社会里到处遭受白眼，不声不响地忍受种种不合理的待遇，终日辛辛苦苦地认真工作，却无法让一家得到温饱。”①终于，他的意志随着地位的每况愈下日益消沉，现实生活扭曲了他的性格，把他变成一个懦弱无能的“老好人”：他整天战战兢兢过日子，甚至于上司的一声咳嗽他都会惊惶不已。在家里，面对母亲和妻子的纠葛，他也只有束手嗟叹、自责自怪。即使如此，灾难仍紧跟着他：得病、失业、婚姻破裂……他身心交瘁，终于在阴暗的寒夜中走上了死路。

巴金在创作回忆中曾说：他写《寒夜》所要谴责的绝非汪文宣们，而是“通过这些小人物的受苦来谴责旧社会、旧制度。我有意把结果写得阴暗、绝望、没有出路，使小说成为所谓的‘沉痛的控诉’”②，“控诉那个不合理的社会制度，那个一天天腐烂下去的使善良人受苦的制度”③。汪文宣的悲剧是一幕社会的悲剧，时代的悲剧，它“是在宣判旧社会，旧制度的死刑”，“指出蒋介石国民党的统治已经彻底溃烂，不能再继续下去”④。从《苦恼》的主题中我们不难发现巴金对契诃夫风格的借鉴。首先，他们都没有描述重大的历史事件，只写了一些平凡的日常生活，但他们却不因题材的普通而琐细，而是深入开掘，挖出平凡中的非凡；其次，他们都自觉地为“小人物”立言，描写他们的悲剧命运；在对他们寄予深切同情时都把矛头指向了万恶的旧制度，指出它对于人性的异化、摧残和扭曲，对它统治下的社会作了直接的揭露和抨击，具有鲜明的现实批判意义。

---

① 巴金：《谈〈寒夜〉》。

② 同上。

③ 见《巴金作品欣赏》，广西教育出版社，1988年。

④ 巴金：《关于〈寒夜〉》。

二

注重写实，把自己深沉的感情寓于对客观人物的描写中，让生活本身去说话，让读者自己从形象中琢磨出作品的深刻涵义，这是巴金对契诃夫风格的又一借鉴。

恩格斯说："倾向应当从场面和情节中自然而然地流露出来；而不应当特别把它指点出来……"[①]契诃夫也认为，"作家最好不要说透，只要叙述就行"，[②]因为作品越客观，就会给读者留下越大的想象余地。《苦恼》开篇："车夫姚纳·彼达波夫周身白色，像个幽灵。他坐在车座上一动也不动，身子向前伛着，伛到了活人的身子所能伛到的最大限度。哪怕有一大堆雪落在他身上，仿佛他也会觉得用不着抖掉似的。"接着，姚纳"坐在车座上局促不安，仿佛坐在针尖上似的，向他两旁撑开胳臂肘儿，眼珠乱转，就跟有鬼附了体一样，仿佛他不知道自己在哪儿，也不知道为什么在那儿似的"。一"静"一"动"两段客观的形象描写，逼真而富有弹性地画出了姚纳被失子巨痛所折磨而失魂落魄的形态。又如面对三个青年的要赖，"姚纳抖动缰绳，把嘴唇嘬得啧啧地响。二十个戈比是不公道的，可是他顾不得讲价了"。多么麻木呆滞的一个形象！尽管契诃夫大力提倡客观，有时还是难以克制对姚纳的深刻同情，如当姚纳送走了恶意咀嚼他苦恼并侮辱他人格的三个纨绔子弟后，契诃夫无比愤懑地写道："那苦恼是浩大的，无边无际。要是姚纳的胸裂开，苦恼滚滚地流出来的话，那苦恼仿佛会淹没全世界似的，可是话虽如此，那苦恼偏偏没有人看见。那份苦恼竟包藏在这么渺小的躯壳里，哪怕在大白天举着火把去找也找不到……"点滴的情感表达附着于大量的冷静的叙述中，大大地加强了作品的表达效果。

---

① 《马克思恩格斯选集》第4卷，第454页。

② 《契诃夫论文学》，安徽文艺出版社，1997年。

巴金创作《寒夜》，一改自己过去创作中常常情不自禁地进行大段的灵魂抒情独白的风格，把那一腔炽烈的情感寓于对形象的客观描写，对人情世态的深刻揭露中。请看汪文宣临死前被病痛折磨的情景，谁不为之动容？“他大大地张开嘴，用力咻着。他的眼睛翻白。他的手指在喉咙上乱抓。五根手指都长着长指甲，它们在他的喉咙上划出几条血痕。”“忽然一阵剧痛，喉咙和肺一齐痛，痛得他忍耐不住。他两只手乱抓。他张开嘴叫，没有声音。他拼命把嘴张大，还是叫不出声音来。”面对此情此景，巴金借汪文宣的内心活动，抒发了心中的不平：“他装了一肚子的怨气，他想叫，想号。但是他没有声音。没有人听得见他的话。他要求‘公平’。他能够在哪里找到‘公平’呢？他不能够喊出他的悲愤。他必须沉默地死去。”是的，在那个苦痛的时代，汪文宣不能也无处喊出他的悲愤，他必须沉默！与其说，这是作者对人物命运的预言，毋宁说是作者在极力地克制自己胸中那万丈火焰。终于，这“沉默”幻化成又一活生生的生活场面：在汪文宣曾寄予全部希望，但迟迟没有到来的欢庆抗战胜利的鞭炮锣鼓声中，汪文宣被社会彻底遗弃了，而“最后他断气时，眼睛半睁着，眼珠往上翻，口张开，好像还在向谁要求‘公平’”。这里，或控诉，或谴责，或同情，或讽刺……可谓力透纸背，震慑人心！

契诃夫是冷静的，创作后期的巴金也是冷静的，但面对姚纳们和汪文宣们的悲剧，他们都无法使自己“冷”下来，他们只是巧妙地将自己那强烈的感情蕴含于客观的形象中，这犹如冰层下的火山，有着更为深沉而强大的力量。

三

通过细节描写表现人物的思想，是《苦恼》和《寒夜》共有的特色之一。先看《寒夜》中的一段描写，在树生离去后，汪文宣再次到他俩从前去过的国际咖啡厅，习惯地要了两杯咖啡，并在一杯中加了牛奶和糖，因为“在想象中树生就坐在他的对面，她是喜欢喝牛奶咖啡的。他仿佛看见她对他微笑。他高兴地喝了一大口。他微笑了。他睁大眼睛看对面。位子空着,满满的一杯咖啡不曾有人动过。他又喝了一口。他的嘴上还留着刚才的微笑,但是笑容慢慢地在变化,现在是凄凉的微笑了。"多么细腻而又生动的细节描绘!汪文宣的那份善良和痴情,也因此被表现得何其深刻而充分!而他的最终被毁灭,也就显得更加震撼人心!又如《寒夜》结尾,树生回来了,可"死的死了,走的走了",胜利后的陪都,那逃难的人群,寒风中的地摊,乞钱的老人,哀声叫卖的年轻女人……,这一切是那样的令人触目惊心。树生"应该怎样办呢?"作者没有正面回答,只是写道:"'我会有时间来决定的。'她终于这样对自己说。……她走得慢,然而脚步相当稳。……她忽然起了一种奇怪的感觉,她不时掉头朝街的两旁看,她担心那些摇晃的电石灯光会被寒风吹灭。"这里作者通过稳慢的脚步及心有余悸的细节描写,表现了树生徘徊歧路的两难选择。作为一个善良的并曾有过积极理想的知识女性,她不甘心就此被"花瓶"式的生活及金钱和权势所吞噬,孤身独对这又黑又冷的寒夜,"她需要温暖"。然而出路在哪里?她脆弱的生命之火不正像那"摇晃的电石灯光",能抵御住这"寒夜"的"寒风"吗?会不会像汪文宣一样最终被无情地吹灭?令人回味。

俄国著名现实主义画家列宾曾赞叹契诃夫的小说说:"简直无法理解,从一篇如此简单、平淡、甚至可以说是贫乏的小说中,怎么弄得最后竟会浮现这样不可抗拒的深刻庞大的具有人类意义的思想"。[①] 这里面重要原因之一就是作者善于捕捉富有深刻内涵的细节进行描写。如《苦恼》的结尾,姚纳满怀悲痛,把苦恼向小母马倾诉,"小母马嚼着干草,听着,闻闻主人的手。"这是多么有灵性、有情意的一头畜牲!与姚纳见到的那些人形成了强烈的反差!看似不经意的一个细节,却蕴含着一个实实在在的现实:在不合理的社会制度下,人的本性被异化了,畜牲却胜过了人。读来不能不令人扼腕唏嘘!从以上的比较中,我们可明显地看出巴金后期创作受契诃夫风格的影响。据巴金自述,他从青年时代就开始接触契诃夫作品,经历了三个时期,第三个时期也即抗战后期,就是他写

---

① 《契诃夫作品、书信全集》。

《寒夜》的前后，当时的巴金已“是契诃夫的热爱者”，而使巴金“逐渐喜欢契诃夫作品的”是巴金“长时期的生活”。[①] 可贵的是，巴金在走过了很长的路后，真正领会了短篇小说大师契诃夫风格的内蕴，并将它植根于我们民族的土壤，促进了民族文学的发展，可以说，这是巴金对中国文学的贡献。

（《高等函授学报》1998年第2期）

① 巴金：《我们还需要契诃夫》。

《寒夜》的梦的解析

——汪文宣的自我

[日]川田进

引言

《寒夜》发表于新中国成立前夜，是巴金的代表作。其从 1946 年 8 月至 1947 年 1 月连载于上海发行的杂志《文艺复兴》，后由晨光出版公司于 1947 年 3 月出版。

时代背景是 1944 年、1945 年左右的抗日战争后期，以在善良的知识分子家庭中发生的悲剧为题材，与《憩园》(1944 年)、《第四病室》(1946 年)一并作为反映国统区人民生活的小说而广为人知。

《寒夜》一般被评价为社会问题小说,而几乎没有以家庭问题小说的视点为中心来探讨的。所以本稿的目的在于用心理学的批评方法来探究在主人公汪文宣的家庭中发生的悲剧。首先介绍汪文宣所做之梦的内容,运用弗洛伊德的俄狄浦斯情结和荣格的原型论对其内容具体解析。然后通过从一系列的梦中挖掘出他一生的问题来探索家庭破灭的原因、触及主人公的自我的问题。

另外,文本选用了《巴金全集》第六卷(四川人民出版社,1982 年)所收录内容。

1. 家庭破灭的原因及作品评价现状

《寒夜》是从 1944 年冬到 1946 年 12 月为止,耗时约 2 年所完成的长篇小说。舞台是 1944 年、1945 年左右的雾都重庆。在解析之前,简单介绍一下作品的梗概。

主人公汪文宣和妻子曾树生都在上海的大学攻读教育学,立志在将来从事与教育相关的工作。随着抗日战争的激化,一家从上海逃往重庆。文宣是出版公司的校正员、树生则是银行职员,他们俩为一家生计奔波。二人之间有一个儿子小宣,但是两人并没有正式结婚。文宣的母亲是接受过封建教育的昆明出身的知识分子。她溺爱儿子,在儿子的争夺战中与媳妇冲突不断。懦弱又善良的文宣常常夹在母亲和妻子之间而苦不堪言。终于,文宣罹患肺病,进入了与病魔斗争的生活。树生陷入与银行上司的婚外恋中,抛弃丈夫与情人一起调职去了兰州的分店。夫妻在一段时间互通过信件,但终于妻子向丈夫宣告了分手。病情恶化的文宣在抗战胜利当天寂寞死去。母亲搬出公寓,带着小宣不知所踪。丈夫死后一个月,从兰州回来的树生感慨状况的急变,不知所措的她在街道彷徨。

《寒夜》是兼具社会问题和家庭问题的小说。于是在探究汪家破灭的原因时,大致可以分为以下四点:

① 抗日战争的长期化及国民党的反动统治。一家不得不从上海逃往重庆,夫妻的理想也被剥夺了。

② 婆媳不和。婆婆责骂媳妇的不忠贞，拼命刁难媳妇不能独占自己的儿子。

③ 优柔寡断、欠缺主体性的丈夫。被媳妇骂“窝囊”“没用”，无法脱离母亲自立。

④ 伴随着文宣病死的一家离散。文宣死后，母亲带着孙子行踪不明，树生与亲人生离。

在中国出版的各种文学史及与巴金相关的论文集中，①和④被认为是主要原因的占压倒性地位。

谴责当时不合理的社会制度，暴露国统区的黑暗现实，吐露当时作者沉郁的心情。

（《中国现代文学史修订本》[①]）

尖刻地暴露国统区的腐败和黑暗。

（《中国抗战文艺史》[②]）

正是社会的政治制度成为了原因，带来了汪文宣等“小市民”间的矛盾；汪文宣等“小市民”的悲剧不是一般的家庭悲剧、爱情悲剧，而是社会的悲剧、时代的悲剧。

（唐金海《“挖掘人物内心”的现实主义佳作——评巴金的〈寒夜〉》[③]）

其他的文学史[④]也一样，向时代和社会寻求悲剧的原因，把它作为暴露批判国民党腐败的反动统治的社会问题小说而赋予其思想意义。也有把它作为家庭问题小说触及②和③的[⑤]。它们都指出婆媳冲突和夹在两者间苦不堪言的丈夫这三者的相互不解，但说到底只当做了间接原因来处理。

---

① 田仲济、孙昌熙主编，山东文艺出版社，1985年。

② 蓝海，山东文艺出版社，1984年。

③ 贾植芳等编：《巴金作品评论集》收录，中国文联出版公司，1985年。

④ 王瑶：《中国新文学史稿》，上海文艺出版社，1985年。
唐弢主编：《中国现代文学史》，人民文学出版社，1981年。
孙中田、张芬、肖新如主编：《中国现代文学史》，辽宁人民出版社，1984年。
九院校编写组：《中国现代文学史》，江苏人民出版社，1979年。
苏光文：《抗战文学概观》，西南师范大学出版社，1985年。

⑤ 姚健：《〈寒夜〉的思想意义》，收录于《中国现代文学史题解》，山东教育出版社，1985年。
蔡宗隽：《〈寒夜〉(巴金)》，收录于刘中树等主编《中国现代百部中长篇小说论析》，吉林大学出版社，1980年。

巴金自己在创作谈中如下说明了悲剧的原因：

在我的小说里造成汪文宣家庭悲剧的主犯是蒋介石国民党，是这个反动政权的统治。

（巴金《谈〈寒夜〉》①）

接着引用表明《寒夜》执笔动机的文段：

我写汪文宣，绝不是揭发他的妻子，也不是揭发他的母亲。我对这三个主角全同情。要是换一个社会，换一个制度，他们会过得很好。使他们如此受苦的是那个不合理的旧社会制度。生活这样苦，环境这样坏，纠纷就多起来了。我写《寒夜》就是控诉旧社会，控诉旧制度。

（巴金《关于〈寒夜〉——〈创作回忆录〉之十一》②）

正如以上介绍，文学史中的记述和作者自身的解说共通，都向旧社会、旧制度、抗日战争、国民党统治寻求家庭破灭的悲剧的原因。但是夏志清在《中国现代小说史》③中，评价说《寒夜》“探求众所周知的、无法完全摆脱传统生活方式的众多中国家庭状况”④。也即是说，笔者关注到他不是把它作为社会问题小说，而是作为家庭问题小说来看待的。然后他指出，在总共的三十章中，最初的第一章和第二章就已经点明了作品的主题。第一章描绘了即将破灭的家庭的样子和家人的人际关系，第二章记述了文宣的梦。

2. 梦的解析的意义和在文学方面的应用

在解析汪文宣的梦之前，先介绍弗洛伊德和荣格认为的梦的构造，再结合考察梦的解析对于文学作品的应用。

---

① 《巴金论创作》收录，上海文艺出版社，1983年，第295页。

② 同上书，第439页。

③ 夏志清著、刘绍铭编辑，传记文学出版社，1985年。

④ 同上书，第389页。

(1) 弗洛伊德、荣格的梦的构造

最初赋予梦意义的是弗洛伊德。弗洛伊德认为梦是满足无意识的愿望之物。因为睡眠中有意识的紧张得到缓解,所以在这间隙当中无意识就显现为了梦。

荣格认为梦以围绕原型[①]的意象为中心而展开。另外他指出完整的心灵包含觉醒的意识和梦,梦具有补偿意识的态度的作用。也即是说,梦直击意识的盲点。

弗洛伊德说“梦的解析是知晓无意识的捷径”,墨菲[②]说“睡着的人比醒着的人有更广阔的自我”。换言之,梦在探知无意识状态时是强有力的武器;在醒时不如在梦时能看清人的个性。与无意识相接触的梦,实际上与研究看得见的现象的“科学的”方法性质不同。而且梦的世界与现实的不同点在于梦中象征性、寓意性的表达比较多。

(2) 梦和文学的近亲性

接下来讨论梦的解析与文学作品的关联。弗洛伊德在论文《延森的小说〈格拉迪瓦〉中的妄想和梦》[③]中,证明了作家创作的梦可以和实际的梦有同样的解释。延森在作品中,用“妄想”这一词语来表达主人公的精神状态,把梦作为主人公“妄想”的表现来描写。弗洛伊德惊叹这梦竟偶然与自己的理论相符。这表明艺术家的直觉和精神分析上的发现是一致的。

文学作品中的梦呈现登场人物的无意识,这又经由作者有意识或者无意识地设定。在作品中毫无意义的梦不会登场,只有带有某种意义的梦才会被表露。

---

① 荣格认为在人类普遍的无意识内容的表达中,可以找出共通的基本类型,他将之称为原型。原型是一个假说性概念,是潜藏在内心深处的基本要素。

② 美国的心理学者。

③ 弗洛伊德:Der Wahn vnd die Träume in W. Jensens “Gradiva”,1907 年。

3. 汪文宣的梦的解析

在《寒夜》中,梦的记述有五处,下面是概要。

A. 他和妻儿、母亲一起住在一个平静的小城里。他性格柔弱、妻子爱发脾气,夫妇难以相互理解。这天他们又为着母亲的事开始争吵。这时,突然响起霹雳似的大炮声,小城被浓烟包围。他不顾妻儿的阻拦而去找外出中的母亲。他虽然在人挤得水泄不通的马路对面发现了母亲,但是被人群推挤而动弹不得,无论如何也没法向母亲靠近。(第二章)

B. 庞大的黑影在他的眼前晃动,唐柏青的黑瘦脸和红眼睛,同样的有无数个,它们包围着他,每张嘴都在说:"完了,完了。"他害怕,他逃避,回过神来却在荒山野岭中。不久天黑了,他在黑暗中摸索。忽然四周的树木燃烧起来,火越逼越近,他大叫:"救命!"(第十四章)

C. 妻子把他一个人丢在医院里,到兰州去了。(第十八章)

D. 妻子丢开他跟着另一个男人走了;母亲也好像死在什么地方了。(第二十一章)

E. 他不断地跟妻子分别。她去兰州或者去别的地方,有时甚至在跟他母亲吵架以后负气出走。(第二十二章)

梦A如实地反映了文宣和母亲的关系。荣格指出原型中主要的一个是greatmother(大母神)。她兼具"孕育之母"的肯定要素和"吞咽之母"的否定要素。在他的无意识中,大母神形象变得庞大,与现实的母亲形象一体化,并被现实的母亲形象吞噬。

这两者的关系也可以用弗洛伊德的俄狄浦斯情结[①]说明。在作品中,父亲

---

① 弗洛伊德认为幼儿也有性欲,三、四岁进入性蕾期,持续到六、七岁。男孩子感到对母亲萌生了性欲,将父亲视作情敌而心生嫉妒,希望父亲不在或者死亡。相反地,对自己对父亲的敌意感到痛苦,担心自己会不会受到父亲的惩罚。这个名称来自于杀害父亲忒拜王拉伊俄斯,娶了母亲伊俄卡斯忒王妃,最后知道真相自剜双目的索福克勒斯创作的《俄狄浦斯王》的悲剧。

设定为已经死去。可以认为是作者的俄狄浦斯情结把父亲杀死了[①]。有一个场面是文宣大醉回家的夜晚，母亲诘问儿子。

“你不会吃酒嘛，怎样忽然跑出去吃酒？你不记得你父亲就是醉死的！我从小就不让你沾一口酒。怎样你还要出去吃酒！”她痛苦地大声说[②]。

与父亲有关的记述除此之外就没有了，然而可以推测出在母亲传授的教育中，他在不知不觉中变得对父亲抱有敌意。

荣格与弗洛伊德不同，他把恋母情结作为原始人类的精神生活的遗产来加以说明[③]。那不是个人的过去的体验的产物，是所有人普遍拥有的。如果按照弗洛伊德学说来解释的话，汪文宣背后拖拽着兼具对母亲的留恋、对父亲的敌意这两大要素的俄狄浦斯情结的问题；按照荣格学说，大母神的原型形成了所谓的恋母情结的基础，是文宣情绪波动的原点。

再者，从梦的内容之外也可以探知母子关系。

“妈，你不要伤心。我不会偏袒她，我是你的儿子——”[④]

“我不会走，你放心罢，”她感动地说，她的心冷了。刚才的那个决定在这一瞬间完全瓦解了。

“我知道你不会走的，”他感激地说；“妈总说你要走。请你原谅她，上了年纪的人总有点怪脾气。”

这个“妈”字像一记耳光打在她的脸上，她惊呆了，她脸上的肌肉微微在抖动，似乎有一个力量逼迫她收回她那句话，她在抗拒[⑤]。

前者的引用是文宣安慰因树生而不愉快的母亲的话。后者是树生让梦到自己去了兰州的文宣安心的场面。她对于无法脱离母亲自立的丈夫感到心烦，在分手信中，强烈谴责丈夫的恋母情结。

---

① 详细调查作者的成长经历和事迹，分析作品被创作的动机和作者的人格属于病迹学的领域。本稿的目的不在于分析巴金自身，而是在于分析巴金创作的一系列梦的分析，所以不谈及病迹学。

② 《巴金选集》第六卷，四川人民出版社，1982年，第256页。

③ 一般在弗洛伊德学说中使用“俄狄浦斯情结”这一术语，而在荣格学说中使用“恋母情结”这一术语。

④ 《巴金选集》第六卷，四川人民出版社，1982年，第347页。

⑤ 同上书，第358页。

弗洛伊德在《梦的解析》[1]中,论述了梦与神话·文学的关联。他主张梦是睡眠者的私人神话,神话是诸民族的觉醒梦,应该和梦一样解释索福克勒斯的《俄狄浦斯王》[2]和莎士比亚的《哈姆雷特》。下面总结一下弗洛伊德的见解。

《俄狄浦斯王》即所谓的命运悲剧。其悲剧效果不在于命运与人的意志的对立,而应该在证明对立的材料的特异性中探求。俄狄浦斯王降下的神谕或许是人的一切命运的法则。弑父娶母的俄狄浦斯王只不过是我们幼年时代的愿望满足。俄狄浦斯传说来自古老的梦的证据存在于《俄狄浦斯王》的文本中。母亲伊俄卡斯忒安慰因想起神谕的内容而担心不已的俄狄浦斯,道出自己做的梦,说神谕也和梦一样没有意义。

对于天命即是一切、不可未卜先知的人来说还有什么好怕的呢?尽可能恣意生活就是最好的。和母亲结婚,没什么好怕的。明明许多人已经在从前的梦中与母亲交颈而卧了。不,毫不介意这样的事的人才是世上最安乐的人[3]。

显然,这个梦是解开这个悲剧的钥匙,是父亲死亡的梦的补充。

文宣没有意识到母亲和妻子在争夺自己,也不明白她们像敌人一样互相争执的理由。《俄狄浦斯王》之所以给人悲剧的感情,是因为它在无意识中就被驱赶到了悲惨局面。可以说文宣对母亲的爱所引发的悲剧也是同样的。

之前引用的B是文宣发烧时做的梦。在做梦前一天,他在酒馆巧遇老友唐柏青。唐虽然是有硕士文凭的精英,但在妻死之后的如今过着流浪汉般的生活。也就是说文宣由于前一天的经历,恐惧的感情被触发,梦中唐得以登场。那天唐被卡车碾压,事故现场是黑压压的人群。梦中的巨大黑影是他当时感到好像可怖的黑影包裹在他头顶的感觉的再现。"完了,完了"是唐向文宣倾吐的对人生的绝望。火焰大概是来自唐事故时的出血及文宣回家后当晚吐血的联想。

再者,因为睡眠中身体内部的感觉在活动,在由于生病等身体感觉变化的

---

① 弗洛伊德1900年,《弗洛伊德著作集》第二卷,第219—221页,高桥义孝译,人文书院,1976年。

② 《世界文学全集Ⅰ荷马·希腊剧》收录,高津春繁译,筑摩书房,1976年。

③ 同上书,第377页。

时候,有时会梦到与之相关的梦。因此,也可以认为睡眠中的发烧使火焰在梦中登场。睡眠中的思考不是抽象的而是具体的,比起观念更接近意象、甚至是知觉形象。由此,更容易伴有色彩①。

C、D、E 是妻子和别的男人去了兰州的梦。另外,E 是断片的梦的连续记述。不管哪个梦都没有 A、B 那么详细的内容,但是通过重复做相似倾向的一系列的梦,具有了更大的意义。这些梦在时间、空间、因果上都没有制约,但在感情倾向上保持了某种统一。

如果用荣格的原型论进行分析,那么可以说树生是文宣的阿尼玛②。荣格将出现在梦中的异性形象的原型命名为阿尼玛(男性心中的女性)。树生与文宣在大学时代恋爱,不顾文宣母亲的反对,反抗旧婚姻制度,没有正式成婚。也就是说,树生在结婚当初是文宣永远的理想女性。但是对于文宣,阿尼玛最初被投射到母亲身上,创造了一个母子一体化的世界。终究知道了母亲是不同于自己的他人,通过与母亲的对决构建了自己心中的女性形象(阿尼玛),那就是树生。然而在他的无意识中即使成长为人的现今对母亲的情结仍然没有消解。

荣格说恋母情结的一个肯定的作用是"作为更好的教育者的素质——这通过女性的感情移入的能力,常常能达到最好的熟练"③。如果结合作品来考虑的话,文宣在大学攻读教育学,梦想理想的中学、家庭式学校的经营,有作为教育者为社会做贡献的意愿。而且他具备女性的细腻的思维。例如,即使在患肺病卧病在床之后,他也从公司预支薪水,为妻子买生日蛋糕;妻子去兰州之后,一个人去从前两人去的咖啡店,点两杯咖啡,回顾快乐的曾经。文宣的性格和行动符合恋母情结的肯定作用。

---

① "观念"和心理学上的"表象"同义,是"浮现在意识中的感觉的心象";"意象"是"人在心中描绘出的映像和情景";"知觉像"是"通过感觉器官判别外部的事物而被意识化的像"。

② 在拉丁语中意思是灵魂、生命、风、气息。荣格把出现在梦中异性形象的原型命名为阿尼玛(男性心中的女性)、阿尼姆斯(女性心中的男性)。阿尼玛的意象在最初是母亲般的女性、接下来是娼妇、再接着是圣女和贤女,像这样阶段性成长,投射到现实的女性身上而逐渐被意识化。阿尼玛对男性来说就是无意识的厄洛斯。

③ 荣格:《原型论——无意识的构造》,林道义译,纪伊国屋书店,1982 年,第 136 页。

如果用荣格的原型理论来整理梦的解释的话，采取总是与母亲未分化的儿子的立场的文宣，与作为大母神的母亲分离，培育出自己无意识投影(阿尼玛)的女性形象。但是他没有通过这个过程实现脱离母亲的自立。家庭破灭的重大原因潜藏于此。

4. 汪文宣的自我

接下来按照弗洛伊德的理论说明本稿副标题的汪文宣的自我。弗洛伊德把人的精神分割为“本我”[①]、“超我”[②]、“自我”[③]这三个心灵领域。“本我”的作用是规避痛苦、寻求快乐，“超我”的作用是道德约束，“自我”的作用是具备理性与谨慎、为了适应现实生活而约束本能的冲动。

那么笔者尝试比照登场人物的性格。妻子树生是活泼好胜的女性。让儿子小宣在贵族学校学习体现了她的虚荣心。她的性格虽然通过与母亲的争执和大胆的行动也能察觉，但是通过书信这一主观的形式更能展现出来。

这是从兰州寄给丈夫的分手信的一部分。

> 我还年轻，我的生命力还很旺盛。我不能跟着你们过刻板似的单调日子，我不能在那种单调的吵架、寂寞的忍受中消磨我的生命。我爱动，爱热闹，我需要过热情的生活。我不能在你那古庙似的家中枯死[④]。

因此，树生是回应欲望这一无意识膨胀的“本我”人格。她和靠不住的丈夫画上休止符，为了满足欲望而选择和银行上司一起调职去兰州的分店。但又并不是完全和丈夫分离。她去兰州的理由之一是为了获取高收入补贴家计。她也有心把每月的薪水的一部分作为丈夫的治疗费、儿子的教育费寄送给他们，

---

① 是力比多的贮藏处，所有心灵能量的主要源泉。遵循“快乐原则”。

② 是良心和自尊心的贮藏处，所有道德约束的代表者。

③ 是内界和外界的调整机关，受“现实原则”支配。

④ 《巴金选集》第六卷，四川人民出版社，1982年，第428页。

不仅仅是“本我”人格。

她在大学接受教育，“社会性自我”[①]发达。她没法兼顾作为拥有社会性自我的女性的自己和在家庭中亦妻亦媳的自己。

母亲是昆明的封建色彩浓厚的风土所培养的知识分子。因此，她道德意识强烈，与树生各方面都形成了对照。

> “你怕什么，这又不是你错。明明是她没理，她不守妇道，交男朋友——”[②]

> “宣，我给你说，她跟我们母子不是一路人，她迟早会走自己的路，”她又说。
>
> 他停了半晌才回答一句：“她跟我结婚也已经十四年了。”
>
> “你们那种结婚算什么结婚呢！”母亲轻蔑地说。[③]

> 其实她自己也想：我宁愿挨饿，宁愿忍受一切痛苦。她不愿意让树生来养活她。[④]

母亲不承认儿子夫妻不经过正式手续的婚姻。每次和树生争执都把这件事搬出来，想要把儿子从媳妇手中夺回来。当然也会生气媳妇和儿子以外的男性保持亲密的关系。我们可以知道在责备树生的快乐冲动的母亲的保守思想中，“超我”发挥着巨大的作用。如果容忍树生的这一点，那么母亲迄今为止的道德观就会动摇，很可能会批判自己的人生。她因为溺爱儿子，将自己的愿望投影到儿子身上，把儿子与自己等同视之，所以攻击夺走了儿子的媳妇。

对此，文宣常常夹在两位女性之间，采取自虐的态度。

---

① 与荣格的原型之一的“人格假面”的概念一致。“人格假面”来源于表示演员所戴的面具的拉丁语，荣格则用之来表示与人本来应有的状态相对立的、遵从社会的期待而明示个人所扮演的角色。也可以说是我们对外界戴着的假面。

② 《巴金选集》第六卷，四川人民出版社，1982年，第269页。

③ 同上书，第276页。

④ 同上书，第336页。

> “可是你们两个人我都离不开。你跟妈总是这样吵吵闹闹，把我夹在中间，我怎么受得了?”——中略——“可是我宁愿自己吃苦啊。”①

文宣立于母亲和妻子之间，作用本是保持两者的平衡，然而他没能办到。

总而言之，树生受动于“本我”，母亲受“超我”支配。作为竞争的两股势力的调停者，文宣扮演着可悲的“自我”的角色，虽然努力想为两者间带来均衡，结果却遭受挫折。换言之，文宣担当着调整受动于“本我”的树生的自我和受“超我”支配的母亲的自我的被动的“自我”的角色，没能确立主体的“自我”。

5. 结论

最后，若重申文宣的自我，那么他的自我靠他自己一个人没法成立。自我在母亲、妻子和他的三方混战中崩溃分裂。他自身的自我领域变窄，被母亲和妻子压碎。于是一家的悲剧的原因在于他的自我倾向于母亲，没法完好处理对母亲的留恋而留下了后患。当然笔者不打算否定悲剧的原因与抗日战争、国民党统治等社会状况相关联。但是文宣自己与母亲之间，比起这样的社会状况还存在着更大的问题。不得不说以往的评论都过分强调《寒夜》带有的反映现实的社会问题小说的侧面，而忽视了汪文宣在家庭中怀有的问题。

（吴炜　译）

（日本《野草》第 40 期，1987 年 9 月）

---

① 《巴金选集》第六卷，四川人民出版社，1982 年，第 351 页。

巴金《寒夜》的现实主义研究

[韩]朴兰英

1. 序论

巴金的早期作品常被认为缺乏艺术上的严谨性。这是由于他刚踏上文学之路时，视文学为宣传自身理念的道具，或是宣泄情感的手段。然而，新中国成立前他的最后一部长篇小说《寒夜》却达到了其艺术表现力的巅峰，被称为现实主义的代表作。自开始创作以来，巴金一直在探寻能够恰当地表现自己思想与感情的方式[①]，也因而造就了《寒夜》这部作品。

本文将首先考察巴金的创作风格从早期的浪漫主义到晚期的现实主义的

① 巴金：《谈我的短篇小说》，《谈自己的创作》，《巴金文集》第十四卷，香港南国出版社，1970年，第155页。

变化过程，其次，将以《寒夜》中典型人物的分析为中心探讨该作品的现实主义特点。因为现实主义作品所表达的个人层面和社会层面的整体意图通过转型才得以实现。

在分析过程中，将以对国民性的批判与1940年代知识女性的追求与挫折为中心进行探讨。在中国现代文学中，1920—1940年代对国民性的批判是现实主义的核心主题之一。尤其是在1940年中、后期的国统区，对国民性的批判意识已经转变为对民族历史与文化传统的全面反思。不是批判落后的国民性，而是发掘中华民族的传统美德，进而揭露传统美德文化正在崩溃的命运，与此同时，探索民族文化的新的生机。其批判力虽不如“五四”，但反思传统的立足点却远高于“五四”时期普遍的现实主义者。[①] 巴金的《寒夜》就是其中的典型之作。本文将通过对汪文宣这一人物的分析，探讨巴金是如何体现对国民性的批判意识的。之后，将通过曾树生的形象对抗战后期中国知识女性所处的位置与面临的矛盾展开分析，旨在重新审视该作品的现实意义。

2. 巴金创作风格的转变

作家创作风格的形成受多种因素影响，其中世界观是重要影响因素之一。但在作家的世界观与作品之间存在一定的距离，并必然有着转变过程。巴金作品的题材与人物描写随着他的创作态度的变化而变化，本节将以这一过程为中心考察其作品风格的转变。

1920年末，巴金相信无政府主义比艺术更加永恒，为实现无政府主义的理想而走上创作之路。其间目睹了无政府主义运动在现实中的衰败过程，他的创作情感也由对革命的浪漫热情转变为对劳苦大众的温暖的人性关怀。

巴金在其小说中一直在追求爱与真理，但随着人生年轮的累积，他对爱与

① 温儒敏著，金秀永译：《新文学现实主义的流变》，首尔文学与知性出版社1991年，第283页。

人的处境产生了更为具体、更加实际的看法。巴金于1944年结婚,婚后创作的小说较之抽象、浪漫的主题,大部分是围绕日常琐事的具体问题。虽然仍坚持无政府主义博爱(这个世界需要更多的同情、爱与帮助)的立场,但他的行动方式却有所改变。他不再描写早期的革命热情与乌托邦式的理想(只要中国的政治与社会制度发生改变,人民就能立刻变得幸福),也不再进行痛斥暴力的政治性写作。①

如夏志清所言,巴金对早年无政府主义博爱的信念始终如一,但他对爱的表现方法有所转变。他不再依赖幻想与暴力行为,也不再以"憎恨"的形式来表达人性关怀这一基本观点。他对人产生了更深入的理解与同情。在晚期的作品中,人物不再以绝对正面或反面的形式出现,对老一代人的描写,作者也表现出了温情的一面。例如《寒夜》中汪母的形象,作者虽然批判她在封建伦理观念的影响下折磨儿媳,但通过描写她对儿子、孙子献身式的爱,并没有把她塑造成一个完全反面的人物。再比如在《第四病室》中,通过对希望"变得善良些,纯洁些,对人有用些"的女医生的献身式行为表现作者的人道主义人生观,这可以说是从早期作品开始贯穿始终的人性关怀的最成熟的表现形式。

可以说巴金作品的两大主题,一是以《灭亡》为首的知识青年对革命的探索,二是以《家》为首的关于家庭生活的题材。前者在《爱情的三部曲》中达到顶峰后,在《火》第二部中告一段落;后者在《激流三部曲》中发展,并在《寒夜》中展现了最为成熟的面貌。巴金作品中蕴含的这两大主题的发展与衰落是他创作风格转变的第一个标志。

这两大主题是相互交叉体现的。从"革命三部曲"中的青年革命家杜大心、李冷、李静淑到《火》中的冯文淑,这些人物都深受封建家庭与封建礼教的迫害,他们反抗封建家庭、接受新思潮,为了改造社会而探寻革命之路。"家庭"这一概念在巴金的早期作品中作为专制的象征,与走上革命道路的青年是完全对立的。所以反抗者胜利、顺从者失败构成了《激流三部曲》的主旋律。即,《家》中

① 夏志清:《中国现代小说史》,台北传记文学出版社,1979年,第385页。

觉慧通过反抗获得新生,反之,觉新由于逆来顺受而变得不幸;《春》中淑英离家后健康地生活,而蕙凄凉地面临死亡。通过这种鲜明的对比,作者痛诉封建专制制度的不义与残酷,主张打破封建制度。

但是巴金作为成长于封建大家庭、受伦理观念影响的作家,虽极力批判封建家庭制度,但在潜意识中也本能地对其带有一定情感。这种情感表现在他作品的许多方面。第一,对家庭合理的伦理关系的赞美。他在大多数作品中正面描写了母爱与兄弟间的友爱。第二,在《秋》中作者创作了较为合理的家庭,以发展的眼光试图解决新旧两代间的矛盾。第三,如《激流三部曲》中所见,作者批判败光祖产后卖掉祖宅的行为。如上所述,随着时间流逝,关于社会革命的题材逐渐减少,作者对家庭题材表现出了更多的兴趣。《还魂草》①是浪漫主义转向现实主义的转折点,在之后巴金的作品中家庭不再是革命的对立面,而是作为强权的对立面成为珍贵的伦理组织。在《火》第三部中,作者描写了田惠世的理想家庭因日本轰炸而破灭的情节,《憩园》中杨老三的二儿子不再是觉慧那样的反抗者,而是被塑造为家庭伦理的积极拥护者。他不同于一味忍耐封建家庭罪恶的觉新,而是希望用平等、宽容与友爱建立新形式的家庭。在《寒夜》中,汪文宣一家虽然充斥着婆媳间的对立与嫉妒,但作者并没有像从前一样批判家长的保守性,而是以怜悯的态度哀叹婆媳间的理解不足,并为家庭的破灭而悲伤。

与题材转变相对应,人物也由英雄式人物的塑造变为平凡人物的描写。

如巴金所说,"看不见英雄的小人小事作品大概就是从《还魂草》开始,到《寒夜》才结束"②,他的早期作品中主人公多是英雄,但到了晚期则多是平凡的小人物。在巴金的早期浪漫主义作品中,表现作者理想的英雄人物热情勇敢、具有丰富的反抗精神与献身精神,因而受到青年的崇拜。杜大心可以说是这一形象的代表人物。这类人物虽充满矛盾,但这种矛盾大多是爱与恨、生与死、理

---

① 1942年5月出版的短篇小说。

② 巴金:《关于〈还魂草〉》,《创作回忆录》第69页。

想与现实等抽象的矛盾，是远离现实生活的。

在创造这类人物时，作者重视的是类型化的性格，如杜大心的病态性格、吴仁民的鲁莽性格等。另一种是从外国革命家传记中移植过来的性格，如李佩珠等。这种单纯、鲜明的性格广受青年们的喜爱，但存在过分理想化、英雄化、概念化的缺陷。如老舍所指：

> 佩珠，简直不是个女人，而是个天使；……别的角色虽然比她差着些，可也都好得像理想中人物那么好。他们性格与事业的关系，使他们有了差别，可是此书的趣味不在写这些差别；假如他注意到此点，这本书必会长出两倍，而成了个活的小世界。①

与这类英雄人物相反，平凡的小人物虽然软弱且毫无特点，却代表着活在世上的大部分善良的普通人。他们的精神美德主要表现为忍耐和为他人着想，以及默默地生活。可以说他们复杂的性格是为了衬托现实生活的复杂性。

《激流三部曲》的觉新就是一个典型的小人物。即使认识到了封建制度的弊端与没落的命运，他仍默默忍受，并试图寻求暂时的安稳。他惧怕改革，不得不依赖传统带给他的腐败的生活环境。他本性善良，有着令人同情的一面，但他的惰性也是使封建专制主义得以存续的社会基础。抗战以后，这类平凡的小人物的性格则更为复杂、具有立体感。《寒夜》中的三位主人公可以说是这类小人物的典型。作者通过塑造这类本性善良、饱经磨难、略有缺陷的人物们的世界，创作出了更加成熟的现实主义文学作品。

如上所述，巴金的作品以 1942 年《还魂草》为分界点，从浪漫主义向现实主义转变，题材与人物也随之转型（从革命到日常琐事、从英雄式人物到平凡的小人物）。

---

① 老舍：《读巴金的〈电〉》，《老舍文艺评论集》，安徽人民出版社，1982 年，第 31 页。

3.《寒夜》的现实主义

《寒夜》是创作于抗战后期1944年至1946年末的一部中篇小说，以1944年秋到1946年10月战时的重庆为背景，真实地刻画了底层知识分子的悲惨命运。

作品讲述了就职于重庆某半官半商的图书公司的汪文宣一家的矛盾纠葛与悲惨瓦解。主要人物有汪文宣、汪母，以及汪文宣的妻子曾树生。

故事情节如下：三十四岁的汪文宣与母亲、妻子共同生活在重庆某建筑的二楼，十三岁的儿子住在学校宿舍。

在小说的开头，汪文宣走在深秋重庆的街道上，想着昨夜妻子突然离家的事情。妻子虽然与他同龄，但看起来非常年轻。刚结婚的时候，他们在上海有过一段幸福的日子。搬到重庆后，生活每况愈下，不仅上海、桂林，连重庆都处于日军的威胁之中。曾树生是私立银行的秘书，薪水比汪高，社交也比汪广泛。由于文宣不能满足她追求享乐的愿望，她有着非常活跃的社交生活。也因此，汪母一直刁难儿媳。正在树生深受家庭不和困扰的时候，一直向她求爱的银行上司——陈主任调往兰州的调令下来了，陈主任请她一同去兰州。深思熟虑了几晚，树生决定听从陈主任的建议。她同意去兰州的原因，虽然也有追求享乐的因素，但也是为了用在兰州的薪水供文宣养病。文宣此时已因肺病恶化被公司解雇。树生离开后，文宣在抗战胜利的那一天离开了人世。几个月后，树生重回重庆时，丈夫已死，婆婆与儿子也不知到什么地方去了。

作品主要讲述了上述内容，其中三个主要人物如作者所言，三个人都不是正面人物，也都不是反面人物。每个人有是也有非[①]。他们虽然都有缺点，但可

① 巴金：《谈〈寒夜〉》，《老舍文艺评论集》，第139页。

以说都是好人。只不过他们的性格被残酷的现实扭曲了[①]。个人生活的所有层面都受大众生活影响，反之，大众生活也反映了个人生活最重要的一面。笔者认为，通过分析这部作品的主人公汪文宣与曾树生在理想与现实间面临的矛盾，可以重新认识抗战后期中国知识分子的生活状况。

汪文宣作为身处乱世的知识分子，无法用语言表达愤怒，甚至要说违心的话、做违心的事，但他是一个具有清白人格的人物。在汪文宣工作的图书公司有很多阿奉权贵之人，但汪文宣却是诚实严谨的人。在周主任的生日庆祝宴上，其他人都过去敬了酒，只有他一个人不曾去，其他人对总经理或主任献殷勤的样子使他发呕[②]。当时的社会现实是，政府统治腐败、坏人疯狂敛财、好人没有活路，汪文宣的良心与正义感通过对时局的不满和憎恨体现出来。他清楚地认识到自己一生的幸福都给战争，给生活，给那些冠冕堂皇的门面话，还有街上到处贴的告示拿走了[③]。所以在他校正国民党某要员的大著时，看到说中国近年来怎样在进步，人民的生活又怎样在改善，人民的权利又怎样在提高，他在内心呼喊“谎话！谎话！”。[④] 从这一点来看，汪文宣做事有自己的原则，对政治或社会上的事有着明确的是非观念，是一个正直善良的知识分子。

此外，他还是一个老好人的形象。如他的妻子曾树生所说，他是忘了自己，为别人着想的人。他对树生的爱也是如此，不顾及自己，全身心地爱她。无论家里发生什么事情，他从不责怪树生，而认为是自己的错。对于母亲对树生的嫉妒与不信任，他一有机会便为树生辩护，导致母亲说他“没出息”。[⑤] 并且，在自己看病钱都没有的情况下，他还带病工作，想要预支薪水给树生准备生日礼物。在他带病工作的时候，母亲和妻子在家里吵了一架，树生一气之下来找文宣要求离婚。但被文宣的用心感动，反而心生感激[⑥]。对于去兰州一事，树生一

---

① 张挺：《试论〈寒夜〉的思想艺术成就》，巴金研究丛书编委会编《巴金作品评论集》，第120页。

② 《巴金文集》第十四卷《寒夜》，第77页。

③ 同上书，第75页。

④ 同上书，第263—264页。

⑤ 同上书，第19页。

⑥ 同上书，第145—146页。

直犹豫不决。文宣想到自己与家人，虽不想让她去，最终还是劝树生离开。

> “那么你一个人先走罢。能带小宣就带小宣去；不能带，你自己先走。你不要太委屈了你自己，”他温和地、清清楚楚地说，声音低，故意不让他母亲听见。
>
> “你真的是这样决定吗？”她冷冷地问道，她极力不泄露出自己的感情。
>
> “这是最好的办法，”他恳切地、直率地回答，“对大家都好。”
>
> “你是不是要赶我走？为什么要我一个人先去？”她又发问。
>
> “不，不，我没有这个心思，”他着急地分辩。“不过时局坏到这样，你应该先救你自己啊。既然你有机会，为什么要放弃？我也有办法走，我们很快地就可以见面。你听我的话先走一步，我们慢慢会跟上来。”
>
> “跟上来？万一你们走不了呢？”她仍旧不动感情地问。
>
> 他停了片刻，才低声回答她：“至少你是救出来了。”他终于吐出了真话。①

从文宣不顾自己的煎熬与悲伤，只为对方着想的行动中，可以窥见他高尚的道德品质。在面对树生与第三者——陈主任的关系时，他也始终理解妻子，采取绝对尊重的态度。最终，收到妻子要求离婚的信时，他甚至悲伤得不能把信读完，但在回信中还是没有一句责怪地满足了妻子的愿望，并且对于耽误她的青春再三道歉。后来，他的肺病恶化，生命危在旦夕，但给树生的信中也丝毫没有透露自己病情恶化的消息。母亲不能理解他这样的行动，他对母亲说“我愿她幸福”②。

对待邻居或与自己不相干的人，汪文宣也总是给予温暖的关怀。即便可能因此而使自己变得更加痛苦、不幸。树生去兰州后，他绝望地回到家，看到门旁边有两个小孩子互相抱着睡着了，他马上忘掉自己的不幸，把自己的外套盖在了他们的身上。此外，当同事们知道他得了肺病，写联名信要求他不要同桌进

---

① 《巴金文集》第十四卷《寒夜》，第132—133页。

② 同上书，第276页。

食，他最初很愤慨，觉得不公平，但马上原谅了他们，反而担心他们染到肺病[①]。

汪文宣的另一个性格特点就是懦弱，以及对由此产生的一切后果的忍耐精神。他经济上极其贫困，出不起给周主任做寿的份子钱。但最终还是不得不交。他非常敏感，万事小心，主任的咳嗽声或者科长的话语都使他害怕。因为他这种谨小慎微的性格，公司里从上到下都看不起他。但是，他的不满与反抗都只在心里，从不敢表现在行动上。有一次，他生着病去上班，工友送来一叠初校样，并说当天就要。他心里生气，想要大呼不公，却只是温和地点点头。由于他懦弱的性格，在校正国民党要员的大著时，虽然心中充满了不满与憎恨，现实中却极尽颂扬之词[②]。

文宣的懦弱与无能在家庭问题中也表现得淋漓尽致。他无法使母亲与妻和解，也没有选择其中一人的勇气，永远只是在中间搪塞敷衍。下面便是一个典型的例子：母亲和妻子吵架后开始低声哭泣，文宣为了安慰母亲，承诺再也不让妻子回来[③]。但其实他只是想含混过去，并没有付诸行动的打算。除了不恰当的妥协，挽回局面的另一个方法是苦肉计。一般情况下，他用哭泣或者自责引起母亲和妻子的怜悯与同情。但有时候，也会用一些极端的行动来表现，比如用棉被蒙住头，两个拳头疯狂地打着前额，口里接连嚷着"我死了好了！"[④]。这样的行动虽然可以获得暂时的平和，却不能真正解决问题。都说人的性格决定命运，文宣一家最终分崩离析的结局与他懦弱的性格不无关系。

如上所述，文宣的懦弱与顽强的忍耐精神相互交织。因为懦弱，他容忍一切，不只自己忍耐，也劝妻子和母亲忍耐。他有时也对自己这样的性格感到害怕。但是为了生活，他努力压抑着内心的后悔与抗议。

如前文分析，汪文宣是一个正直、善良、毫无私心的懦弱的知识分子，并且是一个过分的老好人。他年轻时也是一个勇敢热情的人，蔑视传统礼节，不举

---

① 《巴金文集》第十四卷《寒夜》，第261—262页。

② 同上书，第140页。

③ 同上书，第160页。

④ 同上。

行婚礼便和树生一起生活。然而曾热衷于教育事业、充满为理想而奋斗的勇气的他,变成了如此懦弱的人物。从中我们不难看出饱受社会现实压迫的悲惨的知识分子形象。在作品的第22章中,对他内心的烦恼进行了如下描写。

> "我才三十四岁,还没有做出什么事情,"他不平地、痛苦地想到。"现在全完了。"他惋惜地自叹。大学时代的抱负像电光般地在他的眼前亮了一下。花园般的背景,年轻的面孔,自负的言语……全在他的脑子里重现。"那个时候哪里想得到有今天?"他追悔地说。
>
> "那个时候我多傻,我一直想着自己办一个理想中学,"他又带着苦笑地想。他的眼前仿佛现出一些青年的脸孔,活泼、勇敢、带着希望……[①]

汪文宣这一人物的意义,就是用来揭露曾经充实的人生因为严酷的社会现实而萎缩这一事实。即,救国济民的理想化为泡影,兼济天下的抱负无法实现。他的经历与性格使他无法抵抗时势,也无法卖身求荣。因而洁身自好、坚守本心是他唯一的出路。也就是说,汪文宣奉行的是中国历代失意士人躬奉的"穷则独善其身"的信条[②]。

汪文宣这种懦弱的性格来自于当时的社会现状。抗战后期由于连年战争导致物价上升与通货膨胀,最为深受其害的阶层就是工薪阶层。虽说月薪也涨,但与物价上涨相比可说是杯水车薪,实际所得不及物价上涨的几十分之一。特别是在该作品的背景城市——重庆,1940年以后,人口麇集的战时首都重庆,粮荒特别严重。1944年的米价约为战前的四百余倍,每石(10斗)超出四千元[③]。如此,处于这种即使拿到工资也难以生存的情况下,汪为了养家糊口,不得不变为顺从现实的懦弱之人。

女主人公树生是活泼的热爱生活的追求幸福与自由的新女性。她虽已三

---

① 《巴金文集》第十四卷《寒夜》,第206—207页。

② 张民权:《巴金小说的生命体系》,上海文艺出版社,1989年,第146页。

③ 郭廷以:《近代中国史纲》下册,香港中文大学出版社,1983年,第730—731页。

十四岁，但仍具有同十年前一样旺盛的生命力，以及美丽的容貌。但在封建家长制的传统与资本主义社会中，女性必然受到歧视，她所追求的幸福与自由被彻底束缚。

作品中，树生面临的封建传统与矛盾主要通过与婆婆的对立表现出来。婆婆敌视树生，是因为传统观念驱使下的婆婆的自尊心。反过来，婆婆经济上不独立，却又不想依赖儿子、媳妇过活，这种矛盾的自卑心理无法可解，便化作了对儿媳的仇视情绪。此外，婆婆早早地失去了丈夫，遵循传统伦理守节，度过了孤独的一生。她所有的爱都倾注在了儿子汪文宣身上，想要独占儿子的情感使她无法容忍儿媳夺走儿子的爱。婆婆认为没有举行婚礼，自由恋爱后与儿子结合的树生只不过是儿子的姘头，她对于自己是明媒正娶一事很骄傲。但对于婆婆的干涉，树生只觉得反感。

这里凸显出了女权主义的本质问题。树生与她的婆婆都是女性，同样受家长制的压迫。但若依照封建的长幼有序的观念，媳妇不仅是丈夫的奴隶，也是公婆的奴隶。因此，年轻女性所受的压迫直接来自于婆婆。纵然很多婆婆同样深受虐待与压迫，但她们并不能从根本上认识到它的不合理性，不仅如此，她们还自觉地把这种传统价值与自身等同起来，认为一旦自己做了婆婆，理所当然地也要行使婆婆的特权。家长制得以延续，是因为母亲的存在是以儿子的存在为前提。这意味着，女性作为母亲，没有从根本上改变这一体制的力量。也就是说，因为她们清楚地知道自己的特征与弱点，她们在侵害同为女性的儿媳的权益时比男性更加残酷，虽然生而为女性，实际上却不得不扮演大男子主义的符号的角色。

然而社会形态在本质上是以男性为主，尽管婆媳矛盾依然存在，该作品的背景——1940年代的中国已经从封建社会向资本主义社会转变了。因此，树生一代的知识女性已经不能过老一辈那样的生活了。女性已经不再无条件服从公婆，拒绝成为料理家事、侍奉丈夫、养育子女的家庭附属品似的存在。作品中塑造的树生的形象，是追求自由与幸福的女性。尽管这种“自由”与“幸福”在作品中只被侧面地描写到，并且直到现在也很难对其下准确的定义，但是最终，树生的行动可以说是想要确立女性自我价值的自觉的追求。人类在失去自我的过程中,女性的压迫是最长期、最严重的异化现象。数千年来,女性依照传统观念被家庭生活所束缚,因此,女性的解放要首先从家庭的革命开始。从这一点来看,树生经过痛苦的犹豫与矛盾离开自己的家庭,可以说是为了寻求独立自由的生活。

但并不是说,因为汪文宣懦弱,婆婆被陈腐观念束缚,树生就是一个理想的女性。我们很难把树生看作她所追求的那种独立自由的女性。她喜欢社交,喜欢打扮得华丽。但无论是在外表光鲜的社交活动中,还是在与陈主任的恋爱中,她都没能获得自由与幸福。她不只在家庭中不幸,在社交层面也只是觉得空虚。婆婆把她当作汪家的代孕母、汪文宣的姘头,公司同事们把她当作装饰品。趁着还年轻漂亮,她可以在银行当个"花瓶",一旦上了年纪,便当个"花瓶"也不能了。她在婆婆与丈夫间纠结再三,最终想要摆脱那个令人窒息的环境选择离家,这象征着与陈腐的被传统束缚的黑暗生活的诀别。但是她无法找到自己的出路,也无法找到理想的未来。这不是从现代意义上因为无法实现女性解放对她进行批判,而是对她离家后连基本的独立与自由都没能得到进行指责。

对于曾树生,有评论家高度评价她"是打破家长制社会观念的女性,不再落后于男性,而是超越男性寻找新的生活"①。但事实并没有如此简单。曾与汪文宣的爱的矛盾就是女性对依附对象的满足或失望,也就是家长制社会中对强者——男性的追求过程。结婚前,汪文宣是进步的独立的男性。但在战争、贫困、疾病,以及失业的情况下,逐渐转变为懦弱的顺从的人。由此,曾失去了依附对象,惊慌失措。即使在感情上她依然爱着文宣,无奈已经失去了安全感。这可以说是追求强者的幻想破灭后导致的必然结果。由于女性潜意识里的自卑和试图将命运依附于强者的幻想,导致了曾树生为年轻富有的上司的诱惑而动摇。曾与陈主任的关系与其说是追求新的爱情,不如说是处于弱势的曾寻求新的依附对象的过程。

① 张新颖:《首届巴金学术研究所综述》,《中国现代文学研究丛刊》1990年第2期。

如上所述，寻求强者的幻想的破灭可以说是新女性经历的具有普遍意义的悲剧。不同于封建社会的女性需听从父母命令寻找依附对象，新女性在寻找依附对象上具有自主性。但这一点不仅是女性独立人格的萌芽，也蕴含着可能失去独立意识的隐患。这可以从当时的社会环境中找到原由。试图摆脱中国数千年来封建专制制度压迫的女性的意识处于刚刚开始觉醒的阶段，还不具备对自由独立的人格的充分自觉，还没能找到实现自我价值的具体方法。因此，从心理上，她们追求的爱情虽然怀着对自由、平等以及人格独立的希望，但其本质仍是寻找新的依附对象。即，仍未摆脱女性的弱势心理。不仅如此，人为了实现最起码的人格独立，必须要具备可以为自己生计负责的经济能力，但在这部作品中，曾的处境连这一点也受到威胁。她在银行负责的业务与大学的教育学专业毫不相干，而是依靠年轻貌美，负责社交工作，处于年纪大了随时可能被解雇的状态。即，曾不得不从事传统观点中的女性职业——服务业，与能力获得认可从而得到独立的社会地位相距甚远。但是，由于清楚地认识到自己的处境，曾必然怀有趁年轻将生活依附于更强者的心理。通过刘清扬在《现代妇女》(1943 年 10 月 1 日)上的文章可以得知，知识女性的这种处境是 1940 年代中国女性的普遍情况。

> 从“五四”以后，虽然打开不少妇女职业之门，以将近 25 年的过程，妇女在各种职业岗位上，固然也有不少卓越苦干的人才，多数是敷衍塞责，停留不进的。所谓优秀人才，大多数是抱木守分，按部就班地做下去，没有显著的天才，更少切实创造的能力；普遍的庸才，更是供人赏玩的花瓶。[①]

如同作者提到的那样，她很有可能在陈主任的爱情里寻找安慰和陶醉，没有勇气打破“花瓶”，就这么度过一生[②]。但是，曾对于作为“花瓶”的生活感到苦

---

① 参考刘清扬：《如何克服妇女传统的狭窄恶习》，中华全国妇女联合会编《中国妇女运动历史资料》(1937—1945)，中国妇女出版社，1991 年，第 741—742 页。

② 巴金：《谈〈寒夜〉》、《谈自己的创作》，《巴金文集》第 14 卷，第 147 页。

闷。可能相较于婆婆那种封建家庭中女性的生活，自己要更加自由一些，但她渴望更多的自由。纵然这种愿望没有具体的实现方案，但是通过对现有生活的后悔与否定，曾也不是完全不可能开拓自己的新生活。从根本上认识到自己是受压迫者的人，通过对全面否定压迫关系的追求，必然引发全方面的变革。所谓个性解放，也就是打破抑制个体自由发展的所有制度束缚，由自由的个体建立新的社会。然而，在抗战后期的中国社会，自由的个体无法跟随理性，追求个人的欲望，实现个体与整体的和谐统一，传统的个人主义无法找寻现实意义。在这样的时代背景下刻画出曾树生的人物性格与矛盾，可以说有其典型意义。

4. 结论

综上所述，《寒夜》是巴金晚期现实主义的代表作。在题材上，从对革命的探索转向对家庭生活的关注；在人物形象上，从英雄式人物的塑造转向对平凡小人物的刻画。

这部作品的现实主义特征可以概括为如下几点：

第一，重视事实。作家并没有直接表现自己的观点，而是采取了现实主义的创作方法——通过对人物生活的描写使读者从作品中得出结论。这部作品中，几乎没有巴金早期作品中常见的直接说教。巴金通过人物的心理描写、社会批判来表达自己的意图，作家自身非常熟悉作品中人物的生活也是该作品的成功原因之一。巴金在《怀念集》[①]中写道，哥哥李尧林，朋友缪崇群、施居甫、范予、鲁彦等全部因肺病离世，他们同样是善良平凡的知识分子，作品中汪文宣的悲哀和希望便可从他们身上找到原型。作品通过巴金最熟悉的底层知识分子的生活的具体描写，概括他们的特征，可以说是因此塑造出了真实的典型。以某个人物为原型进行创作是巴金早期作品中常见的手法，此时易犯被个人感情

① 巴金：《怀念集》，宁夏人民出版社，1989年。

左右的错误，通过使用这种典型化方法，可以避免此类错误，更加客观地进行人物创作。

第二，把个人矛盾与社会矛盾有机地结合。《寒夜》是一部描写小人物的平常事的作品，从婆媳矛盾到夫妇矛盾、母子矛盾构成了作品的主要框架。但是，作者不是通过几对人物关系的矛盾来孤立地描写这些矛盾，而是与社会矛盾有机地结合起来，社会矛盾起到了深化家庭内部矛盾并使其走向悲剧结局的作用。例如，在树生工作的银行，陈主任诱惑树生最终两人一同去往兰州的支行这一行为，可以说是当时常见的利用职权破坏他人家庭的社会矛盾。这又使树生与婆婆间的矛盾更加突出，使树生与文宣的心理矛盾更加深化，起到了将文宣推向死亡的作用。此外，图书公司的上司对文宣的冷漠与解雇也侵害了他的身心健康，迫使他最终走向死亡。作者还将两位主人公的工作地点设定为大川银行和半官半商的图书公司，以此象征性地突出通货膨胀引起物价上涨和国民党的腐败统治这一社会现状。在这种社会背景下，饱受生活之苦的汪文宣作为顺从（深受封建传统观念影响的）母亲的人物，不仅受到不合理的社会制度的压迫，由于他的懦弱和对生活的绝望，同时也是走向衰亡的封建社会传统和悲惨命运下的牺牲品。作者将他塑造为一个老好人的形象，以此更加凸显了这一人物所表现的悲剧意义。与此同时，作者通过曾树生的形象，对残存在女性内心深处的传统意识进行批判，唤醒了女性渴望独立的意识（即自主意识），提供了女性若要成就独立自主的人格需要如何反抗内部与外部条件的思考契机，从这一点可以看出作家现实主义的深化。

所谓典型化，就是从个人中寻找社会，从特殊中发掘一般，再用艺术手法表现出来使其具有说服力[①]。从这个角度来看，这部作品中的人物即他们那个时代的典型人物。作者想要表达的是对迫使这些善良的人家破人亡的社会现状的控诉，从中凸显出的人与人之间的普遍问题。如茅国权（Nathan K. Mao）评价的那样，在《寒夜》中，巴金不仅成功地表现了环境与场面描写，更是成功地刻

① 史蒂芬·科尔著，余均东译：《现实主义的历史与理论》，首尔大田出版社，1982年，第152页。

画了人与人之间的矛盾以及人物的内心世界[1]，该作品被称为《家》之后巴金最成功的作品。通过一个底层知识分子家庭的日常事，如实地表现了抗战后期中国社会的面貌，再现了即使理想在残酷的现实中受挫、仍然努力维持人性尊严的平凡小市民的日常生活。从以上两点来看，这部作品堪称巴金现实主义的代表作。

（李乐　译）

（韩国《中国语文论丛》第5辑，高丽大学中国语文研究会，1992年12月）

① 巴金著，茅国权译：《寒夜》，香港中文大学出版社，1987年，前言第28—29页。

巴金《寒夜》的空间意象分析

——以作家对中国抗战时期社会的现实意识为中心

[韩]郑守国

一、绪论

巴金把自己的文学生涯分为早期的二十年、新中国成立后的二十年，以及文化大革命时期的十年[①]三部分。但是，除去早期的二十年，……巴金的创作处于极度低迷的状态。另外，文化大革命以后，巴金因病除去几篇回忆录没能创作出非常优秀的作品。由此，早期的二十年可以看作巴金的文学创作活动最为

① 巴金：《我和文学》，《探索集》，香港三联书店，1981年，第138—139页。

活跃的时期。在此期间创作的作品有中、长篇小说20余篇,短篇小说73篇,散文集11部,以及其他翻译作品50余种。

早期二十年的作品又可分为前期和后期。前期从1928年巴金的处女座《灭亡》开始,这一时期的作品大多侧重于传达关于社会的信息。巴金将自己的情感毫无保留地吐露在作品中,因此,在这一时期的作品中多少可见浪漫主义倾向。作品的主人公被塑造为英雄式的人物,题材也多选择青年革命家的斗争为主题。“热”可以说很好地体现了本时期巴金文学的总体特点。

然而,到了1940年代,巴金的创作热情随着长期抗战逐渐转冷,他开始从作品中剔除自己的主观情感,以客观的视角看待社会现实。作品的主人公也不再是卓越的青年革命家,而是选择平凡小市民的家庭生活,以此实现了创作题材的转变。后期的作品以1942年发表的《还魂草》为首,有《火三部曲》《憩园》《第四病室》《寒夜》,以及短篇小说集《小人小事》等。从这一时期巴金的作品中,可以看出作者看待事物的视角变得更为冷静。“冷”即是巴金后期文学倾向的代名词①。

笔者研究的《寒夜》兼有《憩园》的感染力和《第四病室》的暴露力量,是巴金后期的代表作②。对人物内心世界的细致描写和对社会现实的尖锐揭露更提高了《寒夜》的现实主义价值。

文学作品中的空间结构与时代背景不无关联,笔者的研究将以“文学是反映社会现实的时代的产物”为前提展开。因此,本文将探讨巴金如何通过“夜”、“家”这两个空间意象含蓄地表现1940年代中期处于抗战时期的中国的社会现实,并就作家对抗战时期社会的现实意识进行分析。

1945年,约瑟夫·弗兰克通过其论文《现代小说中的空间形式》首次对小说是时间艺术这一论点提出异议,将“小说的空间形式”作为创作理论中的一大论题。此后,文学研究中对于空间的研究越来越引人关注。

---

① 陈思和、李辉:《巴金论稿》,人民文学出版社,1986年,第174页。

② 谭兴国:《巴金的生平和创作》,四川人民出版社,1983年,第203页。

文学中的空间，从它将文学与现实世界相关联的这一点来看，无论是否真实，都通过作品中具体的事物与对象得到体现。所以，此时对空间的认识即对某一对象的认识，通过这一对象可以体现作家的主观意识[①]。

当然，语言作为文学的媒介必然具有时间性，在具体的作品中，时间性不是孤立展开的。随时间契机而产生的变化以空间化的形式表现，从这一点上体现出了时间的空间化[②]。

因此，在文学研究中对空间的关注或空间意识所具有的意义非常深远。可以说对空间的研究是更深入地理解现代小说的必要方法。因此，试图发掘空间叙事具有何种意义，也就是在探求叙事文本的本质，同时，对理解文学空间中蕴含的作家的内心意识，以及看待现实世界的立场也有所帮助。

二、《寒夜》中的空间意象分析

1. “夜”的空间意象

巴金的《寒夜》中笼罩的整体气氛带给读者压抑的感觉。《寒夜》的文学空间所使用的每一处背景都没有给读者提供一丝明快的印象，黑暗、压抑的形象贯穿始终。

在《寒夜》中，“夜”的意象是巴金为了更好地烘托出黑暗、忧郁的气氛所使用的重要意象。从汪文宣寻找妻子在街头徘徊的第一章，到树生不知道自己该何去何从的结局，黑夜贯穿了整部小说。即，夜是使《寒夜》的整体结构不至涣

---

① 罗伯特·马格廖拉：《现象学与文学》，普渡大学出版社，1977年，第4页；金恩子：《现代诗的空间与结构》，首尔文学批评社，1988年，第17页再引。

② 金恩子：同上书，第18—19页。

散的中心轴，烘托作品的阴郁氛围。因此，《寒夜》的文学空间大部分以夜为背景[①]，大部分的主要事件发生在夜晚。

《寒夜》中描写的夜一直是寒冷、阴暗、给人凄清之感的空间。黑夜笼罩着《寒夜》的所有空间，引领人物走向黑暗的世界。因此，在《寒夜》中，甚至连照亮黑夜的路灯都不怎么明亮，只能熹微地照亮周围的一点空间。灯光被黑暗分割为孤立状态。

这样的夜晚给登场人物莫名的不安和恐惧之感，尤其是没有灯光的夜，更是加重了人物内心的不安。

> 远远地闪起一道手电的白光，像一个熟朋友眼睛的一瞬，他忽然感到一点暖意。但是亮光马上灭了。在他的周围仍然是那并不十分浓的黑暗。寒气不住地刺他的背脊。他打了一个冷噤。……他忽然警觉地回头去看，仍旧只看到那不很浓密的黑暗。他也不知道他的眼光在找寻什么。[②]

文宣为了寻找离家的妻子在夜晚的街道徘徊。他看到远处闪过的一抹亮光感到了温暖。实际上，视觉上的光亮并不能带给文宣感觉上的温暖。但是，通过看到的亮光，文宣盲目游荡在夜晚街道上的不安的心理状态得到了安抚。他把稍许安定的心理状态认定为是温暖的感觉。

然而，亮光消失后，文宣立刻感到一阵寒气，再次出现了不安的心理状态。这样的明暗交替与人物的心理状态密切相关。在《寒夜》中，每晚的停电起着营造明暗交替效果的媒介作用。

> 树生推开门进来。……“吃过了，”她含笑地答道；……“她笑得多灿烂，声音多

---

① 《寒夜》的全部章节包括后记共 31 章，白天的场景共 6 章(3、4、5、9、17、25)，白天和黑夜同时出现的场景共 8 章(11、12、13、14、20、26、27、29)，其余的 17 章(作品的大部分)全部以夜晚为背景。参考巴金《寒夜》(英译本)，茅国权、柳存仁译，香港中文大学出版社，1978 年，第 24 页。

② 巴金:《寒夜》，人民文学出版社，1983 年，第 1 页。

清脆!”他想道。……她换衣服和鞋子的时候,电灯忽然灭了。……“这个地方真讨厌,总是停电,”她在黑暗中抱怨道。“我就怕黑暗,怕冷静,怕寂寞。”[①]

树生和同事们聚餐后,怀着明朗愉快的心情回到家里。她换衣服、鞋子的时候忽然停电了,房间被黑暗笼罩。瞬间的黑暗引起了树生对现实生活的不满与懊悔。停电前树生的心情还很愉悦,突然的停电导致了她的不安心理。文宣也是一样。某天他正在喝粥,突然赶上停电,文宣同样陷入了不安的心理状态。

妻进屋来照料他吃了稀饭。电灯突然熄了。“怎么今晚上又停电?”他扫兴地说。“他们总不给你看见光明,”他诉苦地又加了一句。……他的眼光无力地向屋子四周移动。烛光摇晃得厉害。屋里到处都是阴影,他什么也看不透。他痛苦地叹了一口气。[②]

就在停电前,文宣还对战争结束后重新投身教育事业抱有希望。但停电之后,文宣开始叹息自己无法得见光明。他看着变得昏暗的房间,陷入了抑郁不安的心理状态。

这样深夜突如其来的停电,使房间的状态由“明亮”转向“黑暗”,人物的心理状态也随之由“安定”变为“不安”。即,停电是人物心理从安定转为不安的临界点。

为了逃避黑暗,每当停电文宣都会点燃蜡烛。他试图通过烛光驱散内心的不安情绪。然而,烛光非常微弱,风吹进来吹得烛光剧烈晃动。烛光越晃动,屋内的影子便愈加阴暗,他的不安情绪也随之加深。在《寒夜》中,每晚发生的停电为黑夜营造了压抑的气氛。

除了停电,巴金还通过夜晚的声音[③]来烘托夜的抑郁氛围。夜晚的声音,有

---

① 巴金:《寒夜》,第95—96页。

② 同上书,第183页。

③ 巴金:《寒夜》(英译本),第25页。

外面传来的咳嗽声和哭声。

> 烛光摇晃得厉害,屋角的黑影比先前更浓。从二楼送来一个小孩的咳嗽声和哭声。窗外索索地下起小雨来。“我们打两盘 bridge 罢,”刚玩了两副,她忽然厌倦地站起来说:“不打了,两个人打没有趣味。而且看不清楚。”他默默地把纸牌放进盒子里,低声叹了一口气。①

寂静的深夜传来的孩子的咳嗽声、哭声和外面的雨声将抑郁的氛围推向高潮。所以文宣和树生为了从这种抑郁的气氛中解脱出来而玩纸牌,但是也没有趣味,打了两局就作罢。反而因此而陷入了更加压抑的氛围。屋内压抑的气氛伴随着孩子的哭声,引得“夜”这一空间更加凄凉。他们的心理状态彻底陷入了忧郁的情绪。

夜的声音中还有小贩的叫卖声。文宣在妻子即将去兰州的前一天晚上,等待妻子归家的时候,听见外面传来夜的声音。

> 从街上送进来凄凉的声音:“炒米糖开水。”声音多么衰弱,多么空虚,多么寂寞,这是一个孤零零的老人的叫卖声!他仿佛看见了自己的影子,……一个多么寂寞、病弱的读书人。现在……将来?②

对于像死了一样独自躺在阴暗房间的文宣来说,夜晚的声音带给他还在活着的感觉。也就是说,仿佛停止了的他的思维随着小贩的叫卖声重新开始活跃。同时,夜的声音也在提醒着文宣他的衰弱以及渐入死境的凄凉。他听着窗外的喧闹声,想到了自己将要面对的死亡③。

综上,“夜”在《寒夜》中将总体氛围衬托出压抑的基调。然而,夜不只是烘

---

① 巴金:《寒夜》,第 76 页。

② 同上书,第 184 页。

③ 汪应果:《巴金论》,上海文艺出版社,1985 年,第 286—287 页。

托压抑的氛围，它带给主人公实实在在的凄惨的苦难。

白天对文宣而言是受尽同事羞辱、辛苦工作的空间。由于白天工作过度劳累，文宣的身体日渐衰弱，最终因过劳和营养不足出现了肺病症兆，需要绝对静养。

因此，夜晚是文宣从过量的工作中解脱，可以安心休息的空间，是保护他不受外界伤害的安定的空间。然而夜晚并不能让文宣得到充分的安定和休息。夜晚迫使文宣直面自己内心世界的痛苦，是噩梦缠身的苦难的空间。

> 他又落进了可怖的梦网里。庞大的黑影一直在他的眼前晃动，唐柏青的黑瘦脸和红眼睛，同样的有无数个，它们包围着他，每张嘴都在说："完了，完了。"他害怕，他逃避。他走，他跑。多么疲倦！但是他不能够停住脚。……天黑了。他在黑暗中摸索。好累人的旅行啊！忽然他看见了亮光，忽然四周的树木燃烧起来。到处是火。火燃得很旺，火越逼越近。他的衣服烤焦了。他不能忍受，他嘶声大叫："救命！"他醒了。[①]

在梦中，文宣陷入焦虑的境地。唐柏青的幻影追着他，折磨他。文宣拼命逃跑、挣扎。梦使他疲惫，但梦是无法避免的潜意识空间。文宣身不由己，夜夜被噩梦折磨。

此外，夜晚还是文宣极度恐惧的与妻子离别的空间。在每晚的噩梦中，他无数次经历与妻子的离别，极其痛苦。因为对即将于妻子离别的恐惧，他逃避即将到来的黑夜。然而，夜晚的到来属于不可抗力，他避无可避。

这种不可抗力并不只针对文宣一人，夜晚对于文宣家门外缩着身子睡着的孩子而言也是极其恐怖、寒冷的空间。孩子们为了度过寒夜相拥而眠。

> 门旁边墙脚下有一个人堆。他仔细一看，原来是两个十岁上下的小孩互相抱着缩成了一团。油黑的脸，油黑的破棉袄，满身都是棉花疙瘩，连棉花也变成黑灰

---

① 巴金：《寒夜》，第 89 页。

色了。他们睡得很熟，灯光温柔地抚着他们的脸。他看着他们的脸，他浑身颤抖起来。周围是这么一个可怕的寒夜。[1]

包裹着两个孩子的冷空气从季节上构成了寒冬的意象，而冬天总是与黑夜等同[2]。夜晚因为“寒冬”这一意象成为了更加残酷的空间。他们在这样寒冷漫长的冬夜经受着苦难。

夜可能是黎明前夕的希望，也可能是坠入黑暗的绝望。如果说前者是向着光明的试练，蕴含着生命；那么后者则是走向绝望的通道，意味着死亡。这里，巴金眼中的夜属于带有绝望意味的后者。由一个充满束缚、苦难，以及混乱的世界，形成了魔鬼般的形象。

因此，当夜（魔鬼形象）的威力到达巅峰，便开始向人们宣告死亡。夜晚用黑暗将白天的一切包围，使之与光明隔绝。它将死亡的阴影笼罩在人的身上，剥夺人的生命，构成一个死亡的空间。

第一个牺牲者是唐柏青（文宣的同学）的妻子。她在生产途中痛苦地死去。甚至她刚出生的孩子也已经处于死亡状态。那时正是黑夜。它甚至将死亡的触角伸向刚出生的孩子。这是一个不容许新生命诞生，完全看不见希望的绝望的空间。可见对巴金而言，抗战时期的社会便是一个逃脱不掉的惨淡的布满枷锁的空间。

夜晚连唐柏青的生命也剥夺了。某天晚上，唐柏青在喝完酒回家的路上出了车祸。

他听见一阵隆隆的声音，接着一声可怖的尖叫。……人们疯狂地跑着，全挤在一个地方。……他呆呆地走过去，……但是他觉得一个可怖的黑影罩在他的头上。“好怕人！整个头都成了肉泥，看得我心都紧了。”[3]

---

① 巴金：《寒夜》，第190页。

② 诺思罗普·弗莱. 林哲奎译：《批评的解剖》，首尔大路出版社，1982年，第202页。

③ 巴金：《寒夜》，第85—86页。

公司里唯一对文宣友好的钟老也被黑夜夺去了生命。钟老晚上的时候在医院里发病而死。这一系列的死亡都在夜晚发生。最终，黑夜向文宣发出了死亡宣告。对文宣而言，黑夜是从现实世界将他的生命夺走的死亡的空间。

> 最后他断气时，眼睛半睁着，眼珠往上翻，口张开，好像还在向谁要求“公平”。这是在夜晚八点钟光景。①

黑夜是一个使人因精神分裂、肺病、发作、生产、车祸等死去的病态的空间，它使无辜的人患病，将他们的生命从现实世界瞬间剥夺。巴金认为抗战时期的夜便是如此可怖、残忍。

由此看来，这部小说的题目“寒夜”即是暗示了中国抗战时期的社会现状。“寒”与“夜”都象征着死亡，巴金通过“寒夜”这一空间意象表现了抗战时期压抑、悲惨的现状。因此，巴金使用“夜”这个重要的空间意象，使《寒夜》的构成具有一贯性。可以说“夜”所隐含的压抑气氛就是死亡的前奏。

2.“家”的空间意象

在巴金的小说中，“家(家庭)”是非常常见的空间背景，代表作品有《家》《火三部曲》《憩园》《寒夜》等。这里所描写的家庭不是只有谨小慎微的普通人生活的特殊、怪异的空间，而是随处可见的，同时却与社会彻底隔绝的空间②。

在《寒夜》中，巴金之所以重点刻画“家”这一空间结构，是因为巴金认为“家(家庭)是社会的缩影”。③ 在《雪》里，巴金说：“我告诉你，这里就是整个中国的缩影！”对于《第四病室》，作家说：“小小的第四病室就是我们这个社会的缩影！”在《小人小事》里作家认为：“这只猫不就是她的缩影吗？”由此可以看出，“缩影”这一典型化手段在巴金的头脑里是有意识地采用的。从这一点来看，《寒夜》中

① 巴金：《寒夜》，第248页。

② 菊地三郎著，郑有忠译：《中国现代文学史》，首尔东方出版社，1986年，第191页。

③ 汪应果：《巴金论》，第397—399页。

的“家”可以看作是中国抗战时期社会的缩影。因此，笔者将对巴金是如何把自己对抗战时期社会的现实意识通过“家”这一空间表现在《寒夜》中的，以及他笔下的“家”蕴含着怎样的意义这两点进行考察。

小说开始于重庆夜晚的路上，这条路与文宣所住的家的入口相连。路上几乎没有亮光，只笼罩着浓浓的黑暗。因此几乎难以分辨过路人的面孔。黑暗笼罩着重庆的夜路，也包围着《寒夜》的全部空间。

文宣的家门口像一个洞，仅有一盏电灯散发着微弱的亮光，所以只能隐约显出家的轮廓。尤其是停电的日子，连仅有的一丝光亮也消失了，家成为了漆黑的阴暗世界。

> 大门里像是一个黑洞，今天又轮着这一区停电，也没有一个好心人在门口点一盏油灯。他摸索着走完了漆黑的过道，转上楼梯。①

围绕着家的空间，大多通过“黑洞”、“漆黑的过道”等刻画为黑色空间。通往家的夜路是黑色的，文宣觉得像洞一样的家的入口也是黑色的，连过道都是黑色的。在将《寒夜》中的空间刻画为黑色的过程中，停电起到了重要作用。关于黑色的意义，吕西尔在《颜色心理测验》中有如下叙述：

> 黑色是最深的颜色，实际上，它也是对颜色本身的一种否定。黑色代表一个绝对的分界线，超越了这个界线，生命就停止了。因此，黑色表达了虚无和灭亡的概念。它意味着“否定”，这与白色意味着“肯定”相对立。白色是一张空白的纸，黑色则是纸张的最底部，它的下面什么也不能写。白色和黑色代表两个极端。正如英文字母中的“A”与“Z”一样，它们一个代表开头而一个代表结尾。把黑色选在第一个位置上的人，他感到现存的环境是与他应有的状况背道而驰的。他在与命运抗争，或者至少在同自己的命运抗争。②

① 巴金：《寒夜》，第 29 页。

② 吕西尔：《颜色心理测验》，金永秀：《状况与色彩的映像》，首尔萤雪出版社，1976 年，第 113 页再引。

在这里，黑色作为生命终结的终极境界，象征着生命的灭亡。如果如吕西尔研究中所说，黑色代表着生命的终结。那么，作家在《寒夜》中把连接外部世界与家的街道，以及家的入口描写为黑色，则是为了表现《寒夜》中的"家"是一个隔绝外部世界一切接触的空间。即，家是一个与外部世界分离的空间，一个再无任何生机的像"Z"一样的空间。

除了黑色，《寒夜》中也有灰色的空间。灰色是天的颜色，而广阔的灰色天空笼罩着文宣的家。甚至在白日里，天空也拒绝散发蔚蓝明亮的光彩。总好像要下雨似的，乌云密布。在灰色的天空之下，穿着褪色的灰色衣服的人们低着头耷着肩，行色匆匆地走着。在这里再次引用吕西尔的《颜色心理测验》。

> 灰色既不代表主观也不代表客观；既不代表内部也不代表外部；既不代表紧张也不代表松弛。灰色不是一块被占的领地，而是意味着边界（一个非军事化地区），一个"无人区"的边界。它是两个相互对立地区之间起分隔作用的一个单独的区域。①

灰色是非黑非白的中间色。因此，灰色是将一个空间一分为二的分界线，同时也是不同于这两个空间的独立空间。异于两个空间的灰色，成为《寒夜》中大部分空间的颜色。灰色天空象征的边缘意识奠定了《寒夜》的整体基调。它同黑色空间象征的脱离感一起，意味着家与外部世界彻底分离。

笔者认为，巴金将《寒夜》中的家塑造成彻底脱离于外部世界的孤立的领域，实际上与1940年代中国黑暗的社会现实是紧密相关的。

抗战后期，政府的统治引起了经济上的贫困和政治上的混乱。这样的现状直接导致了大后方黑暗的社会生活。《寒夜》中描写的灰暗的色彩是对大后方黑暗的社会生活的直接反映，映射出了巴金目睹的抗战时期社会的阴暗面。也就是说，巴金认为当时黑暗的社会现实是没有出口的密闭空间。巴金自己也曾

---

① 吕西尔：《颜色心理测验》，金永秀：《状况与色彩的映像》，首尔萤雪出版社，1976年，第14页再引。

说,《寒夜》是"绝望的书"[1]。由此看来,《寒夜》中描写的家是不再有生的希望的、充满绝望的封闭空间。巴金通过文宣第一次回到自己家的场面描写暗示了这一事实。

> 他勉强应了一声,就匆匆地走进里面,经过狭长的通道,上了楼,他一口气奔到三楼。借着廊上昏黄的点灯光,他看见他的房门仍然锁着。[2]

> 他们开了锁,进了房间,屋子里这晚上显得比往日空阔,凌乱。电灯也比往常更带昏黄色。一股寒气扑上他的脸来,寒气中还夹杂着煤臭和别的窒息人的臭气。他忍不住呛咳了两三声。[3]

门是从外部世界通往家里的唯一通道,也是从家里去往外部世界的通道。门是连接家的内和外的分界点。文宣只有通过门才能进到家里。

然而,文宣面前的门是紧锁的。这扇门平时也总是关着或锁着,对想要回家的文宣而言,形成了一道阻碍。在他面前紧锁的门构成了阻碍家里与外部世界接触的要素,起到了赋予家封闭意义的重要作用。

特别是文宣与汪母进入家里的时候,他们闻到了煤炭味和一股恶臭。这味道在封闭的空间中无法向外扩散,在家中久久不散。因此,文宣刚打开门进入家中时,产生了一种快要窒息的感觉。

这一情节的描写,暗示了《寒夜》中的家是令人窒息的封闭空间。巴金通过对主人公从外面回到家里时的不自然的动作描写来表达这一想法。

> 他们走到大门口,他看见那个大黑洞,就皱起眉头,踌躇着不进去。[4]

---

① 巴金:《文学生活五十年》,李小林、李国煣编选:《巴金论创作,上海文艺出版社,1983年,第13页。

② 巴金:《寒夜》,第6页。

③ 同上书,第8页。

④ 同上书,第42页。

> 走惯了的回家的路突然变得很长，而且崎岖难走。周围是一个陌生的世界，人们全有着那么旺盛的精力。他们跟他中间没有一点关联。他弯着腰，拖着脚步，缓慢地走向死亡。①

文宣回家的脚步非常沉重，他站在不允许他生存的封闭的家门前，皱着眉，踌躇着不想进去。他的这种对于回家能拖则拖的心情，有助于间接地把握家的涵义。特别是，作家把回家的脚步与走向死亡的脚步等同起来。这就意味着，“家”这一空间于文宣而言，是生命最后的终点，也是死亡的空间。

文宣渴望的家庭，是成员间相互理解相互包容的和谐的空间。但是文宣每天傍晚要回到的家，却是误会与纷争不断的不允许他生存的封闭空间。文宣的家不是向他欣然敞开怀抱，为他提供安定与休息的温暖的安息之地。反而是造成他情绪上的不安与彷徨的冰冷、黑暗的空间。

> 他不能安静的睡去，也不能安静的做事，他甚至不能安静的看他母亲工作。屋子里这样冷，这样暗。他的心似乎漂浮在虚空里，找不到一个停留处。②

家对于树生而言也是一味强调牺牲、强调服从权威的封闭的空间。因此，回到这个封闭空间，她的脚步同样是沉重的。

> 她又回到了家。进了大门，好象进了另一个世界。一切都那么熟习，可是她不由自主得皱起眉头来。她似乎被一只手拖着进了自己的房间。③

树生渴望着温馨的氛围，然而她的家却是一个总是散发着灰黄色灯光的昏暗、冰冷的空间。树生想要长久地保持青春，可是躺在床上的丈夫的病容却在

---

① 巴金：《寒夜》，第 129 页。

② 同上书，第 33 页。

③ 同上书，第 113 页。

消磨着她的青春。她要求安稳的生活，家却是充满争吵、充满仇视的不安定的空间。因此，树生每晚都要回去的家与她所追求的未来相距甚远。

树生在外面拥有的自由，一旦回到家里便全被隔绝。她的个性在封闭的空间中被彻底束缚。家庭不允许她追求幸福，只带给她对未来的绝望感。对树生而言，家依然不是一个安息之地，而只是一个不存在任何理解与宽容的空虚的监狱。

监狱是一个抑制自由的生活、隔绝与外部世界接触的压抑的空间。家庭阻止树生追求幸福，只强调服从。家庭于树生而言，就是一个丧失了自由生活的监狱一般的存在。

> 她并没有犯罪，为什么应该受罚？这里不就是使生命憔悴的监牢？①

树生在与外部世界隔绝的监狱中感到绝望和窒息。家庭剥夺了树生明朗的、充满活力的未来，吞噬了她的青春。

然而从家庭没有逃避的出口这一点来看，它是比监狱更为残忍的空间。每当主人公在家里感到快要窒息，便会站到窗前，小说中这一行为被反复描写。

> 她忽然觉得一阵心酸，便放开了它，走到窗前，长长地叹了一口气。②
>
> 在他的身上她看不到任何力量和生命的痕迹。“一个垂死的人！”她恐怖地想道。她连忙掉回眼睛看窗外。③

窗户是从封闭的家里通向外面世界的透明空间。窗的关或开，象征着窒息或逃离、家中的封闭或窗外的开放。此时，树生与文宣通过望着窗外的世界，试图逃离自己所处的与世隔绝的空间。他们将目光投向开着的窗户，渴望逃离，

---

① 巴金:《寒夜》，第155页。

② 同上书，第77页。

③ 同上书，第130页。

渴望窗外的开放世界。

然而，透过窗子接触到的外部世界不是因停电而被黑暗笼罩，就是乌云遍布的一方天空。他们企图逃向外部世界的视线，最终遭遇另一个黑暗的世界，再次回到了沉重的封闭的世界。这象征着他们再一次陷入了束缚之中。此时，他们的心情变得更加沉重，生活的挫折感倍增。他们站在窗前，望着外面昏暗的世界，陷入了无法逃脱自身处境的深深的绝望。

> 他默默地走到右面窗前，打开一面窗。天象一张惨白脸对着他。灰黑的云像皱紧的眉。①

《寒夜》中的"家"是令主人公感到挫败的绝望的空间，同时也是夺走他们生命的封闭的空间。在这样监狱般的家中，日常的生活被排除在外，找不到一个出口，人物与外部世界彻底隔绝。

如前文所说，巴金认为"家是社会的缩影"，由此看来，巴金描写的"家"这一空间即抗战时期社会的缩影。巴金在《寒夜》中，通过"家"这一空间意象，恰当地体现了抗战时期社会的封闭性质，以及个人理想与幸福荡然无存的社会氛围。

三、结论

对巴金而言，创作是他生活的一部分。他将自己要表达的想法诉诸于创作。因此，巴金的小说中蕴含了他对世界的看法。可以说《寒夜》就是巴金眼中的中国抗战时期的社会。

综上，笔者对巴金在《寒夜》中通过"夜"与"家"的空间意象所体现出的他对

---

① 巴金:《寒夜》，第 174 页。

中国抗战时期社会的现实意识进行了分析。在《寒夜》中,“夜”是苦难与死亡的空间;“家”则是剥夺个人理想与幸福的封闭的空间。巴金对“夜”与“家”负面形象的塑造,侧面体现了他对当时社会的现实意识。而笔者认为,这与作家在抗战时期的社会中亲历的死一般的痛苦与孤独不无关联。

参考文献

[1] 巴金:《探索集》,香港三联书店,1984 年。

[2] 李小林,李国煣编选:《巴金论创作》,上海文艺出版社,1983 年。

[3] 谭兴国:《巴金的生平和创作》,四川人民出版社,1983 年。

[4] 巴金:《寒夜》,人民文学出版社,1983 年。

[5] 汪应果:《巴金论》,上海文艺出版社,1985 年。

[6] 陈思和,李辉:《巴金论稿》,人民文学出版社,1986 年。

[7] 金永秀:《状况与色彩的映像》,首尔萤雪出版社,1976 年。

[8] 诺思罗普·弗莱著,林哲奎译:《批评的解剖》,首尔大路出版社,1982 年。

[9] 菊地三郎著,郑有忠,李由如译:《中国现代文学史》,首尔东方出版社,1986 年。

[10] 金恩子:《现代诗的空间与构造》,首尔文学批评社,1988 年。

[11] 巴金著,茅国权、柳存仁译:《寒夜》(英译本),香港中文大学出版社,1978 年。

(李乐　译)

(韩国《中国学论丛》第 3 辑,忠清中国学会,1994 年 12 月)

《寒夜》研究资料选编

下册

巴金研究丛书

策划：巴金故居　巴金研究会

顾问：李小林

主编：陈思和　周立民

编委：孙　晶　李　辉　李存光　李国煣
陈子善　陈思和　周立民　臧建民

《寒夜》研究资料选编

下册

周立民　李秀芳　朱银宇　编

復旦大學出版社

二项冲突中的毁灭

——《寒夜》中汪文宣症状的解读

陈少华

蓝棣之将巴金的《寒夜》列入“虽显犹隐”一类的文本[①]，是通过对曾树生形象的解读去说明的。“花瓶”只是曾树生的外表和当时的社会角色，“她的本质是新的一代女性，曾树生喊出了‘五四’时代觉醒的一代女性在40年代的社会困境里的呼声”[②]。显与隐之间，无大遮栏，“隐”的意义不算突出。若“隐”指的是被忽视的认读，如曾树生新女性的本质、小说中人物“失常状态”源于经济压力；指的是巴金对汪文宣同情中“掺杂着传统男权意识”[③]，汪母对儿子依恋中的

① 本文依据的《寒夜》系人民文学出版社1983年版，以下所引《寒夜》原文同此版本，不一一注明。

② 蓝棣之：《现代文学经典：症候式分析》，清华大学出版社，1998年，第110页。

③ 张新颖：《首届巴金学术研讨会综述》，《中国现代文学研究丛刊》1990年第2期。

“性欲色彩”[1]，等等，以“虽显犹隐”概括《寒夜》则恰如其分：一是符合在“诅咒旧社会”的主题下，对《寒夜》的解读、研究不断有新发现，却仍有言犹未尽之感这一事实；二是作品乃巴金对境遇体认之作，“我每天总要在民国路一带来来去去走好几遍，边走边思索，我在回想八年中间的生活，然后又想起最近我周围发生的一切事情。我感到了幻灭，我感到了寂寞。回到小屋里我像若干年前写《灭亡》那样借纸笔倾吐我的感情。汪文宣就这样在我的小说中活下去，他的妻子曾树生也出来了，他的母亲也出现了。”[2]作品发表 30 多年后，巴金从《寒夜》汪文宣的身上，又有了与自我相关的新的认读。可见人物的意义对作家而言，也是虽显犹隐。我认为，《寒夜》虽显犹隐的特征，与人物内蕴的丰富性息息相关。本文对汪文宣形象的解读将进一步说明《寒夜》虽显犹隐的特征。本文提出的问题是，汪文宣的焦虑以及汪文宣的应对方式，以及相应的心灵结构是怎样的？汪文宣之死，在表达社会控诉的显在主题之外，还彰显了什么样的意义和价值？

一、焦虑：二项接近的欲求

关于汪文宣的焦虑，巴金在《寒夜》的第一、第二章就完成了结构性的描述。

小说第一章，汪文宣一出场就非常焦虑，在寒夜的街巷踌躇，不知到哪里寻找出走的妻子曾树生，起因是昨晚汪文宣问起有人给曾树生送来的一封信，争吵中，被惹怒的曾树生一走了之。汪文宣的焦虑很严重，症状呈现为如下两个方面：其一，神志恍惚，不能确认现实事物存在与否；小说开头讲“天空里隐隐约约地响着飞机的声音”，稍后，“飞机声不知在什么时候消失了。他这一刻才想起先前听到那种声音的事。他注意地听了听，但是他接着又想，也许今晚上根本就没有响过飞机的声音。‘我是在做梦罢’，他想道，他不仅想并且说了出

---

① 刘艳：《情感争夺背后的乱伦禁忌——巴金〈寒夜〉新解》，《东方论坛》1995 年第 2 期。

② 巴金：《关于〈寒夜〉》，《寒夜》附录二，人民文学出版社，1983 年。

来。”事实上，他先前“并没有专心听什么，也没有专心看什么”，尽管这样，他记忆中仍听到“那种声音”，但他即刻否定了自己，但究竟有没有飞机的声音，感官不能确定，只好以“做梦”搪塞自己。其二，在些许的省思中，对内心微弱的抗争，害怕被察觉、被驳斥；夜的寒气使他的身子抖了一下，“他低声对自己说：‘我不能再这样做’‘那么你要怎样呢？你有胆量么？你这个老好人’，马上就有一个声音在他的耳边反问道。他吃了一惊，掉头往左右一看，他立刻就知道这是他自己在讲话。他气恼地再说：‘为什么没有胆量呢？难道我永远是个老好人吗？’他不由自主地向四周看了看，并没有人在他的身边，不会有谁反驳他。”关于第一个方面的特征，可以借用米歇尔·福柯所谓“忧郁症的呆滞”去解释，“在忧郁症患者那里，滞重的木然状态会吞没各种刺激”[①]。在这一章里，汪文宣的滞重的木然状态是显而易见的，例如他一度出现不知道自己在街上干什么的茫然，要靠思想完全集中在“自己”两个字上面，才能把他“惊醒”过来。当他回家仍然见不到曾树生时，“茫然地望着白粉壁，他什么也看不见，他的思想像飞絮似地到处飘。他母亲在内房唤他，对他讲话，他也没有听见。”直到母亲到他身边说话，他“好像从梦里醒过来似的”。随后不久，“踉跄地走到床前”，沉沉睡去。虽不能据此说汪文宣的行为是福柯所说的忧郁症的“嗜睡麻木”，但曾树生的出走给他的打击是相当沉重的，其行为已经不是关于忧郁的症候，而是较为严重的忧郁的症状。关于第二个方面的特征，其内容本来不过是自我心理活动的正常表达，汪文宣对自我流露的两种声音却感到惊恐。一个是愿望的自我的声音，一个是接受现实的自我的声音。愿望的自我一露面，立即遭到现实自我的质问。有论者指出，文中反问的“一个声音”是指他妻子的声音，事实上，小说至此尚未出现关于他妻子的只言片语，如果联系此章后面提到他与妻子争吵时，“他心里很想让步，但是想到他母亲就睡在隔壁，他又不得不顾全自己的面子”。则这种对“一个声音”的理解并无不可，我认为，将“一个声音”理解为汪文宣接受现实的自我的声音，更为准确。一则这个声音，“他立刻就知道这是他自

---

① [法]米歇尔·福柯著，刘北成、杨远婴译：《疯癫与文明》，三联书店，1999年，第118页。

己在讲话”;二则这个声音也可以是曾树生的声音、别人的声音、现实的声音,但终究内化为自己的声音并将其说出。实际上,这个声音只有一句话,却是强大的;代表愿望自我的声音,不乏抗争之努力,却微弱单薄,无法撼动汪文宣沮丧木然的现实的自我。第一章的情形表明,曾树生的出走,汪文宣出现了严重的精神危机,小说以后的展开告诉我们,只要曾树生在家,只要和曾树生在一起,汪文宣就安静快乐,否则,就悲伤沮丧。

小说第二章描述了汪文宣的梦。在《寒夜》中,巴金多次讲到汪文宣做梦,但都是一笔带过,唯有这一章,完完整整将梦中情境呈现出来。梦的内容比较简单,讲的故事是“敌人打来了”,在战乱逃难的紧急关头,汪文宣要妻与子还是要母亲。这不过是妻子与母亲一同掉进水里,儿子先救哪一个之类的老故事。在梦中,事情巧就巧在逃难之际,“母亲不在家”。妻子在梦中的形象极差,“爱发脾气”,“这天妻的脾气特别大”。“他们还在吃饭,妻忽然把饭桌往上一推,饭桌翻倒在地上,碗碟全打碎了。”仅仅是为着他母亲的一件小事争吵,就导致这样的结果。显然,妻子过激的行为宣泄着她对母亲的强烈不满。不仅如此,她还阻止汪文宣去寻找他的母亲:“难道她没有脚没有眼睛,自己不会走路。”“我们走吧,不要管她”,最后带着小宣一走了之。“她没有露一点悲痛的表情,不,她还用那高傲的眼光看他。”梦中的汪文宣则义无反顾,抛妻别子,坚定追寻他的母亲。这在最初的反应和行动中即可见一斑,“爆炸声接连地响着,一声高过一声,一声比一声可怕。他知道危险就在面前了。他的第一个念头是‘妈’!他立即跑下石阶,他要跨过门前草地到马路上去。他要进城去找他母亲。”

这个梦是汪文宣呈现给自己的。弗洛伊德的释梦理论与实践表明,梦的作用之一是表达人的愿望,梦中的文饰尽管千差万别,扑朔迷离,但终究要回到愿望的满足。汪文宣的这个梦,没有曲折迷离的东西,战乱逃难时刻母亲不在身边的巧合,造成要妻子还是要母亲的两难情境。与现实中的妻子相比,梦中妻子的形象受到了歪曲。在小说现实中,曾树生的行为不难理解,她与汪母有冲突,也有对汪母的理解,不至于像梦中妻子那样胆大妄为,即便汪母当着汪文宣的面骂她是儿子的姘头,她的回应并不过分。如果汪文宣在梦中将妻子呈现得很贤良，于两难情境中对母亲的倾斜，则可能引起某种不安，反而影响对母亲选择的坚定性。梦中的巧合以及对妻子形象的歪曲，都是服务于一个动机：一切要有利于对母亲的选择，而不是去动摇这个选择。对这个梦的分析可以得到一个结论：在汪文宣的意识深处，有一种声音在提醒他，与妻子比起来，母亲要重要得多。

联系起来看，第一章的内容与第二章的内容之间存在着一种张力，妻子是一端，母亲是一端，分别是汪文宣不能释怀的对象。第一章中曾树生出走，引出汪文宣失魂落魄般的牵挂；第二章借一个梦，表明汪文宣选择母亲的态度坚决彻底。对妻子牵挂太厉害了，就做一个梦去表达对母亲的牵挂。一明一暗，把汪文宣的焦虑抖露出来：和母亲在一起时，牵挂的是妻子；梦中的情形则相反，和妻子在一起时，牵挂的是母亲。一部《寒夜》，汪文宣焦虑的演绎就是如此，明处的焦虑一览无遗，暗处或无意识中的焦虑要复杂一些，每当婆媳争吵，汪文宣要规劝的总是曾树生而不是母亲，不能不说明他处在维护母亲的紧张中。情况完全符合尼尔·米勒所描述的“接近——接近冲突”这一心理冲突类型，即“同时出现两个具有相等诱惑力的目标，冲突介于两个目标之间”[①]，汪文宣既要曾树生又要母亲。小说中曾树生和母亲的水火不容，是使汪文宣的二项接近成为难题的客观原因。第一第二章主要是展示汪文宣二项接近强烈欲求中的焦虑。不可否认，其焦虑与二项接近之冲突息息相关。

二、退行与肺结核：症状与疾病的意义

二项接近的冲突可以变得十分严重，“谚语中有驴子饿死在两个想吃的草料桶旁边的说法，便是证明。不过，在典型的意义上，这类冲突可以通过先达到

① 详[法]B. R. 赫根汉著，冯增俊、何谨译：《人格心理学》第十章，作家出版社、海南人民出版社，1988年。

一个目标然后再达到另一目标的得法，轻易地得到解决”[①]。例如，一个既饥饿又瞌睡的人可以先吃饭后睡觉。汪文宣二项接近的困难，不是饥饿又瞌睡这样简单的问题可以比拟的。曾树生不回家的道理，讲得很清楚，“你不要难过，我并不是不可以跟你回去。不过你想想，我回去以后又是怎样的情形。你母亲那样顽固，她看不惯我这样的媳妇，她又不高兴别人分去她儿子的爱；我呢，我也受不了她的气。”汪文宣不愿接受这样的现实，因为曾树生不回家，无法满足既接近母亲又接近妻子的要求，所以有“家，我有的是一个怎样的家啊”的沮丧感。在冷酒馆与中学同学唐柏青喝醉了酒，则给事情带来转机，回家的路上遇到曾树生，被她扶着回家。他哀求她不要走，握着她的手睡去。小说写到这里，叙述中用了一句插入语，“这晚上她留了下来。他的一个难题就这样简单地解决了，他自己还不知道。”这个难题就是二项接近的冲突，得到暂时的缓解，读者读到这里，也松了一口气。但说“他自己还不知道”，则不尽然。冲突是怎样获得缓解的呢？小说的叙述中反复出现一个关键词“小孩似的”或“孩子似的”，是汪文宣应付难题的一种身体与情态语言，能收到一定效果。请看小说中第一次出现汪文宣与曾树生的对话时，曾树生态度是“冷冷的”，当汪文宣的说话情状象一个挨了骂的“小孩似的”，“她软化了”；在曾树生表示送他回家时，“‘我再也不喝酒了，’他孩子似地说”；回家后妻子给他脱鞋袜和外衣，“他象孩子似地顺从她”。给人的印象，此时汪文宣与曾树生的关系不像夫妻，更像母子。更像母子关系时，冲突则不那么厉害。我认为，汪文宣这种非成人化的应对方式，可以借用精神分析学中所谓“退行”(Regression)予以阐释，“退行”指的是本能的退行，即重新回到原先的客体或满足方式。例如一个人从成年期的生殖器阶段退回童年的口欲期寻求满足。汪文宣退行到儿童化的应对方式，是二项接近的冲突使然，其目的是满足减轻冲突的需要。但长此以往，非此不可，其性质不能不说是病态的。汪文宣向非成人化应对方式的退行，并“固着”(Fixation)于此，根

① 详[法]B. R. 赫根汉著，冯增俊、何谨译：《人格心理学》第十章，作家出版社、海南人民出版社，1988年，第289页。

本上说，并不能解决他的难题，不能解决它的冲突，但冲突可得到一定程度的缓和。退行是一种导致冲突减轻的反应，“当一种成功的症状出现时，它就得到了强化，因为它减轻了精神病人的痛苦。这种症状就是这样作为一种习惯习得的”①。汪文宣“孩子似的”退行实际上是习得的，有意无意中他是“知道”其作用的，核心就是无助感。因此，一切显示无能、忍受、哭泣、痛苦、默默中牺牲等等都和“孩子似的”退行症状具有同样意义：一方面呈示自我中存在二项接近的冲突，一方面是习得减轻冲突的方式。我们以小说中两段描述，去看看他是怎样习得其“症状”的：

当母亲与妻子互相敌视的对话不能罢休，二项接近的冲突摆在眼前，他的话语不能表达对任何一方的倾斜，“‘我——我——’他费力吐出了这两个字，心上一阵翻腾，一股力量从胃里直往上冲，他一用力镇压，反而失去了控制的力量，张开嘴哇哇地吐起来。”结果是妻子“怜惜”母亲“心软”。这一幕可以说，无助可怜也是一种有用的“症状”，化解了他的难题。吐血一事，进一步显示了“症状”的意义。“他的精力竭尽了，他似乎随时都会倒下来。他努力支持着。两对急切、关怀、爱怜的眼睛望着他，等待他的答话。他一着急，嘴动了，痰比话先出来，它的心在燃烧。‘血！血！你吐血！’两个女人齐声惊呼。她们把他搀到床前，让他躺下来。”此后一段，妻子和母亲似乎不再竞争，二项接近被平衡了。“她不再跟母亲吵架了。他有时也看见（当他闭着眼或者半闭着眼假寐时）她们两个人坐在一处交谈。‘只希望她们从此和好起来，那么我这次吐血也值得’，他也曾欣慰地这样想过。”汪文宣的总结表明，他不仅习得了减轻冲突的方式，而且对种种减轻冲突方式中的疾病有了隐约的渴望。

在这个意义上，汪文宣让人捕捉到其患肺结核的心理成因，“阅读《寒夜》中肺结核的多种含义的方法之一种，便是把它视为心理促生的，甚至有意为之的疾患，通过它，汪文宣使自己的身体经受难熬的痛苦，从而得以转让他生活中更

---

① 详［法］B. R. 赫根汉著，冯增俊、何谨译：《人格心理学》第十章，作家出版社、海南人民出版社，1988年，第305页。

大、更加不可名状的焦虑”[1]。把汪文宣患肺结核，说成“有意为之”，不免残酷，但隐约的渴望是有的。然而“焦虑”却是“转让”不去的，只能在作为症状的肺结核中去呈现其所指，“焦虑”与肺结核是汪文宣存在的一体两面：“焦虑”也不是更大、更加不可名状，国难与时局的悲愁是每一个中国人的，自然包括了汪文宣。“焦虑”其实是更加具体的，即前面讲的二项接近的欲求及其冲突。汪文宣是在第十一章的末尾发现自己吐血，在接下来的第十二章中，他一直在思考死亡的来临，他的悲哀愁苦在于死亡会终止他与母亲、与妻子在一起。“我死，我一个人死，多寂寞啊”，但走向死亡的吐血，正如上述分析所示，让他感到减轻了内心的冲突。当母亲与妻子的争吵愈演愈烈，妻子随银行迁往兰州越来越成为一种现实，汪文宣就如巴金所说：“不听母亲和妻子的劝告，有意无意地糟蹋自己的身体，大步奔向毁灭。”[2]无论西医中医，他都是不在乎的，态度很敷衍。身体的日渐衰败见证着二项接近之冲突；身体的日渐衰败又最低限度地维持着二项接近的欲求。妻子终于去了兰州，“他想，她去了，去远了，我永远看不见她了。”他与母亲在一起，“有一种把话说尽了似的感觉”。在现实的层面，二项接近的冲突不存在了，则二项接近的欲求，作为病症的肺结核已无从表达，然而寂寞中的惨状，分明在说二项接近是他的宿命。他终于吐尽血，失掉声音痛苦地死去，内心的欲求以及难题终于不能困扰他。

需要略略提及一点，在作为与心理现实相关联的症状之解读中，汪文宣的退行以及肺结核彰显着反抗的意义。卡夫卡在《变形记》中，以格里高里变成甲虫的“退行”方式，表达了他对充满敌意的公司的反抗，不去上班，既获得自由，又免去父母的责问。汪文宣内心的难题决定着他的行为方式，我们不禁要问，汪文宣对自己内心的难题有怎样的认识？其内心的难题是怎样形成的？汪文宣死亡之途的种种症状，表达了对“旧社会”的反抗，此外，还反抗了什么？

---

① 唐小兵：《英雄与凡人的时代——解读20世纪》，上海文艺出版社，2001年，第83页。

② 巴金：《谈〈寒夜〉》，《寒夜》附录一，人民文学出版社，1983年。

三、自觉的受难者:成长的苦难

汪文宣内心难题所表述的二项接近的欲求,是否可以变通?小说第十八章,汪文宣与曾树生有一段对话,否定了这种可能——

> "可是你们两个人我都离不开。你跟妈总是这样吵吵闹闹,把我夹在中间,我怎么受得了?"他开始发牢骚。
>
> "那么我们两个中间走开一个就成罗,哪个高兴哪个就走,这不很公平吗?"树生半生气半开玩笑地说。
>
> "对你这自然公平,可是对我你怎么说呢?"他烦躁地说。
>
> "对你也并没有什么不公平。这是真话:你把两人都拉住只有苦你自己",树生坦然答道。
>
> "可是我宁愿自己吃苦啊,"他痛苦地说,终于忍耐不住,爆发了一阵咳嗽,咳声比他们的谈话声高得多。

"可是我宁愿自己吃苦啊"这句话,是汪文宣命运的写照,汪文宣知其然未必知其所以然,因为从小说的旁叙以及汪文宣自己的思绪去看,没有显示这方面的内容。汪文宣说自己宁愿受苦,表示他无可奈何,没有别的办法。办法自然是有的,正如曾树生所说,也许分开一段不失为一种办法。但对汪文宣来说,夹在妻子与母亲之间是唯一的办法。这样,我们不得不说到汪文宣的母子关系。即便承认汪母对儿子的控制,与曾树生的竞争,折射着早年丧夫性压抑的宣泄不无道理,但并不能说明汪文宣为什么要自觉地成为这一宣泄的对象。汪母在操持家务、缝缝补补、自我牺牲方面,是典型的慈母;但在对儿子的规训上,在将自己的价值观强加于儿子方面,无疑是苛刻的严父,表达着不容挑战的权威。这样,在汪家,父亲的缺席,并不意味着父权的旁落,汪母对汪文宣父亲的贬损,对汪文宣的规训,实际上是将父亲的权威移置于汪母自身并代行这一权威。汪母与儿子的关系是权威的施行与承受的关系。汪文宣自觉承受权威的原因可以作如下的分析。其一，汪文宣与汪母有一个“共谋”即驱赶懦弱的父亲形象，小说写汪文宣第一次喝醉酒回家，母亲的责怪中有一句话：“你不记得你父亲就是醉死的！我从小就不让你沾一口酒”。父亲的形象显示的是负面的价值，父亲不是儿子效仿的榜样。汪文宣在汪母代行的父亲权威中生活，不知所措中不自觉地需要母亲的权威。在《寒夜》开头，汪文宣寻找妻子，于街巷中四顾茫然，不知道曾树生是否会回来时，在他自己的想象中，母亲的声音出现了，“妈说她自己会回来的。妈说她一定会回来的。”虽然他对母亲如此镇静的动机有些怀疑，但权威的需要使他未能将怀疑进一步展开。小说中最早提及母亲的就是这两句话。可见，一出场的汪文宣就表达了他对权威的认同。这个细节以及随后汪母对他的控制实际上告诉我们，一出场的汪文宣已经是被权威阉割，已经习惯于对权威的接受，已经习惯以权威的意见去表述自己。汪母从来就没有将汪文宣看作一个成人，“他在母亲面前还是一个温顺的孩子”。这是权威控制的结果，也是汪文宣自觉按照权威要求去实践的结果。其二，在中国传统文化中，母子关系的亲密，是受到高程度的容忍的，不存在西方式的“性”的困扰，但文化的要求与代价是儿子长久地停留在孩子的阶段，而不鼓励表述成人化的成长行为。这种母子关系甚至影响到儿子与其妻子的关系，因此，下述说法是有道理的：“可以说中国的夫妻关系多是母子型的，是殉难型的妻子任劳任怨地照顾那不负责任的儿子型的丈夫；相对地，西方的则多是父女型的，是白马型的丈夫保护弱女公主型的妻子。”[①]曾树生与汪文宣母子型的夫妻关系在此也得到进一步的说明。同时，我们又要看到，在这种母子关系中，不成长的儿子，不成器的儿子，在中国传统文化中也是受到相当高程度的容忍的。换言之，在这种文化中的母子关系，是鼓励儿子把一切交给母亲负责的，而母亲并不因此产生不安。汪文宣自觉承受母亲的权威，不能不说是文化的要求与限制的结果。其三，在中国传统文化中，更为重要的一点是对孝的强调，孝的重要含义之一就是

① 曾文星主编：《华人的心理与治疗》，台北桂冠图书股份有限公司，1996年，第218页。

服从。一个人即便内心有多么大的不平和委屈,服从却是道德所要求的第一要义。汪文宣对母亲的服从根本上不出孝的自觉要求,在孝的背后,我们已经看到,汪文宣对自我的舍弃与牺牲。自我的舍弃与牺牲,在孝的社会里是容易被掩饰,较少被过问、被怀疑的,成长中的心理是否出了问题,更无从提起。汪文宣之死,除了控诉当时的社会,还牵扯进绵长的文化传统中对人的成长造成种种苦难的事实。

一般的人格心理学承认,人终其一生,其人格都在发展,从不间断。在汪文宣的苦难中,自觉不自觉中,汪文宣一直没有放弃挣扎。汪文宣为什么抓住曾树生不放?汪母与曾树生都无从理解。我认为,这其中固然存在汪文宣不能舍弃两人曾经有过共同的理想,互相理解的一份情感。但同样重要的是,曾树生这个方向,是代表自我、独立、民主、个人价值的方向,与汪文宣在母子关系中被要求的服从权威、取消自我的方向是对峙的。汪文宣抓住曾树生不放,曲折地表达了他对母子关系中已经内化为自我人格一部分的那个方向的抗争,表达了曾树生的方向实际上也是他所愿望的方向。只要曾树生还在身边、在争吵着,汪文宣自我中那一份张力,不论多么微弱,都不曾消失。曾树生是他得以获取些微力量的地方。曾树生终于随她的银行迁往兰州,汪文宣的内心渐渐死去。无需再为曾树生辩护,同时意味着内心张力的消失。小说第二十四章,汪文宣和母亲在一起,“两个人都有一种把话说尽了似的感觉”,“吃过饭,收拾了碗筷以后,两个人又坐在原处,没有活气地谈几句话,于是又有了说尽了话似的感觉。”事实上,汪文宣对母亲的孝可以看作“超我”的要求,就是对母亲权威的服从,自我则受到极大的压抑。在小说中,汪文宣尽管不时流露出对母亲的不满,但很快又被压抑下去了,自我的言语中,更多的是对母亲的维护。

总之,汪文宣作为自觉的受难者,其二项接近欲求的对峙与张力,是成长中自我主体确立的相关表述;其焦虑与所表现出来的症状,是自我主体无从确立的挣扎。生不逢时,是其苦难;在回避与驱赶懦弱的父亲客体时,却承受着母亲代行父亲似权威对他的扼制,是其苦难;重视孝悌、漠视个体牺牲的中国传统文化心理作为不可回避的超我,是其心理深层的苦难。在重重苦难之中,我们看到汪文宣自我主体终是无以确立，其挣扎的惨状，不能不说是对重重苦难的控诉。

本文前言提及巴金对《寒夜》的再认识，指作品发表30多年后，巴金在汪文宣这一人物身上再一次照出了自己："在小职员汪文宣的身上，也有我自己的东西"，"有人说觉慧是我，其实并不是。觉慧同我之间最大的差异便是他大胆，而我不大胆，甚至胆小。以前我不会承认这个事实，但是经过所谓'文化大革命'后，我对自己可以说看得比较清楚了。在那个时期我不是唯唯诺诺地忍受着一切吗？这究竟是为了什么？我曾经作过这样的解释：中了催眠术。看来并不恰当，我不单是中了催眠术，也不止是别人强加于我，我自己身上本来就有毛病。我几次校阅《激流》和《寒夜》，我越来越感到不舒服，好像我自己埋着头立在台上受批判一样。在向着伟大神明低首叩头不止的时候，我不是'作揖哲学'和'无抵抗主义'的忠实信徒吗？"[①]斗转星移，沉积的东西并未消除。其中的自责和深思，正是对汪文宣形象再一次解读所得，也使《寒夜》中被忽略、被遮蔽处得到照亮。

（《文学评论》2002年第2期）

---

① 巴金：《关于〈寒夜〉》，《寒夜》附录二，人民文学出版社，1983年。

民国时期的女子教育状况与巴金的《寒夜》

［日］河村昌子

巴金的《寒夜》，登场人物不多，以主人公汪文宣，其妻曾树生，汪母三人为主，加上其子小宣，曾树生的情夫等数人而已。故事情节在有限的结构中展开，由小人小事重叠构成小说。众所周知，《寒夜》不仅描写了小人物的琐碎故事，而且通过小人小事表现出当时社会的实际情形。要理解《寒夜》，需要详细地分析各个人物形象，还需要从社会史学观点来掌握作品。今天，我们越来越不可能用同时代人的感觉，甚至自己所处的常情来看巴金的小说了。在这样的情况下，我认为研究当时社会的语境对小说进行考察是尤其重要的。

我要论述的是《寒夜》中的主要人物——汪母、曾树生两人的形象。她们在作品中无休止地争吵，有人说这反映了全世界普遍的婆媳不和矛盾。但是她们俩不和的部分原因，可以认为是由于无法避免的代沟——即因每个人成长的经历及环境的差异而引起的。汪母是晚清出生的家庭妇女,曾树生是在民国时期长大的职业妇女。两个人的背景分别为现代中国的黎明期和现代中国的发展期。她们形象的差异不止限于各自的个性,还应含有社会性与时代性。

曾树生是大学毕业生,跟丈夫一起办学校是她的理想。她与在现代中国的形成和发展中起到基础作用的学校教育有着密切的关系。汪母虽然出生于晚清,可也是受过教育、有教养的女性。我认为分析两人的形象,"教育"可以成为有益的观点。在此着眼于"教育",首先通过考察晚清以及民国时期中国女子的教育状况,思考作者是怎样以时代为背景分别描写她们俩的形象的,然后探索作品的主题。

我所依据的文本是 1947 年上海晨光出版公司出版的初版本。

一

小说开头汪母 53 岁。时间是 1944 年,所以可以推算出她是 1892 年(光绪十八年)出生的,她籍贯昆明。到了 18 岁,按照礼法坐花轿嫁到汪家,缠过足。

汪母虽然是旧时代的女性,但并非没有文化。下面看看汪文宣和汪母的会话:"还是让我出去做事吧,我当个大娘,当个老妈子也可以。"母亲最后吐出了这样的话。她充满爱怜地望着她这个独子,她的眼圈红了。

> "妈,你怎么这样说,你是读书人啊,哪里能做那种事!"他痛苦地说,掉开眼光不敢看她。
>
> "我只后悔当初不该读书,更不该让你也读书,我害了你一辈子,也害了我自己,老实说,我连做老妈子的资格也没有!"(第 17 章)

汪文宣怀着"读书人"的自尊心不赞成母亲当大娘。母亲说"后悔当初不该读书"。可见汪母也是把自己看成"读书人"的,学问使她自豪,同时读书人的自尊心又使她为难。我们很容易将汪母看做一个富有母爱且很封建的旧式妇女，而忽略了她的教养在那个时代所含的意义。其实她在同代人之间属于受过相当教育，有教养的群体之一员。

那么究竟她受的是什么样的教育呢？

她出生在昆明，18岁（1909年）结婚。对1890年至1908年的昆明女子教育状况进行考察，得出以下两种可能。

第一种可能：来自亲属的教导。

随着政治形势和舆论的变化，1905年清朝正式废除科举。以前私塾一直为了科举对宗族成员进行教育。此后便改变了性质，专事提高宗族成员的教养了。在这样的背景下，也开始接受女生了。汪母可能在这样的私塾里读过书。她也许跟家里的大人或在私塾里读过几年女训书，学到了一套孝顺公婆、伺候丈夫、养育子女的修养。

第二种可能：在附近的学堂里受过教育。

据资料统计，1907年云南共有18个女子学堂，1027名学生。虽然这个数字与女子学校最多的直隶（121校）、江苏（72校）、四川（70校）相比显得相当少，但因当时很多地区几乎没有女子学堂，云南女子学堂的普及率还算高的，仅次于先进地区。1907年清朝政府发布了《奏定女学堂章程》，此章程由《女子小学堂章程》和《女子师范学堂章程》结合构成，从此女子教育在学制系统上有了位置。《奏定女学堂章程》表明：之所以制定这一法令是因为再也不能无视在全国各地接二连三建立起来的女子学堂了。这说明，云南的18个女子学堂并不是发布法令之后突然出现的，1907年之前已经存在着数个教育女子的学校了。我认为，汪母也许上过这样的学堂。

但是，汪母上的学堂只可能具备初等教育水平：初等小学，最高也只能是高等小学。1908年在昆明建立了第一个女子师范学堂。第一年没有及格者，先设立高等小学一班，此后让优等生进师范预科。只有高等小学毕业生才有资格考女子师范学堂，估计当年没有具备资格的考生。由此可知云南女子教育的水平及普及率，而且教学内容也不会太新。《女子小学堂章程》中的“修身”条里有一句"渐进则授以对于伦类及国家之责任"的话。这句话很符合以国民教育为目的的清末学制改革的方向,如这条开头所说,"其要旨在涵养女子德性,使之高其品位,固其志操。其教课程度,在女子初等小学堂,初则授以孝悌、慈爱、端敬、贞淑、信实、勤俭诸美德;并就平常切近事项,指导其实践躬行",女子小学堂最重要的教育目的还是培养贤妻良母。女子小学堂的教育与基于女训书的传统女子教育没有两样。这一点,与科举废除以前的私塾也差不了多少。

如上所说,汪母所学的内容,尽管已纳入国民教育系统,但仍只是礼教中的妇德。经过五四新文化运动,到了女子教育更充实,更加提倡男女平权的时代,她的学问立刻过时。儿媳妇曾树生揶揄说"她虽然自夸学问如何,德行如何"。(第 26 章)媳妇看不起婆婆的学问,将它视为不过是礼教的妇德而已。

可是我们不能低估汪母在现代中国的黎明期——晚清所受教育的意义。不论私塾还是学堂,都是以后发展起来的女子学校教育的开端,是当时女性能得到的最好机会之一。在这里受过教育的人当然有理由为自己的先进自豪和骄傲。汪母对不理解她的价值的儿媳妇咬牙切齿,表示不满。媳妇的冷淡和婆婆的不满之间有着五四新文化运动带来的价值观的转变。下面通过曾树生的形象讨论这个问题。

二

小说开头曾树生 34 岁,是 1911 年出生的。小说里没有说明她的出身,读者知道她在上海读完大学,经过自由恋爱跟同岁的丈夫汪文宣同居。小说开头儿子小宣 13 岁,所以可推算出她在 1932 年 22 岁时生了孩子。大约从 1927 年到 1931 年左右在上大学,可能毕业后立刻与汪同居,或者在校时就同居了。

曾树生比婆婆汪母大约年轻 20 岁。不用说,20 年中中国女子教育情况发生了很大的变化。转机是五四新文化运动。五四新文化运动作为男女平权的一环,提倡教育机会均等,开辟了女子高等教育的道路。具体地说,1919 年 4

月，北京女子师范学校改名为国立北京女子高等师范学校，这是中国的第一所为女子办的高等教育机构。随后蔡元培当校长的北京大学允许女子旁听，从1920年起接收女生。陶行知当教务部长的南京高等师范也开始接收女生。转眼间男女同学遍及全国。女性即使不留学也能接受高等教育，打好了像曾树生这样的大学毕业生在小说里出场的基础。

五四新文化运动后十年，曾树生是大学生。据资料统计，1930年前后中国女子大学生(大学本科及专修科女生)有3000名左右，女生数大约为男生数的十分之一。这个数字很少，其原因大约应归于以下几点：女子无才便是德的价值观，忌讳男女同席的传统，女子早婚的习惯，高等教育给女性带来的利益还不明显等等。尤其不能忽视的是女子中等教育的不完备及由此引起的男女间的学力差别。1920年，蔡元培回答北京大学什么时候开女禁的提问时说："大学本来没有女禁。欧美各国大学没有不收女生的。我国教育部所定的大学规定，并没有专收男生的规定。不过以前中学毕业的女生，并不来要求，我们自然没有去招寻女生的理，要是招考期间，有女生来考，我们当然准考。考了程度适合，我们当然准入预科。"别的大学的情况很可能也都一样。对于女性来说，五四以前的女子教育把重点放在贤妻良母教育上，女子中等教育机构的数量不多，考上大学很难。这说明，曾树生是个闯过这一难关考上大学的尖子，她学历高，家庭环境好，有志于成为跟男性同样的人。

这些高学历女性所获得的最有象征性的东西是经济独立。当时人们认为经济独立是自由结婚、自由生活的基础，能带来经济独立的只能是教育，女性最好的出路是通过受教育而获得经济独立。经过自由恋爱，结婚已十年的曾树生，在银行工作，收入很高，实际上由她一个人支撑汪家的生计。她并不把自己的收入看做是汪家的，平时把钱放在手提包里随身携带，需要的时候从这儿拿出来给家里人。这个提包是她的隐私权的象征，比如说把下令调动到兰州的通知藏在这个提包里。她不仅支撑着全家的生计，还保持经济独立。丈夫汪文宣把妻子的收入称作"你的钱"，不愿意用。他们俩对钱的态度很符合他们那一代的价值观。

曾树生成长在女人可以获得跟男人一样的知识，跟男人同等学力的时代。她自愿上大学，毕业以后也一直保持着经济独立。毫无疑问，是五四以后的教育环境造就了这样的女性，曾树生是五四新文化的产儿。她不以婆婆的"学问"为然的态度是历史的反映。

三

曾树生，闯过大学入学考试的难关，经过当时青年看做理想的自由恋爱而结婚，结婚十年以后还保持经济自立，可以说是个尖子之中的尖子。可是她和儿子小宣感情不好。曾树生有时想"他好像不是我的儿子"（第 20 章），汪文宣也慨叹"他们中间好像没有多大的感情似的"（第 1 章）。小宣因为是私立中学的学生，住在学生宿舍，所以在日常生活中跟曾树生接触并不密切。

作家主要围绕着小宣的学校教育描写曾树生和小宣的关系。曾树生不顾生活穷困，自己设法弄钱，让儿子上学费比公立学校贵的私立中学，无论如何都要让他受这个学校的教育。汪家生活贫困，汪母提出让小宣半途退学的时候，汪文宣这样回答："这是他母亲的意思，我看还是让他读下去吧。他上次考了个备取，他母亲费了大力辗转托人讲情才能够进去"（第 24 章）。从这话我们可以看出曾树生对小宣的学校如何执著。

然而小宣诉苦地说："功课总是赶不上"，"先生逼得很紧，我害怕不及格留级，对不起家里。"（第 28 章）对他来说，上学只有负担，并没有乐趣。

当时，从全国各地迁移了很多学校到重庆。下面从这些学校中，看看南开中学的状况。

南开中学是所谓全国五大名牌中学之一，从天津迁移到重庆。聚在战时首都重庆的国民党官僚们，都希望让子女上这所学校。但是历届校长都很廉洁，哪个学生也不能走后门。对那些尽管入学考试不及格，可是还要坚持上南开的学生，除了学费以外，还要求付补充费，要补考及格，绝对没有凭父亲的面子被录取的。据说有位跟校长交往亲密的银行职员为亲戚说情，被校长拒绝。

另外众所周知南开中学非常严格，学生如果两个学科的期末测验不及格则一定要留级。据说有一个女生数理考试没有及格受到留级处分，她既怕被家里人说，又怕丢自己的面子，痛哭流涕地要求不留级并以要跳嘉陵江自杀相威胁时，校长开导说：有家里人关心你，你很幸福，你语文得 90 分，很有前途，一个女孩子死了，被人围观多不好看。这个学生只好留级。

南开中学是名牌学校，该校留级规定很严格，跟官僚来往密切的银行职员都希望让子女上这所学校，因此笔者认为小宣的中学就是南开中学。曾树生让小宣上这样的学校，说明她非常重视学校质量，如教学水平，学生的家庭出身等等。她精力充沛地赚钱，尽可能让孩子受更好的教育。

汪母对小宣的学校却很冷淡，她发牢骚说："我们穷家子弟何必读贵族学校。进国立中学可以省许多钱。"（第 24 章）国立这个词所指的也许是包括省立，市立的公立的意思。当时国立中学的目的在于收容战争孤儿，其教学水平不会像南开那样高，学生的亲属更未必是官僚和官僚周围的人。汪母虽然也承认学校教育的必要性，可是没有曾树生那么重视学校的水平和质量。

小说里，汪母很爱护儿子和孙子，做饭呀，缝补衣服呀，忙个不停。从汪母不辞劳苦拼命干活儿的形象中，读者可以了解，汪母无疑是个有慈爱的女性。但我们不能忽略她这样的行为实际上是为实现自己所受的做贤妻良母的教育的理想。汪母为了儿子和孙子拼命做家务，曾树生为了让儿子受到最好的教育，尽力赚钱。她们的行为出自于她们各自的价值观，而她们各自的价值观又都符合于她们所受的教育内涵。

四

第 30 章主人公汪文宣在窗外响彻胜利游行的欢呼声时死于肺结核。小说《寒夜》的故事情节在这里大致完结。但是作者又写了尾声，让离开家跟着情夫去兰州的曾树生回到了战后的重庆。

曾树生返回重庆，回到家，发现家里住着原来在楼下的邻居。这位女邻居告诉她汪文宣已逝世，汪母和小宣下落不明。曾树生甚至没法找寻丈夫的坟墓。曾树生看到女邻居哄逗孩子的情形，无地自容，走出门外。她一出去就看见从桂林逃到当地讨饭的老太婆和抱着婴儿拍卖的年轻女人。她心里"我总得要找到小宣"的意念越来越强，想起汪母和小宣就觉得十分难过。她听到行人发泄不满说："胜利是他们胜利，不是我们胜利啊"时，心里觉得冷冰冰的。终于在寒冷的日子迈出了踏实的一步。

曾树生回到重庆时，仍旧穿着时髦衣服，拿着那个黑色手提包，跟以前没有两样。但是丈夫死亡、儿子和婆婆失踪这一意外的现实突然降临到了她的头上。作者这样描写茫然若失的曾树生：

> 别人的孩子在她的屋子里哭。多么新奇的声音。现在那个年轻的母亲在小屋里抱着小孩走来走去，唱催眠曲。她从前也这样做过的。那是十几年前的事了，为了小宣。可是现在她的小宣又在哪儿呢？那个孩子。他并不依恋她，她也没有对他充分地表示过母爱。她忽略了他。现在她要永远失掉他了。她就只有这么个孩子啊……每件东西都在刺痛她。她甚至受不了那个年轻母亲的催眠曲。这歌声使她想起她自己做过母亲，给她唤起她久已埋葬了的回忆。

这段文章由于用了含糊的间接叙述法，既像是曾树生的感情描写，又像是作者的主观描写。反正在整个小说里曾树生的心里，第一次涌现出母爱。她看见抱着婴儿拍卖的女人，感到"人家也是母亲啊"，"我总要找到小宣"，更加重了为母亲的责任感。

从小说开头到第 30 章曾树生希望有跟男人同等的学力，一直坚持经济自立，她无疑是五四新文化中产生的女性。她虽然对儿子的教育很有热情，可并非充满母爱的母亲。尾声里，曾树生突然满怀母爱。到这里作者的笔锋有了明显的变化，甚至有点儿责备的味道。

可是我们应该注意作者的意图：母子再会的可能性几乎没有。以前有一个香港导演拍电影《寒夜》的时候，改变了结尾，让曾树生找到了丈夫的坟墓并跟婆婆和儿子再会了。巴金对此表示不满。这就是说作者的意图并不愿让曾树生重新做充满母爱的母亲。

富有母爱的汪母也走向了可悲的末路。她穷到非把一切家具什物拍卖出去不能举行葬礼的地步。她好不容易才买到船票，留下将去昆明投靠亲属的话，带着小宣离开了重庆。但是小说里有“去昆明也用不着买船票”的话，暗示他们的前途没有希望。作者的意图似乎并不赞赏母爱。

那么，到尾声曾树生突然意识到母爱这件事有什么意味呢？

如笔者在小论里所述，汪母和曾树生的差异明显地表现在她们为人母的态度上，这反映了她们所受的教育，即晚清女子教育和五四新文化运动后的新式教育。但到尾声，曾树生反省了自己做母亲的态度，作者却又并不给予坚持做贤妻良母的汪母美好的未来。我认为这正是作者的用意所在——笔锋伴随着曾树生的自我检讨而甩开了汪母，把借托于这些形象的时代划为了“过去式”。叙述者显然有意地描写了曾树生对母爱觉悟的全部过程，这可以说是叙述者的母性回归现象，我们从这点可以看到作者走向新生的倾向。结尾作者让战争结束后返回重庆摸索着处世方法的曾树生迈出了踏实的一步。

换句话说，由于通过汪母和曾树生的代沟描写五四前后的时代变化，最后用把这些时代划为过去的方式来表现新生的希望，小说《寒夜》展示出抗战结束后站在时代的转折点的巴金走向未来的态度。

参考文献

[1] 程谪凡:《中国现代女子教育史》，中华书局，1936 年。

[2] 雷良波、陈阳凤、熊贤军:《中国女子教育史》，武汉出版社，1993 年。

[3] 夏晓虹:《晚清文人妇女观》，作家出版社，1995 年。

[4] 重庆抗战丛书编纂委员会编，李定开著:《抗战时期重庆的教育》，重庆出版社，1995 年。

[5] 多贺秋五郎:《近代中国における族塾の性格》，《近代中国研究》第四

辑,1960 年。

[6] 小林善文:《清末かち民国初期における中国女子教育》,《神户女子大学文学部纪要》28 卷 1 号,1995 年。

[7] 小林善文:《五四運動時期の中国女子教育》,《神户女子大学文学部纪要》29 卷,1996 年。

[8]《第一次中国教育年鉴》,1934 年。

[9]《中国近代教育史资料汇编　学制演变》,上海教育出版社,1991 年。

[10] 蔡元培:《在燕京大学男女两校联欢会上的演说词》,1920 年。

(《中国现代文学研究丛刊》2002 年第 2 期)

人到中年

——从《憩园》与《寒夜》看巴金40年代小说的特色

曹艳红

进入40年代之后，巴金摆脱了青春激情的表述，由创作的“青年期”迈向“中年期”。1944年，巴金创作了《憩园》，1946年，巴金创作了《寒夜》。这两部作品跨越了抗战。前者是在颠沛流离的逃难过程中写就，后者是战后的反思。前者继续描摹旧家庭的没落状况，后者书写抗战中的新家庭的分裂。这两部作品摆脱了初期小说中的英雄主义的情结，关注凡人琐事，写的是一群“委顿的生命”。与同为家庭题材的《激流三部曲》相比，这两部作品无论在艺术技巧还是思想内容方面都显得更加成熟、深沉，标志着巴金进入了创作的成熟期。从研究状况来说，40年代至今，研究者们比较关注的是《寒夜》，在目前查到的资料里，评论《憩园》的文章至多是评论《寒夜》的十分之一。本文试图在两部作品的联系中揭示巴金走向成熟的艺术和思想特征。在考察作品的艺术特色时，本文所设定的背景是同为家庭题材的《激流三部曲》;在考察作品的思想内涵时,背景为早期小说中书写的家庭内容和《激流三部曲》的内容。本文希望通过分析两部作品的特色揭示巴金在40年代小说创作的发展。

一

巴金对艺术的真实始终有自己的追求,早期他强调的是真实感情的倾吐,其后转向反映现实生活的本来面貌。但无论如何,他都非常重视作家主体对客观现实的作用。他的感情丰富强烈,从不掩饰自己对客观现实的反映和评价,但他也从不离开客观现实去反映个人的空想。为了创作真实的作品,他在此时实际上开始追求了无痕迹的技巧,这在《憩园》和《寒夜》里表现得很明显。

《憩园》采用的是第一人称的写法,作家设置了一个特定的叙述人——黎先生"我"。"我"是一位作家,是整个小说中所有故事的目击者和见证人。小说用了见闻实录的方式,仿佛随手拈来,保留了事件的不完整性和某些环节的缺失,毫不渲染地把社会生活中一个个真实的场景放在读者面前,虽然努力弥合情节间的联系,尽可能去呈现有条理的故事,但是作家并不把关注重心放在故事的完整与否上,始终注重"我"的视角,尽量采取了"我"这个固定的视角来叙述故事,严格排除叙述人"我"所不可能知道的前因后果和所不能感受到的作品中其他人物的内心活动,不强力突破而求完整性。与之前的作品相比,《憩园》以冷静叙事为主,客观性得到加强,但是对于巴金这样以情感丰富著称的作家来说,虽然可以借"我"的心理活动抒发自己的感慨和评价,但是不论是从外界的评价还是从巴金自己的评价来看,显然这种纯客观方式并没有发挥作家抒情的长处。

《寒夜》采用的是第三人称,叙述人是作者。在创作中,作家虽然把"我"这个叙述者隐藏了起来,不轻易打破第三人称的叙述语言,力图保持一种纯客观的感觉,冷静地提供一些画面、声响、动作和现象,对人物作客观描绘。但是同时，作家又竭力捕捉汪文宣、曾树生细微的内心世界和精神状态，深入开掘人性。在《寒夜》里，作品的情节被淡化，造成了强烈的真实感的是作品纯熟的意识流的创作方法。由于意识流的大量应用，意识流成为了一种叙述语言。作家潜入人物的内心，追踪他的思想、意念甚至是下意识的心理活动，把一切的景物、事件都融入他的意识流动中，同时又把他的心理活动不断诉诸到他的行为举止、生理感受上去，把精神世界和外在世界联系起来。通过这种方式，作者实际上把自己的思想感情和主观的评价都融入叙述中去。尤其是汪文宣，几乎在所有他出现的场合都有他的心理活动的描写，作家以此推动整个小说的进展。在《激流三部曲》中，作家往往喜欢让人物说长段的自白，或做长篇的心理独白，比较西化，显得激情有余、理性不足，不符合中国人的欣赏习惯；而且，《激流三部曲》中的人物内心独白往往不太符合人物的身份，就像很多评论者指出的，鸣凤的心理完全是小资产阶级少女的心理。在《寒夜》中，作者冷静地表现着一切，反而让作品以客观呈现感人肺腑。

正如高行健在《现代小说技巧初探》一书中所说的："本世纪以来的现代小说家们的种种努力，概括起来，可以说是把作者自己隐藏得更深，却想方设法让作品对读者的感染力更强，把故事编撰的痕迹抹得越淡，让小说中再创造出来的生活显得更真实可信"。[①] 从《憩园》到《寒夜》正展示了这一趋向。《憩园》中，客观的叙述和"我"的感慨还是有分离的感觉，黎先生的情感反映显得过于强烈了。因为这里折射着巴金的忏悔心理，所以黎先生显得特别痛苦；这里也揭示了巴金对美好人性的渴求，所以把以爱为宗旨的牺牲自己的万昭华写得特别美好，黎先生的苦恼也特别深刻。作家抑制不住的热情给作品带来了生机和活力，但也使得作品不太协调。到了《寒夜》，汪文宣的心理随着故事的发展越来越有变态的意味，但是由于作品对人物的塑造是逐步推进的，汪文宣之前的既不满上司又害怕自己流露一点情绪的谨小慎微的心理已经展示了汪文宣的个性，之后的发展也就顺理成章，完全按照了他的心理逻辑展开，作家对他的同情

① 高行健：《现代小说技巧初探》，花城出版社，1981年。

就蕴藏在描写中，没有过分突出。从作品的叙述技巧来看，《寒夜》超过了《憩园》的水平，从《憩园》的客观视角加上抑制不住的主观抒情与评论，到《寒夜》的客观描述融合的大量主观心理活动，作家在创作的摸索中，发挥了自己的长处，因此最终确立了鲜明的风格，“由前期浪漫的、诗意的现实主义向后期冷峻的、严格的现实主义转变”①，由前期主观抒发个人感受的表达方式向后期客观叙述他人情感内蕴的表达方式转变。艺术的成熟使得作品的表现力更强，帮助了作家对主题的表达。

二

《憩园》与《寒夜》的主题更加深沉、凝重，在作品的思想内容上证实了作家创作风格的转变。在《憩园》和《寒夜》里，作家继续了对反封建主题的开掘。此时，作为封建专制制度的象征的“父亲”形象已经消失。《憩园》里，杨家分了家，各房子孙各奔东西，杨老三被大儿子赶出家门，流落街头。杨家的分家预示着其里面的封建大家庭已经解体，走向彻底的没落；而杨老三被赶出家门，则预示着封建专制制度代表型父亲已经不复存在。姚家其实是杨家上一辈人的投影。姚国栋算是个受过新教育有新思想的人，在国外留过学，在政府做过官，在学校里当教授时还译过一本书，但是他真正的愿望是长久地维持自己现在的生活，他依仗封建制度带来的物质富足，秉承封建思想中的另一种父亲观，完全纵容自己的孩子虎儿，使虎儿成了杨老三的翻版，成了封建制度下腐化生活的牺牲品。在这种对照和映衬的关系中，通过两家的悲剧，实际上否定封建家庭对下一代的不良教育。这已经不是对封建制度本身的抨击，而是深入到封建思想的内部，问题的焦点主要不是封建制度如何压抑、限制青年的活力和自由，而是封建制度下的腐朽生活如何导致青年走向绝路。但巴金毕竟对新生活有所向往，

① 艾晓明：《金钱和财富酿造的悲剧——论巴金的中篇小说〈憩园〉》，《抗战文艺研究》，1984年第3期。

对新人物有所同情，他让虎儿在游泳时被淹死，实际上给了姚国栋一个改过自新的机会，在虎儿死后，姚国栋痛定思痛，开始忏悔，也许就有了新的出路。

《寒夜》中是新人组织的新家庭。汪文宣和曾树生都受过新式教育，而且以新的方式结了婚，虽然由于生活的压力，他们都没能实现自己的理想，但小家庭在尚未受到冲击时还维持得不错。但是由于时局的问题，汪文宣的孝心促使他把母亲接到家里，母亲的加入使得小家庭充满了不和谐音，此时的小家庭也开始出现裂缝。在这样一个家庭里，自然没有了父权的地位，母亲虽然不是作为专制制度的代言人出现，她没有绝对的权威，但是在她身上显示了封建思想顽强的生命力。母亲早年虽然也是读书人，但是思想中充满了封建残余，这导致她对媳妇有种种看不惯，首先是媳妇那种“花瓶”的生活，根本不像一个妻子的样。她所谓的模范妻子就是在家相夫教子的类型，根本没有考虑到媳妇不再是留在家里等待丈夫赚钱养家的角色，而是有自己的工作、有经济自理能力的新女性，媳妇甚至在家庭经济上承担了比儿子更重要的责任。其次，因为媳妇和儿子没有正式结婚，她在争吵中骂媳妇是儿子的姘头，固然是图一时的口舌之快，但也可以看到她潜意识中对新式婚姻的鄙视。此外，还有一种潜在的力量是类似焦仲卿母亲的变态心理——寡居者对婚姻幸福者的妒忌。在这个新的家庭中，儿子和媳妇和和美美，母亲却成了第三者，这对于一个做惯了家庭重心的寡母来说是不可忍受的，但是她再也不能像焦仲卿母亲一样“捶床便大怒”，逼儿子“休”了媳妇，可是，她以对儿子和孙子的爱的形式排斥了媳妇。而且汪母的等级制度心理也起了相应作用。在封建家庭中，媳妇应该是她的下级，她有权将痛苦发泄到媳妇身上，这是弱者对更弱者的压迫和报复。可惜媳妇已经是新的类型，个人权威的无法确立使得她进一步伤害新家庭的核心——儿子和媳妇的感情，使她的介入成了两人仳离的直接原因。

同时，金钱的因素在这两部作品中也日益明显。《憩园》中，杨家分家，卖掉祖业，很大部分原因是因为杨家老二和老四是商人，注重投资和利益，分家也是为了更好地拓展商业。杨老三被赶出家门，是因为儿子掌握了经济大权，杨老三已经一文不名，经济权的失去使得杨老三丧失了发言权。而姚国栋放弃父亲的权利和义务，附和赵老太太对虎儿的管教，也有经济的因素在，一是自恃有祖业，二是赵家更有钱。除了自己的利益和地位，他不关心其他的事。虎儿在这种教育下，小小年纪就养成了势利眼，不学无术，成了一个纨绔子弟。实际上是金钱使杨老三和虎儿先后灭亡。《寒夜》中，家庭分裂的一个重要因素也是经济的拮据。由于汪文宣的无能，家庭一半重担由曾树生承担，而且她在家庭经济中扮演的角色越来越重要，汪母一边憎恶媳妇，一边要用媳妇赚的钱，这种屈辱感加深了她对媳妇的不满。同时，经济的因素也导致家庭纠纷，正如汪文宣自己所述，如果不是现实压力，也不会导致自己、母亲与树生之间的争吵。曾树生在决定离开家庭时也在慨叹"这样的生活"。经济的问题在家庭分裂中扮演了一个重要角色。巴金对金钱的谴责反映出巴金在40年代的一个新认识——对物质财富的警觉，这种财富不仅有关封建制度，也有关新兴的资本积累。之前的《激流三部曲》针对的是整个社会制度，通过高家的衰败来表现整个封建制度的衰落，作家主要关注的是家庭中的人际关系，以此表现旧家庭的分崩离析。这与巴金早期世界观有关，巴金早期信仰人道主义，主要从人的角度发掘封建社会衰落的原因，但是此时，由于参加到现实的抗战中去，视野开阔了，认识也更加深刻，从封建财富造成的堕落和资本的冲击两个方面看到了金钱的罪恶，金钱不仅摧毁传统封建家庭，而且破坏新式家庭。这样，主题的开掘也就更深入客观。

三

由于当时伦理道德体系正处于新旧交替之中，无法回避的问题是新的观念已经存在，而且将继续存在下去。但是"新"不是万能的，新与旧怎么结合以达到转型的目的，这里就存在一个新旧交错的伦理道德困境，走向冷峻、严格的现实主义创作风格的作家自然注意到了这种困境，在创作中开始思考这一问题。家庭与个人的关系是巴金思考的一个重点。早期的巴金，在《灭亡》《新生》《爱情三部曲》中，认为家庭制度是整个社会专制制度的根源和缩影，因此完全否定家庭制度，革命者杜大心的独白、革命者陈真对周如水所谓良心的痛斥就可以看作是一篇宣言或檄文，青年们完全是在一个独立的环境下结合在一起，为了自己的理想而奋斗；在《激流三部曲》中，巴金进一步把批判锋芒放在制度而非个人身上，因此对封建专制制度代表的高老太爷式的“父亲”形象，虽不乏同情的笔墨，但主要是批判的。可见青年虽然也对家庭有感情，但一心冲出家庭，去创造自己的世界。到了40年代，作家不知是因为建立了家庭还是走向了中年的沉静的缘故，对家庭与个人的关系思考得更为深入了。

在《憩园》中，杨老三的大儿子和儿是一个独一无二的形象。以前的青年人都是要脱离家庭，在没有旧家庭阴影的世界里发展自己的个性，说是冲出家庭，实际上是逃离家庭。但和儿显然不是这样，他接受了新式的教育，回到旧家庭，着手打破旧家庭，建立新家庭。当然这是由于旧家庭正处在无可避免的衰败中，他的行为符合了当时的历史发展趋势。在他的新家庭中，已经没有了父亲的位置，他是家庭的主人。他谴责父亲并没有担起父亲的责任，不想承认这个父亲。勉强接受之后，他对父亲失去了财富和权威后还不自觉的堕落行为进行了无情的斥责。当父亲表示后悔时，母亲和弟弟都原谅了父亲，但他看出了父亲的实质，父亲一再的无可救药的表现使得他抛弃所谓的孝心，明确地拒绝父亲，以实际行动把父亲赶出了家门。相比来说，他是一个更彻底和更有求新的魄力的新人，是以前一系列青年的最大胆的榜样。但是他受作家谴责。首先，他反抗父亲的行为导致了憩园的出卖，作品中的“我”、杨老三的小儿子都表达了对自己曾经有的家园的留恋，因此反衬了大儿子的败家行为。其次，他在父亲忏悔之后也不接受父亲，显示出的不再是一种英勇果敢的破坏气质，而是冷酷无情的个人性格。小儿子寒儿才是作家着力塑造的形象，他对父亲充满了绝对的爱。他主张是用爱去感化父亲，相信父亲的忏悔，认为通过忏悔父亲已经恢复了人格上的高尚、纯净，没有理由再抛弃他。这是因为作为一位忏悔意识非常浓厚的作家，巴金相信忏悔，也确信人物的忏悔所伴随着赎罪的行为可以洗脱人物的罪恶；而且巴金曾说杨老三是自己的五叔的形象，巴金自述在作品中“偏袒”寒儿，也实际上想弥补自己当初对五叔的冷酷，作家借此在为当初的行为自责、忏悔。同时，巴金的道德伦理观是非常严格的。他认为自己“不曾严厉地谴责他哥哥赶走父亲的行为”，虽然“对待杨老三过于宽大，杨家‘寒儿’谈起他哥哥对待父亲的态度也颇有‘微词’”，“但是他哥哥仍然在自己的那个小圈子里愉快的工作和生活”[①]，因为巴金看到社会终于不同了。最终作家让杨老三和虎儿相继死去，正是作家对现实的清醒认识克服了对人物的同情所致。在《憩园》中，巴金一方面没有否定青年反抗旧家庭的必须和必然，但另一方面也认为家庭成员间的互爱也很必要。巴金由此试图确立一种子女与父辈的正确关系，以达到个人独立与家庭和谐的新伦理。

巴金又通过万昭华和曾树生的经历反思女性的生存困境。姚国栋的妻子万昭华是一个充满爱心的善良女人，又有着清醒的头脑。她想要劝丈夫管好虎儿，挽救旧家庭颓败的命运，可惜力不从心。作为继母，礼教束缚着她不能严加管教虎儿，直至看着虎儿在赵老太太和姚国栋的纵容下，最终夭折。在作家看来，这样的女人也没有办法挽救姚家乃至自己的命运。巴金曾说：“连那个希望‘揩干每只流泪的眼睛’的好心女人将来也会闷死在这个公馆里面，除非她有勇气冲出来”[②]。但是，有勇气有实力冲出来的曾树生，又怎么样呢？

从《寒夜》这一作品来看，巴金描写了小家庭的崩溃过程，其中曾树生起了关键的作用。曾树生与汪母的矛盾，首先在于汪母想要恢复婆母的尊严和权威，曾树生却不想做一个孝顺的媳妇，这是一个有独立人格和自由个性的女性必然的选择；其次在于汪母要求曾树生用全部的心力来爱自己的丈夫、儿子、家庭，可曾树生是一位有工作的女性，不可能围着家庭转。曾树生与汪文宣的矛盾，首先在于汪文宣最大的理想是弥合整个家庭，可是曾树生不愿意委屈自己来实现汪文宣的梦想；其次在于汪文宣永远委曲求全，曾树生爱的是当初志同道合的汪文宣，而不是现在怯懦的汪文宣。曾树生之所以离开家庭，固然经济

---

① 巴金：《谈憩园》，《巴金全集》第20卷，人民文学出版社，1993年。

② 巴金：《〈憩园〉法文译本序》，《巴金全集》第8卷，人民文学出版社，1989年。

因素很重要,但这些矛盾也是重要原因。而曾树生这种种行为的根源在于她始终注重自己的个性要求。在家庭的责任和个性的要求之间,曾树生有过矛盾。她爱过她的丈夫,即使自己完全有能力脱离家庭,她也一再考虑到丈夫的需要和家庭的责任。但当她考虑到自己的青春和生命活力,她再也无法忍受这种压抑人的家庭生活。当家庭走向灭亡之路时,曾树生选择救出自己。这是无可避免的选择,作家在客观描写中指出这种行为的必然性。但是,作家用汪文宣不断地对旧日理想的怀念来对比曾树生对自己花瓶地位的稍稍不满,用汪文宣不阿谀上司对比曾树生经常出去应酬,用汪文宣的处处关爱别人对比曾树生的做投机生意,用汪文宣的疾病和痛苦对比曾树生梳妆打扮出去约会的兴奋,这一系列的对比设定了一种批判的基调。在《谈〈寒夜〉》一文中,作家明确说自己是用"责备的文笔"描写她的,认为"她和汪文宣的母亲同是自私的女人",甚至否定了曾树生一切的追求。那曾树生形象还有什么样的启示呢?通过曾树生的行为,巴金认识到了在现实社会,新思想应该要而且必然要战胜旧伦理,认识到个人为了自己的发展而离开压抑个人的家庭是理所当然的,但是又痛苦地感到,这种过于重视个人的行为破坏了对家庭的责任感,损害了家庭的和谐。作家欢迎新道德,但同时留恋旧道德的美好部分,希望在新旧之间协调妻子与丈夫、婆母关系,同时获得女性独立和家庭和谐的效果。通过对家庭与个人关系的思考,作家试图摆脱这一困境,但实际上仍陷在困境中。巴金创作的意义不在于解决这一困境,正在于真实深刻地反映了这一切。

结语

巴金开始写作时并没有想到自己会成为一个作家。30年代,他不断地表示自己要放弃写作,认为写作不过是浪费自己和别人的生命,丝毫不能帮助读者解决现实问题。在《憩园》中,巴金借作家黎先生之口继续表达了此意:"那些书又有什么用?还不是些空话!"又说:"我们不过是在白纸上写黑字,浪费我们的青春，浪费一些人的时间，惹起另一些人的憎厌。”但是巴金也借万昭华之口肯定了写作的意义，“你们把人们的心拉拢了，让人们互相了解。你们就像是在寒天送炭、在痛苦中送安慰的人”。由此可见，与早期相比，巴金对自己创作的自信增强了。因此，作家更加注重艺术技巧，使得作家在表现主题时更加得心应手。在此基础上，巴金进一步延续了《激流三部曲》的反封建主题，并且谴责金钱的罪恶，加强了对半封建半殖民地社会的批判。在现实社会状况的描绘中，巴金开始思考伦理道德的困境。通过对这个问题的思考，作品就不再停留在对现实的描绘上，而是深入到更广阔的空间中去；不再一味呼求新思想的胜利、新社会的到来，而是反思新思想应该以何种方式和传统的美好的方面达成一致。这表明了作家思想和创作的成熟。没有成熟的思想和艺术技巧，成熟作品的出现是难以想象的。巴金是个忠实于自己的情感的作家，他的作品就好似他的人生，人到中年，态度上更加冷静客观，目光也变得深邃凝重，思想就更加博大精深，他的作品也就具有了这样的特征。《憩园》与《寒夜》正在这些方面体现了巴金 40 年代的小说创作特色，使巴金的小说又登上了一个新台阶。

（《东莞理工学院学报》2005 年第 4 期）

抗战生活与知识分子精神气质

——论《寒夜》并兼及《围城》

邵宁宁

《寒夜》与《围城》同是四十年代文学的名著，而且几乎同期发表在同一家文学期刊上[①]，但对它们之间的异同，很少有人论列。因为至少从表面，不大能看出它们之间有什么联系。但它们其实都是抗战时期生活的产物，二书在风格上虽然一沉痛一反讽，但所处理的对象和表达的感情其实是相似的。或许可以说，它们所描写的，都是知识分子在事业及家庭生活上所面对的困窘。本文将以《寒夜》为主，并对比《围城》，借以揭示抗战生活在现代知识分子人格生成中的一种作用。

① 《围城》连载于《文艺复兴》第 1 卷第 2—6、第 2 卷第 1—2、4—6 期。《寒夜》连载于《文艺复兴》第 2 卷第 1—6 期。

一

在中国现代史上，就知识分子地位的变化而言，抗战生活是一个关键的转折点。战争带给知识分子的社会地位的下降，首先就从经济上显现了出来。《寒夜》虽然没有直接去写汪文宣战前的生活和他的经济状况，但从他们对往昔生活的回味，我们也可以感觉出来，那至少是维持在一种中等水平之上的。作品第5节写汪文宣跟着曾树生进国际咖啡店，两人对话：

> “这个地方我还是头一回来。”他说不出别的话，就这样说了。
>
> 她的脸上现出了怜悯的表情，她低声说：“拿你那一点薪水，哪能常到咖啡店啊！”
>
> 他觉得一根针往心上刺，便低下头来，自语似地说：“从前我也常坐咖啡店。”
>
> “那是八九年前的事。从前我们都不是这样过日子的……”
>
> “以后不晓得还要苦到怎样。从前在上海的时候，我们做梦也想不到会过今天的生活。……奇怪的是，不只是生活，我觉得连我们的心也变了。”

战争时期的非正常生活，在很大程度上破坏了中国社会原有的结构，原处在社会中间阶层的知识分子，在经历经济地位上的跌落同时，战时环境所造成的文化生活在整个社会生活中的地位的下降，也从精神上给他们一种打击。原来自认社会精英的知识分子，到此时却不得不承认自己在应对实际生活上的无力，所谓“手不能提，肩不能挑”自此成为流行话语。当体力上的弱势转化成精神上的自卑的同时，原有的精神的优势也一变而为需要改造的负累。而这种地位的变化，是不但会影响到他的社会地位，而且会影响到他在家庭内部的地位的。更进一步，则会影响到人的自信力，以及他整个为人处世的态度。钱锺书“忧世伤生”的《围城》[①]，在许多地方都突出着上海生活与内地的对照，《寒夜》

---

① 钱锺书：《围城序》，钱理群编《二十世纪中国小说理论资料》第4卷，北京大学出版社，1997年，第417页。

中,上海生活同样被用于对照重庆生活。经济生活的困窘,引起的是精神的自卑。这自卑首先是在社会生活的领域,继而侵入到家庭生活的领域。经济地位的低落,一直是汪文宣自卑的直接根源,他的性格变化,首要的原因就在这里,而这也间接地成为他的家庭不幸的根源。曾树生不满于她的家庭生活的,除了与婆婆的争吵,还有汪文宣的懦弱。"要是她不天天跟我吵,要是他不那么懦弱,我还可以……"但是,要汪文宣不再懦弱,却并非只从思想上就可以解决的问题。在工作中,汪文宣自己就有一种强烈的卑屈感,痛觉"就是为了一点钱,我居然堕落到了这个地步",但他却还是不能不为那"一点钱"去忍受屈辱。尽管作品写到,家庭开支的一半甚至一大半,都由曾树生担负着[①],并且她也一再地劝他安心养病。但试想,假如汪文宣真的躺在家里,而将生活的重担全放在曾树生的肩上,那将是一种什么情形?这里确实涉及到传统社会对于男性的角色期待问题,汪文宣之所以宁肯忍受屈辱,拖着病体也要去勉力做那一份工作,一方面是和他的家庭生活责任感联系在一起的,另一方面也和他对在两性关系中男人所处位置的认知有关。以下是作品第 14 节他与曾树生有关钱的一段对话:

"你才只睡了五天。至少你要睡上十天半月才好。"妻劝他道。"你只管养病好了,别的事情你一概不用管。"

"钱呢?"他问道。

"我有办法,你不必管它。"妻回答。

"不过多用你的钱也不好。你自己花钱的地方很多,小宣也在花你的钱,"他抱歉地说。

"小宣不是我的儿子吗?我们两个人还要分什么彼此!我的钱跟你的钱不是一样的?"她笑着责备他道。

他不做声,找不出话来驳她。

---

① 在《谈寒夜》一文中,巴金说到他们的住房时,还说:"汪文宣一家人住进来,不用说,还是靠曾树生的社会关系,钱也是由她付出的。"《巴金选集》第 10 卷,四川人民出版社,1982 年,第 234 页。

接着是一段曾树生有关自己可能调薪，以及多花点钱不要紧的话。而这更使汪文宣感到了一种惭愧：

"……想不到我活到这样大，连自己也养不活。"他沉吟地说。

"你怎么这样迂！连这点事都想不通。你病好了，时局好了，日本人退了，你就有办法了。你以为我高兴在银行里做那种事吗？现在是没有办法。将来我还是要跟你一块儿做理想的工作，帮忙你办教育。"她温和地安慰他。

这样的安慰，使他温暖，使他感激，但书中紧接着写到的却是：

他望着妻的背影在门外消失了，他感激地暗暗对自己说："她仍然对我好。不管我多么不中用，她仍然对我好。这个好心的女人！只是我不好意思多用她的钱。她会看轻我的，她有一天会看轻我的。我应该振作起来。"

责怪汪文宣意识太旧是没用的，因为这太超越了时代。在传统生活中，男人从来都是被置于负有养家糊口的重任这一位置上的，假若他不能承担起这种责任，自责和被看轻也是难免的，就是在今天的生活中，据说还有一个词叫"吃软饭"。曾树生安慰他的那段话的最后一句，在初版本中原是写作"将来我还是要靠你的"①，后来的修改突出了他们的"理想"，同时也掩蔽了曾树生思想中较传统的一面。现在看来，最让人感觉复杂的，倒是汪文宣的那份责任感，正是在这责任感里，我们看到了他的自尊，也看到了他的痛苦的最深根源。那其实是对于生活的一种无力感，汪文宣其实是始终有着振作的愿望的，但在现实中，他的这种愿望却找不到一个切实的着力点，这就不免使他在社会生活和家庭生活中都陷于一种极度尴尬的地位。他的屈从、忍让、挣扎、拖磨、自责、自虐等一系列让人不快的表现，都因此而产生，也因此而无法消除。而这一切，又都和战争

① 乔世华：《论解放后巴金对〈寒夜〉的阐释和修改》，《巴金：新世纪的阐释》，福建教育出版社，2002年，第190页。

带来的生活环境变化有关，难怪故事的主人公们总是要把希望寄托向战争的胜利。

《围城》和《寒夜》故事，都与家庭纠纷有关。虽然在具体的理解中，这两部作品被分别引向家庭伦理与普遍人生困境这两个不同的方面。但就这些纠纷的发生而言，它们其实都有着更广阔的国家战时生活背景。战争环境在使生存竞争更趋激烈的同时，也改变了原有的社会关系，以及人们对于这些关系的看法。社会的权力阶层和知识分子之间，脑力劳动和体力劳动之间，家庭内部代际之间和性际之间的关系，都发生了微妙的变化。而与此同时，社会固有的道德体系和评价尺度，也在经受着严峻的考验。

对权势者的憎恨，对权力和腐败关系的揭露，几乎是我们在阅读所有的抗战生活小说时都会遇到的内容，《围城》和《寒夜》亦然。不论是在方鸿渐的三间大学，还是汪文宣的图书公司，我们所看到的都是一些虚伪、骄横、势利的脸孔，就连“上司”这个词，在这一时代似乎也有了一种特别的含义。在《围城》和《寒夜》中，我们都可以看到那一时代典型的由于战时物资紧缺而造成的囤积投机现象，几乎所有手中有点便利的人，都在谋求投机利益。在《围城》中，不但李梅亭去内地夹带西药，就是苏文纨在香港重庆之间飞来飞去，也要捎带一些“私货”。而《寒夜》中的曾树生也在与陈经理一起做着“囤积生意”。而这一切，又不可避免地将整个社会的道德水准，以及人们的道德自持力推置到十分不利的地位。

在后来的言谈中，巴金曾一再表示过下面的意思，“我写这部小说正是想说明：好人得不到好报”[①]。确实，汪文宣是一个好人，但“好人”在这种时候，实际上已多少变成了无能的同义语。《围城》中的赵辛楣，在长途跋涉结束时说过一句评价方鸿渐的话，“你不讨厌，但全无用处”。或许这也可以用来评价汪文宣和与他们同类的那些知识分子。在一种极度不正常的环境之下，一般的知识换不来饭吃；道德的清白或崇高赢得的也不是社会的尊重，相反倒可能是“迂腐”

① 《谈寒夜》，《巴金选集》第10卷，第231页。

之讥。传统的固穷守节一类的话，在生活的实际的压迫之下往往变得异常苍白无力，甚至可能最终使自己在社会生活中失去立脚之地。值得注意的是，由于女性在传统社会中所处的较低的地位以及较强的适应性，在这一过程中，她们所承受的压力相对可能较轻。曾树生和孙柔嘉在工作以及所得的报酬上，似乎都较她们的丈夫优厚，她们对环境也都有更强的适应力。

《围城》将故事主要安排在来去三间大学的路上，这有意无意的选择，其实已揭示出了知识分子命运变化的一种典型情境。而它那种对于新旧知识分子的嘲讽，其实也带有很强的自嘲情味。只从"新儒林外史"的角度去看《围城》，显然是不够的，因为《儒林》中的人物，多挣扎在仕与隐的路上；而《围城》中的人，则始终处在"流亡"的途中。《儒林》中的社会秩序，虽然僵化，却是稳定的；《围城》中的社会秩序，则整个处于一种动荡之中。就在这动荡之中，知识分子赖以立身处世的社会关系，发生了颠倒性的转换，他们对自身价值的信念，也发生了剧烈的动摇。同样的情况也存在于《寒夜》中。《寒夜》一开始所写到的，就是跑警报，而生活中许多重要的决定，也始终与日本人会不会攻入重庆这个悬念有关。

巴金之所以将"寒夜"作为他的小说的中心意象，当然不是偶然的。在这个意象中，包含着他对现实的认识，也包含了某种希望，对于"黎明"一类意象代表的事物的希望[①]。《围城》的中心意象是一座被围困的城池，从这个意象的来源以及后来杨绛对它的解释看，它似乎有一种相当普泛的人生象征意义，但就作品本文，及人物处境而言，我们也可以将它理解成有关战争的一种隐喻。值得注意的是，"寒夜"的意象，其实也出现在《围城》里，这就是作品末尾，方鸿渐吵架前后准备出走重庆时的那一段描写。外国面包店外那一段文字，尤其是送钱给卖玩具的老人后丢了钱袋那一节，很让人想起曾树生从人去楼空的旧屋出来，送钱给难民老太婆，然后又站在地摊前的那幅情景。一样的寒风凛冽，一样

---

① 关于"寒夜"中隐含着的这个"黎明"意象，巴金自己曾有过多次论说。分别见《后记》，《巴金全集》第8卷，第704页；《关于〈寒夜〉》，《巴金选集》第10卷，第390、392页；《〈寒夜〉挪威文译本序》，《巴金全集》第8卷，第707页。

的茫然不知所归。其实,《寒夜》又何尝不是一个“围城”故事?那座主人公生活其中,又随时准备出城逃难的城市,本来就是座现实的“围城”,而主人公的婚姻故事,曾树生的出走又回来,不也是在那隐喻性的“围城”之间挣扎吗?当《围城》的主人公,在“寒夜”里计划着要出走到重庆的时候,本来生活在重庆的《寒夜》的主人公,却在离开这“围城”到兰州绕了一圈之后,又回到了重庆,当然,她可能还要再一次地出走。有趣的是,这两个结尾却同时出现在1947年1月的《文艺复兴》杂志第2卷第6期上,通过一期杂志,两个互不关联的文本间形成了一种意味深长的反讽,这真不能不让我们惊叹历史本身所具有的戏剧性。

二

战争在使整个国家生活空间变得逼窄的同时,也使家庭、个人的生活空间发生了和战前很大的不同。汪母和曾树生的矛盾,尽管可以从心理的、文化的、环境的各个方面找出其原因,但不可克服的只有一点,那就是她们必须生活在同一个小的家庭空间内。冲突的起因,在于曾树生的一封信。汪母对这封信的了解,猜想,进而施加压力于儿子,事实上使她侵入到一种资产阶级或小资产阶级的私人空间里。就是在发生了最激烈的冲突,即汪母骂树生是儿子的“姘头”之后,盛怒之下的曾树生的直接要求也只是:“如果你不另外找个地方安顿她,我就跟你离婚!”她非常清楚地看到了“我们三个住在一起,一辈子也不会幸福”。而汪文宣能用于安慰她的,也是“等到抗战胜利了,她要到昆明——”而与此同时的汪母,向往的也是能“回昆明去住一个时候”。为他们设想,要想使这种矛盾冲突控制在不致导致家庭破裂的范围内,切实的办法,也只有“换一个环境”。因为不管进行如何的疏导沟通,存在于两代人之间的那些心理的、文化的差异、隔阂,都无法从根本上消除,在这一点上,要求她们相互理解、忍让、体谅都不解决问题,站在不同的立场上,压制、批判婆母或谴责、限制曾树生,都不是解决问题,而只是将冲突扩展到更大的社会文化历史中去。婆媳矛盾在有关

《寒夜》的研究中，一直是一个最受关注的问题。是非判断的落点，最终都会归结到汪文宣应该怎么做？有不少持女性主义立场的研究者，都希望汪文宣在此能立场更为鲜明一点，再给曾树生更多一些支持。他们也许忘记了，汪母也是一个女人，而为妻的女人，最终也要变成为母的女人的。在这样的时代，这样的家庭中，汪文宣的性格，大概也只能变得更加懦弱。类似的问题，其实也存在于《围城》之中。方鸿渐和孙柔嘉家庭矛盾的产生，固然有他们自己思想性格的原因，但回到上海后，方家的影响和孙柔嘉姑母对他们生活的干预乃至对他们私人生活空间的侵入，也是一个重要的因素。在这种时刻，就是方鸿渐也不得不一再委曲求全，这一方面加剧了他性格中软弱的一面，另一方面也使他内心更为激愤、敏感，从而导致了他的最终出走。无论是《寒夜》，还是《围城》，都让我们看到知识分子的软弱，同时也让我们感觉出他们心中所埋藏的怨愤，在现实中，这怨愤必得找到一种发泄的对象。在战时，这就是对侵略者，对腐败的权势的憎恨；抗战胜利后，普遍的失望自然会更将其引向社会制度和执政当局。汪文宣死了，但他的怨愤留下来了。方鸿渐徘徊着，但他终究会找到一种出路。而这也正是20世纪40年代许多知识分子最终走向反抗现实社会秩序的深层动因。

其实，对于"寒夜"中的人物，我们今天已没有必要把注意力放在她们谁对谁错的问题上。在此，是非判断并不解决问题。问题是，由不同的历史时段所塑造出的不同类型的人，是否都有坚持自己的生活信念的自由。认为有了新的人生观，旧人如不接受改造就该逐出历史舞台的想法，其实是不人道的，在实际生活中是残忍的。历史上曾经一再上演的宗教冲突，哪一次不是以为自己真理在握，而引起对对方的绝对憎恨，甚而酿成冲突的。当旧的人生观占据着绝对统治地位，并实际支配着社会成员的命运的时候，新人生观的持有者，必须"反抗"。可一旦当这种地位被颠倒过来时，问题就变得复杂起来。巴金早期的所有作品，都宣扬着这种"反抗"的哲学，就是在后来，他也没有放弃这种"反抗"观念。

但在实际中，"反抗"而找不准对象，甚或虽有对象而下不去手的情况时有出现。这种情况在涉及到家庭内部关系时变得尤为突出，时代的观念和个人的感情，在这里难免发生错位。作为封建秩序象征的"高老太爷"，同时又是"爷爷”(《家》),败家的杨梦痴,同时又是慈爱的父亲(《憩园》),这就足以让这“反抗”变得彻底不起来。试想,假如汪文宣真的去“反抗”他的母亲,那结果会怎么样呢?他可以迅速地实现对自己母亲的“思想改造”吗?如果不能,他又该如何办?将她逐出家门,还是等她自动出走?而这难道就不是人性的悲剧?现实地看,这种新旧人生观间的对立,其实只有等待它在时间的流逝中自动消失,而当它们还不到消失的时候,理想的解决方式,大概也只能是为它们提供各自存在的空间,以使矛盾得到某种缓冲的可能。这可能是一种典型的历史调和论,但也唯有如此,人与人之间互“吃”的状态,才能得到一种改变。

但这在当时的战争环境下,却是最难办到的。曾树生的出走兰州,虽然也有感情上的动摇和莫名期盼,但最初,也是最主要的,仍是寻求这样一种空间。同样,在《围城》中,就是到最后,我们也不可断言方鸿渐和孙柔嘉之间的感情已荡然无存,他的出走重庆,其实也并不是因为有多远大的抱负,说到底,亦不过是寻找新的生活空间而已。我们看到,对于婆媳矛盾,汪文宣在作品中所采取的态度,无非是两边宽慰,尽力调解,他希望她们能因一种共同的爱而放弃对立,但他也已隐隐感觉到,这实际上是办不到的,他实际所能做到的,其实只是掩盖,是拖磨,他想将这一切都拖磨过去,但生活却不给他这样的机会。在作品之外,巴金一再所作的,也是极力抹平这种是与非的简单对立①。在这点上,甚

---

① 在写于1980年底的《关于〈寒夜〉》中,巴金说:“我写汪文宣,绝不是揭发他的妻子,也不是揭发他的母亲,我对这三个主角都同情。要是换一个社会,换一个制度,他们会过得很好。使他们如此受苦的是那个不合理的旧社会制度。生活这样苦,环境这样坏,纠纷就多起来了。我写《寒夜》就是控诉旧社会、控诉旧制度。”在《谈〈寒夜〉》中又说:“也有读者写信来问:三个人中间究竟谁是谁非?哪一个是正面人物?哪一个是反面的?作者究竟同情什么人?我的回答是:三个人都不是正面人物,也都不是反面人物;每个人有是也有非;我全同情。我想说,不能责备他们三个人,罪在蒋介石和国民党反动政府,罪在当时重庆和国统区的社会。他们都是无辜的受害者。”“他们彼此相爱(婆媳两人间是有隔阂的),但又互相损害。他们都在追求幸福,可是反而努力走向死亡。对汪文宣的死,他的母亲和他的妻子都有责任。她们不愿意他病死,她们想尽办法挽救他,然而她们实际做到的却是逼着他,推着他早日接近死亡。汪文宣自己也是一样,他愿意活下去,甚至在受尽痛苦之后,他仍然热爱生活。可是他终于违背了自己的意志,不听母亲和妻子的劝告,有意无意地糟蹋自己的身体,大步奔向毁灭。”《巴金选集》第10卷,第390、233、236页。

至可以认为，一向爱憎分明的巴金，其实是在提倡一种人与人之间的宽容。如果要用“对旧势力妥协”一类的话来批评汪文宣，也就得用同样的话来批评巴金，20世纪50年代末巴金蒙受的批判，实质意义就在于此。由某种“进化”的史观来看，这样的批评或许不无道理，但这种史观的局限，就在于它没有看到有关人的问题的复杂性，因而也就不可能去注意巴金作品中这种超越意愿所具有的深刻意义。由此来看，汪文宣的软弱、妥协，退让，就具有了一种不易为人所知的人性悲剧意义，而也正因如此，他才赢获了人们，包括曾树生，对他的深深的同情和悲悯。汪文宣牺牲了自己，却保全了人性，这或许正是在他那软弱的外表之下堪称坚强的东西。

尽管从思想的深层，巴金试图超越家庭矛盾中的两极对立判断，但在意识层面，他还是得为他所信奉的“反抗”哲学找到一个支点，这就导致了，他只能把一个家庭问题转移到社会的领域，在那里去寻找一个可以作为绝对批判对象的东西。这个绝对可批判之物，有时候被笼统地表述为“旧社会、旧制度”，有时候被明确指定为“蒋介石和国民党反动政府”。然而，就作品本文来看，这样的说法还是缺少更为坚实的依据。虽然我们在作品中随处都可看到人物对于社会现实的不满、痛恨，但却没有哪一处直接指向“蒋介石和国民党反动政府”，这种指向明确的东西，事实上是巴金在后来的言谈中追加的①，而就作品中人物的态度来看，与其说他们痛恨某种制度性的东西，不如说是痛恨这种战时环境，这也可以从他们对于生活所寄予的希望看出。不论是汪文宣，还是他的母亲，就都将改变命运的希望寄托在战争的胜利上，就是曾树生的焦躁、失望，也和战争的进程密切相关。

在作品的末尾，战争是胜利了，然而它带给期盼胜利的人们的，却是更强烈的失望和愤慨，巴金在后来所做的，就是将这失望和愤慨不断引向社会批判的维度，引向对“蒋介石和国民党反动政府”的谴责。虽然这种明确的指向是一种

---

① 可以最明显地见出这一点的，莫过于他对汪文宣所在公司的那一说明。见《谈〈寒夜〉》，《选集》第10卷，第243页。

事后追加的解释，但就 20 世纪 40 年代后期知识分子的精神指向来说，将批判和反抗的矛头指向统治当局，却也是历史的一种必然结局。对于“寒夜”中的人物来说，渴望着胜利，也就是渴望着生活秩序的恢复，然而胜利带来的却并不是理想秩序的恢复。《寒夜》的绝望，正是这样一种东西。而从这种绝望中，人们当然也可以推导出“换一个社会，换一个制度”的新的历史要求来，20 世纪 40 年代后期的历史不正是这样发展的吗？然后，就作品所写的 1945 年，或作品发表时的 1946—1947 年来说，作为生活在大后方的小资产阶级知识分子的作者和他的人物，是否就有这样明确的认识，则还是一个需要进一步考虑的问题。

（《甘肃社会科学》2005 年第 5 期）

《寒夜》版本谱系考释

金宏宇　彭林祥

一、《寒夜》版本谱系

1944年初冬，巴金在重庆开始了《寒夜》的创作，中途时断时续。书稿曾在上海的《环球》画报上刊出两次。由于画报停刊，作者也没有再写下去。直到1946年5月，巴金离开重庆到达上海，因好友李健吾的催促，巴金又续写该作，至1946年12月31日完稿。全书共31章(尾声由作者1945年9月30日写的散文《无题》改编而来)，于1946年8月至1947年1月在文协上海分会的刊物《文艺复兴》第二卷第1期至6期上连载。《寒夜》的写作历时两年多，中间多次辍止(又插写了《第四病室》),艺术上难免有粗糙之处,故在 1947 年 3 月上海晨光出版公司出《寒夜》初版本时,作者作了第一次修改。所附《后记》,措辞强烈地回应了一些批评家的批评。1948 年 1 月,《寒夜》出再版本,作者修改了《后记》,只采用了 1947 年后记的前三段,后面再补充一段。这个再版后记回应批评时显得更平和、更冷静。1955 年 1 月,上海新文艺出版社出版的《寒夜》,在初版本的基础上,变直排为横排,文字上没有大的修改(个别繁体字变为简体字),正文前的版权页上作者写了《内容提要》,后面附再版后记。1958 年,人民文学出版社开始编辑《巴金文集》,巴金于 1960 年底在成都对《寒夜》进行了第二次修改。1962 年 8 月,《巴金文集》第十四卷出版,收入《寒夜》,附再版后记。在同卷的《谈自己的创作》中收录了作者 1961 年 11 月写的《谈〈寒夜〉》一文。文集本《寒夜》成为后来各种版本《寒夜》的底本。"文革"后,许多出版社出版了《寒夜》,如上海文艺出版社于 1980 年出版的《寒夜》,附再版后记。1982 年,四川人民出版社出版《巴金选集》(十卷本),《寒夜》收录在第 6 卷,附再版后记。1983 年,人民文学出版社出版《寒夜》单行本,简称人文本。在正文前的《内容提要》中特别说明"作者在文字上作个别修改"。人文本除有再版后记,还附录了 1961 年写的《谈〈寒夜〉》和 1980 年写的《关于〈寒夜〉》。1989 年,人民文学出版社出版了《巴金全集》,《寒夜》收录在第八卷,除附再版后记,还附录了 1981 年的《〈寒夜〉挪威文译本序》,简称全集本。《寒夜》的版本谱系如下:

初刊本:《文艺复兴》第 2 卷 1 至 6 期,1946. 8—1947. 1

初版本:上海晨光出版公司,1947. 3

再版本:上海晨光出版公司,1948. 1

新文艺本:上海新文艺出版社,1955. 5

文集本:收入《巴金文集》第 14 卷,人民文学出版社,1962. 8

选集本:收入《巴金选集》第六卷,四川人民出版社,1982

人文本:人民文学出版社,1983. 4

全集本:收入《巴金全集》第八卷,人民文学出版社,1989

在《寒夜》的版本变迁中,有两次改动最大:一是从初刊本到初版本;二是从初版本到文集本，而文集本到全集本则没有大的修改。

二、从初刊本到初版本

巴金创作《寒夜》时，太多的时间、精力投身于文艺界的抗敌活动中。《寒夜》的大部分内容是边刊边写，急就章、赶稿子的情况时有发生。1946年底终于完稿。小说中“作者用朴素无华的笔，写湘桂战争高潮时，重庆小城中几个渺小人物的平凡的故事，虽然没有壮烈的牺牲，热闹的场面，却吐露出平凡的愿望、痛苦和哀愁。”[①]初刊本《寒夜》存在许多的不足，巴金自己也说“我感到抱歉的是我的校对工作做得特别草率，在我看过校对的那些书中，人们发现了不少错字”[②]。有批评家借此对《寒夜》进行了批评，也对作者进行了攻击。鉴于此，在1947年出初版本时，作者进行了大量的修改，约有500处。这些修改体现在人物塑造、主题表达和语言修辞三个方面。

首先是人物形象方面的修改，这主要涉及男女主人公。初刊本中，作者只提到主人公都是大学毕业生，追求自由婚姻，而在初版本中作者多次（约12次）提到他们的理想，如补充“那个时候我们脑子里满是理想，我们的教育事业，我们的乡村化、家庭化的学堂”（第4章）；“从前的事真好像是做梦，我们有理想，也有为理想工作的勇气，现在……”（第5章）；“树生带走了爱，也带走了他的一切，大学时代的梦，婚后的甜蜜的日子，战前的教育事业的计划，全完了，完了”（第22章）。初版本突出的是主人公的理想及其幻灭，突出了理想与现实的矛盾。

人物的心理活动方面也补充了较多内容。如增补“真没出息啊！他们连文章都做不通，我还要怕他们，他暗暗地责备自己，可是他仍然小心翼翼地做他的

---

① 《文艺复兴》第3卷，封底广告，1947年第3期。

② 巴金:《创作回忆录》，人民文学出版社，1982年，第110页。

工作”(第 8 章);“完了,我一生的幸福都给战争,给生活,给那些冠冕堂皇的话,还有街上到处贴的告示拿走了”(第 11 章);“我在公司一天规规矩矩地办公,一句话也不说。我已经忍无可忍了,我什么气都忍受下去,我简直——”(第 19 章)。初版本中大量增加了人物的心理活动,使我们更加深入地窥见了人物的内心世界,了解主人公内心的真实情状。男主人公汪文宣大学毕业时,满怀理想和才华,但残酷的现实使他四处碰壁,他的才华、理想根本没有施展的舞台。最后还是托老乡的关系谋到一个校对的职务。为了维持全家的生活,不得不忍气吞声,饱受歧视,心理的不平、委屈只能憋在心里,他不敢发泄出来,只能自责无能。在这里我们看到了一个被社会、被生活压迫得几近无力的人,修改后使人更加同情主人公的遭遇。

初刊本中吴科长只是作为一位高级职员来写的,但在初版本中,吴科长与周主任一起对汪文宣形成心理压迫。如“但是周主任的严厉的眼光老是定在他的脸上(他这样想)”改为“但是周主任和吴科长的严厉的眼光老是定在他的脸上(他这样想)”(第 11 章);“办公时间近了,主任还未到,同事们高兴地讲着笑话”改为“办公时间近了,周主任和吴科长还未到,同事们高兴地讲着笑话”(第 12 章)。在初刊本中,吴科长对汪文宣几乎没有什么心理上的影响,而初版本中他则与周主任一起构成巨大的阴影笼罩着男主人公,汪文宣不但要看周主任的脸色,还要时常提防吴科长的监视。毫无疑问,修改后更加恶化了男主人公的现实环境,也增加了他的心理压力。

从初刊本到初版本,作者对女主人公曾树生的态度由讨厌、责备逐渐转变为既责备又理解和同情,曾树生的形象也更为丰满,这也得力于修改。如写曾树生所追随的陈主任,初刊本是“一点也不漂亮,头顶剩着寥寥几根头发,鼻子低,鼻梁的两方各有几颗麻子,身材还比她稍低了两分,只是一件崭新的秋大衣”,初版本改为“有一张不算难看的面孔,没有戴帽子,头发梳得光光,他的身材比她高半个头,身上一件崭新的秋大衣”(第 4 章)。陈主任外在形象的改变使曾树生的离家出走更合理,也可以看出作者对曾树生的态度发生了变化,同时,相对初刊本而言,初版本也增加或修改了一些关于曾树生的语句。如增补

“话一出口，她的心就软了，但是她要咽住话已经来不及了”（第12章）；在“她用同情的眼光看那女人和孩子”之后增补“又用惭愧的眼光看他们”（尾声）。在交代曾树生离家的原因时，除了突出她追求个人的自由幸福外，初版本也突出了汪母的逼迫。如增补“妈却巴不得我早一点离开你”（第22章）；增补“而且你母亲在一天，我们中间就没有和平与幸福”；但是她写给汪文宣的信中，又增补了她报复婆婆的快感：“我也许会跟别人结婚，我一定要铺张一番，让你母亲看看”；“我不愿再看见你的母亲”（第25章）；在小说的结尾“夜的确太冷了”之后，初版本增补了“她需要温暖”（尾声），这里又突出了对树生的同情。可以说，修改后作者对树生的态度更复杂更矛盾，既有对她抛夫别子行为的不满，也有对她出走的理解与同情。

以上对人物多方面的修改其实也牵涉到对作品主旨的理解。这些修改突出了主人公的理想与这种理想的不可能实现的悲剧冲突；突出了周主任和吴科长所代表的官僚阶层对主人公的心理压迫。而对女主人公的更为同情，也淡化了她与这个家庭的破碎之间的联系。作品告诉我们：男女主人公之所以不能高蹈于他们的理想世界而不得不在日常生活里打滚，全因为那个与他们同龄的中华民国；汪文宣的死以及全家的散落也并不只是树生的出走所致，而应归罪于现实的黑暗。修改后更突出了作者恨制度不恨人的主题意向。用作者的话说：“不是为了鞭挞汪文宣或者别的人，是控诉那个不合理的社会制度，那个一天天腐烂下去的使善良人受苦的制度。”[①]作者之所以要对初刊本进行这些内容的修改，这与1947年作品所受到的批评有关系。1947年1月，巴金的《寒夜》刚刊载完，就有署名“莫名奇”的人在《新民晚报》副刊上连续发表文章指责巴金。与此同时，“左翼”作家耿庸在《联合晚报》副刊发表了对此进行附和的文章《从生活的洞口……》。他们借《寒夜》指责巴金的作品不敢面对鲜血淋漓的现实，也没有给读者指明出路。他们给巴金冠以“感伤主义作家”。巴金在《寒夜》初版后记里回应了这些批评，他说：“我从来不是一个伟大的作家，我连做梦也不敢妄

① 巴金：《创作回忆录》，人民文学出版社，1982年，第106页。

想写史诗。我只写了一些耳闻目睹的小事,我只写了一个肺病患者的血痰,它们至今还印在我的脑际,它们逼着我拿起笔替那些吐尽血痰的人讲话。”[1]巴金告诉批评者,他正是看见了现实的悲惨而写下他的所见,这不是直面鲜血淋漓的现实又是什么?从初版后记来看,巴金对批评者的批评尽管很愤怒,但这次修改还是受到了批评家责难的影响。修改后,使作品更紧扣现实。作品的《尾声》中最后一句的修改也与这次批评有关。我们从他的《创作回忆录》可以了解,作者是想让作品的悲观的调子减轻。作者接着说:“我虽然为我那种忧郁感伤的调子受够了批评,自己也主动作过检讨,但是我发表《寒夜》明明是在宣判旧社会、旧制度的死刑,我指出蒋介石国民党的统治已经彻底溃烂,不能再继续下去,旧的死亡,新的诞生,黑暗过去,黎明到来。”[2]作者尽管没有在小说的最后照批评家的吩咐加一句“哎哟哟,黎明!”却也表达了对当时社会的控诉和对黎明时刻的向往和呼唤。增补一句“她需要温暖”,正是为了体现这一意向。

初刊本的边写边刊和一些急就章也为作品的语言留下许多缺憾。所以,这次修改的另一个重要方面是语言文字的推敲。全书约500处的修改中,绝大部分修改都属于这方面。有对初刊本中运用不恰当的字词句的替换:或者变换语序,或者替换新词,或者把原句用另一句替换,使语句更连贯,更符合日常的表达。如“他感到一阵宽松”改为“他感到一阵轻松”(第1章);“她微笑说,故意掩饰她的不定心”改为“她微笑说,故意掩饰她的迟疑不决”(第15章)。而对多余的字词句的删省,则使语句更精练、更流畅。如“那时树生,他妻子,正坐去书桌前化妆”改为“那时树生,还坐在书桌前化妆”(第11章);“她脸一红,眉毛一竖,她准备和这老妇人争吵,但是她立刻把怒气压住了”改为“她脸一红,眉毛一竖,但是她立刻把怒气压住了”(第14章)。为了使某些词句的表达更准确,或使人物的心理活动更丰富,还补充了大量的语句。这为读者更加深入地了解主人公的身份、心理等各方面情况提供了信息。如在“不久他到了他服务的地方”后补

---

① 《中国当代文学研究资料》,《巴金专集》,江苏人民出版社,1981年,第379页。

② 巴金:《创作回忆录》,人民文学出版社,1982年,第112页。

"那是一个半官半商的图书文具公司的总管理处"(第 3 章);在婆婆数落儿媳时说的"儿子都快成人了,还要在外面胡闹"之后补"亏她还是大学毕业,学教育的"(第 10 章);"妻告诉他,有七分息"改为"妻告诉他,存'比期',每半个月办一次手续,利息有七分光景,到底妻比他知道的多"(第 22 章)。修改后,克服了急就章的缺点,文字表达和生活细节描写的艺术均提高了,形成了流畅、朴实的语言风格。

总之,从初刊本到初版本的修改,既是一次艺术上的完善与提高,也不自觉地受到了"左翼"批评的影响。

三、从初版本到文集本

在人民文学出版社编辑《巴金文集》最后两卷时,作者原准备把"人间三部曲"(即《憩园》《第四病室》《寒夜》)合编为一卷,但篇幅太长,不便于装订,故把《寒夜》抽出置于最后一卷。收入其中的《寒夜》又被修改。1960 年 11 月,巴金应四川友人的邀请,赴成都参观访问。《寒夜》的第二次修改就是在年底进行的。这次的修改比第一次修改处少,只有近 200 处。新中国成立后,新的文学方向被确立,文学逐渐形成了统一的规范,如为政治服务、写工农兵、乐观取向、赞歌格调等。巴金又亲身经历了一系列大规模的文学批判活动,如被迫参与批判胡风等。1958 年至 1959 年全国范围内还开展了"巴金作品讨论",对他的作品的讨论中出现了种种"左"的论调。这些因素都对他的第二次修改《寒夜》产生影响。在文集本的附录文章《谈〈寒夜〉》[①]中,作者对作品主题有了新的阐发。在凸现"好人无好报,坏人得志"的旧社会,表达了对国民党反动统治的沉痛的控诉的基础上,巴金用了更明确的政治修辞:"造成汪文宣家庭悲剧的主犯是蒋介石国民党,是这个反动政权的统治","诅咒旧社会,歌颂象初升太阳一样的新

① 巴金:《创作回忆录》,人民文学出版社,1982 年。

社会”,“不断进步的科学和无比优越的社会制度已经征服了肺病,它今天不再使人谈虎色变了”。可以说作者是紧跟时代的步伐,不但否定了旧社会,也歌颂了新社会的无限美好。所幸的是,作者只是对文本中人物、主题的阐释发表了新的看法,而并没有对文本大加删削。

这次修改最重要的是突出了曾树生的复杂的性格。她既是追求个人自由幸福的时代女性,又是冲破旧礼俗的“不孝顺”的儿媳;既是追求现实物质享受的女人,又是始终不忘贫困丈夫的妻子。相比较而言,文集本的曾树生更加让人产生同情。巴金曾说“我同情她和我同情她的丈夫一样,甚至超过我同情她的婆母”[①]甚至她抛夫别子的行为也让读者能够理解。她对文宣的爱更深了,也更真挚了,树生与汪母的矛盾方面,也刻画得更加细致,更加令人深思。全文有关树生的内容有 80 余处改动。

在写她与汪母的矛盾时,矛盾根源在原来的新旧思想的对立之外又增加了“爱的不可分割”的因素。如“你母亲看不惯我这样的人,我也受不了她的气,还不是照样吵着过日子”改为“你母亲那样顽固,她看不惯我这样的媳妇,她又不高兴别人去分她的爱,我呢,我也受不了她的气,以后还不是照样吵着过日子”(第 15 章);“她把我看作奴使她的主人,所以她那样恨我”后补“甚至不惜破坏我们的爱情与家庭幸福”(第 26 章)。作者在汪母与树生的矛盾中增加了精神分析学的因素,用弗洛伊德的学说去写汪母的病态心理。这是作者对婆媳关系的新的探讨。在树生离家的原因中,婆婆不容媳妇是树生离家的催化剂,促使树生最后下定决心。在写汪文宣与树生之间的感情时,树生对文宣的关心和爱大大增加了。增加了许多细节,人物形象也更完整了。如“她兴奋地上了楼”改为“她怀着又兴奋又痛苦的矛盾心情上了楼”(第 20 章);“为什么不早去,不要把病耽误了啊,她提醒他”改为“为什么不早去,我求求你,不要把病耽误了啊,她恳切地望着他,央求似的说,眼里忽然迸出几滴泪水,她便慢慢地把头掉开了”(第 20 章);在文宣看见树生要离开的调令后,增加树生主动拥抱文宣并说

---

① 巴金:《创作回忆录》,人民文学出版社,1982 年,第 33 页。

出了自己苦衷的情节(第21章);增加树生主动与文宣吻别的感人情节(第23章);树生走后的最大牵挂是文宣的病,增加了树生来信让文宣到宽仁医院看病的情节(第25章)。文集本中,树生也并不是一走了之,而是不停地写信请求文宣去看病,甚至为他联系了医生。树生也不是对他们没有牵挂,在中断一个多月的联系后,风尘仆仆地赶回,也表明她决不是个坏女人。树生与文宣之间,从大学的自由恋爱到结婚生子,有十多年的夫妻情分,文集本把他们的爱写得更加动人,当然是更合情理的。

但在同卷的《谈〈寒夜〉》中,论及文中的人物和自己的创作时,作者首先说"三个人物都不是正面人物,也都不是反面人物;每个人有是也有非,我全同情。"对汪文宣和曾树生也称为"两个善良的小资产阶级知识分子"。又批评汪文宣:"他天真地相信着坏蛋们的谎言,他很有耐心地等待着好日子的到来。结果,他究竟得到了什么呢?"然后对汪母又有批评:"一个自私而又顽固的、保守的女人";"她希望恢复的,是过去婆母的威权和舒适的生活",汪母在作者心中甚至有点变态。对树生的批评更是带有谴责性的,如"为了避免吃苦。她竟然甘心做花瓶。她口口声声嚷着追求自由,其实她所追求的自由也是很空虚";"她从来就不曾为着改变生活进行过斗争。她那些追求也不过是一种逃避"。在作品中甚至增补她与陈主任合伙做不法的囤积生意的情节。作者甚至预测了她的结局:"对她来说,年老色衰的日子已经不远了。陈经理不会守在她的身边";"她和汪文宣的母亲同是自私的女人"。接着,作者对自己也进行了批评:"我的憎恨是强烈的。但我忘记了这样一个事实:鼓舞人们的战斗热情是希望,而不是绝望。特别是小说的最后,曾树生孤零零地消失在凄清的寒夜里,那种人去楼空的惆怅感觉,完全是小资产阶级的东西。所以我的控诉也是没有出路的,没有力量的,只是一骂为快而已。"在这里,作者完全以自责的语气表达出对作品的不满,完全是以新的文学标准去衡量和阐释他在解放前写就的作品①。

---

① 《谈〈寒夜〉》一文的位置不是作为后记的形式附录在正文后(后记仍采用再版后记),而是在同卷的《谈自己的创作》中,"文革"后的选集本和全集本中的附录均未收录此文,但再版后记,则每本必附。

这次修改还有语言文字上的继续完善。为了响应“汉语规范化”的号召，作者用了50年代的规范汉语取代了40年代的书写语言。这类修改约有100处，多为文句上的疏通。也有一些涉及人物活动环境方面的语言修改。修改的方式多为语言的替换。语言增补的情况较少，删省的情况最少。如“半晌”改为“半日”；“××银行”改为“大川银行”；“××书局”改为“一中书局”；“两个伙计正忙着收拾桌面并发火”改为“一个伙计正忙着收拾桌面，另一个在发火”（第1章）。文集本在文字方面更加书面化、规范化，环境描写也更加真实，更逼真地再现了国民党统治下的雾都重庆生活。

作者对《寒夜》进行的第二次修改是很谨慎的，并非彻底改变了作品本来的面目，他只不过作了些微调。作为有良知的作家，巴金宁愿自我批评，也不愿大改旧作；宁愿在作品之外写一篇《谈〈寒夜〉》来表达对主流话语的认同，来重新阐释作品主题，也不愿按新时期的标准进行大幅度删削。从他对作品的修改和新的阐释中，不难看出他“试图在良知与社会环境许可下寻找一种恰当的形式，从而充分地表达自己。在不违背历史事实。不违背良知的情况下，他可以作些浮于表面的检讨，而这主要是舍弃一个指头而保全一双手。”[①]“文革”以后，巴金曾对此有过自责：“我是不敢向长官意志挑战的，我的《文集》里虽然没有遵命文学一类的文字，可是我也写过照别人意思执笔的文章。”[②]“那个时候文艺界的斗争很尖锐，很复杂，我常常感觉‘拨白旗’的大棒一直在我背后高高举着，我不能说我不害怕，我有时也很小心。”[③]

总体上看，这次修改后的《寒夜》艺术上更趋完善，人物形象、情节冲突、语言修辞、主题表达等方面在原来的基础上又有发展，并基本定型。所以巴金最后还是认可了这一次的修改：“我喜欢这部小说，我更喜欢收在《文集》里的这个修改本。”[④]它成为后来各种单行本和各种选本的底本。

---

① 周立民：《巴金在1958年》，《中国现代文学研究丛刊》，1998年第2期。

② 巴金：《巴金全集》第16卷，人民文学出版社，1991年，第33—34页。

③ 巴金：《创作回忆录》，人民文学出版社，1982年，第113页。

④ 同上

四、从文集本到全集本

“文革”结束后，巴金得以平反。强加在文艺上的枷锁得以去除，文艺界进入了“新时期”。巴金的《寒夜》也获得了多次重版的机会。如：1982 年，四川人民出版社出版了巴金亲自编选的十卷本《巴金文集》，《寒夜》收在第 6 卷，它以 1962 年文集本《寒夜》为底本，全部采用简化字，内容上没有改动，附再版后记。1983 年人民文学出版社出版了《寒夜》的单行本，与文集本相比，作者在文字作个别修改。如基本没有繁体字了，但专指动物的“它”仍为繁体字；又如“他爱喝酒，爱说话，他在这里没有家室”改为“他爱喝酒，爱说话，在这里没有家室”。但后来全集本《寒夜》并没有采用这些修改。

《巴金全集》中的《寒夜》，也是在文集本的基础上全部采用简化字，内容、情节完全不变。在《〈寒夜〉挪威文译本序》中，作者对作品的主题再次强调，他说：“我要控诉。的确，对不合理的社会制度我提出了控诉，我不是在鞭挞这个忠厚老实、逆来顺受的读书人，我是在控诉那个一天天烂下去的使善良人受苦的制度，那个斯文扫地的社会”，“现在我的头脑清醒多了，我要说它是一本充满希望的书，因为旧的灭亡，新的诞生；黑暗过去，黎明到来。”[①]这是《寒夜》版本谱系中的最后定本。

（《郧阳师范高等专科学校学报》2006 年第 2 期）

① 巴金：《巴金全集》第 8 卷，人民文学出版社，1989 年，第 707 页。

不同性别视角下的婆媳关系

——巴金《寒夜》、铁凝《玫瑰门》比较解读

李雪华

婆媳关系是家庭结构中一组非常重要又微妙的关系。婆婆和媳妇都是家庭的外来者,因为同一个男性而联结在一个屋檐下。婆媳关系隐含了心理、伦理、文化,及至国家、民族等诸多因素,不仅为传统社会广泛重视,而且在文学作品中也得到充分展示。随着社会思潮和主流意识形态的变动,文学对婆媳主题的开掘与结构安排都发生着变化。其中作家的性别身份也制约着作品的叙述中心和表述方式。本文通过比较《寒夜》和《玫瑰门》中对婆媳关系处理及婆媳形象塑造上的不同,探究性别不同的男作家巴金和女作家铁凝在作品中所传达出的性别意识及不同的审美倾向。在叙事层面上,两位作家不谋而合地都对生存在婆媳夹缝中的男性/儿子采用相同的叙述策略——隐退男性,隐蔽男性的

权威地位和话语，让儿子成为“在场的缺席者”[1]。这种隐退男性叙事策略的运用，客观上把婆媳两位女性推上前台，并为其提供充分的展示空间，这就彰显了女性的权力和地位。通过彰显婆媳两位女性的境况来叙述婆媳关系的不和，即婆媳矛盾冲突。

在处理婆媳这对矛盾冲突上：(一)巴金沿袭了传统的“两女争一男”心理模式。婆媳之间因为对儿子的情感争夺而产生矛盾。在这场情感争夺中，由于社会和家庭地位的缘故，婆婆常常是挑战者，总是占上风，媳妇则是防御者，往往处在下风。这种形势导致了媳妇在逆反心理驱使下的反抗意识的成长，也就激化了婆媳之间的矛盾。(二)多年媳妇熬成婆的汪母在行为上总是以当年的自己来要求媳妇。不符合婆婆审美标准的曾树生行为，被婆婆视为“不守妇道”：没有举行正式的结婚礼仪，被视为是“姘头”，这些也更加剧了婆媳之间的战争。这种情节的处理延续了男权传统文化中对女性贞操的要求，也是对“不守妇道”女性简单否定的常用策略。巴金对婆媳矛盾所采取的以上两种方式，基本上是沿袭了旧式家庭中的婆媳关系。为什么作为现代文学中屈指可数的大作家巴金在处理这组关系时没有对传统有大的超越呢？究其原因有历史的局限，但更多的则是传统的男权文化集体无意识承继。与之相反，女作家铁凝在处理婆媳关系矛盾时则摆脱了传统的叙述策略。文本中婆媳矛盾不单纯是婆媳两代人之间的矛盾，这种矛盾已超出了两代的沟壑。她们之间不但不是因为婆媳“两女争一男”的心理而导致的不和谐，反而婆婆司漪纹还因为生下了有生理缺陷的儿子庄坦而被媳妇竹西俯视。在婆媳的暗自较量中，媳妇总处于有利的形势。婆媳之间的矛盾除了这层微妙的关系外，还有更复杂的原因在里面。同为女性的婆媳两人有着以往文学中婆媳两人未曾有过的同性之间相互的理解和共同的心理体验。比如在“性”的方面，封建传统文化中视之为“洪水猛兽”、“大逆不道”，人人谈“性”色变。而《玫》中的婆媳都把“性”作为战胜男人的武器，并在男女两性关系中取得了主动权。但也就是因为婆媳的相同作战方式却出现

[1] 陈顺馨：《中国当代文学的叙事与性别》，北京大学出版社，1995年。

了截然不同的行动结果的这种事实而又导致了婆婆对媳妇的仇恨,或者说是嫉妒,进而激化了婆媳之间的矛盾。铁凝从女人之间以及女人与男人之间的战争中深入到了女性的生活状态,是女人对男人仇恨过后的再自我残杀。婆媳两人都把"性"作为武器向男人挑战,显示出男权社会中女性性别的无奈。铁凝的这种情节处理明显地超越了惯常方式,充分表现了女性作家的主体性意识及其敢于向传统挑战的勇气。

对女性形象的塑造也像婆媳关系的处理上一样,两位作家有着明显不同的审美倾向。巴金在塑造汪母形象上表现有二:其一,整个文本没有一处出现汪母自己的名字,汪母只是社会赋予她的一种社会属性,以她在社会上出现的身份命名,给她贴的是"贤妻良母"的标签,女性在这里只是一个"空洞能指"。其二,汪母 18 岁嫁到汪家,早年丧夫的她毫无保留地把自己的感情投放在儿子身上,无私地爱着汪文宣。汪母所有的言行都是围绕着汪文宣展开的,除了不满他对于妻子曾树生的态度外,小说中从来没有出现过汪母指责汪文宣的话。如果换用男性的观察视角,我们就会看到汪母其实就是一个遵循着中国父权社会对女性规定的"贤妻良母"角色的一个典型,是男性对女性审美理想的寄托,是传统文化对女性的规定。具体到小说中汪母秉承的其实就是"夫死从子"的三从之一。虽然儿子在实质上已不再是也不可能是她的依赖,但她内心仍是把汪文宣当作自己的依靠对象,其中不乏深深的母爱因素。在结尾处汪母带着小宣走了。儿子死了,还有孙子,孙子是她的希望,这也是"夫死从子"思想的延续。[①]汪母一生中总是把自己的生命意义寄托在儿子和孙子身上,没有自己的意志取向和主体性,心甘情愿地生活在父系体制所规定的秩序里,不是从女性自身的价值出发去追寻和确定她的存在意义。更重要的她是旧式家庭的婆婆具有"拟家长"的地位,维护着男权秩序[②]。她自觉地以这种规范来要求她的儿媳妇并以服从与否作为自己评判的唯一标准。她经常指责曾树生不像一个儿媳妇,只顾

---

① 巴金:《巴金选集》(上卷),人民文学出版社,2005 年。

② 罗雪松:《婆婆:男性世界的同谋》,《社会科学家》第 15 卷第 4 期,2000 年 7 月。

自己的漂亮连自己的儿子也不管不问，不守妇道，说她的工作仅是个“花瓶”。她之所以这么说完全是因为她是站在男权传统观念的立场上来衡量曾树生的。对要求独立的儿媳妇，她理所当然地要抱以强烈的不满和愤恨，因为这与她自身的价值观是极其不相符的。

媳妇曾树生受过资产阶级新思想影响，寻求个性解放，追求个人幸福。从对传统不情愿的认同中走进一个“自由天地”——抛下病重怯弱的丈夫和满脑子封建伦理纲常的婆婆跑到兰州工作，她在经济上独立了。关于曾树生形象，许多评论者认为她是巴金笔下的“新女性”。但在细读之后却发现曾树生所拥有的“经济权”依然不过是女人出卖色相，做“花瓶”而得到的“等价”交换。虽然她不是直接受惠于阔男人的“赡养”，但也没有完全从男权社会中解放出来了。因为“花瓶”是男权社会的一种需要，是男性的消费品。曾树生在银行工作只是一种摆设而已，最后她去兰州仍然依靠了她与陈经理的暧昧关系。① 不管是在婚姻上还是前途上，她都做了自己的努力，但飞了一圈后却又回到原来的起点，而且是个毫无收获的失败者，连以前拥有的一切也不再属于她。结尾处，曾树生在寻求温暖。她需要温暖，因为她的追求损害了自己的贞洁和“贤妻良母”形象，也不符合男权文化对一个女性的道德评价，所以巴金给曾树生设了一个悲剧性的结局。② 这一结局无可避免地落入了几千年男性中心文化的俗套。

总之，巴金笔下的女性还是同于男权文化的局限对女性美的理解，仍是“第二性”③的角色，即被男性定义的“他者”④。他虽然客观冷峻地写出那个时代女性共同的悲剧命运，但只是从道德层面去描绘，而很少深入人物的内心世界。即使是敢于与封建礼教作斗争，追求着自己幸福的“新女性”曾树生也仍是按男性固定思维模式、审美要求、道德标准来观察的，他对女性命运的揭示始终囿于一定的限度。虽然有些时代的原因，但男权文化传统心理积淀深深地影响了他

---

① 刘慧英：《走出男权传统的樊篱——文学中男权意识的批判》，三联书店，1993年。

② 《巴金选集》（上卷），人民文学出版社，2005年。

③ 西蒙·波伏娃著，桑竹影南珊译：《第二性——女人》，湖南文艺出版社，1986年。

④ 同上。

小说创作视角上的使用，制约了他的人物设置和叙事方式。

女作家铁凝在抒写女性时则表现出很强的女性主体性和自审意识，[①]对女性内心世界的深入刻画超越了巴金。首先，婆婆司漪纹是与汪母一样有着相同的社会身份的女性。但司漪纹不仅仅是个母亲，她还是有名有姓、有着很强自我主体性意识、追求过自由爱情、自由婚姻的女性。其次，司漪纹虽然也生活在长期受到父权制统治的男权社会里，也曾因为婚前的行为不端，导致她在夫家毫无地位，但司漪纹并非是逆来顺受的女人，她策划并采取了一系列报复行为，对丈夫的报复，与公公的乱伦等等，使她在庄家获得了自己稳固的家庭地位，获得了作为一个人的尊严和权利。司漪纹没有满足于现状，她还有极强的进取心。“不甘心”是她追求的动力。她积极参与社会活动，而且试图在男权社会中找到自己的位置；她反对封建传统文化并极力抵制，否定自己是个家庭妇女形象。她一生一刻也没有停止过自己的追求。与媳妇斗、与邻居斗、与社会斗、与时代斗、与人生斗、与自己斗，和自己互相残杀，直到她和她自己双双战死。[②] 她用“以恶抗恶”反抗女性神话的方式来揭示女性在男权社会中生活的无奈。在人伦与自由不可兼得的历史境遇中，忍痛放弃人伦，宁死不愿在人伦幌子下回到宗法的反神话行动，是性别的抗争行动。

儿媳妇竹西是洒脱自然的女性，对男人不是司漪纹式的以牙还牙的惩罚与报复。她并没受到男人的侵害，压根就是把男性踩在脚下。这位女人一生都在新鲜的刺激与亢奋的冲动中让自己经验女性的无穷世界。她不是一个被动的等待男人装满的容器，不是男人热情的奴隶，也不是把心盲目交给男人的女人，她成为狩猎者与捕获者。当司漪纹气急败坏地把裤衩像旗帜一样在罗大妈面前抖出淫荡时，竹西只是轻蔑地嘲笑着司漪纹的迂腐与可怜。司漪纹对男人的仇恨撼不动男人的一根毫毛，而竹西果决的行动才真正使男人们倍感汗颜，甘拜下风。司漪纹嫉恨这个鲜活的胴体，导致了婆媳矛盾激化，最终司漪纹还是

---

① 田泥：《走出塔的女人》，中国社会科学出版社，2005年。

② 西蒙·波伏娃著，桑竹影南珊译：《第二性——女人》，湖南文艺出版社，1986年。

败在竹西手下。[1] 婆媳之间的这场战争虽然有很强的悲剧性，但却是铁凝对女性自身发展历史所作的复杂反馈。她在自述创作《玫》的动机时说，要"写出女人的让人反胃的、卑琐的、丑陋的、男人所看不到的那些方方面面，为的是将女人的魅力真实地展示出来"。[2] 于是她的笔下出现了因孤独无偶而心理变态的女性司漪纹，因婚姻失望而努力去做一个"男人"的女性竹西。

西蒙·波伏娃说："女人并不是生就的，而宁可说是逐渐形成的。"[3]的确，女人的成长离不开社会为她们提供的生活环境和文化滋养，离不开男人的理解、支持，更离不开女人自身的努力。自审意识是生活在男权文化充斥的社会中的女性对传统文化心理积淀进行剖析，发现女性文化痼疾的表现。铁凝站在女性自身经验的立场上，揭示女性的内心奥秘，对女性的内心世界进行自我剖析，展示了女性的魅力。文本中不管是婆婆还是媳妇都有了主体意识的自我觉醒。相对于巴金，作为女性的铁凝在写作中更注重对作为女性生命体验的书写，消解了男权话语的中心地位，男权话语被无情地边缘化了。她不是简单地肯定女性或否定女性，而是通过女性的生活境况揭示女性的困境，颠覆了男权文化统治下的"女性神话"，也颠覆了封建传统文化中的婆媳关系模式，体现了男权社会中女性的性别罹难。

（包头《职大学报》2006 年第 3 期）

---

① 艾云：《用身体思想》，江苏人民出版社，2003 年。

② 铁凝：《玫瑰门》，春风文艺出版社，2003 年。

③ 同上。

《寒夜》：性别期待的错位导致的悲剧

王新玲

关于《寒夜》，巴金曾明确表示："我写《寒夜》和写《激流》有点不同，不是为了鞭挞汪文宣或者别的人，是控诉那个不合理的制度，那个一天一天腐烂下去的使善良人受苦的制度"。[1] 作者把汪文宣的悲剧归结为社会制度的原因，并且作了这样的假设："要是换一个社会，换一个制度，他们会过得很好"。[2] 因为"使他们如此受苦的是那个不合理的旧社会制度，生活这样苦，环境这样坏，纠纷就多起来了。我写《寒夜》就是控诉旧社会，控诉旧制度"。[3] 不少评论者都从这个

① 巴金：《关于寒夜》，《巴金研究资料》上卷，海峡文艺出版社，1985 年，第 538 页。

② 同上书，第 543 页。

③ 同上。

观点出发，认为这个悲剧代表了"社会"的悲剧。这样的阐释是对《寒夜》的社会或政治分析，把悲剧原因归结在社会制度上，然而，细加解读便会发现，这种形而上的分析对于讲述了一个"大时代的小故事"、以绝对比重来展示形而下的琐碎凡俗家庭生活的文本显然是不够的。

传统文化要求男人要扮演"强者"、"硬汉"，庇护女人。作为一个男性，汪文宣的身份是：儿子、丈夫、父亲。这些身份赋予他家庭经济和精神支柱的角色，这是中国传统观念赋予男性的使命。首先是经济方面，他要能够维持这个家庭的运转，包括吃穿用住和儿子的学费等基本开支，以及应付不时之需的积蓄，并尽可能地提高生活水准；其次是感情上的，他是家庭的感情纽带，以他为中心，形成了三种感情关系：母子、夫妻、父子，于是他还需具备处理家庭成员之间人际关系的能力，尤其是婆媳之间水火不容的矛盾。他也以此来要求自己。他希望在经济上让家人过的舒服，他希望给家人以强有力的依靠，即使在梦中，他也梦到逃难时妻子向他哭喊"你不能丢开我们母子""不顾我们母子死活"，他希望带领全家一起逃难，他也愿意让家人看到他作为男人的价值，"我们男人办法总是多些"。他想要拥有大丈夫的面子，夫妻吵架时他心里想让步但表面上也要撑着；他很想求妻子回家，但是难以开口。不仅如此，家人也以顶天立地的男子汉的标准来要求他。母亲要求他"夫为妻纲"，把妻子收拾的服服帖帖。妻子也希望能夫唱妇随，帮他办教育。

其中，对汪文宣首当其冲的要求是要在经济上支撑起整个家庭，为此他不惜一切代价，乃至生命。然而，现实是他在一个半官半商的图书文具公司当校对员，从事着公司最低层的工作，收入微薄，不能完全满足家庭的基本需要，除掉日常开支，儿子的学费便没着落；家里的一应杂事均由母亲操持；有病只能硬撑。一旦有个同事之间凑份子、买礼物等的不时之需，便会捉襟见肘，寅吃卯粮，家庭开支的一半甚至一大半要由妻子来负担，家庭经济情况的拮据对他来说是巨大的负罪感。为了挣这份微薄的薪水，他强迫自己在屈辱中卑微的讨生活：因为工作只是为了挣钱，所以他失去了工作的乐趣，工作变成了忍受；上司刻薄寡恩，他诚惶诚恐的伺候；同事势利冷漠，他小心翼翼的相处；一旦听到如搬迁、裁员等的风吹草动,他便寝食难安。即使是生病,只要还有一点可能,他也拖着病体去挣这份可怜的薪水。“挣钱”是他生活的核心任务。由缺钱而带来的烦恼甚而成为担忧、恐惧,他怕搬迁,恐惧失业。薪俸的微薄使他觉得愧对每一个家庭成员。首先是因为经济的困窘而不得不做全家的老妈子的母亲;其次是收入比他还要高、负担家庭开支的一半甚至一大半的妻子;还有由妻子来支付学费的儿子。并且,薪俸的微薄导致了精神上的自卑。“不单是生活,连心也变了”。在单位,“不敢”这个词在他的感受中的使用频率最高。不仅如此,这自卑并进一步蔓延到了家庭生活领域。尽管他为了留有一点男人的尊严,他不想花妻子的钱,而让她自由支配自己的收入,但常有难以为继的时候让他难堪的向妻子开口。于是他在妻子面前觉得自卑。当他看到依旧年轻、漂亮、充满活力的妻子,他不由得自卑;当他看到衣着光鲜年轻气派的陈主任,连想给妻子买一个生日蛋糕的钱都没有的汪文宣会下意识的想到“他一定买得起”,陈主任有办法活动到安全的兰州去工作,有办法弄到稀缺的飞机票……金钱、能力等这些成功男性的标志对于又穷又病灰头土脸的他来说,想不自卑都不可能。当他看到妻子和陈主任在一起的背影,他甚至觉得还是他们更般配,自己配不上妻子。经济地位的低落也使他失去了面对家庭矛盾时强有力的话语权:每当妻子与母亲吵得不可开交的时候,他不是哀求,便是躲出去,别无他法。妻子逼他把母亲安顿到别处,母亲逼他休掉妻子,而作为丈夫与儿子的他则不可能有任何其他选择,他只有挑着这副重担艰难而无助的蹒跚跋涉,经济与精神的双重压力把他由本该是顶梁柱的成年男性退化成了一个无能无助的孩子,母亲训斥他,妻子可怜他,儿子漠视他。他不能提供给家人一棵遮风挡雨的大树,“我不中用”的叹息比比皆是。因此,可以说,传统的男权文化对男性的过分要求、所赋予他的过重的性别使命,不仅对他造成深深的伤害,并最终把他给压垮了。

传统的男权文化使女性依照男权文化对男性形象的塑造,来要求自己的丈夫,成为男权文化的具体执行者。作为一个女性,按传统来说曾树生应安于在家相夫教子,孝顺婆婆,低眉顺眼,尽为人妻、母、儿媳的本分,做一个合乎标准的配角。她也希望以丈夫为中心、围着丈夫转,帮忙他办教育,协助丈夫实现他的事业理想，承担起自己的性别角色，但是，丈夫一人不足以担起家庭经济的重担，于是她必须走出家庭，到社会上去谋职以补贴家用。职业给了她比丈夫的收入还要高的薪水，这缓解了家庭的经济重负。她有能力与别人合伙做生意，担负家庭一半甚至一大半的开销，供儿子读书，凭借她的关系给全家找到一处安身立命的房子，给丈夫谋职，在社会上多有社交活动，可见，事实上，她承担的是家庭里男性角色的功能。不仅在经济方面她处于强势地位，在精神上她也要压抑下对依靠丈夫、渴求丈夫的保护与呵护的小女人愿望，而硬撑起一副坚强的肩膀来宽慰处于弱势的丈夫。即使离婚了，她还不放下对这个家的责任，继续寄钱来赡养这个已经离异了的家庭，来信安慰丈夫，战争结束之后又千里迢迢赶来看望他们。这种角色的错位带给她诸多的困境：她是受过高等教育的，她有自己的职业理想——靠自己的学识来办教育。然而，习俗与观念是一种无形的力量，它对女性角色的规范不容忽视。男人的社会给女性的机会是不多的，作为女性，学识和能力是多余的，其价值是由男权文化决定的外表价值，只能是“美丽、年轻”，被观赏性是评价女性的标准，外在美是衡量女性价值的砝码。借着“男权社会”给予的恩赐，她凭着自己的容貌谋得一份银行的差事，这差事也并不是通常意义上的“工作”，而是像一张画、一枝花似的被男人们打量、欣赏的“花瓶”，以此让男权社会最终接受她。所以她对在银行里做只凭脸蛋不用脑子的“花瓶”是不屑的，并且还要想办法应付想揩她油的男上司，但为了养家，她不得不做。她只能发出“我一个女人，我有什么办法呢”的叹息。为了维持做“花瓶”的资本，她要跳舞、喝咖啡、烫头发，而这首先就招致了婆婆强烈的厌恶，指责她不守妇道；她要挣钱养家，便不能整天在家里悉心照顾儿子的饮食起居，于是儿子享受不到她的母爱，对她冷漠。所以她常有“我不是一个贤妻良母”“我不是一个好女人”的自责。丈夫就是女人的天，曾树生无力独自顶起一片天，让缺了依靠的生命在无穷的压力中流浪。男权社会下的女性难以找准自己的定位，既要求你照顾孩子，料理家务，又不得不挣钱养家。而婆婆既要求她做一个旧式的媳妇，俯首帖耳，又责备她不能多给家里交钱，这种相互矛盾、互相夹击的要求本身就是角色错位带给她的最直接的伤害。这种错了位的角色令她痛苦、迷茫、无助,最终让她无力支撑,败下阵来。

综上所述,汪文宣和曾树生由于无法实现对其性别功能的期待,而在错位的情况下演出了一场悲剧,造成这个悲剧的原因不仅仅是社会制度和时代形势。男强女弱的男权文化,伤害着女人,也伤害着男人和女人的关系,同样也就伤害着男人。在这种重压下,男人尽管很累,却拒绝解放。而女性,在一个以男性为规范的社会话语结构中,一面是作为和男人一样的"人",服务于社会,全力地,甚至是力不胜任地支撑着她们的"半边天";另一面则是责无旁贷地承担着女性的传统角色,从而形成花木兰式的困境:双重的,因而是沉重的性别角色。把人从男权文化的性别桎梏中解放出来,这是一项漫长的文化建设,而文化建设,可能需要几代人的努力。即使是今天,社会给女性提供了与男性平等的参与社会的机会,但男性通常是理性、权威的公共领域的活动者,女性则是辅助工作者。主流文化所赞同的进取精神、理性思维和领导才能,一般被归为男性特征,而年轻、漂亮、温柔、顺从等特征则归女性所有。而在家庭内部男主外女主内的性别分工以及男强女弱的家庭结构还是大多数家庭的共性,这是中国传统男权社会遗留下来的印记。好在我们这个时代毕竟宽容了许多,性别分工也多元化了,"居家男人","女强人"也正成为人们可以选择的生活方式。汪文宣、曾树生这种错了位的性别角色而导致的悲剧便不会重演了吧。这也是汪文宣曾树生形象的当代性意义所在。

(《河北大学成人教育学院学报》2006 年第 4 期)

启蒙神话、命运悖论与现代知识分子的遭遇

——关于《伤逝》与《寒夜》的笔谈

陈国恩

主持人的话：《伤逝》与《寒夜》堪称中国现代文学史上反映知识分子问题的双璧。鲁迅和巴金在作品中对中国现代知识分子的遭遇、命运的描写和思考，达到了各自时代的高度。有意思的是，这两个作品所涉及的知识分子问题具有逻辑上的内在联系，而且揭示问题的方式——组织矛盾冲突的形式也有很大的相似性，从而构成了一种互文关系。这使我们能够通过对其中一部作品的研究来加深对另一部作品的理解。通过这种互为参照的方法，可以从作品中读出启蒙主义的局限，女性解放的悖论，社会变迁和文化发展等。近期，我们组织博士生进行了一次《伤逝》与《寒夜》的专题讨论，讨论后由主持人对主要的观点进行了综合归纳，再分头撰写文章。现在把成果发表出来，以表

达我们对鲁迅和巴金这两位文坛巨匠的敬意和纪念。

——陈国恩

互文与知识分子两性关系逆转的文化进程

胡群慧

《伤逝》与《寒夜》中的两性关系都是不平衡的。这种不平衡涉及到了经济势能、文化势能、价值势能、情感势能和两性魅力等诸多层面。两个文本的两性关系的不平衡状态发生了逆转，也就是说，20 世纪 20 年代的涓生相对于子君而言的优势到了 40 年代的汪文宣则成了相对于曾树生的弱势。这种变化有着深层次的文化原因。比较两个文本，可以发现：

第一，《寒夜》较《伤逝》在建构两性的不平衡关系中增加了“两性魅力”这一因素。这为我们了解两性关系的逆转提供了某种信息。因为，《伤逝》并不存在第三者的问题。但在《寒夜》中，汪文宣则有一个强有力的竞争对手——陈主任。陈主任不但比他年轻英俊，社会地位也比他高，更重要的是，他在了解曾树生的情况下对她仍不乏真心。很显然，只有在整个社会已日渐接受性爱自由的观念，男女并不因为婚姻的存在而减少接触机会的情况下，这种事情才有可能发生。曾树生的工作性质、工作环境还有自己的个性都让她有机会在男性面前展示自己的女性魅力。从这个角度而言，它与 40 年代的都市文化背景是不无关系的。

第二，《伤逝》与《寒夜》都涉及到了“经济势能”、“文化势能”、“价值势能”和“情感势能”四个方面的因素。这些共有的因素对我们了解文本互文中两性关系的逆转有直接帮助。

首先就经济势能而言，涓生对子君的强势是因为他有一份工作并能在失业时采用编译稿子的方式谋生。子君则在婚后充当了全职的家庭主妇。曾树生对于汪文宣的强势则是因为她不仅有一份薪水颇高的银行工作而且还和人合伙做生意赚钱。涓生与汪文宣的经济状况的差距不大,但子君与曾树生的经济状况的差距是比较大的。事实上,在20年代,由于当时社会政治经济结构的限制,社会并没有为女性提供更多的职业化场景。被“五四”运动唤醒了独立意识的女性仍旧只能从父的家庭走进夫的家庭,继续扮演母亲与妻子的传统角色。这种回归不仅在经济上影响了婚恋的生活质量,而且在某种程度上削弱了女性与外在社会的文化信息交流与交换的机会,并进一步影响到了婚恋关系内部两性之间文化信息交流与交换的情况。而到了30年代前后,中国都市经济的发展已为女性提供了更多的职业化可能。与此同时,伴随着日趋稳定化的都市生活所承载的资本主义社会特有的男性标准,女性不仅在两性交往中而且在公共职场中存在着不断被色情化、商品化的状况。曾树生“花瓶”性质的工作是具有特定时代的经济文化背景的。它是女性在都市里不断色情化、商业化的一个表现。这使她们在某种程度上具有男性所不具有的竞争力。此外,女性接受高等教育的稀有状况带来的供求关系的不平衡也增添了具有性别意味的女性职业的商业化赋值程度。

其次就文化势能无言,涓生对于子君的强势是因为他接受过一整套的西方文化观念。这对于20年代的年轻人来说是比较少有的。与男性相比,接受过相当教育的女性就更少了。而到了汪文宣与曾树生的时代,教育已较前有较大发展,女性受教育的状况已在逐渐扩大。他们在文化教育程度上的差距并不大。但同时我们不应该忽略的是,曾树生具有商业气息的充分都市化的职业文化背景,同汪文宣勤俭、自守克己、自我牺牲等传统意义上的缺乏流动与交流以及交换(通过资讯的交流来加快资讯与物质或文化、身份获益的交换)的生活方式不同,曾树生装扮时髦、社交广泛,与人合伙做生意,这样一种与其工作结合得异常紧密的生活方式已经有了非常浓厚的都市商业与消费文化色彩。涓生和子君的文化势能还只局限在相互之间“启蒙”与“被启蒙”的自上而下的“宣讲”或自下而上的“聆听”这样一种单向的交流态势中。因为在20年代,人们对新文化、新思想的认识还多处于边缘化状态。在自由恋爱还缺乏主流社会认同的合法性基础的情况下，涓生与子君首先要面对的是如何同庸众抗争、维护他们选择的独立性问题。这必然会导致他们对外的交流和交换情况比较弱。而到了汪文宣与曾树生的年代，在多种新文化的观念与实践日益普及的情况下，人们之间的双向信息交流与交换变得日益频繁。

在解读完前两项构件之后，价值势能与情感势能就比较好解释了。涓生对子君在这两方面的强势是建立在文化势能和经济势能尤其是文化势能基础上的。由于文化势能的强势与文化交流的单项性，涓生不可能从子君那里获得有效的交换和对等的交流。涓生也正是在这样一种情况下认识到自己当初对子君“我是我自己的”宣言的误读，并承认两人之间存在着真正的“隔膜”。这种“隔膜”具有20年代社会文化背景的特性。同样，汪文宣对曾树生在价值势能和情感势能上的弱势也是建立在文化势能和经济势能基础上的。

由此我们可以发现，在《伤逝》中，涓生与子君男女情爱缔结与分离的故事层面下蕴含着20年代男女两性在启蒙文化背景下摩擦、冲突，聚合分散的底子。在《寒夜》中，汪文宣与曾树生男女情爱缔结与分离的故事层面下蕴含着三、四十年代男女两性在商业文化背景下摩擦、冲突，聚合分散的底子。这是造成两个文本在互文中两性关系逆转的重要文化因素。

现实生活的情感投影

张　赟

鲁迅和巴金在创作《伤逝》和《寒夜》的时候都处在尽情享受幸福甜蜜的爱情婚姻时期。这是这两篇小说共同的创作主体背景。二者又都控诉了黑暗腐朽的旧社会，并刻画了挣扎在丑恶社会中的知识分子的悲惨遭遇。无论是子君，还是汪文宣，都没有摆脱死亡的命运。尽管他们的愿望都是卑微的，一个仅仅要求拥有自己的家庭，维持一份爱情，另一个仅仅要求为妻子、孩子和母亲提供生活的最低保证,但在那时却无法实现。对旧社会的揭露和诅咒是两篇小说的创作重心。当然,仅仅这样还流于一般。这两篇小说的重要性主要还在于它们不约而同地对知识分子的人格缺陷和人性弱点进行了勘察。作品中的知识分子在当时社会的悲剧命运也暴露了他们自身的性格缺失。《伤逝》中的子君在与涓生同居后即淹没在平庸琐碎的日常家务中,逐渐使他们的爱情枯萎,涓生则不计后果地把无爱的真实推给对方,直接导致了子君的死亡;《寒夜》中的曾树生只顾自己的自由和享受,在丈夫生病的过程中没有尽到做妻子的责任,而汪文宣,作为深爱妻子和母亲的丈夫和儿子,被婆媳之间无休止的战争和现实生活的重负压垮,他表现出来的懦弱和无能也是让人又怜又恨的。

《伤逝》作为鲁迅唯一的爱情题材小说,创作于1925年10月。当时鲁迅已与许广平确立恋爱关系,随后不久在上海开始了同居生活,在爱情的高峰期写下的《伤逝》,沉痛,隽永,回味悠长。在《伤逝》中,鲁迅写出了社会的黑暗腐朽,追求个性解放和婚姻自由的愿望无法实现。同时暗示出,妇女只有经济独立,才能改变受支配的命运,这也是改变千百年来妇女受压迫命运的一剂良方。鲁迅是伟大的,他从根本上抓住了问题的实质。但是,在现实生活中,鲁迅有没有让自己的爱人许广平沦为“子君”呢?鲁迅和许广平可能不会遇到“子君”与“涓生”所面临的失业的压力,但是,从忙碌的做家务、抄稿子、取信件的许广平身上,难道真的没有“子君”的影子么?许广平大学毕业,工作能力强,她做杂务不是太浪费了么?而且这也与鲁迅所倡导的经济独立的女性有很大差距。为什么鲁迅对大多数妇女的热切希望不在许广平身上实施呢?并不是许广平自己不愿意。据许广平后来说,是鲁迅阻止了她。鲁迅认为自己的工作更重要,许广平应该为他做出牺牲。当然也许没有许广平的牺牲,鲁迅的成就会受到影响。但这还是让人无法释怀。在《伤逝》中,鲁迅提出,“爱情必须时时更新,生长,创造”,而琐碎的日常生活只能使爱情枯萎。“子君”和“涓生”在贫困而又世俗的生活里消磨掉了曾经的激情。尽管“子君”仍爱着“涓生”,却无法阻止“涓生”要摆脱无爱的婚姻的脚步。那么,在现实生活中,鲁迅是否会在日益成为惯性的生活中对完全依附自己的爱人失去最初的感觉?鲁迅在作品中让“涓生”

不负责任地离开“子君”，而在现实生活中，却不让自己的名义上的妻子朱安背负一生的恶名，而宁愿不给许广平“名分”。这说明，鲁迅在创作中表达了他的在现实生活中无法实现的隐秘的愿望和对婚姻家庭的担心和畏惧。《伤逝》中所表现出的爱情来到时的慌乱、甜蜜和行动的勇敢及对无爱婚姻的决绝显示出作家深刻的现实生活体验和内心深处压抑情感的升华。

《寒夜》有着《伤逝》同样的冷峻格调，和鲁迅一样，巴金此时与萧珊结婚不到半年。尽管沉浸在新婚的甜蜜之中，但严酷的抗战环境使巴金拿起手中的笔去揭露黑暗，把那些发生在身边的不幸的人们的痛苦、疾病和死亡记录下来。现实的婚姻生活体验使巴金在小说中对夫妻之间的情感把握也更细腻真实。小说的情节与作者的生活几乎是同步展开的：诉说抗战时期的重庆普通人家的悲惨遭遇。巴金曾经说过，写《寒夜》是在作品中生活，他本人就生活在《寒夜》所描述的生活背景中。在那几年中，散文家缪崇群、小说家王鲁彦，还有他的老朋友陈范予，都是害着肺病痛苦地死去的；抗战胜利后回到上海，他又亲手埋葬了因病得不到很好医治的三哥李尧林。所以，当小说中写到汪文宣为生计而无着、为疾病而痛苦的时候，这些亲友的面孔一一浮现在巴金的脑海中。这样，外部的社会因素就有了依据，其余丰满的细节也有生活经验的积累，而并不是仅仅靠作家的想象。巴金曾说：“汪文宣同他的妻子寂寞地打桥牌，就是在我同萧珊之间发生过的事情。”《寒夜》中汪文宣和曾树生曾是有着教育救国理想的热血青年，然而在残酷的现实环境的压迫下，一个做着小文员的抄写工作，以微薄的工资养家糊口，一个在银行充当“花瓶”，他们不但无法实现自己曾经的理想，甚至连最卑微的生存要求都不能满足。这是作品现实层面所显示的社会意义。当汪母看到儿子爱儿媳更甚于爱她时，更是内心失衡，对儿媳恶意地辱骂。在她们的夹缝中挣扎的汪文宣处于一个两难的处境。他们每一个人都是弱者，都在受着煎熬。作品通过对他们三者之间的矛盾的描写，对人性弱点进行了精细入微的洞悉和展示。

《寒夜》和《伤逝》都是表现知识分子命运题材的作品。作为现代知识分子的鲁迅和巴金对知识分子命运的关注和解读，其实也是对自身命运的关注和解读。他们从自身的经验中直接或间接地书写了现代知识分子所遭遇的困境，并引申出对人性弱点的深入思考，表现出一种精神的激昂和感情的抑制，这是作者在现实生活中所获得的体验的流露。

女性解放的社会怪圈

杨永明

《伤逝》和《寒夜》中包孕着如火的热情和深沉博大的人道主义关怀，都体现了对丰富复杂的社会文化内涵的睿智审视。在对人性的细致开掘中展示出对女性解放道路的深刻思索。

鲁迅先生的小说《伤逝》揭示了女性解放运动中所存在的严重思想缺陷。子君是个受新文化影响的女性，她憧憬自由的爱情，勇敢地喊出："我是我自己的，他们谁也没有干涉我的权利！"然而，一旦冲破阻力争取到了爱情，这种自由意识随之泯灭，完全陷入到了家庭之中，将自己的一切寄托于爱人身上，完全丧失了自我，"女性"在她那里仅仅只是一种"身体"存在，丧失了基于女性主体意识上的精神存在。作品的震撼力同样体现在涓生身上，作为受新思潮影响的青年人，也认同了这种以男性为中心的男权社会的价值标准和伦理规范，把子君视为累赘。鲁迅先生以男性第一人称的叙事眼光，深刻犀利地揭示出所谓的恋爱自由、婚姻自主中，其实更多地隐含着传统男权社会中"才子佳人"、"良缘难求"的封建文化时尚心理，而非真正基于"人"的意识的彻底觉醒基础上的妇女解放，因此，他曾指出，妇女的解放首先是经济权的获得，但又悲叹，即便经济方面得到自由，也还是傀儡。

女性解放曾是"五四"乃至更早一个时期讨论的最热烈的话题之一。限于中华民族当时所处的特定国际环境和厚重的传统文化积淀，它一开始就存在严重的不彻底性。谈论家庭革命也好，男女平权也好，都是文化先觉者基于保国强种、救亡图存的根本目的来为女性代言。也就是说，它始终与超越性别的民族、阶级的革命实践相伴生，而忽视了女性作为自觉主体的真正觉醒，即鲁迅所说的真正的“人”的意识的觉醒，外表打着女性解放的旗号，骨子里依然刻着浓厚的男权中心意识。女人被赋予的仍是孝女——贤妻——良母的家庭角色，封建女教价值观和行为规范仍然渗透于中国社会的方方面面。

在《寒夜》中，男权中心意识无处不在。作为女性，曾树生既像子君又不同于子君，她显然具有更新更强的心理素质，体现着现代女性自我意识的真正觉醒；她同样崇尚个性解放，婚恋自由，但她又越过了单纯地追求个性解放和爱情自由的阶石，勇敢地在时代大潮的沉浮中主宰自己的命运。她在内心里喊道：“我爱动，爱热闹，我需要过热情的生活。”针对汪母的侮辱，她回应道：“现在骂人做‘花瓶’已经过时了。”作为觉醒了的女性，“家”已不再是具有维系生命全部意义的唯一现实，而是可以同男性一样在享有独立人格基础上建立起来的既能寄托感情又不妨碍自我生命价值实现的温暖的港湾。而当家给予不了她所需要的这一切，反叛也就成了必然。作为丈夫，汪文宣孱弱自卑的病体与曾树生青春健美的形象形成强烈的反差。他也是个受过大学教育的青年，他鄙视世俗的婚恋观念，他与曾树生自由恋爱，同居生子；但他内心深处希望妻子做到的仍只是一个贤妻良母式的孝顺公婆的家庭妇女，男权至上的意识依然很深。他用自己，用孩子，用尽一切办法想把妻子留在家中，对于妻子的不肯回家，他也说出了“请你坦白告诉我，是不是还有第三人，我不是说我母亲”这样的话，想用伦理道德那一套封建规范来压服妻子，表现出一个男人对于女性的不肯顺从的恐惧和卑劣心理。同是女性的汪母，则把媳妇视为家中一切不幸和苦难的制造者。她用来衡量女性的仍然是男权社会的传统道德价值标准，“你不过是我儿子的姘头”，把她视为不过凭着姿色取媚于男人的“花瓶”。这种“花瓶”观念是男权社会中男性欲望的心理投射，正是中国传统文化中将女人视为“非人”的典型心理。在汪母看来，她既不孝敬公婆，也不伺候丈夫，更不管孩子，根本就不是一个好女人。男性特权潜移默化地“遗传”于漫长的社会历史的演进中，形成一种似乎是与生俱来的社会心理结构和性别心理结构，成为束缚女性的沉重枷锁。

作为个体生命尊严的基础，经济权的取得是女性解放的首要问题。但倘若不能从根本上打碎封建社会建立起来的一整套伦理道德标准，则女性仍然是既定规范制约下的奴隶，仍然是泯灭自我的男性的牺牲，而这种献祭注定使女性走向自我主体意识的死亡。女性主体的自觉程度，是无法为男性所取代的，也是决定女性解放能否取得成功的关键，这种自觉，应该是女性群体意识的觉醒而不仅仅是个别女性自我意识的觉醒。只要有汪母这样的人和这样的文化基础存在，女性就不可能获得真正意义上的解放。曾树生的出走固然显示出觉醒了的女性对男权社会的顽强挑战，然而这种出走也是一种逃离，她是随着陈经理走的。她所争取到的自由固然有她自己出色的工作能力和社会适应能力有关，但也是一种男性的"赐予"，抗争中又包含着依附的成分。这就形成了中国女性解放道路的怪圈：人格尊严和生命价值的追寻要以经济权的取得为先导，而经济上的平等又是在男权社会运作机制的潜规则下形成的，当这种包括道德伦理规范的男权社会价值观得不到实质性的颠覆时，又反过来消解了所有其他方面解放的价值。路在何方，巴金先生没有回答。"她该怎么办呢？走遍天涯海角去作那明知无益的找寻吗？还是回到兰州去答应另一个男人的要求呢？"或许时代还不曾赋予巴金和"她"找到答案的能力。"夜的确太冷了，她需要温暖。"

理想追寻的错层与断裂

俞春玲

就广义而言，鲁迅的《伤逝》、巴金的《寒夜》主人公均为知识分子，从时间上看后者可谓前者的延续，值得注意的是，两个知识分子家庭都从最初的甜蜜走向了分崩离析。其悲剧的根源是处于不同层面的知识分子在梦想上的分歧与变化，两部作品的不谋而合实则体现了知识分子对彼此梦想的误读，渗透着作者对知识分子无法建立自己的理想家园的思考。

《伤逝》中子君与涓生共同迈出了反抗封建大家庭的一步，其梦想乍看似乎就是组建理想的家庭，但实际上他们对彼此的梦想存在着误读，支配其行动的潜在心理因素也不尽一致。子君是要为自己寻得幸福的归宿，其革命性体现在破除父权主宰以及自主婚姻上的个性解放，爱情与家庭便成为她的全部理想与终级目标，这也是五四时代众多知识分子尤其是女性知识分子的重大梦想。而对于涓生来说，帮助一个女性破除封建婚姻束缚也好，寻一个同路人也好，这仅仅是他理想的启蒙道路上的一步，他的梦想绝不是停滞于温暖的家庭港湾，而是要实现启蒙知识分子拯救大众的理想，相对来说此前的一步是实践但也只是远大理想中的微小一步。二者起初的梦想便不尽一致，只是一时受到温馨爱情生活的蒙蔽，而这种分歧的明朗必然导致最终的决裂。《伤逝》在表层的爱情婚姻悲剧之后，实则体现了处于不同层面的知识分子梦想的差异，以及由此而导致的不解与误读，隐含着鲁迅对当时知识分子诸多不同意见及矛盾纷争的思考。在创作《伤逝》的前前后后，鲁迅已经发现了同样处于风头浪尖的知识分子却有着诸多不同主张，有的意见甚至完全相悖，鲁迅的这些认识与思考在其杂文中多有表现，应该说同时也渗透到了小说创作之中。

如果说《伤逝》是理想在本质上便相异的知识分子的悲剧，那么，曾经志同道合向着同一目标进发的知识分子又将如何？《寒夜》便是对这个问题的回答。曾树生和汪文宣的确是因着共同的理想走到一起的，但在生活中过去的一致已经发生了变化，现实的冷酷使他们认识到梦想不可实现，他们之间的精神支柱逐渐坍塌了。尽管他们还在做梦，但梦的内容与取向已有不同。汪文宣的梦是对青春逝去的追忆，是明知不可得的暂时心理安慰，其取向是向后的；而曾树生更加深刻地认识到过去的理想都已化为泡影，而她“还年轻”“还有梦”，她的梦是对未来的追寻，更是对现实的把握。正是在新的环境中梦的取向的分歧导致了爱人的离开，导致了曾经志同道合的伴侣分崩离析，亦即曾经并肩作战的知识分子在现实的冷遇面前继而选择了不同的方向。

由于主人公特定的知识分子身份，这些家庭悲剧从而具有不同于一般家庭悲剧的更为深重的含义。它们是现实社会的投射与缩影，反映着严酷现实对知识分子的种种磨难。狂飙突进的五四时代曾令众多知识分子欣喜若狂，以为可以担负起历史使命启蒙大众、拯救社会，但残酷的现实及启蒙本身的不可预知迅速打击了一代热血青年，无情地摧毁了他们的美梦。同样作为知识分子，子君与涓生并没有真正地平等对话，他们的关系中充满了错层和误读，同为知识分子二者却处于不同层面。涓生是要作为启蒙者启蒙子君的，但启蒙知识分子对身为知识女性的伴侣的启蒙都失败了，则更彰显了启蒙的难以实现，表现了启蒙知识分子理想的破灭和命运的悲哀。鲁迅正是认识到了现实的悲凉、希望的渺茫同时又不愿彻底放弃希望，从而陷入深深的思索，于是便有了经历失败但又怀着残梦的涓生。而二十年后的巴金写作《寒夜》时则经历了更多的凄风冷雨，身边一个个有理想、有才能的好友如缪崇群、范予、鲁彦都无奈地结束了自己凄惨的一生，巴金认识到"被生活拖死的人断气时已经没有力气呼叫'黎明'了"。原本处于同一层面上的知识分子在现实生活中仍然难以摆脱不尽相同却又同样悲凉的命运，于是才有了文宣这样一个无梦了的男性知识分子，有了树生这样梦已陷落的女性知识分子，有了在抗战胜利的喜悦后却满浸着苍凉与失望的《寒夜》。

仿佛为了印证自《伤逝》到《寒夜》知识分子这种不可扭转的悲剧命运，从启蒙思潮再次高涨的80年代到市场化、多元化的90年代，当代作家张炜的系列作品也呈现出知识分子梦想的误读与错层。《古船》中的隋抱朴、《柏慧》中的"我"、《能不忆蜀葵》中的淳于以及《丑行或浪漫》中的赵一伦，他们均未获得理想的家庭生活，而其追求即使在同伴眼中也越来越成为闹剧。与鲁迅笔下的孤独者们相似，张炜笔下的正面知识分子亦曾企图唤醒被迷惑的大众，但他们的理想即便在周围的知识阶层中也难以被充分地理解，他们以自身的无奈遭遇探究了知识分子理想责任与现实处境之间的矛盾。

相同的悲剧主题，不同的生命感受

徐　茜

《伤逝》与《寒夜》具有共同的悲剧性主题：个体在困境中选择救出自己而致使了他人的毁灭。在《伤逝》中涓生抛弃了变得怯弱的子君，在《寒夜》中曾树生离开了病重无能的汪文宣。在相同的主题背后隐含了作者不同的生命感受。

个人主义是一种认为行为目的只能为我、个人价值至高无上从而把自我实现与个人自由奉为评价行为善恶的道德总原则的理论。鲁迅也曾提倡“任个人而排众数”，在《“硬译”与“文学的阶级性”》中还称自己的“出发点全是个人主义”。但个人主义毕竟是西方的思想学说。把它移植到中国来时，必然要与中国的本土文化、道德产生矛盾和冲突。中国传统文化讲“仁”，讲“兼爱”，讲“己所不欲，勿施于人”，讲“慈悲”，对利己哲学一直持批判态度。在个人主义与中国传统道德中，怎样的选择才是真正的“正确”，这成为中西文化交汇的时代盘旋在新文化人心中的巨大阴影。鲁迅的《伤逝》正是对这样的生命体验的真实记录。《伤逝》展现在我们面前的是两个个人主义者，他们各自为自己的行为和命运负责。涓生认为只要没有子君的负累，自己便能走向新的生路。涓生的行为体现了典型的个人主义色彩。可随着故事的开展，我们发现，子君的勇气是因为爱，而不是因为主体的自觉。涓生最大的错误在于以己之个人主义去理解子君“我是我自己的，他们谁也没有干涉我的权利”。正是这错认使他能够决然对子君讲出“不爱”的真相。不少人指责涓生太自私和薄情，可涓生的选择完全符合个人主义的应有之义：他只需为自己的生命负责，无需为子君的生命负责。而个人主义在当时的中国代表着西方先进文化，是新文化人大力宣扬和肯定的，具有“正确性”。可这“正确的”个人主义却导致了子君的死亡。难道是涓生错了吗？若罪责全在涓生身上，就意味着对新文化立场的整体推翻，这显然不是鲁迅愿意承认的。那么是子君咎由自取？可在鲁迅笔下子君又是如此让人同情！《伤逝》

揭示出个人主义在中国的窘境，同时流露了作为个人主义者的鲁迅的困惑。

涓生和子君的故事还是一个关于先觉者与青年（群众）的寓言。先觉者能承担自己的生命，可青年（群众）因为年龄、人生阅历等等原因，无法完全承担自己的生命。这时如果先觉者被假象迷惑，误认了青年（群众），把之视为是自己的同质者，如涓生误认子君那样，就必然导致悲剧的发生。既是先觉者的悲剧，也是青年（群众）的悲剧。而涓生应不应该告诉子君真相，实际上是启蒙的先觉者应不应该把现实的冷酷、生命的真实告诉青年这一问题的转喻。告诉了，结局是死亡与绝望。不告诉，是永远的愚昧和麻木。皆难！涓生的种种心路历程正是鲁迅的心路历程。鲁迅用涓生的故事展示了自己的焦虑，又用自己的人生体验丰富了涓生，塑造出了一个复杂的灵魂。

《寒夜》中的曾树生为了更好的生活毅然地抛病夫弃幼子。她确信"我有我的路！我要飞！"对于这样的选择，巴金没有站在道德的立场上予以批判，而是持一种理解的态度，这源于巴金早年的生命体验。巴金早期的不少作品都宣扬了人应该按照自己的意愿生活，不应被家庭束缚的主张，最具有代表性的当然是《家》。曾树生选择追求自己的幸福，符合巴金的主张。但写《寒夜》时的巴金毕竟不同于写《家》时的巴金，年岁的增长使他对人、对生活的思考有了进一步的拓深。如果追求个人幸福的后果是间接导致别人的毁灭，选择还能那么果敢无畏吗？巴金犹豫了，他不能回答。我们可以说，四十多岁的巴金与四十多岁的鲁迅站在了同一平台上，遭遇了相同的人生困惑。对于曾树生和涓生，他们不愿评判，也无法评判。

曾树生选择救出自己，可是摆在她面前的是一条绝路。她凭借漂亮、有活力、会交际等女性原始本钱，依靠上有钱、有权、有办法的陈主任。对于34岁的曾树生来说，年老色衰的日子不会太远。陈主任会不会抛弃她呢？如果被抛弃，曾树生有没有其他的能力和办法获得好的生活呢？没有。用汪母的话说，她只是一个"花瓶"，等待她的是逃脱不了的悲剧。为什么要这样安排曾树生的命运？这是时代带给巴金的生命体验。《寒夜》创作于40年代。如果说《伤逝》时期，新文化人相信只要个人成为真正觉醒的主体，担负起自己的生命，中国便将有新的希望。

那么40年代的社会现实打破了他们的幻想。这是一个严峻的时代,在民族的灾难面前,知识分子普遍认识到个人的无用和渺小。巴金自述他当时看过了太多的人间悲剧,看到了太多的正直的、讲良心的人被不合理的制度摧毁、被生活拖死,而没有任何办法,因此深深感受到无奈和愤懑。同时,巴金真心信奉和实践的无政府主义对于中国的状况又无任何实际作为,这也使巴金产生了深重的无力感。这种种的体验汇聚在《寒夜》中便转化为小说中人物在社会的巨大暗影下的无力、无奈、无可挣扎,形成了作品悲凉凄楚的气韵。巴金说,他要通过这些小人物的受苦来谴责旧社会、旧制度。他有意把结局写得阴暗,绝望,没有出路,使小说成为"沉痛的控诉"。曾树生的极力挣扎和挣扎的悲剧性后果,满足了巴金的预想。正是在这一点上,《寒夜》显示了与《伤逝》不一样的价值取向。

从《伤逝》到《寒夜》——启蒙神话的反思

帅　彦

20世纪初,为了实现中国的现代社会转型,新一代的知识精英把思想启蒙作为他们的主要使命,仿佛只要将西方文化精神植入中国老态龙钟的机体,中国便会重新焕发出青春的颜色。我们可以这样说,中国知识分子精心编织了一个有关中国命运的启蒙神话,"女性解放","个性自由"等西方现代价值观便是这一个"神话"的故事内容。然而,启蒙理想是否存在有内在的缺陷?"女性解放""个性自由"等神话内容能走多远?思想启蒙是否能彻底解决中国的问题?作为两个时代的作家,鲁迅和巴金在对启蒙理想的反思中都发现了启蒙神话的虚妄,洞察到了启蒙神话的乌托邦色彩。在《伤逝》和《寒夜》中,鲁迅和巴金用不同的方式打破了他们亲手编织的个性解放的"启蒙神话"。

鲁迅的深刻之处就在于他代表了他所处时代的理想,却又表达了他对于启蒙理想的困惑。五四时期"娜拉"的离家出走成为中国女性解放的象征。在五四思想启蒙者看来，只要走出家门中国女性就会获得自由和解放，将“走”作为女性解放和个性自由的终极目标加以绝对化的认同，仿佛是只要走出封建大家庭的藩篱，就会获得所有有关“个性解放”这一西方现代价值观的内容。鲁迅在《伤逝》中通过子君的悲剧命运，形象化地展现了“娜拉出走”这一启蒙神话的幻想特征和乌托邦色彩。在《伤逝》的人物关系设置中，涓生是“娜拉出走”这一现代性价值理念的推行者，在涓生的启蒙价值观的推动下，子君大胆地喊出了“我是我自己的，他们谁也没有干涉我的权力”，并进而与涓生同居。然而我们应该看到，子君的理想开始且终结于“出走”这一神圣的行为，按照启蒙者的预设，走出封建家庭就意味女性解放和个性自由的全部内容，至此子君应该已经获得了女性解放的全部价值观内容，她的追求到此也就已经完成。但是启蒙者们没有看到，在子君与支配她生活的家庭和旧的价值观念决裂之后，她并没有真正获得指引她走向新生活的现代价值理念，子君变得无所依傍，被抛于一处没有坐标的荒野。子君只能从与涓生不确定的关系中获得支持，而最终的结局却是她赖以依傍的爱情失落了，子君只能死在无爱的人间，女性解放的启蒙神话也就至此崩塌。《伤逝》所展现的人生悲剧，表达了鲁迅对启蒙理想的内在矛盾和内在缺陷的反思，对启蒙者乐观主义人生期待的怀疑，鲁迅正是以他冷静而清醒的现代理智深刻地反思启蒙理想，置疑“娜拉出走”这一个的启蒙神话在现实延伸中的命运遭际，揭示这一现代性命题的虚妄和幻想特征。

在一定意义上，我们可以把《寒夜》看成是《伤逝》的续篇。挣脱家庭锁链的青年男女由充满激情的青春岁月走到相对沉静的中年时代，他们的命运怎样？现代个性解放的启蒙神话在他们身上实现了吗？巴金在30年代的创作延续着五四思想启蒙的思路，在这一个时期巴金精心编织了一个“逃离”即“新生”的启蒙神话，他将爱情的追求、摆脱封建家族的束缚作为“个性解放”的终极目标而加以绝对化的认同。爱情作为一个蕴含着新生希望的能指符号，被巴金赋予了多重的拯救功能，似乎青年一代想要从社会获得的一切，都可以通过对爱情的获得而得到。爱情被完全意识形态化，作为情绪细节存在的爱情本体退场了，爱情的全部意义都集中于青年知识者“反叛”封建制度的手段。仿佛只要走出封建家庭的大门，青年一代就会自然而然地走向光明的坦途，重塑崭新的自我，获得个性的解放和自由。走出家门，获得爱情就意味着西方现代价值观的全部内容吗？“逃离”或“出走”后又会怎样呢？在《寒夜》中，巴金通过汪文宣、曾树生在40年代的家庭婚姻生活真实地表现了启蒙神话在现实生活延伸中的苍白和无力。通过《寒夜》，巴金打碎了他在30年代建构的以“爱情”“离家”为信念的个性解放的启蒙神话，也反映出巴金对启蒙理想、对启蒙乐观前途的深刻反思。走出家门，摆脱了封建家庭的束缚的知识分子的命运会怎样？在《寒夜》中，巴金不得不痛苦地面对他不愿正视的现实。汪文宣在抗战时期的悲剧，正是知识分子离家后艰难而尴尬处境的体现。汪文宣在社会的威压和家庭的重负下变成一个懦弱善良，胆小怕事，穷困潦倒的小职员，这个当年意气风发、踌躇满志的年轻人，竟然“飞了一个圆圈又回到了原地”。正如巴金所说：“他为了那个吃不饱穿不暖的位置，为了那不死不活的生活，不惜牺牲自己年轻时候所宝贵的一切，甚至自己的意志……”汪文宣在青年时代有着与觉慧、觉民一样的反抗精神，但人到中年，他的性格逐渐与觉新的性格靠拢，俨然成为觉新在40年代的重现翻版。其实，这并不是巴金小说偶然巧合，而是蕴涵了巴金对标举个性、独立、自由等主张的五四新潮某些残缺和迷失的深刻反思。在《寒夜》中，巴金通过对冲出了封建“大家”，建立了自己的“小家”，已经初步摆脱了封建家族制度束缚的现代知识者们“寒夜”般的生活现状的真实描摹，打破了自己在“家”时代编织的“逃离”即是“新生”的“启蒙神话”。

从身体的反抗到灵魂的反抗

刘　慧

《伤逝》和《寒夜》从不同的角度表现了鲁迅和巴金这两位文学大师对西方个性解放思潮涌入中国以后对中国知识分子，特别是女性的影响，进行了思考。

子君和曾树生作为知识新女性，都受到个性解放思潮的影响。她们勇敢地冲破世俗樊篱，和心爱的人走到一起。她们的这一举措，无疑是对以“媒妁之言，父母之命”为代表的中国文化传统的激烈抗争，体现了可贵的时代精神和个性气质。但是，两篇小说最后都是以她们婚姻的失败而谢幕，这是令人悲哀和深思的地方。她们悲剧的原因迥异，而且她们的分野正是个性解放思想在中国曲折发展的两个极端：一个浅尝辄止，然后倏尔回归到老路上去；另外一个则是继续发扬光大，但却走到了另一个极端。

子君的个性解放意识相对于曾树生只能说是刹那的光辉，仅仅限于接受了一些西方男女平等的思想，看了易卜生的小说，读了雪莱的诗歌而已。她尚未有西方那种独立的自我。无怪乎，真正进入家庭生活之后，子君就好像完全换了一个人一样，整日忙于家务，将原来那些新思想完全抛在了脑后。子君只不过是用了新式的词汇和观念，来装点旧式的、渗透在血液中的传统感受方式和感情。所以，她被涓生抛弃后，只好忧郁地回到父亲的家中，重新回归“在家从父，出门从夫”的老传统中来。另外，不少自由恋爱而结婚的人都忽略了自由恋爱的先决条件——自幼培养的独立能力，这也是造成了子君悲剧的主要原因之一。子君固然有种种个性解放的先天不足之处，而涓生极端自私的个性则加速了子君的灭亡。

曾树生与子君不同，她深刻地洞悉了个性解放的奥义，也有着相当的独立能力。但是她的境遇也好不到哪里去：“没有温暖的家，善良而懦弱的患病的丈夫，自私而又顽固、保守的婆母，争吵和仇视，寂寞和贫穷……”在这种情况下，曾树生陷入了深深的苦恼之中。个性解放让她懂得了追求幸福权利的重要性，面对命运的难题，她该怎么办？是被汪文宣拖向没有光明的未来，还是不顾一切去寻找新的生机？她选择了后者，这是她作为一个新女性，继“自由恋爱”之后，做出的又一个合乎个性解放逻辑的抉择。曾树生和汪文宣感情破裂的主要原因在于那个时代，其次是汪文宣和汪家的悲剧性境遇。同时，曾树生过于张扬的个性意识也是一个诱因。

经过感情危机这个临界点之后，子君无可奈何地转向了中国传统文化，而曾树生也期期艾艾地走向了子君的反面——西方现代文化。一个回归静的、消极的、以伦常为本位的文化传统；一个继续走向动的、积极的、以个人为本位的文化传统。结果，子君的肉体和精神都无可避免地走向了终点，而曾树生则在这两个方面都得以存活下来，获得了双赢，这不能不说是一个玄妙的隐喻。单单从女性个性解放的角度来看，子君的个性解放因为先天不足，故而随后发生了惊人的逆转，因此也只是上演了一出闹剧。而曾树生的个性解放因为触及了灵魂，故而能够在个性解放的道路上继续前行。

台湾学者吴森在将中西文化传统的不同之处归结为各自的心态不同。中国人的心态以 concern 为主，这是一种关怀、同情和顾念的意识。而西方的传统则是 wonder，像天马行空一样的冒险和探究精神。尤其是在“情”这方面，中国人更容易产生“相依为命”和“天长地久”的感情，从而互许终身，相期白首偕老，但这种意识不容易在 wonder 心态下产生。那么，由此可以看出子君的心态是偏向于 concern，而曾树生则偏向于 wonder。如果说早期的子君也是具有 wonder 精神的，但那仅仅是在身体的层面，远远没有触及灵魂深处。而曾树生无论是在身体和灵魂层面，都是以其一以贯之的 wonder 精神为指归。当然，其间也有些微 concern 的成分，特别是在临走之际对重病的汪文宣的眷恋。而涓生和汪文宣的情形则恰恰相反。更加耐人寻味的是，具有 concern 精神的子君和汪文宣双双逝去，而具有 wonder 精神的涓生和曾树生则顽强地活了下来。这仿佛又是一个隐喻，恪守中国传统观念的不可避免地走向了死亡，而接受了西方现代精神的则迎接着点点曙光。当然，曾树生的选择也有许多为人所诟病的地方。她在某种程度上，契合黑格尔所说的，恶是历史发展的动力借以表现出来的形式。每一种新的进步都必然表现为对某一神圣事物的亵渎，表现为对陈旧的、日渐衰亡的但为习惯所崇奉的秩序的叛逆。但是，曾树生的反抗仅仅是为了意义非常有限的尘世物质功利目标，因而她反抗的意义就必须大打折扣，她只会被尘世囚禁得更加厉害。在《寒夜》的结尾，曾树生回来寻找汪文宣便是明证，或许她一辈子都不会走出阴影。

个性解放的出路到底在哪里？是重新回归传统，还是在负“恶”前行？究竟有没有第三条道路？不同的文化赋予了个性解放以不同的含义，代表了各自不同价值系统的文化，只是人类解决问题所采用的方法和所持的态度不同。要在其间进行调和，寻找一条适合的道路，那将是一个十分棘手的难题。

妇女解放的出路何在

胡朝雯

《伤逝》和《寒夜》写的都是从封建包办婚姻中解放出来获得自由的男女，最终却仍然没能逃脱悲剧收场的厄运。单从这个角度看，这两部作品比同时代大量的以争取婚姻自主、个性解放的启蒙思想为主题的作品显得更加深刻。

《伤逝》以“涓生的手记”的形式，让男主人公用一种怜悯自责的语调，以第一人称口吻来回忆子君。实际上就是作者以女性解放的同盟军的立场来替女性思考，帮女性说话。在大家纷纷推崇易卜生，高歌个性解放的轰轰烈烈的“五四”洪流中，鲁迅先生提出来：娜拉走后怎么办？——他是清醒的。虽然，在小说故事展开时，作者借涓生的口说：“知道中国女性，并不如厌世家所说的那样无计可施，在不远的将来，便要看见辉煌的曙色的。”可是我们联系故事的发展与结局，便不难发现这句话强烈的反讽意味。事实上，作者看到的是女性全无希望的、均为虚空的未来，倘若这些女性光有追求自我的勇气，却没有自立自强的能力的话。

子君的悲剧在于她仅仅迈出追求婚姻自主的女性解放的第一步，后面的路却再也难以为继。她虽然能放声说出“我是我自己的”的话，但是这个自我显然是极其脆弱的，远不足以把女性从几千年的封建桎梏中拯救出来。

《寒夜》则是用一种全知叙述的方式，作者始终以一个旁观者的身份在讲故事。表面上看，这种叙述方式更加客观、冷静。巴金也早在自己的创作谈中就说过，小说中没有一个正面人物，也没有反面人物。那么作者就是绝对中立的吗？其实不然。由于在透视人物内心时的叙述是有侧重、有选择的，也就相应地影响了我们对人物的价值判断。在小说中，全知叙述者对文宣和树生的内心进行了较多的透视。而在树生和婆婆这一对关系中，对树生内心的表现尤其充分。

如果我们只了解故事情节，即曾树生最后抛下病入膏肓的丈夫、年老体衰的婆婆，懵懂无知的儿子，一个人避难远走高飞，那么我们对她的评价肯定是自私、软弱、不负责任、贪图享乐等等。可是因为作品中大量的对她心理的展示，缩短了读者和她的心理距离，因此对她产生了巨大的同情。不管是在文宣和树生夫妻这一对矛盾中，还是在树生跟婆婆的冲突中，我们都可以清楚地看到树生言行举止背后的心理动因。只要细读一下小说中多处写到的她和婆婆的争吵，就会发现叙述者对人物内心的控制的努力还是比较明显的。叙述者把树生的内心充分展示给读者，让我们看到她在貌似不道德的行为下的深层动因，看到她的挣扎，看到她的不得已。这时，如果我们抛开那些阶级分析的眼光，只从家庭矛盾的角度来看，我们会觉得树生其实是善良的、有责任感的，甚至是勇敢的、忠贞的。

作者曾说，他最初在曾树生身上看到的是一个朋友的妻子的影子，写到后来就看到了更多的人，甚至还有自己的妻子萧珊的影子。可以想见，越写到后来，随着对树生细微心理活动越来越多的揭示，作者与读者给予树生的同情就越多。因此，尽管同样是表现女性，但《寒夜》能够深入女性的内心来审视，既不是像他在《家》里偏于公式化、概念化地理解女性，也不是像《伤逝》中涓生那样仅以同情者的姿态出现。可以说巴金在《寒夜》中以前所未有的角度，融入了女主人公树生的内心，和她同呼吸共命运。这样的女性形象更为清晰可感，引导我们更为贴切地思考女性的前途与命运。

如果说，子君的悲剧集中向我们揭示了女性解放的历程之艰难，在于女性本身的自强自立之不可得，在于其对抗强大的社会压迫时的绝对弱势姿态；那么，树生的悲剧所展示的则由女性自身延伸到广大的社会——即使女性可以独立了，可是社会不能提供女性自立的正常空间。即使树生各方面都看似强过男性(文宣),她在性格上更加坚强,在身体上更加健康,在经济上不但自立,还能支撑全家。但在这个男权社会里,不管她有着多么强的独立意识,有着多么美好的理想和抱负,最终她的工作还是被婆婆不屑地称之为"做花瓶"(实际上作为银行职员,与"做花瓶"无关,鲁迅曾说过,当时的社会就是把一切职业女性讥为"花瓶")。而事实上,如果不依靠另一个男人(陈主任),她的职业前途也无从谈起,继之她在家庭中残存的一点独立地位、一点个人有限的自由也将荡然无存。

在叙事者的引导下,树生的形象比子君要更加完美。树生作为晚于子君二十余年之后的女性形象,在寻求女性解放与独立的道路上,较之子君们更加成熟。她们在经济上更加自立,在审视自己的人生追求时更加理性,可是却仍旧以悲剧收场。可以说,树生体现得越完美,她的悲剧命运便体现得愈加无奈。这不但是她个人的悲哀,更是整个社会的悲哀。

妇女解放是社会解放的天然尺度。从这个意义上来说,子君和树生向我们展示了不同时代的女性行走在妇女解放道路上步履维艰的身影,也使我们清醒地看到整个社会前进的艰难步伐。妇女解放的问题不仅是女性自身的责任,不仅牵涉到极少数知识分子的终极关怀,它也应该成为整个社会关注的焦点。它不仅是子君、树生的时代的问题,也是我们现实社会的问题,甚至是我们未来社会长期存在的问题。

(《海南师范学院学报》2006 年第 6 期)

生亦何欢，死又何哀

——《寒夜》与《一地鸡毛》中男主人公之比较

李雪荣

一

汪文宣是巴金的长篇小说《寒夜》中的男主人公，小林是刘震云的中篇小说《一地鸡毛》中的男主人公，从大的方面来说，这两个人生活的时代背景有着天渊之别。从小的方面来看，两个人的出身、修养、性情、家庭、婚姻、爱情、工作、人生际遇方面，更是有着明显的差异。

一个生活在战火纷飞的国统区陪都重庆，一个生活在新中国成立后的首都北京；前者生活的时代是正是中国现代史上最耻辱最黑暗的时期，而后者正经历中国由计划经济向市场经济换轨的时代;汪文宣愿意活下去,甚至在受尽病痛的折磨和世间种种的羞辱和难堪之后,他仍然热爱生活,可是他终于违背了自己的志愿,在两个女人(母亲和妻子)无休止的战争中大步奔向毁灭。

小林在他所供职的单位处于权势的最底层,在家庭生活中,他虽是户主,却同样少了可颐指气使的资格。他吃力地扮演着为人夫为人父的角色,他不得不为自己和妻女的处境的改变而努力。

汪文宣的母亲从前念过书,应当是云南昆明的才女,战前在上海过的也是安闲愉快的日子,从这里我们应该可以想见汪文宣至少应该出生在一个知识分子家庭或者开明的小商人家庭,汪文宣不忍不愿母亲变成一个"二等老妈子",这至少说明他们从前的家世还是比较殷实的,这样的家庭,这样的母亲,我们可以猜想汪文宣从小必定受到过良好的传统文化的教育,这些对他日后性格的养成起着至关重要的作用。那么小林呢,他来自贫穷的农村,这种身份像烙印一样永远也无法摆脱,使他在自己的老婆面前好像都矮了一截。小林今天的一切都来之不易,他能够念大学,念完大学之后能够留在北京的国家机关工作,能够娶一个城市出身的女大学生为妻还能在北京扎根,小林奋斗的艰辛可想而知。

汪文宣曾经有过美满幸福的爱情,单从他能赢得曾树生的爱情这一点上我们就可以看出他当年的英雄才俊和意气风生,可是他们爱情的结局却是那样的苦涩。最后在汪文宣的生命即将熄灭的时候,在他最需要妻子温情的体贴和关怀的时候,他的妻子背叛了他,遗弃了他,甚至在汪文宣临终的侍候,她也不在身边,汪文宣死不瞑目。小林有一个温馨的三口之家,他和老婆是大学同学,两人当年的爱情还有那么"一点淡淡的诗意"。小林没有想到婚后,"这位安静的富有诗意的姑娘,会变成一个爱唠叨、不梳头、还学会夜里滴水偷水的家庭妇女",还是有点失望吧,贫贱夫妻百事哀。

二

明明知道汪文宣不是小林,小林也不是汪文宣,可是这两个隔了近半个世纪的人怎么越看越像呢？形似？不然，神似也。

汪文宣当年是一个血气方刚，敢作敢为的有着美好的理想的青年，充满雄心壮志，充满热情地梦想着投身平民教育以救助祖国，还有着不少济世救人的宏愿。可是，越来越衰弱、混乱的中国现实，尤其是日寇的入侵严重地干扰和改变了他的志向和追求。为了谋生，他不能从事自己热爱的事业，而是去了一家半官半商文化公司里做校对员，每天做着枯燥乏味的事情。他为了这个吃不饱、穿不暖的位置，为了那不死不活的生活，不惜牺牲自己年轻时所宝贵的一切，甚至自己的意志。可是他的地位越来越低，生活越来越苦，意气越来越消沉，随着经济地位的日益下降，他也失去了往日的热情与活力，变得一味的忍让、妥协、逆来顺受。心中即便有千万千不满与抗议，在表面上还是一个“老好人”，而这并没有改变同事们对他的嘲笑与不屑。当他肺病三期、咯血不止时，他得到单位同事的“关照”是一片劝其“洁身自爱”、不许去食堂吃饭的便条！种种精神上的阻隔，使他与同事之间越来越冷漠，他感到无比的孤独与痛苦。

原以为工作上的痛楚可以在家里得到释放，谁知家中更是烽烟四起。汪文宣夹在婆媳两人间左右为难，无所适从。汪母与儿媳的文化隔阂当然显而易见，而汪母与儿子的精神距离也是不言而喻的。汪母从来都没有从儿子的立场、角度出发，去关注、考虑孩子们的感情变化，只是将自己的情感、意愿一味地强加于儿子身上，完全不了解其内心感受，直到儿媳离开，她还是觉得这是个好消息，很让人痛快、得意。虽然她常常想而且愿意交出自己的一切来挽救儿子的生命，可是她的怒火却只能加重儿子的病，促使死亡早日到来。

对待爱情，汪文宣由过去的自由追求变为现在的被动等待，由于身体状态的每况愈下，每天在家中等待妻子归来便成为他的主要工作，这使他成为了一名事实上的“留守者”。汪文宣行动上的怯弱，不仅由于外在形象上的委琐，更重要的是在经济上处于弱势地位，家中主要的经济支出基本都出自妻子之手，妻子等于在养活着这个家，这是让他最受不了的地方。这种外在的压力，让他十分的自卑，使他对自己在妻子心目中的地位认同出现了怀疑，他开始不敢面对这种残酷的现实。基于这种情况，爱讲面子的汪文宣便基本不敢出去主动寻找妻子，有时即便妻子出现在他的面前，他也不敢大胆面对。情敌的出现，非但没有激起他追求爱情的主动性，反而使他更加退避与屈从。他如风中残烛，行将就木，而他的妻子却像一朵绚烂的玫瑰，正美得让人炫目。这残酷的现实让他的虚荣心遭受着一次又一次强烈的刺激，使他在行动上更加的怯懦与无力。

汪文宣与同事、家人在精神上的隔膜，使他陷入了显而易见而又刻骨铭心的孤独，感受到人与人之间沟通的不可能。同事们表面上是道貌岸然，衣冠楚楚，实际上是相互戒备，相互防范，相互猜疑。而家人之间又普遍存在着一种陌生感、疏远感，这就给汪文宣带来了一种彻底的孤独、失落与绝望。渐渐的他变成了一个浑浑噩噩、苟且偷生、胆小怕事、自卑委琐的小公务员，曾经的理想和抱负都化成了泡影。后来又患上了在当时几乎是绝症的肺病，一步一步的走向死亡，眼看着自己的生活之火黯淡下去。

小林是个大学毕业生，曾经“奋斗过，发愤过，挑灯夜读过，有过一番宏伟的思想，单位的处长局长，社会上大大小小的机关，都不放在眼里”。但是这个张狂的、个性十足的小林生活在等级森严、人际关系微妙而复杂的“单位”里，他的几乎一切生活需要：吃、穿、住、行、老婆、孩子都和单位联系在一起。为了生存的需要，小林接受了生活的教育，放弃了作为个人的一切棱角，去适应他原本反抗过的一切，“小林好像换了一个人”。在“单位”如此，而在“家”这个私密化的空间里，豆腐、白菜、蜂窝煤与烤鸭排挤着足球与诗歌；逼仄的生存空间，窘迫的经济条件，使神圣的师生情谊被扭曲变形；老婆工作调动，孩子生病入托，对付保姆，瘸腿老头的入侵和随后的贿赂消耗磨损着小林身上那点可怜的激情，也“教育”、“感化”着小林走向“成熟”：“其实世界上事情也很简单，只要弄明白一个道理，按道理办事，生活就像流水，一天天过下去，也蛮舒服。舒服世界，环球同此凉热”。

小林学生时代的高雅与梦想荡然无存，“什么宏图大志，什么事业理想，狗屁，那是年轻时候的事，大家都这么混，不也活了一辈子？有宏图大志怎么了，有事业理想怎么了？古今将相在何方，荒冢一堆草没了！”小林如此这般地发出慨叹，不仅不觉得悲哀，还很心安理得。一个精神世界逐渐被抽空，个性也逐渐被销蚀而日趋庸常化的小人物形象呼之欲出。现实生活像一座巨大的碾盘，将小林挤压、碾损得面目全非，“只要有耐心，能等，不急躁，不反常，别人能得到的东西，你最终也能得到”。一个原本血气方刚的青年人就这样淹没在永无止境的俗世生活中了。

生活是严峻的，这种严峻不是要人去上刀山，下火海。严峻的是那日复一日，年复一年的日常生活琐事。刘震云的这句话一针见血道出了千千万万的像小林这样的如蚂蚁一样麻木的人的生存实况。生活就是种种无聊小事的任意集合成了一张毫无规则的网。它以无休无止的纠缠使每个现实中人都挣脱不得，并以巨大的销蚀性磨损掉他们个性中的一切棱角，使他们在昏昏欲睡的状态中丧失了精神上的自觉，从而心甘情愿的走向堕落甚至毁灭。汪文宣如此，小林也如此，还有曾树生和小林老婆以及那个卖烤鸭的小李白，青春年代那些轻舞飞扬的理想与追求都被他们自觉与不自觉的放弃了，再也找不回来。是不尽合理的现实磨损并最终剥夺了他们梦想的热情和青春生命的活力。置身于生活的重压之下，他们不得不坠入到无边的生存网络中面向现实低头，逐步蜕变得心灰意冷、志趣寥落，在精神上未老而先衰，听任自己的精神世界滑向庸常而一筹莫展。

三

汪文宣死了，舍此之外，读者想象不到他还有更好的解脱办法。死，不过是走向了人生必然的结局。对他来说，这个结局好像提前了一点，然而这种提前却好像是瓜熟蒂落一样的自然。正是这种顺理成章让人觉得这部小说实在是太残忍了，一个注定要死亡的人，却偏偏不让他早点脱离苦海，还要将他在这冷酷的世间的苟延残喘淋漓尽致的演绎给人们看，到最后，他已经得不到一滴同情的泪水。

小林还是日复一日，年复一年的继续生活着，他还要每天买豆腐、上班下班、吃饭睡觉洗衣服，对付保姆弄孩子，操心的事还有很多，日子永远就这么波澜不惊的过下去，比上不足，比下还有余，再不济，好歹也是京城的某个国家机关的干部，这在他老家那样的穷乡僻壤还是很让人羡慕的，小林永远都有他乐观的理由。

死者长已矣，世间的种种苦痛再也折磨不了汪文宣了，在命运的蛛网中，他抽身而退，直到跌进黑暗的深渊，永远不能再回来。小林还要每天机械的上班过日子，同日常的生活琐事进行堂吉珂德式的战斗，活着的只有他麻木的肉体。如此看来，生亦何欢，死又何哀。

（《阅读与写作》2007 年第 1 期）

从《寒夜》和《花凋》的比较谈当代情境下对现代小说的接受

徐礼佳　傅宗洪

王富仁认为，中国文学的现代化转变不仅仅是由于西方文学的影响，而是以自己的方式综合并发展中外文学传统的，而这又必然受到中国现当代文学环境的制约。“中国的现代主义文学是在对文学的现代性的一次性追求中产生的，是各种不同流派共同组成的新文学的整体。”①

可以说，整个中国现代文学史承载了几代中国作家对古老的中国走向现代化以获取现代性的全部追求。“二十世纪的中国，处在社会经济、政治、思想观念和行为方式的巨大转变过程中，‘现代化’是物质和精神领域的总题目，文学

① 王富仁:《中国现代主义文学论》,《天津社会科学》1996年第4、5期。

也由此形成某种统一的特征。”[①]由于时代的发展，当代中国的文化现状越来越具有某种后现代主义色彩，如权威的地位不断受到冲击，平面化和狂欢化的扩散趋向，文化现状与个体化生命和琐碎化日常生活的密切关联等。

纵观巴金不断追求的一生，正是对现代知识分子追寻现代性这一艰辛历程的最佳诠释。《寒夜》讲述了抗日战争胜利前后，小职员汪文宣的生离死别、家破人亡的悲剧，揭示了旧中国正直善良的知识分子的悲剧命运，暴露了抗战后期国统区的黑暗现实。

从传统意义上理解，巴金是一位典型的现实主义作家，但这并不能掩盖巴金文学作品中明显的现代性追求。结合时代背景分析，《寒夜》写作于1944年冬，历时两年，到1946年12月底才算完成。这段时间里中国经历了抗日战争进入战略反攻阶段到抗战的伟大胜利再到国共谈判建立民主联合政府再到内战全面爆发。这是一个决定中国前途命运而又风云变幻的时期，众多的民主主义知识分子对中国的前途命运感到渺茫。在其后记中巴金写道：“这中间‘胜利’给我们带来希望，又把希望逐渐给我们拿走。”[②]的确，在这样一个特别的时期，最难以把握自身命运的就是社会底层的普通人民。复杂的严酷现实是《寒夜》悲剧特色的首要原因。个人的命运总是和国家的命运相连，这也就不难理解为何作者会选择文宣这样一个知识分子来透视现代中国的沉痛历程了。从这一点看来，《寒夜》的强烈的时代感构成了作品现代性的最主要的内核。

从文本本身看，《寒夜》情节并不复杂。可以看出，汪母和树生之间的尖锐冲突可以认为是人类亲子之爱和异性之爱的对立。树生不容于汪母从表面上看是由于汪母认为树生并不爱文宣并且在外面充当“花瓶”，但汪母并没有太多证据佐证其判断。所以说到底还是汪母自身的“恋子”情结在作祟，在潜意识里认为是树生夺走了自己对儿子的爱，所以在她眼中树生的一些不尽如人意的地方便被无限的放大，这里我们可以看出作者对汪母的批判态度。虽然小说对树

① 洪子诚：《当代文学概说》，广西教育出版社，2000年，第60页。

② 巴金：《巴金全集》第8卷，人民文学出版社，1989年，第704页。

生的形象和心理的描写并不多，但是我们还是可以在有限的描述中看到作者对树生的偏爱。这表明了作者内心里对康健的生命力的向往，及对卑微生命力的批判。

另外，文宣和疾病之间也存在着对立。人类和病痛之间的辩证关系值得我们关注，一方面，疾病成为人类全面发展道路上一个巨大的障碍；另一方面，人作为具有巨大能动性的存在，人类和疾病之间展开了不懈的斗争历程，极大地丰富了人的本质。正是在这个辩证的过程中，人类自身得到了确证。小说中，文宣最终被肺病夺去了生命，成为和疾病斗争的失败者，这一方面表明了作者对文宣的批判态度，即文宣缺乏作为一个在现代化的中国里生活的"真正的人"的资格。以启蒙的目光看，现代化的中国应该是国家民主富强，人民心智健康。显然，以文宣这样卑微的性格是不及格的，是一个病态的象征。另一方面，也正是通过疾病对文宣的折磨，激起我们对其悲剧命运的同情。可以看出，巴金正是以他充满情感的现实主义写作，参与了中国现代文学乃至中国谋求现代化的现代性历史进程，在小说《寒夜》里正是通过对文宣之死而达到对当时社会现实的控诉和批判，从这样的批判中我们不难看出作者对一个全新的、符合理想的世界的强烈渴求。

和《金锁记》等名篇相比，《花凋》是张爱玲小说中不太显眼的一部，之所以将它和《寒夜》比较，是因为两者的叙事结构有相似之处。和巴金的启蒙话语不同，张爱玲用私人性的话语道出了人生的安稳与庸常。显然，表面上的庸常并不能掩盖小说的现代性色彩。

张氏小说大抵是讲述一个动听的故事，其结构完整，但又与传统小说大异其趣，它们以人、以人性的探索为中心，情欲的变化，情欲与环境的关系，人物意识的流动，叙事中声、色、动作的描写与人物心理展示的结合，呈现出现代小说的特征。《花凋》也是如此，讲述了一个没落贵族家庭的女儿川嫦那短促且并不华丽的生命历程，却足以引人深思。

小说中，曾云藩所代表的外界新生活与郑公馆的生活模式构成了另外的两极。云藩是作者心中的理想形象，他留过学，又是医生，文质彬彬，暗示着作者对稳固的经济地位的向往。相形之下的郑公馆却是另一景象，“郑家的财政系统是最使人捉摸不定的东西”，郑先生是“酒精缸里泡着的孩尸”。张氏小说中的女性角色往往令人难忘，这些女性一般都是生活在物质气息极浓的生活中却在经济上得不到独立的一群。“为门第所限，郑家的女儿不能当女店员，女打字员，做‘女结婚员’是他们的唯一出路。”而现代女性若想获得地位，必须在经济上独立于男子。“妇女解放的第一个先决条件就是一切女性重新回到公共的劳动中去。”[①]在《花凋》的最后，疾病无情地夺走了川嫦单纯的生命，给人留下深深的惋惜。张爱玲用一句近乎冷漠的“她死在三星期后”道出了作者对这个生命及其生活方式最无奈的拒绝。所以说在这里，《花凋》正是通过在经济上对郑公馆生活的否定而获得其隐蔽的现代性的。只是对于这样的角色与人生，作者似乎总是带着一丝暧昧的恋恋不舍。

可以看出，两篇小说在现代性的追求上的确存在着某种共同之处。“在工业化社会中，个人受到摧残的表现就是欲望得不到满足，个人内心的欲望永远是被压抑，受到摧残，但同时正是因为有这种社会对人的摧残，便普遍地存在着乌托邦式的冲动，乌托邦式的对整个世界的幻想性改变。”[②]文宣和川嫦的最终归宿我们可以理解为都是内心的欲望得不到满足，文宣的问题是在婆媳争吵中和社会的腐朽环境下其个人的身份得不到确证，而川嫦则是触不到那位曾经近的不能再近的恋人。虽然我们不能简单地把这两篇小说发生的背景确认为工业化社会，但其市民生活背景却是我们不能够忽视的，市民的城市生活正是由近代工业的发展才得以确证的。

两篇小说都创作于上世纪四十年代，距今已经有半个多世纪的历史。前文谈到，在当代，中国的文化现状越来越具有某种后现代主义色彩。现代主义的基本特征是乌托邦式的设想，而后现代主义却是和商品化紧密相连。在后现代的目光的审视之下，中国现代性叙事的两大主题——民族国家和个人欲望之间

---

① 《马克思恩格斯全集》第 21 卷，人民出版社，1965 年，第 87 页。

② 杰姆逊：《后现代主义与文化理论》，北京大学出版社，2005 年，第 168—169、148 页。

展开了竞逐，而后者则日益占据上风。虽然同样表现了对于现代性的追求，相比之下，张爱玲的小说似乎更能够贴近后现代主义，更能适应当下读者的阅读期待。

首先从两篇小说的时间体验说起。《寒夜》里强烈的时间感随着文宣的病情一道向我们扑面而来，造成我们阅读时的强烈紧张感，而且时局的变迁也无时无刻不在绷紧着读者的阅读神经，这是一种历史感很强的历时性叙述。而张爱玲的大多数的小说中，时间的流动似乎是停止的，《花凋》中"郑先生是个遗少，因为不承认民国，自从民国纪元起他就没长过岁数"，大家从这样的叙述中只能得到一个模糊的时间背景。而《花凋》的这种模糊的时间体验正契合了后现代所体现出来的历史感的消失。

其次从语言风格上看，一个作家的文体是作家风格的重要表征，巴金作品的主要特色就在于读者能够在其作品中体会到作者强烈的感情因素的存在。读者几乎可以通过忘却这种合乎逻辑而又缜密的语言而达到理解作品的现代性的内核；而张爱玲则具有浓厚的个性色彩，在她独特的腔调和手势的指引下，读者在其"洋场传奇"中感受着一次次的精神之旅。这种杂糅了古典和现代又充满了张爱玲独特的视角和色彩的语言风格似曾相识却又新鲜盎然：如写到云藩到郑家做客，川嫦长袍的下摆罩到了他的脚背，"脚背上仿佛老是嚅嚅罗罗飘着她的旗袍脚"，这样的描写性语言并不需要读者太多的仔细回味，只需刹那间的体悟。然而仔细的阅读巴金的内心的思辨就显得颇有些费神费力。在后现代主义语境下，读者群在不断的分化，小众的读者群希望阅读到符合他们自己心境的语言风格，无疑在这方面，张爱玲的小说能够更贴近城市化读者的阅读要求。

"……现代主义是崇高的，他们追求的是改造人们的生活，而后现代主义者追求的是愉悦和美，和崇高相比，美总要低一筹。"[①]《寒夜》通过对现实的强烈批判，体现出强烈的崇高感；而在《花凋》中，虽然故事的主题也是相当的感伤，但

---

① 杰姆逊：《后现代主义与文化理论》，北京大学出版社，2005年，第168—169、148页。

是这些感伤带来批判力量却内敛的多，从这点看《花凋》的后现代主义色彩还是相当强的。从《花凋》的内容和形式等方面透露出来的特点给该小说带来了浓重的装饰感。而正符合了在后现代情景下作为城市化的读者的阅读心态。

不该忽视的是，对于现代小说的接受，我们要充分地考虑到接受的不同层次。目前，在我国后现代主义文化已经深入城市生活，在极度商品化的城市社会中，带有浓重装饰感的张爱玲小说获得了其足够的关注力度，这是必然的现象。但另一方面，由于我国社会经济发展的不平衡性，在广袤的农村和西部地区，现代化的步伐才刚刚开始，相应地，文学在这一领域的启蒙话语作用仍不能抹煞，现代化的任务依旧是任重而道远。

"所谓现代文学，即是用现代文学语言与文学形式，表达现在中国人的思想、感情、心理的文学"[①]。因此，和中国传统的文学接受心态不同，我们要深刻地注意到古老的中国在"现代化"过程中的沉重负担，对民众的生存状况和精神状态有较切合事实的体察。这就意味着，我们在阅读现代的文学经典的时候，重要的是能够体会到文本中所体现出来的中国人民和社会在巨变的社会情境中的悲切处境和作家表现出来的人文关怀。只有坚持了这一点，我们对现代文学有一个比较完整的期待和接受，而这正是现代文学所能给我们的最具启迪的价值所在，也是众多"巴金式"现代文学得以存在的最基本的依据。

(《安徽文学·文教研究》[下半月]2007 年第 4 期)

① 钱理群，温儒敏，吴福辉：《中国现代文学三十年》，北京大学出版社，1998 年，第 1 页。

抗战时期知识分子写作的话语指向

——解读钱锺书《围城》与巴金《寒夜》

刘　青

在中国二十世纪的文学长廊中，知识分子题材一直是作家关注的一个话题。从“五四”时期鲁迅笔下的敢于向传统挑战的已经觉醒的知识分子“狂人”、在颓废中孤独的吕纬甫、不堪重负的涓生和子君到当代作家张贤亮笔下的章永璘、王蒙笔下的倪吾诚、贾平凹笔下的庄之蝶、池莉笔下的庄建非等知识分子，他们一直在迷惘中寻觅拯救自己与国家的新路，他们一方面扮演着启蒙者和拯救者的角色，另一方面他们自身也是被启蒙与被拯救的对象，在这二元对立中，让我们感受到二十世纪知识分子深深的悲哀与寂寞。

特别是在抗日战争时期，面对战争导致的内忧与外患，知识分子的社会地位的下降，启蒙与救亡的矛盾，知识分子该何去何从是一个值得探讨的问题。抗战前期，一切服从抗战的要求，文学也要为抗战服务，因此产生了抗战诗歌，抗战音乐，抗战戏剧，抗战漫画，抗战电影等抗战文学，尽管从当时到现在半个多世纪以来一直有人论述那些作品的伟大之处，但文学艺术水平的降低却是一个无法否认的事实。公式化，概念化，标语化，大同小异的作品形成了“抗战八股”的不良景观，文学为抗战付出了代价。到抗战后期，作家们纷纷从直接配合抗战宣传的战线上撤离，重新回到知识分子的话语立场，这意味着一种告别和逃离，也正是这种告别和逃离给这个时期的文学留下了最光辉的篇章。同是写于抗战后期的钱锺书先生的《围城》与巴金先生的《寒夜》这两部作品展现了两位大家对抗战时期知识分子命运的关注与理解，构建了独特的知识分子写作的话语指向。作家笔下的方鸿渐和汪文宣、曾树生等知识分子的人生状态折射出抗战那个特殊时期的所有知识分子的尴尬地位。知识分子一向给人的感觉是手不能提，肩不能挑，他们靠自己的知识而生存，在封建社会是“学而优则仕”，“五四”新文化运动之后，传统的科举制度被废除，知识分子可以从政，也可以从事文化、教育、经济等各行工作，以知识求生存。可是在抗日战争那样一个纷乱的年代，知识分子基本的生存愿望都不能得到满足，他们虽然也想靠自身的知识生存，如汪文宣、曾树生想办教育，方鸿渐想踏踏实实做教授，但现实击碎了他们的理想，这对于一向自认为是社会精英的知识分子来说，无疑是一巨大的打击。

钱锺书先生写《围城》的时间和巴金先生写《寒夜》的时间大约在同时，都是在抗战快要胜利的一九四四年开始动笔，一九四六年完稿。在这两年里，钱锺书先生“忧世伤生，屡想中止”，幸好有杨绛女士的不断催促，才得以写成；而巴金先生在两年中感受到“‘胜利’给我们带来希望，又把希望逐渐给我们拿走”[①]的黑暗社会，因此他以满怀的悲愤创作了这部小说。虽然两部小说基本写于同时，小说的大背景也基本是抗战时期，聚焦的都是知识分子在那个时代的命运，

---

① 巴金：《〈寒夜〉后记》，《巴金全集》第8卷，第703页，人民文学出版社，1989年，第1版。

但两位作家的个性与生活经历的差异导致了作家对当时知识分子处境的不同书写，也让这两部小说呈现出诸多不同的风格，看完《围城》，让我们在作家冷嘲热讽的笔墨中读出其中的无限酸楚，感慨原本是社会精英的知识分子的自身沦落。而《寒夜》，文如其名，作家以冷峻的笔调书写了这样一个冷酷的社会造成了小知识分子悲剧的命运，以高度的现实主义精神激起了读者的强烈共鸣。

一

钱锺书《围城》为我们刻画了以方鸿渐为主的一群知识分子的形象，他们有的从国外留学归来，有的是大学教授，但我们从中看不到知识分子应有的学问与光辉，透过作者嘲弄的笔端，我们看到的是一群旧中国西式知识分子的辛酸生活和灰色人生。

《围城》中的知识分子，基本上可以分为两类：一类是像方鸿渐和赵辛楣这样的虽处处碰壁却还有一些理想的知识分子；一类是俗不可耐、心术不正的遭到作家笔墨讨伐的知识分子，如高松年，李梅亭之流。只有唐晓芙例外，她是"摩登文明社会里那桩罕物——一个真正的女孩子"。

方鸿渐是一个受到西方文化的熏陶、有一定理想的知识分子，但他的理想在那样的现实环境中无从实现。他懦弱无能，没有真才实学，但还有一丝良心，买假文凭是方鸿渐心理上一直未能卸下的一个包袱，作假是为了骗人，而骗人是不道德的行为。方鸿渐能干出这种事，说明他的道德意识很淡薄。然而，淡薄尽管淡薄，却还没有到完全泯灭的程度，当他知道周经理登报炫耀他的假文凭时，他"羞愤得脸红了"，"夹耳根、连脖子、经背脊红下去直到脚跟"，认为自己从此成了骗子，无面目见人。在与李梅亭、顾尔谦之流一起去三闾大学的路上，他目睹李顾的丑态，觉得自己与他们为伍是可耻的堕落。到了三闾大学，他发现这个战时最高学府的种种问题，如效仿西方的不伦不类的导师制，他深恶痛绝。他虽然发现诸多问题，却无力也无从改变现实，他的理想像一个肥皂泡一样轻易地被击碎了。

除此之外,《围城》中还刻画了众多知识分子的灵魂的空虚与病态的精神,如三闾大学校长高松年,自称是一位研究生物学的“老科学家”,其实只是一个心术不正、好色贪杯、玩弄权术的学界官僚;自称是诗人的曹元朗,其杰作《拼盘姘伴》令人作呕;韩学愈从美国的爱尔兰骗子那儿买来了子虚乌有的“克莱登大学”博士文凭,骗取了大学教授头衔,还让他的白俄妻子冒充美国国籍,以便到英文系任教授。还有流氓文人李梅亭,溜须拍马、浅薄猥琐的势利小人顾尔谦,甚至是在法国取得文学博士头衔的号称“才貌双全”的女才子苏文纨,但她的得意之作竟是抄袭的德国民歌。

知识分子应该是社会的精英分子,靠他们推动社会的进步,可是在《围城》中,我们看到的知识分子却难以承载这样的使命。作家自己在《围城·序》中开头便道:“在这本书里,我想写现代中国某一部分社会、某一类人物。写这类人,我没忘记他们是人类,只是人类,具有无毛两足动物的基本根性。”钱锺书没有美化知识分子,而是站在“无毛两足动物的基本根性”的立场以人性的、冷静的目光观照历来为人所仰视的中国知识分子的现状,“五四”之后,要学习西方先进文化,原有的对“士人们”“朝为田舍郎,暮登天子堂”的“精英”特权的制度保证已经崩溃,但“精英文化”、“士”的意识还长期地施加着影响,知识分子想探寻一条救国救民的出路,可残酷的现实让他们的理想无从实现,钱锺书作为一个大学者,深刻地看到了知识分子当时的困境,因此在《围城》中透过作家嘲弄的笔端我们感受到在中西文化、新旧观念冲突中的知识分子的辛酸与挣扎的人生,写来虽不无尖刻,但能让人警醒,从而达到一种理想的拯救。

巴金先生的《寒夜》深刻地展示了抗日战争时期历史风云中小资产阶级知识分子的观念意识、文化心理,揭示社会生活的本质。文如其名,小说中弥漫的是一种“冷”的氛围,让我们看到知识分子在那样一个乱世之中无法逃避的悲剧命运。

小说写了三个人物,但却代表了三类知识分子的人生。汪文宣是一个曾经有一定的理想但由于他的软弱最终被黑暗社会吞噬的知识分子形象。他大学教育系毕业，与同学曾树生自由恋爱而同居，敢于蔑视和反抗封建礼教，其思想支柱是个性解放、教育救国，办一所“乡村化、家庭化的学堂”。但是，黑暗腐败的社会制度、日本帝国主义侵略的炮火，轰毁了他的理想和事业。加上疾病的折磨，他陷于贫困的境地，失去了反抗的勇气，形成了“为了生活，我只有忍受”的新的处世哲学。他做书局的校对，战战兢兢，忍受上司的冷眼、同事的奚落。失业、贫困、疾病一步步把他推上了死亡之路。他有正义感，对社会上不合理的现象愤愤不平，却又找不到一条公平之路；他盼望抗战胜利，却又预感到即使抗战胜利了，他母亲和儿子的命运也得不到改变。因此，在抗战胜利的锣鼓声中，他带着精神与肉体的极大痛苦，凄凉地死去。曾树生是一个善良正直而不甘屈服的女性知识分子形象。在外界环境的压抑中，她没有失去生活的勇气。为生活所迫，她到大丰银行作小职员（其实是“花瓶”），以及后来离开患病的丈夫去兰州，都是为了去找出路。她没有遗弃丈夫，汪文宣失业后，她负担了家庭的生活费用，她挣来的钱多贴补家用，给丈夫看病，供儿子读书，在兰州按月寄钱回家。抗日战争胜利后便急忙飞回重庆，虽然此时已人去楼空。这是当时大多数小资产阶级知识分子悲剧命运的写照。她任性而自尊、聪明而爱虚荣——这是典型的小资产阶级女性性格。她虽然为生活所迫去过“花瓶”生活，和上司陈主任纠缠，但并不放荡。在她身上有一种强烈的抗争精神，但是，在黑暗腐败的社会制度中，她的“抗争”实际上也是悲剧性的。而汪母其实也是老一代知识女性的典型。她评价事物的标准仍然是陈腐的旧道德观念，她和儿媳价值观念的不同导致了无休止的纠纷，对于生活的困境，她也有反思，她把原因归咎于读书：“我只后悔当初不该读书，更不该让你也读书，我害了你一辈子，也害了我自己。”（当年她曾是“昆明才女”）当抗日战争胜利后，她一度幻想“我们不再吃苦了”。在她身上，表现出一定程度的愚昧。

小说没有曲折离奇的情节和惊险紧张的场面，作家站在人生的立场揭示人物丰富的精神世界、表现人物的命运而感染读者，启发人们思考造成这种命运的根源。我们所看到的，就是当时抗日战争背景中的重庆的现实社会和在现实中挣扎的小人物——小资产阶级知识分子的悲剧命运。

二

《围城》和《寒夜》两部作品虽风格不同，前者在幽默的嘲讽中尽显知识分子众生相；后者在饱含同情的笔墨中展现乱世中小资产阶级知识分子的痛苦生活，但两部作品都揭示了知识分子在那个社会中的悲剧命运。

《围城》的骨子里是一出深沉的悲剧，杨绛最了解钱锺书，她在《围城》电视剧片头题词说："围在城里的人想逃出来，城外的人想冲进去。对婚姻也罢，职业也罢，人生愿望大都如此。"这一题词，准确地道出了《围城》的主题，也写出了当时知识分子的"围城心境"，城外的人想达到自己的理想境界，而城内的人在得到之后又充满失望的心境，在痛苦中重新驰骋他们的想望。也就是所谓"当境厌境，离境羡境"，在一地而怨一地，离彼处而恋彼处，近此人而厌此人，别彼人又想彼人。爱情也好，职业也罢，乃至于人生的愿望，就是这样一个无尽期的追求、奋斗的过程，直到生命的终结。这种"围城心境"其实就是表现了人生"一无可进的进口、一无可去的去处"的绝境，表现了战时陷于绝境中的普通知识分子徒劳于寻求出路，但总是从一个围城进入了另一个围城，无可奈何的永恒悲剧。

钱锺书的这种悲剧观集中体现在方鸿渐这个主要人物的塑造中。方鸿渐的人生就是悲剧的人生。他留学回国、寻找职业、追求爱情、家庭矛盾，一个个梦想的破灭，都是从一个围城进入另一个围城的无奈的悲剧。爱情、婚姻、家庭、事业都是一堵堵墙，逼得他艰于呼吸视听。在爱情和婚姻方面，他经历了和鲍小姐的调情、和苏小姐的应酬、和唐小姐的爱情，最后他陷入了孙柔嘉的婚姻围城才发现"结婚以后，你总发现你娶的不是原来的人，换了另外一个。早知道这样，结婚以前的那种追求、恋爱等等，全可以省掉"。正像王国维《蝶恋花》中所写："到得蓬莱，又值蓬莱浅。"设想作家如果安排方鸿渐最终和唐晓芙结了婚，而后再有此种感悟，那"围城心境"的悲剧内涵是否会更加突出呢？爱情如此，职业也是如此。游学归来，方鸿渐的第一站便是上海，战时的上海本身就是一座孤岛围城，虽然在这里汇聚了整个中国的财富与华丽，可是方鸿渐却到处碰壁，事业无着，困顿的他选择逃出围城，不惜历尽千辛万苦，只身来到内地的“三间大学”，而这里的围城之气更甚，那种勾心斗角的环境使他又陷入围城之中，于是他又回上海，然而生活更加困顿，他依然在城中游荡，方鸿渐最终选择远走重庆，文章结束。那样一个战争年代，读者不难想象重庆作为陪都，被日军围困轰炸，本身也是一座围城，依照作者对方鸿渐人生的逻辑可以推见，他又进入了另一座围城，而且他可能永远也走不出围城。方鸿渐的故事“包含对人生的讽刺和感伤，深于一切语言、一切啼笑”。他的可笑、可怜、可悲折射出战时知识分子的灰色人生，尽管他只是“一部分人类”的代表。这种浓浓的悲剧意味，作家是以一种诙谐、幽默的喜剧方式表现出来的，作品中到处都是幽默与讽刺，让读者在笑声中体会到无尽的悲剧意识，读来更让人回味。钱锺书深刻地揭示了知识分子的弱点，但没有开出疗救的药方，也表现了作家悲剧的人生观。

《寒夜》的悲剧是震慑人心的，会引起人的同情与共鸣，读之让人泪流。在抗战中，知识分子作为社会的一个阶层，有的全身心地投入到抗战中，有的变节投降，有的安分随时，想求安静而不得，汪文宣和曾树生就属于后一种。他们大学教育系毕业之后却要靠做校对和做“花瓶”勉强度日，不死不活的困苦生活增加了婆媳间的纠纷，夹在中间受气的又是丈夫又是儿子的小公务员默默地吞着眼泪，让生命之血一滴一滴地流出去。这便是国民党统治下善良的知识分子的悲剧，悲剧的形式虽然不止这样一种，但都不能避免家破人亡的结局。国民党统治的腐败，日本帝国主义的侵略，社会环境的污浊，让知识分子的理想无从实现，哪怕是最基本的生活都无从保障，生活在底层的知识分子们孤独，苦闷，有的被社会吞噬了，如死于肺结核的汪文宣，借酒买醉的唐柏青。有的还要活下去，他们还要去和这种不合理的制度抗争，如曾树生，为了追求自由和幸福，她敢于和思想守旧、顽固无理的婆婆反唇相讥，直到关系破裂，一走了之。当她的教育梦想破灭之后，为了生存，去做花瓶，但仍不甘心沦落。她的内心是矛盾的，她并不愿意做“花瓶”，她因此常常苦闷、发牢骚。可是为了解决生活上的困难，为了避免吃苦，她只有做“花瓶”。她口口声声嚷着追求自由，其实她所追求的“自由”也是很空虚的，用她自己的话来解释，就是：“我爱动，爱热闹，我需要过热情的生活。”换句话说，她追求的也只是个人的享乐。她的这种苦闷和空虚是没有出路的也是无法解决的，她虽为改变生活进行努力但最终还是免不了悲剧的结局，在那样的社会中，个人的力量是微弱的。全文是一种凄冷的格调，让我们感受到作家对蒋介石和国民党反动政府的控诉。

两部作品一出是笑声中的悲剧，有着喜剧的外套而悲剧的内核，以极强的表现力展现了知识分子的悲剧人生，却无从开出疗救的药方；一个是泪水中的悲剧，知识分子在挣扎之后最终还是被无情而冷酷的社会吞噬了，全书读罢泪涔涔。

三

两部作品同是聚焦中国抗战时期知识分子的命运，但风格截然不同，原因何在？这可能与作家的生活经历、人生态度、个性等因素有很大的联系。

全面抗战爆发后，知识分子有三个流向：一是去大后方，二是留在沦陷区，三是奔赴抗日根据地。留在沦陷区的知识分子，虽然处于日寇的淫威下，但有良知的知识分子保持了民族气节。有的宁愿清贫，坚决不任伪职；有的隐姓埋名，专心学术研究；还有的积极参加地下抵抗活动，甚至献出生命。钱锺书当时羁居上海沦陷区，闭门独处，专心学术，是他平生最为凄苦的时期，当时的环境正如他在《谈艺录》序言中所慨叹的“予侍亲率眷，兵罅偷生。如危幕之燕巢，同枯槐之蚁聚。忧天将压，避地无之，虽欲出门西向笑而不敢也”。此时他只能以诗文来发泄自己的哀伤和苦闷，“一世老添非我独，百端忧集有谁分”，“楼宇难归风孰借，山河普照影差完”。诗作中的忧患意识和时代感受极为强烈深刻，《围城》正写于此时。在这种忧世伤生情绪支配下，他就必然在文本中流露出对当时知识分子前途不可知的宿命观点。另外，在抗战爆发之后，作家曾有过长途颠簸到湖南教书的经历，路途中的颠沛流离以及在湖南蓝田的那所学院里看到的那些所谓教授的嘴脸，让他清楚地看到了知识分子的人性的弱点，《围城》中对三间大学的教授们冷嘲热讽正是基于作家对生活的发现与感悟。

总体而言，钱锺书是一个学者型作家，他站在一个高度去审视知识分子的命运，更多地从人性本身的特点考察人生，他看到当时知识分子的尴尬处境，在嘲讽、调侃的笔调之余透露出一定的哲理性。就他本人而言，几十年他从学院到学院，一直生活于文人圈，所写的小说以此为对象也是理所当然。而且作家一生虽有过困顿之时，但尚未落入社会底层，因此作家对知识分子的困苦生活了解不够，写来缺乏感情力度，让人感觉才胜于情。作家好像是以一个物外之人来观察人生百态，看到了知识分子身上存在的很多弱点，却无从开出疗救的药方。

巴金写《寒夜》是在他创作的后期，当时他就在大后方重庆艰难度日。如果说钱锺书是出世的，那巴金就是入世的，巴金善于把自己融入到当时的知识分子中间去，以知识分子人生本身的状态去追问社会，从而揭示社会的黑暗，表现知识分子的无助。我们可以清楚地看到，在巴金的创作道路上，其民主革命时期后半期的创作，与重庆有着密切的联系，它们是巴金创作现实主义文学风格成熟的标志。大后方重庆、昆明、成都和桂林等地，当时是知识分子云集的地方。那里知识分子的生活条件极为艰苦，即使是那些学富五车的知名教授、声名远播的科学家，生活也异常窘迫，过着半饥半饱的生活，甚至还要经常变卖衣物度日。八年抗战中，大后方的知识分子对国民党专制统治的本质，认识逐渐加深，就连不少原本不问政治的学者，也转变为坚强的民主斗士。一九四四年一个寒冷的冬夜，桂林沦陷之时，巴金在重庆民国路文化生活出版社楼下一间小得不可再小的屋子里开始创作《寒夜》，《寒夜》故事发生的地点就是重庆，抗战的后方，可就是这一个后方，在国民政府的节节败退之下，也无法守住。巴金亲眼看到了很多小知识分子的痛苦经历，处处感受社会人生凄风苦雨的“冷”的威逼，像汪文宣那样的人实在太多了。他说：“我不论到哪里，甚至坐在小屋内，也听得见一般小人物的诉苦和呼吁。尽管不是有名有姓、家喻户晓的真人，尽管不是人人目睹可以载之史册的大事，然而我在那些时候的确常常见到、听到那样的人和那样的事，那些人在生活，那些事继续发生，一切都是那么自然，我好像活在我自己的小说中，又好像在旁观我周围那些人在扮演一本悲欢离合的苦戏。冷酒馆是我熟习的，咖啡店是我熟习的，'半官半商'的图书公司也是我熟习的。小说中的每个地点我都熟习。"写文章时这些经历犹在眼前，因此写来让人声泪俱下。

巴金开始写《寒夜》，正是坏人得志的时候。他说："我写这部小说正是想说明：好人得不到好报。我的目的无非要让人看见蒋介石国民党统治下的社会是个什么样子。""我进行写作的时候，好像常常听见一个声音在我耳边说：'我要替那些小人物申冤。'"文本中处处可见作家的控诉之情。正因为小说中的人和事都是作家亲历，因此《寒夜》在情感上比《围城》更具有打动人心的力量，而《围城》在艺术上比《寒夜》更精致，按照美国学者夏志清的评价："是中国近代文学中最有趣和最用心经营的小说，可能亦是最伟大的一部。"不管怎样，两位大家都以自己独特的表述写尽知识分子在抗战那个特殊时期的酸甜苦辣的人生，构建了独有的知识分子写作的话语指向，是一部知识分子的人生大书。

参考文献

[1] 钱锺书：《围城》，人民文学出版社，1980 年。

[2]《巴金论创作》，上海文艺出版社，1983 年。

[3] 刘慧贞编：《巴金代表作》，黄河文艺出版社，1989 年。

[4] 罗思编：《写在钱锺书边上》，文汇出版社，1996 年。

[5] 陈子谦：《钱学论》，教育科学出版社，1994 年。

[6] 王国维：《人间词话　人间词》，群言出版社，1995 年。

[7] 夏志清：《中国现代小说史》，复旦大学出版社，2005 年。

（《名作欣赏》[学术专刊]2007 年第 8 期）

守与放

——巴金《寒夜》叙事结构的分析

肖照东

《寒夜》是巴金1944年—1946年间创作的一部长篇力作，叙述了汪家在抗战后期相依为命、最后分崩离析的辛酸故事。汪母、汪文宣和妻子曾树生是小说中的三个主角。汪母年轻时接受了妇德教育，曾是昆明有名的“才女”，主张严格地遵从“夫为妇纲”的家庭伦理规范。汪文宣和妻子曾树生毕业于上海某大学教育系，他们追求个性解放，憧憬教育救国，但日本帝国主义的铁蹄踏破了他们平静的生活，他们的理想也失去了现实基础，不得不举家从上海迁徙到重庆。相异的文化观念、不同的生活意识也随着环境的改变、生活的艰辛、职业的选择而日益展现并产生激烈的碰撞与冲突。汪母爱儿子，牢牢地守住儿子，却难以容忍媳妇跳舞打牌、甘做花瓶，以致怂恿儿子离婚。汪文宣夹在敌对的母亲和妻子中间，没有力量去调节不和睦的婆媳关系。他爱诱人的妻子，也爱慈爱的母亲，没有勇气抛弃任何一方。曾树生爱自己的丈夫，却不能容忍丈夫凡事都忍受的老好人态度。最后决意离开丈夫，去追逐年轻、富有而又健壮的陈主任。

通过对叙述内容的梳理，内容的存在形态即结构也就一目了然。“叙事作品的结构是指作品各个成分或单元之间关系的整体形态。”[①]下面从历时性和共时性两个向度[②]来分析《寒夜》的叙事结构。

一、历时性向度

历时性向度就是根据叙述的前后顺序研究句子与句子、事件与事件的关系。首先须确定最小的叙述单位，即从句法分析的角度把叙述内容化简为一系列基本句型。“一个故事中可包容若干基本事件，这些事件必然是关于一些人物的行为或状态。因此可把这些人物当作主语，而把行为化简为谓语动词，或者把状态化简为表语。”[③]《寒夜》中的主要故事内容可化简为下列叙述句：(1)汪母守住儿子，抛弃媳妇；(2)汪文宣既想守住母亲又想守住妻子；(3)曾树生抛弃丈夫，守住陈主任。此处，把故事的基本内容简化成了两个谓语动词：守住、抛弃。

每个事件的结构特征通过句法关系而显示出来。把故事内容简化到此，就可以用一个单句来概括这个故事：曾树生抛弃了被汪母牢牢守住的丈夫去了兰州。但这样化简失去了对故事如何发生的问题的基本提示，所以没有结构意义。因此需要把故事结构化简提炼的结果即几个叙述句排成一个序列。这样，《寒夜》的三个叙述句就构成了一个基本的单线系列。第1句是平衡的破坏（媳妇做花瓶，婆婆视媳妇为敌）；第2句是恢复平衡的努力（汪文宣试图调节婆媳

---

① 童庆炳：《文学理论教程》(修订二版)，高等教育出版社，2004年，第248页。

② 同上书，第248—250页。

③ 同上书，第249页。

关系，同时守住母亲和妻子)；第3句由不平衡趋于并最终翻转到否定性的平衡(曾树生离开丈夫去追随陈主任，汪文宣死去，汪母流落他乡)。小说就是这样按照1,2,3,1,2,3……的序列呈现出反复的状态，越到后面，这种序列反复的频率越快，叙事的节奏加快，造成紧张严肃的叙事气氛，平静无容身之地，令读者几乎喘不过气。这就组成了《寒夜》的历时性叙事结构。这个序列的次序与环节(即平衡[小说隐去了一家人间或过着相对平静安定生活的平衡状态]——破坏平衡——企图恢复平衡——新的否定性平衡)是经典叙事作品结构的基本条件，一旦遭到破坏，便会给读者以不知所云或支离破碎的感觉。比起一些故事套故事并嵌入若干次级序列的结构复杂的作品来，《寒夜》的基本叙述句较少而且序列也较为简单清晰：汪母一守(儿子)一放(媳妇)，汪文宣两守(母亲和妻子)，曾树生一守(陈主任)一放(丈夫)。汪母守住儿子，儿子守住妻子，妻子守住陈主任，相互关联在一起；母亲抛弃媳妇，媳妇抛弃丈夫。这是"守与放"的内容；后果是彼此分崩离析，或死或生，或逃或离。

二、共时性向度

共时性向度就是研究各个要素与故事之外的文化背景之间的关系，"根据是相信具体的叙述话语同产生这些话语的整个文化背景之间存在着超出话语字面的深层意义关系"[①]。当代法国人类学家列维-斯特劳斯在研究神话叙事的意义时，"并不关心说明神话的'真实的'或'权威的'或'最早的'版本"(叙述的内容)，而是按照某种相似特征，把神话要素"重新确立正确的排列"进行译解，从中寻找支配具体话语的深层文化关系。[②] 他的译解方式对进行叙述话语的共时性向度的分析研究具有一定的借鉴意义，因为"神话本身即是一种叙述

① 童庆炳：《文学理论教程》(修订二版)，高等教育出版社，2004年，第249页。

② 特伦斯·霍克斯著，瞿铁鹏译：《结构全文和符号学》，上海译文出版社，1987年，第40—45页。

体文学的雏形，它所体现出来的思维特点，自然也是艺术思维的特点，对于神话模式的分析，必然也可以阔延到对于整个人类文学活动的观察”[①]。

按照列维一斯特劳斯的方法，把《寒夜》中上述有意义事件的叙述顺序打乱，按照性质的相似和逻辑关系进行重组，就排成下列图表：

1　2　3

1　2　3

1　2　3

……

将图表横行念出是故事本来的顺序，而从纵行看，就显示出了类别分布，“如果我们想知晓事件过程，就应按横行一行行地阅读（历时），但如果想知道事件中包含的因素，就应按纵行一列列地读（共时）”[②]。下面将三个纵行的事件和每个事件所包含的因素，即把“守与放”的内容和“守与放”的后果直接对应起来，结果如表1所示。

表1　列氏“神话素”结构读表

	行为		后果	
人物	A. 遵循常规行事	B. 脱离常规的行为	a. 不幸	b. 幸运
汪母	守住儿子　抛弃媳妇		流落他乡	
汪文宣	守住母亲　守住妻子		死亡	
曾树生		抛弃丈夫　守住陈主任		获得自由

表1中A，B两个垂直的栏目表达两种颠倒的行为，其中A栏行为都是按照当时的习俗或道德观念，是适当的行为，即“遵循常规行事”；B栏的行为是违反习俗或道德观念，所以属于“脱离常规的行为”。后两个垂直的栏目a，b则表达上述两种颠倒的行为所造成相应的颠倒的后果，其中a栏是“不幸”的后果，b栏是“幸运”的后果。经过这样的重组后可以明显地看出，故事的主旨是通过

① 马新国：《西方文论史》（修订版），高等教育出版社，2002年，第445页。

② 朱立元：《当代西方文艺理论》，华东师范大学出版社，2001年，第236页。

A,B 两栏的行为相应地达到 a,b 两栏的后果:即死守传统导致不幸,脱离常规带来自由。

汪家的悲剧发生在抗战末期的重庆。面对新的生存环境,人们的生活方式、生活态度也会发生改变,从而凸现出不同的文化观念:汪母抱守传统,对现代女性恨之入骨;曾树生拥抱新潮,对传统置之不理。汪母和曾树生各执一端,结果怎样? 两种文化激烈碰撞,汪母流落他乡,曾树生远走兰州。汪文宣的文化取舍较为复杂,他接受了新思想,却又对传统予以肯定,游弋于现代与传统之间,束手无策,充当了两种文化碰撞的牺牲品。对习俗观念的怀疑和批判,渴望从超越常规中寻求自由,这是“守与放”的意义呈现。

在社会转型时期,面对新旧文化、传统与现代、东方与西方之间的冲突,有的人恪守传统规范,有的人思想前卫,有的人无所适从。要将这些真实纳入作品,作为创作主体该怎样去艺术构思?《寒夜》叙事结构提供给读者表现变革时期人们对互异文化生活观念取舍态度的一个范式,在今天及今后依然是行之有效的方法。事实上,除了《寒夜》以外,现代小说中还有不少经典作品也隐含着这样的叙事结构,如巴金的另一部作品《家》,鲁迅的《伤逝》,老舍的《四世同堂》,曹禺的《雷雨》,路翎的《财主的儿女们》等。因为,“在矛盾中‘各抒己见,各持一端’的探索与表达总是十分引人注目的,往往创作者只有进入思维与生活的矛盾之‘朦胧态王国’,才有更好的施展才干的机会和可能”①。即,这种范式可以收到再现生活真实、寄寓深刻主题、吸引读者视野、展示作者才华的多重功效。

通过历时和共时两个向度,结合叙事单位使小说植根在深层社会心理的文化意义得以呈现。需要指出的是,由于可参照叙事单位的选择不同,也会带来对同一作品的不同理解,得出不同层次、不同角度的多种结果。叙事单位在叙事中发挥着自己的功能并组合起来产生意义,它隐含着具体作品的基本叙事结构及深层内涵。因此,不仅要对其进行历时性向度的研究,还要进行共时性向

① 李斐:《小说结构与审美》,贵州人民出版社,2003 年,第 228 页。

度的考察，这就犹如交响乐队的乐谱，“一部交响乐曲必须沿着一条中轴线（即一页接一页，从左到右地）历时地阅读，同时又必须沿着另一条从上到下的中轴线共时地去读，方才有意义”[①]，即只有把握历时展开的“旋律”，同时又抓住共时出现的“和声”，才能真正理解一部叙事作品的内在意义。

（《北京航空航天大学学报》社会科学版 2009 年第 1 期）

① 克洛德·列维-斯特劳斯：《结构人类学》，中国人民大学出版社，1972 年，第 227 页。

从《家》到《寒夜》看巴金小说的文本裂痕

——兼论其家族伦理演变与叙事逻辑的关系

张继红　张学敏

《家》是巴金的成名之作，《寒夜》是巴金的巅峰之作。两部作品都隐含着作者鲜明的“我有话说”的意念化创作倾向。同时，两部作品都选择了“家”及其伦理关系这一切口进行叙事，但文本的叙事逻辑和作品人物的情理逻辑出现了内在的矛盾——文本裂痕。这一现象在《家》中产生，到《寒夜》逐渐得以弥合，这种在艺术策略的选择与深化成为上世纪40年代中国文学丰富而独特的生命体验。

一、《家》及其家族作品中的情感认同与文本裂痕

巴金的《家》中有一个沉重的矛盾疑团，那就是对家族传统伦理的眷念与他

对“家庭制度”的诅咒，巴金也多次强调自己本身就是一个矛盾的人，他是“中国传统人伦关系的奉行者。巴金宣告过封建制度的必然灭亡，但却一生在探索如何在相互平等的基础上，建立一个合理的友爱的家庭关系。不是完全割断这种血缘纽带”。[①] 而这种矛盾自然会渗透到作品当中。而正好是这种矛盾造成了小说文本的裂痕，即出现了文本叙事逻辑与人物情理逻辑的错位。

不同人物的行为与情感趋向很大程度上代表了作者本人的不同的情感认同。巴金也像其他作家一样，“也一直站在表达社会思想、宣泄社会情愫的立场上写作”。[②]《家》中的觉新是作者写得很成功的人物，其原因就在于他是一个矛盾的复合体。因为父母早逝，觉新是因袭家庭伦理规范的第一个拿接力棒的人，在家庭伦理跨辈交接的衍进过程中，他并不愿放弃手中的接力棒，尽管它上边沾满了血乎乎的腥渍，同时在传棒过程中已经棒打了多人，而且有可能再打下去(包括觉新自己)。其实，觉新何尝没有意识到这个问题，甚至他比觉慧、琴等认识得更清楚，但觉新在家庭结构关系中的位置是固定的，他是第一棒接力手，他的职责就是在寒风彻骨的处境中拿上了“烫手铁”，正如一个人在梦魇中告诉自己“我是很清醒，我就在做恶梦”。但是当自己从恶梦中挣扎起来后，恶梦还会像孤魂野鬼一样又缠上身来。梅与觉新曾经心心相照的美梦已经永远成为过去，但作者还是把觉新丢到另一座幻城之中——瑞珏难产而死，其实，在觉新心中是有一种预感的，“乡村”、“远山”、“远离高家”对觉新来说就是一个不祥之兆，对作为一个家庭中很懂常理的人来说，“血光之灾”不但是一种忌讳更是一种征兆，一种象征，即让觉新成了一个悲剧命运的承担者，这样读者对他爱之、恨之、怜之、怨之。

但是问题就出在这里，巴金对觉新，对汪文宣甚至对杜大心、姚国栋，对这一系列面临复杂而艰难处境的主人公，为什么要让他们做清醒的梦，甚至要咯血而死，自我分裂呢？是作者有意为之，还是情节推演的必然结果？如果我们

---

① 谭洛非，谭兴国：《巴金美学思想论稿》，四川大学出版社，1991 年，第 342 页。

② 摩罗：《孤独的巴金》，《当代作家评论》，1996 年第 6 期。

再次进入文本，作以人物情理分析和细节推敲的话，我们会发现一系列的问题会出现：

首先，在巴金对非常喜欢的人物在情节设置和情感逻辑上是有一些问题的，而且这些问题在巴金的其他作品也不止一次出现。我们看《家》中的觉新，对他写得很"操心"，如写"梅"对他心灵上的阴影，写他对觉慧创办"新青年"式的刊物的欣羡，特别是瑞珏难产而死之后内心的痛苦都是相当细致、颇动感情的。所以作者不止一次地说"我控诉"，"我要向一个死的制度叫告我的I'accuse"，①而且这句话在巴金的其他著作中多次出现；显然，他对觉新是抱有极大的同情之心。同情作为文章情感特别是作者对主人公的情感趋向是非同小可的，这种强烈的主体意识被贯注于其中(因这觉新有巴金表哥的影子)。那么作者为什么会把自己非常同情的主人公置于一种阴沉的位置，这种位置和心理走向是否符合事理逻辑。

觉新首先对家有一种"生于斯长于斯的旧家庭以及置身其间的人们有难以割舍的温情，这种清醒的理性判断与无意识中家庭情感以不同的方式在其创作中流露出来"。② 但是作者在塑造觉新这一形象时，情感逻辑和文本逻辑是有问题的。作者在《家》的附录十版代序《关于〈家〉——给我的一个表哥》中强调，"青春毕竟是美丽的东西。我所要写的应该是一般大家庭的历史……我要写这种家庭怎样必然地走上崩溃的路，走到它自己亲手掘成的墓穴。我要写包含在里边的倾轧、斗争和悲剧。我要写一些年轻的生命怎样在那里面受苦，受气而终于不免灭亡"。③ 很明显作者最初要表达的"葬送封建大家庭"的观念。用现在的眼光去读，意思是显明白畅晓的，问题在于，作者所写的封建大家庭是一枝被虫吃空了的树杆，而那些年轻的生命正好是那些枯树上的绿叶，树根再深，也必将衰朽，而绿色的树叶都脱离枯枝仍能够存活(相关的话见巴金的《谈〈秋〉》)这一简单的象喻为什么就那么容易被读者和评论家毫无质疑地认可?

---

① 巴金：《关于〈家〉十版代序——给我的一个表哥》，见《家》附录，人民文学出版社，1986年。

② 同上。

③ 曹书文：《家庭文化与中国现代文学》，中国社会科学出版社，2002年，第191—192页。

其次，巴金在写《家》时，悄悄地将命运的不可抗拒性，上世纪30年代知识分子所面临着生存处境简单化、单一化了。巴金曾在他的《写作生活的回顾》中提及他对法国作家左拉的欣赏，并且用了三四个月时间读完了《卢贡-马卡尔家族》系列的二十多部小说，但是他却把左拉的作品只“误读”(一定程度上是有意“误读”)为“坏人得志，好人受苦”的这一简单的中国古代戏剧的“苦剧”模式，而把左拉用一种零度叙事的手法以及与之相关的对世界的绝望——披着社会生物学、绝望的外衣的心境却置之不理。很自然像鲁迅先生所说的知识分子或启蒙者内心的自我分裂的深度表述在巴金作品中是缺失的。鲁迅在《狂人日记》中提出“救救孩子！”在《祝福》中让祥林嫂拷问“我”的灵魂，面对与“我”并置的先觉者却是自我悖谬的复杂个体，“谁来救孩子！”可是谁能够救孩子？等具有深刻内涵的主体性的一种表述，所以当鲁迅的叙事视角从先觉者、先知者转向纯洁的孩子、善良的祥林嫂时，作为“肩住黑暗的门，放他们到光明里去”[①]的自我分裂者的处境依然是清晰可见的。这是鲁迅一种矛盾而决绝的复杂的主体性在他作品中的渗透。

从叙述情节与人物的结局命运来看，人物情理逻辑和文本的内部逻辑之间都出现了裂痕，这种裂痕要么是一种人物情理逻辑的松动，要么只是叙事上的同义反复，即在自我认同的概念化倾向下形成的“叙述圆圈构成一整套空洞的能指符号青春、生命、幸福、爱情、美丽、新时代、未来等等”，[②]而在这个叙述圆圈中，填充“空洞”的“中心”的东西就是作家创作主体的意念化倾向的介入——让年轻的生命成为旧制度的祭品。而越是作者站出来代读者立言，这个叙事圆圈中的空洞越大，作品中人物的自身的情感对读者的冲击越小。当然，在上世纪30年代或没有经典的时代，因其空洞而激动人心，“因其空洞而获得了强大的解释的力量，并在30年代成就了一个完满的现代意识形态神话”。[③] 而巴金的写

① 鲁迅：《呐喊自序》，见《鲁迅全集》第1卷，人民文学出版社，1981年，第130页。

② 黄子平：《命运三重奏：〈家〉与“家中人”》，王晓明：《二十世纪中国文学史论》(修订本)上卷，东方出版中心，2003年，第436—437页。

③ 同上。

作却很自然地契合了在大家族内没有爱情的宣谕式的自我认同写作的神话。

作者有意地要让他走出“家”无异于让树枝逃离树身，树叶逃脱树枝仍可存活，所以这无异于作者站出来宣布觉新应该走。而越是这样，作者创作意图与文本逻辑之间的错位越大，即觉新走得离家越远，作品的悲剧力量越小。觉新的结局最终没有完成作者的控诉目的。从而造成了激流三部曲的《春》《秋》，甚至拟想完成的理想化的《群》——体现一种完满意念的作品在艺术和读者欣赏上大走下滑之路，直到《寒夜》的创作才有所改善。

二、《寒夜》的裂痕弥合与巴金小说艺术的突破

文本与主人公情理逻辑分裂的现象到巴金创作的成熟期、高峰期依然出现。但在艺术处理上，巴金对情理的设置以及对人生的思考都已相当成熟。如果说《家》里所维系的是一种牢固的伦常关系的话，上世纪40年代的巅峰之作《寒夜》的成功恰恰是在写以情感和信任基础上的爱情遭遇和主人公深沉的悲感。“从《家》到《寒夜》的创作实践证明：巴金……走向充分现实主义的坚实道路”。[①]《寒夜》写出了没有英雄的“小人物”的悲剧，是当年生活中人们司空见惯却又不愿正视的黯淡风景，从《家》到《寒夜》，巴金的创作走向了深沉的悲剧艺术。[②] 尽管许多学者们从线性的发展道路上肯定了巴金创作在艺术上的成熟，但仍然很少有人将其创作原有的文本裂痕这一观念问题。

叙事学家罗兰·巴尔特说过：“小说是一种死亡，它把生命变成一种命运，把记忆变成一种有用的行为，把延续变成一种有向度有意义的时间。但是这种

① 张民权：《从〈家〉到〈寒夜〉看巴金创作风格的演变》，《现代文学研究丛刊》，1984年第2期。

② 上述评论见钱理群，温儒敏，吴福辉：《中国现代文学三十年》，北京大学出版社，1998年，第266—271页。

转变过程只有在社会的注视下才能完成。”[①]其实巴金的小说具有一种浓厚的死亡意识，而且这一意识在巴金创作的每一段时期都有所延续。那么在《寒夜》中，巴金延续下来的还有什么呢？

这中间似乎也是一个缺乏情理逻辑的空洞：

首先，从汪文宣的角度来看，“他做着醒着的梦”，他想得到和想维系的是难以言说的自由与爱，而不是家族伦理。他梦想妻子和母亲能握手言和，但这种最基本的想法却因两个不同观念女人，而出现巨大的障碍。他清醒地意识到他这种卑微而真实的想法是不被曾树生和自己的母亲理解的，特别是后者。开始，曾树生虽做了“花瓶”，但她仍然相信汪还在爱她、理解她，她去上班，汪会一直抱守着焦急与期待，但当曾一回来，他又佯装睡得很熟。这是不是一种神志的问题，还是虚荣作祟还是出于一种对“花瓶”的报复，种种假设或成立或不成立，但我们都可以归结为汪复杂懦弱的性格无疑是合理的。他在梦中也梦到在战乱时候他与母亲失散，而曾树生要汪和自己走，丢下他母亲，而现实中，母亲与妻子这一惯常意义上的“婆媳矛盾”似乎也不很正常。但问题就出在于，最终证明汪文宣和曾树生之间的爱情依然能够维系到底是什么？仅仅是生活让汪文宣不再“表达出自己的真实想法吗？”是那些曾经青春年少的美梦吗？似乎有一点，但曾在多处给汪说：“你不要做梦了，你在做梦”之类的话。说明他们即将没有过去，生活已经将他们逼上决裂的边缘。另外，汪曾二人爱情延续的产物——小宣，文中很少提到他，只交代他只有十三岁(其实已经十三岁了)身体不好，说明至少汪文宣与曾树生维系感情的东西就不是孩子。这两种最大的可能性没有了。

其次，从汪母这一角度看，汪母的诸多行为有些反常，她需要的是一种世俗的伦理名分，而不是家庭的和谐与稳定。很明显她与《孔雀东南飞》中的焦母处于同一境况，如果从“俄底蒲斯情结”去看她的许多过激行为都是不足为过的。

---

① 罗兰·巴尔特：《写作零度》，转引自王晓明：《二十世纪中国文学史论》(修订本)上卷，东方出版中心，2003年，第434页。

但是有一个很切实际的问题，就是她疼爱儿子，唯有她清楚病入膏肓的儿子的生命线就在于这个家，而直接原因是她和曾树生的冲突（她与曾不发生矛盾时汪的病会轻些），为什么她会不顾一切地掐断这一条生命线呢？她口口声声说曾树生是她儿子的"姘头"（没领结婚证），这个"命名"可来头不小，可我们知道汪母年轻时曾是昆明的才女，有文化，所以她应该很自然能理解儿子心灵中的痛楚。在《寒夜》中，她是很势利又很善良、很虚荣又很清高的老太婆，同时又是非常理性、思维很清晰的人。这样看来，是她对"婆婆地位"受到冲击之后处境的反映近乎痴狂的挣扎。但为什么她将赶走树生置于不顾儿子的死活之上？尽管她也很清楚儿子当时的处境。在这一层面上，我们说是汪母杀死了自己的儿子，也是合乎叙事逻辑的，但很明显，汪母的本愿并不在此，而作为巴金本人的意愿也不在此，因为"我只写了一些耳闻目睹的事，我只写了一个肺病患者的血痰，我只写了一个渺小的读书人的生与死"，而是"被不合理的制度摧毁，被生活拖死的人断气时已经没有了力气呼叫'黎明'了"。[①] 巴金从《灭亡》到《家》几乎是不写"坏女人"，巴金后来回忆说："因为在我的小说里很少把妇女写成坏人。"[②]而且有一种强烈的女性同情倾向，所以小说的叙事与主人公情理逻辑出现了——文本裂痕。

第三，从《寒夜》的整体结构来看，文本的缝隙则更明显。整篇小说的内在结构上的矛盾，即曾树生远去兰州与回重庆再看"久病的"、"两个月没有音讯的"丈夫。首先，曾去兰州并不是一时的冲动，而是自己所作的理性的选择，（尽管有许多自我矛盾，希望汪能挽留她）。其次，有一个汪母这一"外力加速度"催促，所以她去兰州就是一种"自我解脱"，实现自己的独立和幸福，"我为什么不能幸福？为什么不能？而且我需要幸福，我应该得到幸福。……"（《寒夜·二十》）而不是一时"避闲"，如果说在此时离开汪文宣没有解除道义上的责任，没有放弃良心上的不安，并且要寄信、寄钱给汪的话，那么越写越短的信已证明两

① 巴金：《寒夜·后记》。这一说法 1981 年写的《〈寒夜〉挪威文译本序》中的说法已不同，后者有很强的政治化色彩. 见《巴金全集》第 8 卷，人民文学出版社，1989 年，第 703—707 页。

② 巴金：《随想录·在尼斯》，见《随想录》（合订本），三联出版社，1987 年，第 95 页。

个人之间的爱情线已被一次次地摧毁;如果说曾树生在离家去兰州时以“妻”的身份留下的“妈面前请你替我讲两句好话罢”(二十)是真诚的眷顾的话,那么她说:“你希望我顶着‘姘头’的招牌,当一个任人辱骂的奴隶媳妇,好给你换来甜蜜的家庭生活,你真是在做梦。”“事后我总是后悔,我常常想向你道歉。我对自己说,以后应当对你好一点。可是我只能怜悯你,我不能再爱你。你从前并不是这样软弱的人”(二十六)。感情的变化总是潜隐于某些具体的行为,曾树生也不再把爱置之于琐碎的婆媳矛盾纠缠,这与先前的“我心里也很苦啊!……我一个女人……”(二十一)已成为两种情感和两种判断,她从对汪有一点朦胧的期望,到最后彻底地幻灭,即两人之间的爱已经被现实阻隔了。那么作者又为什么让她“回来”?

所以在全文的结构设置中,曾树生回重庆看“丈夫”就成了一个叙事悬案。当然,小说是一种虚构、想象行为,但同时小说正如我们前边说的“把生命变成了命运,把记忆变成一种有用的行为”(罗兰·巴尔特语)。那么曾树生为什么又回到了重庆?作者将这种“记忆”赋予哪一种行为呢?这是巴金在叙事上的失误?还是巴金有意为之?

从《家》到《寒夜》出现了相同的文本裂隙,在《家》中选择让觉新告别“家”,但是这个过程却淡化了《家》的悲剧色彩,而《寒夜》却在我们不可思议的结尾背后隐藏式地加剧了深刻的悲剧效果。为什么呢?

正是因为我们对曾树生的确回来发出了疑问,我们才对她的“回来”本身作以思考。从具体而实在的层面上看,曾树生回重庆并不是为了重圆旧梦,不是弥补良心上的缺憾,更不是“向母亲来说两句好话”,这不像有些评论家说的“神志不清”(因为她回到汪家自己住过的房子后的行为看她是思维很清晰的人)。那么所有这一切都没有可能的话,那就是作者对文本“有意”的安排与控制。从深层意义上说,曾树生的归来也是为了寻找,只是寻找的东西有所不同,她要寻找那些已经被现实消磨掉的青春、爱情以及对生命的激情,而当这一切都没有可能时,她很快跌入一个绝望之谷。一种阴森和寒冷侵袭了她的身心,当她带着一点渺茫的期望向过去靠岸时,河床与河身整个陷落了,这就是曾树生在回来时所感受到的悲凉。另外,《寒夜》有一个深层的文本结构,即从汪文宣在萧瑟的秋夜寻找因吵嘴而出走的妻子曾树生到曾树生在"寒夜"中寻找像在幻梦中的汪文宣,此时被裹挟在这个封闭的"寻找"文本结构中的是一对年轻的、曾经有梦想和抱负的青年,青年——没路了,唯有寒夜由身浸入心。至此作者有意安排的裂缝被这种自我封闭的象征氛围笼罩了,弥合了。而且这种情感逻辑与叙事逻辑与错位空间越大,整篇作品的情感张力也越大。我们才发现一种被电击一般的悲剧震荡力潜隐在渐变的文本裂缝中。这让每个人都感到冷得发紧的寒夜,也很自然地想到在那个特殊时代的知识分子所面临的处境。汪文宣如此,曾树生如此,巴金如此,每个读者如此:似乎每个人都逃不脱这种被寒夜所包围的命运和处境,这样看来,寒夜则有了普遍的意义。

(《理论界》2009 年第 9 期)

巴金《寒夜》研究

——以与早期作品《家》的对比为中心

[韩] 朴宰范

一、序论

1930年代，中国文学在各方面都取得了飞跃性的发展。在这个时期，随着长篇小说的诞生，各种类型的小说作品陆续出现，在30年代文学发展的过程中处于领先地位，这种变化的产生源于作家们对文学的关注以及写作水平的不断提高。而在这个阶段，巴金的新式长篇小说《家》的发表，为小说的发展和文学范围的扩大作出了巨大贡献。巴金的家族史小说，即描写大家庭的生活和命运的小说，拓宽了30、40年代小说的领域和局面。

大家庭的生活和命运是巴金小说一贯的题材，甚至可以说是巴金小说的全部。到40年代为止，对大家庭生活和命运的描写一直是巴金小说的主题和方向，而不是集中在某个时期，或者几个作品的前一二回。不仅仅是代表作，巴金的大部分小说都取材于大家族的生活和命运，作者通过对这种题材的大范围应用对同时代的社会现实进行了揭露和批判。

本文通过对《家》和《寒夜》两部作品的分析和比较，对巴金小说的基本形态和转变进行探讨。《家》和《寒夜》作为现实主义的优秀作品，是巴金的小说代表作。《家》是巴金早期小说以及早期文学界的代表作，也是最早的长篇小说，而《寒夜》则是巴金文学生涯最后一部长篇小说，代表着后期小说文学。所以比较这两部作品，既是对巴金代表作的研究，也是在探讨巴金前后期文学作品的特征和风格。另外，探究作家在30、40年代一直坚持的文学性思考，和在面临时代变化时现实认识的改变，换句话说，探究作家巴金的小说世界的发展趋势，以及最终产生的思想上的转变，也是比较这两部作品的意义所在。

二、社会中的家庭，家庭中的社会
——个人小说向社会小说的转变

如上所述，《寒夜》和《家》有几个共同点，比如都是典型的现实主义小说，都是巴金的长篇小说代表作，都是以某个家族的生活和命运为主题等。如果说《寒夜》是一部对当时社会现实直接进行批判，通过社会讲述一些家庭悲剧的作品，那么《家》则对传统家庭存在的意义和价值进行猛烈抨击，透过家庭揭示了一些社会现实的落后和近代性。

首先看一下《寒夜》。《寒夜》是巴金于1946年末完成的写作生涯中最后一部长篇小说，是能够代表巴金后期文学风格和水平的杰作。这部小说以抗日战争时期的临时首都重庆为背景，描写了一个平凡的公务员的生死离别和家庭的悲惨命运。根据作者的追述，作者是来到国统区重庆后构思了这部小说。

当时生活在重庆的大多数普通百姓、知识分子与其他地区一样，受尽苦难和挫折。战争带来的经济困难，国民党政府的不当管理和腐败，使百姓们、知识分子、文人迷茫而不知所措，对国民党政权领导下的政治现实和社会现实产生了极度的厌恶。作家巴金当时在重庆的所见所闻所感在这部作品里都有完整的体现。

初读《寒夜》，可以发现这是一部描写一个知识分子饱受战乱折磨的悲惨一生，以及小家庭日常生活的小说。如果只读了一遍，这样流于表面的认识也具有一定的合理性，但是，正如作者自己在前言里所说，这部小说的写作目的不仅仅在于描写某个人或者某个家族的命运，更是对当时暗无天日，毫无人性的社会的揭露和批判，更准确的说，这是一部特别强调社会性的小说。因此，笔者认为可以将该小说的类型定为“社会性小说”。

作家巴金在《关于〈寒夜〉》一文中这样解释过这部小说的最终意图和目标，“我写《寒夜》和写《激流》有点不同，不是为了鞭挞汪文宣或者别的人，是控诉那个不合理的社会制度，那个一天天腐烂下去的使善良人受苦的制度”[①]，“我写汪文宣，写《寒夜》，是替知识分子讲话，替知识分子叫屈诉苦。在当时的重庆和其他的‘国统区’，知识分子的处境很困难，生活十分艰苦。”[②]作家的最终目的不是描述某个小家庭必须承受的苦难或者灭亡，而是控诉国统区残酷又黑暗的社会现实。在当时的社会，普通百姓们毫无野心，一直默默忍耐所有痛苦，只想平凡而简单地活下去。对这样一种毫无人道，即将毁灭的社会现实的批判才是作家的创作意图。

首先，从小说题目就可以轻易感受到作品的社会性和对社会现实的批判意识。“寒夜”，即“寒冷的夜”，勾勒了一幅具有感情色彩的画面，奠定了整个作品的基调和氛围。寒夜一词描绘了人们所处的严酷黑暗的环境，在小说中则是指人们最终逃不过悲剧和死亡命运的社会环境和现实。对此，钱理群等曾说，“围

---

① 《关于〈寒夜〉》，见《寒夜》，人民文学出版社，1995 年，第 273 页。

② 同上。

绕在整部小说周围的'寒夜',营造了悲剧气氛,让人自然而然地联想到黑暗冷酷的社会。"[①]换句话说,社会现实即寒夜。社会现实不仅严酷非人道,而且暗无边际,看不见一丝希望,是一个没有出路的死亡空间。

小说以汪文宣的母亲与儿媳曾树生之间的矛盾为主线,以曾树生和其他男人之间的纠葛,以及汪文宣在公司遇到的问题等为副线展开。但是这些家庭矛盾产生的主要原因不在于家庭内部而在于社会,也就是说矛盾的源头是社会问题而不是家庭问题。曾树生和其他男人的纠葛,汪文宣在公司碰到的问题不必说,自然属于社会问题,但家庭成员间的矛盾根源也是扭曲了的社会。主人公汪文宣和他的母亲,曾树生三人间的矛盾不和看似是个人问题,但实际上根本原因是黑暗的社会现实带来的灾难和结构性矛盾。

汪文宣家庭矛盾和悲剧发生的原因可以从两个方面分析。一是外来因素,一是家庭内部问题。巴金说,酿成汪文宣家庭悲剧的主要原因不是家庭内部问题,而应该从外部因素,即黑暗严酷的社会现实里找寻。由战争引起的物价飞涨、物资短缺以及失业危机,给这些靠微薄薪金度日的知识分子带来莫大灾难。然而原因还不仅仅于此,国民党官员的腐败也是极为重要的一个方面。汪应果曾说,在国难当头的时刻,在人民沦于水火的时候,毕竟还有一些人过得非常舒服[②],直接道出了汪文宣家庭悲剧的源头。

汪文宣一家人在抗战时期从上海搬到了重庆。如果没有战争,汪文宣和曾树生两个人本可以在上海任教,过着充实的生活。来到重庆这个异地他乡避难的他们,不得不为了生计做一些违背自己意愿,不擅长的工作。但是即使他们拼了命地工作,夫妻二人加上母亲、孩子,四口人的生活还是拮据且痛苦的。除了婆媳间的矛盾,汪文宣家庭遭受的其他苦难和悲剧便是来源于这种流落他乡的经济上的不安和痛苦。

虽然经济困难也在一定程度上引发了婆媳间的矛盾,但实际上更大的问题

---

① 钱理群,吴福辉,温儒敏,王超冰:《中国现代文学三十年》,上海文艺出版社,1987 年,第 290 页。

② 汪应果:《巴金论》,上海文艺出版社,1985 年,第 277—278 页。

是身为儿子和丈夫的汪文宣的无能和无力。汪文宣作为一家之主，担负着调解婆媳间矛盾的义务和责任，但他没能扮演好这个角色，从而导致家庭问题的产生。

包括婆媳矛盾在内，汪文宣家庭的问题根本源头还是钱。曾树生为了赚钱不得不在公司当她的“花瓶”，汪文宣的母亲虽然讨厌儿媳妇出去工作，却因为困窘的家庭状况无法阻止，因此婆媳间的矛盾也逐渐加深。因为汪文宣没有赚钱的能力，所以夫妇两个人一起工作也改善不了家庭状况。如果汪文宣赚的钱能够养活一家人，妻子也就没有必要出去工作，即使妻子嚷着要去工作，他也能在妻子和母亲面前堂堂正正地、稳重而可靠地负起一家之主的责任。可是，在当时的重庆，勤勤恳恳工作的人成不了大事。汪文宣的身心被束缚，做不了一个知识分子，也没能做好一家之主，社会将他变成一个无能无力的人。这样的汪文宣调解不了母亲和妻子之间的矛盾，连孩子的学费都交不起。汪文宣的无能不是因为他自身的过错或是懒惰，而是国统区的政治和社会现实给汪文宣这样平凡而善良的人带来了灾难。

汪文宣在避难地重庆遭受经济上的困顿和痛苦，一部分原因是当时正处于战争时期，但是国民党政权的压迫和腐败导致的不正常、不人道的现实才是根本原因。在这样的社会里，勤恳工作的普通百姓、下级公务员、小知识分子等大多数善良诚实的人们连最基本的享受幸福的权利都被剥夺了。

“你说我应该怎样办呢？是不是我再去结婚，再养孩子，再害死人？我不干这种事。我宁愿毁掉自己。这个世界不是我们这种人的。我们奉公守法，别人升官发财……所以我们还是拼命喝酒！”[①]这是小说主人公汪文宣在冷酒馆遇到的同学说的一小段话，向我们展示了那个容不得平凡善良的知识分子的社会，那个充满了腐败和黑幕的国统区重庆。

另外，有几个片段证明了汪文宣一家也是那个社会的牺牲品。

---

① 巴金：《寒夜》，人民文学出版社，1995年，第38页。

> 他没有权修改它们,他必须逐字校读。他坐下不过一点多钟,就觉得背上发冷,头发烧。他不去管它。“就为了几个钱啊!”他不时痛苦地暗暗念着。——中略——“已经缴过两万多了,还要补缴,哪里来的钱!”他低声抱怨道。没有人注意他。“学校又不是商店,只晓得要钱怎么成!中国就靠那班人办教育,所以有这种结果!”——中略——“天哪,我怎么会变成这样一个人啊!我什么都忍受!什么人都欺负我!难道我的生命就该被这些纠缠不清的文字消磨光吗?就为了那一点钱,我居然堕落到这个地步!”①

以上内容生动刻画了一个小知识分子因经济压力而痛苦万分的日常生活,其实像上文这样自言自语的描述占据了小说的一大部分。作家巴金通过对汪文宣一家的没落和汪文宣悲剧人生的描写,反映了整个社会因国民党的统治而痛苦的现实。必须重申的是,汪文宣这一类小知识分子遭受的经济困窘和痛苦并不是因为个人的无能和懒惰,而是来源于社会的动荡不安和腐败,来源于社会的结构性矛盾。后来,主人公汪文宣身染肺病,不得不辞职离开公司,曾树生受不了丈夫的无能和婆婆的冷遇,为了自由离家出走。汪文宣因为经济拮据放弃治疗,最后病死。“最后他断气时,眼睛半睁着,眼珠往上翻,口张开,好像还在向谁要求‘公平’。”②“你还好,走不了,在四川多住几个月也不愁没饭吃。我下个月再走不了,就要饿饭了。东西快卖尽吃光了。原先以为一胜利就可以回家。”“胜利是他们胜利,不是我们胜利。”③这两段描写了国民党因腐败统治而民心离散的现实状况,集中表现了整部作品的主题。

交不起孩子的学费,化解不了婆媳间的矛盾,没能照顾好自己的身体只能从公司辞职,又因为自己的无能被妻子抛弃,最后因为没钱得不到治疗而病死,虽然汪文宣的人生悲剧一部分是因为他自身的无能,但大部分原因还是战争和腐朽统治带来的灾难。

---

① 巴金:《寒夜》,人民文学出版社,1995年,第63—64页。

② 同上书,第248页。

③ 同上书,第255页。

作者在猛烈抨击充满腐败和弊病的黑暗社会的同时，也用直接而细腻的笔触描绘了那个社会。作家通过对汪文宣一家人的痛苦和悲剧的描写，揭露并批判当时的社会，强调汪文宣一家人是那个黑暗社会的产物。作者自己也在小说的后记和附录里说过，这部小说的主题和目的是揭露和批判40年代国统区的社会现实，以及助长不正之风的国民党政权的腐朽统治和对人民的压迫。谭兴国曾说，"《寒夜》的家庭破裂，应当归罪于那个社会，巴金通过暴露日常生活中的种种弊病，通过一些小人物的灰暗生活、悲惨遭遇，使人清楚地看出那个社会的黑暗，那个社会制度的不合理"[①]，直接道出了小说的中心思想。

关于这部小说的叙事结构，杨义表示，"如果说《激流》和《憩园》描写了大家庭在时代转变中崩溃的过程，那么《寒夜》就是描写小家庭在时代苦难中崩溃的作品，"[②]《家》和《憩园》等作品是讲大家族里的社会，《寒夜》是讲淹没在社会的风浪里的小家庭。换句话说，《寒夜》以前的作品描写的是浓缩到一个家庭或家族的社会，而《寒夜》则描写了一个小家庭在社会现实中沉浮的面貌。

通过参考迄今为止关于《寒夜》的研究，以及如上所示，对作品的主题、题材和叙述方式进行分析，可以总结出《寒夜》的文学特点，即具有社会小说[③]的特点和意义。《寒夜》是对重庆的社会现实以及社会群体进行准确观察和描写，对社会现实的批判是整部小说的主题与核心。换句话说，主人公汪文宣和他家人的生活是与当时的社会密切相连的，而对社会现实和社会群体的描写贯穿了全文，所以说《寒夜》具有社会小说的特点和意义。《寒夜》描写的虽然是汪文宣的一生，实际上却是对当时最具代表性的国民党统治地区——重庆的社会形态的真实反映。主人公汪文宣的一生就是重庆腐败、堕落的社会现实，小说便是以

---

① 谭兴国：《巴金的生平和创作》，四川文艺出版社，1988年，第209页。

② 杨义：《中国现代小说史》，中国人民文学出版社，1993年，第169—180页。

③ 柳钟浩主编：《文学艺术和社会状况》，民音社，1986年(R. Williams 著，白乐青译《现实主义和现代小说》，第153—162页)。Raymond Williams 主张现实主义小说可以分为社会小说和个人小说。他认为社会小说是对群体生活或者群体的准确观察和描写，个人小说是对个人或者个体的观察和描写。并且，社会小说是将社会公式化、图式化，即在真实社会经验的基础上提取出一个模式，再根据这个模式构建一个社会，而个人小说则是根据模式创造出一个个体。

对这种社会现实的揭露和批判为主题,为线索,勾勒出整个故事的结构。

另一个体现了《寒夜》具备社会小说的意义的叙事特点就是,作家发现社会规律后,再将它具体地展现出来。这个规律就是生活在国民党腐败而堕落的统治下,必然走向黑暗和人性的灭绝,小说中作家巴金通过对汪文宣及其一家人的一生的描写具体阐述了这个规律。汪文宣和他家人的生活虽然仅限于重庆,但却集中反映了抗日战争时期国民党统治地区的社会状况,是人们不得不在国民党统治下生活的典型例子。作家巴金一直都坚信,是国民党腐朽堕落的统治导致了社会现实的黑暗,汪文宣和他家人的生活便是作家给出的一个具体事例。

因此,他们的人生是对国民党政权的批判,是对国统区的批判。从这个角度看,巴金的后期代表作《寒夜》描写了社会中的家庭,具备社会小说的文学特点和意义。

如上所述,如果说作家的后期代表作《寒夜》描写了灭绝人性的黑暗的社会现实,以及沦为社会现实牺牲品的家庭的话,那么前期代表作《家》则是通过对腐烂的溃败的封建大家庭的描写来反映社会现实。《家》以一个家庭为小说题材,这一点和《寒夜》类似,但在小说主题和意义等方面有几处不同。

《家》最早在上海《时报》开始连载,原篇名为《激流》,后来与《春》《秋》合成小说集《激流三部曲》,《家》作为小说集的第一部,在出版单行本时将题目改为《家》。《家》不仅是《激流三部曲》的代表作,甚至可以说是巴金的前期代表作,是使巴金成为30年代代表作家的优秀作品。

《家》是一部描写五四前后一个封建大家族经历的命运的桎梏以及腐烂过程的小说。这部作品正如作者本人所说,是“正在崩溃中的地主阶级的封建大家庭的悲欢离合的故事”[①],以五四前后的四川成都为背景,描述了封建大家庭高氏公馆没落,崩坏的过程,以及在这个过程中家族成员的悲欢离合。这部作品是作者以自身的家庭史为原型创作的,在读者中引起了强烈的反响。小说的

① 巴金:《家》,《巴金选集》第1卷,四川人民出版社,1995年,第393页。

文学意义在于，通过祖父—父亲—儿子三代家族史的展开描述了三代人之间精神上的矛盾和冲突，没落大家族命运的曲折坎坷，并将这种曲折坎坷上升到社会问题。

小说的故事背景是四川成都高家公馆的大家族，以这个家族的第三代青年觉慧，觉民，觉新的生活行为为叙事中心，通过发生在他们身上的故事拉动小说情节的发展。因此，整篇故事与其说是按照三代人之间冲突的时间顺序展开，不如说是围绕这三兄弟的命运展开的。

这部小说的登场人物主要可以分成三个类型。第一种是高老太爷和冯乐山这样封建礼教和思考方式的顽固维护者。第二种是高老太爷的儿子一辈，也就是克明、克安、克定，他们虽然不像高老太爷那样顽固且不近人情，但却是高老太爷的继承人。他们一边遵循着封建家庭的规矩和制度，一边做着纨绔公子，整天无所事事，行为放荡不堪。第三种是觉新、觉民、觉慧这样勇于挑战封建旧家庭的礼教和思考方式，呼吁改革的年轻一代。

首先，作家巴金的目的在于控诉封建家庭的灭绝人性和对生命的摧残，揭露和批判封建家庭制度、封建礼教主义的罪恶。作者不仅通过高老太爷和冯乐山一类人的所作所为对封建礼教主义者的冷酷进行揭露和抨击，控诉封建家庭的罪恶，还强调了是他们的罪恶行径使家族最后走向崩溃这一事实。

作者在描绘高老太爷、冯乐山一类人冷酷残忍的性格的同时，也向读者展示了高克安、高克定等封建残余势力的行为方式。作者描写了深受封建家庭礼教和旧习迫害的年轻女性的不幸，以及家族统治者高老太爷和冯乐山的专横、冷酷、残忍和淫荡，毫不留情地揭发了杀人不眨眼的封建礼教主义者、封建统治者的真实面目。

另外，作者还通过对第二代高克安、高克定等人贪得无厌、抽大烟、吃喝嫖赌的淫秽行径的描写，刻画出封建主义次要统治者的面貌：表面上恪守仁义道德，私底下罪恶累累，独断专行。这些人从小接受封建礼教主义和儒教家长制的教育，思考方式不合理不人道，只会摧残压迫人的天性。因此，作者认为由这样一些人组成的家庭必然走向灭亡，即家庭崩坏的原因就在于吃人的封建家庭礼教和旧习。作家巴金想借觉慧打破封建大家庭的壁垒，通过他的勇于反抗封建礼教的姿态来暗示封建势力必将走向崩溃和灭亡，理性主义和人道主义即将到来。作者强调过，只要是受过封建礼教和旧习洗礼的家庭，不仅是高氏公馆，同时代中国所有的家庭最终都将走向灭亡①，由此我们可以了解到这部作品的社会性特点和意义。

虽然《家》含有很深的社会性，但与社会小说相比，它具有更鲜明的个人小说的特征。下面笔者将通过几点证明将《家》看做个人小说的正确性。

首先，《家》里对社会现实的直接描写或者有关社会现实的揭露批判是有限的。《家》一共有 40 章，其中大部分都是以觉慧兄弟的反抗和斗争为中心，对家族三代间的矛盾冲突等家事的大范围描写贯穿全本，也就是说，以个人的经历、私事、家事为中心的观察和描写是这部小说的主体，对社会现实的直接描写只在第 8 章、第 20 章和第 23 章等几章里出现过，在整部作品中占据的比例不如家庭，而且对社会现实描写也是为了给觉慧的行动冠上社会的名义。

巴金曾说过，“为我大哥，为我自己，为我那些横遭摧残的兄弟姐妹……为同时代的年轻人控诉，伸冤。”②作者的吐露证明了《家》的创作意图和题材都来源于作者的兄弟姐妹，来自作者自身的经历，可以作为旁证材料来分析作品的特点和意义。换句话说，这可以证明在这部作品里，比起对社会现实直接进行观察和批判，作者更倾向于描写家人的周边环境。

其实这部小说里大部分人物的原型都是作者的家人，故事也大多是真实的。比如，觉新是作者以自己的大哥李尧枚为原型塑造的，觉民觉慧在性格上也和作者三哥李尧林与自己有着很多相似之处，除此以外，祖父、四叔、五叔等人物的原型也来自作者的祖父、叔叔③。这说明了作家巴金是从自己的亲身经历中提取出一个特定的模式，再根据这个模式塑造人物形象，毫无疑问《家》具备了个人小说的特点。作家把自己的家庭状况设定为故事内容，有力地证明了

① 巴金：《家》，《巴金选集》第 1 卷，第 466 页。

② 巴金：《关于“激流”》，《创作回忆录》，三联书店，1981 年，第 82 页。

③ 同上书，第 392—399 页。

这部作品属于个人小说。

作者说,“我写觉新、觉民、觉慧三弟兄,代表三种不同的性格,由这不同的性格而得到不同的结局。”[①]作者的这段话清楚地表明这部作品的叙述中心是对个人或者某个群体的观察和描写,因此小说是围绕这三兄弟的命运展开的。总而言之,以觉慧为中心,三兄弟人生中的反抗和斗争是小说的主题,反抗和斗争的过程是故事情节的展开,因此《家》具有个人小说的文学特点。

3. 自我实现的失败和自我实现的成功
——从规范性现实主义向叙述性现实主义的转变

《寒夜》和《家》里主人公的人物形象有着明显差异,这是另外一个可供对比的方面。《寒夜》和《家》的共同点在于描写的都是必须克服现实生活困境的知识分子,但人物形象却是截然不同,值得对比。两部小说的主人公有着完全不同的理想抱负和人生方向,二者不同的生活方式和行为活动不仅如实反映了巴金在不同时期的文学倾向,还暗示了不同的社会意义和文学特点。

巴金小说里的人物一向很真实,特别是《家》和《寒夜》里的主人公,真实生动,都是渴望冲破困境,努力生活的形象。但两个主人公,一个生活消极,丧失了人生的理想和希望,一直到生命结束;另一个则寻找自己的价值,某种程度上可以说实现了自己的理想,由此可以看出两部作品的可对比性。

《寒夜》里的汪文宣是个在自我认识、自我实现方面完全失败的人物,而觉慧能够正确认识自我,实现自我价值。这两个人最初都是以家庭为原点,为了克服困境而努力,但是汪文宣在与家庭和社会的较量中渐渐处于下风,最终病死,为生命画上句点,觉慧则在较量中获得胜利,对一直渴望的虽然模糊但终将到来的社会充满希望。《寒夜》里的汪文宣作为一个教育系毕业的大学生,起初

① 巴金:《家》,《巴金选集》第1卷,第383—384页。

满怀理想和热情,也充满反抗精神。他不顾母亲的反对,和同学曾树生结婚后怀着“教育救国”的高尚信念步入社会。但是在那个社会里凭借自己的力量根本找不到出路,他所处的环境可以用四周高墙林立来形容。在小说的一开始,汪文宣作为一个非常安静而又平凡普通的下级公务员出场。诚实而又正直,经过世事的打磨已经褪去了青年的锐气,每天消极度日,这便是汪文宣最典型的形象。

一开始他想着只要将日本赶出中国,生活就会有希望,所以按照自己的意愿正直而纯粹地活着。不管有任何困难他也不会对上司惺惺作态,阿谀奉承,即使参加了上司的生日宴会也不给上司敬一杯酒,完全不知道怎么讨好、迎合上司,公司出现任何问题都会责备自己,认为是自己的错。他用一颗正直善良的心对待所有人,包括母亲、妻子儿女、朋友,即使自己的情况再艰难,也不会对遇到困难的朋友冷眼旁观,而是努力帮朋友。在冷酒馆遇到朋友唐柏青,了解状况后汪文宣便尽自己所能帮他;朋友钟老去世时,汪文宣真心替他难过并为他祈祷,在钟老下葬后还不顾自己身患重病冒雨前去墓地为钟老送行;对于跟自己毫无关系的人也不吝惜自己的同情;知道妻子曾树生为了逃离这个家庭去兰州的事后,还是会担心她;被半强制地逐出公司后,表面上也没有露出一丝不忿或反抗;甚至在妻子提出离婚的时候只会抱怨自己的无能;因为没钱得不到治疗,大限将至的时候,认命地迎接死亡的到来。用一句话来概括,汪文宣是一个把所有问题的责任都揽到自己身上,默默咽下所有精神上的痛苦,让痛苦随着生命的结束而消失的人。

虽然汪文宣为了正直诚实的生活作出了很多努力,但是无论在哪个方面他都没能成功。想投身教育事业,却因为战争而宣告失败;因为避难来到重庆后,不管是作为家长、父亲,还是作为丈夫、儿子,甚或作为社会的一员,汪文宣既没有实现自己的理想,也没能满足其他人的要求。因此,汪文宣是一个在自我实现上完全失败的人。

汪文宣在公司,以及在面对家人和朋友时展现出的高度忍耐力和宽容,让我们在他身上看到了教育学毕业,愿意投身教育事业的教师的影子。但是不在学校里，而是在校外以这样一种形式投身教育事业，不但没有一点价值和效果，最终还害了自己，使家庭支离破碎，完全没能实现自我价值。“在社会里饱受冷落却没有丝毫抱怨，受到不公平的对待也忍气吞声，终日努力工作却养活不了一家人。”汪文宣的话便是失败者人生的真实写照。

汪文宣的性格用一句话来概括，就是极度内向的凝集型[①]人格，即容纳外界所有的问题，再将它埋进内心深处。他解决不了在外界遇到的问题，也不能释放由问题带来的精神上或心理上的痛苦，既无法对外界表示顺从，也做不了任何抵抗，只会将烦恼和痛苦闷在心里，努力去消化它们。事实上，汪文宣会这么做一部分是因为性格内向，另一部分是因为他一遇到问题，就会责怪自己，试图通过加深自己的痛苦来解决问题。作者通过汪文宣遭遇的这种痛苦和烦闷来揭露社会现实的本质，来再现那个让人崩溃的社会现实。汪文宣这种“凝集”式的人生里包含着社会现实的本质，他在重庆的“凝集”式的生活便是那个时代社会现实的浓缩和体现。

如上所述，《寒夜》主人公汪文宣的人生是社会现实的真实写照，也是同时代人民生活的客观反映。因此，《寒夜》以冷酷而又忠实地反映现实为主旨，是典型的叙述性现实主义小说。对此，谭洛非、谭兴国指出《寒夜》在人物塑造上所达到的典型化的高度，是巴金过去作品所少见的。作家把人物和他所处的环境放置在不可调和的位置上，让人物和环境展开冲突，表现环境对人的压抑，对人性的扭曲，这本来是一般的现实主义创作都有的特点。[②] 这也从侧面说明《寒夜》具有现实主义的特征，达到了现实主义小说的水准。

《寒夜》的主人公汪文宣是一个没能战胜逆境，实现自我，最后以悲剧结尾的人物，而《家》的主人公觉慧则积极与社会现实做斗争，最终实现自己理想的人物。高氏公馆里生活着以祖父高老太爷为中心的长孙一家(长子已经去世)，三子克明，四子克安，五子克定四家人，以及以鸣凤为首的依附于各个家庭的数

① 赵南贤:《小说原理》，高丽院，1992 年。赵南贤提出，凝集型性格是指人的内心世界和意志互相协调，接触丰富多彩的外界后，再将它融入内心世界。

② 谭洛非，谭兴国:《巴金美学思想论稿》，四川大学出版社，1991 年，第 107 页。

十名下人。长房育有三子一女，长孙觉新因为父亲去世得早，年纪轻轻便接过父亲的重担成为大家族的继承者，长房长孙的地位使他在思考方式和行动方面失去了自由和进取心。在这个万事以高老太爷为中心的大家庭里，他必须承受压力，观察长辈们的眼色行事，因此性格多少有点柔弱和消极。老太爷为了早日抱上重孙，实现四世同堂，强行为长孙觉新定下了婚事。觉新本来与表妹梅芬相爱，姨母却以两人的八字不合将他们强行拆散。最后觉新的父亲以抓阄的方式为他定下了陌生的妻子李瑞珏。觉新能够理解弟弟觉慧和觉民激进的想法和行为，并表示同情，却不能帮助他们实现理想。在封建家长的管教和封建礼教的熏陶下，他只能默默忍受着以高老太爷为中心长辈们的独断专行，忍受着精神上的压力和痛苦。他的两个弟弟觉民和觉慧则是接受新式教育，具有进步思想的青年。由于受到新式教育和五四新思潮的影响，他们果断地挑战并反抗封建家庭不合理而灭绝人性的制度和思考方式，同时积极参加学生运动，创刊《黎明周报》，投入到社会改革运动中去。

比起觉民，觉慧更具有进步思想和进取精神，在异性关系中，他能平等对待各个阶层的人，与下人鸣凤相爱。因此，觉民和觉慧，尤其是觉慧与以祖父高老太爷为首的旧一代经常发生矛盾和冲突。觉慧和祖父之间直接发生的矛盾首先是学生示威游行。觉慧的同学们在演戏的时候被兵打了，义愤填膺的学生们以觉慧为中心，发起了抗议游行。祖父知道了游行的事，便把觉慧叫了回来，把他囚禁在家中。

后来，高老太爷的朋友，同时也是孔教会会长的冯乐山要纳妾，高老太爷便决定把下人鸣凤送给冯乐山做妾。得知此事的鸣凤没有任何办法，在被送人的前一晚绝望地投湖自杀了。鸣凤死后，高老太爷毫无改变，让婉儿代替她去当姨太太。深受打击的觉慧认识到了封建思想吃人的本质，决心与旧时代势力正面斗争。接着高老太爷单方面地定下了觉民和冯乐山孙侄女的婚事，觉慧和觉民开始反抗高老太爷。刚听到高老太爷的决定，觉慧便说服觉民逃离公馆。而得知觉民离家出走消息的祖父勃然大怒，夹在祖父和弟弟之间的觉新十分痛苦。就在这时传来了觉新以前的爱人梅芬因肺病去世的消息，觉新的痛苦又加深一层。而备受祖父宠爱的儿子克安和克定的丑事败露，一直做着"四世同堂"好梦的高老太爷受到冲击，一病不起，无论是吃药还是做法事驱邪都没有效果，病一天天地恶化，最终在临死前高老太爷放弃自己的固执和执念，与觉慧和解，答应了觉民和琴的婚事。

祖父高老太爷死后不久，觉新妻子瑞珏生产的日子临近了。而家里的太太们却因为迷信"血光之灾"将瑞珏赶到城外的小木屋生产，瑞珏在那儿生下孩子后便因为难产死了。至此，三兄弟又一次认识到封建家族礼教和旧习吃人的本质，连一直以来优柔寡断、温良懦弱的觉新都决定帮助觉慧逃离这个家，到上海去。觉慧最终为了冲破封建家庭的束缚，追求新生活逃离高公馆，去往上海这个未知的世界。"一种新的感情渐渐地抓住了他，他不知道究竟是快乐还是悲。但是他清清楚楚地知道他离开家了。他的眼前是连接不断的绿水。这水只是不停地向前面流去，它会把他载到一个未知的大城市去。在那里新的一切正在生长。那里有一个新的运动，有广大的群众，还有他的几个通过信而未见面的热情的年轻朋友。"[①]这段话选自小说的最后一章，含蓄地表达了小说的主题，即对"新社会"的追求，这也是作者的目的所在。

主人公觉慧把"从封建家庭的逃离"看作是"去往新天地的航海"。在觉慧看来，逃离封建家庭意味着封建家庭的崩溃，去往新天地意味着追求新社会，在新社会里寻找自己的价值和未来。在封建大家庭的藩篱中与封建思想、封建礼教主义作斗争，勇敢追求新社会的诞生，这是觉慧在发现自我过程中一个重要的转折点。因此，觉慧是一个在发现自我，实现自我方面的成功者。

为了理想和希望，一直与封建势力进行斗争的觉慧也是作家巴金的精神寄托。巴金曾说，"我认为打动人心的还是作品中所反映的生活和主人公的命运。"[②]所以他创造了能够打动人心的人物，那就是觉慧。觉慧承载着作者的希望和理想，树立了一个克服社会现实逆境的青年知识分子典范，因此能够打动

① 该片段作为研究对象，选自 1955 年四川人民出版社版《家》，巴金选集第一卷，中国现代作家选集丛书，第 370 页。

② 巴金：《我和文学》，《探索集》，三联书店，1980 年，第 127 页。

并激励同时代的广大青年们，尤其是一些地主阶级出身的青年。另外，成为理想实现的化身的觉慧，也被看作是巴金的替身，承担着他的热情和理想，替他完成愿望。

巴金在创作《家》的期间，比起冷静、理性和客观的观察，更多的是热情和感性，是对希望的强烈追求。巴金在《关于〈家〉》这篇文章里提到过，“我不是一个冷静的作者。我在生活里有过爱与恨，悲哀和渴望；我在写作的时候也有我的爱和恨，悲哀和渴望的。倘使没有这些我就不会写小说。……在每一篇页、每一字句上我都看见一对眼睛。这是我自己的眼睛……我陪着那些年轻的灵魂流过一些眼泪，我也陪着他们发过几声欢笑。……倘若我因此受到一些严正的批评家的责难，我也只有低头服罪，却不想改过自新。”[①]他还说过是“为了大哥，为我自己，为我那些横遭摧残的兄弟姐妹……”，巴金在文学里并没有掩饰自己的情感，这正说明了激情和热情是《家》的创作基础。作家的激情和热情来自于对希望和理想的追求，而将这种追求落实到行动上的就是主人公觉慧。

宋曰家主张，巴金的早期小说里表现作者理想和热情的作品很多，作者将火炽的沸腾的情感和强烈的理想追求寄托在人物形象上，通过人物的行动得到体现，因此，巴金的早期小说创作是在现实主义的框架里加强了主观抒情性和自我表现性特点，使他的作品具有了浪漫主义色调。[②]《家》也一样，带有巴金早期小说特有的浪漫主义色彩和特点，体现在觉慧的斗争意识、强烈的理想追求精神和实践行动上。

主人公觉慧凭借着激情和热情与封建礼教主义、封建旧习顽强斗争，追求新的希望和理想。觉慧这种追求自由和反封建的意识是同时代的青年都应当具备的，这也是作家巴金想借由小说传递的精神。换言之，同时代的青年知识分子要想推翻不合理、灭绝人性的封建主义，就应该以觉慧为榜样，不屈服于现实，勇往直前，追求自由民主和个性解放，同时作者也强调觉慧追求的理想是正

---

① 巴金：《关于〈家〉（十版代序）》，《巴金选集》第 1 卷，第 384 页。

② 宋曰家：《巴金小说人物论》，山东文艺出版社，1992 年，第 44 页。

确的,是必须实现的。但不可否认的是,觉慧的理想带有克服现实困境的义务性,实现的可能性很小。因此,觉慧的梦与《寒夜》里汪文宣的梦有很大区别。前者的梦表现人物一种愿望,一种在现实生活中很难实现或者根本不可能实现的愿望,即使能实现也只局限于极少数人。而后者的梦,却有可能发生在同时代任何人的身上,并且还在继续发生着的事情。[①] 这说明两部小说具有不同的现实主义风格。

由此看来,《家》体现的现实主义可以说是规范性现实主义[②]。觉慧这个人物,与其说他是社会现实的一个特殊存在,或者对社会现实的反映,不如说他是作者的替身,代替作者将推翻封建家庭和社会的理想付诸实践。因此,觉慧向着推翻封建社会,促进社会改革的目标奋勇前进,他的行为和社会现实都是按照作者的愿望和理想发展的,带有义务性和规范性。

现实主义文学的目标不仅仅是对人物或现实的客观描写。也就是说,现实主义文学不仅仅停留在对客观真相的简单记录和传达上,还发挥着描绘理想社会的蓝图,扫除新社会建设过程中的障碍等作用。从这个角度来看,将巴金早期文学的代表作《家》定义成具有义务性的规范性现实主义小说更为准确。

四、结论

巴金的第一部长篇小说是《家》,最后一部长篇小说是《寒夜》。本文通过比较这两部小说的文学特点和结构,对作家从《家》到《寒夜》发生的意识转变进行了一些探讨。

《家》将家庭成员间的矛盾与对立上升到社会问题,描写了个人命运对家族,对社会的影响,以及两代人价值观的不同,反映了中国近现代史的变迁,具

① 谭洛非,谭兴国:《巴金美学思想论稿》,四川大学出版社,1991年,第273页。

② 朴利文:《文学和现实》,民音社,1997年,第85—90页。

有很深远的文学意义。《寒夜》与《家》一脉相承，是巴金后期小说名副其实的代表作。这部作品集中体现了巴金后期小说的思想和艺术风格，通过对小知识分子日常生活和心理的客观细腻的描写，精确犀利地揭露了当时国统区的社会现实。《寒夜》整本书的基础就是写实，换句话说，《寒夜》从头到尾便是事实和客观描写的有机结合，没有一点虚构的成分。

《家》取材于巴金自己的家庭，故事结构和人物塑造都来源于作者自身的经验，具有个人小说的风格和特点。很明显，作者将小说的叙述重点放在对个人或者某个群体的观察和描写上，整个故事情节都围绕着三兄弟的命运展开，这是小说的一个特点。以觉慧为中心，三兄弟人生中的反抗和斗争是小说的主题，反抗斗争的过程便是小说的具体情节，因此，《家》具备个人小说的文学特点。

与透过家庭史看社会的《家》不同，《寒夜》里作者以冷静的理性的目光看待社会，描述社会现实下家庭的命运沉浮。《寒夜》由对社会现实的冷静判断和深度描写构成，描写的是汪文宣的生活，却真实地反映了国民党统治区重庆的社会样貌和群众生活。主人公汪文宣的一生就是腐朽堕落的重庆的社会现实，对这种社会现实的揭露和批判是小说的主要内容和中心思想。该小说深入探究酿成主人公人生悲剧的原因，揭露国统区腐败黑暗的社会现实，对真相进行还原和再现，因此，《寒夜》是一部社会小说。

从《家》到《寒夜》，巴金的文学思维和认识一直在转变，可以简要概括为两点：一是眼界的开拓和意识表达的直线化；二是登上文坛以来一直坚持的写实主义的深化和细化。杨义对转变过程的形容是"从一个充满浪漫激情的巴金到一个冷隽地写实的巴金"[①]，可以说是很精确的评价。

对沦为封建礼教旧习的牺牲品的家人的怜悯，和对新社会的追求是《家》的主题，所以作者塑造的人物对反封建充满了激情和热情，勇于追求自己的理想。《家》作为一部典型的现实主义小说，却具有浪漫主义色彩，这是因为作者在写

① 杨义：《中国现代小说史》，人民文学出版社，1993年，第178页。

作的时候满怀怜悯与热情，在小说人物上寄托了自己的希望和对理想的追求。到了后期，通过对《寒夜》主人公汪文宣的描写，作者写实主义手法的细化、客观化得到了充分体现。《寒夜》里，作者完全排除自己的情感，将一个默默忍受所有痛苦和郁愤的小知识分子的心理如实地刻画出来。性格内向的主人公汪文宣是同时代小人物的代表，毫无疑问，《寒夜》是一部优秀的现实主义小说。由此看来，从《家》到《寒夜》，巴金经历的是写实主义深化、细化的过程，也是现实主义小说走向巅峰的过程。

如果说《家》描绘的家庭是社会现实的浓缩，那么《寒夜》就是社会现实范围扩大的载体。在《家》里，作者透过家庭描绘腐烂崩溃的社会；在《寒夜》里，作者透过崩溃的社会描绘一个家庭的兴衰沉浮，在这个过程中，作者对社会现实的认识逐渐深化。重点描写家族史、家族命运的《家》是现实主义小说的出发点，而技法娴熟稳定的《寒夜》则是现实主义小说的巅峰，也是终点。

参考文献

[1] 巴金:《寒夜》，中国现代长篇小说丛书，人民文学出版社，1995 年。

[2] 钱理群，吴福辉，温儒敏，王超冰:《中国现代文学三十年》，上海文艺出版社，1987 年。

[3] 汪应果:《巴金论》，上海文艺出版社，1985 年。

[4] 谭兴国:《巴金的生平和创作》，四川文艺出版社，1988 年。

[5] 杨义:《中国现代小说史》，中国人民文学出版社，1993 年。

[6] 柳钟浩主编:《文学艺术和社会状况》，民音社，1986 年。

[7] 巴金:《家》，《巴金选集》第 1 卷，四川人民出版社，1995 年。

[8] 巴金:《创作回忆录》，三联书店，1981 年。

[9] 赵南贤:《小说原理》，高丽院，1992 年。

[10] 巴金:《探索集》，三联书店，1980 年。

[11] 宋曰家:《巴金小说人物论》，山东文艺出版社，1992 年。

[12] 谭洛非，谭兴国:《巴金美学思想论稿》，四川大学出版社，1991 年。

[13] 朴利文:《文学和现实》,民音社,1997 年。

[14] 王瑶:《中国新文学史稿》,上海文艺出版社,1985 年。

[15] Edwin Muir, *The Structure of the Novel* N. Y., A Harbinger Book,1929.

[16] G. Lukacs,trans Anna Bostock,*The Theory of the Novel* M. I. T. Press,Cambridge,1971.

(徐姝妮　译)

(韩国《中国语文论丛》第 27 辑,2004 年 1 月)

巴金的作品世界

——关于《寒夜》

[日] 中村俊也

序

根据巴金(1904—2005)中篇作品《寒夜》的南国版的结尾部分看来,巴金是在1946年12月31日写完这部作品的。而他在那个时间点的回想跟反省基本是怎么样的呢?当然,本文完全不认为主人公的病死是因为蒋介石错误政治这样一条故事的发展线索。[①] 也就是说,将主人公逼入绝境的是单调的校对工作。

① 张挺认为,日本对中国的侵略急速扩大是由于国民政府缺乏自己的主见,最初对日军采取"不抵抗政策",之后又转变矛头"积极反共",甚至"消极抗日",基于这种政策变更招致了非常恶劣的(转下页)

我们可以想象得到他所校对的是在抗日战争这个大背景下，为了提高人们的斗志，以中国全体人民为对象而发出的重要人士的宣言文。文章中国共合作的纠缠复杂，曲曲折折的理论构造，是造成这个信奉理想主义的单纯青年连日烦恼的原因。同时，我们也不能否认这种人物身上常见的羸弱体质，那些从驶过都市大路的货车上散落下来的尘土与煤烟的渐次侵蚀也能成为毁坏他的身体的要因。再加上，母亲与妻子的不和，日复一日的口角争吵也加剧了他的精神疲劳。

而另一个主人公，即作为妻子的曾树生为什么能够比丈夫更为活泼大胆善辩呢？作者是从哪里得到了中心思想，从而塑造了这样的对比呢？巴金的周围并没有这样做出如此大胆果断行为的人物模型。我仔细研究了一下经常被认为是对巴金创作产生重要影响的托尔斯泰的《安娜·卡列尼娜》，但是最终选择卧轨自杀的安娜与在绝境中寻找新道路的曾树生是完全不同的。

巴金曾在抗战小说的代表作《火》中，提到了鲁迅翻译的法捷耶夫（1901—1956）的《毁灭》。以此为线索，我再次研究了巴金与鲁迅的关系。

《娜拉走后怎样？》是鲁迅论中被反复提到的。对于这个事情，巴金不可能不知晓。易卜生的《玩偶之家》描述了丈夫因为太爱妻子而束缚了她的自由，妻子无法忍受他的束缚而离家出走的故事。只有这个故事梗概是为一般大众所接受的。但是其中还有一个需注意的故事情节，在丈夫生病时，妻子瞒着丈夫从可能威胁到丈夫地位的人那里借钱为丈夫治病，而后这个事情败露，娜拉对不容许她有自由经济活动、自由意志的落后守旧的丈夫彻底心灰意冷了。要是我们对这个情节不多加思索的话，就无法找到娜拉与曾树生的共通点了。[①]

（接上页）结果（摘要）（刊载于《试论〈寒夜〉的思想艺术成就》，巴金研究丛书编辑委员会《巴金研究论集》，1988年，重庆出版社，第125页。张氏论文的正文第118—134页）。巴金也于1961年在《谈自己的创作》中批判了蒋介石当时的政策。但是1946年时内战虽已开始，但他也无法像后来那样在作品中那样明确地批判抗战的指挥者。

① 毛利三弥译：《玩偶之家》，《世界文学全集—58》（亨里克·易卜生），讲谈社，1976年，参照正文第3—80页。顺带一说，主人公的名字为“娜拉”。另外，有关巴金受到鲁迅影响的痕迹，可参照本人作品《论巴金的作品世界〈火〉》（《言语文化论集》63号，2003年9月，正文第33页—51页。

被舞蹈深深吸引的娜拉是可以与对银行中能干的主任与舞蹈都有兴趣的《寒夜》的女主角相比较的。曾树生也是因战争期间的特殊需要而诞生的社交界的红人，两个人有相当共通的地方。这两个作品的共通点就是，两个人都身处在女性可以积极地参与承担经济活动的现代社会。女性的自由就是在社会中取得经济的独立，这是至今也无法否定的事实。《寒夜》中巴金借助“邻人”的口，描述了看起来彻底守旧的婆婆也在故事的最后，为了主人公的葬礼、搬家以及其他有关事情的支出拼命地四处奔走筹钱。从中我们可以看到虽然女性在平常生活中被他人以及自己封锁了经济活动的自由，但是一旦到了紧急关头，女性奋力所发挥出的力量要远远凌驾于男性之上。而巴金也正在其作品中向我们展示了这一点。

但是，综合考虑来看，《寒夜》仍然沿袭了《激流三部曲》的主题，即家族接受试炼这一说法是比较稳妥的。因此，我归纳了相对应的条目，接下去将逐条展开讨论。

Ⅰ. 母与子

从一开始，巴金就把五伦之一的“父子”关系排除在外了。贯穿全文的是始终对主人公不离不弃的母爱。

Ⅱ. 上司

抗日战争中，人们都被动员去参加重工业的生产活动了。这是一场全世界性的，联合了欧美以及苏联的总体战。主人公的直属上司担负着与此种命令系统的中枢相关的职责。将主人公安排在一个狭小的空间，强迫他进行高强度的工作的上司，是与这个中枢有关的人物。因此，他的发言没有一点恣意的地方。

Ⅲ. 旧友、同僚、友人

《寒夜》中，没有谈及“兄弟”的内容。而另一方面，它又向读者暗示可以将“朋友”的意义外延扩大。伴随着大家族解体而产生的核心家庭中，可以看到如

《憩园》中出现的独生子女“小皇帝”，并不是每个家庭都有兄弟姐妹的。巴金强调了在这样的现代社会环境中他人协助的重要性。

Ⅳ.夫妇

那个时候，“夫唱妇随”的旧俗还没有完全消失。一方面，夫妇两个人并没有经历正式结婚，就是说，他们是在相信两个人的恒久的活力的基础上，迈入婚姻生活的夫妇。他们在生下孩子后把母亲叫过来，让她作为抚养孩子的协助者跟他们生活在一起。但是，抗日战争的经济加速了出版跟银行的发展。丈夫虚脱患病，而妻子却发奋、走向离别。展开了一方走向阴暗，一方却走向光明的剧情。战争造成了男女方的发展方向与旧有的社会共识完全背道而驰的景象。

Ⅵ.代替结语

在结尾部分，巴金让女主人公来到了已无人居住的房子，听到邻居抱着的幼子的动人心旌的声音，让她坚定了寻找丈夫墓地的决心，并让她开始考虑未来。然而，她究竟真的有未来吗？我将在思考战后中国情况的基础上，探究与主题宗旨相关的事件。

Ⅰ.母与子

《寒夜》中看不出明确的父亲的形象。在主人公临死之际，作为儿子的十三岁少年已经开始有了责任意思，明显变得稳重端庄了。再有，我们可以从主人公让儿子去很远的寄宿学校上学这件事中窥见他的父权。实际上，汪文宣的自立之路是始终伴随着母亲的慈爱的。而女主人公的曾树生则对此很在意，觉得他母亲真是个妨碍。虽然婆婆与妻子的矛盾纠葛在哪里都可以看到，但这真是造成他们别离的主要的原因吗？这一点是我们必须要弄明白的。附带提一下，妻子对于自己的亲生父母一句都没有提到过。本来，这里面应该是有理由的吧。只是，既然夫妇在大学学的专业都是教育学，那么他们的出身应该都是没有问题的。巴金不想写到她的双亲的原因，不难想象应该是出于不想把故事进一步复杂化的考虑。我们可以想象，正因为有那样的出身，她才会树立起自立的目标。时至今日，巴金可能仍在向我们暗示，关于夫妇离别这件事，如果两边各自都没有依靠的话，这样的决断从常识来判断是不可能做出的。

无论如何，有一点值得注意的是，巴金在构思小说的时候试图搭建一个舞台。而这个被特写的舞台则是战争时期都市人潮杂沓中的一套公寓。在这个两居室一厨房的屋子里，默默地居住着相互护持的夫妇、母亲和孩子。

从一开始，这个核心家庭中就有着纠纷。

> 他们回到家里，儿子刚睡下来，他和妻谈着闲话，他因为这天吃晚饭时有人给妻送来一封信，便向妻问起这件事情，想不到惹怒了她。（中略）他发急了，嘴更不听他指挥，话说得更笨拙。他心里很想让步，但是想到他母亲就睡在隔壁，他又不得不顾全自己的面子。他们夫妇在一间较大的屋子里吵，他母亲带着他儿子睡在另一间更小的屋里。他们争吵的时候他母亲房门紧闭着，从那里面始终没有发出来什么声音。其实他们吵的时间也很短，最多不过十分钟，他妻子就冲出房去了。
>
> （第一章　正文5页17行—6页2行）

在这场争吵中，屏住呼吸，庇护着孙子睡觉的是主人公的母亲。家庭成员的构成我在上文已经叙述过了。即：

> 昨天那个时候，他不止是一个人，他的三十四岁的妻子，他的十三岁的小孩，他的五十三岁的母亲同他在一起。他们有说有笑地走回家，至少在表面上他们是有说有笑的。
>
> （第一章　正文5页12—15行）

如何维持家庭？这是围绕着主人公，母亲与妻子经常争论的话题。母亲与丈夫身上共有着均质的东西，这些共有点把他们紧紧地联系在了一起。而这紧密的联系最终迫使妻子人事调动去了遥远的地方。母亲的身上有着根深蒂固的旧式家庭的教养。即便是身处抗日战争的最高潮，那种坚固的道德伦理观使她在于银行工作中能力不断增强，并与上司协力合作的妻子身上嗅到了出轨的气息。抗日战争胜利之际，她就不停地劝说儿子换个妻子。面对妻子时，这种不宽容就成了一刻都不松懈的警惕心。而这在尽量避免远地工作，因顾念到丈夫而犹豫着停留于现状的妻子的心上，也就是主人公挽回妻子最后的机会上给予了最后的打击，使妻子最后坚定去意。虽然主人公被再三认为是"老好人"，但他承认这是自己的性格，他是不会向自己诘问自己合适在哪里的调整型、中庸型的那种人。即便是在竞争、战斗的最激烈时刻，他也还是坚持着被双方当成猎物的不抵抗主义。面对妻子去远地赴任，他也不劝说妻子将她拉回自己身边，而将她推向犹豫的境地，最终迫使她作出去遥远的兰州赴任的决定。傲慢以及谦让就这么不可思议地裹挟着妻子奇异地显现出来。在描写这些时，巴金的笔力是犀利得让人感到恐怖的。后面会有较长的引用。虽然说采用了"中略"的便利方法，但是有些东西也不能不向大家展示出来。就在丈夫身体状况稳定，开始好转时，夫妻两人间展开了最终会导致别离的妻子的远地赴任的话题。夫妇两人十分难得的谈起对以前两人的教育活动的理想。这是他们面临将妻子送到银行举行的欢送会这一最终场面之前短暂的安宁。作为主人公汪文宣只有在这时候才看起来生气勃勃。巴金以一种令人钦佩的考虑做了这样的设定。不能将全文都介绍给大家，我感到非常可惜。

> "我也不清楚，不过陈主任劝我走，"妻冷冷地答道，好像这件事情也跟她不相干似的，可是实际上它正搅乱着她的心。
>
> "走，走哪里去呢？"他极力压低声音问道。
>
> "他运动升调兰州，今天发表了，他做经理，要调我去，"妻也极力压低声音说，她故意掉开眼睛不看他。
>
> "那么你去不去？"他又问，声音提高许多，他无法掩饰他的慌张了。
>
> "我不想去，我能够不去就不去，"她沉吟地答道。
>
> "行里调你去，你不去可以吗？"他继续问。
>
> "当然可以，我还有我的自由，至多也不过辞职不干！"她也提高声音回答。
>
> （第十四章　正文 114 页 10—21 行）

如上所述，对于妻子去兰州的意图，汪文宣虽然是赞同的，但是最终的决定权还是留给了妻子。就在他犹豫的这一当口，突然他的母亲提出了疑问。

至此为止，关于妻子兰州之行的意图，丈夫虽然表示赞同却将决定权交给妻子，对其踌躇的态度，母亲突然提出了疑义。仿佛是在代替有口难言的儿子去触及妻子的秘密。也就是说，母亲是在替儿子发声。

> "你一个人走了，那么(我的孙子)小宣怎么办？(你生病的丈夫)宣又怎么办？"
>
> 母亲突然板起脸问道。
>
> "我并没有答应去，我实在不想去。"
>
> 妻坦然回答，母亲的话并没有激怒她。
>
> "那么你也没有回绝他。"
>
> 母亲不肯放松地说。
>
> "不过我也说过我家里有(非常重要的)人，我不便去。况且会不会调，还不知道。现在只是一句话。"
>
> 妻的声音里带了一点不愉快，但是她还能够保持安静。
>
> "你想抛下我们，一个人走，你的心我还不知道！"
>
> 母亲仍然在逼她。
>
> (第十四章　正文115页2—7行)

被追问的妻子无言以对，选择沉默。她希望是丈夫而不是他母亲能够坚定地告诉她到底要不要去。她在母亲离开房间之后终于忍不住向丈夫吐露了真心。而她沉重的话语又给他带来了巨大的负荷。

> "(我们的境遇，你的病和我的烦恼)这是因为你太老好。"
>
> 妻微笑说，她的眼光里含着爱和怜悯。老好！这两个字使他的心隐隐地发痛。又是这个他听厌了的评语！虽然她并没有一点讥讽他的意思。他不再作声了。他想着那个他永远解决不了的问题。
>
> "我不要做老好人！"

> “可是怎样才能够不做老好人呢?”
>
> “没办法。我本性就是这样。”
>
> 这三句话把他的一切不平和反抗的念头消耗尽了。他这几年的光阴也就浪费在这个问题上面。……于是他轻轻地叹了一口气。
>
> “怎样,你又不快活了?”妻吃惊地问。
>
> (第十四章　正文115页18行—116页3行)

若说丈夫的犹豫不决是天生的话,这对于她来说终于成了无法突破现状的难以逾越的屏障挡在了自己眼前。她只能恍惚地看着窗外的景色,在郁闷之中感受时光的流逝。

> 她心里仿佛装了不少的东西,但是又好像空无一物,她并不想看什么,却一直站在窗前望着尘土飞扬的马路。她觉得“时间”像溪水一样地在她的身边流过,缓缓地,但是从不停止。她的血似乎也跟着在流。
>
> “难道我就应该这样争吵、痛苦地过完我一辈子?”这是她心里的声音。她不能回答。她吐了一口气。
>
> (第十四章　正文116页18—23行)

决定一切都听凭时空之意顺其自然的人只会等待机会的降临。这里的描写使《寒夜》的主人公曾树生的形象深深扎根在了读者的心里。不久,银行派人来传信了。

> “曾小姐(小姐是对年轻女性的称呼),陈主任有封信给你。”
>
> 工友把信递给她。她拆开信,看完了信上的寥寥几句话。他约她到胜利大厦吃晚饭。她默默地把信笺撕了。
>
> 工友站在她面前,等候她的回话。
>
> “知道了,你回去罢。”
>
> 她吩咐道。

“是。”

工友唯唯应着，掩上门走出去了。

（中略）

夜像一管画笔，在屋角胡乱涂抹。病人的脸开始模糊了。他在床上发出急促的呼吸声。不知道他做着怎样的梦。母亲在小屋里没有一点声息。他们把寂寞留给她一个人！她觉得血在流走。不停地流走。她渐渐地感到不安了。

“难道我就这样地枯死么？”

她忽然起了这个疑问。她在屋子里走了几步。她不知道自己应该做些什么。她并不想去赴陈主任的约，她甚至忘记了手里那个撕碎的纸团。

（第十四章　正文117页2—16行）

事态处于停滞状态。她难以抑制体内骚动的血。正在此时，出现了一个促使她做出最后的决定的声音。那就是刚刚躲起来的婆婆催促的声音。这在她心里点了一把火，激发了她内在的能量。她终于下定了决心。

母亲从小屋走出来，扭开了这间屋子的电灯，又是使人心烦的灰黄光。

“啊，你还没有走？”

母亲故意对她发出这句问话。

“走？走哪里去？”她惊讶地问道。

“不是有人送信来约你出去吗？”母亲冷笑道。

“还早。”她含糊地回答道。她略略地埋下头看了看那只捏着纸团的手，忽然露出了报复的微笑。现在她决定了。

“今天又有人请吃饭？”

母亲逼着再问一句。

“行里的同事。”她简单地答道。

“是给你们两个饯行罢？”

母亲的这句话刺伤了她。她脸一红，眉毛一竖。但是她立刻把怒气压住了。她故意露出满不在乎的微笑，点着头说：“是。”

她换了一件衣服，再化妆一下。她想跟他讲几句话。可是他还在睡梦中。

她看了他一眼，然后装出得意的神气走出了房门。她还听见母亲在她后面叽咕，便急急地走下楼去了。

“你越说，我越要做（这样的人）给你看，本来我倒不一定要去。”

她撅起嘴气恼地自语道。

（第十四章　正文117页17行—118页12行）

她对于替怯懦的儿子执拗地向自己发起攻击的母亲感到恼怒，急急忙忙地去了饯行会。她的这一做法正是导致真正夫妇分离的最初的决定性的一步。在母亲怀中安然睡着的儿子，是什么样的状况在向他逼近？压迫他的力量是由于怎样的理由，具体又是如何制约他的呢？

II. 上司

在战后日本曾有一段时期，论客、媒体围绕战争责任试图找出元凶却束手无策，那时提出的“一亿总忏悔”（并非某个个人发起了战争，战争是国民全体的责任，每个人都应该道歉。）已经完全不见了踪影。是因为现在已经失效了吗？或者说是由于其太过真实所以担心引起人们某种巨大的反响呢？

我们现在可以想象，虽然《寒夜》的主人公汪文宣的直属上司，图书出版社（半官半民的组织）的吴课长以及周主任是迫使其进行非本意的劳动的主体，但是当时中国正与日本对战，以全面战争、国共合作为基础展开世界规模的战争，中央政府（位于重庆的国民政府）希望国民大众和各派人士能够加入抗战中，而图书出版社正是承担了这样的教育宣传活动的责任。战局千变万化，合作也可能随时结束，要想统一文化界人士，从右派到左派，政治、经济、社会、文化（当然其中也有众多宗教人士）各个方面的论调应该相当不容易吧。因时制宜的编辑方针、公布规定的变更也是应接不暇吧。苦思冥想应该选择右派还是左派的人物一面被称作优柔寡断的懦夫，一面又非常适合作为机械性地归结对立状况的调整型人才。我们可以推测，可能是有相当大的势力的邀请才能将这样的人引入作为抗战活动的一环的图书出版界。汪文宣原本的素养、学习背景如何呢？

实际上夫妻二人都有教育学的学习经历，可以想象，为帮助出版和写作，二人分别在出版社和市内的银行工作，不仅是因为大战使二人的技能二分化、特殊化之后得到“活用”，也是因为曾经存在过这样的具体的人物群体。我们可以在夫妻对话中看到主人公的根源的表现。

“那是八九年前的事。从前我们都不是这样过日子的。这两年大家都变了。”

她也自语似地说。(中略)

“以后不晓得还要苦到怎样。从前在上海的时候我们做梦也想不到会过今天这样的生活。那个时候我们脑子里满是理想，我们的教育事业，我们的乡村化、家庭化的学堂。”(中略)

“奇怪的是，不单是生活，我觉得连我们的心也变了，我也说不出是怎样变起来的。”

他带了点怨愤的口气说。

(第五章　正文31页2—11行)

“教育”、“乡村化”、“家庭化”这些词是与现代新儒家一代，尤其是与梁漱溟(1893—1995)相关联的。他们曾于国共合作期致力于国民党、共产党的调整。[①]

不难想象当时教育的主流曾受这股潮流的影响。厌恶两种极端的主人公汪文宣就是在这种潮流中被介绍到现在的公司里的。虽然他还不具备在举国战乱之中讲授教育哲学的高尚品格，但这并不影响我们承认他是一位有远大抱负的有能之士。妻子曾树生也是，虽然不能说她的教育学的才能完全没有被认可的机会，但是与住在附近的友人们一样，她备受赏识的是能够为资本家敛财的某种“有能性”(泼辣、活力)，而这并不是出于她的业务能力。因为这种能力与家务劳动并不相斥。

在职场中，是单调的重复的事务性的工作，而富有活力的是去拜访顾客的工作，这是理所当然的事情。一般人都希望能有稳定的生活，事务性工作在某

① 参照本人论文《论唐君毅在抗战时期的思想》，《东亚地域研究》第5号，1988年8月，第49—62页。

种意义上是将自己置身于惯性之中，无需多加费心就可以踏踏实实地完成工作，这恰恰关系到日常生活的充实性。然而，主人公理想主义且具有文人气质的无法简单地委身于日常之中。可以想见这种焦虑渐渐累积，不断侵蚀他的身心。也就是说，他的直属上司只是期待他在日常性的、被分配的工作上做出相应的成果。而这其中并不存在可以责备他们无情的理由。

他校的是一位名家的译文。原作是传记，译文却像佛经（译者信佛的话，译文中出现较多的佛教用语也是难以避免的，但是主人公却感到不快），不少古怪字眼，他抓不到一个明白的句子，他只是机械地一个字一个字校对着。同事的笑声愈来愈高，他的头越埋越低，油墨的气味强烈地刺激他的鼻子，这闻惯了的气味今天却使他发恶心。但是他只有忍耐着。

（第五章　正文 29 页 3—7 行）

他在认真工作，而同事却在一旁直言不讳地谈论薪资问题。1944 年，美国向这样的文化活动注入了很多援助资金。期待战时特需带来的经济能够维持平衡本来就是不可能的。如何增加大致分配给各个机构的资金，如何使对方提出购买商品的需求，这是每个人都在关心的事情。佛经一般的译文可以爽快地删除，也可以顺着大体的文脉进行修改，他应该早点注意到这个方针的。他那循规蹈矩的谨慎的工作态度反而会在这样的时局中受人嘲笑。一些大话、批评即使被上司听到了也不至于影响大局。他们不过也只是为中央卖命的部下而已。虽说是在战时，对于待遇的不满却仍是难以抑制的。

周主任来了。不知道为了什么事，他非常不高兴，刚坐下就骂起听差来。一个同事去找他，谈起加薪的问题，这样说：目前这点薪金实在不够维持生活，尤其是低级职员，苦得很。

"公家的事，这有什么办法？他们不在我这儿做事，也得吃饭啊！"

主任生气地高声答道。

"那么你一个钱也不给，不是更好吗？"

汪文宣在一边暗暗骂道。

“你年终一分红，就是二三十万，你哪管我们死活！要不是你这样刻薄，树生怎么会跟我吵架？”

可是他连鼻息也极力忍住，不敢发出一点声音，怕周主任会注意到他心里的不平。

（第五章　正文 29 页 8—18 行）

所谓优秀的上司，是指能在自己的耳目不及之处管理部下。而他们所在的最大的机关，就是中央政府，就是国家。汪文宣就是在权威的束缚和同事对“老好人”的自己的冷笑下，被迫做着校对的工作。他心里分明清楚各种职责都被推给了自己，却怎么也不表现出任何反抗。

还是那些疙里疙瘩的译文，他不知道这是哪一个世界的文字。它们像一堆麻绳在他的脑子里纠缠不清。他疲乏极了。可是他不能丢开它们。他觉得浑身不舒服起来。他很想闭上眼睛，忘掉这一切，或者就伏在桌子上睡一觉。但是吴科长的严厉的眼光老是停留在他的脸上（他这样觉得[他处于紧张状态]），使他不敢偷懒片刻。后来他连头也不敢抬起了。

“天啊，我怎么会变成这样一个人啊！我什么都忍受！什么人都欺负我！难道我的生命就该被这些纠缠不清的文字消磨光吗？就为了那一点钱，我居然堕落到这个地步！”

他心里发出了这个无声的抗议。

然而没有用，这种抗议他已经发过千百回了。但是谁也没有听见，谁也不知道他起过不平的念头。当面也好，背后也好，大家喜欢称他做“老好人”，他自己也以老好人自居。好几年都是这样。

（第十一章　正文 74 页 25 行—75 页 13 行）

比起赞赏作为专家诚心诚意表里如一地完成校对的工作的人物，反而期待他埋头于更有难度的工作并做出成果。这和上层官僚发动全面战争的失败的政治决策,即使是现在的我们也无法饶恕。但是对于这样的他,是否完全不存在亲切地关心他的人物呢?在他陷入困境的时候会伸手帮助他的人应该就在他身边。巴金准备了同事、友人、人生的前辈,如同在说基本的横向人际关系就从这里开始一样。

III. 旧友、同事、友人

横光利一曾在《上海》(1923年)写道人群像是冒出来一样,用来表现中国人之多真是淋漓尽致。即使不是上海,想要在不寻求对方任何反应的情况下寻找进到大城市的人,也是超乎想象的困难之事。反之寻找不知是否身在广阔的原野上的人也令人感觉相当为难。

在这样的人潮之中,首先叫住主人公汪文宣的就是他的老同学。半年前主人公曾与妻子一同参加过他的婚礼,但是现在他已经落魄到每天借酒度日。他的妻子在怀孕的时候由于医生的误诊,难产而死。受到打击后不会喝酒的他借酒消愁恰好认出了主人公并向其搭话。这里值得注意的是,对于心灰意冷的旧友,主人公并不是始终单方面地给予同情。对方落魄的模样在主人公的心中投下了阴影,使他更快地走到了下坡路。人与人的相处不是单方面的,而是同时相互交换自己的现状。在巴金的《寒夜》里,现象学中的洞察力在与旧友相遇的场景中得以显著体现。容易与他人产生共鸣的主人公在内心深处理解他。但是,现代哲学家认为,这种关系并不只适用于某个特定的个人,而是现代人中普遍存在的倾向。个人和个人之间即使穿着非人性的外套,相互之间的影响也是难以避免的(参考第七章 正文41—45页的描写)。

> 汪文宣听完了这个人的故事,他觉得仿佛有一只大手把他的心紧紧捏住似的,他尝到一种难忍的苦味。背脊上一阵一阵地发冷。他的自持的力量快要崩溃了。
>
> "你这样不行啊!"
>
> 他为了抵抗那越来越重的压迫,才说出这句话来。他心里更难过,他又说,"你是个文学硕士,你还记得你那些著作计划吗?你为什么不拿起笔来?"(同学柏青的

名字据古籍记载是生命力的象征，具有在冬天的严寒之中仍保持常青的特质。我们应了解这是《寒夜》中的登场人物的设定）

“我的书全卖光了，我得生活啊，著作不是我们的事！”

同学突然取下蒙脸的手，脸上还有泪痕，两眼却闪着逼人的光。

“你说我应该怎样办呢？是不是我再去结婚，再养孩子，再害死人？我不干这种事。我宁愿毁掉自己。这个世界不是我们这种人的。我们奉公守法，别人升官发财……（友人打从心底厌恶推崇在人类社会中适用资本主义体系中的生存竞争、适者生存的社会进化论。）”

“所以我们还是拼命喝酒！”

汪文宣大声接嘴说。他完全崩溃了，他用不着再抑制自己，堤决了一个口，水只有向一个地方流去。他悲愤到了极点，他需要忘记一切，醉（由于夫妻吵架，妻子暂时离家出走了）自然成了他唯一的出路。

“拿酒来，拿酒来！”

他喝着。

（第七章　正文 45 页 14 行—46 页 15 行）

一个月后，主人公又遇到了旧友唐柏青，对旧友巨大的变化感到非常吃惊。

“柏青！你怎么变成了这个样子！”

他睁大眼睛，吃惊地说，打断了那个人的话。相貌全变了，声音也哑了，两颊陷进那么深，眼里布满了血丝。围着嘴生了一大圈短短的黑胡子。

“你做了什么事？还不到一个月！”他问着，他有点毛骨悚然了。

（第十三章　正文 97 页 12 行—16 行）

主人公疲于婆媳争吵，为转换心情进入了小酒馆，在那里偶然遇见的旧友比之前变得更加自暴自弃愤世嫉俗。主人公一边劝慰他一边试图将他带回自己的住所，而唐柏青忽然挣脱了他的手往马路对面跑去，被急速驶过的大卡车轧死了。主人公感觉到那份确信仿佛一个可怖的黑影（幽灵）罩在自己的头上。

在战时体制最盛期,急速的物流成为现实,也加速了人的改变。巴金正是想向我们传达这一点。

“柏青! 柏青!”

他失望地唤着。他要跑过去追那个人。他听见一阵隆隆的声音,接着一声可怖的尖叫。他的眼睛模糊了,他仿佛看见一辆大得无比的大卡车在他的身边飞跑过去。

人们疯狂地跑着,全挤在一个地方。就在这个十字街口马上围了一大群人。他呆呆地走过去,站在人背后,什么也看不见。但是他觉得一个可怖的黑影罩在他的头上。

“好怕人! 整个头都成了肉泥,看得我心都紧了。”

一个声音在他的耳边说。”

(第十三章 正文 100 页 13—15 行)

至此,主人公失去了一位与自己宝贵的青春回忆相连的旧友。在战争中,一旦发展成了全面战争,不管是枪前枪后,整个世界都是战场。也就是说,从这种观点来看,他直面了战友的死亡。

虽然主人公看上去在职场上孤立无援,但是与在战场上不存在完全的个人相同,在职场上相互协作从事生产才是正常的。然而,在这种情况下,在公司干了很久具有相当的威信的同事注意到了汪文宣。并且在他发病前发病后都非常关心他。甚至在他妻子离开他之后他一个人寂寥地与病魔抗争的时候,告诉他严厉的上司已经升官,新来的主任性格温和。将情况稍有好转的他引回职场道路的人,也是这位老同事。人事变动也与战况变化有紧密的联系,好主任并不是从天而降的,妻子的职场也是精明的上司升官后换了一个老实的上司,这一点有特别说明所以非常清楚。或者说,既然人事分配是在滴水不漏的深思熟虑之后进行的,所以对主人公抱持善意的人物也是职场,甚至是国家为了长久留住具有校对和写作能力的优秀人才的深谋远虑。但是,巴金只不过是通过描写同事来访这样非常自然的事情来表现怀有善意的样子。

"请坐,请坐。"他客气地说,他勉强地笑了笑,他的心还在(妻子郑重的)信笺上。(中略)

"我有个好消息来报告你"

钟老略现得意之色说。

"公司里的周主任(主人公的严厉的上司)升了官调走了。新来的方主任,不兼代经理。他对我很客气。昨天我跟他谈起老兄的事,他很同情你,他想请老兄回去,仍旧担任原来的职务,他要我来先同老兄谈谈。那么老兄的工作没有问题了。"

"是,是。"

他答道,他只淡淡地笑了笑,他并没有现出欢喜的表情。他的眼睛望着别处,他好像并不在听对方讲话似的。(中略)

"汪兄,请早点来上班啊。"

钟老在大门口跟他分别的时候又叮嘱了一次。

(第二十六章 正文 236 页 14 行—238 页 10 行)

巴金应该是懂得"患难见真情"的。就在他读妻子送来的宣告痛苦的离别的信的时候,"知己"为他带来了好消息。巴金生动地描写了急剧变动的情况和祸福并存的样子。即使是在病情稍有好转的状态之中,主人公仍要为了一家的生计在出版社里忙于校对的工作。工作只会触犯他纤细的神经。但是他仍然鞠躬尽瘁。

面前摊开的是一本歌功颂德的大著的校样。他一个字一个字地校对着。作者大言不惭地说中国近年来怎样在进步,在改革,怎样从半殖民地的地位进到成为四强之一的现代国家;人民的生活又怎样在改善,人民的权利又怎样在提高;国民政府又如何顾念到民间的疾苦,人民又如何感激而踊跃地服役,纳税,完粮……

"谎话!谎话!"

他不断地在心里说,但是他不得不小心地看下去,改正错植的字,(中略)这个工作已经是他的体力所不能负担的了。但是他必须咬紧牙关支持着,慢慢地做下去。他随时都有倒在地上的可能。

（第二十八章　正文263页20行—264页7行）

拖着病体继续工作的主人公，一种苦闷浮现在他害怕咳血的心上。

为了你这些谎话，我的血快要流尽了！

（第二十八章　正文264页14行—15行）

他只看得见自己。在这种情况下，同事钟老身患霍乱去世，他失去了职场上唯一的依靠，陷入了绝望。

他在公司里就只有钟老这么一个朋友。钟老死去之后，他失去了自己跟公司中间的联系。现在可以说公司跟他完全没有关系了。下班时他仔细地把自己的办公桌收拾清楚。下楼出门时，他还在钟老的座位前站了一会儿。他不知道自己要做什么。后来走出大门，他又用古怪的眼光看了看门口，他觉得自己快要跟这个地方永别了。

（第二十九章　正文271页1—6行）

同事的葬礼后，他明显地日渐衰弱。巴金大概是在告诉我们，所谓朋友、真正的朋友，无需我们自己去寻找，时候到了对方自然会出现，而我们应该好好珍惜。

钟老是他在职场最后的依靠和精神支柱。但是，也不必局限于旧友、同事。他一生的缘分的根源——他的母亲，与他同住，始终都在帮助他，以及她的妻子，在他死后仿佛被命运的红线牵引一般来到他所在的地方，她们不都是他无可取代的朋友吗？我在讲述《寒夜》的时候，总是不得不围绕夫妻关系、丈夫、妻子去整理。但是，与夫妻关系相关的不仅是作为“婆婆”的母亲，妻子的进步的女性形象也是这部作品的一部分，离开这一点去谈论这部作品是不可能的。

Ⅳ. 夫妻

《寒夜》中出现的主人公和他的妻子是怎样的夫妻呢？我们只需看深层心理的表现就可以判断了。巴金经常会描写梦境。虽不能说梦是用来理解复杂扭曲的状态最恰当的方法，但是作为读者可以认为，将梦作为线索是作品分析的捷径之一。主人公平日里的愿望、苦恼、阻碍都可以统称为焦虑。在这焦虑之中也许可以看见那个生动而统一的世界。

> 他做着连续的梦。他自然不知道自己是在梦中。（现实和梦境就只有一纸之隔。）
>
> 他和妻住在一个平静的小城里，他们生活得并不怎么快乐。还是常常为着一些小事情争吵。他们夫妇间的感情并不坏。可是总不能相互了解。她爱发脾气，他也常常烦躁。这天他们又为着一件小事在吵架，他记得是为着他母亲的事情。这天妻的脾气特别大。他们还在吃饭，妻忽然把饭桌往上一推，饭桌翻倒在地上，碗碟全打碎了。（主人公的）母亲不在家，孩子躲在屋角哭。他气得说不出一句话，只是用含糊的声音咒骂自己，用力打自己的头。
>
> （第二章　正文 14 页 1—9 行）

在日常生活中，这种程度的夫妻吵架在任何家庭里都有可能发生，并无值得特别注意的地方。但是，这发生在抗日战争之中，随时都有可能受到日军的轰炸，在这样的生活现实中，事情都会变得严重起来。结束了梦中的争吵的是，炮火的声音。即使在梦中，也能听见声音。我们可以理解为当时战争已经成为了日常，而这种现状反映在了梦境里。

> 正在这个时候，他忽然听见一声霹雳似的巨响。这声音不知道是从什么地方发出来的，可是他们的屋子摇动了两下，震动相当厉害。
>
> “什么事？”
>
> 他吃惊地说。他的脑子比较清醒了。妻默默地站在房门口。孩子的哭声停

止了。

"我出去看看。"

他说着,就往门外走,打算到楼下去。

"你不要去,要去我们(三个人)一块儿去。有什么事我们在一块儿也好些。"

妻不再生气了,却改变了态度,关心地阻止他出去。

(第二章　正文 14 页 10—18 行)

这一声巨响,似乎是发生了不得了的事情。主人公准备出去看看的时候,妻子则希望夫妻二人还有孩子一家人能在一起。这个小家庭面对日军第一次攻击的反应,已经注定了家庭的破裂。

忽然他听见了大炮声(他想,这应该是大炮声)(这是在梦中大脑试图确认发生的事情的真伪的行为),一声,两声。又静下去了。孩子又哭起来。妻发出一声尖叫。

"敌人打来了!"

他惊惶地自语道。接着他叫了一声:"妈!"

就沿着走廊跑到楼梯口去。

"宣!"

妻在后面唤他。

"你到哪里去?"

"我找妈去!"

他头也不回地答应一句,就一口气跑下了楼。妻拖着孩子也跑下楼来。

"你不能一个人走,你不能丢开我们母子。就是死,我们也要跟着你。"

妻哭叫着。

"我要去找妈。我们不能丢开她。万一有事情,她一个人怎么办!"

他一面说,一面打开(公寓的)大门。

(第二章　正文 15 页 4—15 行)

夫妻、母子并不会因为战争这种特别的强制性的事件就和平地生活在一起。巴金用其出色的手法揭示了夫妻离别的局面和家庭的失调。

“那么好，你去接你那位宝贝母亲，我带着小宣走我们的路。以后你不要怪我！”

她赌气地说。他觉得她在竖起眼睛看他。

并且她的眼睛竖得那么直，他从没有见过一个人的眼睛生得这样！他不由自主地打了一个寒战。

她果然转过身牵着孩子走了。她没有露一点悲痛的表情，不，她还用她那么高傲的眼光(仿佛要刺痛他一般)看他。

(第二章　正文17页2—5行)

整部《寒夜》中，就如同这个梦一般，主人公对母亲的关心从一而终。但是他并没有做出抛妻弃子一个人跑进马路上的人群中的举动。反而是妻子冲动地抛弃丈夫，与婆婆吵架，丢下儿子(她不喜欢儿子与丈夫一样毫无生气的样子)。如果始终以丈夫为中心来看的话，是读不懂这部作品的。虽然现在类似的例子也很多，但是我还是坚持将妻子作为中心来看待。这里并不遵从“夫唱妇随”的陈词滥调，反而是妻子的主导地位更为醒目。在理解巴金将妻子作为这部作品的主干的意图的时候，首先要注意这本书的背景是在抗战时期，尤其是在1944年这一设定，是考虑到开罗宣言的四国为世人所知，中国正处于追求在世界中的主导地位和重要职责的时期，所以这一设定也是故事情节的构成部分。虽然在日本也曾流行过一句话，“在战后，由弱变强的是女性和袜子”(首先声明，我在这里特意提出这句话并没有歧视女性的意思。)，但是正因为是在战时，女性才能更强有力地支撑家庭、进入职场，所以战后，在生存下来的男性的眼中，女性的活跃才会重新受人瞩目。不可否认这句流行语与事情的本质有所偏颇。我们要如何解释曾树生的行动呢？她是在市内的银行里工作的事业型女性。获得存款是银行采取的主动出击性的活动，这已经快可以称为常识了。熟练的计算能力、账簿整理、待人接客的端正态度等等的企业氛围，只要是去过银行柜台的人都能一眼分辨出。但是只有踏进银行业的人才会了解，银行为了取得会存入大额存款的客户的信任，始终都要建立策略，推敲其效果，再展开新的活动的主战场，这才是银行不为旁人所知的隐秘而重要的活动。用于大型国家事业的资金，其中最大的根源——发动战争的特需，是银行的“优秀行员”追求的目标。她在文中说的那句“我要飞!”，表现了她是能在广阔的中国乘飞机来去的真正的女性。而汪文宣只是在教育宣传的一环的出版活动中埋头于枯燥的校对工作，这对他来说实在是令人羡慕。巴金绝妙地选择了这两个对立的人物，甚至具有讽刺的意味。他周到地塑造了位于集资前线的非常积极的女性(妻子)形象与从事枯燥的校对编辑工作和消极的集中活动的男性(丈夫)形象。阴阳交替在战争年代，以及现代社会是非常显著的，这一点无可非议。从最一开始他们的命运就已注定，两人越是埋头于各自的工作，就离得越远。妻子用毫不退缩的气魄面对银行这个主战场，完全不顾及旁人监视的眼光，并将确信犯一般的胆量贯彻始终。

> 她是一家商业银行的行员。大川银行就在附近一条大街的中段。他刚刚走到街角，就看见她从银行里出来。她不是一个人，她和一个三十左右的年轻男子在一块儿。他们正朝着他走来。的确是她。还是那件薄薄的藏青呢大衣。不同的是，她的头发烫过了，而且前面梳得高高的。男人似乎是银行里的同事，有一张不算难看的面孔，没有戴帽子，头发梳得光光。他的身材比她高半个头。身上一件崭新的秋大衣，一看就知道是刚从加尔各答带来的。

(第四章　正文23页1—8行)

汪文宣一直在窥视身在银行主战场上的妻子。行员的服装是为了不会在敌人面前有失身份的比制服高级一些的服装。这些都是从西藏、印度等等战况急下的地区带来的新品，将行员们打扮成了吸引顾客的攻防兼备的模样。他们都拥有很强的气场，可以压倒那些向自己投来的无害的好奇的目光。如果不这样，是无法找到顾客并吸引他们进行巨额的投资和存款的。这两人并不是去游山玩水，而是在以最紧张的状态面对着战场。

只有集中了真正的年轻男女,并且是追求技艺精通的人才,企业内的斗志才会更加昂扬。男女之间存在着无限的接触的机会。但同时也有职责、工作定额在限制彼此的放肆。虽说无限的恋爱的发生并不是毫无可能,但却被巧妙地抑制着。不难想象在与资本主义、美国的合作下产生的特需经济的活力应该就是这样吧。以自我为中心的主人公嫉妒地看着他们并非常担心。

> 男人带笑地高谈阔论,她注意地听着。他们并没有看见他。他觉得心里发冷。他不敢迎着他们走去。他正想躲开,却看见他们走下人行道穿过马路到对面去了。他改变了主意,他跟着他们走到对面去。他们脚步下得慢,而且身子挨得很近。他看得出来,男的故意把膀子靠近女人的身体,女的有意无意地在躲闪。
>
> (第四章　正文23页9—15行)

不可否认对妻子行为的担心影响到了文宣的健康状况。但是,他曾经也对事业女性的妻子的能言善辩表示赏识。所以也未必能说他完全被妻子的行为所压倒。他对妻子的评价又如何呢?根据寄给主人公汪文宣的分手信来确认是最为妥当的。

汪文宣同意妻子调去外地工作之后,来到两个人过去常去的咖啡厅,明明是一个人却点了两杯咖啡,一杯加了牛奶,又往自己这杯里加了糖。表现得仿佛对方就坐在对面一样(第二十五章,参照正文232页)。这里是他对于女主人公的爱意的表现。不久,他回家后收到了妻子的长信,他万万没想到这竟是妻子的分手信。由于篇幅的限制无法引用这封长信,所以我引用了几个要点并加上了评论。

> 1. 我不能再受你母亲的气了,对于我发脾气,你只用哀求的眼光看我,我就怕看你这种眼光。我只能怜悯你,我不能再爱你。你从前并不是这种软弱的人。(离别的意图到这里结束了。我们可以推测在战争之中二人行为的差距变大了。)
>
> 2. 我的生命力还很旺盛。我不能跟着你们过刻板似的单调日子。我爱动,爱热闹,我需要过热情的生活。你越是对我好,你母亲越是恨我。她似乎把我恨入骨

髓。她甚至骂我是你的姘头。我要离开你。我也许会跟别人结婚,也许永远不会结婚。你希望我顶着姘头的招牌,当一个任她辱骂的奴隶媳妇,好给你换来甜蜜的家庭生活。(易卜生的《玩偶之家》之中,妻子被视作玩偶一般,虽然这里的妻子与其中的女主人公娜拉所处的立场完全不同,但是我们应当注意,妻子是娜拉的翻版一样的存在。当然,不难理解妻子充满活力的行动力来自于在银行的积极工作。)

3. 你母亲在一天,我们中间就没有和平与幸福。我们必须分开。我知道在你生病的时候离开你,也许使你难过。我今年三十五岁了,我不能再让岁月蹉跎。我们女人的时间短得很。我并非自私,我只是想活,想活得痛快。我要自由。我不向你提出离婚,因为据你母亲说,我们根本就没有结过婚,所以我们分开也用不着什么手续。我不要求把小宣带走,我什么都不要。从今天起我不再是你的妻子,我不再是汪太太了。你可以另外找一个能够了解你、而且比我更爱你、而且崇拜你母亲、而且脾气好的女人做你的太太,并且叫新人坐花轿行拜堂的大礼。(妻子反复地说着她与主人公的母亲的关系已经无法修复。她再三强调她不可能在这个阴暗的家里和与自己对立的婆婆一起生活下去,这对于丈夫来说应该是相当大的打击。)

4. 请你原谅我。我的确改变得多了。不要跟我谈过去那些理想,我们已经没有资格谈教育,谈理想了。我现在不是她的"姘头"媳妇了。行里的安家费仍旧按月寄上。倘使可能,盼早日给我回音,就是几个字也好。

落款她写的不是"妻"而是自己的本名"树生"。……(她不给对方任何解释的余地,只表达了自己的想法并提出了分手。)

这封长信令丈夫汪文宣无言以对,当然,这可以说是巴金的表现手法,但是在《激流三部曲》中也经常会出现《春秋左氏传》,可以看出他深厚的旧儒家的素养。我们可以认为巴金熟知解读《春秋》的书籍中的有益的战略。但是巴金笔下的主人公,奉行退一步海阔天空的汪文宣虽然承受着撕心裂肺的致命的痛苦,却丝毫不表露在书信上,简明扼要地回复了曾树生。

信非常短,全文如下。

收到来信，读了好几遍，我除了向你道歉外无话可说。

耽误了你的青春，这是我的大不是。现在的补救方法，便是还你自由。你的话无一句不对。一切都照你所说办理。我只求你原谅我。（只有这一点）

公司已允许我复职，我明日即去办公，以后请停寄家用款。我们母子二人可以靠我的薪金勉强过活。请你放心。这绝非赌气话，因为我到死还是爱你的。

祝幸福！

文宣××日

他写这些话并不费力，但是回复妻子这封信却令他耗尽了力气。他被打击得体无完肤。

他一口气写了这些话，并不费力。可是刚刚把信写好，他就觉得所有的力气全用尽了。好像整个楼房全塌了下来，他完了，他的整个世界都崩溃了。他绝望地伏在书桌上低声哭起来。

（第二十六章　正文249页6—19行）

在这之后他也拖着病体继续繁重的工作。但是在非常照顾他的比他年长的同事去世后，他明显地日渐衰弱，病倒在床。在母亲的看护下，在庆祝抗战胜利的轰轰烈烈的爆竹声中咽下了最后一口气。其他的中国现代作家也曾写过类似的结尾。因为现实就是无数的中国人一起迎来了抗战结束之日。

巴金将作品的背景设定在1944年到1945年的抗战后期，并于1946年9月完成创作。也就是说，他知道之后发生的事情。但是我们应当从哪个场景、如何解读这件事呢？通读巴金的作品之后我想到的是，“坚持才是力量”。例如，没有计划的理想你能够坚持多久呢？我强烈地认为巴金会告诉我们要坚持到最后。

写完信之后汪文宣感到极度的疲惫，在这种疲惫背后其实是压抑着强烈愤怒的保持理智的责任感。“老好人”就如同老房子里的顶梁柱，即使受到了巨大的冲击也要撑住，若这种影响是双向的话，字里行间中渗出的苦涩终究会传达给对方和他人。巴金并没有提及那会是在什么时候，但是却向读者暗示了这一点。巴金彻底地塑造了男主人公汪文宣，如果不读懂巴金的暗示，那就不能说你读完了这本书。

V. 代替结语的部分

巴金在故事大致完结之后，又在结束部分加上了尾声。他希望读者能够理解这一部分的深意。

树生回来了。仿佛被命运的红线牵引一般。当然，这个说法有些太陈旧了。战争的结束是导致她回来的最大的原因。兰州的银行业务也因此发生了变动。中国抗战胜利后，为了获得新的来自美国的资金，这个地方更为合适。从某种角度来说，这是一种“复旧”。当然，她是与原先的银行取得联系，确定了工作的大致方向之后才回来的。她希望让汪文宣看看凯旋归来的自己。但是，房子里已经住进了别人。在家乡，没有笑脸迎接她的人，她最重要的原来的丈夫也已经死了。他母亲花了很多力气才有钱给他办了葬礼，然后带着孙子小宣离开了家乡。为她说明这一切的老邻居怀里抱着孩子，刺痛了她作为女人、作为母亲的心。怀念的心情令她回归了自我。这是战争的终结为她带来的休息。她觉得“空虚”。这是为何呢？“老好人”作为贯穿汪文宣生命始终的印迹，一时间被强烈地记起。她的仇敌、她的婆婆用她令人叹服的能力把葬礼以及搬家的各项事宜都打理得妥当。这也可以被认为是一种打击。

> 死的死了，走的走了。就是到了明天，她至多也不过找到一个人的坟墓。可是她能够找回她的小宣吗？她能够改变眼前的一切吗？她应该怎么样办呢？走遍天涯地角去作那明知无益的找寻吗？还是回到兰州去答应另一个男人的要求呢？
>
> （尾声　正文 294 页 10—14 行）

她首要的目标，是想找到她自己的孩子。巴金强调了女性拥有设定明确目标的能力。这在现在也许并不少见，但是在当时，曾树生的生活态度是新派的典型。

> 她只有两个星期的假期。她应该在这两个星期内决定自己的事情。……
>
> 至少她还有十二三天的功夫,而且事情又是不难决定的。为什么她必须站在地摊前忍受寒风的吹打呢?
>
> (尾声　正文294页15—18行)

曾树生并不是临阵脱逃举棋不定的人。不论什么事她都要自己做出选择。也就是说,她是一个不可否认的强大的女性。

> "我会有时间来决定的。"她终于这样对自己说。她走开了。她走得慢,然而脚步相当稳。只是走在这条阴暗的街上,她忽然起了一种奇怪的感觉,她不时掉头朝街的两旁看,她耽心那些摇颤的电石灯光会被寒风吹灭。夜的确太冷了。她需要温暖。
>
> (尾声　正文294页19—23行)

她放轻了高跟鞋的脚步声,安静地走着,带着一丝怜爱走过夜晚的街路。摇晃的灯光大概是她游移不定的内心的象征吧。游移不定是汪文宣的本性,温暖也是。所以寒风才会来袭吧。但是现在的温暖,只能向孩子寻求,已经不能再向墓中人讨要了。

她将去向何方,当然任凭读者的想象。但是我们可以从《寒夜》的整体表现做出推测。与娜拉不同,树生会变得如何呢?

1. 她有在这个城市居住的友人。首先她可以找友人倾诉自己所有的想法。友人当然会和她一同商量今后的工作、婚姻等各种问题。在那里她可以获得新的力量。

2. 她还有与她学过教育学的大学的联系。汪文宣也是她的同学,又有一起参加过下乡运动,她可以通过家族、熟人等关系来找到婆婆。

3. 她只要去小宣的中学里问一问就能知道他们的住所。即使因为学费没有缴纳而被开除，婆婆的老家也是中医的名门，所以可以找到现在的住所。只要找到小宣的亲戚，向他们打听就能知道了。

4. 婆婆并不是向她封锁了所有的信息。而是非常聪明且周到地在她的心理承受范围内行动，也想象到了她会希望能与小宣取得最低限度的联系。年老的婆婆难道不是希望用控制的手段将孙子拉到自己这一边吗？

5. 曾树生的出生没有被谈论到，是因为表面上他们没有正式结婚，这是为了迎合不能明示的规矩，但是既然她在大学学习教育学，又参加了下乡运动，想必是某个大家族的才女。从这样的角度出发，有各种探索的可能性。当然，私下里使用银行的信息网络的话，无需多少时间就可以获得信息吧。

6. 她三十五岁了，是一个毋庸置疑的有分辨能力有见识的女性。她正处于最能够发挥本领的时期，又拥有充足的活力，还有相当的美貌，信息自己从天而降的可能性也是有的。

也就是说，对她今后的处境无需任何的担心。她会从逆境转入顺境，她很有可能会和新同事一同加入到战后美国投入中国的援助资金的争夺战中。虽然看上去非常乐观，但是巴金是将曾树生作为在资本主义中国生存的女性的典型才令她重新回到与汪文宣的回忆之地的。巴金细致地描写了他与病魔作斗争的生活，也是希望即使中国盛况正佳，人们也不应忘记抗日战争和建设时期的劳苦。中国现代文学正是铭记的文学，这一点毋庸置疑。

（沈佳炜　余瑶　译）

（日本筑波大学外国语中心《外国语教育论集》第 27 号，2005 年）

《寒夜》：消耗性结构的悲剧

曹禧修

一

毋庸置疑，《寒夜》正如巴老所说是“好人的悲剧”[①]。问题的关键是，悲剧缘何从好人的家庭中诞生？善善之间如何会生发悲剧冲突？我们感到亚里士多

① 巴金：《谈寒夜》，《作品》，1962 第 5—6 期合刊。

德的“过失论”[1],黑格尔的“伦理冲突说”[2]等等都不能很好地阐释《寒夜》的悲剧成因。人物的过失,伦理的冲突,性格的缺陷,社会的战争,命运的捉弄……凡此种种,显然都是《寒夜》的悲剧因素;但是,《寒夜》的悲剧绝非其中任何一个因素独力诱发的,更不是其中任何一种因素决定性生成的。以社会战争的因素为例,当我们一方面明显地感受到时代、社会、战争对汪家巨大的破坏性影响的时候,另一方面的事实却凸现在我们面前:汪、曾夫妇可以出入舞厅咖啡馆,汪子可以就读“贵族学校”,在战火纷飞的年代,这不能不说是过分“奢侈”的享受;汪文宣仅有的一次失业不久也给补缺了;尽管物价飞涨,汪家却一直未断过炊粮。相比同时代大多数中国人,这又不能不说是命运的垂青。在《寒夜》中,战争始终只是作为远背景的威胁而存在,它一直未直接进入前台,既没有炸死汪妻汪子,也没有炸伤汪母。社会的动荡,战争的威胁,诸如此类的外在的危险性因素,对一个结构良好的家庭来说,只会使之更加团结,更加有力。如果说外在的威胁尚未消除其家庭内部的纷争,那么只能说外在的威胁尚不足以危及这个家庭的生存。

其实《寒夜》是消耗性结构的悲剧。所谓消耗性结构的悲剧意指在某个特定的结构体中,其单个的结构元素也许并不能否认其优秀性,但当它们按照一定的关系组合成一个共同的结构体时,由于其结构关系不能和谐,结构元素之间有着多方面的(文化的或非文化的)排斥性、对抗性、矛盾性,总体的能量不断消耗却又无法得到正常的补给,整体的功能反而削弱,最终在历史和现实的风霜雨雪中不能自足自立,无法逃脱其解体的悲剧性命运。就《寒夜》的家庭悲剧而言,汪文宣的痛苦直至生命的毁灭,不单是某人的过失所致,也不能单纯归罪于社会或伦理观念之间的矛盾冲突。汪母和曾树生存在的本身就是汪文宣痛苦的渊源,反之亦然。从一定意义上讲,汪文宣的死亡及其家庭结构的最终消解是其家庭结构的存在自然生成的。质言之,由于汪家这个特定的结构,使得

① 程孟辉:《西方悲剧学说史》,中国人民大学出版社,1994 年,第 37—40、297—298 页。王向峰:《文艺美学辞典》,辽宁大学出版社,1987 年,第 134—138 页。

② 同上。

善善相加不是善，好好相加不是好，从而完成了一出“好人的悲剧”。

二

先考察其家庭结构中的婆媳关系。堪称“昆明才女”的汪母，为了这个家庭，甘当“二等老妈子”，操持一切家务，还包办代替了曾树生作母亲的诸多事务。这对作媳妇的曾树生来说，算是难得的好婆婆了吧！同样，大学毕业的曾树生，风度气质俱佳，满身都是青春的朝气。在那战争连绵的年代，由于她的收入，才使这个家庭撑持下去，而且使这个家庭未来唯一的希望——小宣也能就读贵族学校。这对作婆婆的来说，她一个老好不中用的儿子能摊上这么个好媳妇，该是满心称喜了吧？然而真实的情况并非如此。汪文宣所苦恼的正是：在这么简单的家庭，这么单纯的关系中，两个他所爱而又爱他的女人永远没有和谐的合作，这是为什么呢？

社会学家告诉我们：建立在人类最基本的性欲和情爱基础之上的婚姻(夫妻)关系和血缘(母子)关系同以此为中介而形成的准婚姻和准血缘(婆媳)关系之间有较大的差异。差异的核心在这个“准”字上，就因为这个“准”字，当婆媳之间发生隔阂或意见分歧时，媳妇难以像对待自己的亲生母亲或丈夫那样，去主动消除它；反过来，婆婆也是如此。一旦隔阂及意见分歧外化为矛盾冲突之后，情感的裂痕便很难自然复原①。虽然汪母与汪妻之间公开化的矛盾交锋并不多，远不及其夫妻及母子之间频繁，然而事实正如上述，她们从来不曾主动消除隔阂，冲突之后便是僵持，感情的伤痕从来不曾真正愈合过。

天天见面的婆媳之间又如何能没有意见的分歧和情感的摩擦呢？更何况一方是缠过小脚坐过花轿的婆母，另一方却是完全抛弃了“父母之命，媒妁之言”婚姻模式的媳妇。在汪母看来，她拥有管理这个家庭包括管教媳妇的权利，

---

① 李毅：《社会学概论》，陕西人民教育出版社，1991年，第257—259页。

而且传统文化也赋予了这种权利以合法性，即她不仅有这个权力，她还应有与之相应的权威，也即她的权利的现实化不是靠强制，而是靠家庭成员的自觉维护。因此她认为曾与男友坐咖啡馆、进舞厅有违妇道，曾就应自觉服从她的意见。但在曾看来，她在外交男朋友，是职业所规定的，她也讨厌“花瓶”的职业，但为了生活，她又离不开“花瓶”的位置。至于跳舞喝咖啡一部分因为职业的需要，一部分也因为她有这个合法的权利享用。但她也承认婆婆管教媳妇的权力，只是这种权力越规了，因此不具合法性。也正是基于这一点，面对婆婆的再三指责，她可以避让，可以宽忍，但不会绝对听从，而且任何忍让都是有限度的。因此，矛盾无法避免。

客观地说，婆婆并非专制守旧的家长，媳妇也并非激进新潮的西化者，婆媳之间并没有什么生死对立的观念。从她们各自与汪文宣的关系来看，两人都不是那种为了自己的文化信念而拼死不顾的人。汪母并未因为汪文宣的新观念而断绝母子关系；曾树生也不是单因汪文宣身上某些旧伦理旧道德厌而弃之。但“准婚姻”、“准血缘”的关系的确妨碍了婆媳之间的沟通。

汪家家庭结构某元素的长期缺失是婆媳关系复杂紧张的另一因素。汪母多年寡居，长期性爱生活的空白，使她的情感生活多少有了些病态，她把亲子之情与亲夫之情都系于汪文宣一身。这种精神上的“乱伦”是汪母和汪文宣都不敢承认的，只是作为一种下意识的活动而存在。但居旁观者的曾树生却看得颇为清楚，她明显地感受到了来自汪母的那种极具特殊性的敌视，汪母不能容忍汪文宣身边有这样一位颇具魅力的妻子，因此儿子与媳妇的恩爱正是她烦恼以及发泄烦恼的触发点，她不断地指出他们夫妻关系的不合法性——曾不过是其儿子的“姘妇”。曾清楚这种敌视的性质，因此，她指出汪有这样一位母亲，就不应该结婚。这种情敌般的仇视，最终演化为“有你没我，有我没你”的格局。

婆媳之间的矛盾无法通过婆媳自身得以解决，这希望便寄托在这个家庭的第三者或第四者身上。小宣在这个家庭中似有若无，母亲可以不考虑他而离婚，祖母可以不考虑他而驱赶他的母亲，父亲也可以无视他的存在而坦然面对死神。他不曾引起任何离散这个家庭的纷争，但也没有任何凝聚这个家庭的作用。他似乎只是作为汪文宣的另一种版本而存在，诉说着这个家庭未来希望渺茫的哀音。那么汪文宣又怎样呢？这得考察他与妻子和母亲的关系。

汪、曾夫妻关系的一切复杂性、微妙性似乎都隐含在一个反常的问题上，那就是汪文宣为什么要竭尽全力地宽忍曾树生与年轻潇洒的陈主任一切远超出正常工作关系的亲密交往？诚然，汪文宣对曾树生有着充分的信任，她不会胡来！然而，这不能说明所有的问题。因为每一次的耳闻目睹都会激起他男性的妒忌和痛苦；汪也想像许多血性男子一样，怒发冲冠地冲向前去抓住她，但他不敢；唯一现实的反而是自身另一重精神与肉体、思维与存在的撕裂，以及由此而带来的内在的紧张、焦虑、矛盾和痛苦的煎熬。他自然明白他的眼睛，他的一切感官告诉了他什么，可他为何如此畏缩、胆怯、心虚呢？

在汪、曾的夫妻关系中，最显在也最隐在的矛盾关系就是男人与非男人（也即女人）的对立关系。法国哲学家雅克・德里达认为：男人之所以叫男人，只是因为他一刻不停地排斥另一种人即“非男人”，在与她的对立中确立自己的意义。失去了他的对立面，也就等于失去了他自身。这样非男人也即女人便有了两个方面的意义：首先，女人是什么？是男人最主要的提醒者；其次，女人是男人范畴之外的某种东西，但同时又是男人生命之内的某种东西，或者说，她与他的结合本身就是一个具有生命性的存在，无法从中任意割断①。当非男人的曾树生以妻子的身份成为汪文宣怎样才是一位真正男人的“提醒者”时，情况会怎样呢？请看一组对比。曾树生：丰满而诱人的身子/显得年轻而富有生命力/“她是天使”；而“我”（汪）：单薄而瘦弱的身子/一颠一簸的走路姿势和疲乏的精神/“我是狗”。汪文宣本应该更健康，更有力量，更有朝气，尤其是他应该是这个家庭中最主要的“供给者”。然而真实的情况与之正好相反。

根据霍・曼克的“最小利益原则”，“在持续的社会情景中，得到最小利益的人最能为合作指定条件。”②在汪、曾夫妻关系中，曾本应是“得到最小利益的

---

① [英]特里・伊格尔顿：《文学原理引论》，文化艺术出版社，1987年，第157—158页。

② 《当代社会学理论》，中原出版社，1989年，第51页。

人”。可在汪、曾夫妻的二元对立模式中,被贬低的曾树生一方反而获得明显的优势,一切原有的关于男人与女人,丈夫与妻子的范式便被破坏,被颠倒了。顺从的就不再是作为女性、作为妻子的曾树生,而是作为男人、作为丈夫的汪文宣。这正如一个相貌平平的姑娘与一个著名球星约会的时候只有俯首帖耳的份。总之,汪文宣的男性权威被颠覆了。

这样,把颠覆了的权威再颠覆过来就似乎成为了汪文宣终生的努力。事实上,“被颠覆”这种痛苦经历仿佛燃起了他生命意识中“复仇”般的欲望。正是这复仇般的欲望为他搜索到一条仿佛合乎逻辑的策略:他既然无法在“挣得多少”上与曾树生相比,便转而求得在“牺牲了多少”上能够超过曾树生。因此,为了不失业,他要强撑着去工作;为了不花她的钱,他宁愿让肺疾恶化,坦然面对死神。这显然超出了一般伦理的范畴。汪文宣不是那种守旧的人,他要表现的不仅仅是为了她而醉酒,为了她而身残病弱,他甚至要表明他是为了她而死的。于是他也就宽忍了曾与男友成双作对地出入咖啡馆和舞厅,他要超越一个丈夫本能的痛苦而在母亲面前为她反复辩解。

汪就是以这种方式来确认自身还有存在的合理性。他的这种“高尚”的姿态使他觉得他仍然是一个好人,是他家庭中具有责任感和关切感的“保护者”。

然而,汪文宣显然是不堪如此“好人”角色重负的。H·歌德堡教授指出:“对顺从的不堪忍受也摧毁了伴随顺从而来的另一自然生活节奏,这无疑是许多男人在早年就受慢性病的痛苦或被掳尽的一个主要原因,顺从尺度的表达阻碍了所需要的有规律的休息和恢复的时间。”[①]如果这个结论是科学的,那么我们只好说汪文宣肉体的疾患也与曾树生的存在直接相关。

如果说曾树生的存在自然生成了汪文宣的痛苦,那么汪文宣的存在也同样是曾树生痛苦的渊源之一。

当曾树生的存在事实上颠覆了汪文宣的父性权威的时候,曾显然不会感觉到一个“胜利者”的喜悦。在这场没有策划者的颠覆活动中,没有人尝到成功的

① 陆杰荣等译:《男性的困境》,辽宁大学出版社,1988 年,第 47 页。

甜蜜，却都分享了失败的苦涩。

当汪、曾夫妻关系的二元对立模式被颠覆后，那超乎善恶之外的，指涉着本我而非超自我的原始生命力必然不断地给曾树生的生活制造麻烦，那便是一个青春妇女的孤独、寂寞和苦闷。而人基本的生存本能又必然驱使着曾去寻求“两性关系不充分感的补偿。”当有钱有地位也有着魁梧身材的陈主任温情有加地邀约她时，这正好满足了她潜意识里“补偿”的需求，曾树生受着一种本能冲动的驱使。然而这种冲动与她感到必须遵守的准则明显地不相容，因为在一夫一妻制的社会里，这种补偿被打入了道德的另册。曾树生并非一个失却了道德原则的荡妇。她必须逃避它，把它驱逐到意识之外，仿佛它不存在。然而，这本质上属于对现实的逃避、虚伪和退缩的行为注定是要归于失败。因为这样做，压抑了的“补偿”需求并没有真正被消解，而是在精神的无意识部分里继续存在着，保持着它所有本能能量而且不断聚集，最终还得把它召回意识中。不过向意识中输入了一个代替自身的伪装物，这个伪装物就是工作关系和朋友情感。正是在这种伪装物的掩盖下，她接受陈主任的邀约。而且她对陈主任即便不是有约必应，但也很少推拒他的邀请，因为工作需要嘛！于是他们经常成双作对地出入各类场合。不过，曾树生显然又是极其敏锐的，她敏锐地感觉到了灵魂的不安。当她在外久了也想赶往家里，急着赶往那个冷冰冰，马上又令她烦躁不安的家。然后再给汪一个补偿性的吻，她努力想补偿自己良心上的亏欠，以冲淡她的负罪感。但她马上就发现自己吻错了对象，她吻的似乎不是一个男子汉，倒更像一个女性。这种同性的吻，使她厌烦，使她恶心。在这情绪骤冷骤热中，她的喜怒哀乐飘忽不定。于是冲口而出就痛骂了汪。挨骂的汪并不回击她。她又马上发现，自己痛骂的虽不是一个男子汉但也是一个实实在在的好人。因此自己良心责备的一端又加一砝码……如此循环往复，曾树生得努力按捺住自己去面对汪永远病恹恹的愁容和疲乏悲叹的声音，竭力忍受着汪母仇恨的冷嘲热骂，守着一个近乎骷髅的男人，守着一个冷冰冰的家。在去与留的问题上，反反复复，不能决断。即便是在忍无可忍的情况下，她离开了家，离开了汪文宣，他们之间没有了婚姻的约束，她依然没有放弃用金钱来为自己减罪的企图。

曾树生决定离家出走,把监护孩子的权力交给丈夫和婆婆就足以证明她企图做一个世俗母亲的愿望在感情上是不真实的。颠覆了父性权威的曾不能承认她的使命就是扮演孩子母亲的角色,作为做着男人工作的那类人,孩子不再是她生活中的重要内容。但另一面这也是她对自己妻子的角色不能获得正常满足以及自己青春年华将要逝去的恐慌的报复性行为。所以,她一直不告诉陈主任,自己已是一个十几岁男孩的母亲。然而,做母亲的内疚又使她在家庭入不敷出的情况下,坚持要供小宣就读贵族学校,就像她出于负罪感,一直生活在这个像冰窖的家庭里一样。

总之,尽管汪文宣的存在不曾给曾树生以死的归宿,但是曾也许永远要负载着良心的十字架走完她的余生。

在汪家母子关系上,也有类似的问题,汪母是"最小利益得到者"。虽然汪母并不这么想,她把更多的原因推向汪文宣以外,比方说"战争"等等,但汪文宣却是过多地自责,由自责进而自戕。他自戕的结果自然又伤害了汪母的一片爱子之心,她在"怒其不争"的同时,慈爱之心却愈益促使她竭尽全力地当好"老妈子"的角色,为此她也愈加憔悴衰老,而反馈过来的信息是汪文宣加大了自责自戕的份量。在汪家母子这组矛盾中,充分展现了爱的价值的悖谬性,他们相互之间爱得愈深,伤害弥重。

如果说汪妻的存在像一把铜镜鉴照着汪,那么汪母的存在则既像歧路口的路标,更像唐僧的"紧箍咒",不断地引导、督导着他的举止像个"男子汉"。这既是一个正常母亲"望子成龙"的必然要求,也是一个不很正常的母亲不自觉地混用了亲子之情与亲夫之情的必然结果。这不只是说汪母会如何拿"男子汉"的尺度去度量汪,而对五十高龄的老母,汪文宣难道不会用自己心目中"男子汉"的尺度去要求自己吗?作为一个孝子,汪在这方面还相当苛求自己。

在汪母的眼目中,汪无疑是在忍让着一个"不守妻道"的妻子,这对一个热爱儿子的母亲来说,感到怨怒自是情理中事。在此,汪母并不理解汪、曾夫妻关系的二元对立模式何以被倒置,但这并不妨碍她频频亮出自己手中的武器——

紧箍咒。她自然看到了汪痛苦的反应，但她认为，这没有什么，就像她相信中药就能医治汪的肺病一样，她坚持认为她的苦口婆心就能使汪悬崖勒马，浪子回头！汪母显然错了。

汪文宣深知自己的病症之所在。然而，就像所有男性病患者，他不希望别人识破他的秘密。他需要别人把他看作一个正常人，最具效力的药物也莫过于此。他更不能容忍这一秘密被挚爱他的母亲所识破，而汪母的絮絮叨叨使他时时处于戒备状态，唯恐稍露端倪。汪有时也要为一点小事与妻子争吵不休，对妻表示冷淡，对妻子的出走不予理睬，但这些全是为了在母亲面前“顾全面子”，全是为了其男性病患者的真面目不致被识破。然而妻子是不能伤害的，可不伤害妻子就势必伤害母亲。因此不能伤害的偏偏伤害了，想维护的偏偏维护不了，这样，一个男性病患者的苦恼和愁烦情绪长期郁积在心里，就使他的性格很合乎逻辑地产生了变态。正如莱斯利·史蒂文森所说：“甚至当环境是适宜有利的时候，如果精神各部分之间，有着内在的冲突，那么也产生精神失调，所以神经病是由于基本本能受挫而成的结果，它既是外界的妨碍，也是由于内在精神的不平衡”①。汪在与公司领导及同事的相处中，就表现了十分显明的神经质病人的症状。

当诸种矛盾关系纠结在一起时，它们的破坏性功能更是有增无减。

汪母把汪始终抛不开曾视作没有“男子气”，而曾又把汪对母亲的言听计从视作“懦弱”，汪为此感到委屈。他可以在母亲面前为妻子辩白，也可以在妻子面前尽力为母亲辩白，但他绝不为自己辩白。他要默默地忍受这一切，就像他忍受着晚期肺疾的苦痛。抵制别人的帮助，为他表白自己未泯的“男子气”找到发泄口，显然超出了汪文宣独自承受的能力。因此，在默默忍受的同时，他也在默默地期待着：热爱他的母亲和妻子用不着他去要求什么，她们就会奇迹般地猜测到他需要什么，他仿佛相信如果她们真爱他的话，这种猜测就会是准确无误的。显然，汪母和汪妻都没能做到这一点。他默默期待中的希望破灭了，于

① 莱斯利·史蒂文森：《人性七论》，国际文化出版公司，1988年，第74页。

是一贯沉浸于私下沉默中的他常自悲自叹,自怨自艾:“她们只顾自己,没有人真正关心我。”在一个不乏爱的家庭中,他又感到了爱的寂灭。在这仿佛无爱的时空中,死亡的本能紧紧抓住了他。他加紧了自我毁灭的进程,他感到这世界所给予他的只有痛苦,没有快乐;只有恨,没有爱。痛苦的担子太重了,他的肩头挑不起,他受不了零碎的宰割和没有终止的煎熬。他希望来一个痛痛快快的了结。

隐忍本是个人优良品质。面对彼此的误会,相互间的矛盾,汪、曾以及汪母三者在一定程度上都采取了退让、隐忍的方式,使冲突的锋芒暂时潜伏下来,或者更准确地说,矛盾被内化被转移到每个成员内心的搏杀上来了,因此家庭成员之间的对抗的紧张性被弱化,但单个成员尤其是汪(小说对汪更多地采取了内心聚焦式的叙述)内心的撕裂却是异常的紧张和激烈。由此汪时常处于精神与肉体、思维与存在的分裂状态中,思维漫无所依,超越时空作零散化的、失却逻辑的白日梦,思维远离了存在,他自己也不知道自己之何在,何思,何为,只剩下一具空皮囊,或作或息,或出或入,或昏睡或梦想。正是这种分裂不断耗费了他生命的能量。更重要的是,隐忍并未消解矛盾,隐忍的结局不是家庭的和睦和幸福,而是家庭的解构。因为隐忍只是把分散的能量聚集起来。因此,矛盾以更大的能量,以更残忍的方式离散了家庭中的关键人物曾树生,销蚀了家庭中的中心人物汪文宣,宣告这幕家庭悲剧的最终完成。

三

尽管艰难,尽管勉强,但结构主义论者似乎情有独钟地要寻找一个模式,力求通过这个模式使潜在的结构得到外在呈现;尽管这模式不过是事物结构的“幻象”[①],它不可避免地对事物结构的复杂性、真实性构成某种伤害,但结构主

① 罗朗·巴尔特:《结构主义活动》,见王逢振《最新西方文论选》,漓江出版社,1991年。

义论者认为画出这幻象可以“使某种过去看不见的，或者说在自然客体身上无法理解的东西呈现出来”[1]。在此，我们不妨借用A·J·格雷马斯的“符号矩阵”[2]，来“呈现”汪家的结构及其悲剧结构。根据上文的分析，正常状态下汪家的几组矛盾关系似可图示如下：

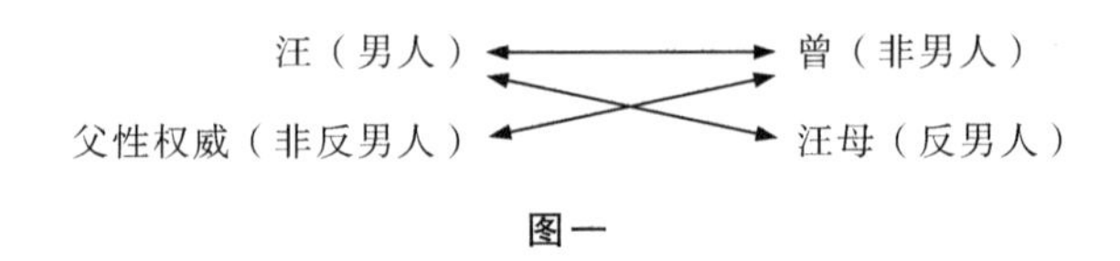

图一

这里需稍加说明的是曾与汪母的位置。作为汪怎样才是一个真正男人的提醒者，固然有其妻子曾，但也不排斥同是女性的汪母；所不同的是，“望子成龙”的母亲一般总是在人的社会性方面“提醒”汪，而作为妻子的曾又往往是在人的生物本能方面“提醒”丈夫；而在一个弘扬理性的社会里（它有着“存天理，灭人欲”的传统），社会性必然优于生物性。这一点很容易在文本中得到确证。尽管汪以自己生命的热情热爱着妻子曾，但这并不妨碍汪每每把母亲放在先于妻子的地位，在行为上常常先满足母亲的愿望和要求，而在语言和思想意识里才敢为妻子留下一爿堪与母亲相比的宽阔时空。文化人类学家罗伯特·F·墨菲指出：“几乎在所有人类社会中，母亲对子女的权利都被当作优先的，天然的，这是她生育了孩子这一事实的结果。”[3]这意味着，相对于汪来说，汪母拥有着某种天然的权威，而这种天然的权威是曾不会拥有的；相反，在一个父性权威的社会里，她是被驱逐到权威的对立面的。因此，正常状态下曾与汪母在图中的位置是不可随便变易的。

然而，汪、曾夫妻的二元对立模式被颠覆了，因此结构图一实际上被另一结构图所置换了，见图二：

---

① 罗朗·巴尔特：《结构主义活动》，见王逢振《最新西方文论选》，漓江出版社，1991年。

② A. J. 格雷马斯：《叙述语法的组成部分》，张寅德《叙述学研究》，中国社会科学出版社，1989年。杰姆逊：《后现代主义与文化理论》，北京大学出版社，1997年，第119—132页。

③ 王卓君：《文化与社会人类学引论》，商务印书馆，1991年，第95页。

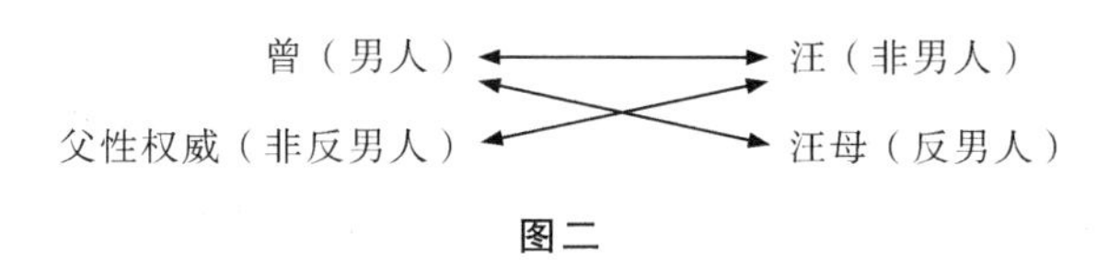

图二

比较图一与图二,汪家悲剧的结构性存在是不难发现的。图一中其各组矛盾既对立又统一:其夫妻矛盾统一于夫妻情爱,其母子矛盾统一于血缘亲情。曾被驱逐到父性权威的对立面是为社会传统所认同的,正如伊格尔顿所说:“在男性统治的社会里,男人是基本原则,女人则是这一原则所排斥的对立面,只要这一特征固定不变,整个体系就可以有效地发挥功能。”[①]图二中,各种矛盾的统一性惨遭破坏,汪、曾夫妻的功能角色正好错位;汪被驱逐到父性权威的对立面既为社会传统所不容,也是为汪本人无法接受的,汪无尽的痛苦正源于此。此外,婆媳矛盾被摆在突出的位置上。由于准婚姻、准血缘关系对婆媳矛盾制约的局限性,也由于汪之父性权威被颠覆,他在妻子与母亲两方面都丧失话语权力,因此不具备调解婆媳矛盾的能力,致使婆媳矛盾步步升级,日趋白热化。总之,在图二,各组矛盾都有无限恶化趋势,悲剧是不可避免的。图二大致可视为汪家悲剧结构的“幻象”。

表面看来,《寒夜》很容易被定义为父性权威被颠覆的悲剧,因为在结构图二中,一切矛盾似乎均源于汪、曾夫妻的二元对立模式被倒置。然而其父性权威之所以被颠覆以及颠覆后的厄运都为汪家的家庭结构尤其是汪、曾夫妻关系所决定。跳出这个特定的结构,谁能说女强人就一定没有一个幸福温馨的家呢?!社会学有一条基本原则就是把权力与资源联结在一起,认为一个人,一个群体的资源愈多,他们对那些极想得到这种资源的人或群体所拥有的权力就愈大[②]。从逻辑上讲,对一个具体婚姻对象来说,其自身存在着的一切因素都可以是权力的资源,因为存在着的一切都可能是特定的对方“想”获得的资源;但也可能反过来,存在着的一切因素都不是权力的资源,因为存在着的一切因素都

① 陈鸣树:《解构主义述评》,《外国哲学与哲学史》(中国人民大学复印报刊资料),1991年,第7期。

② [美]彼德·布劳:《社会生活中的交换与权力》第五章,华夏出版社,1988年。

可能是特定的对方“不想”获得的资源。因此，如果说权力滋生于资源，那么权力的资源又为特定的婚姻结构所决定。就汪而言，当他面临的婚约对象是曾树生时，他自身一些本属权力资源的东西也成为了非权力资源了。其父性权威正是由此而轻易地被颠覆。

悲剧结构的本体性特征是复杂。在其结构中，单个结构元素善恶改变的向度性与结构冲突结局的悲喜向度性不一定是正相对应的，有时也许正好是反相对应的。以汪家为例，汪妻的青春，健美，能挣钱，敢于冲破旧的伦理规范，执著大胆地追求自由和幸福，这对许多家庭来说也许是求之不得的；然而，对汪家来说，情况就大不一样了，其夫妻、婆媳的矛盾正缘此而起。我们常说“忍得一时之气，可免百日之忧”，但如果汪不是那么“善忍”，“能忍”，他性格粗暴一些，他可以向家人发泄他自己心中的怨愤；那么，他也许不会死得那么早。因为其内在的冲突可以向母亲或妻子方向转化而减轻其自身的压力，其格局自会改写。

我们正是在汪家的消耗结构中找到了“好人悲剧”的答案，该结构使我们看到了《寒夜》悲剧的复杂性和神秘性，它的复杂性和神秘性就来源于它自身极其复杂的结构成分和结构关系。“结构本身既实又虚，既具体又抽象，既是客观的，又是主观的，它既依存于客观实在，又超越了客观实在性，它既是确定的，但又是不确定的。”[①]因此，“善善相加等于善”的单向性思维方式永远无法理解“好人悲剧”的真正奥秘。

（《安庆师范学院学报（社会科学版）》1999 年第 2 期）

---

① 林兴宅：《艺术是结构性存在》，《文艺研究》，1994 年，第 6 期。

巴金的《寒夜》与抗战时期及战后的愤懑文化

[美]毕克伟

李芾甘(1904年生),以笔名"巴金"广为人知,在动荡的三四十年代甚为多产,亦极风行。[①] 巴金是充满矛盾的作家。一方面,他是坚定的民族主义者,不断疾声谴责日本及其他帝国主义的侵略剥削;与其他爱国者一样,巴金期盼中国终会富强,尤其是独立自主。另一方面,巴金视野广阔,放眼世界;一九二七至二八年间,旅居法国,熟悉各国文学,精通法语、英语及其他外语。巴金是热心的国际主义者,坚定支持法国及俄国革命。一九二零年代末起,公开推崇无政府主义,并赞同巴枯宁(Mikhail Aleksandrovich Bakunin)及克鲁泡特金

① 至今通行的巴金传是 Olga Lang's, *Pa Chin and His Writings* (Cambridge: Harvard University Press, 1967)。

(Pëter Alekseyevich Kropotkin)的激进论述。据说其笔名即由“巴枯宁”的首个音节“巴”及“克鲁泡特金”的最末一个音节“金”所组成。他以巴枯宁及克鲁泡特金为名,思想亦与两人相近,相信人类的普世价值,故此他将解放中华民族的抗争,视为全球个人解放运动的一部分,要把所有人从各种压迫中匡救出来。他是一位执着的理想主义者,原则性强,有人甚至曾说他是一位梦想家;他冀望有一天,所有的人都得享自由。

巴金社会及政治思想中的各种张力,在小说《家》中充分彰显。《家》于一九三一年在上海出版,是他作品中最脍炙人口及影响深远的小说。这部自传性质甚强的小说,以第一次世界大战后的中国为背景。当时中国四分五裂,军阀割据,受外敌侵凌。小说中的精英分子都是激昂的民族主义者,但他们跟巴金一样,严厉批判父权制度的规范与中国文化的其他本质。在巴金笔下,年轻的男女主角认为人类解放有一套世界性的标准。中国与日本帝国主义苦战时,他们极端爱国,但在理智上,他们的爱国主义是以摒弃中国文化的要义为出发点的。他们不是沙文主义者,与日本人不一样,不会去夸耀所谓古远、纯粹及神圣的文化传统。正因为这种批判本土文化的态度,二十世纪初中国的民族主义与德国及日本的民族主义大相径庭。

《家》的政治逻辑强调,压抑个人的父权建构与家庭有关,只有当个人从这个建构中摆脱出来,中国方可赢得自由与独立。旧有道德价值不但过时,而且狭隘,只着眼于中国本土,所以与五四以来认同的人类普世价值并不符合。在巴金而言,巴枯宁与克鲁泡特金的理想并非是西方或俄国的,而是属于全世界的。换句话说,巴金笔下的主角既是民族主义者,热爱现代中国,但也是国际主义者,排斥反现代的中国价值观。

在风格上,《家》很能代表巴金毕生的写作取向。一如不少中国二十世纪的文学作品,这部非常风行的小说喻意色彩鲜明。小说集中描述一个家庭,但这个家庭的有乖常态、令人窒息,象征着折磨整个国家的病疫。然而,《家》也相当煽情:小说人物几乎每页都挥泪如雨。巴金滥情成癖,故文学批评家无法将他视为真正具有创意的作家。但毋庸置疑,他洞悉大众口味,以富于嘲弄的笔触,控诉残酷的外敌与施虐成狂的家长，每每令青年读者热泪盈眶，激励人们行动起来。

《家》无疑是最典型的巴金小说，但并非他的最佳作品。相较之下，一九四七年出版的《寒夜》更胜一筹。《寒夜》描述二次大战末期中国人的日常生活，这是一个重要的层次。以重庆作为背景更别具深义。重庆是中国战时的首都，亦是巴金一九四四年夏天所居之地。虽然重庆人民大都无力自卫，却能英勇抗战，成功抵御战时日军的无数空袭。然而，巴金在小说中完全没有颂扬中国人抗战的成就，相反，全书的基调由始至终都灰暗沉郁。

在《寒夜》中，巴金再度通过个别家庭的描绘，揭示困扰中国的问题，而小说中的家庭也是有乖常态的。巴金早期的作品中，包括《家》，家庭生活时受冲击，直至破裂（延伸至国家层面亦作如是观），但又明确暗示希望尚存。在很多巴金作品的结尾，年轻进取的理想主义者前仆后继，为自己、也为中国去开拓新路。然而，《寒夜》的基调灰暗阴郁，小说中的家庭最终猝然崩溃。

《寒夜》的故事如此剧变不免反讽，因为故事快结束时，巴金特地描述日本于一九四五年八月战败，无条件投降。换言之，中国胜利了。不过，重庆的汪家家人并未因此而欢欣，也不去思考如何解决不断恶化的社会、经济及政治的问题。[①] 胜利不似胜利，反似战败。《寒夜》并没有强调爱国的抗日战争，或是一般家庭于战时作出激励人心的牺牲；小说的焦点在于暴露贪污舞弊、牟取暴利、物价飞涨等毒害，在战时造成一个愤懑与无奈的环境，令人沮丧。战事结束时，《寒夜》中可悲的反英雄人物汪文宣说："他对一切都断念了。他不再敢有什么妄想，甚至德国投降也不曾带给他快乐和安慰。他听见人说日本在一年内就要崩溃，他也笑不出声来。那些光明、美丽的希望似乎都跟他断绝了关系。"（页433）因此，人们很容易把《寒夜》诠释为对战时苦况的尖锐控诉，这些苦况使人人理想破灭，严重侵蚀民众对国民党及蒋介石政府的信心。

---

① 有关战时及战后中国的社会转变，可参见 Joseph W. Esherick, "War and Revolution: Chinese Society during the 1940s", *Twentieth-Century China*, Vol. 27, No. 1(November 2001), pp. 1-37。文中的讨论甚具启发性。

巴金对二次大战时国统区家庭生活的写照，实在令人瞠目。小说主要描述一个来自中国沿海的难民家庭，成员包括丈夫（汪文宣）、妻子（树生）、一名十来岁的儿子及一名长者（汪母）。这些人物的性格描写极为生动逼真。汪文宣软弱不堪，是多病而卑微的知识分子，从事战时的出版业，为毫无意义且工资微薄的工作营营役役。汪母顽固得无可救药，在她的操控之下，汪文宣终日沉湎于自怜自伤，为自己在战时遭受的苦困垂泪，也担心自己无力博取他时髦的同居人的爱，甚至得不到她的尊重。

巴金并不同情汪母，小说对她的刻画是很典型的，与《家》及其他早期作品中对家族长辈的描述如出一辙。《寒夜》的首要目标并不是讨论中国文化传统的所谓缺失，但巴金不能错过这几个机会去抨击"旧中国"的人，因为他们阻碍年轻人努力创造"新中国"。在《寒夜》中，新旧文化的斗争在医学的战线上展开。小说中汪文宣染上肺痨，是战时重庆很多人丧生的疾病。汪母却坚信汪文宣没有肺痨，无论什么病，总能靠传统中医治好。汪文宣的妻子树生是现代女性，公然提出异议，并要求延请西医专家治病。最后，汪母（传统）在这场斗争中获胜，凶疾遂继续蹂躏汪文宣（中国）。

假如说汪文宣是战时衰颓中国的写照，而汪母是守旧文化的产物，他的妻子则是中产阶层坚毅精神的化身。树生是彻头彻尾的布尔乔亚，当然绝非毫无缺点。她比畏缩不前的丈夫更能适应战时的苦困（个中原因小说未有阐明）；她工作稳定，承担家计，健康良好，坚持活跃的社交生活，又搭上一名男同事。在这方面，《寒夜》中传统性别角色的调换，更为引人入胜。随着汪文宣在软弱无能中逐步枯萎，树生益发自信能干。巴金似乎在告诉读者，战争带出中国男性的弱，以及中国女性的强。因此，《寒夜》中传统家庭制度的痛苦崩毁，大可视为二战期间中国的崩溃——软弱的男性代表当权、无能的家长，亦即无耻地推卸社会责任的领导。

除了惯见的对中国父权体制之缺失的批判，巴金更毫不留情地批判中国知识分子。在君主专制年代，自负的儒者扮演重要的管治角色。二十世纪初王权终结，现代知识分子及学生挺身而出，站在前线，改革社会，推动现代政治运动。

然而,《寒夜》中的知识分子心胸狭隘,以自我为中心,更糟的是备受冷落,孤陋寡闻,得不到他人尊重,因此,没有人听取他们的意见。男主角汪文宣在小说开始时已承认:“我真没有用。”(页19)

《寒夜》当然是“抗战时期”描绘大后方家庭生活的作品,但若视之为一部重要的“战后小说”,就胜利后数年与中国国运生死攸关的课题,进行间接但根本的探讨,也许更有意义。不错,巴金于一九四四年即着手写这部小说,于战时旅居重庆时继续写作,但战事一结束,巴金即离开重庆,返回上海,在上海完成《寒夜》,一九四七年正式出版。其实,《寒夜》也可视为一九四六至一九四九年国共两方血腥苦斗的内战期间完成的文学作品。

一九四七年《寒夜》问世时,巴金与一众仰慕他的读者的注意力,都集中于那场蔓延全国的内战,多于战时重庆的日常生活。城市居民都厌战,尤其是那些在日治时期吃过苦头的人,他们不禁自问,八年艰苦抗战之后,为什么中国人还要自伤残杀,弄致死伤无数?为什么抗战胜利后,全面内战随即发生?中国人的苦难是否永无终结?

《寒夜》于内战期间一纸风行,正因为对这类迫切的问题提出令人信服的答案。实际上,《寒夜》就内战残酷而多变的战况提出两个重要的论点:第一,它展现老百姓要忍受的恶行——官僚既贪婪又贪污、商业投机牟取暴利、物价飙升等不一而足的弊害。在战时的重庆,同样的恶行侵蚀中国社会的基础。读者可以看到,这些恶行对战时重庆造成的破坏,与他们眼前所见的祸害一模一样。其次,巴金认为今昔的情况相似并非偶然。贪官污吏与无良商人的毒瘤,损害战时的重庆社会,在战后,也正是这帮人把同样的凶疾蔓延到整个中国沿岸地区。在这情况下,战时摧毁汪文宣个人与家庭的颓丧,在战后席卷全中国,酿成更广泛的绝望与愤懑。沿岸地区的居民对战时重庆的病态一知半解,甚至一无所知,《寒夜》正好为他们找出战后各种问题的根源。[1]

① Lloyd Eastman 对内战战况的概述甚佳,详见 *Seeds of Destruction: Nationalist China in War and Revolution, 1937-1949*(Stanford: Stanford University Press, 1984)。

在《寒夜》中，读者可以看到战时与战后的密切关系。小说完结的时候，贪官污吏与投机商人于日军投降后争相返回沿岸地区。巴金引述一位旁观者的话："现在是官复员，不是老百姓复员。""胜利是他们胜利，不是我们胜利。"这位旁观者继续说："我们没有发过国难财，却倒了胜利霉。早知道，那天真不该参加胜利游行。"（页513）

同样，一九四七年的读者可以清楚看到，冲着《寒夜》人物身上而来的无数弥天谎言，正与内战时期老百姓每天听到的谎言一样。反英雄人物汪文宣的一项工作是校对凭空捏造的政府文件。虽然汪文宣过于软弱，无力提出抗议，但是他仍然厌恶眼前所见的一切："自然他会咳出痰来，痰里也带点血……有一次他不小心溅了一点血在校样上，他用一片废纸拭去血迹，他轻轻地揩了一下，不敢用力，害怕弄破纸质不好的校样。他拿出废纸，在那段歌颂人民生活如何改善的字句中间还留着他的血的颜色……他愤怒地想，他几乎要撕碎那张校样，但是他不敢。"（页455）

《寒夜》不仅捕捉了战时重庆市民深刻的无奈情绪，也许更重要的是，它使人明白困扰着战后都市社会的隐忧。一九四七年《寒夜》出版之际，国共内战究竟鹿死谁手，仍是未知之数。它们一纸风行，这就说明了都市居民对国民政府失去信心的原因。《寒夜》的人物，尤其是汪文宣及树生，谈不上同情共产党；不过，他们却与中国一九四零年代中晚期，许多城市里的中产知识分子一样，对国民党没有信心。他们对共产党一知半解，但眼见经济一蹶不振，贪污处处，士气低落，都觉得现状实在坏透了。从这个意义来说，国民党政权不稳，《寒夜》实在起了推波助澜的作用。

假如《寒夜》是二次大战后唯一一部采用上述主题的作品，那就根本不值一提。不过，在风格而言，《寒夜》中浓厚的感情主义和夸张的人物塑造，比比皆是，与《家》及巴金其他著名小说别无异致。巴金既是一位激情的作家，我们为什么还要相信他，把他当作战时和战后愤懑文化的可靠资料来源？

要回答这问题，我们可以引述另一部战后小说，钱锺书的杰作《围城》。《围城》与《寒夜》同于一九四七年出书发行，比《寒夜》篇幅更长，写得更好。它是一部成熟的讽刺小说，不像《寒夜》那么煽情、催泪和夸张，但仍以极度谴责的态度，展示出二次大战期间国统区知识分子与中产阶层的生活。《围城》震撼人心，小说中的读书人跟巴金的反英雄人物汪文宣相似，同样浅薄而自我中心，而且缺乏真才实学，无所用心。《围城》跟《寒夜》一样，分析中国社会极为精细，并在两个层次上吸引读者：一方面析述战时困扰着中产阶级的精神及情感问题；另一方面向战后读者点出，弥漫战后中国的绝望情绪，实与战时的弊端恶行相关。

描述战时与战后愤懑文化的作品，并非局限于文学界。战后中国电影业发展蓬勃，不少制作都与《寒夜》的诠释方向互相呼应。《遥远的爱》（导演：陈鲤庭，一九四七年）正是一例。这部电影广受欢迎，由名演员赵丹主演，描述战时情况如何破坏夫妻关系。戏中的丈夫本已是软弱复懦弱的知识分子，战时加倍腐化与自私，妻子则一直在前线工作，帮助别人，从不言倦。最后，他们的婚姻破裂，丈夫扭尽六壬，设法离开敌人，而妻子则在一班无私的爱国者社群中找到生活的意义。

另一部成功的电影是《天堂春梦》（导演：汤晓丹，一九四七年），由电影偶像石羽、蓝马及上官云珠主演。故事讲述战争刚完结，一个家庭于日军战败后由内地返回上海，最后家庭破裂。戏中的丈夫也是软弱的男人，他战后的梦想屡屡落空，令人不忍卒睹。当时经济萎靡不振，这位反英雄人物（职业是建筑师）找不到工作，因而没有能力为妻子、母亲及稚子找到居住的地方；一开始，他便被迫依靠一名在战时当上汉奸的旧朋友。跟其他电影一样，戏中的奸商于战后大富大贵，爱国和守法的市民却要挣扎求存。这可悲的建筑师把儿子送给一名富商，自己与妻母却终致流落街头，寻找栖身之所。

由于《遥远的爱》及《天堂春梦》对战时及战后的腐败表达强烈的怨愤，大家或会忽略两部电影都是由官方的片厂摄制。事实上，不管是民营或官方的电影公司的影片，传达的信息大抵与《寒夜》相同。当时最为流行及影响人心的电影不但抨击贪污腐败、牟取暴利及经济骚乱，而且毫不含糊指出国统区内不少病态使社会瘫痪，而这些病态于政府宣布“胜利”后蔓延整个沿岸地区。这些电影言之有据地指出内战时期民众的愤懑与无奈，根源可追溯至巴金《寒夜》中所描述的战时的绝望情绪。[①]

一九四〇年代末期的流行电影在其他方面亦与《寒夜》一致。不论电影的故事是描述战时的绝望情绪、战后的隐忧，抑或两者的关系，都是从挣扎、失常及瓦解中的家庭单位出发。在风格而言，大部分电影都滥情催泪，充满传奇剧色彩；[②]此外，尽管剧情略有差异，这些描绘寻常家庭风波的电影，都出现男女性别角色的颠倒：男的软弱无能，女的坚定多谋，恰似巴金笔下的汪文宣与树生。

由此观之，《寒夜》并非特例。抗战及内战时期的一系列描绘主要社会经济问题的小说及电影，《寒夜》只是其中之一。一九四〇年代末期，不少都市居民惊惶失措，方寸大乱，感到孤寂抑郁。《寒夜》与其他引人入胜的作品，为市民极度关心的社会崩溃提供了答案。这些艺术作品因而逐步使民众对国民政府失去信心。[③]

有趣的是，政治取态不同的读者都受《寒夜》吸引。文化守旧派对树生般青年所拥护的现代文化价值观欠缺信心，要求复兴旧伦理；自由主义派认为要大力巩固现代中产小型家庭，夫妻都应各有工作；激进派寄望以集体单位取代家庭；只有少数人认为国民政府尚能有所作为。

国民党的合法性的动摇，巴金的影响不容忽视。因此，一九四九年欢迎和支持新政权，一九五〇年代为其效力，并不叫人惊讶，虽然他个人与共产党的关系复杂困扰。众所周知，二次大战后，夏衍及其他共产党文化官员曾批判巴金

---

① Paul G. Pickowicz, “Victory as Defeat: Postwar Visualizations of China's War of Resistance”, in Wen-hsin Yeh, ed., *Becoming Chinese: Passages to Modernity and Beyond, 1900-1950* (Berkeley: University of California Press, 2000), pp. 365-398.

② Paul G. Pickowicz, “Melodramatic Representation and the ‘May Fourth’ Tradition of Chinese Cinema”, in Ellen Widmer and David Der-wei Wang, eds., *From May Fourth to June Fourth: Fiction and Film in Twentieth Century China* (Cambridge: Harvard University Press, 1993), pp. 295-326.

③ Suzanne Pepper 对战后政局的分析甚为精确，详见 *Civil War in China: The Political Struggle, 1945-1949* (Berkeley: University of California Press, 1978).

人道主义倾向及世界主义情怀。

巴金虽曾受共产党御用文人攻击,但于一九五〇年代中期,他竟参与一些残酷而无理的迫害行动,令人痛心。一九五七年夏秋,反右运动正值高峰,摧毁了中国成千上万的都市知识分子,巴金那时写了数篇高调的文章,包括《反党反人民的个人野心家的路是绝对走不通的》,去谴责那些无端被打成右派分子的知识分子。[①] 当共产党的矛头指向著名女作家丁玲时(一九二〇年代曾相当同情无政府主义),巴金助纣为虐,写了《狠狠的打击右派,狠狠的改进工作,狠狠的改造思想》一文,坚持丁玲不明白“没有党的领导,文艺工作者就会迷失路途”。[②]

尽管巴金对推翻国民党政权有功,也近乎自虐地接受共产党对他早年作品的教条批判,又参加反右,但党内教条派对这位老作家始终不信任,不时挞伐。不过,巴金依然努力维持骄傲的爱国者及富教养的国际主义者之双重身份。巴金因为爱国而支持共产党,但无政府主义的人道思想又与此背道而驰。巴金终身厌恶权力架构,期望中国人民团结和谐,而不是同室干戈的暴力阶级斗争,因此不时与党内顽固的教条派发生龃龉。

一九六六年文化大革命爆发。“文革”期间,巴金因无政府及人道主义倾向,加上其他“乖离”,遭受虐打攻击。他的著作不见容于书店及图书馆,上海的住宅被侵占洗劫,还被迫在群众大会跪碎玻璃“认罪”。受尽凌辱的巴金遭软禁近十年之久。

一九七〇年代末期,毛泽东去世,江青及极“左派”被捕,改革政策推行,巴金始获准重新公开露面。不久,巴金的著作也重新刊行。一九八〇年代初期,可读的书刊不多,《寒夜》和不少民国时期的小说重新面世,颇受读者欢迎。一九八四年,北京电影制片厂更把《寒夜》搬上银幕(导演:阙文)。可惜电影拍得

---

① 巴金:《反党反人民的个人野心家的路是绝对走不通的》,《人民日报》1957年8月31日。

② 巴金:《狠狠的打击右派,狠狠的改进工作,狠狠的改造思想》,《文汇报》1957年10月8日。巴金这篇文章即译于聂华苓编辑及合译的 *Literature of the Hundred Flowers*, *Volume II*: *Poetry and Fiction*(New York: Columbia University Press, 1981), p. 267。

实在太糟，未能带出原著的精华所在；希望巴金没有浪费时间去看这部电影。

一九九九年春，巴金因帕金森病及其他顽疾住进上海华东医院长期疗养。自一九八〇年代初，巴金就担任中国作家协会荣誉主席。在毛泽东去世后的二十多年，中国作家能够再次在植根本土及放眼世界两股力量之间摸索平衡，巴金无疑会老怀大慰。二〇〇一年巴金获提名竞逐诺贝尔文学奖。

（陈嘉恩　译）

（《寒夜》中英对照版，香港中文大学出版社，2002年。本文系作为该书序言）

《寒夜》的修改与中国现代文学文献学问题

周立民

中国现代作家修改自己的作品——甚至是频繁地修改——早已不是什么秘密了，这其中自然有作家思想认识的变化和时代风尚变化的原因，也因为现代出版业的发达，作品重印、选编几率大大提高，客观上为作家修改作品提供了机会。不管怎样，一部部作品修订本的出版已经形成了中国现代文学研究中不容回避的版本问题，以及由此而生的校勘和目录编订等问题，也就是说中国古典文学研究者的文献学问题同样存在于中国现代文学的研究中。在上世纪九十年代曾围绕《围城》的汇校本而产生过现代文学作品需不需要汇校等问题，由汇校本还引发了版权官司[①]。时至今日，中国现代文学研究者究竟需不需要借

① 《围城》汇校本作者提出版权上的抗议，就此引发关于现代文学作品需不需要校勘的讨论，（转下页）

鉴和利用古典文学研究者的文献学的方法和规则等问题似乎已经不需要再争论了[①]，现在需要解决的是尽快补上这一课，并且以具体的实践成果来解决和面对可能产生的问题。关于《寒夜》修改问题的考察既是在这方面的一个尝试，同时也意在证明中国现代文学的文献学建立的必要性和它所开拓的研究空间。

巴金是一位喜欢不断修改自己作品的作家，他曾坦承："五十年中间我不断修改自己的作品，不知改了多少遍。我认为这是作家的权利，因为作品并不是试卷，写错了不能修改，也不许把它改得更好一点。不少西方文学名著中都有所谓'异文'(la variant)。要分析我不同时期思想的变化，当然要根据我当时的作品。反正旧版还在，研究者和批判者都可以利用。但倘使一定要把不成熟的初稿作为我每一部作品的定本，那么，今天恐怕不会有多少人'欣赏'我那种欧化的中文……"[②]《寒夜》虽然是他最后一部长篇小说，创作时间相对靠后，但也曾有过几次修改，形成了不同的版本，主要有：

1. 手稿本，《寒夜》创作于一九四四年初冬的一个晚上，当时巴金住在重庆

(接上页)陈思和曾发表《为新文学校勘工作说几句话》(刊于1993年9月18日《文汇报》"文艺百家"版，后收入其《羊骚和猴骚》，上海人民出版社，1994年)、《再为新文学校勘工作说几句话》(刊于1993年12月4日《文汇读书报》，后收入其《犬耕集》，上海远东出版社，1996年)，主张校勘。对此提出反对意见的是黄裳先生，他主张有条件地校勘："在作者过世，作品已成古典时，研究者才能进行这种工作，书店里现有的一些汇校汇评本就是如此。我想应当是作家与出版家应有的共识。""对文学作品的校勘工作，我是赞成的，不过这应以作者已经过世，作品成为古典时为宜。当作者现仍健在，不得同意就进行汇校，不能不说是一种恶劣的粗暴的行为。"(以上分别引自《〈围城〉书话》《〈围城〉书话续》，收《黄裳文集·春夜随笔》第203页、205页)笔者认为首先作者的主张、版权问题、法律问题和学术研究不可混为一团，学术研究在对前者充分尊重的情况下，也应当有相应的独立性。"作者已经过世，作品成为古典"这个观点，一方面反应出论者在古典文学和现代文学研究之间天然地划开一道界限，也使现代文学的研究始终被固定在作家作品的欣赏和评论这个层次上；另外一方面，按照他的逻辑，实质上也并非是对作者的尊重，不过作者去世了，获得了法律的许可而已，这并不等于去世了，作者本人就改为主张汇校了。当然，"作品成为古典"，从版本上相对具有了稳定性，对汇校工作有利，但这已经是另外一个讨论了。

① 2003年清华大学曾组织召开"中国现代文学文献问题座谈会"，2004年10月，河南大学文学院等联合举办"史料的新发现与文学史的再审视——中国现代文学文献问题研讨会"，两次会议都强调了中国现代文学文献问题的重要性。

② 巴金：《关于〈海的梦〉》，《巴金全集》第20卷，人民文学出版社，1993年，第608—609页。

民国路文化生活出版社一间楼梯下面小屋子，防空警报解除不过一两个小时，写了几页就放下了。直到一九四五年抗战胜利后，又续写，但是这次写得也不多，总共不过三十页。这一部分稿子曾经先期在上海的一份名为《环球》的图画杂志上发表三期(一九四五年第四至六期)，期间时写时辍，该杂志一九四六年三月停刊，巴金也就没再写下去。直到这一年的六月，回到上海，小说已经写好八章。当时，正逢友人李健吾主持《文艺复兴》的编务，巴金遂将写好的这八章交给《文艺复兴》连载，并续写后面部分，直至一九四六年的十二月三十一日全书完成①。《寒夜》的手稿，目前保存下来的为第一页至二三八页(原手稿页码编号)，系小说第一至二十五章手稿。其中第五十六页手稿缺失，其余有一小部分手稿部分有缺损;《寒夜》第二十六章至尾声一部分手稿没有保存下来。现存手稿为20×20格的竖行稿纸，稿纸颜色、纸质和制式并不统一，有互生书店印制的波文稿笺、开明稿纸、上海求益书社印制的求益稿纸等几种，文字书写前半部分基本是毛笔小楷，后半部分基本为钢笔②。

2. 初刊本，指完整地在《文艺复兴》一九四六年八月一日出版的《文艺复兴》第二卷第一号至一九四七年一月的《文艺复兴》第二卷第六号连载的版本。从手稿的定稿与《文艺复兴》上刊载稿对比看，《文艺复兴》即是根据目前保存下的手稿排印的，除了误植的字外和极其个别的情况外，二者的文字完全一致。

3. 初版本，《寒夜》的单行本是作为赵家璧主编的“晨光文学丛书”的一种，于一九四七年三月初版的，该本相较于初刊本有多处文字修改，至一九五一年九月，共印行了六版(次)。一九五五年五月，上海新文艺出版社重排新版，至一九五七年十月共印行六版(次)③。这个本子的文字与初版本基本相同，它们同属一个版本系统。

---

① 关于《寒夜》的写作经过，参见巴金《谈〈寒夜〉》《关于〈寒夜〉》两文，两文均收入《巴金全集》第20卷。

② 解放后，巴金先生将这部手稿捐赠给北京图书馆(现国家图书馆)，2005年10月，根据国家图书馆为巴金亲属制作了手稿的光盘，上海巴金文学研究会和上海文艺出版社才开始共同策划出版《寒夜》手稿本。

③ 据《巴金全集》第8卷所提供的版本信息。

4. 文集本,巴金自述,《寒夜》有过两次重要的修改,第一次就是初版本印行前。而另外一次则是一九六〇年底在成都编辑《巴金文集》第十四卷时修改的。这两次作者改动的都比较细致。除此而外,重印本有:一九八〇年上海文艺出版社出版的新二版《寒夜》,还有一九八二年四川人民出版社出版的《巴金选集》第六卷中的《寒夜》。一九八三年四月人民文学出版社出版的单行本《寒夜》,该书的《内容说明》中称:“作者在文字上作个别修改。”虽然有个别修改,但应当同属“文集”本的版本系统。

5. 全集本,即一九八九年收入《巴金全集》第八卷中的版本,它属于文集本这个大系统,因为按照《巴金全集》的《出版说明》:“凡曾收入四川人民出版社版《巴金选集》(十卷本)者,据《选集》排校;未收入《选集》而收入人民文学出版社版《巴金文集》(十四卷本)者,据《文集》;……”[①]《巴金全集》收入的《寒夜》可以认为是作者最后一次定稿本。

本文在谈论《寒夜》的修改时,主要选择以上五个有代表性意义的版本进行的[②]。

一、《寒夜》手稿中的修改及其所显示出的文字风格

巴金说他写《寒夜》时找到写第一部小说《灭亡》时的感觉,它们都是在情感激越和饱和的状态下所写出的。《寒夜》的手稿非常直观地印证了这一点,在大开的稿纸上,作者龙飞凤舞、文不加点,写得潇洒流畅,大有下笔万言、汪洋恣肆的奔腾之感。手稿中也有一些删改和填补的文字,比较典型的情况是这样的:

1. 将啰嗦的字句删除。《寒夜》表现的是日常生活,情节简单,小说将人物的情感和内心的变化尽量化入人物的行动中,通过人物的行动表现出来。它的

---

① 见《巴金全集》第1卷,人民文学出版社,1986年。

② 近年印行的《寒夜》单行本还有,作为“人间三部曲”之一种的《寒夜》,由浙江文艺出版社2003年10月出版;人民文学出版社2005年出版的单行本。

文字呈现出强烈的动作性。作品如第十六章的开头：

> 她又回到了家。进了大门，好像进了另一个世界。一切都是那么熟习，可是她不由得皱起眉头来。她似乎被一只手拖着进了自己的房间。
>
> 母亲房里有灯光，却没有声息。丈夫静静地躺在床上。他没有睡，看见她进来，他说："你回来了。"声音是那么亲热，他没有抱怨，这倒使她觉得惭愧。她走到床前，温柔地对他说："你还不睡？"

每一个细节描写都不是静态的，而都呈现于具体的行为（哪怕是"丈夫静静地躺在床上"）。而每一个动作与另一个动作是按着时间的次序直接并置在一起，两个动作转换之间，经常是空白而不是承接的话语，如同电影镜头的直接转换一样，有很强的画面感。《寒夜》的修改也是为了维护这种文字风格，除了尽量使语意不重复之外，还清晰地显示了作者干净、简洁的语言追求。所以在手稿中删除的往往是那些承接性的话语，以保证人物动作转换的频度，而不是拖泥带水。如："他觉得她在竖起眼睛看他。并且她的眼睛竖得那么直，他从没有见过一个人的眼睛生得这样！那不只是像一个倒八字。他不由自主地打了一个寒颤。"（手稿/19页，下划线部分为作者删除部分，以下同）作者放弃了一个补充性的描写，直接进入动作，使其有一种无声的连贯性，动作的这种转换"遮掩"了人物的内心情感，却凸显了内心的状态，就《寒夜》而言这种文字风格，增强了人与人之间的隔膜感，表面的动作并不能实现或满足人物内心的交流，所以小说中无论是夫妻、婆媳，还是母子之间，内心都是隔膜的，他们不该冲突却时时在冲突。人物丰富的内心情感都被压缩在动作背后，他们内心中积郁的东西太多了太久了，让人觉得这些人怎么就那么痛苦啊！？——这也恰恰是文字的魅力。同样的修改情况在手稿中也很多，诸如："他觉得脑子里被塞进了一块石头。他支持不住了。他觉得自己快要倒下去了。他踉跄地走到床前，力竭地倒下去。他没有关电灯，也没有盖被，就沉沉地睡去了。"（手稿/14页）"他缓慢地移动他的眼光，他努力睁大他的眼睛。他在同疲倦挣扎。可是他并没有看清楚什么。”(手稿/19 页)“树生正拿起杯子放到唇边小口地呷着，她的脸上带着笑容。两眼注意地望着那个年青人。她不会看到她。这两三年她从不曾用这样的眼光望过他。妒忌使他心里难过。”(手稿/60 页)

2. 增补。增补的文字要么直接用增补符号穿插在文本中，要么是大段写在稿纸的上下两边，后一种情况并不是太多。增补大体有两个目的，一是补充前文没有交代清楚的地方；一是放大细节，使之更为丰富和细致。由此而言，增而不繁。如，交代婆媳吵架的原由：“这天他们又为着一件小事在吵架。他记得是为着他母亲的事情。这天妻的脾气特别大。”(手稿/15 页，加下划线部分，为作者写作中补入文字，以下同)再如，使人物语言表述更为形象：“‘想办法？我看拖到死都不会有办法，前年说到去年就好，去年说到今年就好，今年又怎么说呢？只有一年不如一年！’母亲终于在旁边发起牢骚来了。”(手稿/91 页)又如补充情节使作品更为丰满：

> “我去一趟，我把东西收拾一下，就回去，”他说。妻点点头，两个人就在十字路口分别了。
>
> 他回到公司，已经是办公时间了。他的精神比较爽快，可是身体还是疲乏。他坐下来，立刻开始工作。他觉得很吃力，有点透不过气来。他打算回家休息，但是他想到“当天要”三个字，他连动也不敢动了。
>
> 校样一页一页地翻过了。他弄不清楚自己看的是什么文章。……
>
> (手稿/147 页)

3. 修改，将第一次写下的句子涂抹掉，而换成另外的句子，主要是为了表达上更为准确。要么使上下文细节保持一致；要么是选择恰当的语言来准确表达写作意图。如：“回到家里，儿子刚睡下来，他和妻谈着闲话，他为了下午吃晚饭时，邮差送来一封信，问了她几句话。”(手稿/4 页)划线部分，后改为：“有人给妻送来一封信”。“他每天下午发着低热，晚上淌着冷汗。汗出得并不太多。因此他便能够瞒过家里人。”划线部分后来改为：“他对吐痰的事很留心，痰里带血，还有过两次。他把家里人都瞒过了。”(手稿/90 页)

手稿与初刊本文字除了误植的字外和极其个别的情况外完全一致，所谓“极其个别的情况”是指手稿第87页的一段文字(《寒夜》第十二章)：

树生推开门进来。

“你吃过饭吗?”他惊喜地问道。

“吃过了，”她含笑地答道：“我本来想赶回家吃饭的，可是一个女同事一定要请客，不放我回来。今天行里出了一件很有趣的事，等一会儿告诉你。”

“她笑得多灿烂，声音多清脆!”他想道。可是母亲只含糊地应一声，就走进小屋去了。

她换衣服和鞋子的时候，电灯忽然灭了。他慌忙地找寻火柴点蜡烛。

“这个地方真讨厌，总是停电，”她在黑暗中抱怨道。

蜡烛点燃后只发出摇曳的微光。满屋子都是黑影。他还立在方桌前。她走过来，靠着方桌的一面坐下。她自语般地说：“我就怕黑暗，怕冷静，怕寂寞。”

他默默地侧过头埋下眼光看她。过了几分钟，她忽然抬起头望着他，说：“宣，你为什么不跟我讲话?”

这段话有一处颇为令人费解的地方，就是“可是母亲只含糊地应一声”，树生进屋来是与汪文宣说话，为什么是母亲应声呢？母亲难道是应文宣的话，显然也不是，文宣没有说话。那么应什么呢？看手稿才发现，巴金在手稿顶端，在“她笑得多灿烂，声音多清脆!”前还补入了一小段：

“妈，吃过饭啦?”她又笑着招呼母亲道。

这段话一出现，一切问题都解决了。曾树生情绪好的时候，也会主动与婆婆打招呼，哪怕是一句敷衍，但婆婆似乎对媳妇还是心存芥蒂的，只能是“含糊”地应着她，并立即到自己的屋子里去，实际上是不愿意理她，这样两个人的关系实际上是永远无法弥合的，哪怕树生做出了让步，所以才有曾树生觉得压抑和寂寞的话。手稿上，作者并没有删除这句话，显然是排字工人漏排了，这样将错就错，以后所有版本的《寒夜》中都没有了本应是正文中的这段话。

手稿是作家心迹的显示，手稿研究能够体察出许多作家创作过程中的信息，对解读作品和作者的创作意图和心理有极其重要的帮助，同时也是学习创作的教材，这些都是规范而方正的印刷本所无法替代的。鲁迅就曾经引用过惠列赛耶夫《果戈理研究》中的一段话来说明“未定稿”的价值：“应该怎么写，必须从大作家们的完成了的作品去领会。那么，不应该那么写这一面，恐怕最好是从那同一作品的未定稿本去学习了。在这里，简直好像艺术家在对我们用实物教授。恰如他指着每一行，直接对我们这样说——‘你看——哪，这是应该删去的。这要缩短，这要改作，因为不自然了。在这里，还得加些渲染，使形象更加显豁些。’”鲁迅同时指出：“而我们中国偏偏缺少这样的教材。”[①]陈子善不但呼吁多影印手稿使之泽被学术界，而且呼吁重视手稿研究建立“手稿学”，他认为手稿的价值有：“第一，校勘价值，即根据手稿来校书。”“第二，从文学研究家的角度来看，中国现当代文学研究，可以通过手稿来探索作者创作时的心路历程。”“第三，从文学创作的角度来看，可以根据作家的手稿来揣摩他的写作技巧。”另外，还有书法欣赏等价值[②]。以上对《寒夜》手稿修改情况粗略的考察也能够作为一个例证证明作家和学者们所言的手稿价值并非夸大之辞。

二、《寒夜》修改及对其主题的揭示

从一九四六年的最后一天完成《寒夜》，到一九四七年三月初版本刊行，多说也不过三个月时间，在这么短的时间内，巴金居然又对初刊文做了润色。从某种意义上讲，作者还处在创作状态中，这次修改是创作活动的延续，所以《寒

① 鲁迅：《不应该那么写》，《鲁迅全集》第6卷，人民文学出版社，1981年，第311—312页、312页。

② 陈子善：《签名本和手稿——尚待发掘的宝库》，《文汇报》2005年12月18日。

夜》的初版本实际上是作者对其在第一次写作中未尽完美之处的进一步细化和修补。

《寒夜》的修改没有在情节上伤筋动骨，倒是在细节上用尽工夫。初版本的修改中，很重要的一个内容就是属于技术性的修改，即将作品中涉及到的一些人名、地名等统一和精确化、具体化。如人物年龄的调整：比如在第一章："昨天那个时候，他不只是一个人，他的三十二岁的妻子，他的十三岁的小孩，他的五十岁的母亲同他在一起。"在这次修改中，作者分别将妻子和母亲的年龄增加到"三十四岁"和"五十三岁"。同在这一章，住在汪家的两个邻居，初刊本直接写作"一家商店的经理"和"公务员"，在初版本中都有了具体的姓氏，前者为"方经理"，后者为"张先生"。在第三章，写到汪文宣办公的地方，初刊本写作："不久他到了他服务的地方。他的办公桌放在二楼的一个角落。"没有写明汪文宣的具体职业，而初版本则在这两句话中间交代清楚了："那是一个半官半商的图书文具公司的总管理处。"而且汪的公司领导在周主任之下，又添加了一个人物"吴股长"，是直接领导他的上司。又如第七章汪文宣的同学唐柏青在向汪叙述自己妻子因生孩子而死去的细节，初刊本是说："可是接生的是一个年青的实习医生，她不当心，让我女人得了血中毒。"而到初版本则改得更具体："可是接生的是一个年青的实习医生，她剪脐带时不当心，出了毛病，产妇血往上行。……"而在全集本中，则将这些具体的医疗过程淡化了，但对整个医院的处置提出了看法："从前检查的时候，说是顺产，一切都没有问题。到了卫生院，孩子却生不下来。接生的医生把我女人弄来弄去，弄到半夜，才把孩子取出来，已经死了。产妇也不行了。"这个修改体现了在不同时代中作者批评的对象和侧重点的不同。

对于一位作家来说，每一次修改总是力图使文字能够准确地表达他的思想和感情，在初版本的修改中，对于词语和句子的修改上更多是体现了这一点。作者或者删去以前不准确的表达，或者换成另外一种说法，或者是增加语句以使表达更为清楚。这些修改涉及到人物的心情和表情的地方特别多，因为这些细节很难有准确的语言可以做到客观描述，只能用主观的语言、模糊的语言去形容，深思熟虑后，这是作者做了调整。如以下几例：

一瓢冷水泼到他头上，他发呆了。他的眼前一片黑暗。他疲惫地摇着头说："不会吧，不会吧。"（第九章）划线部分后改为"会有这样的事！"

"她对我还是很好，她没有错。她应该有娱乐。这几年她跟着我过得太苦了。"他这样想着，便翻一个身把脸转向墙壁，低声哭起来。（第十章）以上划线部分依次改为"并没有变心"、"想到这里"、"落下了几滴惭愧的眼泪"。

"我不走，"她简短地说，他这番话是她没有料到的，他在这时候显得十分大量却使她感到内心的惭愧。（第十六章）划线部分后改为"良心的责备"。

"你还记得我的生日，我自己倒忘记了，我真该谢谢你，"她感激地，并且责备自己地说。（第十七章）第一个划线部分是全集本增补的，而第二个划线部分则改为"微笑"（全集本这句话则改为："她感激地含笑道"）

除了语言文字的修改之外，还有一些较为关键的改动事关人物形象的丰满与否，这是解读作品时尤其不能忽略的。关于这一点，作者所做的工作就是给人物增加"前传"，更清楚地交代他们的以往经历，并对人物的内心追求做了更具体的描述。比如汪文宣和曾树生，他们两个人都是大学教育系的毕业生，在过去，他们的理想是办教育。

"以后不晓得还要苦到怎样。从前在上海的时候我们做梦也想不到会过今天这样的生活。那个时候我们脑子里满是理想，我们的教育事业，我们的乡村化、家庭化的学堂。"他做梦似地微微一笑，但是马上又皱起眉头，接下去：(1)"奇怪的是，不单是生活，我觉得连我们的心也变了，我也说不出是怎样变起来的，"他带了点怨愤的口气说。

茶房端上两杯咖啡来，他揭开装糖的玻璃缸，用茶匙把白糖放进她面前的咖啡杯里，她温和地看了他一眼。

“从前的事真像是一场梦。我们有理想，也有为理想工作的勇气。现在……其实为什么我们不能够再像从前那样过日子呢?”(2)她说。余音相当长，这几句话显然是从她的心里吐出来的。他很感动，他觉得她和他中间的距离缩短了。他的勇气突然间又大大地增加了。他说，仍然带着颤音：

……

“我想我们以后总可以过点好日子，”他鼓起勇气说。

“以后更渺茫了。我觉得活着真没有意思。说实话，我真不想在大川做下去。可是不做又怎么生活呢？我一个学教育的人到银行里去做个小职员，让人家欺负，也够可怜了！(3)”她说到这里，眼圈都红了，便略略埋下头去。

“那么我又怎样说呢？我整天校对那些似通非通的文章。(4)树生，你不要讲这些话，你原谅我这一次，今天就跟我回家去，我以后绝不再跟你吵架，”他失掉了控制自己的力量，哀求地说了。

(第五章，全集8卷/445—446页)

以上是全集本的文字，其中划线的部分(1)、(4)是初版本增添上去的。(2)是将初刊本中“我也想过，为什么我们不能够再像从前那样过日子呢?”一句话改成这样的。(3)也是初版本中补入的部分，不过全集本与初版本略有出入，初版本是：“我一个学教育的人到银行里去做个小职员，也够可怜了，”

汪文宣听完了这个人的故事，他觉得仿佛有一只大手把他的心紧紧捏住似的，他尝到一种难忍的苦味。背脊上一阵一阵地发冷。他的自持的力量快要崩溃了。“你这样不行啊!”他为了抵抗那越来越重的压迫，才说出这句话来。他心里更难过，他又说：“你是个文学硕士，你还记得你那些著作计划吗？你为什么不拿起笔来?”

“我的书全卖光了，我得生活啊，著作不是我们的事!”同学突然取下蒙脸的手，脸上还有泪痕，两眼却闪着逼人的光。“你说我应该怎样办呢？是不是我再去结婚，再养孩子，再害死人？我不干这种事。我宁愿毁掉自己。这个世界不是我们这种人的。我们奉公守法，别人升官发财……”

（第七章，全集 8 卷/459 页）

这段文字中，前一个划线部分为初版本增补进来的。交代了唐柏青文学硕士的身份，突出了知识分子在那个时代中的困窘处境。后一个也是初版本增补的，不过，初刊本中，划线位置的是“你说我应该怎样办呢？是不是我再去结婚，再养孩子，再害死人？”全集本中将这句话调整到后面了。

“学堂又不是商店，只晓得要钱怎么成！中国就靠那班人办教育，所以有这种结果！”他愤怒地小声骂道。信纸冷冷地躺在他的面前，不回答他。

（第十一章，全集 8 卷/487 页）

划线部分为初版本增补文字。

“你怎么这样迂！连这点事也想不通。你病好了，时局好了，日本人退了，你就有办法了。你以为我高兴在银行里做那种事吗？现在也是没有办法。将来我还是要跟你一块儿做理想的工作，帮忙你办教育，”她温和地安慰他。

（第十四章，全集 8 卷/520—521 页）

划线部分为初版本所改，原为“靠你的”。

他发出一声痛苦的哀叫。他取下手来，茫然望着母亲。他想哭。为什么她要把他拉回来？让他这个死刑囚再瞥见繁华世界？他已经安分地准备忍受他的命运，为什么还要拿于他无望的梦来诱惑他？他这时并不是在冷静思索，从容判断，他只是在体验那种绞心的痛苦。树生带走了爱，也带走了他的一切；大学时代的好梦，婚后的甜蜜生活，战前的教育事业的计划，……全光了，全完了！

（第二十二章，全集 8 卷/613 页）

划线部分为初版本增补文字（但全集本与初版本个别文字有出入）。

战争毁灭了他们的理想，现实让他们更为猥琐，这种强调使人物的内心冲突、人物与外在环境之间的冲突变得更为激烈,从艺术上讲,是成功的。但也为一些评论者的误解和诟病。他们主要的看法认为这是巴金一九四九年后为了趋时而做的修改[①]。如果单就《寒夜》的修改来讲,许多论者所指出的地方并不能作为作者趋时的证据。固然,作者对作品的修改说明跟他创作时的原初思想已经发生了变化,而修改中毫无疑问会有意无意中加入修改时代的一些信息和思想观点,但有些时候我们还应当看到作者思想的一贯性,如果所做的修改是他一贯思路延续,而不是外在植入的一些观念或者为了外在的目的而违反艺术规律,我觉得不能武断地认为是趋时。比如,书中对抗战胜利前后的社会状况的批判,尽管在六十年代的版本中,作者有所强化,但这并非媚时之举,因为《寒夜》从写下的第一稿起对黑暗社会现实的控诉就是书中最主要的内容之一,以后无论怎么修改,这一点应当是没有疑问的。还有上面引述的许多例子,汪、曾两人在大谈办教育的理想和社会抱负,一些论者颇为惊讶,不要说这是一九四七年修改的,就是一九六二年修改的,我也不惊讶,因为这正是巴金思想体系中的一环,而不是天外来客。从某种意义上讲,初版本加上这些文字使《寒夜》有了更深一层的涵义,是点睛之笔。同时将巴金前后的作品联结到一起了。由此涉及到另外一个问题就是《寒夜》究竟是一部什么样的小说?对《寒夜》的这个认识,直接关涉到这些谈理想的话,是不是随意妄加的。我发现,越来越多的评

---

① 近年来最有代表性的例子是乔世华的《论解放后巴金对〈寒夜〉的阐释和修改》,收陈思和、辜也平主编《巴金:新世纪的阐释》,福建教育出版社,2002 年。该文称:“在本文中,我用来对照的两个本子,一个是作家最早连载小说时的《文艺复兴》本(以上海文艺出版社 1990 年 12 月第 1 版《中国新文学大系 1937—1949》长篇小说卷二为准,以下简称‘旧版’),一个是作家 1962 年出版《巴金文集》第十四卷的修改本亦即目前所通行的版本(以人民文学出版社 1962 年第 1 版为准,以下简称‘新版’)。通过两个版本之间的比较,我们能够发现作者是怎样在新的时代里赋予自己过去的作品以新意的,那个风声鹤唳人人自危的时代又是怎样使作家一点点隐藏了自己的创作初衷、并代以新的符合时代精神的阐释的。”但是作者在新版与旧版之间忽略了一个 1947 年 3 月出版的初版本,而作者所举的例子(有一些就是本文中上述例子)中修改的主要不是在“解放后”的 1962 年版本中完成的,而是在“解放前”的 1947 年作者就修改和增补的。版本校勘“第一个条件是备具众本”(见王欣夫《文献学讲义》,上海古籍出版社,2005 年,第 170 页),显然论者在这一点上未能做到,这使其论证和结论未免武断。

论者只将《寒夜》看作一个家庭伦理小说，是关于婆媳、夫妻、母子关系及复杂人性的一部小说。不能说这种解读没有道理，但是我认为探讨巴金创作的初衷，其重点并不在此，《寒夜》一直延续了巴金关于社会批判和个人精神探索的主旨，思考是如何追求“丰富的、充实的生命”问题，并把它具体为关于理想在现实生活中位置的思考。汪文宣和曾树生当年是抱着教育救国理想的大学生，可是小职员的职位，灰暗的生活，沉重的压力，将他们的理想变成了为家庭琐事的争吵和肺病的声声痛苦的咳嗽，生活压榨去人的血色，也使理想苍白起来了。巴金是以极大的同情的笔调来写他们的，他一再声言他控诉的是制度，而不是其中的人。《寒夜》中他只好让理想在现实面前低下了高贵的头。同时，巴金实际在对五四时期个人主义价值观的虚妄性进行了反思，汪文宣的所有个人理想抵不过最低的生存压力；而曾树生的想“飞”、要摆脱目前困境的努力所换来的结果也是非常可怜的。另外，了解中国无政府主义运动历史的人不难看出，无政府主义运动在中国处于低潮的三十年代，许多无政府主义者由社会运动、思想宣传而转入了投入到教育岗位中。巴金很多当年具有相同信仰的朋友后来正是在福建、广东等地的乡间从事教育工作，而巴金本人也曾几次到这些地方去看过，所以汪、曾在小说中大谈教育理想并非信口开河，这样，他们实际上与巴金过去的作品中的人物已经组成了可以连接在一起的一个序列。有人说巴金的小说可以分为两大系列，一个是《灭亡》《电》等的革命系列，一个是《家》《寒夜》这样的系列。我认为不能截然分为两个系列，而实际上是一个系列。巴金在他开始文学创作的初期，即一九二八年在法国的时候，就已经确定下来他整个创作规划：

我当时忽然想学左拉，扩大了我的计划，打算在《灭亡》前后各加两部，写成连续的五部小说，连书名都想出来了：《春梦》《一生》《灭亡》《新生》《黎明》。

我有点像《白夜》里的“梦想家”，渐渐地给自己创造了一个小小世界。《春梦》等四本小说的内容就这样地形成了。《春梦》写一个苟安怕事的人终于接连遭遇不幸而毁灭;《一生》写一个官僚地主荒淫无耻的生活,他最后丧失人性而发狂;《新生》写理想不死,一个人倒下去,好些人站了起来;《黎明》写我的理想社会,写若干年以后人们怎样地过着幸福的日子。

《新生》发表以后,我几次想写它的续篇《黎明》,一直没有动笔。一九四七年《寒夜》出版了,我又想到预告了多年的《黎明》,我打算在那一年内完成它。可是我考虑了好久,仍然不敢写一个字。我自己的脑子里还没有一个比较明确、比较具体的未来社会的轮廓,我怎么能写那个时候人们的生活呢?我找了几本西方人讲乌托邦的书,翻看了一下,觉得不对头,我不想在二十世纪的四十年代写乌托邦的小说。因此我终于把《黎明》搁了下来。[1]

由以上不难看出,《春梦》实际成为后来的《激流》,它写了老一代的灭亡和新一代的反抗。那么挣脱了家庭的束缚的人走向哪里呢?是《灭亡》《新生》,是《爱情的三部曲》和《火》,实际上是一个从个人主义者走到"群"的过程。在这个过程中,他们的理想也可能遭遇悲壮的牺牲,如《电》;也可能被日常生活消磨掉,那就是《寒夜》。《寒夜》应当属于巴金这个作品的大序列,它接下来计划要创作的《黎明》证明了这一点。

这样看来,修改本的《寒夜》,不仅要洗刷掉趋时的恶名,而且在主题上还有深化,或者说作者试图让作品变得更为丰富而不是简单。而这些修改恰恰是作者非常有意识地揭示和强化了他这本书的主题。为此,有两个修改之处值得注意,一个是在初刊本中关于陈主任的描写:

她是一家商业银行的行员。银行位置在一条大街的中段。他刚刚走到街角,就看见她从银行里出来。她不是一个人,她和一个中年男子在一块儿。他们正朝着他走来。的确是她。还是那件薄薄的藏青呢大衣。不同的是,她头发烫过了,而且前面梳得高高的。男人却是一个陌生的面孔,一点也不漂亮,头顶上剩着寥寥几

① 巴金:《谈〈新生〉及其它》,《巴金全集》第20卷,第398—399、400、413页。

根头发，鼻子低，鼻梁两旁各有几颗麻子，身材比她稍低一两分。只是一件崭新的秋大衣，人一看就知道是刚从加尔各答带来的。

（第四章/初刊本）

这个男人的形象非常丑陋的，连个头都比曾树生低，这样的描写甚至有点漫画化。曾树生与这样的男人在一起，未免给人"傍大款"的感觉，实际上降低了曾本身的品格。这是小说前几章中"陈主任"的形象，写到后来，巴金立即意识到这个问题，因此，"中年男子"变成了"年青男子"，前一句划线的话在初版本中已经改做："她和一个三十左右的年青男子在一块儿。"这个男人比曾树生还小两岁，而后一句划线的话，则改为："男人似乎是银行里的同事，有一张不算难看的面孔，没有戴帽子，头发梳得光光。他的身材比她高半个头。"这个男人风流倜傥、气宇轩昂，对曾树生也小心翼翼地体贴着，作者没有再将他漫画化。从另外一面丰富了曾树生的形象：她追求个人的自由和幸福，她的略带高傲的脾气应当有相当的眼光。那么，究竟是什么原因导致曾树生的出走？在文集修改本和全集本中，强调了与婆母不合的因素，使她家中呆不下去；同时，作者加强了曾树生对汪文宣的爱的描写，强化了曾树生的矛盾心理。如在第二十六章中，曾树生写给汪文宣要求解除婚姻关系的信，全集本中一再强调母亲在两个关系中所扮演的不好的角色，并成为两个人婚姻破裂的重要影响者。如：

这些都是空话，请恕我在你面前议论你母亲。我并不恨她，她过的生活比我苦过若干倍，我何必恨她。她说得不错，我们没有正式结婚，我只是你的"姘头"。所以现在我正式对你说明。我以后不再做你的"姘头"了，我要离开你。我也许会跟别人结婚，那时我一定要铺张一番，让你母亲看看。……我也许永远不会结婚。离开你，去跟别人结婚，又有什么意思？总之，我不愿意再回到你的家，过"姘头"的生活。你还要我写长信向她道歉。你太伤了我的心。纵然我肯写，肯送一个把柄给她，可是她真的能够不恨我吗？你希望我顶着"姘头"的招牌，当一个任她辱骂的奴隶媳妇，好给你换来甜蜜的家庭生活。你真是在做梦！

（第二十六章，全集8卷/648—649页）

宣，请你原谅我，我不是在跟你赌气，也不是同你开玩笑。我说真话，而且我是经过长时期的考虑的。我们在一起生活，只是互相折磨，互相损害。而且你母亲在一天，我们中间就没有和平与幸福，我们必须分开。分开后我们或许还可以做知己朋友，在一起我们终有一天会变做路人。我知道在你生病的时候离开你，也许使你难过，不过我今年三十五岁了，我不能再让岁月蹉跎。我们女人的时间短得很。我并非自私，我只是想活，想活得痛快。我要自由。可怜我一辈子就没有痛快地活过。我为什么不该痛快地好好活一次呢？人一生就只能活一次，一旦错过了机会，什么都完了。所以为了我自己的前途，我必须离开你。我要自由。我知道你会原谅我，同情我。

（第二十六章，全集8卷/649页）

以上划线的话，都是文集修改本中所添加或者修改进来的文字。在另外一处修改中的增加是强调曾树生对汪文宣的感情的，这是文集本所着力修改的地方，那就是全集第625页，从“是，我等着你的信”到“她用手帕揩了揩脸，小声叹了一口气，”差不多四段话，是两人在走廊中吻别的场面。母亲的压力，树生对文宣没有泯灭的感情，这两点强化使曾树生出走的原因变得更为复杂，也突出了人物内心的矛盾程度。但这个修改希望不要转移了读者的注意力，忽略了一个更重要的原因，小说中的两段文字耐人寻味，在决定是否要离开汪文宣的关键时刻，树生眼中的文宣和心理是这样的：

他的话使她想到别的事情。她觉得心酸，她又起了一种不平的感觉。这是突然袭来的，她无法抵抗。她想哭，却竭力忍住。没有温暖的家，善良而懦弱的患病的丈夫，自私而又顽固、保守的婆母，争吵和仇视，寂寞和贫穷，在战争中消失了的青春，自己追求幸福的白白的努力，灰色的前途……这一切象潮似地涌上她的心头。他说了真话：她怎么能说过得好呢？……她才三十四岁，还有着旺盛的活力，她为什么不应该过得好？她有权利追求幸福。她应该反抗。她终于说出来了：“走了也好,这种局面横顺不能维持长久。"声音很低,她象是在对自己的心说话。

(第十五章,全集8卷/539页)

她轻轻地咳了一声嗽。她回头向床上看了一眼。他的脸带一种不干净的淡黄色,两颊陷入很深,呼吸声重而急促。在他的身上她看不到任何力量和生命的痕迹。"一个垂死的人!"她恐怖地想道。她连忙掉回眼睛看窗外。

"为什么还要守着他?为什么还要跟那个女人抢夺他?'滚!'好!让你拿去!我才不要他!陈主任说得好,我应该早点打定主意。……现在还来得及,不会太迟!"她想道。她的心跳得厉害。她的脸开始发红。

"我怎样办?……'滚'你说得好!我走我的路!你管不着!为什么还要迟疑?我不应该太软弱。我不能再犹豫不决。我应该硬起心肠,为了自己,为了幸福。"

(第十八章,全集8卷/571页)

很显然,与陈主任生机勃勃的生命气象相比,汪文宣从生理到心理上的衰弱,乃至走向死亡,一个生命正在蓬勃生长,发散着热情和活力的妻子,一个正在枯萎的丈夫,两个人怎么会有和谐的生活。连汪文宣几次看到妻子充满活力的身体都自惭形秽,更何况树生的心理感受,她更多在可怜这个丈夫了。

三、有关中国现代文学文献学的几个问题

中国现代文学文献学的建立,在今天的关键不是理论讨论,而更应是实践,或者说重视文献学方法的运用,这是现代文学研究中一个不可缺少的环节。现代文学这一学科的诞生因为与他的研究对象有着很大的同步性,所以在建立之初所做的更多是作品的鉴赏和批评等基础工作,等到大批文学史的产生,学科研究才有了自觉的追求。如果把文献学按照传统的分法分作目录、版本和校雠三大部分的话,现代文学史料的搜集和目录的编订上倒是有不少实绩,但是在

版本校勘上则与现代文学的其他研究成果远远不相称①,可是如果做不好这个基础中的基础工作,研究者所依据的文本都存在很多问题,那么诸多研究成果岂不是望风捕影所得?特别是在近年,众多作家都在出版企图传之后世的文集、选集和全集,对于一个作品众多修改本应该如何处理?特别是那些改动较大或关键性情节修改的作品,依据哪个版本来讨论得出的结论可能截然不同,韩石山就曾有感一些全集"校勘的功夫下得不够,先前的错舛不惟没有得到校改,反而因名为全集而将其扶正。"②此时,文献学的方法和规范并非多余。王欣夫先生在《文献学讲义》中曾列举古书有因一字之误而关系甚大、失去本意、文义模糊、事态轻重悬殊、谬认他人为父、不解所谓何事等等情况,难道这些情况在现代文学作品中就不会发生吗?既然作为一个学科,那么在一些研究方法上就应当有很多相通之处,古典文学所遵循的严格的文献学的规范为什么在现代文学研究领域中就可以避而不谈呢?失去文献学基础至少不能说这种学术研究是严谨的、严肃的。

一些作家作品集的编辑存在着正反两方面经验。目前全集编纂中通行的办法是以作者修改的定本为底本,如无定本则或依据初刊文,或最后一次印本为底本等等,情况不一。以下两则出版说明较有典型性:

---

① 据笔者所知,这方面的研究成果有:朱金顺的理论著作《新文学资料引论》,北京语言学院出版社,1986年版,该书将"新文学资料学"的内容概括为五个部分:资料的搜集和整理,考证篇,版本,校勘和目录。另有姜德明书话形式的《新文学版本》(中国版本文化丛书之一种),江苏古籍出版社,2002年。版本校勘的专著有:朱正《鲁迅手稿管窥》,湖南人民出版社,1981年,现改名《跟鲁迅学改文章》,岳麓书社2005年3月重印;孙用编《〈鲁迅全集〉校读记》,湖南人民出版社,1982年;王得后《〈两地书〉研究》,天津人民出版社,1982年;唐弢等《鲁迅著作版本丛谈》,书目文献出版社,1983年;桑逢康校《〈女神〉汇校本》,湖南人民出版社,1983年;龚明德校《〈太阳照在桑干河上〉修改笺评》,湖南人民出版社,1984年;朱泳燚《叶圣陶的语言修改艺术》,宁夏人民出版社,1985年;《〈死水微澜〉汇校本》,四川文艺出版社,1987年;胥智芬校《〈围城〉汇校本》,四川文艺出版社,1991年;张桂兴编著《〈老舍全集〉补正》,中国国际广播出版社,2001年;金宏宇《中国现代长篇小说名著版本校评》,人民文学出版社,2004年;出版单位和时间不详。另外唐弢、姜德明、陈子善、龚明德等人的书话也多有谈及版本校勘的篇章。除此之外,还有寥寥可数的一些论文。

② 韩石山:《写在前面的话》,《徐志摩全集》第1卷,天津人民出版社,2005年,第2页。

作者生前出版过的著作，一般保留原有的集名，适当地作了一些调整。为了保存历史文献，内容一律不作删改；为了保存语言资料，当时用语，即使现在看来是不规范的，也不加润饰。

这次出版，一般根据作者修订过的最后版本，进行校勘，个别地方在文字上做了订正。……[①]

所采用的文本，尽量保持原貌。作者生前出版的诗文集，不管有无改动，均采用收入该诗文集中的文本。遇有疑难处，以初刊文本校订。死后由亲友编辑出版的诗文集中所收的文章，不管有无改动，一般不采用，而用作者的初刊文本；若没有或找不到初刊文本，则采用。有他人补写的文字，作为附文收入，在题注中说明。[②]

这样的处理办法未必不妥，但是在操作中因情况不同操作规则宽严不一，甚至有很大的随意性。比如《巴金全集》基本没有做过版本校勘，因为作者生前亲自参与编辑的，说不定还有文字上的修改，这样的全集可以看作是作者的定稿本了。《鲁迅全集》曾经做过版本的校勘，但校记另出，全集上文字编者径改，而并无校记，正文后附校记在古典文学研究中是很普遍的事情，在现代经典作家的全集中却鲜见，典型地说明了观念在作怪，也就是说现代文学的研究方法自动地与古典文学划开了距离。有的全集则是采用有选择的办法，选择改动较大的地方校勘后注出的办法，如《郭沫若全集》文学编，“收入本编的著作，主要根据作者修订过的最后版本，其与初版本有较大改动处，有的加注，有的作为附录。”[③]如《地球，我的母亲》和《凤凰涅槃》等诗作就是采取此法的。《冯至全集》采取的是这种做法：“本卷所收的诗作，都依作者最后的修订本编入，并据初版本作了校勘，其中有较大改动的，择要在题注中说明，以供参考。”[④]《茅盾全集》在每卷的说明中，对于曾经收入过一九五八年版《茅盾文集》中的作品，采取的

---

① 《〈阿英全集〉出版说明》，《阿英全集》卷首，安徽教育出版社，2003年。

② 《〈徐志摩全集〉凡例》，《徐志摩全集》第1卷卷首。

③ 《〈郭沫若全集〉文学编说明》，《郭沫若全集》第1卷，人民文学出版社，1982年，第Ⅲ页。

④ 《冯至全集》第1卷说明，《冯至全集》第1卷卷首，河北教育出版社，1999年。

办法是“现据《茅盾文集》本并参照初版本校注后编入本卷”，但是笔者除了在其第一卷中看到其校注后，在其他各卷却难得一见，是说了没做呢，还是初版本的文字与文集本一般无二，真是不得而知，比如《子夜》难道茅盾没有做过修改吗？有相当一部分全集和文集对所收作品根本没有版本说明，遑论做过版本校勘了，更有甚者编辑全集，不做说明地随意删改文章，或做技术性处理，坦诚老实的会在处理之处加注说明，至少加个省略号，而大多则是随手删掉人所不知。如《丁玲全集》，“对涉及政治人物和政治事件的若干明显不妥之处，则作了必要的技术处理。”[①]这是对出版政策和为尊者讳的观点妥协的结果。有的删改文章简直是对文化的犯罪：“据张桂兴先生《〈老舍全集〉补正》所指出，对有的作品的修改几至面目全非……为去世的作家改文实在不近情理。”[②]在近年出版的全集或文集中，对于版本处理较为严谨的有《沈从文全集》，该全集没有偷懒地以花城版的十二卷本《沈从文文集》作为底本，而是“全集收入的已发表作品、作品集或单行本，均尽可能采用最早发表的文本或初版文本；作者主持增订过的著作，按增订版本编入；因故用其他文本，均附说明。”[③]一些重要作品，全集编者还编入了作者自存本的修改或批注。钟叔河编《周作人文类编》（十卷）：“文章均尽可能作了校勘，校记以尾注形式排在各篇后面。据不同版本（包括报纸、期刊）对校所改正的错字不出校记。无别本可改，及引文一时无从觅得原书，由编者校改之处，则一律注明原刊（原稿）作某某，今改作某某，以明责任。”[④]这是难得一见的现代作家作品集正文后附录严格的校记的。

但是有一个问题也需要恰当处理，那就是作家、研究者和普通读者之间的不同期待及由此产生的矛盾。作家从对艺术负责的态度出发修改自己的作品，

---

① 《〈丁玲全集〉出版说明》，《丁玲全集》第1卷卷首，河北人民出版社，2001年。

② 王得后：《中国现代文学作品的汇校和校记问题》，《中国现代文学研究丛刊》2005年第2期。

③ 《〈沈从文全集〉编辑说明》，《沈从文全集》第1卷卷首，北岳文艺出版社，2002年。

④ 钟叔河：《全编凡例》，见《周作人文类编》各卷卷首，湖南文艺出版社，1998年。陈福康先生曾批评该书将周作人亲敌、附敌和有亲敌嫌疑的文章均不收在内（转引自王得后《中国现代文学作品的汇校和校记问题》），但笔者认为“文类编”，并没有声明为“文全编”，加上出版政策的限制，这种做法情有可原。不过“全集不全”的现象较为普遍，容另文探讨。

并形成一个改定本，自然希望读者接受他的修改，而不能容忍艺术粗糙的版本流行；而普通的读者，从文学欣赏的角度出发，自然更喜欢文字和思想较为成熟的版本，而那些充满着校注的版本在阅读中反而感到烦琐；但是研究者出于学术规范和研究的需要却关注不同版本……因此，作为作家的巴金就不断地强调："然而我更希望读者们看到我自己修改过的新版本。""我仍然主张著作的版权归作者所有，他有权改动自己的作品，也有权决定自己作品的重印或者停版。我一直认为修改过的《家》比初版本少一些毛病……"[①]对这个的问题，比较合理的处理办法是，通行的单行本按照作家的最后改定本印刷，而印行量不大、重版的机会不多，并且基本上是供专业研究者需要的作品全集则需要有严格的版本校勘工作。同时，在一个作品有多种版本的情况下，研究者在对它做出艺术评价的时候，一定要言必有据，甚至仅仅依据一个版本还不足于全面认识作家的创作，还要特别关注版本间的变化情况。由此，另外一个问题也要有清醒的认识，那就是对于初版本的膜拜心理。的确一大批作家在一九四九年后违背艺术规律为趋时而修改自己的作品，所以在论述现代文学版本的时候，论述者未免接受了某种心理暗示，一切以初版本为上，而对于后来的修改不分具体情况一棍子打死。我觉得这种态度是值得反思的。现代文学研究亟需如古典文学研究一样，依据规范建立起严格的版本学和校勘学，但却不能树立初版本崇拜的原则，否则研究者将沦为文物贩子了。哪怕是在古典文学的版本中也没有谁说初版本就是最好的本子，就是善本，而是要以不同的情况而定。一个严肃的作家不会轻易地放弃他的艺术追求，巴金在编辑十四卷《巴金文集》的时候，对自己的旧作统改了一遍，这次修改总体上看，是忠实于自己的艺术良心的，是没有放弃艺术原则的。包括改动较大的《春》《秋》两部长篇小说。《寒夜》的修改也是严谨而负责任的，这有一九六一年一月十四日给妻子萧珊的私信可以证明："《文集》十三卷已改好寄出去了（王树基也来信催问）。这一卷中《寒夜》改得多

---

① 巴金：《为旧作新版写序》，《随想录》合订本第 534 页，1987 年 8 月第 1 版，北京三联书店 2004 年 4 月第 8 次印刷本。

些，也花了些功夫。这部小说虽然有不少缺点，但是我颇喜欢它。这次修改，倒想把曾树生的矛盾的感情和心境写得明白些。”[①]在新时期，巴金一直在为自己的修改本辩护：他还特意提到了修改本的《寒夜》，他强调说：“不论作为作者，或者作为读者，我还是要说，我喜欢修改本，它才是我自己的作品。”[②]对比《寒夜》的各个版本，我觉得巴金的话是实事求是的。姜德明也曾举例指出再版本、修订本的价值不容忽视[③]。所以在版本研究中，具体情况需要具体对待，众多的充分的个案完成后，在这个基础上，我们可能还会发现现代文学的版本研究中诸多与古典文学不一样的情况。

2006年2月24—26日晚改定

（《一粒麦子落地：巴金研究集刊卷二》，上海三联书店，2007年）

① 巴金1961年1月14日致萧珊信，收《家书——巴金萧珊书信集》，浙江文艺出版社，1994年，第448页。

② 巴金：《关于〈海的梦〉》，《巴金全集》第20卷，609页。

③ 姜德明：《初版本的可贵及其他》，收《新文学版本》，江苏古籍出版社，2002年。

谈《家》《憩园》《寒夜》

[德]顾 彬

一

尽管我们对新时期的中国文学批评持各种保留意见,它倾向于以意识形态的理由去否认中国现代文学的价值,但到目前为止有一点可以断定:在上述所有情况下,在技能和声誉之间几乎没有任何不相称。人们对他们可以有自己的态度,见仁见智,可是像茅盾、丁玲或老舍这样的叙事者都是真正的文体家,清楚地了解自己所做的事情。然而,巴金(1904—2005)却不一样,他经久不衰的声誉和他作为作家的实际语言能力好像不成比例(这方面简直无缘由可讲)。

他的中文更多地是以一种情感冲击力为特征，而不在于对修辞的讲究，这种炽烈情热一直以来都紧紧攫住青年读者。他的重大主题是：混乱和反叛，希望和失望。作者采用极其强烈的对比：这是青年，那是他们的敌人；这是神圣的权力，那是可鄙的义务；这是可希望的光明和自由，那是作为过去和当前的压迫和苦难。巴金的巨大影响和无可逾越的成功还得益于另外两个源泉：他报导自身生活，把自身生活变成了文学；他善于营造抒情气氛和乐于使用对话的形式。[①] 不过必须公平地说一句，巴金从来没有把自己当成是一个严格意义上的文学家。[②]

> 从我闯进"文坛"的时候起，我就反复声明自己不是文学家，……我从来不曾想过巧妙地打扮自己取悦于人，更不会想到用花言巧语编造故事供人消遣。我说过，是大多数人的痛苦和我自己的痛苦使我拿起笔不停地写下去。……我写小说，第一位老师就是卢骚。从《忏悔录》的作者那里我学到诚实，不讲假话。我写《家》，也只是为了向腐朽的封建制度提出控诉，替横遭摧残的年轻生命鸣冤叫屈。我不是用文学技巧，只是用作者的精神世界和真实感情打动读者，鼓舞他们前进。

也许就是充溢于字里行间的那份坦诚正直，才如此触动了读者心弦。可想而知，巴金的计划很简单：为生活而写作，为苦难者代言。不是为了文学，而是为了人类，他愿意燃尽自身。他多次提到自己的这种思想。最有名的一句话当是："就让我做一块木材吧。我愿意把自己烧得粉身碎骨给人间添一点点温暖。"[③]在此意义上，他重新激活了"五四"的要求，因此他的作品以五四为真正的表现主题，就绝非偶然，这些作品使他直到今天还享有盛誉。姿态和热情，巴金

---

① 花建：《关于巴金小说的抒情艺术》("On the Lyrical Art of BaJin's Novels")，见《上海社科院论文集》3(1990年)，第417—428页。

② 《随想录》德文版：Ba Jin：Gadanken unter der Zeit，Sabine Peschel 译自中文，科隆迪特里希出版社1985年，第10—11页；巴金《探索集》，《随想录》第二集，1980年，香港三联书店，1981年，第143页。

③ 《随想录》德文版(Ba Jin：Gedanken unter der Zeit)，第57页；巴金《随想录》，香港三联书店，1980年，第82页。

在中国文学这一时期的美学思考可以总结为这一公式。不过这些宏大词语在今天却是令人生疑的。他对左拉的“J'accuse”(法文:我控诉)[1]的借用,他对全新的生活或是完全的破坏的要求,他将反叛与拯救简单幼稚地联系在一起,这些行为都属于那样一个时代,这个时代被当时的人们设想成糟糕透顶,必欲除之而后快。巴金在“文化大革命”时期受到了严重迫害。他从1949年之后就没有像以前那样发出如此激进的声音。他当时以及后来一直在反复发出控诉,但从另一面来说,如此声色俱厉的“我控诉”同时也略去许多不满。诉说自己的过去,而对当前保持沉默还是较容易的。

巴金写作的一个极重要特点是将生活和文艺混合在一起,这在美学上有许多重要影响,不仅导致他在1928年时转向文艺,而且也是产生如此多作品的原因。巴金和茅盾以及老舍算得上是30年代最丰产的,也是被参考文献[2]所讨论得最多的作家。他多次再版的处女作《灭亡》(1928)[3]的创作源于对当时政治的失望。他以杜大心的形象宣扬对现存社会的仇恨,并提出一种殉道的献身精神:只要有足够多的同路人愿意仿效主人公的行动,那么自我灭亡就能导致社会的灭亡。作者本人信奉无政府主义,是巴枯宁(BaKunin)和克鲁泡特金(Kropotkin)的追随者,从他们两人那里借来了笔名:巴金(Ba Kin=Ba Jin)。他从一开始就关注青年及其反对军阀和传统旧家庭的反叛行为。[4] 因此巴金特

---

① 《随想录》德文版第31页。

② 首先可以参见奥尔格·郎(Olga Lang):《巴金和他的写作:两场革命之间的中国青年》(*Pa Chin and his Writings: Chinese Youth between the Two Revolutions*),哈佛大学出版社,1967年;茅国权(Nathan K. Mao):《巴金》(*Pa Chin*),波士顿(Boston: Hall),1978年。

③ 关于小说见茅国权:《巴金》(*Pa Chin*),第42—49页。我这里和以下不能总是标出原文的出处,因为巴金总是对他的“全集”本总是进行修改,也就是说,进行“审查”,以至于在他那里究竟何为原文并不清楚。

④ 关于无政府主义在巴金生平和创作中的作用见Gotelind Muller:《中国,克鲁泡特金和安那其主义:二十世纪初期在西方和日本榜样影响下的一场文化运动》(*China, Kropotkin und der Anarchismus. Eine Kulturbewegung im China des fruhen 20. Jahrhunderts unter dem Einflub des Westens und japanischer Vorbilder*),威斯巴登哈拉索威兹出版社,2001年,第538—541、595—598、611—629、688—690页。

别在他的创作的第一个阶段(1928—1937),是一个描写以反抗和破坏为宗旨的青年人的作家。

他最初的无政府主义思想很快就让位给一种感伤主义,这在他那部最有名的长篇小说中表现得淋漓尽致。也许有人会说,《家》(1931)[①]只是"激流三部曲"[②]的第一部分,然而后来两部《春》(1938)和《秋》(1940)无论从主题上还是从结构上来看,都和中国现代文学的这第一部宏伟的家庭小说没有共同之处。此外,对这部也被成功改编成电影的作品,人们一直都是单独地阅读和讨论的。三个爱情故事和三兄弟的生活际遇构成了整个情节。他们的名字含有深意:三兄弟都有一个"觉"字(表示向什么东西而觉醒);分别为"慧"、"新"和"民"(即向智慧,新事物,民众而觉醒)。他们灵与肉的觉醒和爆发形象地显示了旧中国毁灭的基础。四世同堂的家庭和睦在儒家观念中是国家的保障和支柱。做到了齐家,才能治国,同时也就能延续传统。这也许就是这部小说有如此巨大影响的最重要原因。

巴金不是一个分析家,他的很多认识都得益于他的"老师"鲁迅。只不过,巴金用另一种方式来描画统治阶层的悲剧、金钱的力量和意外事件的作用。他遵循图式,然而用敏感的情绪丰富这些图式。儒家学说和"五四"势必水火不容,由此必然生出了老人和年轻人,男人和女人以及科学和迷信的矛盾。巴金从回顾中书写,"五四"老早就过去了,作为"五四"之人格的觉慧所读的那些书已经没有人再读了。好几年前大家就意识到了要进行集体的反抗。觉慧是孤独斗士,小说结尾他的娜拉式行为尤为典型:他继续前行,因为他怀有远大的目标。他要做自己的主人,做自己幸福的制造者,把自己看成毁坏旧秩序的人:

---

① 《家》德文版:Ba Jin:Die Familie,Florian Reissinger 译自中文,附顾彬的后记,柏林 Oberbaum 出版社,1980 年。译文巴金《家》,开明书店,1949 年。这部屡被改编为芭蕾、电影和戏剧等艺术体裁的长篇在德语中也有一个更早些的译本:Ba Jin:Das Haus des Mandarins,由 Johana Herzfeldt 译自中文,Rudolfstadt:Greifenverlag o. J。

② 奥尔格·朗(Olga Lang):《五四运动时的中国青年:巴金的〈激流〉三部曲》("Die chinesicsche Jugend zur Zeit der4. Mai-Bewegung. Ba Jins Romantrilogie,Reibende Stromung"),收入顾彬编《现代中国文学》,第 328—346 页。

“我们家需要一个反抗者。”到了今天人们也乐于听到这样激烈的言辞，仿佛中国传统家庭真的就是这唯一的最后的“禁锢青年的牢笼”。所鼓吹的反抗也理所当然地与自由恋爱联系在一起，自由恋爱要取代包办婚姻，然而直到今天还没有将它彻底取代。爱情作为“青年的呼声”大多出自于西方文学，因此，觉慧会拿起屠格涅夫（1818—1883）的小说《前夜》（1860），并把爱情真谛告诉兄弟们，也就毫不奇怪了：[①]

> 觉慧也拿着《前夜》坐在墙边一把椅子上。他随意翻着书页，口里念着：
>
> “爱情是个伟大的字，伟大的感觉……但是你所说的是什么样的爱情呢？
>
> 什么样的爱情吗？什么样的爱情都可以。我告诉你，照我的意思看来，所有的爱情，没有什么区别。若是你爱恋……
>
> 一心去爱恋。”
>
> 觉新和觉民都抬起头带着惊疑的眼光看了他两眼，但是他并不觉得，依旧用同样的调子念下去：
>
> “爱情的热望，幸福的热望，除此而外，再没有什么了！
>
> 我们是青年，不是畸人，不是愚人，应当给自己把幸福争过来！”
>
> 一股热气在他的身体内直往上冲，他激动得连手也颤抖起来，他不能够再念下去，便把书阖上，端起茶碗大大地喝了几口。

不管我们如何将作为小说家的茅盾、老舍和巴金归于哪一类，他们的社会政治关联在他们所有的作品中都是显而易见的。这在30年代第四位重要的小说家沈从文（1902—1988）[②]那里却不甚明显。……

---

① 《家》德文版（Ba Jin：Die Familie），第109页。试比较《巴金文集》第4卷，香港南国出版社，1970年，第108—109页。

② 关于他的生平和作品首先可参见聂华苓（Hua-Ling Nieh）：《沈从文》（*Shen Ts'ung-wen*），纽约Twayne，1972年；金介甫（Jeffrey C. Kinkley）：《沈从文传》（*The Odyssey of Shen Congwen*），（转下页）

二

抗战文学在今天可能不仅难以引起兴趣，甚至还招致反感，譬如当死亡被意识形态化，当一些人是“完蛋了”，而另一些人则“英雄般牺牲”时。[1] 即便是如此，对于这个阶段的文学史认知也应尽量避免偏颇。讽刺小说作家沙汀(1904—1992)在对他家乡四川滥用战争与权力的情形所作的地域性描绘中如此频繁地使用当地方言，以至于他在1949年后的作品再版中不得不加以注释。[2] 因此人们在他身上，可以看到60—70年代在台湾以乡土文学面目出现的那个方向的预兆。自然仅以这类联系指涉为基础是没法把文学史续写下去的。因此接下来就必须要集中于少数的名字和文学走势上。巴金和钱锺书(1910—1998)可作为证据，表明即使在抗战岁月中也可能有了不起的长篇小说出现。

(接上页)斯坦福大学出版社，1987年；王德威《二十世纪中国小说中现实主义》(*Fictional Realism in the 20th Century China*)，第201—289页；Frank Stahl：《沈从文的短篇小说：分析和阐释》(*Die Erzahlungen des Shen Congwen. Analysen und interpretationen*)，法兰克福等地：彼得·朗出版社，1997年；Anke Heinemann：《沈从文的〈神巫之爱〉：一篇1929年的介于民族学和文学的小说》(*“Die Liebe des Schamaen”von Shen Congwen. Eine Erazahlung des Jahres 1929 zwischen Ethnographie and Lieratur*)，波鸿：布洛克迈耶尔出版社，1992年。关于沈从文夫人在其作品编辑中的作用参见冯铁：《“寻找女性”：献给女作家张兆和(1910—2003)、沈从文遗稿管理者的一个批评性致意》(“‘Cherchez la femme’：Eine kritische Hommage an die Schriftstellerin Zhang Zhaohe[1910—2003], Nachlassverwalterin von Shen Congwen[1902—1988]”)，见罗梅君和Damn编《中国文学》，第41—58页。

① 譬如在丘东平(1910—1941)的作品中就是如此，参见Michael Gotz：《以笔为剑：丘东平的战时小说》(“The pen as Sword：Warime Stories of Qiu Dong-ping”)，收入《抗日战争时期的中国文学》，第101—113页。

② 关于他的作品和一个非常正面的评价见Kam-ming Wong：《茶馆中动物：沙汀小说艺术》(“Animals in a Teahouse. The Art of Sha Ting's Fiction”)，收入《抗日战争时期的中国文学》，第243—265页。他的作品德译有1946年完成的长篇小说《还乡记》：Scha Ting(沙汀)：Heimkehr，德译者Alofons Mainka，柏林：人民和世界出版社1958年，原文见《沙汀选集》第2卷第627—903页，四川人民出版社，1984年。他的短篇小说英译收在《三十年代故事》(*Stories from the Thirties*)第2卷，125—205页。

和艾青相比，冯至表明，甚至天空中敌机的景象也能引出多么了不起的诗行，梁实秋的散文则反驳了笔和枪直接划等号的做法。要是不算钱锺书和冯至，那么像萧红或张爱玲(Eilee Chang)这样的女性作品也许可称作为对这一阶段中国文学发展做出的最重要贡献。

巴金被指责为在中国语言的完美运用上略逊一筹，这不无道理。他的作品的那种呼吁式调子今天在更多情况下是吓走而不是吸引人。不过这样一个评价大概能应用到20世纪的许多中国作家身上。人们之所以在谈到巴金时如此执拗地强调这个缺陷，是因为他属于中国现代文学最知名的代表作家，所以报以特别的关注。在他卷帙浩繁的全部创作中也完全可能有这部或那部小说逃脱了本该获得的注意。尤其那部发人深思的创作《憩园》(1944)就是如此。[①] 尽管在参考文献[②]中屡屡被提及，这篇作品真正的深意并不为人所知。因为所涉及的并不单单是老套的三重主题：传统家庭的衰亡、妇女的受压制和父子冲突。这里同时讲述了许多不同的故事，它们相互叠合，从中可以看出有一个具有主导地位：写作在危难时代的问题。巴金将他的小说嵌入到一个认知过程中，让我们参与了对许多不同神秘事物的揭示。要认识的，正是那些带有普通性的问题，有关生活、爱和幸福，特别是关于孩子们的教育、儿童心理，以及房子和花朵在一个成长期的人的回忆与现状中所扮演的角色等。巴金的开场是传统性的：他让叙事者回到他童年的住地，遇见一个改变了的世界。这样一个过程在汉语术语中被称为“归家寻梦”。然而抗战触角也伸展到了偏居一隅的成都。当然那只是些日本飞机，时不时地会打断享乐阶段的闲适生活。与那些打上了毛主义烙印的作家不同的是，巴金把战争移到背景地位。时代的大戏是一幕心理和道德剧：迄今为止的统治阶层不再按他们的价值观生活，也不能以这种方式为他们的财富提供保障。相反，他们耗尽了遗产，自暴自弃。第一人称叙事者，一位作家，在憩园里亲眼目睹了他以前的朋友们的堕落。作为一个文人，他面前

① 《憩园》德译本：Pa Chin：Garten der Ruhe，Joseph Kalmer 译自中文，慕尼黑：汉泽尔出版社，1954年。原文见《巴金文集》第13卷第1—194页，香港南国出版社，1940年。

② 譬如可参照茅国权：《巴金》，第116—127页。

所显示的问题被女房主万昭华这样描述道：[1]

> 她却站住望着我，迟疑一下，终于对我说了出来："黎先生，你为什么不让那个老车夫跟瞎眼女人得到幸福？人世间的事情中纵然苦多乐少，不见得事事如意。可是你们写小说的人却可以给人间多添一点温暖，揩干每只流泪的眼睛，让每个人欢笑；要是我能够写的话，我一定不让那个瞎眼女人跳水死，不让那个老车夫发疯，"她恳求般地说，声音里充满着同情和怜悯。
>
> "好，"我笑了笑，"姚太太，那么为了你的缘故就让他们好好地活下去吧。"
>
> "那么谢谢你，明天见，"她感激地一笑，便转身走了。
>
> 我当时不过随便说一句，我并不想照她的意思改变我的小说的结局。可是我回到花厅以后，对着那盏不会讲话的电灯，我感到十分寂寞。摊开稿纸，我写不出一个字。

听上去可能很幼稚，而且紧接着，在第一人称叙事者表示不能满足这个请求时，他的认识一开始也令人难以信服。但是如果我们看到，对于一种积极文学的要求乃是出自于时代精神，不管在毛泽东文艺思想还是在通俗文学中它都关系重大，那么在恶劣条件下何谓正确写作的问题对任何人而言都是复杂至极。这儿每个人都有不同的看法，特别是房主人姚国栋（"国家之栋梁"）总是想方设法用讥嘲的眼光去看待作家的能力。第一人称叙事者最后也撇开了对自己的所有高要求，而表现出十足的坦诚，甚至把自己的写作也都称作是为了稿酬而写作。这还并非全部。由上面可以听得出一个从30年代以来已丧失了意义的重要词汇：同情。能够去同情，也许正是这篇小说对于这个时代而言如此重要也如此稀罕的诉求。像这样一种同情，大概第一人称叙事者能够赋予其主人公，但却不能长时期地分送给他的周围。意识生活和作家终归是两个分离的世界：文学中可能的事情在生活中是不允许的。与此相反，毛主义美学却要取消这种分裂，这尤其在"文革"（1966—1976）期间得到了强制执行。

---

① 转引自《憩园》德译本第73页及下页；《巴金文集》第13卷，第65页。

巴金写作小说《憩园》是他在成都小住期间，就是说已经远远离开了实际战事。不管对今天的四川省会（成都），还是国民党政府当时的临时首府重庆，日本人都只能通过空投炸弹加以袭扰。人们由直接受战火侵袭的区域向西迁移。大量学生、教授和作家加入其中。在被普遍认为是他最有代表性的小说《寒夜》（1947）中，[①]巴金描述了战争中获利者和丧失者的世界。尽管《憩园》和《寒夜》的背景相同，但是两本小说有着迥然相异的特征。中篇《憩园》还遵循着《家》中的模式，也讲述一个传统、殷实的大家庭的衰败。《寒夜》则将一个现代的、不富有的小家庭置于中心。小说创作开始于 1944 年，先是以连载形式发表，直到 1947 年才以单行本面世。它取材于作家 1944 和 1945 年抗战期间在重庆的个人经历。作品有三个主要人物：一对带着小孩的夫妇和丈夫的母亲。婆媳间横着一道不可逾越的鸿沟。那是一个守旧的老派妇人和一个现代女性间的对立。患有肺结核的汪文宣夹在她们中间。就像他妻子一样，他也在理想主义和对更好生活的向往中感到失望。战争使他们从上海迁移到重庆，在那里，他们在微不足道的岗位上勉强糊口：他是校对员，她是银行职员。这三人的关系已被毒化了，因为汪文宣撕裂于他作为丈夫和儿子两重角色间，无法从他在妻子和母亲面前的被动中解脱出来。由于深深地陷于对母亲的依赖，所以除了她之外，他无法真正爱任何其他女人。也正因为如此，他催促愿意畅饮生活之杯的妻子和她的情人离开重庆，而另一方面他以死亡来寻求补偿他给母亲带来的痛苦。

上述三人的冲突演出在 1944 年秋至 1945 年秋的战争背景前。通货膨胀、失业、瘟疫、饥饿、腐败和道德沦丧是普通社会动荡的外部特征。叙事者在这里不是像小说《家》那样把人描写成反抗统治秩序的斗争者，而是其牺牲品。在小说中笼罩性的形象是黑夜。这里引用的小说开头一段，可以给出一个直观说明。

---

① 《寒夜》德文版：Ba Jin：Kalte Nachte，由 Sabine Peschel 和 Barbara Spielmann 译自中文，并附有顾彬一个后记，法兰克福：苏尔坎普出版社，1981 年；《寒夜》另一德文本：Ba Jin：Nacht uber Stadt，由 Peter Kleinhempel 译自英文，柏林：人民和世界出版社，1985 年。因为我在别的方面就这部小说已做过讨论，为了不重复自己（见我的论文《夜的意识和女性（自我）毁灭》），我以下的论述就仅限在新的方面。原文见《巴金文集》第 14 卷，第 1—294 页。

> 紧急警报发出后快半点钟了,天空里隐隐约约地响着飞机的声音,街上很静,没有一点亮光。他从银行铁门前石级上站起来,走到人行道上,举起头看天空。天色灰黑,像一块褪色的黑布,除了对面高耸的大楼的浓影外,他什么也看不见。他呆呆地把头抬了好一会儿,他并没有专心听什么,也没有专心看什么,他这样做,好像只是为了消磨时间。时间仿佛故意跟他作对,走得特别慢,不仅慢,他甚至觉得它已经停止进行了。夜的寒气却渐渐地透过他那件单薄的夹袍,他的身子忽然微微抖了一下。这时他才埋下他的头。他痛苦地吐了一口气。他低声对自己说:"我不能再这样做!"

在少数几章中,虽然有了白天,却没有太阳出现。黑夜,它的黑暗通过一盏老是熄灭的灯火变得更深,充斥着死一般的和噩梦般的响声和噪音。这些巴金在后记中也提到过。[①] 为了表达人的痛苦,叙事者主要利用内心独白和充满恶兆的梦境。汪文宣在日本投降后不几天的死以及幻灭的妻子的回来给小说划上了句号。

以前的大主题也被日常生活的小圈子所代替,在这里人和人为了些琐事而不断扯皮争吵。同样,伟大的理想也终结了:青春已逝,受西方哺育而成的启蒙、解放和救世的想象破灭了,每一次朝向新的征程都会失望地转回到过去的困境中。对日本的胜利也改变不了什么,小说结尾的胜利庆祝仅仅阐明了主人公的观点:胜利总是属于别人的。

马利安·高利克在他对这篇小说的分析中追溯到了希腊神话,对于把小说标题翻译为复数"寒夜"的传统做法,他提出的质疑虽带有推测性,但也发人深省。根据小说的最后一句话"夜的确太冷了"他将小说的标题改为单数的"寒夜",并且也对主题作了如下说明:[②]

---

① 《巴金文集》第 14 卷,第 295—297 页。

② 译自高利克:《巴金的〈寒夜〉:和左拉及王尔德的文学间联系》("Pa Chin's Cold Night: The Interliterary Relations with Zola and Wild"),出于同一作者的《中西文学关系的里程碑》,第 209 页。翻译上稍有些变更,因为高利克的英文——并非作者的母语——有时并不能很清楚地理解。

夜，尤其是寒夜在这篇小说中有一个象征意义，而且毫无疑问蒙上了一层神话色彩。在开头和结尾“两个夜晚”之间，作者事实上嵌入了两年的渐渐死亡，或至少是主人公的幻灭的阶段。第一个夜晚以空袭警报、对惊骇的预感、不安、恐惧，也许还有死亡为特征，第二个夜晚以战胜了一个几十年一直令人生畏的强敌后的第一夜为表现对象，对于重庆居民意味着新的辛劳的开始。……寒夜对巴金来说是战争阶段的延续连同其对于中国人民的后果。他所关注的战争，并非不同国家间的武装冲突，也不是正义或非正义的内战或解放战争，而只是在广义上代表着痛楚、苦难、瘟疫、阴霾、生存危机、社会动荡和一种不确定的寒冷感觉的形象。

巴金在后记里写到，他是在一个寒冷的冬夜里开始写作这部小说的，就在那个冬夜，他也懂得了去讲述另一个冻死了许多人的寒冷之夜。叙事者既没有勾勒一个积极主人公也没有设计一个大团圆结局。向后方的迁移被毛泽东理论和战争实践解释为救亡工具，却似乎让他迷梦破灭。巴金在他的后记里极为简洁地说明了理由：“被生活拖死的人断气时已经没有力量呼叫‘黎明’了。”

（节选自顾彬《二十世纪中国文学史》，范劲等译，华东师范大学出版社，2008年，题目为编者所拟）

《寒夜》中树生的离家出走

——巴金笔下知识分子理想主义的破灭

王 立

一

《寒夜》描写的是一九四四、四五年(中国历史上最黑暗时期之一),在日本侵略者的铁蹄下、旧的官僚资本主义制度统治下底层知识分子中的爱情及家庭悲剧。曾树生是贯穿这场悲剧始终的主要人物。对树生的褒与贬,主要在于她的离家出走,一部分人对此持否定态度,认为她自私,贪图享乐、追求当“花瓶”的生活方式;另一部分人从女性主义的角度出发对树生的出走持肯定态度,但对她的结局——始终和文宣保持了一种“藕断丝连”的感情,最后在一个寒夜里又走了回来，而不是参加抗日或投身革命——表示失望。是非对错，关键在于她走出了有着婆婆、丈夫及孩子的家，又去了异地、最终书面了结了她与丈夫汪文宣的关系。因此，树生的出走又被认为导致了她和文宣关系的完结及文宣的死亡。不过，说这是他们关系的完结是不合理的。因为根据剧情的描写，即使在异地，树生也一直在给远方的文宣频繁地写信，一直关心他的身体健康，安排叮嘱他治病的事，这表明树生至少在感情上对文宣是一直眷恋的。文宣对树生的信封封必复，即使是在他重病期间难于握笔之时也坚持自己写回信而决不答应母亲代笔。树生没有收到文宣的来信两月后即从兰州赶回来看他，才明白他已故去。在那样艰苦的战时环境中，这种频繁的、至死才断绝的书信往来应该表明他们彼此间终生感情的缱绻。并且，在经济上树生一直主动担负着扶养教育孩子的费用、文宣的治疗费用以及后来全家老小的一切开销。一个女子在当时那样艰苦的历史时期能做到以上所述是不易的。何况，实际情形也是如此，在二十世纪四十年代的旧中国，树生常需借贷才能负担这些家庭支出。

那么，树生为何出走呢？作品中相关的描写是几乎天天存在的婆婆与树生之间的冲突，而婆婆对树生的语言伤害是所有冲突的导火索。例如，树生走出去工作挣钱养家——在当时的历史环境中那本是男人应担任的角色——却反复受到婆婆的攻击。婆婆说自己“至少是坐花轿娶来的”，比她这个在外当“花瓶”，在内当“儿子的姘头”，“比娼妓还不如”的儿媳妇强。[①] 巴金先生在后记里说明，婆婆这样做是因为“她不愿意靠媳妇的收入度日，却又不能不间接地花媳妇的钱。她爱她的儿子，她为他的处境感到不平。她越是爱儿子，就越是不满意媳妇，……常常借故在媳妇身上发泄自己的怨气”[②]。文宣母亲这些频繁的夹枪带棒的数落深深地伤害了树生，使她常在家门口踌躇不前。

树生的工作性质要求较多的社会应酬，而她本人又是个充满青春活力的女子，有时应邀参加舞会。若是放在现在这个社会公关已成为专业或学科的时

① 巴金：《寒夜》，上海文艺出版社，1955年，第57—149页。

② 巴金：《寒夜》，第287—290页。

代，在中国的一家银行当个普通职员不应该被贬称“花瓶”。被称为“花瓶”的女人一般是没有什么思想的女人，是不会以当“花瓶”为辱或感到低下的。大学教育系毕业的树生当银行的普通职员至少是专业不对口，已是不得已而为之，身为当年云南才女的婆婆不可能不懂得树生的苦衷，她不仅不给予儿媳妇起码的理解与同情，反而在其伤口上撒胡椒末——称树生为“花瓶”。对婆婆“冠”于树生的第二个称号——文宣的“姘头”的问题，有读者赞扬树生蔑视伦理道德、和文宣自由恋爱而同居的精神，不过根据作品的描述，树生和文宣未曾举行婚礼是文宣而非树生造成的。作品曾简短交代了文宣的内心，“当初他反对举行结婚仪式，现在他却后悔那么轻易地丢开了他可以使用的武器。”[①]这一武器指的是限定树生自由出走的武器。如果无人提出举行结婚仪式，文宣也就不可能反对。这一结婚请求不可能是文宣母亲提出的，因其自始至终反对他俩结合。显然，当初是树生向文宣提出举行结婚仪式而遭到反对。这一点至少不能反映树生当时是个“蔑视伦理道德”的女性主义者，相反地说明她是个较为传统的知识女性，因为在三、四十年代的中国，知识分子中同居并不是新鲜事。进一步说，也就是，根据文宣母亲的“价值观”，树生做“贞”妇的请求被拒绝，而她却没有离开文宣，仍委曲求全地跟着文宣过了下去，为他生子并和他共同赡养整个家庭。如树生并非真心爱文宣，她是不可能接受这种违心的处境的。但她的这颗爱心却被婆婆践踏了，婆婆不止一次的贬低、谩骂让树生每次听了都像被人“打了耳光”[②]一样难过。尽管树生有时也会反唇相讥，但多数时候是忍下来了，而婆婆一次比一次更难听地数落她并轰撵她，病重的文宣因此痛苦不堪。无疑这种令人发怵的家庭关系是她出走的主要原因。

① 巴金：《寒夜》，第 22 页。

② 巴金：《寒夜》，第 167 页。

二

离家出走对树生意味着什么呢？树生和文宣原是大学教育系的同窗。两人在大学时代都有着献身教育事业的理想与抱负。树生的理想就是将来有一天她跟文宣一块儿“办教育”[①]。就是在文宣生病、她偶尔获得战局稳定的消息时，也仍然对文宣乐观地倾诉她这一心愿。在离家出走的过程中她对文宣说，“从前的事真像是一场梦。我们有理想，也有为理想工作的勇气，……为什么我们不能够再像从前那样过日子呢？”[②]而对于以后，树生就更悲观了，“以后更渺茫了。我觉得活着真没有意思。说实话，我真不想在大川做下去。可是不做又怎么生活呢？我一个学教育的人到银行里去做个小职员，让人欺负，也够可怜了！”[③]不难看出，她的离家出走，意味着理想的破灭。这番话也是树生对自身处境的悲叹。全家搬来重庆之后，树生和文宣都只能为求生存而活着，但那至少是和相爱的人在一起。而出走意味着树生得把生活里这唯一的阳光舍弃，就是说在他们献身教育事业的理想破灭之后，她又得放弃人性中宝贵的爱情。不论从哪个方面来说，她这样做都是不得已的。她爱着文宣，因此，离家出走的抉择是艰难的。她想留在文宣身边，但婆婆不能接受她，无法让她安身。在她做抉择时她希望找到任何的理由、或任何人对她的挽留，这样她可以做决定不走、不离开文宣。她对文宣诉说，“其实我也不一定想走。我心里毫无把握。你们要是把我拉住，我也许就不走了。”[④]可事与愿违，冷酷无情的婆婆骂着撵着她走，年轻热情的顶头上司陈奉光追着求着她走，懦弱无能的文宣也自欺欺人地劝着她走，让她大失所望。理想破灭了，不仅如此，还要离开志同道合的爱人，去违

---

① 巴金:《寒夜》,第 102 页。

② 巴金:《寒夜》,第 29 页。

③ 巴金:《寒夜》,第 29—30 页。

④ 巴金:《寒夜》,第 190—191 页。

心地和不爱的人待在一起，她的人性被扭曲了。离家出走对于树生是个双重意义的悲剧，她的心里是极其矛盾和痛苦的。

她感到前景的渺茫，“她并没有感到爱与被爱的幸福。她一直在歧途中彷徨，想决定一条路。可是她一直决定不了。……她心烦，她想反抗。可是她眼前只有白茫茫的一片雾。她看不到任何远景。”[1]她在信中对文宣说，“我不能在那种单调的吵架、寂寞的忍受中消磨我的生命。……我不能在你那古庙似的家中枯死。……”[2]可是当她把喝醉了酒的文宣从街上扶回家、听到文宣的母亲指责她、而文宣握住她的手不放求她别走时，“她不答话。她在思索……泪珠从两只眼角慢慢地滚了下来……这晚上她留了下来。”[3]在决定“出走”之前，树生有这样一段内心独白：“这就是我们的生活，永远亮不起来，永远死不下去，就是这样拖。前两三年还有点理想，还有点希望，还可以拖下去，现在……要是她不天天跟我吵，要是他不那么懦弱，我还可以……”[4]在这种处境下她苦恼不知所措，“不知道怎样安放她这颗心”[5]。她暗暗责备自己的不安于现实生活，但这种责备“并没有减轻她的寂寞之感”[6]。然而，在战火燃近，人们准备逃难时，她却拒绝了陈要她一起离去的反复请求，坚决地留在生病的文宣身边。而此时，她听到文宣用颤抖，但“却没有一点伤感的调子”[7]劝她离去，她感到意外，心里不痛快，她暗想：“他要我走，你居然也让我走！”[8]文宣反复催促之后，她“把脸埋在他的胸膛上，眼里浮出了泪水，心里难过得很。她想大哭一场。”[9]不过她仍然决绝地告诉文宣她的决定：“我不走。要走大家一齐走！”[10]

---

① 巴金：《寒夜》，第121页。
② 巴金：《寒夜》，第226页。
③ 巴金：《寒夜》，第50页。
④ 巴金：《寒夜》，第100页。
⑤ 巴金：《寒夜》，第100页。
⑥ 巴金：《寒夜》，第100页。
⑦ 巴金：《寒夜》，第123页。
⑧ 巴金：《寒夜》，第123页。
⑨ 巴金：《寒夜》，第125页。
⑩ 巴金：《寒夜》，第125页。

树生在婆婆的威逼下、陈的诱迫下和文宣的催促下，最终作出了离别的抉择。作品表述，“永远是这一类刺耳的话，生命就这样平平淡淡一点一滴地消耗。树生的忍耐力到了最高限度了。她并没有犯罪，为什么应该受罚？这里不就是使生命憔悴的监牢？她应该飞，她必须飞，趁她还有着翅膀的时候。为什么她不应该走呢？她和他们中间再没有共同点了，她不能陪着他们牺牲。她要救出自己。”[①]然而，她的离别是心碎的。汽车的喇叭声又响了，在睡眠中的汪文宣的床前痴痴地立了半晌的树生，柔声告别，“宣，我们再见了，希望你不要梦着我离开你啊。”[②]她心里不好过，用力咬着嘴唇掉转身子离开，可马上又回身去看他。文宣赶来送她，他俩痴立于黑夜和寒冷中，可以听见彼此的呼吸声，但都难过得说不出话来。汽车喇叭在催促她，树生梦醒似地动了一下，说话了："‘宣，你上楼睡吧，你身体真要当心啊……我们就在这里分别罢，你不要送我。我给你留了一封信在屋里，’她柔情地伸过手去，捏住他的手，她竭力压下了感情，声音发颤地说，‘再见’……‘我会——’，她刚刚说了两个字，忽然一阵心酸，她轻轻地扑到他的身上去。”[③]文宣连忙后退，说自己有病会传染，而她却“伸出两只手将他抱住，又把她的红唇紧紧地压在他的干枯的嘴上，热烈地吻了一下……泪流满面地说，‘我真愿意传染到你那个病，那么我就不会离开你了。’”[④]她告诉文宣她是一定要回来的，他们的分别至多“不过一年”[⑤]。她哪里知道这就是诀别了。

树生的出走常被认为是导致文宣死亡的原因。换个角度看，如果树生不出走，文宣以及这个家的结局会好一些吗？婆婆的憎恨与伤害让她想到回家就举步维艰，而文宣夹在她们中间亦备受煎熬。比如，当母亲和曾树生吵架时，已患病的文宣只好用自责甚至自虐的办法来处理问题。母亲往外撵树生时“他觉得

① 巴金:《寒夜》，第167—168页。

② 巴金:《寒夜》，第202页。

③ 巴金:《寒夜》，第203至20页。

④ 巴金:《寒夜》，第204页。

⑤ 巴金:《寒夜》，第204页。

头要爆炸，心要碎裂。一个'滚'字像一下结实的拳头重重地打在他的胸上。他痛苦地叫了一声……疯狂地用自己两个拳头打他的前额，口里接连嚷着：'我死了好了！'"[①]。每次婆媳争吵后文宣的病都加重，在这种永无休止的恶性循环下文宣的病很快发展到后期并开始吐血。但即使树生不在家，文宣母亲也仍然逼着儿子答应不让树生回来，她咬牙切齿地说，"……我宁可死，宁肯大家死，我也不要再看见她！"[②]文宣无奈，只好答应。母亲还不甘心，仍继续念叨，"只要你肯答应我，只要我不再看见那个女人，我什么苦都可以吃，什么日子我都过得了！"[③]文宣带着苦笑，"头发晕，眼睛发黑，心里难受得很，他差一点跌倒在地上…… 他一直咬着嘴唇在支持着……摇摇晃晃地走到床前，倒在床上。他发出一声痛苦的呻吟。"[④]他们三人间的问题就是，婆婆容不了树生，而文宣离不开这两个女人。因此树生对文宣说，她们两个人中间只能走开一个，如果文宣把她俩都拉住，只能苦了他自己。她说得对，她若不离去，只能加速文宣的死亡。文宣得的是重症肺结核，本来必须吃西药治疗，可是当树生提出请西医时，婆婆却坚持要请中医。而且不论树生如何哭着央求，文宣也坚决不肯看西医。树生对文宣的病是非常担忧的，以为自己走了以后，婆婆会让文宣去看病，因此请陈奉光写了信联系看病的事，没想到婆婆因为恨树生把信撕掉了，以至于最后当文宣不得已去看西医时得不到适当的治疗，而备受磨难。根据作品情节的描写，婆婆辱骂树生轰撵其离家以及反对文宣看西医应是文宣的直接死因，并因此导致了家破人亡的悲剧。离家之前，树生在这两个问题上感到很无奈，她问自己"……他不肯治病，他完结了。我能够救他，能够使他母亲不恨他，能够跟他母亲和睦地过日子吗？"[⑤]答案是否定的。树生拿到调职通知书以后，对文宣说，"我本来不想去，不过我不去我们这一家人怎么生活……"[⑥]。树生的话是发自

---

① 巴金：《寒夜》，第 149 页。

② 巴金：《寒夜》，第 142 页。

③ 巴金：《寒夜》，第 143 页。

④ 巴金：《寒夜》，第 143—144 页。

⑤ 巴金：《寒夜》，第 151 页。

⑥ 巴金：《寒夜》，第 177 页。

心底的，即使树生的“出走”有着自救的意识在内，她也同时是在替文宣和家庭着想。但，离家的抉择是痛苦的，根据情节的描写，整个过程不仅在树生的、而且也在文宣的心里是一种人性的磨难与挣扎。尽管从巴金先生的后记里我们读到他亦不赞成树生的离家，认为她“竟然甘心做‘花瓶’”[①]，但他却对树生出走这一悲剧从背景到人物心理做了客观的、基于人性主义的描写，表现了他对树生出走悲剧的充分理解与同情，反映了他人性主义的立场和观念。进一步说，树生的离家出走是伴随她与文宣献身教育事业理想主义破灭的一种人性的扭曲，是人性主义失落的一种表现。

三

人性主义提倡，“实现自己具有个性的人性，应该是人一生的目的，……而广义的人性就是人能把合乎实际的想象变成现实。”[②]树生最终离家而去，表面看来，她在爱与自由之间，选择了自由——追求人的基本权利，是符合人性和人性主义的。因为，尽管爱不可能是完美的，但至少应是自由的，而不是令人窒息的。不自由、令人窒息的爱是不人性、不能够完成的，树生的出走就是例证。然而，通过出走获得自由对树生来说确是不易的。西方哲人卢梭说过，“人生而自由，却无时不在枷锁之中”[③]。撇开卢梭本人男权主义者的背景，他的这句话说明了人性与客观外界的矛盾。自由只能是相对的，实际上，树生在追求这种相对自由的过程中她的灵魂是矛盾、空虚的，如前所述，她的人性是扭曲的。但是，树生在当时中国社会背景下出走的行为却常不为一些读者所接受或被视为不完善的女性主义的行为。如果说树生对自由的追求亦属于女性主义行为的

---

① 巴金：《寒夜》，第 291 页。

② 百度百科：人性主义[EB/01]，http://baike.baidu.com/view/1304548.html，2010-07-28.

③ 中华论文联盟：《霍布斯与卢梭的自然法理念的比较》[EB/01]，http://www.bylwnet.com/shownews/20024/index.html，2010-08-11.

范畴也未尚不可，因为在追求自由这一点上人性主义和女性主义是相通的。但在当时的历史条件下，要把树生的出走归于女性主义者的行为，说服力是不充分的。根据作品对树生的描写，在三大类别的女性主义中，她的思想行为接近于自由主义女性主义，但确与其有一定的差异。根据自由主义女性主义的立场，“女人应是自己更像个男人，走出私人领域，不依附男人，到公众领域中去与男人展开一场公平竞争”①。可是作品自始至终并未表达树生想去公共领域中和男人竞争的意愿。她唯一的理想和抱负是想在抗战胜利后辅助文宣“办教育”[1—P102]，她的意愿是和文宣一致的，按照女性主义者的说法，这表明树生至少在感情上“依附”丈夫，因此是违反自由主义女性主义的。其它两类女性主义，激进女性主义和社会主义女性主义与树生所思所行愈加背离。这就是有些读者从女性主义的观点出发对树生出走的最后结局表示失望的原因。他们感到困惑的是具有女性主义“出走”行为的树生为什么没有去投身革命或参加抗日，有个全新的生活，而是依然依附男人、和文宣在感情上“藕断丝连”，并且又走了回来？因为按照社会主义或马克思主义的女性主义观点，女性应该投身于无产阶级斗争，把女性自身的解放和无产阶级的解放斗争结合在一起，而树生恰恰不属于任何一类的女性主义者。因此，树生出走之后又回来找文宣不为这些读者理解或接受。进一步说，尽管树生个人的经历和表达的思想可以折射出她曾受到过“五四”新文化思潮的影响，比如，她接受了高等教育、出去参加工作、在经济上不依附丈夫、追求自由与真诚的爱情，但鉴于上述内容及作品的表述，她的离家出走属于人性主义而非女性主义的行为范畴。

另一种观点则认为她的“出走”是由于她和文宣之间的“女主外，男主内”的关系“错位”导致的，此“错位”是造成悲剧结局的根本原因，并且，此“错位”实属当时的、乃至于当今的中国文化背景下的一种家庭关系的“错位”。笔者认为此属仁者见仁、智者见智之说。根据作品分析，笔者同意此所谓的“错位”观念作用于作品中部分人，比方说，文宣的母亲，成为她痛恨树生的根本原因之一，这

① 李银河：《女性主义》[EB/01]，http://vip.book.sina.com.cn/book/index_38367.html，2010-7-28.

一点巴金先生也曾在后记中指出过。不过,笔者不敢苟同于此"错位"对树生本人的思想行为,特别是在"出走"问题上的影响。此外,一些女性心理文化的专家曾提到,女性提出分手往往是为了不分手,这与在较普遍的情况下男性提出分手时的性质是相反的。尽管树生写了信给文宣结束夫妻关系,但根据作品中对人物性格的描写,笔者认为以上提法亦适于树生的情况。

如前所述,树生的离家出走是继理想主义破灭后的一种扭曲的人性主义表现。更明确地说,她的离家出走只是一种概念模糊的、目的不甚明晰的"人性主义"行为。她作品中的独白仿佛告诉读者,她的出走是为了追求自由与幸福,而实际上,巴金笔下树生的离家出走大部分是由于客观外界的因素迫使的,而非其主观内在情愿的,这一点恰恰是违反人性主义的。这体现在她始终爱着文宣、对这个家始终是甘于付出的,因此尽管她的委屈、孤独、不安、不能爱与被爱是基于人性的反映,但却是客观外界造成的,是违背个人愿望的。在给文宣的信中,树生坦诚地写道,"我的确愿意尽力使你快乐,但是我没有能够做到,我做不到。我自己其实也费了不少的心血,我拒绝了种种的诱惑,我曾经发愿终身不离开你,体贴你,安慰你,跟你一起度过这些贫困日子。但是我试一次,失败一次。……"[①]这些都是她的真心话。但尽管她试一次失败一次,她仍是真心爱文宣的。她是被迫出走的,她的离去是违心的。她并没有对自己交代清楚她的离去是出于对文宣的爱还是不爱。这也就是为什么此后她和陈奉光二人待在兰州时,她的感情生活是空虚的原因。在那兵荒马乱的年月里她每周一次或数次、以及后来由于文宣要她写信给婆婆赔礼道歉她回信结束了与文宣的夫妻关系后每月一次的、自始至终和文宣保持的频繁通信可以为证;她自始至终每月一次给文宣寄钱养家可以为证;她自始至终叮嘱,安排,关心文宣的病情可以为证;在文宣隐瞒了病情后,她两个月未接到文宣的来信便立即从兰州赶回来看他的行为也可以为证。这一切不仅表明了她不爱陈,也表明了她始终是爱着文宣的。她不仅不像女性主义者那样反对做贤妻良母,相反地,她忍辱负重,在承

① 巴金:《寒夜》,第226页。

担一切家庭责任，包括供孩子就读贵族学校，照料并负担文宣看病，提供家庭经济来源的情况下，仍对文宣说，尽管她自始至终没有背着文宣做什么对不起文宣的事，但她愧疚自己不是个贤妻良母。这一切至少可以说明树生不是个女性主义者，她脑子里有着中国传统女性的贤妻良母的标准；也不是一个“贪图享乐”、“甘愿做花瓶”的女性，从某种意义上说，她是一个不得已离家“出走”的贤妻良母。尽管婆婆一直辱骂着撵她走，她也想和婆婆消除矛盾，她在临走前几次想对婆婆说些好话但都被其冷言冷语挡了回去。她离家的时候，婆婆房门紧闭，她仍朝着婆婆的小屋独自道别，并留下书信给文宣，“我对你只有一个要求：保重自己的身体，认真地治病。妈面前请你替我讲几句好话吧。”[①]她的悲剧是既做人又做女人的悲剧，或者说是一个在与现实生活作斗争中人性被扭曲的、而又不断奋争的知识女性的悲剧。面对黑暗的社会现实，她勇敢地担负起男人应该担负的责任，像普通人一样作抉择，又无法丢弃女人的种种特性；她和所处的社会现实有着千丝万缕的联系，但她的灵魂又是孤独的；她的感情只依附于重病的文宣而又不被这个家包括文宣本人理解。尽管她在故事开始时就和文宣提出过离婚，在离开家去了异地后也写了一封长信来结束他们的夫妻关系，她始终爱着文宣直到他死后。在巴金的笔下，树生是具有典型的、矛盾的、悲剧性性格的人文主义文学作品中的人物。作者巴金先生尽管对树生的离家出走表示否定，在后记中批评树生，并说他用责备的文笔描写所有的人物，但笔者认为，作者基于人性主义的描写却充分展示了树生，一个继理想主义的破灭、追随一种畸形扭曲的人性主义的女知识分子的个性特质，把其在离家出走的悲剧情节中人性在苦难现实中的希望与挣扎、升华与落寞、坚强与悲伤、美丽与凄凉，表达得淋漓尽致，实在是褒过于贬，反映了巴金当时的人文主义作者的立场。

若从女性文学的角度回顾中国文学史，树生与文宣的爱情悲剧实在不属偶然。在众多的中国文学、电影、戏剧作品中，相似的剧情数不胜数，其中或多或少可以看见树生的影子，眼前掠过的有，《孔雀东南飞》中焦仲卿的遭离异后投

---

① 巴金：《寒夜》，第202—205页。

水自尽的妻兰芝；抑郁而死的《钗头凤》的词作者陆游的前妻唐婉；丈夫归原籍后即写下断肠的《祝英台近》词投水解脱的瞒婚再娶的南宋词人戴复古的后妻；鲁迅笔下《伤逝》里同居又分手的凄凉病逝的子君；而在巴金先生的《家》《春》《秋》里以梅表姐为代表的一个个追求真纯相爱的女性无一人圆满了她们的爱情，最终都在她们各自的悲剧中黯然早逝。在这些悲剧中，女性的爱往往太投入，若说是“错位”，这确是一种错位——“度”与“量”的错位；这些女性用“心”去爱也是一种不对等的错位——“质”的错位；而不用心爱的爱还叫爱吗？但用心去爱的爱还能爱吗？——这涉及到“类”的错位。这些爱情悲剧里难以理清的话题，最好归于“先有鸡还是先有蛋”这一类问题中留待他人评说，笔者对其尚无能力阐述。中国的传统文化实际上是一种男性占主导的文化，在爱情悲剧中，女性往往容易成为受害者。“幸福的家庭都是相似的，不幸的家庭各有各的不幸”[①]；“悲剧将人生的有价值的东西毁灭给人看”[②]。《寒夜》的爱情悲剧只不过和以往的中国式的爱情悲剧内容略有所不同而已。

文学属于文化的范畴。若从中国文化这一角度出发，中国式的爱情永远与美国的喜剧式结尾是相反的。有情人难成或不成眷属是中国文化的特征。二十世纪下半叶笔者曾耳闻“有情人终成眷属”的号角声嘶力竭地在中国本土上吹响，人们目睹的是建国以来前三部婚姻法的陆续发布，伴随着史无前例的至少三次以上的波澜壮阔的离婚浪潮。然而，接踵而来的是，被西方女性“娜拉”在二十世纪初带领着走出家之后的中国都市女性们，又在二十一世纪初陆续走了回来。但，这次据说是极心甘情愿的。本世纪中国本土女性文学作品中的所谓“二奶”、“三奶”、“坐台小姐”、“红颜知己”之流让在海外苦读兼第二次“插队”十余载的笔者之类，真有乳臭未干之时在故国读着描写当年蒋委员长的《金陵春梦》中的“青红帮”的那种生疏、大惑不解的感觉。那些当年《让我们荡起双桨》的孩子们、那些东风扑面、胸怀满志的青年们、那些祖国的花朵、世界的未来

---

① 百度百科：列夫·托尔斯泰《安娜·卡列宁娜》[EB/01]，http://www.shuku.net/novels/tuoersitai/anna/anna01.html，2010-08-11.

② 鲁迅：《鲁迅全集》第1卷，人民文学出版社，1981年，第297页。

们，最后如何会有了这样的“转世灵童”们？悲剧否？喜剧否？闹剧否？爱情否？悲情否？不伦类否？难以言论。作为《寒夜》的一个读者并评论该作品，笔者并不回避或反对女性主义文化，由此联想到的、使笔者困惑的是，本土的女性主义文化似乎是辛辛苦苦地走了长长的这么一世纪，最后又抽搐回去了？倘或是抽搐还是堕落呢？惜兮，叹兮，感兮。笔者多年前曾就中国的女性主义特别是在教育方面同西方的特别是澳大利亚的女性主义做了个比较研究，尽管课题是完成并通过了，总感觉对中国的女性主义难以下定义，和西方的女性主义比较起来，其处于“有过之而无不及”和“望尘莫及”之间来回徘徊。而如今再观，笔者绝对进入不了角色而可以称自己是做什么“研究”，充其量不过是隔洋而“观”而已。纵观当代借爱情主题所发挥的文学作品，笔者认为不论借用怎样的写作手法，文学的目的应是在于升华人类的理想与精神，提升社会的人文质量，这一点应是与全球化的历史进程步调一致的。简言之，《寒夜》里树生的出走是另一个版本的中国式的爱情悲剧，也可以说，是中国二十世纪四十年代另一个版本的“娜拉”出走。在国民党反动派统治下的旧中国，树生离家出走的爱情悲剧控诉的是旧社会的腐败与黑暗，为那个时代社会底层的善良的知识分子及小人物们伸冤鸣屈。

树生出走的这场爱情悲剧是在当时的日本帝国主义的铁蹄下及国民党反动派的黑暗统治下的旧中国大悲剧的一部分。“走的走了，死的死了”的结局是这一对善良的知识分子无论如何也难以逆转的。尽管如此，这场爱情及家庭悲剧也同时反映了作品中三个主人公各自表现出的人性的缺陷。试问：婆婆为何这样狭隘恶毒？树生为何不尽量忍耐并克制自己？文宣为何这样懦弱无能并自欺欺人？不难看出作品的描写是基于“广义的人性”[①]的，既描写了他们三人人性的优点，又描写了他们各自的缺点。作者在后记中所说，“三个人都不是正面人物，也都不是反面人物；每个人有是也有非；我全同情。我想说，不能责备

① 百度百科：人性主义[EB/01]，http://baike.baidu.com/view/1304548.html，2010-07-28.

他们三个人,罪在蒋介石和国民党反动派,……他们都是无辜的受害者”。[①] 基于人性主义的描写手法是巴金的风格,这一点可以从巴金众多的作品中体会到,也可以从巴老的后记中读到,“……我用责备的文笔描写他们。但是我自己也承认我的文章里常常露出原谅和同情的调子。……我要通过这些小人物的受苦来谴责旧社会、旧制度。我有意把结局写的阴暗,绝望,没有出路,使小说成为我所谓的‘沉痛的控诉’”。[②] 浏览巴金先生的文集,《寒夜》的创作也反映了当时处于理想主义破灭时期的作家巴金先生的思想境况。不过,在他本人的后记里,他反思这一作品“……特别是在小说的最后曾树生孤零零地消失在凄清的寒夜里,那种人去楼空的惆怅感觉,完全是小资产阶级的东西。所以我的‘控诉’也是……没有力量的……”。[③] 他所说的“小资产阶级的东西”就是指与无产阶级文学理论主旋律相违背的、当时作品在创作中所基于的“人性主义”。

四

《寒夜》中以树生“出走”为主线的爱情悲剧描述了在旧中国黑暗统治的大悲剧背景下,文宣和树生、这两个个性不同的、善良的知识分子在残酷的现实生活中理想主义的彻底破灭以及伴随而来的人性主义的扭曲与失落。文宣的事业梦、爱情梦破灭,直至失去健康,最后失去了生命。人生对他来说是一场空幻,理想主义只是一个破灭的泡影。不仅如此,在他辞世以前的生活里,他的人性是被扭曲着的:他深爱着树生,他的生活里不能没有树生,但却表现出他不在乎树生的离去,并劝树生离去,以至于树生走后他痛不欲生,一天天走向死亡。

树生最初的理想与追求是能辅助文宣办学校、和他共同献身于教育事业。她把实现文宣的理想与抱负,看成是自己的理想与追求,和爱人在一起成就事

---

① 巴金:《寒夜》,第 285 页。

② 巴金:《寒夜》,第 292—293 页。

③ 巴金:《寒夜》,第 293 页。

业、实现理想是她理想与幸福的全部内容。文宣去世了，她一直渴望能辅助爱人办教育的、兼顾事业、爱情的理想梦彻底破灭了，她的仅存于心底的爱也随之逝去了。树生和文宣以往对献身于人类教育事业的追求是理想主义的，而来到重庆之后，迫于现实，他俩所要实现的仅属于人性主义的范畴，即把实现自己、享受生活作为人生的目的。但就是这一点也没能做到，最终他们的所为只是基于广义的人性的，即，求生存而已。在为“出走”作抉择时，树生尚怀有做个“好女人”的心愿而想以此实现自己，可就是这个梦最终也完结了。在她接到文宣的信要求她向婆婆写封长的道歉信时，树生在声明结束关系的回信中两次说到她不是“一个坏女人”[①]。这表明了她的“出走”兰州是做个“好女人”梦的继续，她希望她的“出走”能自救也能保住这个家。尽管这是封结束关系的信，并且在信里她提到她“追求自由与幸福”[②]，她仍请求允许她继续和文宣通信、按月给他们寄生活费。她追求的自由幸福是什么呢？她真想离开文宣吗？她写道：“……离开你去跟别人结婚，又有什么意思？总之，我不愿意再回到你的家，过‘姘头’的生活。你还要我写长信向她道歉，你真是太伤了我的心。……”[③]由此可见，树生所说的追求的所谓“幸福”是虚无的，她追求的自由充其量不过摆脱如她本人所述的“顶着‘姘头’的招牌，当一个任她辱骂的奴隶媳妇”[1—P227]的痛苦，获得心里暂时的平衡。不过，在“出走”的过程中，树生的那种追求也只是一个尚未破灭的人性主义的理想泡影而已。她从兰州回来时面对的就是她那理想泡影的破灭：文宣死了、人去楼空、上坟、欲哭无去处。这不是她“出走”的初衷，不是她预期的。“她声音发颤地”询问文宣的下落，听到噩耗，“树生好像让人迎头浇了一桶冷水似的，她全身发冷，脸色惨白”[④]，半天说不出话来。“‘他葬在那儿？我要去看他！’……她感到一阵剧烈的心痛，她后悔，她真想立刻就到他的墓地去。……她咬嘴唇，她的鼻头酸痛，心跳得猛烈，悔恨的情感扭

① 巴金：《寒夜》，第229—230页。

② 巴金：《寒夜》，第229页。

③ 巴金：《寒夜》，第227页。

④ 巴金：《寒夜》，第271页。

绞着她的心。眼泪顺着脸颊流下来。……”[①]在巴金的笔下，树生在现实面前随着理想的逐个破灭，她的追求目标也逐步降低直至全部失落。随着辅助文宣成就教育梦的破灭，爱情梦的破灭，做贤妻良母的女人梦的破灭，直至最后，文宣亡了，家破了，孩子婆婆不知去向了，只剩下她独自走在那“冰窖”似的黑夜里。此时，倘或是她的理想主义也好、人性主义也好，都被残酷的现实彻底地击碎了。作品通过一系列的故事情节，描写了她的理想与追求逐个破灭的过程。

随着“五四”新文化的影响，为鲁迅先生所推崇的匈牙利伟大革命爱国诗人和英雄、裴多菲・山陀尔的著名诗句，“生命诚可贵，爱情价更高，若为自由故，二者皆可抛”[②]曾代表当时中国本土上知识分子理想主义的一种境界。尽管树生在种种客观压力下离家时心里并不真正明白她要的自由意味着什么，正如诗中所说，她追求自由的代价是昂贵的。然而这种基于生命与爱情的代价并未换来真正的自由。和文宣所经历的一样，树生同样人性扭曲地活着，她爱文宣但却离开了他，并且在他病重时，写信和他结束了关系；她不爱陈奉光，却接受了他的邀请，和他一起呆在了兰州；她明明写信和文宣结束了关系，却又回来看他。她离家出走的所有行为都是矛盾的。面对文宣的死讯，树生的内心异常痛苦，“她为着什么回来？现在又怀着怎样的心情走出那间屋子？……以后又该怎样？……她等待着明天。走的走了，死的死了。就是到了明天，她至多也不过找到一个人的坟墓。”[③]正如鲁迅先生所言，“人生最苦痛的是梦醒了无路可以走。”[④]此刻，她为自己做过的，正在做的，和将要做的感到极度的困惑，她正经历着人性的失落。

树生和文宣都曾怀有理想，但所有的理想又都破灭了。巴金不愧为中国文学的巨匠，他通过对《寒夜》中树生离家出走的描写把旧中国小资产阶级知识分

---

① 巴金：《寒夜》，第272—273页。

② 百度百科：裴多菲・山陀尔《自由与爱情》[EB/01]，http://baike.baidu.com/view/1960953.html，2010-08-11.

③ 巴金：《寒夜》，第277页。

④ 鲁迅：《鲁迅全集》第1卷，人民文学出版社，1981年，第159页。

子理想主义的破灭，以及面对现实的绝望与无奈表达得如此透彻！在作者的笔下，尽管抗日战争已取得胜利，树生盼望在此时辅助文宣办教育的理想不仅没有可能实现，而且她本人正经受最残酷的厄运：家破人亡、无家可归，树生成了一个失去任何人间温暖的精神流浪者。她活在理想破灭的残酷现实中，活在没有温暖的寒夜里。巴金先生在作品结尾写道，“夜的确太冷了。她需要温暖。”[①]这个结尾勾画出了这个悲剧的大背景，也点出了悲剧的主题。《寒夜》完成于一九四六年日本人投降之后，但却是社会依然非常黑暗、人们对胜利后的憧憬失望之时。《寒夜》告诉读者，抗战胜利后1946年的中国仍是这些“始终不曾‘站起来为改造生活而斗争过’”[②]的忠厚、善良的小知识分子们的悲剧时代，而且他们正面临着对理想主义追求的最彻底的失望。正如巴金在后记里所说，“‘胜利给我们带来希望，又把希望逐渐给我们拿走。……那些被不合理的制度摧残、被生活拖死的人断气时已经没有力量呼叫‘黎明’了。”[③]《寒夜》是作者怀着悲痛的心诅咒旧社会，为这些善良的知识分子和小人物们，为他们理想主义的彻底破灭、以及伴随而来的人性主义的扭曲和失落“喊冤叫屈”[④]。

综上所述，《寒夜》中曾树生的离家出走是发生在抗战胜利前后旧中国悲剧时代大背景下的、交织着不同人性特点的爱情家庭悲剧，揭露了旧中国社会制度与现实生活的黑暗与腐败；作品基于人性主义的描写表达了作者对当时生活在社会底层的旧知识分子和小人物的理想主义破灭的深切同情，为他们被践踏、被蹂躏的悲惨命运申诉。

写于澳大利亚 悉尼

（《讲真话：巴金研究集刊卷七》，上海三联书店，2012年）

---

① 巴金：《寒夜》，第278页。

② 巴金：《寒夜》，第288页。

③ 巴金：《寒夜》，第280页。

④ 巴金：《寒夜》，第294页。

定位与拓进

——1979—2009年的《寒夜》接受研究

陈思广

引言

1946 年 8 月 1 日，巴金的《寒夜》始刊于《文艺复兴》第 2 卷 1 期，12 月 21 日，《观察》第 1 卷第 17 期刊登将列入晨光文学丛书出版的《寒夜》广告："全书一厚册约三百余页已在印刷中一月内出版。""这是作者最近脱稿的长篇小说，曾在上海的《文艺复兴》月刊连续刊载，极得读者的好评。作者用朴素无华的笔写一两个渺小人物的渺小生活，这里没有惊天动地的丰功伟业，也没有仁人志士的壮烈牺牲，有的只是一些平凡的愿望，痛苦和哀愁。看惯了热闹场面的人，不妨到这个冷僻的角落来听一个'落魄'的读书人的申诉。"其时,《寒夜》即将杀青,也将在《文艺复兴》上刊毕,但出版尚未签字发排,所谓"已在印刷中一月内出版"完全是宣传策略,只是为了吊足读者的胃口。1947 年 3 月,《寒夜》由上海晨光出版公司出版。1948 年 5 月 20 日,康永年在《文艺工作》第 1 期发表《寒夜》一文,对文本进行了较为细致的评述。他认为:"在《寒夜》里我们几乎看到了陀思妥益夫斯基的人物,那种病态的,反常的,残忍的,个别的讲却又是善良的灵魂。我说'几乎',是意味着两者中间还有许多不同的东西在。陀思妥益夫斯基的人物叫你绝望;《寒夜》的人物在被压迫、奚落、摧残的时候,内心充满了愤怒和不平,甚至见诸行动,例如曾树生(文宣的妻)毅然离开这个家庭就是。作者通过了他的小说告诉了我们:在寒夜——黑暗,寂寞,冷静——里挣扎反抗的人们,退却妥协的就会自己毁灭,勇敢坚定的可以生活到明天去。""在汪文宣身上我们体验了失望,曾树生却给人带来一丝温暖和活下去的勇气。……树生追求的不是豪华的物质生活而在精神的幸福,自由"。这是《寒夜》发表后至 1949 年间唯一的一篇评介文章,论者对巴金与陀氏的异同之分析、对汪文宣的失望以及对曾树生的理解与支持等,显示了接受者鲜明的思想倾向与独到的艺术眼光。1950 年 5 月,上海文风出版社出版了[法]Dr. J. Monsterleet 著王继文译的《巴金的生活和著作》。在这本小册子的第 82—88 页里,作者简要地谈及了巴金的《寒夜》,认为小说讲述了无钱给家庭带来的不安,树生与文宣的爱是享乐的爱,带有交易的性质,不是幸福的爱情,迟早要枯萎,而《寒夜》正是爱情结冰的时候。随后,王瑶在其《中国新文学史稿》中对巴金 40 年代以小人小事为题材的系列创作作了综述。他说:"巴金在这时期写了长篇《憩园》《第四病室》《寒夜》,和短篇集《小人小事》。其实那些长篇写的也都可以说是小人小事;以前的那种激动的热情收敛或潜藏起来了,他诅咒不合理的制度和社会所加于善良的人们的悲惨与不幸。这些人都是无辜的和值得同情的,而他们所遭遇的悲惨又都似乎无可避免的;作者以深厚的人道主义者的悲悯的胸怀,写出了这些不大为人注意的小人物的受损的故事和结局,目的只在控诉那个不合理的社会。这说明了在反动政治高压下的作者底低沉的心情:他收敛起了他那股鼓吹变革和反抗的激情，而用平淡的笔沉重地诉出了一些善良的人所受的精神和物质的摧折；那对旧社会极厌恶的沉重的心情是可以理解的。他坚信他的理想和信仰，因此要用作品给人间添一点温暖，要读者在别人的痛苦和不幸里面发见更多的爱。"[①]虽是综述，但这段文字同样可以理解为对《寒夜》的解读。其中，对巴金创作视角转向的把握——写小人小事；创作情态转变的分析——深厚的人道主义者的悲悯的胸怀，收敛或潜藏激动的热情，以平淡的笔沉重地诉出一些善良的人所受的精神和物质的摧折；坚守创作理念的动因思考——坚信理想和信仰，用作品给人间添一点温暖，要读者在别人的痛苦和不幸里面发见更多的爱等视野，为广大接受者所认可，并在数年后《寒夜》重新归返接受视野时不断得以生发，而他对《寒夜》创作目的的分析——只在控诉那个不合理的社会的接受视野，影响深远，特别是经过巴金的自述强化后，成为影响一个时代的重要视野。当然，巴金不仅认为《寒夜》的主旨意在控诉，还认为小说中的"三个人都不是正面人物，也都不是反面人物；每个人有是也有非；我全同情"；曾树生"在银行里其实是所谓的'花瓶'，就是作摆设用的"，"她追求的也只是个人的享乐"；汪母"希望恢复的，是过去婆母的权威和舒适的生活"；以及"我的憎恨是强烈的。但是我忘记了这样一个事实：鼓舞人们的战斗热情的是希望，而不是绝望。特别是在小说的最后，曾树生孤零零地消失在凄清的寒夜里，那种人去楼空的惆怅感觉，完全是小资产阶级的东西。"[②]等。但生不逢时，他们的视野不仅没有得到呼应展开的机会，反而在时代语境的排拒下陷于沉寂，直到1979年后才在域外回播的接受场阈中重新为接受者所记忆，所发掘，《寒夜》的接受才重新出发。据笔者统计，在1979—2009年间，大陆各报刊共发表以《寒夜》为题的接受文章165篇，关涉《寒夜》的论著47部（不含影视接受文章、硕博士论文及文学史教材）[③]，使《寒夜》成为巴金长篇小说中继《家》之后另一部为接受者所广为聚焦的文本。

---

① 王瑶：《中国新文学史稿》（下），新文艺出版社，1953年，第354页。

② 巴金：《谈〈寒夜〉》，《作品》1962年第5—6期合刊。

③ 据李存光编：《巴金研究文献题录（1922—2009）》，复旦大学出版社，2011年。

纵观三十年来《寒夜》接受的学术史态，我认为，定位与拓进是《寒夜》接受最显著的两个特点。定位实现了对《寒夜》艺术价值的重新确认，刷新了巴金长篇小说接受的既定视野；拓进提升了《寒夜》展示的期待视阈，深化了《寒夜》接受的群体期待，二者相辅相成，使《寒夜》的接受成为巴金长篇小说接受史中最具拓新视阈的文本个案。需要说明的是，本文不打算全面扫描《寒夜》接受的历史面貌，虽然三十年《寒夜》接受的拓进历程是一个渐进的深化过程，但那些事关主题的阴暗与否、主人公的阶级属性以及传统与现代的腐朽性等接受视野，虽是展示《寒夜》文本意义的一段历史记录，但在今天看来，已无重复的必要。因此，笔者将重心放在梳理并探讨定位与拓进在《寒夜》的接受中所起到的深化意义，探析那些有待敞开，有待完善的期待视野及其所蕴含的启迪意义及得失，切实推进《寒夜》接受的学术进展。

一、定位

长久以来，《家》是巴金长篇小说创作的代表作这一既定视野影响深远(至今仍有着广泛的影响力)，但是，这一既定视野在一些域外接受者那里发生了变异。日本学者立间祥介认为，《寒夜》达到了巴金创作的最高峰。[①] 山口守也断言："《寒夜》才是巴金最优秀的作品"，"是巴金现实主义创作道路上的一个新的里程碑"。他"标志了巴金从感情过多的表现主观文学到期待读者思考力的、更有深刻的文学的过渡"，"是巴金将客观真实彻底对象化的创作表征"。[②] 对此还有同感的是美国学者内森。他说：《寒夜》"可列为巴金的杰作之一。它证明了巴金在艺术上前所未有的成熟。此外，这部小说着重描写了长期的战争所带来的令人恐怖的局面。通过黑暗、寂寞的夜晚和变换季节的形象化描写，渲染了

---

① [日]立间祥介作，张加贝译：《〈寒夜〉日文译本解说：巴金》，见张立慧、李今编《巴金研究在国外》，湖南文艺出版社，1986 年，第 141 页。

② [日]山口守作，胡志昂译：《巴金的〈寒夜〉及其它》，《名作欣赏》1981 年第 1 期。

面临毁灭时所特有的气氛;通过景象的描绘,给读者以一种身临其境的感受;通过对话,展现了主要人物之间的冲突;通过角色的独白,揭示了主要人物的心灵世界。所有这些手法的使用都有助于抑制小说过于激烈,而使读者加深对于处在战争最黑暗时期的现代中国家庭成员状况的认识。"[①]在国内,同样有接受者对《家》的既定视野提出修正。张民权从表现手法上比较了二者的差异,认为无论是描写人物心理的细腻度、动态感,还是刻画情节的生动性,真实感,或是运用语言的能力等,《寒夜》都胜于《家》。这标志着作者的小说艺术进入到圆熟之期。[②] 宋曰家也从现实主义的视野认定《寒夜》的艺术成就高于《家》,是巴金创作的又一高峰。[③] 更有说服力的是陈思和与李辉,他们从审美的视角对《寒夜》艺术成就的阐发令人信服:"《寒夜》则完全达到了不资炉冶,自然天成的艺术水平。在《寒夜》中没有任何人为安排的紧张情节,一切都是平凡的。……整部作品在结构上仿佛没有刻意的布局,然而又是那样浑然一体,天衣无缝。情节的每一场起伏发展,都是在一系列日常生活琐事中不知不觉地推进,使人读之,不觉得是在读小说,而如同进入现实生活本身一样自然朴素,动人心弦。……我们根据巴金本人对于最高艺术境界的论述来判断,这部小说无疑代表了作家创作艺术的最高境界。"[④]至此,《寒夜》是巴金长篇小说创作的代表作这一视野为众多接受者所认同,并生成为既定视野,虽有"双峰说"(《家》与《寒夜》都是巴金长篇小说代表作)与之并行,但并不影响这一视野的播传与定型。也正因此,当秦弓再次予以肯定并具体化时,人们多将其看作是水到渠成的补充:"《寒夜》是血泪吞咽的控诉,更是透骨彻髓的深思。作者没有像以往那样确认旧制度的代表人物,然后霹雳闪电般地予以重击,而是鲜血淋漓地写出悲剧人物的惨象,激发读者对悲剧制造者的认定与愤慨;作者也没有像以往那样一针见血地指斥所

---

① [美]内森·K·茅、刘村彦作,李今译:《巴金和他的〈寒夜〉》,见张立慧、李今编《巴金研究在国外》,湖南文艺出版社,1986 年,第 156—157 页。

② 张民权:《从〈家〉和〈寒夜〉看巴金小说创作风格的演变》,《中国现代文学研究丛刊》1984 年第 2 期。

③ 宋曰家:《一部现实主义的小说杰作——试论〈寒夜〉》,《新文学论丛》1984 年第 4 期。

④ 陈思和、李辉:《巴金创作风格的演变》,《新文学论丛》1984 年第 2 期。

要抨击的对象,而是着力刻画相互冲突的性格,深入开掘各自的心理世界,充分展示其合理性与必然性,引发读者去进行思索与裁断。错综复杂的爱与恨,构成一个张力巨大的情感情绪场和一个幽曲深邃的心理世界,形成一个涉及社会批判、伦理审视与幸福本质的哲学探究等多层面的思维空间,读者一旦步入其中,便不能自已地为其感动,受其启迪,在仇恨外敌侵略与憎恶社会腐败的同时,注意到新式家庭在传统阴影下与动荡社会里所面临的重重危机,注意到所谓新女性与其所信奉的个人主义所蕴含的多面性。""与巴金那些激情澎湃的前期小说相比,《寒夜》像一座雪山下的火山,热情内敛、聚集、凝缩,但读者却能够从中感悟到巨大的力量,那不只是爱与憎、仇与怨等错综交织的感情,而且还有对这些感情及其源头进行理性审视的思索。这种思索是巴金在多年寻觅、探究的基础之上激情升华的结晶,也是新文学初创以来二十几年艺术思维不断深化的反映。"[①]

至此,经过上述接受者对巴金长篇小说接受视阈的修正与补充,《寒夜》的艺术地位被重新确认,巴金小说创作的代表作为《寒夜》这一视野亦为大多数接受者所认同并生成既定视野。这不仅是巴金长篇小说接受最显实绩的接受视野,也是《寒夜》接受取得突破的重要标志。

二、拓进

前文已述,《寒夜》的接受早在文本尚未正式出版时就已拉开帷幕,至 50—60 年代初步展示了对人物,主题及创作基调的接受视野,其中文本旨在"控诉那个不合理的社会"的主题最为接受者及作家本人所认同。进入 80 年代后,这一视野依旧得以定向。经唐金海的具体化,[②]宋曰家、汪应果等的补充后一度得以

① 秦弓:《荆棘上的生命——20 世纪三四十年代中国小说叙事》,春风文艺出版社,2002 年,第 108 页。

② 唐金海:《"挖掘人物内心"的现实主义佳作——评巴金的〈寒夜〉》,《钟山》1980 年第 3 期。

定型。[①] 循着这一路向，将《寒夜》主人公的悲剧动因归结为社会因素为主，个人因素为辅的期待视野也一度生成为普遍视野。但是，上述接受视野的遗憾是不言而喻的。这并不是说接受者的具体化策略存在瑕疵，而是说它所遵循的政治的社会学的接受范式以及所操持的政治标准第一，艺术标准第二这一功利的接受理念已不合时宜。因此，当审美的人学的接受理念重新回归文学场阈时，这一功利的介入范式及其期待视野也随之化为历史的印迹。不过，作为《寒夜》的接受历程而言，它们却是敞开《寒夜》接受视阈不可或缺的一步，是《寒夜》接受走向深化的必然之旅。正是从这里，接受者才跳出时代的桎梏，摆脱了视野的狭隘将文本丰厚的内蕴挤压变形后呈现的难堪，将《寒夜》的接受推向拓进与跨越的新阶段。

1. 对文本主题及其寓意的新拓。《寒夜》是巴金以肺结核病人汪文宣软弱而不幸的一生为中心构思写就的小说。为什么选择一个结核病人？这其中蕴含着怎样的寓意？受苏珊·桑塔格《疾病的隐喻》一书的启发，唐小兵做出如下解读："在这里，肺结核不仅规定了一系列的症状或者说必然的比喻，它同时还引进了对疾病自身的诊断，促使我们对疾病既赋予意义又最终消解意义这一过程进行病理式分析。"而"阅读《寒夜》中肺结核的多种含义的方法之一种，便是把它视为心理促生的，甚至有意为之的疾患，通过它，汪文宣使自己的身体经受难熬的痛苦，从而得以转让他生活中更大、更加不可名状的焦虑。这种受虐式的臆想，这种充满反讽意味的自欺欺人，似乎构成了汪文宣这个'老好人'的复仇手段，因为从一开始我们就看到，他已经把妻子对他的戏谑内化为质问式的自我反驳结核隐喻的是有意的自残和残损的意志这二者的结合，正是这种结合使他获得一种身份认同，并且找到一种与他人交往的方法和途径。"他还认为："巴金这部小说之所以引人入胜，并不在于它对肺结核提供了一个病案研究，而在于疾病本身被转换成了更大的文化焦虑，或者说，它表现为新确立的象征界

① 宋曰家：《一部现实主义的小说杰作——试论〈寒夜〉》，《新文学论丛》1984年第4期；汪应果：《巴金论》，上海文艺出版社，1985年，第267页。

所带来的内部伤痛的外表症状，而正是在这个新的象征界里，文宣这位患者企望能找到一个避难所。”“因此，他的死，突显出另一层次的失败，即个人体验到的肉体的痛苦，根本没有得到任何的升华。这在小说中实际上一直是一个核心问题，由此整个情景所唤起的，是对普遍的道德体系的正当性、公正性进行叩问和质疑。”“他的死亡，是肺结核作为文学隐喻这样一个现代传统的最高峰，同时也是这个传统的尾声；在这个传统下，肺结核或被用来隐喻自身衰弱的民族，蒙昧的民众，个体生命的生存焦虑，或者是不断受挫的敏感的心灵。……现代文学里的结核病患者，总是被当做一种更加深层的病症或病原来描写和解读的。对疾病或者是畸形病态身心的文学再现，大多表达出寻求社会病因和治疗方案的善良愿望。”①许久以来，接受者思考汪文宣患不治之症的缘由时往往归并到社会的政治的层面，很少探究这一疾病本身的隐喻意义以及作家赋予它的寓意。唐小兵另辟蹊径，推论蕴含其中的文学寓意，扩展文本的接受场阈，开启了《寒夜》接受的新视界。无论接受者是否认同他的视野，都无法否认将汪文宣的疾病与他的死亡及其所透视的隐喻相联系，更能打开接受者的视界，更能直切问题的核心。当然，这决不是说这是唯一可行的接受视阈。刘永昶“更倾向于把这看做是寓言，或者是警示”，②周立民更愿从巴金的创作思想上理解《寒夜》的主题。因为“《寒夜》一直延续了巴金关于社会批判和个人精神探索的主旨，思考是如何追求‘丰富的、充实的生命’问题，并把它具体为关于理想在现实 生活中位置的思考。……《寒夜》中他只好让理想在现实面前低下了高贵的头。同时，巴金实际在对‘五四’时期个人主义价值观的虚妄性进行了反思，汪文宣的所有个人理想抵不过最低的生存压力；而曾树生的想‘飞’、要摆脱目前困境的努力所换来的结果也是非常可怜的。”③同样给人以启发。至于有接受者认为：“小说结尾所表达的思想，才是整部作品的关键所在———‘夜的确太冷了。

---

① 唐小兵：《英雄与凡人的时代：解读20世纪》，上海文艺出版社，2001年，第75—110页。

② 刘永昶：《“回家”或是“在路上”——再论〈寒夜〉的知识分子形象》，《语文学刊》2002年第2期。

③ 周立民：《〈寒夜〉的修改与中国现代文学文献学问题》，陈思和、李存光主编《一粒麦子落地——巴金研究集刊卷二》，上海三联书店，2007年，第117页。

她需要温暖。’我们认为这不只是对曾树生个人悲剧的同情，更是对那个时代所有不幸女性的尊重与关怀；或者说既是对‘寒夜’的控诉，更是对“温暖”的呼唤！”[①]显然是对 1955 年 5 月新 1 版、1958 年 3 月上海新文艺出版社出版的《寒夜》或其他出版社出版的改写本的解读，之前的版本结尾并没有“她需要温暖”这五个字，“夜的确太冷了”即为全书的结束。

2. 对汪文宣与曾树生形象的理解。汪文宣与曾树生是《寒夜》中的主人公。对于曾树生，早期对她的理解视野较为单一，且谴责多于理解。例如汪应果就认为曾树生的那一套是属于资产阶级的腐朽的东西，并非悲剧形象。[②] 之后有所矫正，例如陈则光、岳甲就试图予以维护，[③]谷莎丽也力图多方面理解曾树生的复杂性格，[④]高利克甚至将曾树生看作是“巴金在艰难无望的战争年代所持有的无政府主义理想的代言人”。[⑤] 90 年代后，女权主义流行，辩护的视野渐成主流。如石贝将曾树生的形象理解为“揭示了女人面对生活时的二重困境：既要象普通人一样选择一切，又不能丢弃女人的种种特性”。[⑥] 吴锦濂将曾树生看作是一位多棱多角，有所追求却一无所获的“新女性”，其心理经历了压抑、挣扎、痛苦、彷徨的过程，是一个有着复杂的性格、矛盾的心理和丰富内涵的艺术形象。[⑦] 显然包含着更多的理解。辜也平的阐释更多的是上述视野的综合，只是更具理性而已。[⑧] 对此作进一步补充的是所静。她认为：曾树生是旧中国职业女性的一个典型，通过对她的生活和命运的展示，真实地反映了 20 世纪中叶半

---

① 范水平：《“她需要温暖”——重读〈寒夜〉兼与李玲先生商榷》，《名作欣赏》2007 年第 12 期。

② 汪应果：《巴金论》，上海文艺出版社，1985 年，第 279—281 页。

③ 陈则光：《一曲感人肺腑的哀歌——读巴金的中篇小说〈寒夜〉》，《文学评论》1981 年第 1 期；岳甲：《一个追求自由和幸福的资产阶级女性形象——谈〈寒夜〉的女主人公曾树生》，《文艺评论通讯》1984 年第 2 期。

④ 谷莎丽：《曾树生性格的复杂性及其丰富内涵》，《齐鲁学刊》1988 年第 4 期。

⑤ [斯洛伐克]马立安·高利克：《巴金的〈寒夜〉：与左拉和王尔德的文学关系》，见马立安·高利克著，伍晓明、张文定等译《中西文学关系的里程碑(1898—1979)》，北京大学出版社，1990 年，第 213 页。

⑥ 石贝：《束缚与反叛——试用“女权批评”解读〈寒夜〉》，《济南大学学报》1991 年第 1 期。

⑦ 吴锦濂：《曾树生形象纵横谈》，《福建师范大学学报》1992 年第 3 期。

⑧ 辜也平：《传统叙事母题的现代语义——〈寒夜〉人物论》，《中国现代文学研究丛刊》1998 年第 1 期。

封建半殖民地社会一个普通职业女性的生存状况。曾树生形象是“五四”新女性形象的丰富和发展，她在精神上经济上具有独立意识。这一形象蕴涵着巴金对女性的生存意义及出路的探索。[①] 应该说，从谴责到维护，从辩护到理解——从单一到多向，从分歧到交融，是30年来曾树生形象接受的真实轨迹。汪文宣一度是善良、懦弱、勤恳的代名词，早期的接受多对他表示同情。陈则光、陈培爱、汪应果等是其代表。[②] 近年来这一视野发生转向，更多的接受者不是一味地同情其性格的软弱，而是开始反思其性格中的缺失，并以此探寻其悲剧命运的主观内因。唐小兵就将汪文宣的悲剧归结于自身的无能。[③] 陈少华则断言，汪文宣内心结构中的二项冲突导致了他的毁灭，分裂的自我与焦虑的症状表明深层的压抑来自对家庭权威的服从以及对文化规训的认同。而这与主体性的匮乏与成长中的阉割息息相关。[④] 王军坦言造成汪文宣悲剧性命运的直接原因不仅仅是社会制度和政治形势，更重要的是他承担着不能承受的性别角色和性别关系压力。[⑤] 与之视点交融的还有彭光源、雷华，他们也指出汪文宣的悲剧除了社会、家庭关系的不和谐外，还有其自身的因素，即在思想、心理道德和事业上发展能力上的不和谐因素。[⑥] 这看似不经意的视野转向，却客观地反映出接受观念由政治的转向审美的、由情绪的转向理性的渐变历程，反映出接受思潮转化的历史必然。

3. 比较视阈的拓进。巴金是受外国文学影响最深的作家之一，《寒夜》与外国文学的关系自然为接受者所重视。早在1948年，康永年就指出《寒夜》里陀

---

① 所静：《挣扎在寒夜中的职业女性——曾树生形象的再认识》，《天津大学学报》1999年第3期。

② 陈则光：《一曲感人肺腑的哀歌——读巴金的中篇小说〈寒夜〉》，《文学评论》1981年第1期；陈培爱：《巴金〈寒夜〉中的汪文宣形象》，《厦门大学学报》1982年增刊《文学专号》；汪应果：《巴金论》，上海文艺出版社，1985年。

③ 唐小兵：《英雄与凡人的时代：解读20世纪》，上海文艺出版社，2001年，第75页。

④ 陈少华：《二项冲突中的毁灭——〈寒夜〉中汪文宣症状的解读》，《文学评论》2002年第2期。

⑤ 王军：《面对〈寒夜〉：一种性别关系的研究》，《江西社会科学》2002年第9期。

⑥ 彭光源、雷华：《不和谐生命音乐流程的中止号——论巴金〈寒夜〉汪文宣悲剧的缘由》，《东北大学学报》2008年第1期。

思妥益夫斯基的人物影子，之后由于多种因素，《寒夜》与外国文学的关系较少触及。近40年后，汪应果再次旧话重提，他以巴金三读契诃夫为据印证巴金与俄苏文学的精神联系。他说："契诃夫的风格得到最好的借鉴的，是在巴金创作的第二高峰——《寒夜》之中。这绝不单单是因为《寒夜》里的主人公汪文宣会令人想起契诃夫的小说《一个小公务员的死》里的切尔维亚科夫；更重要的是通过《寒夜》，证明了巴金已很好地掌握了这种自果戈里开始、由陀思妥耶夫斯基所发展、继而由契诃夫做了光辉总结的现实主义的创作方法。"他还认为："《寒夜》里自然也鸣响着其它的多种声部。托尔斯泰的'心灵辩证法'，屠格涅夫对女性心理的出色描写，赫尔岑的'心理病理学的故事'……都极其和谐地融合在大后方重庆这一四口之家的悲惨生活之中了。"[①]虽然限于篇幅，论者没有对此展开充分论述，但这一视野仍很快为接受者所认同，亦生成人所公知的既定视野。随后，高利克将《寒夜》放在西方文学的背景下予以阐释："我们不妨指出，在《寒夜》与西方文学的接受——创造轴向上，《寒夜》与《快乐王子》的关系远不如它与《瑟蕾丝·拉奎因》那样富于张力，王尔德童话中'寒夜'的氛围完全适用于巴金的意图，他只需再根据自己艺术设计的要求对燕子的意象做一些调整就行了。在《寒夜》与西方文学作品之间创造的否定轴向上，《寒夜》既表现了对西方文学作品的'战胜'同时又保留了后者的积极因素，并在一个新的文学语境或文学结构中对它们作了成功的修改。"[②]视野开阔，富有启迪。此外，也有接受者将《寒夜》与日本作家二叶亭四迷的代表作《浮云》相比，从男女主人公的形象塑造与对比中，分析他们的共通之处，认为，内海文三和汪文宣展示了一种灰色的人生哲学，阿势和曾树生走的都是一条既毁灭别人也毁灭自己的道路。相似的时代背景，相同的现实主义创作原则是两部作品存在诸多相似之处的原因。[③]

---

① 汪应果：《巴金：心在燃烧》，见曾逸主编：《走向世界文学——中国现代作家与外国文学》，湖南人民出版社，1986年，第273—276页。

② [斯洛伐克]马立安·高利克：《巴金的〈寒夜〉：与左拉和王尔德的文学关系》，见马立安·高利克著，伍晓明、张文定等译：《中西文学关系的里程碑(1898—1979)》，北京大学出版社，1990年，第223页。

③ 刘鹤岩：《〈浮云〉与〈寒夜〉之比较》，《东北亚论坛》1995年第1期。

或者以米兰·昆德拉的《生活在别处》和巴金的《寒夜》为例，将个人的、本能的、非理性的、潜意识的东西放在不同的文化背景下去考察，从一个广阔的视角，辨析出相同的文学母题在不同文化环境下的不同变种并分析其悲剧原因。[①] 但大体而言，也多限于比较之异同而无更深层次的推进。

4. 对巴金创作困惑的思考。《寒夜》是巴金以家庭为题材创作的又一作品，但却与《家》明显不同，为什么会如此？二者之间是否存在着矛盾与困惑？李今发现，“这里的巴金已不像写作《家》时那样单纯和绝对，从他对汪母与曾树生这两个复杂形象的微妙把握中，我们可以感受到巴金对她们所代表的文化背景有了更为丰富多侧面的了解和领悟。”因为此时的巴金“既不能以现存道德的原则去否认个人争取幸福的权力，也不能以未来人类所有的争取个人幸福的权力来完全否认现存社会的种种复杂关系对于个人权利的某些束缚和侵犯，在这种深重的矛盾中，有着一切伟大的人道主义者在现实生活中无法彻底贯彻自己的理想信念和不可克服的痛苦”。[②] 王建平则定言，二者并没有根本的区别，“因为家庭结构的实质没有变，《寒夜》里所提出的仍然是‘走’出家庭的问题。《寒夜》与《家》所存在的内在的一致性与延续性，正内孕着‘历史循环’的时代悲剧内容；这是巴金痛苦而又深刻的‘发现’”。但是，“这里的关键是，作家已经失去了《家》的时代觉慧式的自信：‘走’出‘家’之后必是一片光明。现实生活早已昭示作家：曾树生在挣脱了旧家庭的桎梏后，又落入了金钱世界的陷阱。理想主义者的巴金永远追求‘人性’的真正解放：既摆脱封建家庭（以及封建旧文化）的束缚，又摆脱资本主义金钱关系（以及资本主义文化）的束缚，他于是陷入了深刻的矛盾与痛苦中。”[③]宋剑华并不认同：“《寒夜》则更是从家族文化叙事直接转向了家庭生活叙事，生动揭示了由家庭内部冲突所引起的人格弱点与命运悲剧，

---

① 王敬艳、张蓉：《不同文化生存背景下的畸形母爱——关于〈生活在别处〉与〈寒夜〉的比较》，《西南民族学院》2003 年第 3 期。

② 李今：《巴金在家庭题材小说中的两难境地》，见谭格非主编：《巴金与中西文化——巴金国际学术研讨会论文集》，四川大学出版社，1992 年，第 265—267 页。

③ 王建平：《重读〈寒夜〉》，《中国现代文学研究丛刊》1990 年第 1 期。

家庭'伦理'与政治'强权'又直接影射着'家国'文化的历史渊源和背景关系。如此明确的创作意图,恰恰是真实巴金的自我展示。""毫无疑问,家庭'权力'与社会'权力'、家庭'自由'与社会'自由',都是无政府主义者巴金本人的思考对象;而以家庭'权力'去影射社会'权力"又是《寒夜》创作的真正用意。""我们从《寒夜》中也发现了巴金思想的巨大矛盾:如果说曾树生的生命强悍,是象征着'现代'对于'传统'的终极取代;那么汪小宣的生命退化,不正是由这种'强悍'生命所哺育出来的畸形产物吗?"汪文宣"与曾树生构成了巴金思想的深刻矛盾性:'生'与'死'都只能是在茫茫'寒夜'中的灵魂对话,而'寒冷'与'黑暗'又是一切反抗者精神世界的苦闷象征!"[①]自成一家之说。

综上,1979—2009年的《寒夜》接受在完成了定位任务之后开始了拓进的历程,在文本主题及其寓意的挖掘上,在对汪文宣与曾树的理解上,在比较视阈的开拓上,以及以巴金创作困惑的思考上,都显示了接受者对《寒夜》的睿智思考。但是,这其中的不平衡也是显在的。例如,在文本主题及其寓意的挖掘上最见深度,唐小兵的解读与周立民的具体化都给人以思考,亦令人信服。而在人物的理解上,则多纠缠于曾树生、汪文宣是什么而较少思虑为什么。比较视阈原本是一个最具阐释力的接受场阈,但实际的情形却令人感到遗憾,目前的介入虽也触及到《寒夜》的影响渊源,但无论宏观把握还是微观探析都与《寒夜》所具有的世界因素相去甚远。而对于巴金创作意图的探析包含着对《寒夜》艺术深度的探寻,现有的接受视野多将《寒夜》与《家》进行比较,虽然也有其道理,亦可视为一家之言,但单一的参照系还是难以取得实质的突破。就接受环链而言,除人物形象的视阈形成接受链并清晰可见其接受渐进的轨迹外,其他视野多为接受者自言自语,极少形成发散力,个别极具张力的视阈亦无人呼应,有序深化与拓进的历史使命仍重任在肩。就接受场阈而言,单向有余而宽广不足,特别是比较视阈的开拓更期待着来者勤奋拓新,文本意义潜势的再敞开也期待着来

---

① 宋剑华:《〈寒夜〉:巴金精神世界的苦闷象征》,《文学欣赏》2009年第10期。

者不断超越。因为《寒夜》毕竟是“步入世界文学宝库而毫无愧色”的优秀作品，[①]我们有理由对此充满期待。

（《你是谁：巴金研究集刊卷八》，上海三联书店，2013 年）

① 秦弓：《荆棘上的生命——20 世纪三四十年代中国小说叙事》，春风文艺出版社，2002 年，第 108 页。

汪文宣的生活困境

——从经济因素的角度解读《寒夜》

谢君兰

《寒夜》作为巴金小说艺术成就的最后一个高峰，男主人公“汪文宣”形象的塑造功不可没：其具有一定的学历和文化背景，曾有过进行“乡村教育”的理想抱负，抗战时期却只能守在重庆，于公司和家庭的双重夹缝中苦苦求生存。他一边在公司底层干着毫无意义的文字校对工作，仰仗着领导的脸色生活，受到公司同事的排挤；一边夹在母亲与妻子之间，面对她们日益激化的尖锐矛盾而无力化解，最终不敌人生压力的逼迫，得肺病惨死。巴金通过描写他的悲惨遭遇，勾勒出抗日战争时期国统区人们生活的无望，从现实主义的层面控诉当时时局的黑暗与混乱。

在文中人们可以看到，让汪文宣逐步走向绝境的因素是其生活的困顿——在这里，“生活”不同于单纯意义的“生存”——后者只满足人对吃喝的基本生物需求，而前者还包括了一种超越于物质之外的精神需求，因此“生活”具有了精神与物质的双重意义。而对于汪文宣而言，其生活的困境，人生的逐步幻灭，则恰是来自于这两个层面的失落。具体说来，一是薪金收入让他无力支撑起家庭的重担，激化了家里的婆媳矛盾，也逼死了自己；二是理想的无法实现，让他在精神上无所依托。而造成这种困境的原因，除了汪文宣自己的性格因素之外，很大程度上是由时代背景造成的，其中经济的影响力绝对是一个很重要的方面。作为一部现实主义作品，《寒夜》故事架构的背景有很强的即时性与现实性，因此通过对当时经济因素的详细分析，透过对小知识分子们生活状态的了解，我们可以对“汪文宣”的遭遇有一种更为直观的理解。

一

在《寒夜》里，汪文宣是一个悲剧性的人物，他在“对外”的社会关系与“对内”的家庭关系里都扮演着近似于“鸡肋”或“废物”的角色。而这种人生的挫败感在很大程度上是由经济因素造成的，这主要包括了三个层面：第一个层面是宏观的社会经济背景：抗战时期国统区的恶性通货膨胀严重影响了人们生活的质量，成为所有人生活水平下降最重要的原因；第二个层面涉及到其家庭：妻子曾树生在外面“有人”是造成汪家关系不和睦的重要因子。这个他妻子的爱慕者，有钱的“陈主任”也给汪文宣带来了无形的经济压力——而陈主任的阔绰则与战时的“新暴发户”——投机者的崛起有关；第三个层面则来自汪文宣自身：战时国家启动应急政策，强化工业发展，相对无暇顾及文化教育方面，汪文宣这类小知识分子的经济价值遭到贬低，让他们从心理上丧失了一种“身份认同感”。这三层经济因素，分别从社会背景、家庭原因和自身角色的定位三方面严重挫败了汪文宣在现实生活中的成就感。对此我们可以一一进行分析：

文中有几处对汪文宣经济状况的描写让人印象深刻，一是他的月薪，当他因病吐血，无法支撑着工作下去，想请半天假并预支一个月的薪水时，刻薄的周主任只准了他半月。“他没有第二句话说，只好忍羞到会计科去支了三千五百元”[①]。也就说他的月薪是7000元。如果读者对这一当时的收入数据不敏感的话，那么巴金在文中给大家展示了一处细节对比，即汪文宣母亲对洗衣费的抱怨，文中汪文宣曾三次要求自己的母亲不要太操劳。第一次母亲回应说：“包月费要八百元一个月，太贵了！”[②]过段时间又说：“外面大娘洗，你知道要多少钱一个月！……一千四百元，差不多又涨了一倍了。”[③]第三次她说：“可是洗衣服大娘又涨价了……从过年到现在物价不知涨了多少，收入却不见增加。我有什么办法！”[④]汪文宣月薪的微薄与家里日渐高涨的开销的对比，反映了当时恶性的通货膨胀对人们生活质量的严重影响。

抗战爆发后，随着主要通商口岸和东部沿海、沿江工业地区的沦陷，国民党政府的税源严重受损，加上随着战争扩大而日益加重的军费支出，国家财政入不敷出，只好采用不断增加通货发行的手段来填补银行贷款，弥补各年的财政赤字，“法币增加占银行财政垫款的比例是，1937年占25％，1938年占66.6％，1939年占86.9％，1940年占94.7％，1943年为100％，1946年降为80.8％。形成财政赤字——银行垫款——增发货币的恶性循环”[⑤]特别是在1940年后，随着太平洋战争的爆发与国内抗战的持续扩大，国统区在日军的封锁下基本断绝了对外交通，在无法获得外界有效物质援助的情况下，更是有增无减地发行纸币。过多的货币在市场当中流通，就造成了恶性的通货膨胀，让西南国统区的物价似脱缰野马一般，直线飙升。“1942年1月至1943年9月，重庆一般物价全期上涨495％，每月平均上涨23.57％；米价上涨435％，月平均上涨20.71％；……原材料上涨460％，月平均上涨21.91％；日用工业品价格上涨557％，月平均上涨26.52％。到1945年6月底时，重庆主要商品批发物价上涨达1533倍。

---

① 巴金，《寒夜》，《巴金小说名篇》，时代文艺出版社，2010年，第174页。

② 同上书，第175页。

③ 同上书，第230页。

④ 同上书，第239页。

⑤ 虞宝棠编：《国民政府与民国经济》，华东师范大学出版社，1998年，第384页。

这一状况，在西南其它地区也大体相同。”[①]物价增长如此之快，工资增长速度却远远赶不上，因此造成了人民实际收入的猛降。“民国三十三年4月，国民政府社会部对四川、成都、乐山、重庆、自流井、万县、内江6个城市的非工业劳动者的生活费和实际收入进行了调查比较……成都比战前减少2.8%，乐山减少29.7%，重庆减少34.2%，自流井减少40%，万县减少52.1%，内江减少58.4%。”[②]从这样的数据中我们就不难理解，为什么汪文宣一个月的收入只能抵得上9到5个月洗衣费。这种惨况其实很真实地反映出了当时人民普遍具有的经济窘境。

如果说恶性通货膨胀只是作为当时所有人民生活无保障的经济背景而存在，是所有家庭不稳定的普遍因素，那么作为汪家来说，其妻子曾树生的爱慕者，她的上司“陈主任”的热烈追求，则是造成汪家不稳定的一个特殊原因。陈主任经济上的阔绰是寒酸的汪文宣所无法比拟的，他能给予曾树生的物质幸福感也是他无法办到的，这给汪文宣造成了很大的经济压力。《寒夜》里曾多次描写到这样的细节对比：陈主任与曾树生一起散步时，穿着从“加尔各答带回来的新大衣”，而汪文宣的汗衣短裤却“破到实在不像话”；陈主任能随意带曾树生进出咖啡店和饭店进行高档消费，汪文宣却连一块奶油蛋糕都买不起；陈主任在危机时刻，能搞到飞往兰州避难的机票，带曾树生远走高飞，汪文宣却因付不起治疗肺病的钱而只能在家等死……种种情形表明，陈主任凭借经济力量给曾树生带来了前所未有的物质满足感和安全感，这些都是汪文宣无力做到的，他自知无法与陈主任进行竞争，但是他又真心爱着曾树生，想让她过得更好更幸福，所以只能选择默默让曾树生离开。

但是我们不仅要问，作为一家银行的中层职员，陈主任即使能升职做到“经理”，其薪金也不会优厚到能带给曾树生这样安稳富足的生活，那么他的阔绰是从何而来的呢？《寒夜》从侧面给了我们一个答案：当汪文宣为没钱治病犯愁

---

① 周天豹、凌承学主编：《抗战时期西南经济发展概述》，西南师范大学出版社，1988年，第130页。

② 张公权：《中国通货膨胀史》，文史资料出版社，1986年，第43、44页。

时，“（曾树生）想起了陈主任刚才对她讲的那句话：‘我们搭伙做的那批生意已经赚了不少。’她有办法了。她含笑地加一句：‘你只管放心养病，钱绝不成问题。’”[①]那么他们做的是什么生意呢？巴金再次告诉我们：“（曾树生）当然不会辞职……她这两个月还同陈主任搭伙在做囤积的生意。”[②]——“囤积”是什么？“囤积”意味着用存下来的货物做投机倒把的生意以谋取暴利，发国难财。

抗战后期的国统区，因为日军的封锁，几乎切断了与外界的联系，导致内部物资匮乏。这是造成通货膨胀的因素之一，同时也为一些人谋求经济利益提供了可乘之机：以 1938 年实际收益指数 100 为标准，投机活动者历年来的收益指数分别是：1937 年 29，1939 年 397，1940 年 808，1941 年 550，1942 年 720，1943 年 263。（与之相对比，农业生产者历年来的数据则分别是：1938 年 100，1939 年 61，1940 年 92，1941 年 109，1942 年 132，1943 年 124。）[③]这一显著差异告诉我们，这些从事商品投机的人们维持和提高实际收入的能力远大于其他社会角色。而陈主任就是这些众多投机者中的一位，赚钱的手段自然比汪文宣高出了许多倍。不仅如此，作为银行的中层者，他还有获取“投资本金”的办法，“许多投机者的投机本钱是由银行来的，而银行所收的利息是大大低于商品价格水平的上涨的。投机者用这种手段，牺牲整个社会的利益，以牟取其实际收入的增长。”[④]陈主任作为银行系统中有实权的领导阶层，自然有进行贷款的便捷途径。这一身份背景为他带来了更为快捷的牟利方式。于是，作为其爱慕对象的曾树生也连带成为了利益的受惠者。他们作为国难阶段“新的暴发户”中的一种，属于当时社会的主要受益者这个群体。从这个角度来说，光是靠微薄而固定的薪金艰难维持生存的汪文宣，并没有任何经济实力能与陈主任进行抗衡，无法从经济层面上拉回曾树生逐渐想要离开的心。

---

① 巴金：《寒夜》，《巴金小说名篇》，时代文艺出版社，2010 年，第 181 页。

② 同上书，第 201 页。

③ 引自《重庆从事各种不同经济活动的每人实际收益的差异情况表》，张公权：《中国通货膨胀史》，文史资料出版社，1986 年，第 40 页。

④ 张公权：《中国通货膨胀史》，文史资料出版社，1986 年，第 42 页。

以上两个外在因素固然重要，但是作为汪文宣自身来讲，其现实的经济挫败感还与自己的社会角色在当时所处的社会位置有很大关系。当时工作在基层的小知识分子，经济地位已然沦落到与工农阶层大致等同，甚至更差的地步，这必将导致这一群体"身份认同感"的丧失。对汪文宣来说，这也是产生挫败感的一种隐形原因。而这种状况的产生，则与非常时期国家将精力放在后方物质给养上，更注重工业发展，而小知识分子受到相对冷落待遇的特殊经济背景有关。正如《寒夜》中描述的那样，当（汪文宣的）一个同事去找他（公司周主任），谈起加薪的问题，这样说：目前这点薪金实在不够维持生活，尤其是低级职员，苦得很。其主任生气地高声答道："公家的事，这有什么办法？他们不在我这儿做事，也得吃饭啊！"[①]这段对话反应出了当时这一群体谋求生活的不易。而且我们还可以通过一些数据的比对更直观得了解到，当时的小知识分子们是怎样在一种"身价"的急剧贬值中丧失自我身份认同感的：

随着抗战的深入，国家危机的加重，国民党的国家政策越来越倾向于经济，到民国三十一年国民政府颁布"国家总动员法"时达到最高峰——其总共有 32 条，但除了有两条是关于文化方面外，其余的均为经济政策。"此为中国经济变成战时经济之最高程度之表现。即依据此国家总动员法令，凡国家一切经济之要素如物质资源，劳力资源技术资源及资本等均需应国家之需要而集中于战争之用途。"[②]

由此可见，一切有利于抗战胜利的因素都将优先得到考虑与发展。这种应急措施的启动使得社会资源在一定程度上进行了重新整合，而这种整合势必会引起一些社会成员身份系统的变化——因为身份系统的基本功能，是"对社会成员所处的位置和角色进行类别区分（category），通过赋予不同类别及角色以

① 巴金：《寒夜》，《巴金小说名篇》，时代文艺出版社，2010 年，第 83 页。

② 徐性初：《我国后方之战时经济》，朱斯煌主编：《民国经济史》，银行学会编印，民国三十七年一月初版，第 437—438 页。

不同的权利、责任和义务，在群体的公共生活中形成‘支配——服从’的社会秩序。”[①]所以在应国家紧急需求的时候，某些社会角色的责任与义务相对稳定时期发生了较大转变，于是其作为社会成员的位置也会相应地发生变动。在这种变动里，经济利益的重新分配成为了表现之一。

抗战后期，我们可以看到，虽然后方人民的生活水平均在下降，但是下降幅度却各有不同：以重庆市各业人员实际薪金和工资指数为例，如果以民国二十六年为标准指数 100 的话，“到民国三十二年各业人员薪金和工资指数：公务员为 10，教师为 17，一般工人为 74，产业工人为 69，农业劳动者为 58，分别下降 90％、83％、43％、31％、42％”[②]从这一数据我们可以看出：公务员、教师这类小知识分子的收入，比起工农业生产者还要不稳定得多，处于经济收入下降范围最大的群体。他们这类曾标志着经济稳定和较高社会地位的薪金收入者，“在战争期间竟成了一个被压迫阶层……和其他工资收入者，陷入一种远比十九世纪三十年代世界经济大萧条时期更为悲惨的境地。”[③]

抛开通货膨胀的因素，笔者认为产生这种经济现象的原因还在于，在战时国家政策的引导下，工业得到重视和发展，文化教育等不能对抗战起到立竿见影作用的社会职能被弱化。相应地，在这一职能范畴发挥主要作用的社会成员——即基层的小知识分子群体，其社会身份系统也就随之发生了改变，因为他们在非常时期参与国家建设的作用性暂时降低，因此就流动到了相对弱势的社会身份位置上去，产生了一种“错位”现象。而经济收入，作为其身份位置的表现方式之一，也就随着位置的降低而骤然减少了。

我们知道，中国知识分子，作为思想与知识的持有者，一直都通过各种形式参与到国家建设中来，也一直具有一种神圣的国家责任感，并自觉履行推进国家建设的道德义务。特别是五四新文化运动之后，面对国人的落后愚昧，他们

---

① 张静主编：《身份认同研究：观念、态度、理据：idea，attitude，justification》，上海人民出版社，2006 年，第 3 页。

② 史仲文、胡晓林主编：《中国全史》，人民出版社，1994 年，第 19 卷《民国经济史》第 166 页。

③ 张公权：《中国通货膨胀史》，文史资料出版社，1986 年，第 43、44 页。

更是在“启蒙”的文化口号中，担负起了“唤醒民众”的责任。从另一方面来说，也反映出了大众普遍认同的知识分子群体的社会职能和位置——他们是思想的引导者，因掌握知识而具有较高的社会地位，工人与农民这批中国最庞大的社会群体，是他们力图改造的对象。而在抗战期间，工作在基层的这批知识分子们，经济收入稳定性尚不及其“改造对象”的事实，意味着他们历来较高的“社会身份”遭到了贬低，这是一种反映在经济上的精神打击，让他们从心理上丧失了一种惯有的“社会身份认同感”。

所以对汪文宣来说，他不能鼓起勇气离开现有职位谋求更有意义的新生活，因为他知道就他已有的知识文化和身份背景，他一来没有经济基础和途径从事投机活动，二来放不下“读书人”的身份从事工农业，三来在自我能胜任的工作范畴内，岗位又因为国家需求量的减少而谋求困难。他清楚自己一离职就等于走投无路，所以为了维持在非常时期的基本生存，他不得不忍着内心的痛苦，受着无聊的煎熬，而对上级的压迫、同事的排挤忍气吞声。他对环境的忍耐和顺从，除了其自身性格因素外，他所在社会群体的“错位”而导致的心理压力也是一个很大的原因。

二

从另一个方面来说，如果人有自己坚定的精神信仰，生存再痛苦，也会从现实里衍生出一些希望和慰藉的力量。所以汪文宣生活痛苦的来源，不仅仅是现实作为的无力，还有人生理想的幻灭。关于其理想，文中提到过几次。一次是他和曾树生的对话：

> “……从前在上海的时候我们做梦也想不到会过今天这样的生活。那个时候我们脑子里满是理想，我们的教育事业，我们的乡村化、家庭化的学堂。”他做梦似地微微一笑……“从前的事真像是一场梦。我们有理想，也有为理想工作的勇气……”她

说。余音相当长,这几句话显然是从她的心里吐出来的。[①]

还有一次是他在病中的幻想:

"那个时候我多傻,我一直想着自己办一个理想中学。"他又带着苦笑地想。他的眼前仿佛现出一些青年的脸孔,活泼、勇敢、带着希望。他们对着他感激地笑。[②]

可见汪文宣和曾树生在尚年轻的时候[③],都立志进行"乡村教育"。他们希望通过参与教育活动,提升农民素质,实现自我人生的价值。而这批小知识分子的理想背景是有现实经济依据可寻的,同时事实也将告诉我们,这样的理想在当时难以实现:其一是因为乡村建设运动的改良性质,其二是因为抗战后期农村经济的日益恶化。

民国经济发展的高峰期是在民国十七年到二十六年之间(1929—1938),"在这个时期,由于南京国民政府初步完成了全国的统一,中国社会进入到了一个相对稳定的时期,中国经济进一步卷入了世界经济的潮流,经济发展呈螺旋式上升状态,到民国二十六年上半年,中国近代经济发展达到了民国时期最高峰"[④]。但在发展趋势总体向上的形势下,不同类别的经济却发展极为不平衡——相对工业的迅速崛起,中国的农村经济仍然低迷不已,"民国十六年至二十六年这段时期,农村经济呈徘徊不前状态,主要表现为农业生产的停滞。"[⑤]

面对农村日益凋敝的恶况,在20世纪30年代,中国知识分子曾就中国经济发展道路问题提出过"以农立国论",在这一基础思想的领导下,一些社会团体和人士确实围绕着农村和农民问题,尝试通过各种方法或途径来对其进行改

① 巴金:《寒夜》,《巴金小说名篇》,时代文艺出版社,2010年,第85页。

② 同上书,第219页。

③ 本文的时间背景是1944—1946年,曾树生与汪文宣皆34岁,往前推10年左右,正是他们20出头,风华正茂,满怀抱负的人生阶段。

④ 史仲文、胡晓林主编:《中国全史》,人民出版社,1994年,第19卷《民国经济史》,第5页。

⑤ 同上书,第109页。

良。其中以梁漱溟的“乡村建设派”和晏阳初的“平民教育派”所进行的乡村建设运动最富有代表性。且两者在指导性思想上有些共通之处。梁漱溟提出的经济建设的“方针路线”是:“散漫的农民,经知识分子领导,逐渐联合起来为经济上的自卫与自立……”[①];而晏阳初则强调“因为问题既在人的身上,所以从事‘人的改造’的教育工作,成为解决中国整个社会问题的根本关键。”[②]由此可见,他们除了力图挽救中国农村的落后,改变农民的愚昧麻木之外,还都确立了知识分子的领导地位。这是一种微妙的心理映射,他们既希望通过改造农民,让国家逐渐强大起来,同时也在改造别人的过程中实现了自我人生的崇高价值,获得一种知识分子向来希冀的自我心理满足感。这也是为什么汪文宣在想到理想时,会有一种梦幻般的憧憬感,会产生他的教育对象们“对着他感激地笑”的幻象的原因。这种笑容里的“感激”因素,实是对其人生意义的一种肯定——而汪文宣的人生太需要这种肯定。

但总的说来,他的理想却并不能在现实中得以最终实现。一方面是这场运动的基本性质,这是“一场社会改良运动,即在维护现有社会制度和秩序的前提下,采用和平的方法,通过兴办教育、改良农业、流通金融、提倡合作、改善公共卫生和移风易俗等措施,以复兴日趋衰落的农村经济,实现所谓‘民族再造’或‘民族自救’。”[③]因为它没有触及到当时中国半殖民地半封建的社会性质,所以它“没能也不可能解决外国农产品的大量倾销、土地分配不均和农民负担过于沉重这三个问题,他复兴农村经济的目的自然也就无法实现”。[④]所以,乡村建设运动轰轰烈烈开展过几年之后,就因为难以贯彻实施而偃旗息鼓。也就是说,即使汪文宣与曾树生能在20出头的时候怀揣理想深入农村普及基础教育,即使他们能暂时取得一些教书育人的成就感,但也无法避免这种依附在“农业

---

① 梁漱溟:《乡村建设理论》,《梁漱溟全集》第2卷,山东人民出版社,1990年,第495—496页,转引自郑大华:《民国思想史论》,社会科学文献出版社,2006年,第360页。

② 晏阳初:《十年来的中国乡村建设》,《晏阳初全集》第1卷,第561页,转引自自郑大华著:《民国思想史论》,第360页。

③ 郑大华:《民国思想史论》,社会科学文献出版社,2006年,第425页。

④ 同上书,第437页。

立国”改良论调上的理想幻灭。

此外，当时农村经济的日益恶化，也是其理想无法实施的一个重要原因。中国农业在战前本就已呈凋零之态，在战时更是陷入雪上加霜的境地。“据1938年国民政府农本局报告，当年全国各类农作物产量与战前相比，普遍下降，其中稻谷产量只及1936年的81%、小麦45%、大麦58%、小米20%、大豆34%、高粱23%、甘薯26%、棉花27%、烟草69%。”[①]虽然国家曾采取一些如调整农业机构、垦荒拓地、推广良种、兴修水利等积极措施来改善状况，但是并未在大范围内产生明显作用，农村土地兼并现象日益严重，“1940年一则统计，四川全省79.07%的耕地集中在占人口8.6%的地主手中，特别是土地肥沃的地区，比例更高”[②]。同时，农民面临的苛捐杂税也不断增多，特别是地主将“田赋征实”的土地税转嫁到农民身上之后，“1943年，四川成都一带普遍将租额增加到正产物收获量的九成八成。有些地方的地租甚至超过正产物收获量的。佃农不得不另买谷子来交租”[③]，此外，农民们还要受到高利贷的盘剥，生存可谓举步维艰。在这样的农村经济状况下，国民政府虽然也在推行教育事业，并且还顶住压力进行中小学免费义务教育，但一方面因为农民被经济重压所摧残，连温饱问题也难以得到解决，并没有心思进行自我扫盲教育；另一方面也因为地方办事不力，教育经费遭到层层盘剥，学校难以为继，所以教育事业的推行实则收效甚微。所以即使汪文宣“乡村教育”的崇高理想能排除万难付诸实践，他也很快会在实际操作中受到打击，也会对最后的结果大失所望。在当时，这样的理想只适合当作一腔抱负深埋在心中，在他偶尔对人生还有憧憬时，拿出来聊以慰藉。

由此可见，在汪文宣最后几年的人生中，来自各方面的经济因素压垮了他

---

① 中国农村经济研究会编：《抗战中的中国农村动态》，新知识书店，1939年，第222—224页，转引自虞宝棠编：《国民政府与民国经济》，华东师范大学出版社，1998年，第321页。

② 郭汉鸣：《四川租佃问题》，商务书馆，1944年，第12—19页，转引自虞宝棠编：《国民政府与民国经济》，华东师范大学出版社，1998年，第326页。

③ 虞宝棠编：《国民政府与民国经济》，华东师范大学出版社，1998年，第337页。

的现实生活与精神理想。当曾树生警觉地自问自答到:“这种生活究竟给了我什么呢?我得到什么满足么?”“没有!不论是精神上,物质上,我没有得到一点满足”[①]时,她终于鼓起勇气,依附于陈主任远走高飞奔向新生活,而同样有此人生疑问和痛苦的汪文宣,却只能困在灰暗的境地中无力挣扎。也许汪文宣换一个时代背景能活得更为光明向上,但可惜他处在三四十年代的中国国统区,面对通货膨胀、农村凋敝、投机倒把、小知识分子的价值贬低等种种经济问题束手无策。于是他只能背负着重重经济枷锁,拖着迟缓而不甘的步子走向死亡,这样的姿态,恰反映了小知识分子们所面临的时代困惑。它在某种程度上像一个巨大的金钱问号,留在巴金的笔下,也留存在了当时无望者的心中。

(《你是谁:巴金研究集刊卷八》)

① 巴金:《寒夜》,《巴金小说名篇》,时代文艺出版社,2010年,第184页。

光背后的阴影

——《寒夜》和《金锁记》中的「光」意象比较

黎保荣　梁德欣

何谓意象？“意象即是景”，是作者的情意和客观的物象融合而以文字描绘出来的图景[①]。巴金的《寒夜》和张爱玲的《金锁记》这两部作品里面就有各种各样的意象，如《寒夜》中的“寒夜”意象，《金锁记》中的“镜子”、“月亮”等意象。我们对这两部作品中的“光”意象较为关注。《寒夜》是巴金后期创作的一部非常具有代表性的作品，余思牧称《寒夜》是中国现代文学史上不可多得的一部美文[②]。《寒夜》中“光”的意象有：灯光、烛光、手电光、阳光、眼光，其中描写次数较多的是灯光和烛光，灯光有28处之多，烛光有九处。《金锁记》是张爱玲的代表

① 朱光潜：《朱光潜全集》第3卷，安徽教育出版社，1987年。

② 余思牧：《作家巴金》，香港利文出版社，2006年。

作之一，夏志清称其为“中国从古以来最伟大的中篇小说”[①]。“光”在《金锁记》中出现了19次，尤以“月光”出现最多，有五处。

一般来说，光是光明、希望的象征，暗淡的光则暗喻着失望、痛苦的心态以及希望的渺茫，无光的世界则是一片黑暗，让人觉得无比压抑和无限绝望。“光”意象在《寒夜》和《金锁记》这两部小说中反复出现，但大都是暗淡的光，它们或是昏黄的光，或是微光，从而奠定了小说悲凉的基调，揭示了无光的家庭关系、人物的悲剧命运以及黑暗的生存环境和人物灰色的心灵世界。

一、反衬了无光的家庭关系

灰黄的光既渲染了阴郁凄凉的氛围又给人带来寒意，更衬托了无光的家庭关系。在《寒夜》中，“母亲从小屋走出来，扭开了这间屋子的电灯，又是使人心烦的灰黄光。‘啊，你还没走？’母亲故意对她发出这句问话”[②]。汪母跟树生总是争吵，谁也不肯做出让步，这一次也不例外。其实树生并不想去赴陈主任的约，但是因为汪母不仅故意对她说“啊，你还没走？”[③]而且说“是给你们两个饯行罢”[④]，这些话深深地刺伤了她，因此树生为了做给汪母看，偏要去赴约。在这里，“灰黄光”这一意象象征了敏感和紧张的婆媳关系。

在中国古典诗歌中，经常有“寒灯”的意象，如“落叶他乡树，寒灯独夜人”，“愁病相怜，剔尽寒灯梦不成”等，这些诗歌描写的灯光都表现了诗人孤独、寒冷的心情[⑤]。在《寒夜》中也有这类灯光的描写，如：“‘为什么总是停电？’她烦躁地小声自语。没有人理她。在这个屋子里她是不被人重视的！她的孤独使她自

① 夏志清：《中国现代小说史》，复旦大学出版社，2005年。

② 巴金：《寒夜》，人民文学出版社，1983年，第101页。

③ 同上。

④ 同上。

⑤ 儒室灯堂：《烛光灯影里的古典诗》(2008—02—29)，[2010—02—22]。http://hi.baidu.com/wjjlms/blog/item/984c58b522bdcdce36d3cab4.html.

己害怕。她又转过身来迎接着电灯光。电灯光就跟病人的眼睛一样,它也不能给她的心添一点温暖。"[①]灯光本来是温馨的、给人带来温暖的,而这里所描写的灯光却是寒冷的。这里的"光"是病中的汪文宣的象征。树生与婆婆之间矛盾重重,因此她希望丈夫能解决这一矛盾,而汪文宣却永远只是敷衍,他无法解决母亲和妻子之间的矛盾,只会通过自责来平衡这种矛盾。如今汪文宣病在床上,这更增加了树生的孤独、寂寞之感,也使婆媳矛盾的解决变得没有可能。在这个家庭里,树生仿佛是一个透明人,没有人理她,她跟丈夫说话居然还受到汪母的干涉,而小宣对她也非常冷淡,甚至连丈夫文宣也在敷衍她。面对这样无光的家庭关系,面对这样无望的生活,树生再也受不了,因此她极力挣脱这个家庭的束缚,先后几次出走,最终选择离开这个家而去了兰州。

《金锁记》则通过明亮的光来反衬无光的夫妻关系。曹七巧被兄嫂当作物品卖给残疾的姜二爷当妻子,姜二爷患有"软骨症",是个仅仅有着繁殖功能的"没有生命的肉体"。七巧在姜家受尽侮辱,得不到应有的尊重与同情,丈夫也无法给她安慰,她只是被姜家买来当作繁殖后代的工具。当季泽在七巧面前怜悯他二哥时,"七巧道:'天哪,你没挨着他的肉,你不知道没病的身子是多好的……多好的……'她顺着椅子溜下去,蹲在地上,脸枕着袖子,听不见她哭,只看见发髻上插的风凉针,针头上的一粒钻石的光,闪闪掣动着。发髻的心子里扎着一小截粉红丝线,反映在金刚钻微红的光焰里。她的背影一挫一挫,俯伏了下去。她不像在哭,简直像在翻肠搅胃地呕吐"[②]。"钻石"的"光"在闪闪地掣动着,这柔和明亮的光生动地暗示了七巧和丈夫之间无光的夫妻关系和她对正常情欲的向往。

畸形的夫妻关系和压抑的情欲导致了七巧的疯狂以及她畸形的恋子情结,让婆媳之间产生了不可调和的矛盾。"月光里,她脚没有一点血色——青、绿、紫、冷去的尸身的颜色。她想死,她想死。她怕这月亮光,又不敢开灯。"[③]月光

① 巴金:《寒夜》,人民文学出版社,1983年,第150页。

② 张爱玲:《张爱玲典藏全集》第7卷,哈尔滨出版社,2003年,第10—11页。

③ 同上书,第32—33页。

本来是柔和温馨的，然而这里的月光却让芝寿感到害怕，这样的月光象征了七巧笼罩下疯狂恐怖的世界，反衬了无光的婆媳关系和无光的夫妻关系。在这个“丈夫不像丈夫，婆婆不像婆婆”[①]的世界里，长白对于七巧来说，既是儿子，又是情人。儿子刚新婚不久，七巧就让长白替她烧一夜的烟，让芝寿独守空房，甚至还盘问儿媳的不好之处，更甚的是她不仅把儿媳的隐私当众宣布以羞辱媳妇和亲家母，还给长白纳妾来进一步对芝寿的心灵进行摧残。而长白对于芝寿也有不满，不然也不会把妻子的秘密告诉母亲，取悦母亲。如此变态的母子关系、紧张的婆媳关系、不和的夫妻关系使芝寿无法忍受，以至恐惧和害怕得想死。她怕这种月光，但又不敢开灯，宁愿寂寞与黑暗，因为她缺乏安全感，害怕暴露在灯光下，害怕暴露在别人的嘲笑与疯狂的“光”中。

《寒夜》和《金锁记》中的“光”都反衬了无光的家庭关系，特别是紧张的婆媳关系。婆媳冲突是亘古不变的主题，如汉乐府长诗《孔雀东南飞》、曹禺的话剧《原野》等作品都以婆媳矛盾为主题，并且婆媳关系不和都是因为“恋子情结”。巴金的《寒夜》和张爱玲的《金锁记》也都主要是由于婆婆“恋子情结”的畸形心理而使婆媳关系紧张，这两部作品中的婆婆都认为媳妇抢了自己的儿子，并对媳妇进行攻击。在《寒夜》中汪母骂树生是“儿子的姘头”、“不守妇道”，甚至“比娼妓还不如”，在《金锁记》中，曹七巧则用疯子的语言来讥笑媳妇芝寿：“你新嫂子这两片嘴唇，切切倒有一大碟子”[②]，“见了白哥儿，她就得去上马桶！”[③]

其实，这两部作品中描写的婆媳关系一直处于僵化状态，有一个很重要的原因就是儿子（丈夫）的懦弱与无能。根据弗洛伊德“同性相斥”理论，婆媳这对非血缘的同性天然有一种排斥情绪，如若儿子（丈夫）这个中介善于调停斡旋，婆媳或许有和平共处的可能[④]。这两部作品的不同之处是，《寒夜》是通过灰黄

---

① 张爱玲：《张爱玲典藏全集》第 7 卷，哈尔滨出版社，2003 年，第 32 页。

② 同上书，第 29 页。

③ 同上书，第 30 页。

④ 康泳：《中国现代文学婆媳关系的叙事模式及其文化意味》，《云南民族大学学报》（哲学社会科学版）2005 年第 4 期。

或寒冷的灯光来反衬紧张的婆媳关系，而《金锁记》则通过月光来反衬曹七巧与芝寿之间的矛盾冲突。面对婆婆的讥笑与嘲讽，两部作品中的媳妇所表现的态度也有所不同，《寒夜》中的媳妇勇于反抗，《金锁记》中的媳妇则一味忍受，最终郁郁而终。

二、象征了人物的悲剧命运

《寒夜》和《金锁记》中的人物都有不同的人生轨迹，也有对光的不同感受，但都有相同的悲剧命运。他们背后的“光”就是其悲剧命运的象征。

在《寒夜》中，“昏黄的灯光，简陋的陈设，每件东西都发出冷气。突然间，不发出任何警告，电灯光灭了。眼前先是一下黑，然后从黑中泛出了捉摸不住的灰色光”①。这是树生走的前一天汪文宣眼中看到的“光”。树生就要走了，其实汪文宣很想恳求树生留下来，但因为他病得很严重，又失去了经济能力，而家庭的经济来源只能靠树生一人，因此他觉得他没权利也没理由要求树生留下。但树生一走，就把他们之前的共同理想、他们战前的教育事业计划、他们的爱全带走了。这昏黄的光让人觉得寒冷，并且出其不意地灭了，出现了让人无法捉摸的“灰色光”。这昏黄的“光”和灭了的“电灯光”不仅表现了环境的凄凉，还预示了汪文宣在抗战胜利的那一天死去的悲剧命运。

“她走得慢，然而脚步相当稳。只是走在这条阴暗的街上，她忽然想起了一种奇怪的感觉，她不时掉头朝街的两旁看，她担心那些摇颤的电石灯光会被寒风吹灭。夜实在太冷了。她需要温暖。”②这“摇颤的电石灯光”正是树生悲剧命运的象征。这个时候，树生的丈夫死了，儿子小宣和婆婆走了，如今只剩下她一人，孤零零地走在阴暗的街上，她不知道是否能够找回小宣，但就算找到也不能

---

① 巴金：《寒夜》，人民文学出版社，1983年，第179页。

② 同上书，第256页。

改变一切，因为丈夫死了已成事实，儿子对她是没有多少感情的，不会跟她走的，而对她恨之入骨的婆母就更不用说了，这一切都已无法改变了。她也不知道是否应回兰州答应另一个男人的要求，但答应又怎么样？她的命运还是像“摇颤的电石灯光”随时都会灭，因为那个男人只是看上了她的青春活力，当她美丽的容颜和青春已不在时，说不定就被甩掉了。因此不管她作出怎样的决定，她最终都逃不脱被毁灭的悲剧命运。

《金锁记》里面的“光”意象象征的也是女性的悲剧命运。长安决定退学之后看到的是“墨灰的天，几点疏星，模糊的缺月，像石印的图画，下面白云蒸腾，树顶上透出街灯淡淡的圆光”①。长安认为去学校读书是一件快乐的事，也是可以摆脱自己悲剧命运的机会，然而因为她总是在学校失落一些衣物，七巧就到学校大吵大闹，长安不想因为这样而使自己在同学老师面前丢了面子，因此她决定以一个“美丽而苍凉的手势”牺牲。然而从“淡淡的圆光”可以知道她的牺牲只是徒劳。天真的她还以为母亲会因为她的自愿牺牲而有所收敛，但实际上她的牺牲是无谓的，母亲并没有因为她的自愿牺牲而对她有所改变，还是残忍地、变态地一步步把她推进黑暗的囚牢。淡淡的光，象征着长安还有渺茫的希望，她的悲剧命运仍然在延续着。在这之后，长安有过一次爱情的喜悦，然而这快乐是短暂的，因为她的快乐受到母亲的妒忌。其实在母亲用恶毒的谎言来破坏她在童世舫心目中的“幽娴贞静的中国闺秀”形象时，她只要走下来为自己辩解，努力去争取幸福，还是有一丝希望的，然而她只是“悄悄地走下楼来，玄色花绣鞋与白丝袜停留在日色昏黄的楼梯上。停了一会儿，又上去了，一级一级，走进没有光的所在”②。长安走下楼时“昏黄的日色”显示出她心情的无比沉重，但她又一次自愿牺牲自己的幸福来服从母亲，与童世舫彻底断绝了关系。“没有光的所在”暗示了长安的悲剧命运，最终一步步走进了七巧笼罩下黑暗、恐怖的世界——这也是长安的最终归宿。

---

① 张爱玲：《张爱玲典藏全集》第7卷，哈尔滨出版社，2003年，第28页。

② 同上书，第43页。

同是描写人物的悲剧命运,《寒夜》是通过昏黄的、突然灭了的以及摇颤的电灯光来象征汪文宣的家庭,没有人在这个社会里能够摆脱悲剧的命运。而《金锁记》则是通过暗淡的街灯光和无光来昭示女性的悲剧命运。

三、揭示了黑暗的生存环境

《寒夜》开头就写到:"紧急警报发出后快半点钟了,天空里隐隐约约地响着飞机的声音,街上很静,没有一点亮光。"①这几句给我们展现了一幅战乱岁月中的沉闷、压抑、动荡不安的画面,飞机的声音、警报、空袭等都笼罩在人们的心头,使人们的生命受到威胁,街上一点亮光都没有则点出了这是一个黑暗无光的社会。具体到一个小家的生存环境,也是如此。汪文宣家的房间是一个永远被黑暗笼罩着的房屋,虽然点上烛光,但"烛光摇曳得厉害。屋子里到处都是黑影"②。摇曳昏暗的烛光营造了一个幽渺、朦胧的氛围,还是驱不走包围着他们的无边无际的黑暗,在这间阴暗的屋子里,他们看不见光明,看不到希望,因而时常感觉"屋子显得特别大(其实这是个不怎么大的房间),特别冷(虽然有阳光射进来,阳光却是多么的微弱)"③。在战争时期,汪文宣一家过着灰暗的生活,他们总是处于希望之中,可是又看不到希望,唯有期盼抗战能早日胜利和胜利后能过上好日子,但这个阴冷黑暗的社会使他们的希望变得十分渺茫。

在《金锁记》中,"七巧回到起坐间里,在烟榻上躺下了。屋里暗昏昏的,拉上了丝绒窗帘。时而窗户缝里漏了风进来,帘子动了,方在那墨绿小绒球底下毛茸茸地看见一点天色,除此只有烟灯和烧红的火炉微光。长安吃了吓,呆呆坐在火炉边一张凳上"④。房间里面暗昏昏的,只有一点点"微光",虽给人带来

---

① 巴金:《寒夜》,人民文学出版社,1983 年,第 1 页。

② 同上书,第 179 页。

③ 同上书,第 198 页。

④ 张爱玲:《张爱玲典藏全集》第 7 卷,哈尔滨出版社,2003 年,第 25—26 页。

一点希望,但同时又表明这点希望非常渺茫,长安注定无法摆脱被七巧统治的黑暗生活。为了面子,七巧把女儿送去学校,使长安看到了生活的希望,但女儿最终还是因为她而被迫退学。七巧总是打着怕女儿被骗的借口来干涉长安的生活,但其实是她自己害怕金钱被骗。在那个裹脚已经被废除的时代,她却硬逼女儿裹脚,使长安无论是在肉体上还是精神上都遭受着痛苦和压迫,可见被七巧笼罩的世界是多么恐怖。更甚的是在长安得到了一次幸福的爱情时,七巧却用谎言狠心地毁灭了女儿的幸福。长安一直生活在痛苦和不幸中,她的自由是被母亲控制的,她的幸福也是被母亲扼杀的,只要长安还生活在母亲统治的世界里,就永远也离不开黑暗。

四、揭秘了人物灰色的心灵世界

巴金在塑造人物时,非常注重揭秘人物的心灵世界,尤其善于通过“光”意象来反映人物灰色的心理。汪文宣永远都是一个老好人的形象,他善良而懦弱,对母亲和妻子的纷争,也没有很好的作为,有的只是自责。他永远带着病态的样子,如今病了,更加没有生气。汪母是一个“自私又顽固保守”的女人,由于守寡多年,她把全部的爱都放在了儿子身上,绝不允许别的女人跟她分享儿子的爱,因而树生的出现是她无法忍受的,树生就是她的敌人。在这个家里,丈夫胆小软弱、婆母又对她极端仇视,树生感受不到丝毫的温暖,只觉得“屋子里没有一点热气。永远是那种病态的黄色的电灯光,和那几样破旧的家具。他永远带着不死不活的样子。她受不了了!她觉得自己还是一个活人。她渴望看见一个活人”[①]。这病态的昏黄的电灯光正是树生无精打采的心理写照。

汪文宣梦见树生离开他了,凄惨地叫着她的名字从梦中醒来,“立刻用眼光

① 巴金:《寒夜》,人民文学出版社,1983年,第154页。

找寻她。门开着,电灯亮得可怕"[1]。房间里的灯光平时都是昏黄暗淡的,而意识到树生真的要离他而去的时候,汪文宣感觉昏黄暗淡的电灯光忽然亮得可怕,这突出表现了他害怕恐惧的心理。他意识到自己仍然十分爱树生,舍不得树生离开,他害怕树生此刻一走就再也不回来了。同时,这亮得十分可怕的灯光还反衬了树生的自私和残忍。此时汪文宣还在病中,而树生却为了所谓的自由,也是为了回避现实和逃避责任,决然地抛夫弃子,跟着陈主任到兰州去了。

张爱玲善于通过意象来表现人物的心灵世界,正如有的学者所言:"金锁"超越"金钱"与"物欲",泛指女性人格的缺陷;"金"是外表光辉灿烂的意思,"锁"是内心阴冷黑暗的象征;作者创作《金锁记》的主观动机,就是要揭示女性美丽外表遮蔽下的心理阴影。张爱玲敢于超越自身性别局限,让我们看到了女性灵魂世界的另一侧面——与男性文化(道德)"吃人"相对应的女性文化(性格)"杀人"[2]。在《金锁记》中,张爱玲就通过"光"的意象表现了七巧扭曲、阴暗的心理:"一点一点,月亮缓缓地从云里出来了,黑云底下透出一线炯炯的光,是面具底下的眼睛,天是无底洞的深青色。"[3]在这段描写中,"光"变成了"面具底下眼睛",隐喻七巧在美丽外表遮蔽下刺探别人隐私的扭曲变态的心理。婚姻的不幸、无望的爱情、情欲的压抑使七巧变成了一个疯子。疯狂的恋子情节使她无法容忍儿媳夺走本来完全只属于她的男人,因此她嫉妒儿子和儿媳的新婚生活,已经达到了疯狂的程度。她在儿子的新婚之夜把儿子留在自己身旁,不仅和儿子讨论左邻右舍的隐私,而且还刺探儿媳的隐私,让芝寿忍受等待和寂寞的痛苦。之后,她又想方设法羞辱芝寿,最终把芝寿逼死。作者通过"光"的意象表达,清晰传神地写出了七巧扭曲的人性和她疯狂的心灵世界,同时也揭示了七巧阴暗的心理。

《寒夜》和《金锁记》这两部作品都取得相当大的成就,在描写意象方面,不仅抓住意象的本质特征,还赋予了其特殊的意义。"光"包括灯光、月光、烛光、

---

① 巴金:《寒夜》,人民文学出版社,1983年,第188页。

② 宋剑华:《生命阅读与神话解构》,广东人民出版社,2010年。

③ 张爱玲:《张爱玲典藏全集》第7卷,哈尔滨出版社,2003年,第31页。

阳光、星光等。《寒夜》主要描写了灯光和烛光，而《金锁记》则主要描绘了月光和星光，虽然这两部作品中描写的是不同的“光”，然而都透过“光”这一意象来表现作品的悲凉情感基调以及悲剧意义。从象征的意义上说，《寒夜》中的灯光和烛光之暗淡蕴含着日常生活的诗情消解以及平凡而普遍的性格悲剧；而《金锁记》中的月光和星光则邀请读者走进高处不胜寒而又永恒的人性迷宫。

（《珍藏文学记忆：巴金研究集刊卷九》，2015 年）

大后方文学的双城记

——《寒夜》与《天魔舞》异质同构的悲剧叙事

张义奇

一

重庆和成都分别是巴山与蜀水之间的两座历史文化名城。抗日战争时期，作为中国大后方的这两座重要城市，聚集了大批文化人。入川的和本土的一百四十余位作家[①]绝大部分居住在成渝两地，为两座城市的文学带来了空前的繁荣。《寒夜》和《天魔舞》正是产生于这一时期的优秀作品，而它们的作者巴金和

① 司马长风:《中国新文学史》(下册)，台湾传记文学出版社，1991年，第7页。

李劼人此时也正是分属于这两座城市的重要作家。

巴金于1940年10月来到重庆，之后虽常辗转于成都、昆明等地，但多数时间是在重庆度过的，《寒夜》便是他对这一时期文化人苦难生活的记忆。李劼人在抗战期间，除了偶尔去乐山料理嘉乐纸厂事务之外，主要居住在成都，对战时大后方的各阶层人士有深刻的观察，《天魔舞》便真实地记录了当时成都人的生活状态。无疑，《寒夜》和《天魔舞》是两位大师用文学为他们各自生活的城市留下的一段难忘记忆。

《寒夜》动笔于1944年冬，至1946年底完成，1947年便有上海晨光图书出版公司出版的单行本。《天魔舞》也创作于抗战胜利前夕，却一时无法出版[①]，直到1947年5月9日才开始在成都的《新民报》副刊"天府"上连载，至1948年3月18日载完，成书则要到三十多年后的1981年，四川人民出版社因出版《李劼人选集》而收入。

有学者对巴金与李劼人的文学创作进行过比较研究，但却鲜有人将《寒夜》与《天魔舞》放在一起进行研究。《寒夜》作为巴金最后也是成就最高的一部长篇小说，几十年来一直受到研究者的高度重视，作家自己也将其视为与"激流三部曲"和《憩园》同等喜爱的作品；而《天魔舞》除了个别学者之外，包括研究者在内的多数读者几乎快将它遗忘了，作家本人生前似乎也不太满意，说"写得并不精练"，"准备以后有空重新写过"。[②]

其实，《天魔舞》虽有不足，依然不失为一部好小说，它不仅保持了李劼人一贯写人性尤其是写女性的长处，而且在思想与艺术诸多方面较之《大波》又有了新的视野和新的拓展。基于此，我把这部作品置于抗战后方文学的大背景下观照，强烈地感受到《天魔舞》与《寒夜》的异曲同工之妙。它们都鲜明地表达了作家对国家、民族、社会的思考，并且都充分地写出了特定状态中的人性本质。因此，分别产生于重庆、成都两地的《寒夜》和《天魔舞》可谓是抗战大后方文学的

① 李定周：《一封新发现的茅盾给李劼人的信》，《社会科学研究》1982年第6期。

② 李劼人：《自传》，《李劼人选集》第1卷，四川人民出版社，1981年，第13页。

双城记，是成都籍的两位文学大师留在新文学史上的双璧。

二

《寒夜》以抗战胜利前的重庆为背景，描写了一个逃难来川的知识分子家庭毁灭的过程：主人公汪文宣和妻子曾树生都是受“五四”新文化洗礼后成长起来的一代青年，他们曾经满怀“教育救国”的理想，致力于乡村教育。上海沦陷后，他们逃难流落到重庆。为了生计，文宣在一家书局做了个卑微的校对员；而树生因为人漂亮活泼，则成了银行里受上司追逐的职员。文宣母亲原本就反对儿子与媳妇的自由结合，如今见儿媳打扮如花瓶周旋在交际场上，更是十分厌恶，于是婆媳之间便常常爆发“家庭战争”。文宣在这种“内外交困”中病倒，妻子也跟随上司陈主任去了兰州。就在庆祝抗战胜利的鞭炮声中，文宣吐尽了最后一口血痰。树生回到人去楼空的家中，才知道丈夫已死，儿子与婆母也走了，家彻底毁灭了。树生惆怅而悲凉地独自向着寒冷而黑暗的城市街道默默走去。

这是一个震撼人心的抗战时期大后方知识分子的悲剧。而在川西平原的成都，也同样在发生着另一个知识分子的悲剧，这就是《天魔舞》所写的故事。不过，《天魔舞》的主人公白知时不像汪文宣以死亡结束，而是以喜剧收场。惟其如此，蕴含其中的悲剧才依然具有重要的意义。

白知时是个极富正义感又很善良的教师，却穷困潦倒，中年丧妻，自己在几个学校上课，却连交房租的钱也凑不够。好在被房东女儿唐淑贞看上，给他安排了一个“光明的前景”。唐淑贞原是高太太，乃一小官僚的妻子，因丈夫得罪了地方豪强，被当地驻军以匪谍罪杀了。失去依靠的高太太回到娘家，抽上了大烟，后又在安乐寺黑市上找到了生财之道。当她发现白知时的智慧可以进一步成就自己的生意时，便主动向白知时求爱。此刻的白知时因表达对时局不满，正被特务关在牢房中。唐淑贞花重金“捞”出白知时，两人结了婚。唐淑贞的投机生意终因白知时的加盟掌控而有了新发展，而白知时，一个正直善良的知识分子也由此沉沦为发国难财的投机商人。

《天魔舞》描写了一批大发国难财的人(包括《天魔舞》中写到的另一对情人陈莉华和陈登云),透视出抗战大后方社会的腐败和政治的黑暗。作品并没有浅薄的浮光掠影式的政治图解,而是通过人物的悲欢离合与命运沉浮来记录这个时代和社会。尤其是白知时被逼“下海”,由一个社会责任感很强的知识分子沦落为他原本不齿的投机商人,这就不能不引发人们对那个时代与社会的愤怒与思考。

从表象看,《寒夜》与《天魔舞》完全是两种类型的叙事,但实质上却存在惊人的同一性,它们正好呈现了社会的两个侧面:《寒夜》重在写人们的痛苦挣扎,直至毁灭;《天魔舞》侧重写人们的投机或被逼投机,最终也是导致“人”的毁灭。两个故事路径完全不同甚至相反,却殊途同归,它们犹如是一枚钱币的两个面。试想,若没有《天魔舞》中那大大小小发国难财的投机者,会有《寒夜》中文宣们的贫困潦倒吗?《寒夜》中其实也写到了大发国难财的投机者,曾树生与上司陈主任联合即是干走私生意,但作品的主旨并不在揭示社会的这一面,而《天魔舞》恰恰深刻地写出了这一面。正是两部作品中这些形形色色的人物,构成了那个时代与社会的畸形、病态、腐败、堕落、黑暗,也为我们留下了两座城市历史的记忆。

在人物设置与塑造上,两部作品亦具有惊人的相似处。首先它们写出了一代知识分子的悲剧命运。汪文宣和白知时,虽然性格各异,但他们的早期经历却有许多共同特征。职业上,他们都曾经是为人师表的教书先生,只不过一个是中学教师,一个热衷乡村小学教育,而且他们还都怀揣“教育救国”的理想。但是,外敌入侵,国难当头、民生凋敝的社会现实使他们的理想都破灭了,职业也丧失了。文宣在经过从希望到绝望的痛苦挣扎后走向了死亡,而白知时却在经过绝望之后选择了沉沦。他们都很贫困,文宣累死累活工作一月,获得的薪水竟连给妻子买个生日蛋糕都不够,导致他有病不能治,最后贫病交加而死。白知时虽在几个中学教书,却连付房租都很吃力,他戴的帽子旧得发黑,是连车夫都不要的,脚上穿的皮鞋也是补了又补。他比文宣强的地方在于他有个好身体，还有个好用的头脑，于是成了寡妇唐淑贞的意中人。就像文宣并不想死一样，白知时也并非甘心沉沦，怎奈他若拒绝唐淑贞的要求，就连个落脚的地方都没有了。文宣和白知时本性上都是正直善良的知识分子，文宣总是处处为他人着想，从不为自己考虑，到死还怕给家人留下债务；而白知时的正直善良，我们只需看一下他在锦江桥头力阻枪杀壮丁的情景就能体会到，不能不对这位“气概依然”的教书先生肃然起敬。然而，这些又有何用呢？在那个讲究丛林法则的社会里，忠厚善良就意味着被别人吃掉。文宣没明白这个道理，或者说他虽然明白了这个道理，但现实的绝境和他性格中天生的软弱，使他不能不忍痛被人吃。他生前唯唯诺诺、谨小慎微、忍辱负重，心中强烈愤怒却不敢表达，病入膏肓仍然不敢偷闲，直到累得将一口血痰喷洒在那粉饰太平、歌功颂德的官样文章上而死去。白知时其实也没明白什么是丛林法则，他身上那种正直的本性一直在与社会堕落作顽强的抵抗，家乡有人曾邀他回去当县参议员，这是个拿钱不做事的好差事，但要昧良心，他拒绝了；他从前的学生请他到偏远县上去当校长，然偏远县上山高皇帝远，社会更黑暗，他还是眼不见为净。然而善良正直给他带来的只有更大厄运，特务以一个莫须有的罪名就将他投进了监狱。若不是唐淑贞救他出来，他还不知命归何处呢。面对“恩人”唐淑贞递过来的橄榄枝，他似乎突然“醒悟”了，在这样的社会若要想生存下去，不吃别人就要被别人吃。于是他真切地后悔以前的生活了：“那时好蠢啰！真一点没为自己打算过一分一厘。也太老实了，把在政治舞台上的人，都看得像学生一样的纯洁，以为他们所言所行，全是由衷而发，领导我们抗战果真是为的民族，为的国家！唉！唉！设若那时早有一点政治经验……”[①]

如果说汪文宣之死是个大悲剧，那么白知时的沉沦就是大大的悲剧！善良正直的知识分子已经被逼到了不是贫病而死就要堕落才能生存的境地，这样的社会该是一个什么样的社会啊！白知时最后的“大彻大悟”，与其说是他看透了那个社会的本质，毋宁说这是一代文化人的毁灭。鲁迅说：“悲剧就是把有价值

① 李劼人：《天魔舞》，四川人民出版社，1981年，第412页。

的东西毁灭给人看。"[①]汪文宣与白知时的命运结局虽然相反,但他们却共同表现出了时代与社会的悲剧!

三

当然,《寒夜》与《天魔舞》的叙事形式是完全不同的。

正如重庆与成都两座城市性格相异一样,巴金和李劼人虽同为成都籍的文学大师,又同受过法国文学的熏陶,但两人的创作个性不同,因此《寒夜》和《天魔舞》的叙事方法和手段也是完全不同的。从结构上看,《寒夜》线索单一,人物也不多,主角只有三人,以及由这三人连接起几个次要人物。这是一种以点带面的原点辐射式结构。巴金的其他作品也都善于采用这种结构。李劼人则喜欢宏大叙事,结构上常采取多侧面、多层次、多线索布局,《天魔舞》也运用了典型的"花开两朵,各表一枝"的复线型结构。通过两对男女的感情纠葛,联系到社会的各个层面,两条线索最终又交汇在做投机生意这个焦点上,从而使作品浑然一体。

在具体表现手法上,两部作品也呈现出两种风貌。《寒夜》情感色彩浓郁,《天魔舞》则机智冷峻。前者重心理描写,以人物的内心活动或内心独白来展现其性格特征。后者善用白描,无论是写人还是状物,作家均以白描式的文字来表达,或寥寥数语,不露声色,却将或揶揄或赞扬的倾向深蕴其中,而且不到关键时候不轻易写人物心理。《寒夜》的整体色彩具有象征性的意义,灰黑的天,寒冷的夜,这几乎构成了那个时代与社会的整体背景色彩,让读者深感压抑,进而愤怒。《天魔舞》则充分写实,尤其讲究细节的精确、人物的举止言谈、环境的变化等,不仅让读者看到那个时代与社会特有的真实状态,而且强烈地感受到社会对人性的扭曲、变形。

---

① 鲁迅:《坟·再论雷峰塔的倒掉》,《鲁迅全集》第1卷,人民文学出版社,1981年,第197页。

悲剧会产生震撼人心的力量。巴金是写悲剧的高手,《寒夜》与"激流"一样,悲情的氛围总是笼罩在作品的字里行间。而《天魔舞》却把悲剧当成轻喜剧来写,不只是白知时,作品中的其他人物,陈莉华、陈登云、唐淑贞等都带有悲剧的色彩,是时代与社会将他们打造成了现在的样子。虽然作家叙述他们的故事常采用"幽他一默"的文字,但读者在短暂的轻松一笑后,定会展开深深的思索。

《寒夜》的描写非常凝重,凝重到几乎让人窒息,《天魔舞》却体现出作家惯有的诙谐。随意比较两段文字,便可见两位文学大师不同的叙事风貌:

> 她打了个冷噤。她好像突然落进了冰窖里似的,浑身发冷。她茫然四顾,她觉得眼前的一切都是假的。她好像在做梦。昨天这个时候她还在另一个城市的热闹酒楼上吃饭,听一个男人的奉承话。今天她却立在寒夜的地摊前,听这些陌生人诉苦。她为着什么回来?现在又怀着怎样的心情走出那间屋?……以后又该怎样?……她等着明天。
>
> ——《寒夜》

> 在一个月不到的时间内,南门一巷子唐家杂院里就发生了两桩大事,——两桩意想得到而又委实出人意外的大事;其突兀,简直和第三次长沙会战之后的日本兵马不停蹄一下子就打到独山来了似的……第一桩事是我们业已知道的,寡妇再醮……第二桩大事可就真正算得上大事啦!
>
> 其事维何?曰,白太太公然在戒烟了!
>
> ——《天魔舞》

两部作品叙事风格尽管如此大不相同,但是,两位作家为抗战时期大后方两座城市留下的记忆却都是真切的,是作家以自己的阅历、情感和目光记录下的对于那个时代人们生命状况的深情关注。《寒夜》与《天魔舞》是新文学史上两部异质同构的优秀作品。

(《珍藏文学记忆:巴金研究集刊卷九》)

《寒夜》篇名符号的修辞解读

——从语篇命名到语篇修辞建构

刘灵昕

《寒夜》是巴金创作于40年代抗战时期的一部中篇小说，这部小说集中体现了巴金的创作开始由对过去的痛苦回忆和将来的热烈憧憬转向对现实的真切关注。作品更多地呈现出沉郁哀痛的创作格调，描写了小职员汪文宣一家的不幸命运。“寒夜”既是小说的篇名，同时也是贯穿文本的主题词，作者通过构建“寒夜”之下一个小人物的遭遇，传达了自己鲜明的政治倾向和自觉的创作意图。《寒夜》是巴金创作风格从热情激昂转向沉着冷静之后的成熟之作，本文将在广义修辞学的视角下，以“寒夜”为修辞元素，探析其作为小说语篇命名的文本语义、在文本修辞建构上所承担的重要功能及其作为篇名符号的文化内涵。

一、"寒夜":作为语篇命名

《论语·子路》曰:"名不正,则言不顺。"如果一个篇名不能很好地统摄全文,甚至脱离语篇内容,那就不能算是一个好的篇名。小说篇名应该是文本的概括化和符号化,最大程度地揭示文本的主要内容,是把握文本深层内容的第一个也是极其重要的一个台阶,作为小说的名字,"它往往包含着对整部小说来讲最为重要的信息,并以最凝练的形式把这些信息传达给读者,引领读者准确地理解作品,正确地评价人物。题目的这种特殊地位和关键作用,使它常常被小说家用来强化作品的象征性。"[①]巴金的创作一直以来有一个特点,就是善以篇名影射文本内容、吸引读者眼球,如《灭亡》《春天里的秋天》《憩园》等,贴切的篇名往往是作者对小说的基本定位,暗示着小说的创作主旨,把最具价值的信息传递给读者,让读者能够通过篇名窥探作者创作的修辞意图。《寒夜》也不例外。"寒夜"作为小说的篇名,不仅指称了小说,而且也概括了小说的主要内容。要把握篇名符号的修辞内涵,就必须先了解"寒夜"这一篇名符号具体的概念义和理性义。

所谓概念认知,是人类认识世界的普遍的、基本的方式,为认知主体提供对象世界的符号性表征,是形成主体认知经验的前提。[②] 从语言符号的意义表达上看,词是承载意义最基本的单位,用它可以对现实现象进行基本的分类、定名,在此基础上,才有句义、段落、篇章义的表达。具体考察"寒夜"的词汇语义,由于在词典中无法找到关于"寒夜"一词的具体词义,那么文本采用词的拆分和组合的方法去分析词义。在《现代汉语词典》中有如下定义:

寒:1. 冷(跟"暑"相对);

---

① 李建军:《小说修辞研究》,中国人民大学出版社,2003年,第243页。

② 谭学纯:《语言教育:概念认知和修辞认知》,《语言教学与研究》,2005年第5期。

2. 害怕、畏惧；

3. 穷困；

4. (名)姓。[①]

夜：1. 从天黑到天亮的一段时间(跟“日、昼”相对)；

2. (量)用于计算夜；

3. (名)姓。[②]

从这两个单纯词的词典释义，可以对“寒夜”一词下定义：1. 寒冷的夜晚，此处标记为“寒夜”[1]。“寒夜”首先对应的气候状况和时间状态是寒冷、夜晚，作为一个偏正性名词词组，用“寒”对“夜”进行了限制，揭示了“夜”的气候和氛围：这不是一个夏季的夜晚或是一个欢乐的夜晚，而是一个寒冷、困顿的夜晚。

根据以上词典释义，依照大多数人的先在经验，从“寒夜”一词的心理反应可以归纳出的特点有：

1. 理性意义上与白昼相反的时间概念；

2. 环境上的幽暗、凄清；

3. 感官上的寒冷、灰黑；

4. 情绪上的寂寥、落寞。

这些特点既是篇名传达给读者最直接的话语信息，也是作者根据大多数人的先在经验埋下的阅读预设：

首先，预设了小说的阅读氛围。文本叙述的并不是一个明亮欢快、积极向上的故事，而是一个寒冷凄清的悲剧故事，小说一开始就是一个空袭的夜晚，人们心情惊慌失措、阴郁恐惧，汪文宣在躲过了空袭之“寒夜”后，还要回家面对家庭之“寒夜”，他的心情一直在从失望到希望再到失望的矛盾挣扎中循环往复，这个循环贯穿文本始终，而笼罩在人们头顶的惊慌失措、阴郁恐惧的情绪，也若隐若现地弥漫着整个文本直到结束。

---

① 《现代汉语词典》(第6版)，商务印书馆，2014年，第510页。

② 同上书，第1520页。

其次，预设了小说人物的生存环境。小说主要人物身处艰难的环境之中，物质和精神双重贫乏，生活举步维艰：于汪文宣，肺病的折磨、事业的挫败、重压于母亲和妻子之间的夹缝中，三重“寒夜”，重重压迫，共同构成了其人生之极寒；于曾树生，正值大好时光，事业欣欣向上，社交生活丰富多彩，却被家庭束缚着身心，家庭外是一片光明，家庭内是无尽“寒夜”，应该冲出家庭还是留守家庭？于汪母，生活的拮据，孱弱的儿子，“不守妇道”的儿媳妇，不甘于此的生活期望让她迁怒于曾树生，时时点燃家庭战火，让三人陷入家庭之“寒夜”。

最后，预设了小说的修辞意蕴。“寒夜”除了指理性意义上的时空环境以外，还是小说主人公精神状态的真实写照，更指向了故事所处的大背景——抗战胜利前后国民党统治的大后方，蕴含着暗示整部小说的悲剧主旨的深刻内涵。“寒夜”作为篇名符号，是整部小说悲剧意蕴的起点，它向读者传达出的修辞信息使读者在阅读之前对文本有了一定的心理预设，并在阅读过程中追寻更深层次的修辞意蕴。

二、“寒夜”：从家庭到社会的修辞建构

巴金在《寒夜》的创作伊始，就实现了小说的基本定位，通过“寒夜”这一篇名符号影射全文，建构了以“寒夜”为基本语境的小说文本，凸显了作品的创作主题。小说从主人公汪文宣躲避空袭的一个夜晚展开：

> “紧急警报发出后快半点钟了，天空里隐隐约约地响着飞机的声音，街上很静，没有一点亮光。……天色灰黑，像一块褪色的黑布，……夜的寒气却渐渐地透过他那件单薄的夹袍，他的身子忽然微微抖了一下。这时他才埋下他的头。他痛苦地吐了一口气。他低声对自己说：‘我不能再这样做！’
>
> ……在他周围仍然是那并不十分浓的黑暗。寒气不住地刺他的背脊。他打了一个冷噤。……”

开篇的场景就是发生在“寒夜”[1]中，作者反复渲染夜的灰黑和空气的寒冷，而汪文宣此刻的心情也与其所处的“寒夜”[1]氛围一致：情绪郁闷低落，犹疑徘徊。寒冷的夜晚，是篇名传达给读者最直接的语篇信息，故事的发生、发展与“寒夜”[1]这一时间、环境关系密切，也可以说，小说故事始于“寒夜”[1]，也终于“寒夜”[1]：

> “她又打了一个冷噤。她好像突然落进了冰窖里似的，浑身发冷。……今天她却立在寒夜的地摊前，听这些陌生人的诉苦。……
>
> ……只是走在这条阴暗的街上，她忽然起了一种奇怪的感觉，她不时掉头朝街的两旁看，她耽心那摇颤的电石灯光会被寒风吹灭。夜的确太冷了。她需要温暖。”

“寒夜”作为文本主题词，在小说中不仅仅局限于“寒夜”[1]这个理性义，更进入了修辞认知层面，具有了一定的修辞义。它在文本中不仅表明故事发生的时空背景，更推动了故事的发展。小说采用男女主人公变换交叉的叙述视角，并以大量的心理独白来呈现人物的内心世界。在表现人物心理的过程中，“寒夜”的语义从我们所熟知的日常话语系统偏离，常人对昼夜、冷暖的感官体验，转化为小说人物对生存状态的精神体验。故事主要围绕汪家展开，汪文宣、曾树生、汪母作为小说的主要人物，三人之间的关系交错发展，成为推动文本叙事的主线。生活在同一个屋檐下的三个人，各自经历着自己的人生“寒夜”。“寒夜”成了一个鲜明的意象符号，是小说主要人物的生存隐喻，具有鲜明的悲剧指向。

生存隐喻下的“寒夜”所指意义分析

	物质状态之“寒夜”	精神状态之“寒夜”
汪文宣	身体孱弱，事业受挫，经济穷困	受压于母亲和妻子的夹缝中
曾树生	家庭经济负担	家庭束缚，婆媳关系紧张
汪　母	经济穷困	对儿媳充满敌意，婆媳关系紧张

此处将物质状态之“寒夜”标记为“寒夜”[2]，精神状态之“寒夜”标记为“寒夜”[3]，这两种状态作为主人公的生存境况，紧扣着小说篇名，贯穿文本始终。如果说“寒夜”[2]意指贫穷、困顿的生存状况，与“寒”的词典义还有一定关联；那么，“寒夜”[3]在文学文本中就超出了词典理性义，具有深层的比喻义：精神上的困顿、折磨、无望之境。文本始终紧扣“寒夜”这一篇名符号，在“寒夜”[1]这一时空背景下推动汪家故事前进的同时，更实现了由家庭之“寒夜”到社会之“寒夜”的深层修辞建构。

1. 与三个人生之“寒夜”同构的家庭之“寒夜”

小说围绕着汪文宣一家，在一次家庭争吵中展开，汪文宣与妻子曾树生的争吵导致曾树生离家出走，母亲暗中对儿媳妇的出走感到高兴，儿子小宣对家人、家事毫不关心，汪文宣在内心希望母亲、儿子帮自己出主意请妻子回家，但却又很快否定了自己的这种希望，泄了气的汪文宣进而对整个家庭感到心寒：

> “我这是一个怎样的家呵！没有人真正关心到我！个人只顾自己。谁都不肯让步！”

在中国传统文化经验中，“家”是一个极具象征意义的文化符号，家庭情义体现了最深入人心的世俗关怀，常言道：“家是温暖的港湾。”这句话已经耳熟能详并得到了广泛的认同。但是小说中的“家”透出的情感却可以说是温暖的反义词。从表层看“家”的模样：

> “……屋子里这晚上显得比往日空阔，零乱。电灯光也比往常更带昏黄色。一股寒气扑上他的脸来，寒气中还夹杂着煤臭和别的窒息人的臭气。……”

家庭所处环境是如此的阴晦，相对于自然语义的“寒夜”[1]，这是一个室内的“寒夜”、人为营造的“寒夜”，标记为“寒夜”[1A]。“空阔”的原因是往常的四口之家，如今只剩下汪文宣和汪母两个人默默相对无言，沉默给人的窒息感在寒冷的空气中弥漫开，显得整个家庭环境更加寂寥、凄清。当汪文宣在“寒夜”[1]的街上走着的时候，他的内心在如何解决这场家庭纷争的思考中犹疑、徘徊，但他心中还抱着或许到家就能看到妻子和母亲一起回家的希望在“寒夜”[1]中前进；然而当他推开家门，深知希望已经破灭了，门里狭小、阴暗的空间这时候就变成了“寒夜”[1A]，更将汪文宣带入了“寒夜”[3]，他要在“寒夜”[1A]中度过漫漫难捱的时间，即使窗外天明取代了“寒夜”[1]，他还是身处在“寒夜”[1A]和“寒夜”[3]之中。小说的许多章节都是在家庭环境的描写中展开：

“他回到家。大门里像是一个黑洞，今天又轮着这一区停电，……”

“他们走到大门口，他看见那个大黑洞，就皱起眉头，踌躇着补进去。……”

不仅汪文宣，曾树生对于处在这样的家庭环境中，也同样有如身处“寒夜”[1A]和“寒夜”[3]之感：

“蜡烛点燃后只发出摇曳的微光。满屋子都是黑影。……她自语般地说：‘我就怕黑暗，怕冷静，怕寂寞。’”

“……她觉得夜的寒气透过木板从四面八方袭来，她打了一个冷噤。她无目的地望着电灯泡。灯泡的颜色惨淡的红丝暖不了她的心。”

在人们认知经验世界中是温暖的港湾的“家”，在小说中变成一个“黑洞”，吞噬着家中人们的心灵，腐蚀着他们的灵魂，让他们痛苦不堪，更加疏离。小说主要人物都身处在家中，故事情节以家为主要场景展开，随着小说叙事的发展，家所代表的温暖、依靠的情感认知经验逐渐被消解，取而代之的是阴晦、寒寂的冷色调叙事，表现了一个吞噬心灵、疏远距离、无所依靠的“寒夜”[1A]，这里的“寒夜”[1A]喻指困住人的地狱，汪文宣身处其中不仅仅忍受着物质贫寒带来的男性尊严的倒塌，更经历了精神上犹如困斗之兽的生死挣扎，他在物质和精神的双重严寒的侵袭过后，最终走向了死亡，彻底失去了迎接光明的希望。

汪文宣、曾树生、汪母作为小说的主要人物，三人之间的关系交错发展，是推动文本叙事的主线。三人同时经历着各自的人生之“寒夜”，三个人生之“寒夜”又共同交织成一个家庭之“寒夜”。“寒夜”在语篇中层层嵌套，这一修辞言说最终指向的是故事结局的悲剧性生成，而构成这个悲剧性结局的主要动因就是三人之间的交错矛盾关系。

《寒夜》的文本叙事是在两组对立关系的矛盾冲突交错中完成的。小说的叙述视角并不是固定不变的，而是让汪文宣、曾树生夫妻二人轮流进行叙述。这样的叙述视角的选择一定程度上弱化了文本的故事性，当汪文宣担当叙述者时，情节进展缓慢，不断地重复叙写他内心的痛苦挣扎、情感天秤的矛盾斗争、明知无望的希望等等复杂状态，以此强调他所处“寒夜”[3]的状态。而曾树生这个相对较为次要的叙述者的设置，则有力地推动了矛盾的激化，加速了情节的发展。在汪文宣和曾树生的不同叙述视角下，必然产生不同的心理状态和情感矛盾，这就共同构成了二人与汪母之间交错的三角关系。

《寒夜》所表现的故事可以概括为三个主要情节：

1. 汪母守住儿子和孙子，抛弃儿媳妇；

2. 汪文宣想同时守住妻子和母亲；

3. 曾树生抛弃家庭出走，守住自己的幸福。

三个人之间的相互关系可以说是呈现出一个互动循环的三角关系：

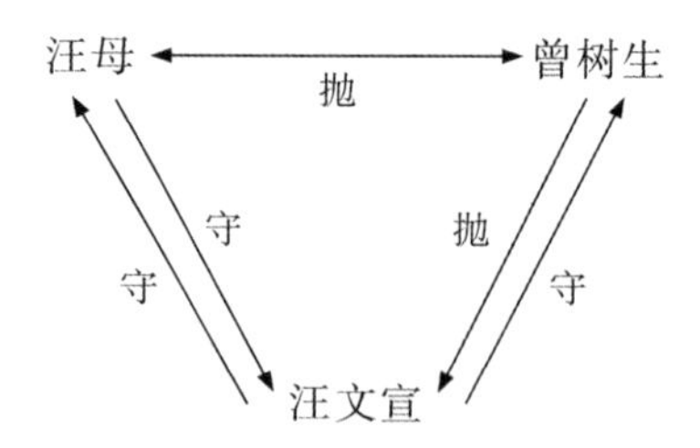

汪文宣力图守住母亲和妻子，缓和两人的关系，维持家庭稳定，是一种维护平衡的行为；而汪母想要抛弃儿媳妇，维护属于自己与儿孙三人的家庭，破坏了汪文宣竭力维护的平衡；曾树生与汪母的矛盾，又一次破坏了平衡。三人的关系就在“维护平衡——破坏平衡——企图恢复平衡——再次破坏平衡”的循环中，这个循环作为一种行为符号，在文本修辞中构成故事发展的主线，并预示着

故事最终走向“寒夜”的结局：直到汪文宣精疲力竭，曾树生毅然抛弃家庭出走，这个循环也就随之终止。

在这个循环关系中，汪文宣处于最弱势的下端，同时经历“寒夜”[1]、“寒夜”[2]、“寒夜”[3]，三重寒夜，重重致命。曾树生和汪母表面上看都为了摆脱“寒夜”[2]、“寒夜”[3]进行了一系列言语行为。但从故事的结局看，汪文宣病死，“寒夜”依旧没有尽头，黎明不知何时会到来。三人的努力挣扎并没有起作用，甚至曾树生和汪母二人都是加剧汪文宣“寒夜”境况的推手，正是她们的言语行为加剧了矛盾，共同推动汪文宣走向死亡。

2. 家庭之“寒夜”影射出的社会之“寒夜”

巴金的创作并不是要仅仅止于汪文宣一家的悲剧结局，更是要留下言有尽而意无穷的广阔的审美意图和思考空间——是什么导致了汪文宣一家的悲剧？汪文宣一家的悲剧并不是一个个案，而是抗战胜利后国民党统治下的大后方的千百万普通人的悲剧，是整个社会的悲剧，“寒夜”不仅是昼夜更替、四季变换的自然之“寒夜”，还是以汪文宣为代表的小人物的家庭之“寒夜”，更是广大普通民众所处的水深火热的社会之“寒夜”。

综上所述，我们对“寒夜”的符号学分析如下：

	“寒夜”	所指/意义	客体/对象	结果
概念认知	“寒夜”[1]	寒冷的夜晚	汪文宣一家	家破人亡
修辞认知	“寒夜”[1A]	家庭的牢笼	汪文宣一家	家破人亡
	“寒夜”[2]	物质的贫穷	广大普通民众	水深火热
	“寒夜”[3]	精神的困顿、无望		

小说的典型意义在于从平常的人物事件中揭示出不平常的生活内涵。巴金善于运用“家即社会”的情节典型化原则。在克鲁泡特金等人看来，家庭就是社会的缩影。小说故事所发生的地方正是巴金四十年代初所处的大后方政治、文化中心——1944年冬至1945年底的重庆。人们提心吊胆地熬过了敌机的轰炸，等到了来之不易的抗战胜利，但胜利带来的喜悦却是如此短暂，喜悦过后依

旧留下了一片无尽的荒芜和黑暗。巴金亲眼目睹了大批衣不蔽体、食不果腹的难民流离失所，他感到深深地痛苦和煎熬。巴金是善于写家的，《寒夜》描写了一个家庭的故事，一个家庭不幸破碎的故事，它通过一个渺小的读书人的生与死，对社会现实生活作了真实的冷静的描写，细致的病例的解剖。① 实现了从家庭之“寒夜”到社会之“寒夜”的深刻修辞建构。

将汪家作为整个社会的代表或缩影来写，从中反映出40年代旧中国的整个社会动态，反映出时代的本质规律。小说所描写的看起来似乎只是普通人物的一些生活琐事，但通过汪家这个最普通的社会细胞的悲剧，深刻揭示出：汪文宣一家所遭受的不幸“寒夜”，正是大后方千百万普通人民所遭受的不幸“寒夜”；他们的悲剧是战争时代的悲剧、黑暗社会的悲剧，同时也是不健全人格的悲剧。② 小说故事发生在国民党统治下黑暗腐败的社会之中，从汪家的“寒夜”能窥见整个社会的“寒夜”，汪家的悲剧是整个黑暗社会悲剧的缩影。如果说概念义上的“寒夜”[1]终会随着时间流逝被白昼取代，文本修辞意义上的“寒夜”则漫长无边、不知何时是尽头：

> “‘胜利是他们的胜利，不是我们的胜利。我们没有发过国难财，却倒了胜利楣。早知道，那天真不该参加胜利游行。……’
>
> “……她为着什么回来？现在又怀着怎样的心情走出那间屋子？……以后又该怎么样？……她等待着明天。
>
> 死的死了，走的走了。就是到了明天，……她能够改变眼前的一切吗？……”

曾树生冲出“寒夜”般家的牢笼，待她归来后，家已经破碎了，亲人也已不知所踪，她又流落在了“寒夜”中。抗战的胜利并没有让人们走出“寒夜”、迎来光明，反而让人们重新陷入寒境之中。作为文本修辞意象的“寒夜”是黑暗、阴冷、沉闷、空寂、凄惨，甚至恐怖的；它是自然之夜，更是社会之夜、人生之夜，生活在

① 陈丹晨：《巴金正传》，江苏文艺出版社，2010年，第91页。

② 辜也平：《巴金创作综论》，福建教育出版社，1997年，第267页。

"寒夜"中的人物的心境是冷寂、空虚、压抑、忧郁、悲凉,甚至绝望的。它们表里相依,内外相融,铸成了一个超越现实景象和特定时间的"寒夜"。[①] "寒夜"不仅偏离了日常语言的指称功能,使对象由现实的变为审美的;同时,其作为修辞意象背后隐藏的是对抗战胜利的欢庆意味的一种颠覆,作者的创作意图和批判指向由此显露无疑。

三、"寒夜"的文化阐释

具体探究作者选择"寒夜"作为语篇命名的原因,是由于"寒夜"不仅在文本中有多层修辞意蕴,更有其独特的文化内涵。黑夜与白昼的交替,可以说是最早引起人们注意的自然现象。科学发展至今,夜早已褪去了神秘的色彩,昼夜交替是地球在太阳光的照射下因自转运动而形成的一种自然现象,几乎可以说是一种常识。可在远古,夜是一种神秘的象征,对人们来说深不可测。古希腊神话中,黑夜女神尼克斯的形象即为身穿黑衣的妇女,她所位于冥府的居所也是黑云弥漫、阴森寒冷。每当晚星赫斯珀洛斯开道,她便离开冥府,驾驶着战车飞上天空,用夜幕笼罩大地,让世界沉入冷寂。尼克斯古老而强大,连天神宙斯也敬她三分。在人们古老的记忆中,"夜"总是离不开"寒","寒夜"作为一个从古老神话开始的文学传统,在人类的集体记忆中有着十分深刻的内涵,引发了人们诸多的文学想象。德国后期浪漫派诗人艾兴多尔夫的诗歌《夜》中写道:"我在寂静的夜间漫游……阴暗的树林不寒而栗——扰乱了我的一片思绪,我那困惑的歌声在这里,只是犹如睡梦中的一声惊呼。"巴西当代作家梅雷莱斯在其诗中直白地形容"夜"为"寒冷而赤裸,一无所有"。

而"寒夜"作为中国文学史上的一个重要的时间意象符号,有着独特的审美价值。中国历史上的文人墨客自古以来就有"伤寒"和"哀夜"的情怀,认为"寒

---

① 郭玉森:《选象恰切寓意深远——品读〈寒夜〉的意境》,《名作欣赏》2008年第12期。

夜”给人以黑暗、萧瑟、寂寥、凄清之感。中国传统文人在凄凄黑夜中哀伤，在零零寒风中悲叹，他们抑或是哀叹人生无常，抑或是哀叹世事反复，抑或是忧诉一己衷情：“天寒悲生风，夜久众星没”、“烟笼寒水月笼沙，夜泊秦淮近酒家”、“夜深经战场，寒月照白骨”、“人散后，月明中。夜寒浓。谢娘愁卧，潘令闲眠，心事无穷”、“寒日萧萧上锁窗，梧桐应恨夜来霜” 等等，这类修辞表达的诗词数不胜数。“寒夜”萧瑟寂寥、悲怆情怀的喻意，作为一种审美化的集体无意识已经深深植根于中国人的审美经验系统之中，通过其具有的约定性的语义联想，在潜移默化之中建构着修辞化的世界。① 从中国传统文化经验考察“寒夜”的这一层含义，对其作为文本修辞意象的解读、进而发掘文本向我们传达的深层涵义有着十分重要的作用。

进一步考察作者何以选择“寒夜”作为小说的篇名符号，与中国传统道教文化的影响同样密不可分。道教自古以来就有“寒冰夜庭”的说法，萧齐严东说：“元始天尊说经之时，命召十方无极世界地狱之中、一刻之时、幽夜之中寒冰夜庭、三官九府，一时各部领鬼神、侍卫将从，得出长夜之府，并皆开度，得见光明也。”②这里喻指北方之池极寒冷极黑暗之地，终难见天日。道经中也可以找到“寒夜”这个词，如《无上秘要》卷五四《斋品 · 谢水官》：“同法某甲九祖父母生存所行元恶丑逆，触犯三河、四海、九江、水帝、十二河源、河伯、河侯、河掾、水府诸灵官，罪结九幽，谪役水官，毕塞长源，幽执寒夜，魂魄苦痛，涂炭备婴，长沦万劫，终天无解。”③这里的“幽执寒夜”即囚禁于地府牢狱之义。因此，“寒夜”就有地牢或地狱曹府这层含义。在《寒夜》文本中，“寒夜”已经偏离了我们所熟知的词典释义，转变为文本修辞义，从公众认知经验中的“寒夜”发展成为临时文本语境中的新“寒夜”，指向的是小说主要人物所处的人生“寒夜”、家庭之“寒夜”、社会“寒夜”，更指向这一系列“寒夜”有如阴曹地府，有如束缚人之牢狱。

巴金创作《寒夜》这篇小说，始于一个寒冷的冬夜，虽然只写了一个渺小的

---

① 谭学纯，朱玲：《广义修辞学》，安徽教育出版社，2001 年，第 188 页。

② 《正统道藏》(卷 2)，文物出版社，1988 年，第 212 页。

③ 《正统道藏》(卷 25)，文物出版社，1988 年，第 202 页。

小人物的生与亡，但其中映射出的是传统家庭专制伦理和政治强权给普通人们带来的灾难，“胜利给我们带来希望，又把希望逐渐给我们拿走”。[①] 作者没有在结尾加上“黎明”，其自述原因为：“那些被不合理的制度摧毁、被生活拖死的人断气时已经没有力气呼叫‘黎明’了。”[②]但从广义修辞学的视角看，这样没有“黎明”的“寒夜”，更能凸显其作为文本篇名符号在小说文本建构中的修辞价值，使小说隐藏的修辞意蕴更加深刻，并使作者能更好地向读者传达其进行小说文本建构时所指向的深层价值思考。

参考文献

[1] 巴金：《巴金选集》6《第四病室/寒夜》，四川人民出版社，2009 年。

[2] 谭学纯，朱玲：《广义修辞学》，安徽教育出版社，2001 年。

[3] 李存光：《巴金研究资料》(中)，知识产权出版社，2010 年。

[4] 陈思和，辜也平主编：《巴金：新世纪的阐释——巴金国际学术研讨会论文集》，福建教育出版社，2002 年。

[5] 辜也平：《巴金创作综论》，福建教育出版社，1997 年。

[6] 陈丹晨：《巴金正传》，江苏文艺出版社，2010 年。

[7] 张权民：《世纪灵魂的呼号与拷问》，海天出版社，2000 年。

[8] 宫瑞英：《叙事语篇人物塑造的认知文体研究》，中国社会科学出版社，2012 年。

[9] 李荣启：《文学语言学》，人民出版社，2005 年。

[10] 白春仁：《文学修辞学》，吉林教育出版社，1993 年。

[11] 李建军：《小说修辞研究》，中国人民大学出版社，2003 年。

① 巴金：《寒夜·后记》，《巴金选集》6《第四病室/寒夜》，四川人民出版社，2009 年，第 258 页。

② 同上。

再论巴金长篇小说《寒夜》的艺术价值

李新宇

概述中国现代文学史上六位大师级人物的简称“鲁郭茅巴老曹”是大家耳熟能详的，巴金先生作为其中的一位，其个人对中国现代文学的影响不可低估。巴金先生作为高产多产的作家，其文学创作生涯持续了 60 多年，其创作主要分为建国前后两期，前期主要以小说为主，后期偏重散文创作，共创作了 400 多万字的文学作品，其中长篇、中篇小说 20 部，短篇小说 70 余篇，散文集 17 本。

巴金小说创作最为著称的是取材于旧家庭的崩溃和青年一代的叛逆反抗的作品，《家》就是这方面写得最成功、影响最大的长篇小说代表作，曾影响过几代青年读者的心灵，奠定了他在现代文学史上的重要地位。他善于在娓娓动听的叙述和真挚朴实的描写中，倾泻自己感情的激流，细腻独到，自有一种打动人的艺术力量。在抗战后期和抗战结束后，巴金创作转向对国统区黑暗现实的批判，对行将崩溃的旧制度作出有力的控诉和抨击，艺术上很有特色的中篇小说《憩园》《第四病室》、长篇小说《寒夜》便是这方面的力作。

《寒夜》是巴金的最后一部长篇小说，《寒夜》以一对原本相爱并有着共同人生奋斗目标的小公务员汪文宣的生死离别、家破人亡的悲剧，并通过他揭示了旧中国大多数正直善良的知识分子的坎坷命运。《寒夜》的艺术价值相较于巴金的其他作品而言更高，在艺术表达技巧方面也更为圆熟，不仅刻画了鲜明生动的典型人物形象，更为难得的是在作品中展现出了人物的内心心理转变历程，使人物形象层次感更为立体丰富，同时对时代和社会的展示也颇为合理。

一、《寒夜》的背景和环境描写中糅合了西方的文化影响

《寒夜》里汪文宣和曾树生相遇的时代是上世纪三十年代，两个人都接受了高等教育，在志趣和理想上默契和谐，情感上情投意合，他们希望将来自己能够投身在振兴祖国的教育事业上，尤其是乡村的师范教育。这样的年轻人堪称那个时代的希望，他们的理想里有着个人价值的体现，有着社会角色的责任担当，是受到了西方人本主义的影响。但是这样的两个年轻人在抗战爆发后不得不回到了四川重庆谋生，汪文宣做了个小书记员，曾树生进了一家银行，后来又有了儿子小宣，汪文宣的母亲和他们生活在一起。在战乱年代，原本应该互相温暖互相扶持的一家人之间却矛盾纷争不断，汪文宣看着母亲总是为难自己的爱人，总是指责曾树生的所谓错处，家里一地鸡毛蒜皮，他心里痛苦万分却又无力改变现状，日复一日的辛苦操劳和郁结心情使他患上了肺结核，这个家终于渐渐走向分崩离析……

作品中的背景和环境描写中可以看到东西方的文化合情合理地杂糅在一起。作者巴金童年生长在一个四川成都的封建大家庭，从小对于封建大家庭的点点滴滴耳濡目染，很小就开始接受家塾教育方式，诵读中国古代经典作品，受到了传统文化的熏陶。巴金曾说："在所有的中国作家中，我可能是最受西方文

学影响的一个。”1919年，五四运动爆发，新文化与新文学运动被一些文化先驱推向高潮。在重新评判孔子，抨击文化专制主义，倡导思想自由的同时，将眼光投向西方，广泛引进和吸收运用西方文化。大量的西方小说被翻译介绍，而且相应地各种西方文学思潮也在中国的文坛上流传开来，浪漫主义，写实主义，新浪漫主义等等理论，流派都寻找自己的信从者，在年轻的中国现代文坛上形成了百家争鸣的新局面。这样的文化环境中，很多作家都吸取了西方文化营养，进而形成自己的创作风格，巴金深受影响。

二、作品中的家情结与人性解放叙写不可忽视

巴金的《激流三部曲》就是取材于封建大家庭的逐步解体，其中1931年4月在上海《时报》上连载的长篇小说《家》，被认为是20世纪中国家族小说的开端，在一开始就以其强烈的主观激情和对封建大家庭的体察和书写，与茅盾鸿篇巨制的《子夜》和老舍的充满着北京市民文化习俗的《骆驼祥子》共筑了中国现代文学30年代长篇小说的创作艺术巅峰。

于1946年8月，连载于上海《文艺复兴》月刊的长篇小说《寒夜》里的家虽然是个小家庭，人口数量只是三代四口人，但是这个家庭的构成依然是纵式的结构，遵循着中国传统文化中的长幼尊卑有序的标准。汪母时时刻刻在以挑剔的眼光审视着曾树生，并且口口声声不承认她是儿媳妇，原因是没有三媒六聘、明媒正娶，她认为曾树生在这个家庭里是附属品，所以总是为难曾树生。汪文宣和曾树生因为相爱走到一起，两人追求心灵的相通，这原本应该是两个平等角色构成的新式小家庭，家庭的核心角色是他们两人，母亲和儿子是附加的责任和义务。汪母心里对家庭结构的认定与他们两人的观念是相悖的、矛盾的，所以这个家庭变成了婆媳战争的战场，汪文宣和小宣无力改变这一切。曾树生作为接受了新式教育的时代女性，自认为是高级知识分子，所以对于汪母的迂腐观念她从不在意到争执和纷争不断，渴望能够在家里拥有一定的权利，话语

权也好,基本人权也罢,对于曾树生来说是个心理角色的认同,是人性解放的自然要求,所以她的离家到兰州也带有抗争的成分,不是简单的率性而为。《寒夜》把小家庭里的矛盾纷争写得事无巨细又鞭辟入里,家情结和人性解放叙写在作品中得到了充足的表现,与钱锺书的《围城》一并显示了小说"复兴"的气势,为 40 年代的中国文坛抒写了凝重厚实的一笔。

三、《寒夜》中的人物形象的描写

小说主人公汪文宣和曾树生是一对大学教育系毕业的夫妇。年轻时自由恋爱结合在一起,曾经编织过许多美丽的理想,希望能用自己的知识和力量办一所"乡村化、家庭化"的学堂,为国家为人民做点有益的事情。但抗战爆发后,他们逃难到重庆,汪文宣在一家半官半商的图书公司当校对,曾树生在大川银行当"花瓶"。汪文宣的母亲为了减轻儿子的生活负担,赶来操持家务,但汪母与曾树生婆媳关系不和,汪文宣夹在中间两头受气,且又患上肺病,家庭经济非常拮据。最后曾树生跟随银行年轻的经理乘飞机去了兰州,汪文宣在抗战胜利的鞭炮声中病死,汪母带着孙子小宣回了昆明老家。两个月后,曾树生从兰州回到重庆,但已物是人非,伤感不已。作家在小说中成功地塑造了汪文宣、曾树生、汪母这三个人物形象,深刻地写出了抗战时期,勤恳、忠厚、善良的小知识分子的命运。

(一) 汪母的人物形象

同儿媳曾树生相比,汪母善良坚韧、吃苦耐劳。她由富裕坠入困顿,曾经迁怒儿媳,但后来也非常悔恨。她虽然留恋过去的"黄金时代",现在身处困境却也能操持家务,特别是儿媳远去之后,一面操心生病的儿子,一面照顾上学的孙子。痛失爱子之后,她携孙谋生,独自承受着生活的煎熬,令人心酸而感佩。但是另外一面汪母自私、守旧、顽固、专横,她害怕"儿子爱媳妇胜过爱她",一度千方百计阻扰儿子与儿媳妇言归于好，甚至企图从儿媳身边抢走儿子，永远以“充满慈爱和怜悯的目光”注视着儿子；同时企图制服儿媳，她时常无端挑起事端，恶语相讥，甚至大骂儿媳就是儿子的“姘头”，曾树生深感头疼。这或许是因为汪母寡居多年，唯一的儿子自然而然就成了这种情感的甘霖的替代品。应该说，从心理学的角度说，这种母爱是畸形的，会带给儿子和儿媳很多伤害。还有曾树生的漂亮能干和儿子的懦弱无能也形成了鲜明的对比，汪母心里多少有些自卑，为了自卫，就常常攻击曾树生：“你么，算什么东西，不过是我儿子的姘头而已。”应该说，汪母也是个旧式的知识女性，理解了她闹腾的心理根源，也就理解了她的不开心的缘由。她也是个纠结矛盾、不幸的小人物而已。

（二）曾树生的人物形象

曾树生是《寒夜》中的一个小资产阶级女性知识分子形象。作者对曾树生这个人物形象的刻画、描写，尤其是对其心底个性特征的挖掘是十分成功的。从全书总的设计来看，曾树生这个女主人公追求幸福自由，追求个性解放，既有中国妇女传统道德，又带有新时代女性的一些特征。另一方面，她的缺点在战乱时代非常明显：爱虚荣、好打扮等，因而总是被汪母嫌弃和言语攻击。曾树生选择了离家出走到兰州，是因为无法容忍丈夫毫无生气的生活方式和婆婆的恶语中伤，本能地企图摆脱和逃离困境，于是面临着道德抉择和感情折磨。她的离去不是道德败坏，只是在家庭困境中企图拯救自己的一个选择，她也希望再次确定自己的生活价值意义。在兰州的曾树生，并没有忘记给家庭寄钱写信，应该说曾树生还是在承担着个人的社会角色所赋予的责任和义务。直到两个月后，抗战胜利后的返回重庆，也是一种回归。因此，在曾树生这个人物身上产生出的是一种反道德、重自我的新型现代女性的道德特征。

（三）汪文宣的人物形象

汪文宣是小说中的男主人公，上海某大学教育系的毕业生，也曾大胆地表现出对习俗的不满与挑战，与曾树生自由恋爱组成了一个令人羡慕的小家庭，那时的汪文宣应该是风华正茂、意气风发、理想崇高、雄心勃勃；可是回到了重庆之后，他处处忍让，事事委曲求全，是个典型的老好人，但是也是社会中被侮辱和被损害的小职员，他整日勤勤恳恳、唯唯诺诺、小心翼翼，拼命工作，病了也不敢回家休息，希望保住一份低微的薪金来养活一家老小。他处境艰难，尽管正直、善良、与世无争，最后却还是因肺病加重而丢了工作，最终在抗战胜利的前夕，在孤独与悲哀中吐尽了血痰死去。他变成了旧时代典型小知识分子悲惨命运的缩影。

在家庭生活中，他又处于婆媳争执纷争的夹缝之中，他夹在中间左右为难，他无法改变现状，只好对自己责备求全。在工作与生活的双重压力下，他得了当时的不治之症肺结核，只能默默无言的舍弃个人的理想、幸福和爱情。

四、《寒夜》中流露的反封建意识

巴金创作的很多作品都着重对封建制度下的反叛者以及牺牲者进行了详细的描写，旨在抨击封建制度对当时人们的迫害，同时也预示了封建制度最终会走上灭亡的道理，但是后期创作的小说中反封建意识的表现和前期不同，不那么激烈和激进，更倾向于唤醒读者思索人生价值和时代社会进步的意义。

巴金曾经说过："艺术算得什么？假若它不能够给多数人带来一点光明，假若它不能够对黑暗给一个打击。"巴金注意到，同时期很多艺术家认为大多数民众的痛苦和希望在他们看来是极小极小的事情。巴金觉得作品反映出来这个社会上的现象和困惑应该是文学家的一种社会责任，他从特殊的政治标准出发，强调文学的功利作用，从现实革命的角度而反对纯艺术，反对传统文化对生活的点缀作用。

《寒夜》里的婆媳纷争表面上看是家庭矛盾，如果做深层次的探究，难道汪母和曾树生的矛盾不是新旧思想的战争吗？汪母的挑起事端，看着似乎是鸡毛蒜皮的小事，但是她的言谈举止上总是对自由恋爱加以攻击，认为曾树生在这个家庭里应该是低人一等的一个儿子的"姘头儿"而已，对曾树生的工作上的应酬怀疑她品行不端，看到曾树生为应酬精心打扮、花枝招展就在言语上大肆攻击，意图摧毁曾树生在这个家里的一丝一毫的地位，这个时刻的汪母其实内心的自卑可怜和自大冷酷恰恰表现了她根深蒂固的封建意识，在这个家里，汪母认为自己才是高高在上的权威，谁也不能挑衅她的存在感。这是以小见大地将婆媳两代人之间的意识差别生动全面地展现了出来。

小说的结尾，曾树生闻知了汪文宣已经死亡的噩耗，也无从寻找据说已经回到昆明老家乡下的汪母和小宣，一个人茫然地行走在寒夜的街头，走着走着……这样的一个社会时代的知识女性，何以落到这样茫然无措的地步，也让读者忍不住想要审视时代和社会上人们的意识形态的发展状态。

《寒夜》的艺术成就是多方面呈现出来的，在研究巴金创作方面的艺术价值还有较大的空间。

参考文献

[1] 曹建玲：《道是无情却有情——论曾树生的"逃离"与"回来"》，《南都学坛》2007 年第 3 期。

[2] 赵乐：《性别视角下曾树生形象的重新定位》，《牡丹江教育学院学报》2014 年第 3 期。

另类的都市漫游

——对《寒夜》的再次重读

赵　静

《寒夜》写的是"1944年冬季到1945年年底一个重庆小职员的生活"。[①] 在谈到《寒夜》时，巴金数次提到自己在重庆的一条长街上游荡的情境。"我每天总要在民国路一带来来去去走好几遍，边走边思索，我在回想八年中间的生活，然后又想起最近我周围发生的一切事情。我感到了幻灭，我感到了寂寞。"[②]在民国路这带，巴金淹没在人群中，作为一个社会的观察者，漫游在都市的街道上。他的眼睛成为"照相机整天摄影"，或俯视，或仰视，或平视，角度多变地观察着这个流动的世界。在创作小说时，这种记录和观察方式被巴金用笔描摹下

① 巴金:《关于〈寒夜〉》，收入《巴金全集》第20卷，人民文学出版社，1993年，第695页。

② 巴金:《关于〈寒夜〉》，李存光编:《巴金研究资料(上)》，知识产权出版社，2010年，第464页。

来,并“像若干年前写《灭亡》那样借笔倾吐感情”,于是“汪文宣就这样在小说中活下去,他的妻子曾树生也出来了。他的母亲也出现了”。[①]

巴金的都市游荡引出了汪文宣的独自彷徨。汪文宣如同巴金一样,经过熟悉的冷酒馆和咖啡店,去“半官半商”的图书公司上班,住在那间“与老鼠、臭虫和平共处的小屋里”,听着耳旁熟悉的“炒米糖开水”的叫卖声,一遍又一遍地走过那条再熟悉不过的小巷,感受着“死气沉沉的阴暗环境”。巴金在重庆所目睹的一切借助汪文宣等人的眼睛传递出去,在小说中汪文宣代替巴金成为社会的观察者,发现着身边一个又一个的故事,体察着身边灰色的生活空间,在民国路和附近的几条街中漫无目的地游走着。汪文宣的街头闲逛,巴金的反复提及,何以巴金如此重视这段“都市漫游”的经历,这样的都市漫游的经历中又包含了怎样的文学寓意呢?汪文宣的都市漫游究竟发现了什么?他是以何种眼光介入到社会中的?巴金想借助汪文宣的都市漫游表达出什么样的精神追求?也许借助都市“漫游”这一线索可以为我们提供一个重新解读《寒夜》的路径。

一、“日常化”的都市漫游者

纵观小说全篇,汪文宣长时间的“都市漫游”共有 5 次,分别发生于小说的第 1 章、第 4 章、第 7 章、第 13 章和第 25 章。在小说的开篇,巴金就描写了汪文宣的一次“都市漫游”,“他并没有专心听什么,也没有专心看什么,他这样做,好像只是为了消磨时间”,[②]汪文宣“不知不觉地走出了这一条街。他继续慢慢地走着。他的思想被一张理不清的网裹住了”。[③] 他思索着躲警报的事情,之后又觉得冷,漫无目的的散步,然后想到了与妻子树生吵架的事。在散步的过程中,他与无数的普通民众擦肩而过,他听到了他们的担忧和疾呼,也发现了身边的

① 巴金:《关于〈寒夜〉》,李存光编:《巴金研究资料(上)》,知识产权出版社,2010 年,第 464 页。

② 巴金:《寒夜》,《巴金全集》,人民文学出版社,1989 年,第 419 页。

③ 同上书,第 420 页。

很多故事。生老病死、贫穷饥饿，战争逃难等等情景全部涌现到他的脑海中。之后的几次都市漫游，汪文宣基本上也是麻木恍然的状态，他“毫无目的地走着”，不是在“疾走”，也不是在“散步”，几次被人力车夫撞了也不自知，如无头苍蝇一样在街道上闲逛、瞎转，听着小贩们的闲聊，看着别人的“闲事”。

汪文宣“无意识”的都市闲逛很自然地可以联想到本雅明所提出的“都市漫游者”的文化概念。这类“漫步者、闲逛者、尤其指 19 世纪巴黎城里有钱财支撑而无需劳动的人士，他着装考究，气质儒雅，闲来无事，漫步街头，悠悠哉哉”。[①] 他们企图借助游逛摆脱都市生活中的“闲闷”与“孤独”。从此种意义上说，汪文宣与这些都市漫游者的形象有极大的出入，虽然都是毫无目的地闲逛，可汪文宣着实称不上是“有钱财支撑而无需劳动的人士”。汪文宣的家庭面临着极大的经济负累，在战时的生活步履维艰，在城市底层挣扎。这样的城市底层公务员又如何能够去体面地闲逛呢。

汪文宣的“闲”是被逼无奈的茫然，而非这些漫游者的闲来无事。在抗战初期，“最初曾经热了差不多全部中国知识分子的心，使他们献身于强烈的战斗，慷慨激昂，目空今古”，而随着抗战时间的延续，大片国土相继沦丧，“抗战愈深入，环境愈困难，知识分子的苦闷也愈来愈厉害”。[②] 尤其是在陪都重庆，因为战乱的缘故，很多外省人逃难于此。大量人口的迁入，以及战争时期物资运输的匮乏，使得重庆这一城市的承载力濒于崩溃的边缘。“自三十六年度开始以来，重庆的物价，节节上涨，愈演愈烈，大有不可收拾之势”。[③] 米价由“二十二元涨至三十二元左右”，“棉布比从前高增二十倍”，“皮鞋、暖水壶等增至十倍”，“其他日用消耗品均增至十倍以上”。[④] 如此高额的物价，民众的工资却并未随之水涨船高，社会经济的“马太效应”持续加强，贫富差距拉大。在战时重庆工人家庭平均每家全年总收入为 5 223.7 元，一些收入低的家庭无法维持基本的生活，

---

① 郭军：《都市漫步者》，《国外理论动态》2006 年第 2 期。

② 冯明之：《论知识分子及其生活态度》，《青年知识（重庆）》，1946 年第 2 卷第 1 期。

③ 杨及玄：《半年来重庆物价波动》，《四川经济季刊》，1947 年第 4 卷第 2/3/4 期。

④ 《重庆物价高涨》，《中国经济评论》，1940 年第 2 卷第 4 期。

唯有依靠频繁借贷来残喘度日。而那些肩不能扛，手不能提的知识分子则受到的波及更大。“在当时的重庆和其他的‘国统区’，知识分子的处境很困难，生活十分艰苦，社会上最活跃、最吃得开的是搞囤积居奇，做黄（金）白（米）生意的人，还有卡车司机。当然做官的知识分子是例外，但要做大官的才有权有势。做小官、没有掌握实权的只得吃平价米”。[①]“受难的公教人员，穷的教员，穷到自己浇粪种菜。大家见面，成日的谈着活不下去。”[②]这些知识分子由于自身体力和工作性质的原因，在重庆的生活每况愈下，朝不保夕。物价的飞涨，生活的拮据，使得“一种可怕的庸俗的实际主义正在这个社会各组织各阶层间普遍流行，腐蚀我们多数人做人的良心做人的理想，且在同时还像是正在把许多人有形无形市侩化，社会中优秀分子一部分所梦想所希望，也只是糊口混日子了事。”[③]不同于那些悠闲的都市漫游者寻求城市中犯禁的快感、重拾生活中的偶然的激情和情趣，汪文宣漫步街头所闻所见的只能是充满着烟火气的“平凡生活“和凡俗琐碎的抱怨哀愁。

汪文宣的街头闲逛，揭启了一幕幕的人生故事，组合成战乱时代下平民生活的浮世绘。第一章的游荡开启了他个人的家庭困境；第 4 章的街头寻觅，又发现了她妻子与银行陈主任的暧昧关系；第 7 章和第 13 章又见识了出他朋友唐柏青和酒馆陌生人的人生悲苦，醉生梦死；而第 25 章的游逛，却挖掘出了他本人焦虑、苦闷、虚无的内心世界。这几次的漫游经历展示了汪文宣的家庭矛盾和内心纠葛，推动了小说的情节发展，搭建出一个鲜活的战时重庆居民的社会生态。在这条漫漫长路上，仿佛把世间爱恨全部唱尽。巴金借助汪文宣的都市游逛，还原了战时重庆社会生活的真实面貌。

不过应该注意的是，汪文宣的社会洞察多是以自我为中心，携带着自我的“权力运作”和“欲望纠结”凝视方式，他一路上咀嚼出的基本上都是碎片化、非连续性、动态流动性的自我的主观意识投射。而作为被观察者的小商小贩、曾

---

① 巴金：《关于〈寒夜〉》，李存光编：《巴金研究资料（上）》，知识产权出版社，2010 年，第 462 页。

② 张恨水：《写作生涯回忆录》，中国文联出版社，2005 年，第 94 页。

③ 沈从文：《云南看云》，收于郁达夫等著：《16 城记》，吉林出版集团有限责任公司，2012 年，第 209 页。

树生和陈主任、以及唐柏青和酒店陌生人却均未“体会到观察者眼光带来的权力压力”,并“通过内化观者的价值判断进行自我物化”。[①] 相对于都市漫游的双向交流的形式,汪文宣的观看方法明显是单项的输出与反馈。他透过社会观摩,发现了一个又一个身边的故事,之后又将这些人的情状套用于自身,揣摩和审视自我。他听到小贩们极不重要的谈话,大吃一惊,联想到自己妻子出走的事,一方面怨恨妻子与母亲的互不让步,一方面也期待着警报解除,妻和母亲都回到家中。他对于不可解的家庭的矛盾无能为力,唯有噩梦连连;他亲眼看到妻子和陈主任有说有笑地走在街上,他并没有上前打扰。“妻子丰满的身子”和穿着时髦、高谈阔论的陈主任使他感到嫉妒、不自信,这一次他意识到了婚姻危机;听到同学唐柏青的近况,他“完全崩溃了”,“悲愤到了极点,他需要忘记一切”,生活的压力让他痛不欲生,他选择埋醉自己。甚至在第二次亲历了唐柏青的死亡,他开始吐血,呢喃着“我完了,我完了”,身体机能开始出现问题;到了最后一次的游荡,他受到曾树生告别信的刺激,精神彻底垮掉,希冀着“毁灭自己”。外界的刺激牵引着模糊、迷茫、逃避的汪文宣不得不面对淋漓的鲜血与风刀霜剑的现实,他一次次地清楚地意识到自己的所面临的危险,一次次完成对自我的审判。

私人领域的吵闹,将汪文宣推向街头。他一次次地奔出家门,希望借助漫游纾解自我的家庭负担和负面情绪。可这些与之相似的平凡的生活的复现不能为汪文宣带来新奇的都市体验,他所经过的咖啡馆、冷酒馆等公共场所也并非打破都市体制和常规活动的异质性空间,反而是他所逃避的现实困境的再次重现。街上的“夜的寒气开始洗他的脸,他的脑子渐渐地清醒了”。[②] 漫游的汪文宣洞悉到社会现实的镜像,已经清楚地察觉出个体生命生存的困境。但如履薄冰的战时环境、捉襟见肘的经济收入、懦弱幽闭的性格使得他萌发的意识并没有转换成切实的行动力,他或主动或被动地放弃反抗,“始终不曾站起来为改

① 陈榕:《凝视》,赵一凡编:《西方文论关键词》,外语教学与研究出版社,2006 年,第 394 页。

② 巴金:《寒夜》,《巴金全集》,人民文学出版社,1989 年,第 508 页。

造生活而斗争过”。[①] 这些意识的雏形最终只能使他备受煎熬，一步步地将他拖进生活的泥沼，引到死亡的边缘，指向虚无的精神世界。

二、“青年心境”与“中年生活”的矛盾交织

汪文宣的都市漫游是个体生命的发现和体验之旅。在这场以自我为权力中心的社会审查中，除却汪文宣本人和被观察者外，还存在着另外一双眼睛。这双眼睛的主人正是青年时代的汪文宣。仔细阅读文本，我们会发现汪文宣的几次游逛中所涉及的家庭问题、婚姻问题、经济问题、精神出路问题等，无不以青年时代的汪文宣作为参照。当汪文宣看到妻子曾树生和陈主任走在一起，起初的他想躲开，可当他够敏锐地察觉出陈主任的主动和妻子的拒绝（“他看的出来，男的故意把膀子靠近女人的身体，女的有意无意地在躲闪。”[②]）时，他“忽然有了勇气”，“跟在他们后面”。这时汪文宣的自信来自于他青年时代与曾树生笃定的爱情。而“那个男人不知道说了一句什么话”，妻子“声音清脆地笑起来”，[③]此时“中年的汪文宣”再次出现了，他踟蹰犹豫，甚至埋怨起青年时期的他为何不用“结婚仪式”约束妻子。不仅如此，在其他的几次漫游中，青年时代的影像也无数次地如幽灵般隐藏在“中年汪文宣”的身后，青年的视角无数次地插入汪文宣的中年生活中。在闲逛的途中，汪文宣的身上始终存在着中年与青年两个分身。这两个分身在撕咬着他，分裂着他，让他无数次在大街上陷入无助与迷惘。

很多研究者都表示已经步入中年的巴金在创作《寒夜》时多是以中年心态

① 巴金：《谈〈寒夜〉——谈自己的创作》，李存光编：《巴金研究资料（上）》，知识产权出版社，2010年，第456页。

② 巴金：《寒夜》，《巴金全集》，人民文学出版社，1989年，第437页。

③ 同上。

来揣摩世事，与《激流三部曲》时的青年眼光有很大不同。[①] 人到中年的巴金能够轻松地捕捉到中年汪文宣的生活惨状，细致地体察出汪文宣的无力感。可是如果我们换种思考方式，以都市漫游的视阈再次细读文本，不难发现在小说的中年生活的外衣下潜藏着一个巨大的青年世界。

此处的"青年"不仅是生理上的时间阶段，也是具有启蒙意义的文化概念。在《新青年》一文中，陈独秀指出"新青年"的特别之处不在年龄，主要在思想的新潮。他认为新青年应在生理上具有健全的体魄，心理上认可新知，有独立的思想，且不"贪污腐败"、"宅心清白"；[②]而李大钊所写的《青春》中也谈到青春中应"独倚栏杆之际，登楼四瞩，则见千条垂柳"，颇具生活情趣和审美意识，且富有"生死骨肉回天再造之精神"、"慷慨悲歌、拔山盖世的气魄"，此"惟真知爱青春者也"。[③] 由此来看，五四以来确立的"新青年"的特质关乎生命体质、生活情怀、人生理想。作为五四的产儿，巴金所描写的青春可以说是五四青春话语的延伸。在巴金的故事讲述中，"青年成为指涉未来的想象方法"。[④] 生命活力、理想、恋爱这些生活的激流是青年的底色。而汪文宣柔弱的中年身子下埋藏的就是这些无法忘怀的青春的火种。他在做工时对不平之事时常愤慨，在心中反抗权力中心。"到这个时候你还不放松我？你不过比我有钱有势"，[⑤]甚至也会无意识地将想法脱口而出；在睡梦中他也时常回忆起曾经的教育理想和教育事业；他羡慕和嫉妒曾树生始终充满生命活力的身体和精力，甚至会在家徒四壁的情况下同意与曾树生去喝咖啡，预支薪水只为了好好地给曾树生过个生日。中年的汪文宣不曾忘记他青年时代在上海的生活，没有忘却曾经的人生理想，渴求旺盛的生命力，期待圆满而甜蜜、充满趣味的恋爱生活。这些青春的表征无时不刻地不晃动在汪文宣的周围，无缝隙地在文中闪回和穿插。

---

① 曹艳红：《人到中年——从〈憩园〉与〈寒夜〉看巴金40年代小说的特色》，《东莞理工学院学报》2005年第4期。

② 陈独秀：《新青年》，《新青年》1916年第2卷第1期。

③ 李大钊：《青春》，《新青年》，1916年第2卷第1期。

④ 蔡翔：《青年·爱情·自然权利和性——当代文学的中国故事》，《文艺争鸣》2007年第10期。

⑤ 巴金：《寒夜》，《巴金全集》，人民文学出版社，1989年，第557页。

巴金的文学作品一直以来都致力于解决一个疑问“为何中国人比欧美人失掉青春，生命，活动，爱情的机会只有多些”。[①]《激流三部曲》中年轻生命的香消玉殒，年轻人自由权利的剥夺，以及《爱情的三部曲》中爱情幻梦的破灭；《憩园》中万昭华放弃青春理想，深陷家庭漩涡，巴金的很多作品都细致入微地刻画了“青春”的逝去和青年人的悲剧。《寒夜》当然也不例外。在小说中，正是汪文宣的5次都市漫游将他苦苦经营的青春之魂层层剥去。他在躲警报的途中想起的家庭矛盾，破灭了他对于家庭生活的美好幻想；他见到青春、健壮的陈主任，对自己多病的身体和婚姻爱情产生了怀疑；他在街头偶然碰到青年时代的老同学唐柏青，倾听了他的故事，他深切地感知到一个与他有着同样青春活力的人是如何被生活吞噬的；他健康的身体开始吐血，精神渐渐不济，青春时期的宏愿也慢慢放弃；直到曾树生写信要求与汪文宣脱离婚姻关系，汪文宣再次出走，他在酒馆借酒消愁，他“拿起信笺，随意地翻着”，“信笺上的字句像一根鞭子在他的逐渐麻木的情感上面不停地抽着”。[②] 婚姻的失败，青春爱人的离开使得他年轻的心受到重创。他想到了唐柏青，“怎么我现在也落到他的境地来了”，唐柏青的命运与汪文宣的归宿交织在一起，预示着汪文宣死亡毁灭的结局，青春的心力渐渐与中年的躯体分离，“我要活！”“他究竟是向谁呼吁呢？他说不出”。[③]丢掉了青春灵魂的汪文宣成了“死也死不下去”[④]、“活也不知为什么而活”的半死不活的行尸走肉。至于后来拼死参加钟老的追悼会，不过是向苟延残喘的现在时的自己做最后的告别。

中年的颓唐的身体下装着一颗青年的跳动的心，这是汪文宣最大的悲剧。没有彻底转变思想和态度的汪文宣一方面时刻劝诫自己戒急用忍，逆来顺受，妥协退让，可另一方面却无法保证青年心态的彻底沉默。青年心境与中年生活的互不兼容，使得汪文宣只能自我折磨，矛盾、纠葛，一边轻易言败，毫不争取，

---

① 巴金：《作者的自剖》，李存光编：《巴金研究资料（中）》，知识产权出版社，2010年，第474页。

② 巴金：《寒夜》，《巴金全集》，人民文学出版社，1989年，第656页。

③ 同上书，第664页。

④ 同上书，第662页。

一边执念深沉，走入死穴、不懂变通。青年的汪文宣是他的灵魂，而中年的汪文宣则是他应对世界的躯壳。当藏匿的青年的“他”逝去时，中年的汪文宣也已油尽灯枯。

小说中，何止是汪文宣，曾树生亦是如此。曾树生又何尝能够忘却曾经的青春的自我。她无数次的低声细语都是在缅怀过去的人生追求，她不停地参加各种交际活动，要求与丈夫打桥牌，每天打扮得花枝招展地去上班，不与儿子小宣亲近，不告知别人儿子的存在，只不过是为了维护她的青春幻影。在文中，曾树生也有着几次都市漫游，不过与汪文宣“青春背离”的主题不同，曾树生的漫游体验则是稳固了她先前所营建的青春假象。曾树生因为汪文宣生病的关系先前已经决定留在重庆不去兰州，站在窗前的她注视着窗户下面的一条小小的横街和大街，“她能够看见几辆人力车衔接地从坡上跑下来，车夫的几乎不挨地悬空般跑着的双脚使她眼花缭乱。”“‘他们都忙啊’她自语道”。“她觉得‘时间’像溪水一样地在她的身边流过，缓缓地，但是从不停止”。[1] 曾树生的漫游性观感是她对工作的渴求、充实生活的贪恋、和对时光流逝的不甘。之后她应约与陈主任散步，在闲逛的过程中，陈主任幽默的谈吐、深情的告白，深切的热吻迷乱了她的身心，她似乎重拾青春爱火。她觉得“她才三十四岁，还有着旺盛的活力，她为什么不应该过得好?”去了兰州，她所需要的充实的工作、爱情的迷醉、旺盛的活力、幸福的生活似乎都可以满足。“走了也好，这种局面横顺不能维持长久”，[2]她内心已经动摇。都市闲逛时的轻松畅快与家庭生活中的乌烟瘴气形成鲜明的对比，曾树生的天平已经向着外围世界慢慢倾斜，她与汪文宣也因此渐行渐远。不过我们应该承认的是曾树生和汪文宣毕竟是各自青春时代的见证者，或者说是青春的“图腾”象征。汪文宣与曾树生彻底分离之后，青年的“最后的灵魂影像”也消失殆尽；而曾树生之所以会进退失据，迟迟无法做出决断，也是因为汪文宣的缘故。汪文宣知道曾树生青春时期的梦想，也是给她青春美

---

① 巴金:《寒夜》,《巴金全集》,人民文学出版社,1989 年,第 528 页。

② 同上书,第 539 页。

好回忆的爱人。纵使青春的假象再迷人，她也始终无法割舍与真实的青春岁月的最后联系。当汪文宣死后，巴金说曾树生“不会历尽千辛万苦去寻找那两个活着的人（汪母和小宣）”，[①]毕竟这与她追逐的青春生活背道而驰。可当曾树生最后一次漫步在重庆的街道上，她的真实的青春也已经结束了。也难怪巴金会说“我真想拉住她，劝她不要再往前走，免得她有一天会掉进深渊里去。”[②]失去了青春活力的曾树生的结局也必然是“阴暗、绝望、没有出路”。

青年的世界指涉的是现代都市人的可能的生命形式和生活方式，隶属于五四启蒙话语的范畴。巴金在“40 年代那样的旧道德文化回溯的时候，而要坚持五四精神，是很不容易的。”[③]可是这时的他也清醒地认识到启蒙话语体系在 40 年代现实生活面前集体失语的境况。汪文宣的都市漫游既没有摆脱都市生活的孤独与寂寞，也没有发现都市生活的“现代性”，反而从中咂摸出生活的苦味。生活空间赋予这些知识分子的危机感，使得那些“在抽象中好好存在”的理想在“现实前反而消灭”，而当知识分子“缺少用这感情去追求一个美丽而伟大的道德原则的勇气时，我们这个民族应当怎么办？”[④]这场都市漫游不仅是时间与世代间的矛盾，更是五四精神与 40 年代社会现实的博弈。汪文宣在漫游中走向死亡，眼睁睁地看着“青春”从身体中溜走；曾树生自私地想要把握住青春生命的活力，却最终只能流连于麻醉剂般的虚空之象中。两人的“都市漫游”深切地揭露出以“青春、新青年”为代表的五四信仰在 40 年代的消失和变种，揭示出五四一代人在动荡战乱时期的思想困顿和精神匮乏。

① 巴金：《谈〈寒夜〉——谈自己的创作》，李存光编：《巴金研究资料（上）》，知识产权出版社，2010 年，第 458 页。

② 同上书，第 453 页。

③ 蓝棣之：《现代文学经典：症候式分析》，人民文学出版社，2010 年，第 136 页。

④ 沈从文：《云南看云》，收于郁达夫等著：《16 城记》，吉林出版集团有限责任公司，2012 年，第 209 页。

三、“街头”和“家”的来回游荡

都市漫游的发生地位于现代城市的街头，在街头构成的微型世界中，漫游者以人群为掩护介入社会领域。作为公共空间，街头与“家”这一私密领域内外有别，它具有十足的开放性，侧重于强调人的自由、尊严和志趣发展，“是个人展示真实自我的不可替代的唯一舞台”①。“在19世纪中叶到20世纪早期清末民初的数十年时间里，中国人的生活方式发生了由传统向近代转折性的变化。其总体趋势是，因商业化、城市化等多种因素导致社会生态发生了较大变化，人们的生活方式也开始萌生市场化、社会化、大众化的‘公共生活领域’，并由渐变到剧变，由局部变化到全面变化。”②公共生活领域的崛起也诱导了20、30年代文学作品的“出走”潮。公共空间成为时代青年脱离出“家”后的栖息地，象征着他们理想的社会形态。“私人领域”的“家”也与公共空间的“公园”、“咖啡馆”、“街道”等构成了二元对立的文化景观。对于曾受过五四精神洗礼的汪文宣和曾树生而言，当他们无法忍受有苦难言、争吵不休的家庭生活时，他们奔向街道，这正是新青年们正常的空间位移和审美选择。“我这是怎样的家呵！没有人真正关心我！各人只顾自己，谁都不肯让步！”③“他觉得自己痛得不够，苦得不够”，“他不能安静地站在母亲的身边”，“他大步走向门”，“他拉开门出去了”。④ 可那时都市的街头不是自然可爱的田园风光，也并非无限制的公共领地，沉浮的人间世事与他们的家庭痛苦同质同构，人与人之间的冷漠又使他们倍感悲凉，声光电影的街头景观飘散着工业社会浓烈的铜锈的市侩之气，兵荒马乱的街道无

---

① 张民安、宋志斌编：《自治性隐私权研究：自治性隐私权的产生、发展、适用范围和争议》，中山大学出版社，2014年，第131页。

② 李长莉：《中国人的生活方式：从传统到近代》，四川人民出版社，2008年，第6页。

③ 巴金：《寒夜》，《巴金全集》，人民文学出版社，1989年，第423页。

④ 同上书，第454页。

法安抚和净化他们躁动烦乱的内心。曾树生“初到一个地方,定不下心来”;[①]汪文宣“只有一个念头:回家去”,“到了家,他才稍稍安心”。[②] 显然,“家”又最终代替“街头”,成为知识分子的“归途”。

不过值得注意的是,“出走”——“街头”——“归家”,这并不是良性的人生循环,不能生成自洽的命运逻辑,这种来回的游荡反而涉及到根本的生存问题——“我从哪里来,要到哪里去”。在《寒夜》中的众生无时无刻地在问这样的问题:“到哪里去呢?”[③]、“搬地方……我们朝哪里搬?”[④]“我没有住的地方,我没有,我什么也没有。”[⑤]“无根性”的生活支起了更为广阔的社会性漫游。“抗战期间,沦陷区1000余万人迁往西南、西北地区,其中有700万人来四川,迁至重庆地区的达100万人。”[⑥]这些外迁的人口远离家乡,只能在重庆等地暂时落脚,看不到未来的走向。住在汪文宣隔壁的张太太一家就是躲难至重庆的外省人。毫无稳定性的生活让她极度不安,“汪先生,你看这里要不要紧罢?我真害怕,要是逃起难来,我们外省人简直没有办法。”[⑦]如同张太太这般,社会剧烈的动荡让这些外省人漫游于广袤的中国大地上,毫无目的性,漂泊无根,无处可依。外省人求安稳,本地人却也不知道该去向何方。跟着单位继续“流浪”,还是躲到乡下,亦或者是随波逐流的随意游荡。战乱、贫困的生活让普罗大众成为了漫步的“过客”,毫无目的地远行,又不知何去何从。

《寒夜》在《文艺复兴》上连载的时候,最后一句是“夜的确太冷了”,后来小说出版单行本,巴金在后面特意地加上一句:“她需要温暖”。巴金明确表示“悲伤绝望只是小说的一个方面”,[⑧]在小说中巴金其实一直在试图地寻找希望和

---

① 巴金:《寒夜》,《巴金全集》,人民文学出版社,1989年,第628页。

② 同上书,第657页。

③ 同上书,第455页。

④ 同上书,第588页。

⑤ 同上书,第509页。

⑥ 周勇编:《重庆通史第二册》,重庆出版社,2014年。

⑦ 巴金:《寒夜》,《巴金全集》,第505页。

⑧ 巴金:《关于〈寒夜〉》,李存光编:《巴金研究资料(上)》,知识产权出版社,2010年,第466—467页。

“黎明”。所谓不破不立，巴金点破了人世悲情，也试图建立起自己的理想诉求。在小说中，如同徘徊于十字街头的曾树生，那些飘零的普通民众都在渴求建构一个温暖的“家”，亦或者应准确表述为探问人世间生存的合理性和稳定性。

在陪都重庆，人口如潮水般涌入，房子供不应求。“加之二十八年夏季的日机大轰炸，将重庆的房子，炸去十分之五、六，让在重庆住鸽子笼的人，都纷纷地抢下了乡。下乡也是没有房子的，于是乡下的人，就以极少的价钱，建筑起国难房子来居住。这种国难房子，是用竹片夹着，黄泥涂砌，当了屋子的墙。将活木架着梁柱，把篾子扎了，在山上割野草，盖着屋顶。七歪八倒，在野田里撑立起来，这就是避难之家了。这种房屋，重庆人叫着捆绑房子，讲的是全用竹篾捆扎，全屋不见一根铁钉。”[①]战争时期特殊的历史背景使“家园”的概念根深蒂固，对于那些飘零者来说公共空间只是暂时容纳之所，他们太需要找到能够安身立命的个人住房。渗透了政治权力和集体认同的公共空间无法满足个体生命最基本的生理和生活需要，建构私人领域迫在眉睫。

不过我们应该注意的是，巴金所寻觅的“家”的意义远不仅仅是实体范畴的能够遮风避雨、稳定居住的房屋，同样也是精神层面的社会关系。巴金曾谈到：“象汪文宣那样的人实在太多了。从前一般的忠厚老实人都有这样一个信仰：‘好人好报’，可是在旧社会里好人偏偏得不到好报，‘坏人得志’，倒是常见现象。”[②]在小说中，真正坏人的形象并不显著，倒是巴金集中笔墨刻画了无数好人的形象。汪母经常这样安慰汪文宣：“你不要这样想。我们没有偷人、抢人，杀人，害人，为什么我们不该活！”[③]是呀，这些好人们没有违法犯忌，没有伤天害理，他们沉默地忍受着一切非难，可为何社会就这样将其吃掉了呢？

在小说中，巴金曾写道汪文宣因为患了肺结核，病重失声的情景。“失声”这是一个带有社会隐喻的病症符号。它不仅表示汪文宣身体肌理的坏死，也指

---

① 张恨水：《纸醉金迷》，人民文学出版社，1987年，第16页。

② 巴金：《谈〈寒夜〉——谈自己的创作》，李存光编：《巴金研究资料（上）》，知识产权出版社，2010年，第451页。

③ 巴金：《寒夜》，《巴金全集》，人民文学出版社，1989年，第565页。

涉社会机制的症结。汪文宣由生病到失声最后病死标志着好人由恐惧到沉默最后成为祭品的过程。作为"社会好人"他们谨小慎微地打点自己的生活，希望能够融入集体的价值认同中，安分守己地过日子。好人之所以会沉默源于社会所带来的精神戕害。他们最大恐惧不在于经济利益的短缺、肉体上的病弱与折磨，而是害怕精神上的"孤立无援"。他们借助沉默希望融入同类群体，实现所谓的抱团取暖、"温暖的合群"。在公司，汪文宣忍受非人的工作待遇，防止被领导辞退；庆贺周主任的生日，虽然他百般不愿，可还是敢怒不敢言，为了不让同事笑话，拖着病体勉强参加，在宴席上躲在角落，保持沉默。只有钟老这样的好人理解他，体恤他尴尬的处境。纵使在家中，面对着母亲和妻子无休止的争吵，汪文宣这样的好人不想得罪任何一方，他能够做的只有收声。在畸形与冷漠的社会关系下，由于恐惧权力、害怕压制、不希望变为异己，这些有梦、有理想的"好人"们自我禁抑。可是寒蝉效应所带来的自我默声的结局却是在工作中被同事排挤，在家庭生活中被妻子抛弃。当汪文宣由象征性的"失声"转而为真正"失声"，在众人睁一只眼闭一只眼的时候，他早已成为沉默的牺牲品。"夜的确太冷了"，"她需要温暖"。寒冷的不仅是地理意义上的自然环境，也是扭曲、复杂的社会关系的映射。"要是换一个社会，换一个制度，他们会过得很好。"①巴金如是说。可是这个制度不能简单地概括为时间上的新与旧，"新"与"旧"这只是包裹在外面温软的果肉，咬到里面的硬核应该是社会制度的法度与人际关系。当一个社会思想上能够包容个体生命精神的独立，经济上满足个人体面的生活，文化上允许多元的声音，也许汪文宣等好人们不会再成为"沉默的大多数"，也不会再为沉默献祭。

由"家庭"到"街头漫游"不单单是空间结构的变换，也是个人体验的转变。当汪文宣一次次地闲逛于街头，他只是试图变换一个场地去找寻灵魂的平静和相互理解、互相关爱的新的相处模式。而"家庭"与"街头"尝试的双双失败标志着现实空间中所存在的体制的"病症"。小说《寒夜》由汪文宣的都市漫游始，以

---

① 巴金：《关于〈寒夜〉》，李存光编：《巴金研究资料（上）》，知识产权出版社，2010年，第466页。

曾树生的都市游逛终。这样的叙事模式在巴金的以家庭生活为背景的小说中数见不鲜。《家》中以觉民和觉慧由大街归家开始，以觉慧逃离出家，坐船离开结束；《憩园》是以黎先生漫步在成都街头开端，以黎先生坐车离开憩园截止。如果这些重复的文学设计中有什么象征意味的话，那么不妨可以看作是巴金追问的过程。蕴藏着不同"风景"的空间地界带来了不同的人生感官和生命体验，可人类依旧无法落地生根，只能是走在长长的望不到尽头的街道上，或看着碧波万顷、一望无垠的悠悠绿水，"游荡"成了现代都市人面临的共同难题。能够容纳个人自由生存的"群"的形式究竟如何，这正是巴金不停逡巡、不断漫游的根结。从《家》到《憩园》，时代在改变、政治在更迭、战争时断时续，生命也有生有死，可是巴金的"游荡"没有终止，他依然在质问个人、责问家庭、反思社会。现代人安稳、温暖的生活，平等、公平、博爱的社会面目和人生际遇是巴金致力耕耘之所在。也许没有什么事情是可以真正结束的，如果这个问题不解决，还会有无数地人在不同的街道上毫无目的地游荡着。

「经济非正义」的有限批判与「救出我自己」的无根追求

——理解巴金《寒夜》的一种思路

廖海杰

巴金的成熟之作《寒夜》中复杂的道德困境时常令读者感到纠缠，如夏志清所言，“在一本真正的小说中，任何道德上的真理，应当像初次遇见的问题那样来处理，让其在特定的环境中，依其逻辑发展”①。《寒夜》对道德人心深刻而复杂的探讨令人称许——汪文宣、曾树生、汪母都有各自的道理和可同情之处，却仍不可避免的互相戕害着走向悲剧结局。这样看来，《寒夜》似乎书写着人类共有的某种生存困境，文中的夫妻、婆媳矛盾终究无法化解，仿佛暗示着人与人间必然的误会和孤独，从而有了形而上的悲哀。这确实令人困惑，难道《寒夜》的悲剧只能用“她需要温暖”这样虚幻的人道主义理想来安慰么？本文认为，要超

① ［美］夏志清著，刘绍铭等译：《中国现代小说史》，广西师范大学出版社，2014 年，第 265 页。

越这种较为固定的接受视阈，可以跳出“小人小事”的眼界，将《寒夜》重新看作一部带有现实批判色彩的大书。当我们借用经济伦理学上“经济正义”的概念来反观小说中人物的现实处境时，《寒夜》中某些复杂的道德困境有了别一种理解，小说叙述上的裂隙和复调意味也因此得到显现。

一、“经济非正义”的有限批判

“经济正义”是关于社会经济活动和经济制度的正义，是一个专门用来表述经济制度、经济活动与伦理规范、道德评价之间关系的交叉概念[①]。《寒夜》中的“经济正义”问题多反映在“制度正义”和“分配正义”的未能实现上，前者体现为战争条件下总体的经济困境无从保障人民基本生活，后者则体现在抗战时期“发国难财”的现象使行业、等级间贫富差距迅速拉大的现象。这两种严重的“经济非正义”状态及处于此状态下的不同选择，事实上构成着《寒夜》中汪文宣、曾树生、汪母三人家庭矛盾的核心。

曾树生最终决定出走并终结与汪文宣的夫妻关系，为小说前半部分的道德伦理纠缠划上了句号。如果我们追问，曾树生为何要抛下患病丈夫和尚在念书的儿子、接受明知对自己有意的陈主任的邀请去往兰州任职，就会发现理由有以下几点：其一，汪母和她的矛盾已到不可调和的地步；其二，汪文宣患病且性格越发软弱，夫妻间已无平等沟通的可能；其三，战时生活压力巨大，曾树生不能失去银行的工作，而去兰州的丰厚薪水也能更好补贴家用；其四，曾树生对时局失望，且“有旺盛的活力”，想“活得痛快一点，过得舒服一点”。这里表面看来，曾树生出走的行为是多种原因综合导致的，但仔细分析，每个理由背后均隐含着一个共同前提，即曾树生处于“经济非正义”状态中的受益者位置。

---

① 参见何建华：《经济正义论》，复旦大学2004年博士学位论文；毛勒堂：《经济正义：经济生活世界的意义追问》，复旦大学2004年博士学位论文。

通过小说叙述可知，汪文宣和曾树生同是大学毕业生，结婚已十余年，也曾在上海度过舒坦的日子，可见汪曾二人的夫妻关系不是一开始就有着深刻裂痕。曾树生与汪母看似十分不可调和的婆媳关系，也并不完全如以往的论者所言，仅体现着一种新旧观念冲突或是母亲对儿子的变态占有欲——例如文中汪母多次吵架时怒称曾树生为自己儿子的“姘头”，却又使用着一套把曾树生当成媳妇来要求的逻辑，岂不自相矛盾？如果汪母一向如此不通情理，过往的十来年间她们又是如何相处？其实，通过细读可以发现，这段婆媳关系冲突的核心在于曾树生撤退到重庆后的工作方式，而这才是汪母不满的主要原因。

小说中对于曾树生的工作从未有过直接描写，我们所知的仅是她在银行做事、当着汪母口中的“花瓶”，工作“不重”、“比较自由”，却收入颇丰，不但有实力坚持送儿子进费用昂贵的高级学校，还经常与同事有着各种消遣性的应酬，连跟丈夫闹别扭也要约在“国际咖啡厅”。更关键的是，根据文本中的信息，曾树生似乎不是靠着自身的专业素质（如出色的金融才能、高超的会计技巧）取得这份收入，陈主任试图调她去兰州，并不是因为其业务能力，而是想要追求这位有夫之妇。她还利用陈主任对自己的好感，与其搭伙做“囤积”的生意。显然，曾树生已经加入了“发国难财”的队伍。与之形成对比的是相对“无能”的汪文宣，由于并无当“花瓶”的性别与色相，他每日从事着繁重的校对工作，薪水却少得可怜。本是顶梁柱的儿子在“经济非正义”状态中处于底层，儿媳妇却利用美貌成了“经济非正义”状态中的受益者，在汪母看来难免会心里不平，于是二人有了下面这样的对话：

母亲愤愤不平地叹了一口气。妻想了想，才说：“说不定有一天我们也会像他们那样。不过我们活着的时候，总得想办法。……”

“想办法？我看拖到死都不会有办法，……只有一年不如一年！”母亲终于在旁边发起牢骚来了。

“这要怪我们这位先生脾气太好罗。”妻带了点嘲笑的调子说。

母亲变了角色，接着说：“我宁肯饿死，觉得做人还是不要苟且。宣没有一点儿错。”

妻冷笑了两声，过了两三分钟又自言自语似地说："我看做人倒不必这样认真，何必自讨苦吃！"

这里，汪母和汪文宣或许是出于无能而缺乏在"经济非正义"状况下讨生活的本领，但也很难说接受过传统教育的他们心中就没有一种"邦无道，富且贵焉，耻也"的认真与傲气。汪母说："我宁肯饿死，觉得做人还是不要苟且"，在另一段里，她也表示"这个年头哪个有良心的人活得好？"，于是在她心中，"做人倒不必这样认真"的曾树生无疑便是"苟且"和"无良心"的范例了。此外，在汪母看来，曾树生本就"非正义"的经济地位，竟多半是靠直接或间接出卖女人的色相得来，不但是"花瓶"，还"只顾自己在外面交男朋友"，这某种意义上构成对自己儿子的不忠，当然就成了双重的"非正义"。因此，以"经济非正义"的视角看来，汪母和曾树生的矛盾不仅是一个新旧观念冲突和恋子情节的问题，而关涉到在"经济非正义"状态下如何自处的道德选择。而在这种道德选择上，汪母和汪文宣处于同一极，我们可以看看他们先后讲过的一句大意相同的话：

当汪母不愿出去躲警报时，汪文宣安慰她道——

"妈，你不要这样说，我们没有抢过人，偷过人，害过人，为什么我们不该活呢？"

当汪文宣对病情和时局绝望时，汪母宽慰他道——

"你不要这样想，我们没有偷人，抢人，杀人，害人，为什么我们不该活？"

汪母和汪文宣的这句几乎相同的话，表面上是母子间一种带朴素报应观的自我安慰，实则却是对黑暗现实和"经济非正义"状态的锋利批判。这句重复出现的话，也可看作巴金本人对黑暗现实的反诘，当一个社会、一个经济体无法保障善良公民的基本生存权，这种"经济非正义"状态便不可接受并必须加以改变。汪母和汪文宣控诉着这个社会，苦熬着等待抗战胜利作为一切的转机，但曾树生的策略却是接受现实并在其中寻求生存之道，她认为"我不要再听抗战胜利的话。要等到抗战胜利恐怕我已经老了，死了。现在我再没有什么理想，我活着的时候我只想活得痛快一点，过得舒服一点。"其实，不光汪母和曾树生的婆媳关系，曾树生和汪文宣夫妻关系的核心裂痕，也在于二人对"经济非正义"状态下的取舍存在根本性分歧。

有观点认为，汪文宣和曾树生的性格差异乃是二人关系破裂的主要原因，与充满"活力"的曾树生相比，汪文宣的"软弱"、"病态"自然是独立的新女性所不能接受的。但当我们联系着作为整部小说背景的"经济非正义"状态来看，便会发现，曾树生的"活力"除了性格本质外，很大程度来源于她所处的良好经济地位——对于一个工作清闲、经常参加各种应酬、坐坐咖啡厅的"金融精英"而言，自然有充满活力的资格，但对每日工作无聊且繁重、生活在温饱线上的小编辑汪文宣来说，"活力"实在是一种苛求，而"病态"恰是理所当然。曾树生在给汪文宣的信里说，"特别是近一两年，我总觉得，我们在一起不会幸福"、"你从前并不是这种软弱的人"，很清晰的表明了两人的关系发生变化是在抗战爆发、撤退至大后方的这一两年。或许可以这样看，正是在这一两年中，两人在"经济非正义"状态中所处的不同位置和所做的不同选择，形成了所谓的"活力"与"病态"的分野，导致了两人家庭经济贡献上的不对等和生活方式的巨大差异并最终失去情感的平衡状态。最终，贫病交加又失去了妻子陪伴的汪文宣，这样走向了结局：

最后他断气时，眼睛半睁着，眼珠往上翻，口张开，好像还在向谁要求"公平"。这是在夜晚八点钟光景，街头锣鼓喧天，人们正在庆祝胜利，用花炮烧龙灯。

汪文宣要求的"公平"，正是对"经济非正义"的拒斥，而最终这样卑微的"公平"都没有实现，正应了他之前所说"其实死了也好，这个世界没有我们生活的地方"，《寒夜》的批判意味在此处达到了高点。汪文宣面对黑暗的软弱和无能固然不值得称许，但曾树生的"活力"和对"幸福的追求"更是可疑的，她从家中、从黑暗的重庆城出走，与觉慧从成都的"家"中出走绝不可等量齐观。"经济非正义"状态中的受益者位置，使曾树生至少从小说的社会批判面看，并非一个"需要温暖"的人物——汪文宣和汪母是"经济非正义"状态的受害者，而曾树生却与之相反，同情前者便不大可能同情后者——但巴金最终在小说 47 年初版时，添上了相比《文艺复兴》初刊本多出的最后一句“她需要温暖”，并且在小说中后段曾树生抉择是否去往兰州的部分，明显加大了使用她作为“人物视角”的篇幅（小说前半段“人物视角”多为汪文宣）。从叙述学上看，“人物视角”处理会增加读者对该人物的同情和亲近感，在这里我们可以将此技巧看作是叙述者对曾树生的维护。作为巴金灵魂一部分的叙述者，在试图让曾树生的行为“合理化”，试图在读者心中重建对曾树生的同情感。可以说，巴金的尝试成功了，现今学术界关于曾树生形象的多元阐释已证明了这一点，但对曾树生的维护实际又钝化了小说的批判主题，使《寒夜》并不像《家》一样锋芒毕露。如同人们的生活一样，《寒夜》是成熟而含混的，它对“经济非正义”的批判有着限度，却也因此具有了进行多种解读的丰富性。

二、“救出我自己”的无根追求

曾树生能够得到叙述者的维护有多种原因，总体而言，她毕竟是五四一代受过教育的新女性的代表，她的独立、活力和对幸福的个性追求，毕竟是五四新文学主流精神的体现，当面对“经济非正义”状态时，曾树生选择胡适在《爱国运动与求学》中提出的“救出我自己”[①]的人生态度，至少对大部分知识青年（这也正是巴金的主要读者）而言，是可以同情理解的。但曾树生的“救出我自己”，在“经济非正义”的底色下，其实是虚幻无根的，她“自救”的追求最终造成了家庭的悲剧。

《寒夜》的叙述者维护曾树生形象的重要手段，是使用其作为“人物视角”，以更多传递她在故事中的直观感受。通过分析文中曾树生抉择是否离开汪文宣这一过程中的心理活动，可以发现，曾树生在“经济非正义”状态中的受益者位置被竭力淡化，而代之以一些与五四精神有着浓厚关联的表述：

① 胡适：《爱国运动与求学》，《现代评论》1925年第4卷第39期。

她才三十四岁，还有着旺盛的活力，她为什么不应该过得好？她有权利追求幸福。她应该反抗。

“我不应该太软弱，我不能再犹豫不决，我应该硬起心肠，为了自己，为了幸福。”

“她觉得自己又有了勇气了。她甚至用轻蔑的眼光看他的母亲。她心想：‘你们联在一起对付我，我也不怕，我有我的路！我要飞！’”

“为了幸福”而“反抗”的说法，与五四青年面对旧式家庭的困兽之斗何其相似，但前文已分析过，汪母对曾树生的不满和汪文宣与曾树生的隔阂，更多是战时的“经济非正义”状态造成的分野，而非“封建”与“现代”的对立。与被大家庭牢牢控制的觉慧们不同，曾树生本就处于经济上的优势地位，汪文宣和汪母也对她构不成阻拦（丈夫甚至只有采用乞怜的方式），唯一的障碍来自她的内心和良知，于是曾树生的应对方式是极力恶化当前的处境，反复强调“救出我自己”：

> “我真的必须离开他吗？——那么我应该牺牲自己的幸福来陪伴他吗？——他不肯治病，他完结了。我能够救他，能够使他母亲不恨我，能够跟他母亲和睦地过日子吗？”她想了一会儿，她低声说出来：“不能。”接着她想：没有用，我必须救出自己。

她并没有犯罪，为什么应该受罚？这里不就是使生命憔悴的监牢？她应该飞，她必须飞，趁她还有着翅膀的时候。为什么她不应该走呢？她和他们中间再没有共同点了，她不能陪着他们牺牲。她要救出她自己。

他不听她的话，不肯认真治病。她只有等待奇迹。或者……或者她先救出自己。

这样的生活她实在受不了。她不能让她的青春最后的时刻这样白白地耗尽。她不能救别人，至少先得救出她自己。

“救出我自己”的态度在面对整体性的“经济非正义”状态时，不失为一种可以理解的选择，战争年代人总得生存。但曾树生的“自救”不是从黑暗的社会现实中“自救”，她的“出走”也不是从黑暗现实中“出走”，她只是想逃脱汪母的非难和患病而软弱的丈夫，她认为待在他们身边是牺牲自己的幸福、耗尽自己的青春、是“使生命憔悴的监牢”——换言之，曾树生的行为是从“经济非正义”的受害者们中出走，而试图加入“经济非正义”一方，她不是在想要对抗黑暗，而是要摆脱“经济非正义”中弱者的不幸。去到兰州的曾树生，不但能继续享受清闲的工作、丰厚的薪水，又摆脱了病怏怏的丈夫和那个总在指责自己（这些指责并非全无道理）的婆婆，还能继续得到男人的追求以满足自己的“活力”和“幸福”，这当然救出了她自己。很快，她便写了一封信给汪文宣要求结束关系，且不说在明知丈夫患有不治之症的时候写出这篇东西用心如何，信的逻辑处理倒颇具策略，它绕过了二人在“经济非正义”状态中的地位差异，而直指汪文宣性格上的“软弱”，仿佛她与汪文宣的结合是一个因性格错位而必然失败的婚姻：“我爱动，爱热闹，我需要过热情的生活。我不能在你那古庙似的家中枯死。”但信中也提到，丈夫以前并非这么“软弱”。其实，汪文宣目前的所谓“软弱”，是一种知识分子在黑暗现实之下锐气尽失的无奈状态，而这样的后果并不完全应该由他来承担。文中汪文宣软弱的主要体现在两点：一是对婆媳关系的处理倾向于折中，二是缺乏在“经济非正义”状态下获得足够收入的能力。在婆媳关系问题折中本是正常的家务事处理，汪文宣又是传统的中国男子，宽容母亲一些似乎并不荒唐；而缺乏与社会同流合污的能力，显然却是曾树生在意的，她在走前曾对病中的汪文宣说“这个世界并不是为你这种人造的。你害了你自己，也害了别人……”，那么此处按照曾树生的逻辑，这个世界自然是为不“软弱”的、“发国难财”的人而造的了。所以她便选择默许不“软弱”的、“发国难财”的陈主任的追求，去了兰州。

之所以称曾树生的“救出我自己”是无根的，其一由于她对个性自由、个人幸福的追求欠缺责任意识，而责任是自由的根基。试想，如果曾树生的自我意识弱一些、对丈夫的无奈之处体谅一些、对抗战胜利的前景有信心一些、对现实的“经济非正义”状态警醒一些而不是理所当然的参与其中，家庭未尝不能渡过难关。其二是曾树生的“救出自己”也不是真正的“自救”，她的“经济独立”不是靠自身实力实现的，而是出于偶然分享了金融机构在战时“经济非正义”状态中的高额收入。在抉择是否离开重庆之前，曾树生也十分明白自己不能失去这份工作，否则便很可能长期失业，这从侧面暗示了她自身的工作能力。曾树生靠着默许陈主任对有夫之妇的爱慕而获得撤退往兰州的机会，本质上正是极为传统的女性依附男性生存的经济行为，这实在谈不上有多少“新女性”独立自救的味道。因此，曾树生的“活力”和个性追求，因有着或多或少的“非正义”底色，实为一种偶然、无根的追求。

以“经济非正义”的视角看来，叙述者对曾树生的维护及传递出的同情态度，客观上使文本出现裂隙，它弱化了整部小说的社会批判色彩，而具有更多人伦、生活书写的味道。作者通过曾树生呼唤着幸福和温暖，与《憩园》和《第四病室》通过万昭华和杨大夫所表达的人道主义思想一脉相承，但在“经济非正义”视角下，曾树生的个性追求却是无根的。不过，正如巴金同时期作品《憩园》《第四病室》和短篇集《小人小事》所体现的共同倾向，当我们不再使用“经济非正义”的大角度来关照这一文本，重新回到“小人小事”的“小”，对曾树生的同情之理解便会自然发生——她亦是一个不能决定自己命运却有着正常美好向往的可怜女人。那么，“经济非正义”这一视角和思路的意义何在？笔者认为，顺着这一思路，可以更清晰地看到巴金创作中“控诉”和“同情”两种倾向的纠结，及其在无政府主义的社会批判之“大”和追求个性解放、个人自由之“小”间的徘徊，这种纠结所形成的复调意味，正是《寒夜》的艺术魅力所在。

三、在“控诉”与“同情”间

四十年代写作“人间三部曲”时的巴金试图以人道主义安慰现实的残酷，不管是《憩园》的“给人间多添一点温暖，揩干每只流泪的眼睛，让每个人欢笑”，还是《第四病室》的“变得善良些，纯洁些，对人有用些”等关键表述，都既通过小说人物口中说出，又在后记中反复强调。这一时期，人到中年的巴金在创作中已渐渐褪去早期无政府主义式的激进，在《憩园》中，他感慨公馆前后两家主人的命运起落，在《第四病室》里，他描绘人间的苦难并寄希望于杨大夫式的善良美好，“同情”似乎成为巴金的关键词。但巴金标志性的“我控诉”也仍旧在被称为“人间三部曲”的这些小说中有着鲜明体现，事实上“控诉”黑暗和“同情”弱者在逻辑上本就相互伴随。只是，《寒夜》相对于同样描写困境和苦难的《第四病室》，其“控诉”和“同情”的对象并非那么黑白分明，反而发生着一些纠结。在建国后所写的《谈〈寒夜〉》里，巴金表示对三个主要人物“我全同情”[①]，但从“控诉”的角度看，曾树生似乎不值得“同情”，从“同情”的角度看，曾树生却又谈不上有多值得被“控诉”——如前文所述，当我们把视角回到“小人小事”，当我们把曾树生不再视为“经济非正义”状态中的受益者，而只看成一个普通的人，那么自然会对其发生同情之理解：剥除掉“非正义”的外壳，她也只是一个无奈的人，虽受益并某种意义上参与进了那个非正义的经济中，但对于普通人而言，这也只是为了更好的生存。单个的普通人对“经济非正义”状态并无改变的能力，更何况绝对的“经济正义”本不存在，以这样的角度看，曾树生为了生存而“救出自己”，并无多少值得被谴责的理由。再加上叙述者在以曾树生为“视角人物”的部分也呈现了她复杂的精神世界，这无疑丰富了小说的意蕴并使本书有了从曾树生的价值观来进行解读的可能。

《寒夜》中叙述主体的分化，是试图“控诉”的巴金和想要“同情”的巴金相纠缠的产物，而正是这个纠缠在“控诉”和“同情”间的巴金，成为了成熟的小说巨匠。《寒夜》的丰富使人想起巴赫金对陀思妥耶夫斯基小说的评价，“在他的作品里不是众多性格和命运构成一个统一的客观世界，在作者的统一的意识支配下层层展开；这里恰是众多的地位平等的意识连同他们各自的世界，结合在某个统一的事件之中，而相互间不发生融合。”[②]《寒夜》具有着这样的“复调性”，对它的阐释如同一束光线经过一枚棱镜，被分解出不同的光谱。本文引入“经济

---

① 巴金：《谈〈寒夜〉》，见《巴金论创作》，上海文艺出版社，1983年，第292页。

② [苏联]巴赫金著，白春仁、顾亚玲译：《陀思妥耶夫斯基诗学问题》，三联书店，1988年，第29页。

非正义”的概念,也仅是理解《寒夜》的一种思路和参考。正是多元释意的可能,使《寒夜》成为姚斯所期许的“管弦乐谱”式的经典,在不断阐释中一次次获得新的生命。

"走"与"停"：论巴金小说中家庭观念的演变

——以《家》《憩园》《寒夜》为例

熊静 文

20世纪初，随着新文化运动推进"伦理革命"，"家"进入现代人的视野，被赋予现代意义。在五四先驱者眼中，"家"是旧伦理道德的基本承载单位，专制、虚伪、泯灭人性，因而成了被全力抨击的对象。"以孝治天下"的中国社会第一次举起反"孝"的大旗，个人与家庭的矛盾凸显出来，反抗、出走成为时代的主题。然尽管如此，"家"终究是个人的生命之根，无论出于怎样的原因，都切不断与"家"的联系。

巴金是五四新文化运动的产儿，又成长于旧式官僚地主家庭中。"五四"的观念与自身的生活经验让他对"家"有深刻体会，成就了《激流三部曲》《憩园》《寒夜》等一系列以"家"为题材的现代文学经典，"他堪称中国文学史上写'家'

的大师"。[1] 但巴金对"家"的书写并非一成不变，从30年代的《家》到40年代的《憩园》《寒夜》，"家中人"的行走轨迹折射出巴金家庭观念的变化：觉慧的出走是直线式的，体现了巴金对旧式大家族的批判与摒弃；黎先生的途中小憩是对"家"的沉思，展现了对传统家庭的深情埋葬和对现代家庭的殷切期许；曾树生的出走往复循环，诉说了现代家庭的困境，是巴金对现代家庭的反思。笔者试图梳理巴金小说中家庭观念的演变，并由此探究中国现代家庭观念形成的复杂性。巴金对"家"的理解是如何变化的？它反映出怎样的文化意义？

一、《家》：直线式出走与旧家的没落

现代文学中的"出走"母题源自于五四新文化运动，五四发现了"人"，也发现了"吃人"的旧礼教。纲常礼教始于家族，"家"成为批判对象。在陈独秀"伦理革命"的语境下，反孝、出走是反抗专制、争取个人独立自由的体现。巴金的《家》描写了宗法制大家族的衰败和青年一代的反抗，觉慧的"出走"是对旧家族的沉重一击，是"五四式出走"寓言的成功演绎。

促使觉慧出走的动因有两个层面：一是"吃人"的家给他造成生存紧迫感，"救出自己"迫在眉睫；二是大家族的自行衰落，父辈统治力量的弱化使出走成为可能。值得注意的是两者间并没有明确划分，而是共同起作用。如果我们把家看作一个集体，那么弱小者的死亡意味着整体的衰朽，死等于生命力的丧失。这对大家族的统治者来说是一个悖论，施行统治权利就是减弱统治力量，它已昭示了旧家族的穷途末路。但为清晰展示觉慧的出走过程，这里还是先做一个区分。

从第一个层面来看，鸣凤之死是觉慧出走的转折点。前期的觉慧只感受到家的寂寞，不涉及生存危机，仅是精神困境；后期的觉慧才真正意识到旧礼教的

---

① 汪应果：《巴金论》，复旦大学出版社，2009年，第333页。

“吃人”本质，恰是这种来自生存本能的身体叙事推动了“出走”行为的发生。觉慧对旧家的认识从模糊到清晰，小说的开头觉慧无意地喊“匈奴未灭，何以家为？”[①]“这所谓‘匈奴’并不是指外国人。他的意思更不是拿起真刀真枪到战场上去杀外国人。他不过觉得做一个‘男儿’应该抛弃家庭到外面去，一个人去创造出一番不寻常的事业。至于这事业究竟是什么，他自己也只有一点不太清楚的概念。”[②]这时的觉慧还洋溢着少年人的天真，他的事业可以简单理解成“男儿志在四方”的理想，并没有具体的指向。被祖父禁锢在家的觉慧切实感受到寂寞，“寂寞啊！我们底家庭好像是一个沙漠，又像一个‘狭的笼’。我需要的是活动，我需要的是生命。在我们家里连一个可以说话的人也找不到。”[③]处于青春期的觉慧正是精力旺盛的时候，对外面世界的迫切渴望加剧了拴在家里的寂寞感。家是囚笼的代名词，失去行动力，等于浪费青春，浪费生命。在这寂寞里觉慧已隐隐感觉到家对生命的囚禁，但它依然很模糊。到了除夕之夜，觉慧看着家里人打牌掷骰，听着他们的欢声笑语，“他突然感到寂寞。这一切似乎都跟他隔得远远的。他被冷气包围着，被一种莫名的忧郁压迫着。没有一个人同情他，关心他。在这个奇怪的环境里他好像是完全孤立的。对于这个奇怪的环境，他愈加不了解了。这个谜的确是他年轻的心所不能解开的。许多次的除夕的景象，次第在他的心里出现。在那些时候，他快活地欢笑，他忘掉一切地欢笑，他和兄弟姊妹们一块儿打牌，掷骰或者作别种游戏。他并不曾感到孤寂。然而如今他却改变了。他一个人站在黑暗中看别人笑、乐，他好像活在另一个世界里面一样。”[④]这里的“寂寞”与前一阶段的“寂寞”已经不一样了，如果说之前的“寂寞”可以换成无聊，那么现在的“寂寞”就是隔阂，他已感觉到与旧家的疏离。同时，青春期的多愁善感也增添了他的“寂寞”。另外，这段话体现了觉慧的成长，幼年的他和旧家融为一体，现在的他已有所超脱，进入身在家心不在

---

① 巴金：《家》，见《巴金选集》第1卷，四川文艺出版社，2016年，第24页。

② 同上。

③ 同上书，第85页。

④ 同上书，第128页。

家的阶段。这种成长一方面是来自自身对旧家的体会，另一方面是受到新思想的启蒙。“五四运动”荡涤了他的心，《新青年》《每周评论》等新书报打开了他的眼界，吴又陵《吃人的礼教》、屠格涅夫《前夜》、易卜生《娜拉》……让他了解到旧礼教的罪恶、做一个人的权利、勇敢抗争的意义。但这些都是理论上的观念层面的认识，没有实际体验。他还无法准确找出隔阂的原因。与旧家的停滞衰老相对，社会正日新月异。辛亥革命推翻了专制王朝，五四新文化运动攻破旧思想的营垒，混战不断，青年人洋溢着社会革命的热情。觉慧也处在这股热潮中，他的办报实践为他开辟了新世界，少年时代的“事业”有了现实依托。“在这种环境里，他逐渐地进到新的园地里去，而同时他跟家庭却离得更远了。”[①]家是精神的荒漠，他与旧家已经貌合神离。然即便到此时为止，觉慧也没有要出走的明确想法。

鸣凤之死给了他致命一击，他第一次对旧礼教的“吃人”有刻骨铭心的体会，“真可恨！湖水吞下她的身体以后为什么还能够这样平静？……然而她并不是一点痕迹也不留就消失了。这儿的一草一木都是见证。我不敢想象她投水以前的心情。然而我一定要想象，因为我是杀死她的凶手。不单是我，我们这个家庭，这个社会都是凶手！”[②]“平静的湖水”隐喻旧礼教杀人于无形，因其无形逃脱了凡眼，但它终究逃不出法眼。觉慧终于看清了本质，旧礼教的“吃人”不是新书报上的夸夸其谈，而是真实存在。鸣凤死了，高老太爷让婉儿代之，丝毫没有半点追悔。在这里，人是等同于物的存在：一方面在上者（高老太爷等大家长）人性扭曲，是旧礼教的执行机器；另一方面，在下者（子孙辈及仆人）人性压抑，人命如草芥，他们如同物一样任人摆弄，只有交换价值。在旧家，难见真的人。与此同时，觉慧第一次深刻审视自我，“我害了她。我的确没有胆量。……我从前责备大哥同你没有胆量，现在我才晓得我也跟你们一样。我们是一个父母生的，在一个家庭里长大的，我们都没有胆量。”[③]这几乎是对自我的全盘

① 巴金：《家》，见《巴金选集》第1卷，四川文艺出版社，2016年，第193页。

② 同上书，第228页。

③ 同上书，第229页。

否定,颇有几分"狂人"自省"吃人"的味道。但需要注意的是"狂人"的自省是在普遍意义上对人局限性的深层否定,"吃人"是互吃,所有人都逃不出"吃"的罪孽与"被吃"的命运,"狂人"自身也不例外,他失去了启蒙的制高点,因而也丧失了启蒙的勇气。而觉慧的自省与之不同,他是在具体层面上对自我性格弱点的反省,胆量可以练就,缺陷可以弥补,因而觉慧不但不会像"狂人"那样退却,反而越战越勇。"他皱紧眉头,然后微微地张开口加重语气地自语道:'我是青年。'他又愤愤地说:'我是青年!'过后他又怀疑似地慢声说:'我是青年?'又领悟似地说:'我是青年',最后用坚定的声音说:'我是青年,不错,我是青年!'"[①]这其实是一个"五四观念"内化的过程,如果说此前对旧制度的批判、对新思想的追求还只是理论认识阶段,那么现在已完全融入自身,成为下意识的反应。随后梅表姐、瑞珏的死让他进一步看清了沾满鲜血的旧家,家带给他的已不再是不关痛痒的寂寞,而是死亡边缘的生存恐惧。出走与留守分别对应着生与死,生的本能诉求使他不能再坐以待毙,出走是觉慧的必然选择。心的逃脱还不够,他必须把身体也抽离出家,在瑞珏去世后,觉慧毅然决定出走!

从第二个层面看,高老太爷的死是觉慧出走的转折点。在《家》里有很明显的二元对立模式,"巴金把这个世界划分为两个壁垒。这边是旧的,那边是新的。对立着。形而上学的绝对地对立着。巴金告诉每一个读者,毁弃那旧的,迈向那新的。这里没有优容,没有徘徊,绝不妥协。"[②]父/子、新/旧阵营的设置,形成两军对垒的作战模式。为凸显主要矛盾,巴金有意纯化阵营内部关系。比如梅与瑞珏本是情敌,但苦难的生活和对觉新同等的爱却让她们惺惺相惜。觉民、觉慧、琴三者间具有微妙关系,觉慧也爱着琴,但道德的良知压制住本我,将还未真正燃起的火苗掐断了。他的道德自律使自己免于处在与觉民的对立面上,并渐成为觉民爱情的助力。觉民与琴之间的爱近乎完美,他们永远一致对外,相互间没有争执。这样的情节设定使内外冲突凸显出来。高老太爷在高家

---

① 巴金:《家》,见《巴金选集》第1卷,四川文艺出版社,2016年,第231页。

② 巴人:《论巴金的〈家〉的三部曲》,见贾植芳:《巴金作品评论集》,中国文联出版公司,1985年,第203页。

有绝对权威，所有人都必须服从，旧势力稳固而强大。但事实上，看似繁盛的大家族内部极为松动，在战争面前，人人自危，四散逃亡，“这个靠旧礼教维持的大家庭，突然现出了它的内部的空虚：平日在一起生活的人，如今大难临头，就只顾谋自己的安全了。”[①]它暴露了旧家的脆弱，旧家族是利益的集合体，它不是固若金汤的城堡，而是处处漏雨的草棚。克安、克定等不肖子孙置小公馆、玩女人、抽大烟、赌钱……他们像蛀虫一样一点一点啃食残剩的枝叶，旧家慢慢溃烂。而新生势力正在壮大，他们已不甘于觉新的新思想、旧行动，他们要用新思想指导行动。如果说前期父辈阵营还占优势，那么高老太爷的死则彻底改变了双方的力量对比。临死前的高老太爷已觉察到“家”的穷途末路，“高家垮了，他们还会有生路吗？这些败家子坐吃山空，还有什么前途？全完了，全完了！他做了多年的‘四世同堂’的好梦，可是在梦景实现了以后，他现在得到的却是一个何等空虚的感觉！”[②]高老太爷的死像是一场戏剧表演，这个舞台的背景喧闹无比，家里的所有人都在行动、讲述，复调的形式使高老太爷的死充满意义。一方面，拜神捉鬼显示了旧家的愚昧、虚伪，哭丧分家暴露了他们的自私、堕落，旧家族的衰亡没落、分崩离析是大势所趋。在此语境下，“出走”是顺应时势之举，被赋予正面价值。而另一方面，觉民反抗包办婚姻获得成功，觉慧舌战为高老太爷捉鬼的卫道者克明及其党徒，他们初尝胜利的喜悦。高老太爷死后，旧家再没有力量控制觉慧，出走成为可能！

家，没有什么值得留恋，“我离开旧家庭不过像甩掉一个可怕的阴影。”[③]觉慧的出走是直线式的，从念头的产生到实行，他几乎没有质疑。这是典型的“五四式出走”，揭露旧制度的专制腐朽，泯灭人性，歌颂民主自由、人的解放。但值得注意的是《家》并不是“五四观念”的传声筒，而混合了巴金深切的生活体验。巴金说：“倘使我没有在封建大家庭里生活过十九年，不曾身受过旧社会中的种种痛苦，不曾目睹人吃人的惨剧；倘使我对剥削人、压迫人的制度并不深恶痛

---

① 巴金：《家》，见《巴金选集》第1卷，四川文艺出版社，2016年，第176页。

② 同上书，第294页。

③ 巴金：《家庭的环境》，见《巴金选集》第10卷，四川文艺出版社，2016年，第55页。

恨,对真诚、纯洁的男女青年并无热爱,那么我绝不会写《家》《春》《秋》那样的书。"[①]觉慧"出走"的合理性恰源自于对旧家庭罪恶的体验,而旧家庭的罪恶归根结底在于旧伦理、旧制度,巴金屡次说:"我所憎恨的并不是个人,而是制度。"[②]高老太爷的专制古怪、泯灭人性是旧礼教异化的结果;克安、克定的吃喝嫖赌、不学无术是旧思想教育下的产物。错的根本不在他们,而在于制度。传统家庭观念的"孝"、"顺"养成了大家长的专制、子孙的无能,葬送了一批又一批年轻的生命。宽恕人不仅是出于理智上的认识,更来自情感上的关怀。在《我的幼年》里,巴金写到:"是什么东西把我养育大的?我常常拿这个问题问我自己。当我这样问的时候,最先在我的脑子里浮动的就是一个'爱'字。父母的爱,骨肉的爱,人间的爱。"[③]家是生命的摇篮,汇聚天然伦理之爱,永远无法割舍。五四的反"孝"指向以"孝"为名的专制制度,而不是"孝"本身。但问题在于家是天然伦理与专制制度的集合体,这使得巴金处于"情"与"理"的矛盾中。因此我们可以看到《家》中矛盾的家:一方面,"一个希望鼓舞着僻静的街上走得很吃力的行人——那就是温暖、明亮的家";[④]另一方面,"有着黑漆大门的公馆静寂地并排立在寒风里。两个永远沉默的狮子蹲在门口。门开着,好像一只怪兽的大口。里面是一个黑洞,这里面有什么东西,谁也望不见。"[⑤]前者是天然的助人发展的家,后者是扭曲的压制人性的公馆。理论上我们可以做这样的划分,但实际上家就是公馆,公馆就是家。

虽然巴金与旧家有着千丝万缕的联系,但这种对旧家的复杂感情在《家》中表现得并不明显。由于揭露旧制度的罪恶、鼓舞青年人反抗的现实指向,觉慧的"直线式出走"显得所向披靡、一往无前。旧礼教的"吃人"使"出走"变得迫在眉睫,旧家族的穷途末路让"出走"成为可能。反"孝"是大势所趋,也是"救出自

---

① 巴金:《谈〈春〉》,见《巴金选集》第 10 卷,四川文艺出版社,2016 年,第 141 页。

② 巴金:《关于〈家〉(十版代序)——给我的一个表哥》,见《巴金选集(第 10 卷)》,成都:四川文艺出版社,2016 年,第 363 页。

③ 巴金:《我的幼年》,见《巴金选集》第 10 卷,四川文艺出版社,2016 年,第 80 页。

④ 巴金:《家》,见《巴金选集》第 1 卷,四川文艺出版社,2016 年,第 13 页。

⑤ 同上书,第 16 页。

己”的必然之路，对传统家庭观念的摒弃丝毫不容置疑。但这样的处理，一定程度上遮蔽了巴金对旧家的温情。而在40年代的《憩园》中，当旧家庭崩溃后，挽歌调子已暴露无遗。

二、《憩园》：途中小憩与家的转换

出走十六年的黎先生回到故乡，这可以看作觉慧的回望。黎先生的行走轨迹是现代文学中“出走——归来——再出走”的经典模式演绎，但又有稍许不同。这种模式体现了启蒙者的精神漂泊，带有理想破灭的苦闷彷徨。“北方固不是我的旧乡，但南来又只能算一个客子”，[①]是这类知识者的普遍感受，与故园的隔阂促使他们再度出走。而黎先生虽有“异乡人”的孤独，但并没有表现出幻灭感与颓唐，他的脚步缓慢中带有温情与悲哀，但却是坚定的！因此，笔者把黎先生在故乡的逗留视为途中小憩，它指涉了在原有出走行为之上的继续前行，“停”只是休憩。诚然，放慢的步伐里有对出走的反思，这也恰是我们要关注的焦点。

一般认为《憩园》写了三个故事：杨家的故事、姚家的故事和“我”的故事。杨家可看作《家》的余续。杨老三的故事在构思之初本是《冬》的一部分，作为《激流三部曲》的尾声。它描述了大家族破败后，不肖子孙走向灭亡的命运。杨梦痴的原型是巴金的五叔，也即被写入《家》的克定，从克定到杨梦痴，写出了被旧制度腐化的子弟堕落的一生。杨家故事以一种解谜的通俗小说形式呈现出来，黎先生是发现的动力，而促使他不断追索的好奇心其实是源自于一种同情。杨梦痴父子是“憩园”的旧主人，坐吃山空使他无力经营，最终把“憩园”卖给了姚国栋。杨寒屡次溜进园内摘花，这一僭越行为引得黎先生的同情。“我小时

① 鲁迅：《在酒楼上》，见《鲁迅全集》第二卷，人民文学出版社，2005年，第25页。

候也有过一个花园,玉兰花是我做小孩时最喜欢的东西。"[①]"我跟那个小孩一样,我也没有说过要卖房子,我也没有用过一个卖房子得来的钱。是他们卖的,这个唯一可以使我记起我幼年的东西也给他们毁掉了。"[②]黎先生与杨寒有同样的生活经历,正是这种共通感让黎先生对杨寒有更多的理解,并止不住地亲近他,打探他的秘密。在黎先生同情之眼下的杨家故事必然染上几分暖色,而由爱子杨寒和忠仆李老汉叙述的杨梦痴的故事更是让人唏嘘不已!然巴金的温情并不是廉价的眼泪,反而加剧了对旧式家庭的批判力度。

黎先生发现杨梦痴的时候,他已不再是吃喝嫖赌的恶少爷,而是失悔的可怜人。他已懂得财富不能"长宜子孙"的道理,对家人的愧疚与悔恨使他正经受着精神的炼狱。对这样一个回头的浪子,巴金的态度是宽恕。无论是杨寒、黎先生,还是万昭华、姚国栋,都没有放弃拯救这个失足者。他们幻想着为他治病,帮他找一份正经工作。但这不过是痴人梦话。对于侵入骨髓、混入血液的毒,即便内外合力(杨梦痴的内在失悔及重新做人的愿望与杨寒、黎先生等外在帮助)也逼不出来,彻底清除的办法只能是让血液流尽,这暗示着杨梦痴被判死刑的命运。他清醒地看到自己的无可救药,"寒儿,我知道你心肠好。不过你母亲他们不会原谅我的。而且我也改不了我的脾气。"[③]明知是错却要不断下沉,既放不下少爷身段也改不了好吃懒做的习气。他拒绝被救,选择自生自灭,"忘记我,把我当成已死的人罢。你们永远找不到我。让我安安静静地过完这辈子。"[④]这固然有"无颜见江东父老"的意味,但难道不是对自我的深刻认识吗?——那种不受意识控制的惰性终将把他引向毁灭。有论者指出杨老三"最基本的性格特征就是寄生虫所特有的人的劳动本性的退化以及由此而产生的变态的心理及观念。"[⑤]杨梦痴盗窃坐牢,不堪忍受繁重工作装病,染霍乱而死的

① 巴金:《憩园》,见《巴金选集》第5卷,四川文艺出版社,2016年,第159页。

② 同上书,第162页。

③ 同上书,第206页。

④ 同上书,第214页。

⑤ 曼生:《别了,旧生活!新生活万岁!——评巴金的〈憩园〉》,见贾植芳:《巴金作品评论集》,中国文联出版公司,1985年,第330页。

结局让人哀悼，但又在情理之中。愈是拯救，愈是下沉；愈是失悔，愈是痛苦。被烈火炙烤的灵魂是对杨梦痴最严酷的惩罚，无法救赎的命运再一次把矛头指向旧制度。如果说《家》中的克定还有为虎作伥的威风，属于压迫者一类，那么《憩园》里的杨梦痴已沦落到“被吃”的地位，他同样是旧礼教的牺牲品。旧家族教给他恶本领，金钱滋长了恶习，这是他堕落的根源。家族崩溃后的杨梦痴有所悔悟，这似乎说明只有彻底打破旧家，才有向善的可能。而悔悟的杨梦痴也无法摆脱死亡的命运，可见旧家危害之大。这是对旧制度的彻底否定：在旧家里，不论是弱小者还是压迫者，都免不了走向毁灭，旧礼教的“吃人”指向所有人。

杨老三的故事延续了《家》的主题，进一步批判宗法制大家族，但它针对的已不是家族专制。有论者注意到这中间的转换：“对家长专制的控诉转向了对子孙不肖的焦虑；对礼教的批判转成了对金钱的戒惕。”[①]40 年代的中国，旧家族的没落早已成为定局，礼教“吃人”的主题也已变得陈旧。“出走”知识者的命运、家的重建成为新的关注点。再者，日敌入侵使民族家园再次面临危机，妻离子散、家破人亡的惨状随处可见，重建家园——而不是打破家园——成为中国人的迫切愿望。在抗战的背景下，黎先生对旧家的温情、对杨家的极力弥合显示出时代意义！从建设性的角度来看，杨老三的故事可以引申出父对子的家庭教育问题，“不留德性，留财产给子孙，是靠不住的。”[②]这一主题在姚家故事里有所补充，但姚家故事不止于此，对家重建问题的思考面向有了大幅度延伸！

姚家是不同于杨家的新式家庭，但也不能说是全然的“新”，可以看做是一个从旧到新的过渡家庭。姚国栋曾读过大学，留过洋，当过教授，做过官，但现在却“靠他父亲遗下的七八百亩田过安闲日子”[③]。他和万昭华不是自由恋爱结婚，而是通过别人介绍成婚。买公馆、置家业，似乎是对传统道路的回归。他的

---

① 邵宁宁：《〈憩园〉的启蒙精神与伦理矛盾——巴金、鲁迅比较论之三》，《中国社会科学院研究生院学报》2003 年第 6 期。

② 巴金：《憩园》，见《巴金选集》第 5 卷，四川文艺出版社，2016 年，第 231 页。

③ 同上书，第 94 页。

行走轨迹,就像吕纬甫口中的蝇子,"飞了一个小圈子,便又回来停在原地点",[①]代表了一类出走的知识者。而作为价值评判标准的黎先生对此并不认可,他对"黎老爷"称谓的拒绝是对回归的拒绝,从而再次确认了"五四"出走的价值。同姚国栋一样,黎先生也遇到出走后的困境,但再度出发的路绝不是回归,而是纠偏后的继续前行。当然,沐浴过新风的姚家不可能等同于杨家,它是带有资本主义色彩的传统家庭。伦理革命打破了"父为子纲",父不必是子的行为准则,小虎有条件成为不"肖"子孙。文中关于小虎是否像姚国栋的叙事极有意味,在黎先生眼里:小虎外形上是姚国栋的缩版,但形似神不似,"由于这种表情,拿整个脸来说,儿子实在不像父亲"[②]。"形似"在于血缘的延续,而"神不似"意味着精神气质的不一致,这种不一致可以看做"五四"反"孝"的价值取向。但子不肖父,应该肖谁?巴金在此进一步追问"五四","五四"废除了标杆,那么新标杆是什么?家庭中的教育问题如何解决?如果说五四语境下对父权的批判更侧重于专制,那么巴金这里,更强调家庭教育本身。牵制小虎的不是父权,而是金钱,赌钱胡闹是他的最大乐趣。论者多认为小虎与杨梦痴相互指涉,杨梦痴的今天就是不加管教的小虎的明天,他们共同说明财富不能"长宜子孙",德行才是最重要的。值得注意的是从杨梦痴到小虎,家庭形态已有所改变,然子孙教育问题依然不变,旧家长"财富传家"的观念在新家长身上延续。"五四"打破旧家,但并没有完全清除旧思想,传统家庭观念遗留到新式家庭中。观念的转换与政治经济、社会文化息息相关,并不是一蹴而就的。现代家庭观念的形成与完善需要不断努力。

另外,在小虎的问题上还有一股外来势力——赵家,即小虎外祖母家。这是一个旧式家庭,对小虎的堕落负有极大责任。姚家仆人老文指出了这点,赵家"没有一个人做正经事情,就知道摆阔,赌钱!连我们底下人也看不惯。黎先生,你想,虎少爷今天去赵家,明天去赵家,怎么不会学坏?"[③]赵家对小虎的引诱

---

① 鲁迅:《在酒楼上》,见《鲁迅全集》第二卷,人民文学出版社,2005年,第27页。

② 巴金:《憩园》,见《巴金选集》第5卷,四川文艺出版社,2016年,第169页。

③ 同上书,第184页。

可以看做旧思想毒素的侵害。当黎先生骂醒姚国栋，使他决定加强对小虎的管教之后，小虎一度变好。但变好之因可再加以追究，“从老姚的口中我知道赵老太太带着孙儿，孙女到外县一个亲戚家里作客去了，大约还要过两个星期才回省来。小虎没有人陪着他玩，也只好安安分分地上学读书，回家温课，并且也肯听父亲的话了。”①从黎先生的叙述中，可知赵家的不在场才是小虎学好的原因。而赵家的再次出场直接把小虎引向地狱，小虎的死彻底断绝了他走上正路的可能。它表明只有完全清除旧思想、铲除旧势力，才能真正获得解放，走上向上的道路。

姚家除却父子关系，还有夫妻关系。万昭华是笼中之鸟，正如蓝棣之所说：“‘憩园’不只是旧主人杨梦痴堕落的见证，而且是新主人万昭华的牢笼，这个女人也会闷死在里面的，除非她有勇气冲出来。”②表面上的幸福更凸显了她的痛苦，“赵家的仇视，小虎的轻视，丈夫的不了解。……这应该是多么深的心的寂寞啊……”③在40年代，巴金再次提出妇女解放问题，但万昭华面对的不是“吃人”的家，这里没有专制压迫，也没有生存危机，她要摆脱的不是旧礼教的束缚，而是“玩偶”的身份。家依然是“狭的笼”，万昭华的出路再次指向出走，但巴金并没有为她安排出走的路。一则万昭华的处境不像觉慧那样艰难。她没有受压迫，并且有丈夫的爱(虽然有限度)，也愿为爱付出，与家决裂是不必要的。二则巴金认为社会革命才是彻底的解放之路。倘若社会没有变革，出走后的万昭华也只能如鲁迅所说“不是堕落，就是回来”④。30年代，巴金在《给一个孩子》的信中，出于谋生艰难、社会险恶的考虑，劝阻羽翼未丰的青年人逃出家庭。“出走”并不是彻底的解决之道，投身于污浊社会的个人依然找不到出路。这样，巴金将个人解放与社会解放联系在一起，社会变革才能真正保障个人幸福。再者，万昭华虽困于家，但却不能摆脱家。她面临的问题是夫妻之间的关系问

---

① 巴金：《憩园》，见《巴金选集》第5卷，四川文艺出版社，2016年，第275页。

② 蓝棣之：《现代文学经典：症候式分析》，清华大学出版社，1998年，第102页。

③ 巴金：《憩园》，见《巴金选集》第5卷，四川文艺出版社，2016年，第212页。

④ 鲁迅：《娜拉走后怎样》，见《鲁迅全集》第一卷，人民文学出版社，2005年，第166页。

题及婚后女性如何实现自身价值的问题,家的存在正是意义产生的基础。万昭华的困境展示实现了从摒弃旧家到探索新家的转换。

从《家》到《憩园》,宗法制大家族已向新式家庭过渡,对专制父权的批判转向对家庭伦理关系重建的思考。《家》中家族的破裂大快人心,而《憩园》唱着挽歌的调子,并不断去弥合破碎的家。黎先生试图使杨家团圆、防止姚家走向破裂,但他的努力不过证实了旧制度、旧思想的罪恶。旧的已随时代而去,新的正在建立。姚家故事反映了巴金对新式家庭父子、夫妻关系的思考。在大仙祠建纪念馆是对过去的埋葬,对未来的期许;黎先生明年再来的许诺表明对新家重建(姚家)寄予厚望。憩园的生活已然结束,黎先生将继续前行!

三、《寒夜》:往复式出走与新家的反思

如果说《憩园》中的姚家还只是新家的萌芽,那么《寒夜》的汪家就是完全的新式小家庭。汪文宣与曾树生都受过大学教育,并以自由恋爱形式组建家庭。但这依然是一个像黑洞一样的家,外在于它的是寒夜、黑暗,内在于它的是寂寞、隔阂、争吵。家庭形式的变迁并没有带来幸福,然同是不幸,境遇却已不同。从高家到汪家,时代环境由“五四”的伦理革命转为抗日救国,大家庭在反“孝”观念的指引下已分崩离析,而刚刚建立起来的小家庭又将面临战火的考验。战争与国民党的黑暗统治使人们普遍面临生存危机,生存焦虑放大了个人的生命体验,加剧了人与人之间的紧张关系。理想的破灭、生活的艰辛、生命的萎缩使“出走”的五四青年困苦不堪,新家的问题在战火硝烟中凸显出来。

《寒夜》的悲剧展现了家庭现代化的困境,如果说《家》中觉慧的“直线式出走”体现了现代时间的一往直前,那么《寒夜》集中反映了困顿中的时间停滞。寒冷的黑夜、苦难的生活、病痛的折磨、寂寞的内心延缓了人的心理时间。《家》里的高家在时间激流中消亡,而汪家却是漫长时间流中的不动点,它不随物理时间奔流,陷入时间的怪圈。这种怪圈呈现为两面:一面是汪文宣的委顿,一面

是曾树生的狂热。汪文宣一出场便营造了一种难堪的静止状态:"他呆呆地把头抬了好一会儿,他并没有专心听什么,也没有专心看什么,他这样做,好像只是为了消磨时间。时间仿佛故意跟他作对,走得特别慢,不仅慢,他甚至觉得它已经停止进行了。"[1]这种时间停滞感于他而言不仅是一种感受,更内化为生命存在本身,是他性格中的一部分。"老好人"的总体评价指涉了他性格中的敷衍与妥协,无论是工作还是家庭,他不断地退让、牺牲,希冀换来和平。然他所做的一切努力事实上只是为了维持现状,把不和的母亲与妻子强行拉扯到一块儿,让濒临破碎的家庭苟延残喘下去。不仅对他者,对自己也只有敷衍。从意识到自己患病到死亡,汪文宣从没想过好好治病。选择看中医不是因为相信中医能根治肺病,而只是为宽慰母亲,减轻家庭的经济负担。并且在他潜意识里,对疾病有种特殊情感,因为他发现每一次的身体损伤都可以换得母亲与妻子的暂时和解。对和平的诉求弱化了他的行动力,加剧了病症,而病症又进一步促成行动的迟缓。来自本能的求生欲望也曾冲破这种迟缓的生命时间网,使他发出"我要活"的呼声,但这并不能加快生命的运转,它仅是个体生命本能的闪现,随即淹没在集体重负之中。汪文宣自觉家庭责任,但他无法化解母亲与妻子的矛盾,家庭的重担超过了他的生命负荷,进一步滞阻了行动。在汪文宣这里,一切都缓慢下来,血液在寒夜中逐渐凝固,以至丧失了挣扎的力气。与汪文宣的委顿迟缓相比,曾树生表现出旺盛的生命力。她追求热烈迅猛,歌舞酒会加速了时间的运转。她不断出入于家,但出入仅加快了频率,并没有拉开距离。她想摆脱困境,却停在原地。曾树生的时间停滞感源于一种钟摆效应,她在个人与家庭、走与留间不断挣扎,就像钟摆,来回往复。然无论她有多强的行动力,都是徒劳,最终仍陷入停滞的时间怪圈里。"停"不再是黎先生的途中小憩,而是困顿中的无奈之举。《寒夜》,就像走不出的围城。小说以曾树生的出走、汪文宣的找寻开始,又以汪文宣的死亡、曾树生的找寻结束。它像一个圆,昭示了新式家庭的困境。

---

① 巴金:《寒夜》,见《巴金选集》第6卷,四川文艺出版社,2016年,第187页。

曾树生脚步的往复折射了她内心的挣扎，为探究她内在的情感冲突，有必要梳理下她的出走过程。笼统来说，在曾树生思想天平的两端，一端放着个人，一端放着家庭，当个人的求生欲望超过对家庭的守护职责时，“出走”得以发生。但细致地看，家庭由婆婆汪母、丈夫汪文宣、儿子小宣构成，汪母是曾树生出走的推动力，而汪文宣则是曾树生在家庭中的唯一牵绊，因此家庭的力量不能一概而论。在家庭因素中，汪文宣是核心，当汪文宣不再成为曾树生的牵挂，或者说当曾树生放弃汪文宣时，个人力量才会超过家庭，促成“出走”。为了更好地说明这个问题，笔者划分了五段大型家庭纷争，每一次争吵都引起曾树生激烈的内心冲突，并带来情感变化。第一段为曾树生的出走到回归，她不像觉慧，渐渐意识到“出走”的必要，而是一开始就实践“出走”。但此时的曾树生所无法忍受的还只是婆母的仇视，“你母亲那样顽固，她看不惯我这样的媳妇，她又不高兴别人分去她儿子的爱；我呢，我也受不了她的气。”[①]婆媳矛盾并没有影响她对汪文宣的感情，因此在汪文宣酩酊大醉、糟践身体时，她毫不迟疑回来照顾他。在“走”与“留”间，汪文宣的爱将她拉了回来。第二段为纷争再起到汪文宣吐血、战事平息。这一阶段除却婆媳关系更加紧张外，曾树生感受到家的寂寞与生活的苦闷，并对丈夫的忍受表示出不满。但同时，她又对婆母抱有一丝同情，并为自己的不甘感到自责，“‘为什么我总是感到不满足？我为什么就不能够牺牲自己？……’她更烦躁，她第二次在心里责备自己。”[②]个人与家庭发起冲突，但个人意识只是一株小苗，当曾树生发现它的存在时，内在于她的道德因子立马压住它，她在“反抗”与“牺牲”间徘徊、搁浅。汪文宣的吐血得到妻子、母亲的同情、怜悯与爱，换来一段时间的和平。如果说曾树生此时情感天平的重心还在家庭，那么到第三段已经开始向个人倾斜了；如果说前两段还只是内心斗争的预热，那么第三段已达到高潮。

第三段为陈主任邀请曾树生共赴兰州前后。这时期战争局势愈加恶劣，

---

① 巴金：《寒夜》，见《巴金选集》第6卷，四川文艺出版社，2016年，第208页。

② 同上书，第264页。

“走”近在眼前，迫切而真实，“走”与“留”的对抗变得空前激烈。曾树生在两者间不停游走，频率愈来愈快，“救出自己”的渴望与生命激情燃烧起来，一次又一次吞噬家庭。陈主任的推动、汪文宣的拉扯撕裂了曾树生的心，面对汪文宣的病弱与自愿牺牲，曾树生根本迈不开脚步，然她清楚知道这样的生活如同黑暗的深渊，永远看不到光明。“没有温暖的家，善良而懦弱的患病的丈夫，极端自私而又顽固、保守的婆母，争吵和仇视，寂寞与贫穷，在战争中消失了的青春，自己追求幸福的白白的努力，灰色的前途……”[①]这不仅仅是解不开的婆媳矛盾，更有对整个生活的无望，她无法忍受生命的平淡消耗。即便如此，此时的曾树生仍无法作出决定，她希望所有战局变坏的报道都是谣言，以此免除她的艰难抉择。曾树生无法放下家庭，在办公室里，“她忽然想起家，想起丈夫和儿子”。[②]鬼使神差地回家，“‘我在做什么？我为什么要回家去？我的家究竟在什么地方？我这样匆忙地奔走究竟为着什么？’”[③]这一段对曾树生神情恍惚的描写透出她心底最深处的担忧与牵挂，在潜意识里，“家”的脐带依然无法剪断。“她进屋后第一眼便发觉他不在房里，他的床空着。”[④]“第一眼”表明汪文宣在她心里的绝对位置，如果说这一秒她还沉浸在自己的内心世界，恍惚于对家庭、对汪文宣的情感依恋，那么下一秒，汪母的唇枪舌剑则让她回到现实，“她好像挨了一下闷棍，过了半晌，才自语似地吐出话来：‘其实不应该让他去，他的病随时都会加重的。’她怀着满腔的热情回家来，现在心完全冷了”。[⑤] 她意识到家里只有争吵、隔膜、寂寞，是一个无法打破的黑暗牢笼，“心冷”是一个明显的转点，“家”的分量正在减轻。第四段是汪文宣为了给曾树生买生日蛋糕，拖着病体坚持工作，引起家庭风暴。这两段间几乎没有间隙，若说前两段的争吵还有缓和的余地，还能够因为汪文宣的存在委屈相安，那么现在矛盾已不可调和。外在的争

---

① 巴金：《寒夜》，见《巴金选集》第 6 卷，四川文艺出版社，2016 年，第 281 页。

② 同上书，第 287 页。

③ 同上。

④ 同上书，第 388 页。

⑤ 同上。

吵愈演愈烈,反映了曾树生内心冲突的不断高涨,情感的天平已转向个人。这里值得注意的是曾树生对待汪文宣的态度,如果说此前汪文宣的懦弱、病痛引得她的同情,是她的牵绊,那么如今汪文宣的滞重、下沉让她失望,反而增进了她“出走”的决心。“‘这个世界并不是为你这种人造的。你害了自己,也害了别人……’”[①]造成曾树生态度反转的原因是她对汪文宣无可挽救的进一步认识,一则汪文宣对汪母的绝对服从;二则汪文宣的迟缓使他越来越接近死亡,在家庭重负之下他永没有求生的强烈意志。对曾树生来说,“家”就是一潭死水,她意识到它正走向毁灭,却无力挽救,但她不甘一同牺牲,个人从家中凸显出来,她已决定“救出自己”。再则家庭经济危机给了她“出走”的理由,补贴家用减少了她的负罪感。

第五段是汪文宣发现调职通知书前后,这可看作“出走”的余续。曾树生选择卸下家庭的重担,就不得不承受生命之轻。超重使人窒息,失重同样不堪忍受。“她刚刚闭上了眼睛,忽然听见他的哭声。她的兴奋和愉快一下子都飞散了。她觉得不知道从哪里掉下许多根针,全刺在她的心上。”[②]道德罪恶感涌上心头,自始至终,曾树生都在个人与家庭、“走”与“留”间往复。这种“往复式出走”已不再有觉慧“直线式出走”的决绝,在打破旧礼教下的父权专制之后,个人主义在集体话语里始终背负着道德重担。巴金特意使曾树生回来,面对夫亡子散的空虚的家,留给她的只有悔恨与悲哀。正是因为道德作用,使曾树生的“出走”遭受谴责。有论者指出:“追求幸福的愿望总要受着客观条件的制约,在国难当头、政治腐败、丈夫多病、一家生活都要指望着她来承担的时候,一个有良心的人是应该考虑到自己的责任的,可曾树生并不是这样,这就应该受到谴责。”[③]曾树生的“出走”固然不值得提倡,但却值得同情,巴金在《谈〈寒夜〉》中说:“不能责备他们三个人,罪在蒋介石和国民党反动政府,罪在当时重庆和国

---

① 巴金:《寒夜》,见《巴金选集》第6卷,四川文艺出版社,2016年,第309页。

② 同上书,第328页。

③ 汪应果:《巴金论》,复旦大学出版社,2009年,第237页。

统区的社会。他们都是无辜的受害者。”[①]社会的黑暗造就了他们的苦难，家庭的幸福需要完善的社会制度予以保障，巴金再次强调了社会变革的重要性。曾树生自以为“出走”是追求自由与幸福，但她所谓“自由”也是虚妄的，它不是五四意义上的“自由”概念，而仅仅是感官上的痛快。在战乱年代，温饱都难以为继，“自由”更不必说，曾树生在黑暗社会下的幸福梦注定是镜花水月。如果说社会的完善稳固是新式家庭建立的外部基石，那么从内部来说，家庭成员间的关系尤为重要。

“五四”倡导的个人主义促成了曾树生的“出走”，而汪家的破裂反过来验证了个人主义的困境。但这并不是对个人价值的否定，如果说曾树生的“救出自我”直接导致了汪家的悲剧，那么汪文宣的“泯灭自我”也同样没有弥合家庭的裂痕。甚至可以说，他的软弱加剧了婆媳矛盾，他的退让纵容了曾树生的出走，他的敷衍埋葬了自己的生命。比起汪文宣的委顿，曾树生强烈的生命意识是值得称赞的。巴金由此肯定了“五四”倡导的个人价值，但个人与家庭需要平衡。值得注意的是汪家男女地位的置换，汪家的支柱是曾树生(女性)，她是唯一具有行动力的人，拥有经济独立。不管是在经济上还是精神上，她都是汪文宣的支柱。这是“五四”妇女解放的反映，但并没有带来幸福。它是巴金对解放后妇女在家庭位置的思考，夫妻间的平等与互助需要建立在个人独立基础上。再者，关于婆媳矛盾，评论者多视为传统与现代的冲突，事实上，它也是对家庭成员间关系的思考：具有不同观念的人如何相处？如何在自我与他者间找到平衡？在某种程度上，汪母与曾树生都是自我膨胀的类型，不同的是受旧思想影响的汪母习惯于专制，试图把自我意识强加到他人身上，具有强烈的入侵欲与控制欲；而在五四观念下成长的曾树生刚专注于自我，疏离了他人。汪母对儿子汪文宣的控制与曾树生对儿子小宣的冷漠构成鲜明对比，显示出两种畸形母子关系，她们的问题都在于没有处理好人与人之间的关系问题。

“五四”打破了旧伦理，把个人从家庭中解放出来，却没有完成新伦理的重

① 巴金：《谈〈寒夜〉》，见《巴金选集》第10卷，四川文艺出版社，2016年，第202页。

建任务，个人价值与家庭伦理相冲突。曾树生的“往复式出走”反映了她在个人与家庭间的艰难抉择，而夫妻、婆媳、亲子关系的扭曲更进一步指涉了新伦理的困境。战争与价值失范的社会使新式家庭的幸福失去了外部根基，无论是曾树生的“救出自我”还是汪文宣的“自我牺牲”都无法使他们走出困境，维持住摇摇欲坠的新家，新式家庭最终走向破裂。但这并不是对“五四”价值的否定，而是对其未完成任务的继续思考，在“五四”打破旧伦理的基础上重建新伦理。

四、结语

从 30 年代的《家》到 40 年代的《憩园》《寒夜》，宗法制大家族转变为新式小家庭，它反映了五四伦理革命带来的 20 世纪中国家庭形态及人伦关系的大变革。巴金对“家”的理解具有时代意义。“家中人”的行走轨迹折射出巴金家庭观念的演变，觉慧的“直线式出走”体现了巴金对传统家庭观念的摒弃。黎先生的回望是巴金脉脉温情的体现，但这并不是对旧家族分崩离析的惋惜之情，巴金对旧家的批判是彻底的。如果说《家》控诉了旧家对弱者的压迫与摧残，那么杨老三的故事表明统治者也是旧家的牺牲品，旧制度的“吃人”是全方位的。要想彻底摆脱被压迫的命运，争取一个独立人格的权利，就必须完全废除家庭专制。巴金把矛头指向制度的同时，对被损害的“家中人”抱有极大同情，这是基于天然伦理的联系。事实上，“五四”的伦理革命指向离绝人性之爱的伦理制度，而并不反对伦理本身；“五四”所追求的个人的独立自由、民主平等是把人从家庭专制中解放出来，“所有这些就并不是为了争个人的‘天赋权利’——纯然个体主义的自由、独立、平等。”[①]它依然在集体话语内，个人与家庭不构成切实的冲突。对旧家的批判基于对“家中人”的拯救，只有彻底打破旧家，才能建成由爱滋养的、养成健全人格的家。黎先生在憩园的食客生活只是途中小憩，他

① 李泽厚：《中国现代思想史论》，生活·读书·新知三联书店，2008 年，第 6 页。

的再度出走是在“五四”基础上的继续前行。杨家到姚家的转换是从旧式大家族到新式小家庭的过渡，它反映了巴金对新家重建的思考，并在《寒夜》中进一步深入。“往复式出走”的曾树生体现了现代知识者的困境，“五四”打破了传统的人伦关系，但并没有完成新伦理的重建任务。夫妻、母子、婆媳关系的扭曲指涉了新式家庭的问题。五四的启蒙凸显了个人价值，把个人从家庭的束缚中解放出来，却忽略了人与人之间的关系，个人意识的迅速膨胀加剧了现代家庭的危机。战乱频繁、政治腐败使现代家庭失去了社会根基，家再次走向破裂。但这并不意味着对“五四”的否定，“‘宗族’之为‘制度’，其压抑性是显而易见的。五四新文化运动的批判有坚实的根据。纵然由变化了的尺度衡量，与‘宗法制’有关的价值，也绝非都具有正面的意义。……只是今天的父与子、长者与幼者、女性地位与两性问题，较之五四时期远为复杂而已。”[①]现代家庭的问题是“五四”难以预料的，从这个意义上说，它是“五四”的余续，是对新伦理重建的深入思考。在当下中国，新家重建的任务依然没有完成，家庭悲剧不断上演。传统家庭观念被再度提及，对“家风”、“家规”的呼吁表明现代家庭的困境。巴金对“家”的思考具有现实意义。

---

① 赵园:《家人父子》,北京大学出版社,2015年,第218页。

杜大心与汪文宣：巴金笔下的肺结核患者

徐钰豪

巴金(1904.11.25—2005.10.17)于一九二九年发表中篇小说《灭亡》后一炮而红[①]。在随后的十九年中,巴金先后撰写了《爱情的三部曲》《激流三部曲》《火》《憩园》《第四病室》《寒夜》等中、长篇小说,跻身于成名作家的行列。[②] 于建

---

① 《灭亡》由一九二九年一月至四月,在《小说日报》上连载。本文使用的版本为上海开明书店于一九二九年十月出版的单行本,见巴金:《灭亡》,开明书店1929年。

② 《寒夜》由一九四六年八月至一九四七年一月,在《文艺复兴》上连载。本文使用的版本为《中国新文学大系1937—1949》当中收录的《寒夜》的连载本,见巴金:《寒夜》,收入孙颙等编:《中国新文学大系1937—1949》第9卷,上海文艺出版社,1990年,第277—487页。另外,夏志清于《中国现代小说史》中,把巴金列为抗日战争时期中的成名作家(the veteran writers),与茅盾、沈从文、老舍并列,见C. T. Hsia, *A History of Modern Chinese Fiction* (Bloomington: Indiana University Press, 1999 third edition), pp. 375-388.

国后，大部分于建国前已成名的作家都忙于参与各项政治运动，因而大量减少文艺创作。满腔热血的巴金当然也不能独善其身，他于建国后先后出访波兰、苏联、朝鲜、越南、日本等国，[①]并停止发表中、长篇小说。[②] 与此同时，他不时面对各方面的恶意批评，更于文化大革命中被指为「资产阶级反动权威」，而他的著作则被视为"毒草"、禁书。

在那黑白颠倒的年代，巴金的著作被中国人民所唾弃。可是，国外的学者和读者却把它们视为珍宝：以《寒夜》为例，夏志清把《寒夜》视为比《秋》更细致、更成熟的作品；[③]不少翻译家把《寒夜》进行翻译，于一九五二年至一九八一年之间推出不同语言的译本，以供国外的读者赏析。[④] 而随着文化大革命的结束，年华老去的巴金成为国内学者重点"抢救"的对象，学界涌现了不少文章，重新替巴金的旧作"讲几句公道话"。[⑤]

唐小兵重新解读《寒夜》，他把男主角汪文宣所患的肺结核视为一种隐喻：巴金由早期在作品中提出控诉，到后来转为留意"小人小事"的疾病；[⑥]汪文宣的肺结核，象征着他从自虐中寻求救赎自己的方法；[⑦]而他于抗日战争后的死亡，标志着以肺结核作为隐喻的文学传统达致高峰，象征着愤懑感从此消失于中国

---

① 李存光：《百年巴金 生平及文化活动事略》，人民文学出版社，2003 年，第 87—127 页。

② 巴金曾于一九六零年十二月至一九六一年九月撰写中篇小说《三同志》，惟没有发表出来，见李存光：《百年巴金 生平及文化活动事略》，第 87—127 页。

③ C. T. Hsia, *A History of Modern Chinese Fiction*, p. 386.

④ 《寒夜》的日译本、俄译本、英译本及德译本，分别于一九五二年、一九五九年、一九七八年及一九八一年出版，见 MariánGálik, "Comparative Aspects of Pa Chin's Novel *Cold Night*", *Oriens Extremus*, 28:2(1981), p. 151.

⑤ 巴金：《大镜子》，《随想录》，作家出版社，2009 年，第 143 页。

⑥ 巴金于抗日战争中，由从前描写革命的主题转而关心战争中平民的悲剧，他把这些短篇小说集结为《小人小事》，于一九四五年由文化生活出版社出版，见 C. T. Hsia, *A History of Modern Chinese Fiction*, p. 378.

⑦ Xiaobing Tang, "The Last Tubercular in Modern Chinese Literature: On Ba Jin's *Cold Nights*", *Chinese Modern: The Heroic and the Quotidian* (Durham and London: Duke University Press, 2000), pp. 140-146.

人民的脑海中。[1] 姑且勿论肺结核对人类的威胁其实从未消失,抗药性的肺结核到现时还在世界各地肆虐,因此在实际上并不存在所谓的“最后一名肺结核患者”;[2]唐氏似乎忽略了巴金从一开始已经着墨于肺结核,例如《灭亡》中的杜大心、《雨》中的熊智君、《秋》中的枚等小说人物,都是肺结核患者;而且,中国人民的愤懑感似乎从未消失,正如巴金在《〈寒夜〉的挪威文译本的序》中,提到他在小说中控诉抗日战争后期与内战时期的社会制度,[3]然而,他在文化大革命后撰写的《关于〈寒夜〉》中,为香表哥和李宗林于建国后惨死提出控诉。[4] 尽管如此,若果我们把唐氏的论述范围由现代中国文学缩窄至巴金文学,则汪文宣恰如其分地是巴金文学中的最后一位肺结核患者,而杜大心就是巴金文学中的第一位肺结核患者。

文学作品中的肺结核隐喻

《灭亡》成书于一九二九年,《寒夜》于一九四六年八月至一九四七年一月在报章上连载;而第一种有效治疗肺结核的药物链霉素(streptomycin),则于一九四八年才完成试验;[5]因此,第三期肺结核于两篇小说首次出版的时候,仍然属

---

① Xiaobing Tang,“The Last Tubercular in Modern Chinese Literature: On Ba Jin's *Cold Nights*”, pp. 156-160.

② Edward E. Telzak and Kent A. Sepkowitz,“Therapy of Multidrug — Resistant Tuberculosis”, in David Schlossberg ed., *Tuberculosis and Nontuberculous Mycobacterial Infections* (Philadelphia: W. B. Saunders Company, 1999), p. 83.

③ 巴金在《寒夜》的挪威文译本的序言中写到:“我说,我要控诉。的确,对不合理的社会制度我提出了控诉(J'accuse)。”见巴金:《知识分子》,《随想录》,第 364 页。

④ 巴金:《关于《寒夜》》,《创作回忆录》,第 114—116 页,人民文学出版社 1982 年。

⑤ Neil H Metacalfe, “Sir Geoffrey Marshall (1887-1982): Respiratory Physician, Catalyst for Anaesthesia Development, Doctor to Both Prime Minister and King, and World War I Barge Commander,” *Journal of Medical Biography*, 19:1(2011), p. 13.

于不治之症。[1] 虽然患上第一、二期肺结核的病人可以透过休养，从而避免发展为第三期肺结核；[2]但是，除了第二期肺结核的典型病征——咯血以外，第一、二期的肺结核很容易被患者所忽视；而且，在国民政府统治下和抗日战争时期，患者又难以获得休养生息的机会；因此，肺结核在建国前的致命率非常之高。而第三期肺结核的症状：频繁的咳嗽、经常咯血、声音嘶哑、吞咽困难、严重消瘦，都十分可怕，[3]而其死状更是可怖。[4] 凡此种种，都使肺结核在二十世纪中叶以前，被视为一种令人闻风丧胆的疾病。

苏珊·桑塔格（Susan Sontag，1933—2004）指出，一些病因不明、且难以治愈的疾病，往往给予人们一种神秘的感觉，也被作家们经常利用作为隐喻的材料，在文学作品中展现出来。[5] 其中，在结核分枝杆菌（Mycobacterium tuberculosis）未被发现为结核病的病原体以前，[6]肺结核被视为一种与贫困的生活有关的疾病：破旧的衣服、瘦弱的身躯、冰冷的房间、肮脏的环境，和营养不良，都会促成肺结核。[7] 而这些贫困的病人，大多数都充满着激情：不少感情丰富的艺术家在世时都非常贫困，而他们的疾病使他们显得更为浪漫、更有吸引

① 这里的“第三期肺结核”，是中医对晚期肺结核的叫法，见陈存仁《津津有味谭：国医大师陈存仁食疗食补全书》，广西师范大学出版社，2010年，第417—423页。本文采用中医对肺结核按严重程度分为三个阶段的分类方法，与西医把肺结核分为五期不同，见 Arthur M. Dannenberg, Jr., “Pathophysiology: Basic Aspects”, in David Schlossberg ed., *Tuberculosis and Nontuberculous Mycobacterial Infections*, pp. 19-21.

② 陈存仁：《津津有味谭：国医大师陈存仁食疗食补全书》，第420—421页。

③ 同上书，第422—423页。

④ 在《寒夜》中，汪文宣的同事小潘说过：“只有害肺病的人死时候最惨，最痛苦。我要得那种病到了第二期，我一定自杀。”可见第三期肺结核的可怖，见巴金：《寒夜》，第457页。

⑤ Susan Sontag, “Illness as Metaphor”, *Illness as Metaphor and AIDS and Its Metaphors* (London: Penguin Books Ltd, 1991), pp. 5-9.

⑥ 罗伯·柯霍（Robert H. H. Koch, 1843—1910）于一八八二年发现结核分枝杆菌为结核病的病原体，见 Thomas Moulding, “Pathogenesis, Pathophysiology, and Immunology: Clinical Orientations”, in David Schlossberg ed., *Tuberculosis and Nontuberculous Mycobacterial Infections*, p. 48.

⑦ Susan Sontag, “Illness as Metaphor”, p. 15.

力;[①]而与主流政治团体持相反意见的革命家坚持着自己的政治理念,患上肺结核使他们变得更加特立独行。[②] 这些充满激情的肺结核患者,往往感到自己命不久矣,他们希望在有限的时间内贡献自己所有的精力,使自己的生命变得更有意义。[③] 可惜的是,繁忙的工作对他们的病情毫无帮助,反而加速了疾病的发展。他们的气血不断被消耗(consume),以致显得日渐消瘦。[④] 可是,当病人意识到自己的身体日益衰弱,需要求助于医药的时候,医生却只能扮演宣判死刑的判官,告知病人疾病已经到了无可救药的地步。[⑤] 最后,在文学作品中的肺结核患者的道德修养,通常随着他们的死亡提升至前所未有的高度,彷佛他们的灵魂透过死亡得到了救赎。[⑥]

因为苏珊·桑塔格的论述精彩而深刻,使她的论文一纸风行,更使不少评论家每每发现文学作品中包含肺结核的描述,便致力于寻找当中的隐喻。事实上,这样有违于桑塔格的原意。她希望人们透过她的论文摒弃疾病的隐喻,揭开疾病的神秘面纱,真诚地面对疾病。[⑦]

---

① Susan Sontag,"Illness as Metaphor,"pp. 27-32. 而肖邦(Frédéric Chopin,1810—1849)是当中的著名例子,见 Adam Zamoyski, *Chopin: Prince of the Romantics*(London: Harper Collins,2010),p. 286.

② Susan Sontag,"Illness as Metaphor",pp. 38-39. 而西蒙娜·韦伊(Simone Weil,1909—1943)是一个例子,见 Simone Pétrement, *Simone Weil: A Life*, trans. Raymond Rosenthal(New York: Schocken Books,1976),pp. 519—538.

③ Susan Sontag,"Illness as Metaphor",pp. 14-15.

④ Consumption 早于十四世纪已经被应用为严重肺结核的代名词,意指肺结核会逐渐消磨人的肉体,见 Lesley Browned., *The New Shorter Oxford English Dictionary*(New York: Oxford University Press,1973 reprinted third edition),p. 491.

⑤ Susan Sontag,"Illness as Metaphor,"p. 7.

⑥ Susan Sontag,"Illness as Metaphor,"pp. 42-43.

⑦ Susan Sontag,"Illness as Metaphor,"p. 3.

《灭亡》中的杜大心

巴金的第一篇小说《灭亡》中的男主角杜大心，是一名肺结核患者。杜大心出身于成都的大户人家，他于中学毕业后，考进了上海一所有名的大学。[①] 在大学三年级的时候，他透过同学的介绍下相信了无政府主义。[②] 及后他放弃了学业，把全副精神放在无政府主义运动上面。除了身体力行，他更把绝大部分由家里寄来的生活费奉献在运动上，只余下少量金钱维持自己的基本生活。[③] 因此，他在康悌路康益里的家，绝对称得上是家徒四壁：[④]

> 房子很小，也没有什么陈设。靠着右边的墙壁的是一张木板的床，上面放着薄薄的被褥，虽有床架，却没有帐子。对着门的一堵壁上开了一个窗户，窗前便是一张方桌……左边的墙壁被方桌占去了三分之一的地位，桌子两边放了两把椅子……这一堵墙壁和开着门的一堵壁底邻近的角里放着三口箱子。这屋子里所有的东西就是这些了……[⑤]

这样简陋的房子，正正是孕育肺结核的温床。即使杜大心后来因为工作的缘故，由法租界搬到租金较为便宜的杨树浦，但是他的居住环境并没有因此而得

---

① 在原文中，杜大心的原居地和大学分别在C城和S市，见巴金：《灭亡》，第53—58页。

② 中国的无政府主义的代表人物刘师培主张彻底颠覆人世间一切的权威，以落实人类持久的自由和平等，见丘为君：《权威与自由：自由主义在近代中国的历程》，收入刘青峰、岑国良编，《自由主义与中国近代传统——“中国近现代思想的演变”研讨会论文集（上）》，第239—241页，香港中文大学出版社，2002年。而巴金大概为了避过当时对文学作品严密的审查，把杜大心的信仰于原文中指为“平等主义”，见巴金：《灭亡》，第59页。

③ 巴金：《灭亡》，第59页。

④ 在原文中，杜大心的家位于KT路KI里，见巴金：《灭亡》，第13页。

⑤ 巴金：《灭亡》，第14—15页。

到改善。[1]

杜大心信奉无政府主义,他主张通过革命废除政府组织,使所有人民生活于自由和平等的国度之下。他并不是一名说教者,他深深知道人们"不把行为来造成一种力量的时候,言语是完全没有力量的"。[2] 然而,他并不是只有匹夫之勇,他的辩才几乎无人能及,而他的艺术作品更是震撼人心:

> 对于那般最先起来反抗压迫的人,
> 灭亡是一定会降临到他底一身:
> 我自己本也知道这样的事情,
> 然而我底命运却是早已注定!
> 告诉我:在什么时候,在什么地方,
> 没有了牺牲,而自由居然会得胜在战场?
> 为了我至爱的被压迫的同胞,我甘愿灭亡,
> 我知道我能够做到而且也愿意做到这样……[3]

尽管李静淑致力宣扬"爱"的福音,但是她也十分喜欢这首悲壮、自白般的《一个英雄底死》。在哥哥李冷的生日会上,李静淑演奏了这首由杜大心创作的歌曲后,他们便开始互相倾慕对方。可是,他们都不敢向对方表白;尽管如此,他们并压抑不住爱情的发展。杜大心在日记中写到:

> 昨天和今天都到静淑家去了。我不是早说过不去吗?然而我不能不去,我已经做了我底爱情和激情底奴隶了。不见着她,我简直不能过日子;见着她虽使我因

---

① 在原文中,杜大心后来搬家到 Y 区,见巴金:《灭亡》,第 207—208 页。

② 巴金:《灭亡》,第 116 页。

③ 巴金:《灭亡》,第 128—129 页。这诗本来是孔德拉季·雷列耶夫(KondratiiRyleev,1795—1826)的作品,巴金把它翻译成中文,作为小说中杜大心的作品,见 KondratiiRyleev,"Nalivaiko",trans. Jaakoff Prelooker, in Jaakoff Prelooker, *Heroes and Heroines of Russia*: *Builders of a New Commonwealth*(London:Simpkin,Marshall,Hamilton,Kent & Co.,Ltd,1908),p. 29.

良心上的痛悔而更感苦痛，但我觉得非此不能满足的。[1]

信仰、艺术、恋爱，三股激情同时在杜大心的心中燃烧，使他成为最理所当然的肺结核患者。

杜大心的病征并不算明显，他只是偶尔在激烈的辩论后咳嗽、发热和气促。[2] 然而，他知道自己染上了肺结核，这大概是因为他在工厂工作的时候，经常接触到肺结核患者而被传染。[3] 根据他的症状，他的肺结核只是发展到第二期，透过静养是可以痊愈的。事实上，他确切地知道这个治病的良方，而他的朋友也经常劝他要多加休息。可是，他的激情使他不能放弃工作；同时间，不断的工作使他的身体日益虚弱。他内心的激情不断虚耗他的气血，使他日渐消瘦，也使他意识到自己的末日快将降临。最后，他的激情促使了他的灭亡。他为了替同志张为群报仇，[4]同时作为一次行动宣传（propaganda of the deed），施行了一次自杀式袭击：[5]他在宴会上冒充新闻记者，企图刺杀上海的戒严司令，并吞枪自杀身亡。[6] 纵然杜大心的行动并没有成功，但是他的确为了他的政治理念付出了他的所有，他确实地成为了一位殉道者。

---

① 巴金：《灭亡》，第220页。

② 同上书，第213页。

③ 在肺结核能够被根治以前，它是工厂里最普遍的疾病，因为患病的工人们并没有得到治疗，所以疫症的传播无法被控制，见何稼书（Joshua H. Howard）：《战时女工的政治化：抗战时期重庆纱厂的劳工研究》，收入王希主编：《中国和世界历史中的重庆——重庆史研究论文选编》，重庆大学出版社，2013年，第253页。

④ 张为群在上海戒严的时候运送宣传单张，被警察逮捕，经过八天的严刑拷问后，他作为革命党被斩首示众，见巴金：《灭亡》，第270—301页。

⑤ 行动宣传是一些无政府主义者的常用手段，指革命者以个人的暴力行为对付政敌，以激发群众参与革命的宣传手段，见 Arthur Redding, *Raids on Human Consciousness: Writing, Anarchism, and Violence* (Columbia: University of South Carolina Press, 1998), pp. 74-80.

⑥ 巴金：《灭亡》，第373页。

《寒夜》中的汪文宣

作为“现代中国文学最后一名肺结核患者”的汪文宣，祖籍四川省，[①]他于上海完成大学学位，却于抗日战争中辗转逃难到陪都重庆。他靠着一个同乡的大力举荐，才能在一所图书公司担任校对员的工作。可是，他的知识和技能完全不能在工作上发挥出来：

> 单调的工作又开始了。永远是那些似通非通的译文。那些用法奇特的字句。他没有权修改它们，他必须逐字校读。他坐下不过一点多钟，他就觉得背上发冷，头发烧。他不去管它。他勉强工作到十二点钟……（午饭过后，）下半天的工作又开始了。还是那些疙里疙瘩的译文，他不知道这是哪一个世界的文字。它们像一堆麻绳在他的脑筋里纠缠不清。他疲乏极了。可是他不能丢开它们。[②]

为了生活，汪文宣需要从事这般刻板乏味的工作。更令人痛心的是，面对上司出卖尊严的要求，他丝毫没有反抗的勇气。[③] 他是一位街知巷闻的“老好人”，他从不抱怨，默默地承受一切灾劫。

对于自己的疾病，汪文宣本来也希望由自己独自承受。他常常在下午发烧，却显得习以为常，不予理会。他留意到自己呈现肺结核的症状，但是为了减低家庭的开支，他并没有向母亲和妻子提及过自己的病情，他甚至编造谎言以

---

① 汪家的邻居张太太指自己是外省人，在逃难时比较困难，她要求作为“本地人”的汪文宣到时照料她们，见巴金：《寒夜》，第 343 页。

② 巴金：《寒夜》，第 329—330 页。

③ 有一次，汪文宣奉命为一位高官的“名著”拟一篇广告辞，他写了满纸谎言交给上司，但是上司仍然觉得当中的恭维说话太少，汪文宣欣然接过稿件重写，他“拿起笔费力地在脑子里找寻最高的赞颂词句胡乱写到纸上去”，见巴金：《寒夜》，第 468—469 页。

安抚她们。[①] 直到有一天他喝醉了，在家人的面前吐血，他才肯承认自己生病。虽然汪母请来的中医师未能准确地替汪文宣断症，但是曾树生替他向公司请假，给予他休养生息的机会。[②] 可是，汪家并不是一处供人养病的理想地方。他们的居所虽然不比杜大心的家简陋，但是居住环境却更差：

> 地板上尘土很多，还有几处半干的痰迹……桌上已经垫了一层土。这房间一面临马路，每逢大卡车经过，就会扬起大股的灰尘送进屋来……[③]
>
> 他一晚上都没有睡好。有几只蚊子和苍蝇来搅扰他。老鼠们把他的屋子当作竞走场。窗下街中，人们吵嘴哭诉，讲笑话骂街一直闹到夜半。[④]

在生活环境没有得到改善下，用以调和身体的中药只能减慢疾病的进度。最终，汪文宣的肺结核还是发展到致命的第三期。[⑤] 在最后的日子里，他整天躺在床上，不能言语，难以进食，他只是在等待死亡的轮值。偶尔，他也会因为极度痛苦而失去耐性。有一天，他吃力地写下字条告诉母亲：

> 妈，你给我吃点毒药，让我快死……我太痛苦。[⑥]

可是，汪母仿佛感受不到儿子的痛苦，她依旧照料着汪文宣，延续他的痛苦。直到国民政府庆祝抗日战争胜利的那一天，汪文宣剧痛得昏倒了几次，最后在晚上断气身亡。[⑦]

---

① 巴金：《寒夜》，第 341—342 页。

② 同上书，第 348—349 页。

③ 同上书，第 417 页。

④ 同上书，第 467—468 页。

⑤ 虽然汪文宣并没有接受任何透视检查，但是他的症状显示出他的肺结核已经发展到第三期，而且，他的同事也指出他的“肺病已到第三期”，并要求他“即日退出伙食团，回家用膳，或单独进食”，见巴金：《寒夜》，第 440—441、460—463 页。

⑥ 同上书，第 473 页。

⑦ 同上书，第 480 页。

肺结核隐喻的解构

《灭亡》中的杜大心，是一位出现于十九世纪、二十世纪初的文学作品中的典型肺结核患者：生活贫困潦倒、内心充满激情、带着特殊道德意义的死亡。但是，《寒夜》中的汪文宣除了同样地生活潦倒外，他的工作刻板乏味、毫无意义，而他无声无色的死亡，充其量只是象征着抗日战争中最后一名受害者的死亡。而根据苏珊·桑塔格的分析，汪文宣其实是拥有癌症病患者的特征。在文学作品中，癌症病患者习惯压抑自己的情感，而他们的死亡，则象征着上天对于他们甘心于成为失败者的一种惩罚。[①] 因此，汪文宣似乎更适合被塑造为一位癌症患者。

而在象征意义上，曾树生比汪文宣更应该患上肺结核，因为在整篇小说中，曾树生即使在贫困的生活中，仍然流露着过人的吸引力和生命力。[②] 正所谓郎才女貌，汪文宣能够与美丽动人的曾树生匹配，想必他在抗日战争爆发以前，是一位气宇轩昂的年青人。事实上，大学时代的汪文宣对教育事业充满热诚。他希望在乡村建立一所理想中学，以实现自己的教育理念：

> 花园般的背景，年青的面孔，（学生们）自负的言语……一些青年的脸孔，活泼、勇敢、带着希望……他们对着他感激地笑。[③]

可惜的是，在汪文宣的理想尚未达成的时候，他的噩梦就来临了。残酷的抗日

---

① Susan Sontag, "Illness as Metaphor", pp. 15-16, 22-24, 48-50.

② 汪文宣每次看见曾树生和别人喝咖啡的时候，都产生羡慕和妒忌的感觉：在第一次的时候，他觉得"她丰满的身子显得比什么都诱人"；而在第二次，他则觉得"她的身子似乎比任何时候都动人，她丰腴并且显得年青而富于生命力"，见巴金：《寒夜》，第 293、317 页。

③ 巴金：《寒夜》，第 423 页。

战争迫使他离开实现梦想的地方，他在重庆怀才不遇，只能在图书公司担任沉闷的校对工作。他的热情在战争中每分每秒地冷却，他渐渐地成为众人眼中的「老好人」，彷佛他是文学史上最没有出息的肺结核患者。而若果抗日战争没有发生，汪文宣会是一个胸怀大志、满腔热血的人，他绝对具有成为肺结核患者的资格。问题是，他的肺结核理应早就发病，而不应该在他意志消沉的时候才去折磨他。

汪文宣的各种病征，包括发烧、咯血、胸口痛、喉咙痛，以及失声，都经常被认为是带有象征意义的。[①] 但是，若果排除那些象征意义，它们的确是第三期肺结核的症状。而在抗日战争中，巴金多次在朋友的身上目睹那些症状：

> “斜坡上”的孤坟里埋着我的朋友缪崇群。那位有独特风格的散文作家很早就害肺病。我一九三二年一月第一次看见他，他脸色苍白，经常咳嗽，以后他的身体时好时坏，一九四五年一月他病死在北碚的江苏医院……害肺病一直发展到喉结核最后丧失了声音痛苦死去的人我见过不多，但也不是太少。朋友范予和鲁彦，还有我一个表弟……他们都是这样悲惨地结束了一生的……我根据我的耳闻和目见，也根据范予病中寄来的信函，写出汪文宣病势的逐渐发展，一直到最后的死亡。[②]

因此，巴金在创作《寒夜》的时候，很有可能没有把汪文宣的肺结核以隐喻的手法描写出来。可是，即使在能够治愈肺结核的药物面世以后，作家们只有在二十世纪后期，才逐渐忘却肺结核的隐喻。[③] 巴金虽然是一名“进步作家”，他的思

---

① 王冬梅、孔庆林：《肺病隐喻与性别文化象征——中国现代文学中的“肺病”意象探析》，《西南交通大学学报（社会科学版）》第9卷第2期（2008年4月）；余悦：《疾病·性格·叙事——对巴金小说〈寒夜〉的一种解读》，《广播电视大学学报（哲学社会科学版）》2016第2期；Xiaobing Tang，“The Last Tubercular in Modern Chinese Literature：On Ba Jin's *Cold Nights*”，p. 145；朱德发编：《现代中国文学史精编（1900—2000）》，山东教育出版社，2012年，第60页。

② 巴金：《谈〈寒夜〉》，《巴金文集》第14卷，人民文学出版社，1962年，第447—448。

③ Susan Sontag，“Illness as Metaphor”，p. 35.

想并不守旧,[①]但是他并没有顶尖的医疗科技知识。他能够揭开肺结核的神秘面纱,以真诚的态度看待它,大概并不是因为他曾经战胜该疾病,[②]而是当时存在着一名比肺结核更可怕、更残暴、更致命的杀手——战争。在抗日战争初期,日本军队单单在上海和南京,就分别残杀了超过二十万的中国军民;[③]而中国人民在整场战事中的死亡人数更高达一千七百万,[④]这远远超过当时死于肺结核的人数。因此,虽然肺结核在抗日战争中,夺去了巴金的一个表弟、陈范予、王鲁彦,和缪崇群等人的性命;[⑤]但是在巴金的眼中,肺结核在当时只是一种使人"吐尽血痰后寂寞地死去的疾病";[⑥]而当他切实地面对战争的时候,他只能够等待死亡的轮值。[⑦] 因此,真正使巴金感到恐惧而无助的,是战争。

小结

肺结核在二十世纪中叶,由一种病因不明、致命率极高的顽疾,演变成可以预防,及能够被有效治疗的一种疾病。这是科技进步带来的好处。而在文学上,由把肺结核作为一种隐喻,发展到摒弃以疾病作为隐喻的手法,也是因为科

---

① 鲁迅指巴金是"一个有热情的有进步思想的作家",见鲁迅:《答徐懋庸并关于抗日统一战线问题》,《且介亭杂文末篇》,香港新艺出版社,1967年,第82页。

② 巴金于1925年被诊断出患有轻度肺结核,他先后于上海及法国沙多—吉里养病,及后康复过来,见陈丹晨:《巴金全传》,人民文学出版社,2013年修订版,第51—67页。

③ Bruce A. Elleman, *Modern Chinese Warfare, 1795-1989* (London and New York: Routledge, 2001), pp. 203-204.

④ Micheal Clodfelter, *Warfare and Armed Conflicts: A Statistical Reference to Casualty and Other Figures, 1500-2000* (Jefferson: McFarland & Company, Inc., Publishers, 2002 second edition), pp. 409-413.

⑤ 巴金:《关于〈寒夜〉》,第106—111页。

⑥ 巴金在《寒夜》的《后记》中指出,他的一个好友和一个哥哥,都是在抗日战争以后"吐尽血痰后寂寞地死去的",见巴金:《后记》,《巴金文集》第14卷,第296页。

⑦ 巴金在《秋》的序言中,指出他在日军轰炸广州的时候,只能和朋友蹲在洋房的骑楼下等死,见巴金:《序》,《巴金文集》第6卷,第3页。

技的进步。

有效治疗肺结核的链霉素是第二次世界大战的产物。它是其中一种被科学家分离出来的抗生素，用以治疗流传于军营中的疾病。[①] 在第二次世界大战中，科技前所未有地高速进步，在战后为人类造福不少。同时间，第二次世界大战却是历来最致命的战争，数以亿计的人民在战争中丧失性命。利用无数的人命来换取科技的进步，肯定是不值得的。

因为战争的残酷，巴金不再感受到肺结核的可怖，因而他率先在《寒夜》中摆脱疾病的隐喻。这种真挚的写作手法，令巴金名正言顺地成为一位出色的小说家。可惜的是，这个由战争带来的虚名，使巴金失去了最宝贵的三十年光阴。这一再证明，战争从来都是得不偿失的。

参考文献

专书

[1] 王希主编：《中国和世界历史中的重庆——重庆史研究论文选编》，重庆大学出版社，2013 年。

[2] 巴金：《巴金文集》，人民文学出版社，1962 年。

[3] 巴金：《创作回忆录》，人民文学出版社，1982 年。

[4] 巴金：《寒夜》，收入孙颙等编：《中国新文学大系 1937—1949》卷 9，上海文艺出版社，1990 年，第 277—487 页。

[5] 巴金：《灭亡》，开明书店，1929 年。

[6] 巴金：《随想录》，作家出版社，2009 年。

[7] 朱德发编：《现代中国文学史精编(1900—2000)》，山东教育出版社，2012 年。

[8] 李存光：《百年巴金 生平及文化活动事略》，人民文学出版社，2003 年。

---

① Milton Wainwright, "Streptomycin: Discovery and Resultant Controversy", *History and Philosophy of the Life Science*, 13:1(1991), pp. 101-106.

[9] 陈丹晨:《巴金全传》,人民文学出版社,2013 年修订版。

[10] 陈存仁:《津津有味谭:国医大师陈存仁食疗食补全书》,广西师范大学出版社,2010 年。

[11] 鲁迅:《且介亭杂文末篇》,香港新艺出版社,1967 年。

[12] 刘青峰、岑国良编:《自由主义与中国近代传统——"中国近现代思想的演变"研讨会论文集(上)》,香港中文大学出版社,2002 年。

[13] Brown, Lesley ed. *The New Shorter Oxford English Dictionary*. New York: Oxford University Press, 1973, reprinted third edition.

[14] Clodfelter, Micheal. *Warfare and Armed Conflicts: A Statistical Reference to Casualty and Other Figures, 1500-2000*. Jefferson: McFarland & Company, Inc., Publishers, 2002, second edition.

[15] Elleman, Bruce A. *Modern Chinese Warfare, 1795-1989*. London and New York: Routledge, 2001.

[16] Hsia, C. T. *A History of Modern Chinese Fiction*. Bloomington: Indiana University Press, 1999, third edition.

[17] Pétrement, Simone. *Simone Weil: A Life*, trans. Rosenthal, Raymond. New York: Schocken Books, 1976.

[18] Prelooker, Jaakoff. *Heroes and Heroines of Russia: Builders of a New Commonwealth*. London: Simpkin, Marshall, Hamilton, Kent & Co., Ltd, 1908.

[19] Redding, Arthur. *Raids on Human Consciousness: Writing, Anarchism, and Violence*. Columbia: University of South Carolina Press, 1998.

[20] Schlossberg, David ed. *Tuberculosis and Nontuberculous Mycobacterial Infections*. Philadelphia: W. B. Saunders Company, 1999.

[21] Sontag, Susan. *Illness as Metaphor and AIDS and Its Metaphors*. London: Penguin Books Ltd, 1991.

[22] Tang, Xiaobing. *Chinese Modern: The Heroic and the Quotidian*. Durham and London: Duke University Press, 2000.

[23] Zamoyski, Adam. *Chopin: Prince of the Romantics*. London: HarperCollins, 2010.

论文

[1] 王冬梅、孔庆林:《肺病隐喻与性别文化象征——中国现代文学中的"肺病"意象探析》,《西南交通大学学报(社会科学版)》第 9 卷第 2 期(2008 年 4 月)。

[2] 丘为君:《权威与自由:自由主义在近代中国的历程》,收入刘青峰、岑国良编:《自由主义与中国近代传统——"中国近现代思想的演变"研讨会论文集(上)》,第 219—249 页。

[3] 余悦:《疾病·性格·叙事——对巴金小说《寒夜》的一种解读》,《广播电视大学学报(哲学社会科学版)》第 2 期(2016 年 7 月)。

[4] 何稼书(Joshua H. Howard):《战时女工的政治化:抗战时期重庆纱厂的劳工研究》,收入王希主编:《中国和世界历史中的重庆——重庆史研究论文选编》,第 237—267 页。

[5] Dannenberg, Jr., Arthur M. "Pathophysiology: Basic Aspects", in Schlossberg, David ed., *Tuberculosis and Nontuberculous Mycobacterial Infections*, pp. 17-47.

[6] Gálik, Marián. "Comparative Aspects of Pa Chin's Novel *Cold Night*", *Oriens Extremus*, 28:2 (1981), pp. 135-153.

[7] Metacalfe, Neil H. "Sir Geoffrey Marshall (1887-1982): Respiratory Physician, Catalyst for Anaesthesia Development, Doctor to Both Prime Minister and King, and World War I Barge Commander", *Journal of Medical Biography*, 19:1 (2011), pp. 10-14.

[8] Moulding, Thomas. "Pathogenesis, Pathophysiology, and Immunology:

Clinical Orientations", in Schlossberg, David ed., *Tuberculosis and Nontuberculous Mycobacterial Infections*, pp. 48-56.

[9] Sontag, Susan. "Illness as Metaphor", *Illness as Metaphor and AIDS and Its Metaphors*, pp. 1-87.

[10] Tang, Xiaobing. "The Last Tubercular in Modern Chinese Literature: On Ba Jin's *Cold Nights*", *Chinese Modern: The Heroic and the Quotidian*, pp. 131-160.

[11] Telzak, Edward E. and Sepkowitz, Kent A. "Therapy of Multidrug—Resistant Tuberculosis", in David Schlossberg ed., *Tuberculosis and Nontuberculous Mycobacterial Infections*, pp. 83-92.

[12] Wainwright, Milton. "Streptomycin: Discovery and Resultant Controversy", *History and Philosophy of the Life Science*, 13:1 (1991), pp. 97-124.

编后记

1947年春天,《寒夜》出版时,正值动荡岁月,人们的心思都不在书本上,没有得到应有的重视,以后的很长一段时间,因种种原因,关于《寒夜》的研究在国内也没有充分展开。然而,在海外此书却深得青睐,各种译本和讨论接连不断,这种情况,直到改革开放的新时期,才又反馈到《寒夜》的诞生地,学者们开始对这部作品另眼相看。连作者本人,也改变了以往谨慎的说法,肯定对这部作品的喜爱,由此,关于这部作品的研究才热络起来。学术界普遍认为,《家》是巴金影响最大的小说,而《寒夜》则是艺术上最为成熟的小说。在这样的认识下,人们越来越感受到这部作品的魅力,近年来,关于《寒夜》的研究,一直占据巴金研究的重要篇章。在巴金国际研讨会的青年论坛征文中,青年学者们对这部书也表现出极大的热情，每届都有不少研究《寒夜》的应征论文，且每每都有新意。在这种情况下，藉《寒夜》出版七十周年之机，在去年巴金故居、巴金研究会联合华东师大中国现代文学资料与研究中心召开《寒夜》专题研讨会，力图进一步推动《寒夜》的研究。作为《寒夜》纪念和研究活动的一部分，对于历史文献的梳理和研究也是其中很重要的一部分，为此，我们复刻了《寒夜》初版本(海豚出版社，2017年)，同时也编选了这部《〈寒夜〉研究资料选编》，企图汇总《寒夜》研究有代表性的历史成果，供学者进一步的研究参考。

本书在总体上分两大部分，第一部分是作者谈《寒夜》，汇集了不同时期作者谈《寒夜》的文字，有助于研究者理清作者的创作初衷和思路。第二部分则是研究文章的选编，这里的"研究文章"不仅仅是通常意义上的"论文"，还包括部分序跋、书评以及少量史料——编者向来认为，让论文承担所有"研究"之名是这个时代学术思路僵化的一个很重要表现。具体选文上，在坚持每篇文章本身的学术性和史料价值的前提下，也力图兼顾各方面，照顾到不同时期的代表性观点，也注意选择不同视角的研究成果，力图展示《寒夜》研究总体和不同侧面。所有文章按照发表时间的先后排序，为的是显示不同时期《寒夜》研究的脉络。必须说明的是，这只是编选者眼中的《寒夜》研究历史状况，限于篇幅，选目一再调整，大量的优秀成果无法收入本书；限于眼光，或许有不少更有代表性的文章反而不得入选。这种遗珠之憾，常常让编选者既抱歉又无奈，好在随着《寒夜》研究的不断深入，以后还会有出版续编的机会，希望关心这方面研究的学者贡献宝贵的意见，我们在以后来弥补这些缺憾。

本书的选目和统稿由周立民承担，资料搜集工作由李秀芳、朱银宇负责。在资料搜集过程中，得到了坂井洋史教授等学者的帮助；收入本书的文章作者，对本书的编辑都给予大力支持；在书稿编辑中，得到复旦大学出版社王汝娟女士的细心指正，借此机会也向他们表示感谢。在文字处理上，为了保持文献原貌，除极个别篇章略有删节外，其他均按原件排印；因各时期文字编校规范不统一，如引注规范、专有名词等，本书均未做硬性统一。转眼间，由冬入春，该是送出这部厚厚的书稿的时候，祝愿在新的一个春天里，《寒夜》的研究像这个季节的原野一样生机勃勃、繁花似锦。

周立民

2018年3月1日中午于竹笑居

图书在版编目(CIP)数据

《寒夜》研究资料选编/周立民,李秀芳,朱银宇编. —上海：复旦大学出版社,2018.10
(巴金研究丛书)
ISBN 978-7-309-13558-9

Ⅰ. 寒…　Ⅱ. ①周…②李…③朱…　Ⅲ. ①《寒夜》-小说研究　Ⅳ. ①I207.42

中国版本图书馆 CIP 数据核字(2018)第 036241 号

《寒夜》研究资料选编
周立民　李秀芳　朱银宇　编
责任编辑/王汝娟

复旦大学出版社有限公司出版发行
上海市国权路 579 号　邮编：200433
网址：fupnet@fudanpress.com　http://www.fudanpress.com
门市零售：86-21-65642857　团体订购：86-21-65118853
外埠邮购：86-21-65109143　出版部电话：86-21-65642845
常熟市华顺印刷有限公司

开本 787×960　1/16　印张 46.25　字数 645 千
2018 年 10 月第 1 版第 1 次印刷

ISBN 978-7-309-13558-9/I·1092
定价：148.00 元